Kırmızı Kedi Yayınevi 658

Kırmızı Kedi Yayınevi: 658
Güncel: 30

Adam
Yılmaz Özdil

Yayın Yönetmeni: İlknur Özdemir

Editör: Tunca Arslan
Kapak Tasarımı: Adnan Elmasoğlu
Grafik: Yeşim Ercan Aydın

Birinci Basım: Ekim 2016, İstanbul
ISBN: 978-605-9658-98-0
Kırmızı Kedi Sertifika No: 13252

Baskı: Pasifik Ofset
Cihangir Mah. Güvercin Cad. No: 3/1 Baha İş Merkezi A Blok Kat: 2
34310 Haramidere/İSTANBUL
Tel: 0212 412 17 77 Sertifika No: 12027

Kırmızı Kedi Yayınevi
kirmizikedi@kirmizikedikitap.com / www.kirmizikedikitap.com
www.facebook.com/kirmizikedikitap / twitter.com/krmzkedikitap
kirmizikediedebiyat.blogspot.com.tr
Ömer Avni M. Emektar S. No: 18 Gümüşsuyu 34427 İSTANBUL
T: 0212 244 89 82 F: 0212 244 09 48

Yılmaz Özdil

ADAM

KIRMIZIKEDİ

Veli'ye...

İzmir'in dağları...
Düşmanın tepelendiği yerdir.
Cumhuriyet, hukuk, yurttaşlık ve laiklik'in kapısı önce Sakarya, sonra Dumlupınar, sonra o dağlardan açıldı.
Bizler hayatta olduğumuz sürece, düşmanın tepelendiği o dağlarda nöbetteyiz.
Düşmanı tepelediğimiz o dağlarda hâlâ Anadolu kadar büyük cephanemiz var.
O cephane, hukuktur, cumhuriyettir, yurttaşlıktır, laikliktir.
Düşmanı hâlâ o bu cephanelerle geri tepiyoruz.
Bu ülkeyi hâlâ, İzmir'in dağlarında açan çiçekler gibi yazarlarıyla savunuyoruz.
Cemaatle, vahşi hocalarıyla sinsi sinsi el altından işbirliğine girerek değil, cesaretle, tunç göğsümüzü siper ederek savaşıyoruz.
Bir yaşama gücümüz, bir irademiz, bir ülkemiz varsa, bu soylu değerleri bize hediye eden, İzmir'in düşmanı tepeleyen dağlarıdır.
Uyanık kaldıysak, tükenmek bilmeyen kuvvetimiz varsa, İzmir'in dağlarından öğrendik.
Önsezilerimiz daha güçlü çıktıysa, önsezilerimiz bizi daha dayanıklı, daha iyi ve onurlu yaşamının yolunu açtıysa, İzmir'in dağlarından öğrendik.
Biz yazılarımızı hep o dağlardan yazdık.

Nihat Genç

Ekim 2007, İzmir.
Alsancak'ın en meşhur dövmecisi Köprüaltı'na gençten biri girer, kolunu sıyırır, dirseğine doğru Mustafa Kemal'in imzası vardır, bir bankada çalıştığını, bu dövme yüzünden işten atılmakla tehdit edildiğini anlatır, tırsmıştır, ekmek parası filan diye ağlar, "silin" der.

Hep söylerim, ekmek parası diye ağlayanın maaşını, tavuk gibi buğdayla ödeyeceksin!

Adeta bomba düşer dövmeci dükkanına... "Bu gördüğün eller Atatürk'ü yazar, Atatürk'ü silmez" deyip, kapı dışarı ederler. Ve, internet sitelerinden alenen duyururlar: "Ey ahali, madem öyle işte böyle, bugünden itibaren burada, Atatürk'ün imzası bedava!"

İlk kim, nerede yazdırdı bilmiyorum ama, Atatürk imzasının furya haline gelmesinin miladı, bu olaydır.

Bir ödlek geri adım attı...
Onbinlerce cesur öne çıktı.

Atatürk'e sövme modası...
Dövme modası yarattı.

Köprüaltı örnek oldu, İzmir'de yapılan Atatürk dövmesi, 50 bini aştı. Yetişemiyorlar, her gün 30-40 kişi kazıyor vücuduna... Omuzuna, bileğine, iman tahtasına, kalbinin üstüne... Doktor var, avukat var, öğrenci, dekan, ev kadınları var. İstanbul da patladı...

Ankara, Antalya, Bursa, Trabzon, Muğla, Eskişehir dövmecileri artık neredeyse sadece bu imzayı kazıyor. 29 Ekim'lerde, 10 Kasım'larda Mustafa Kemal için ücretsiz çalışan 200'ün üstünde dövmeci var.

Dini gerekçelerle dövme yaptırmayan, otomobiline yapıştırıyor. Taksilerin camlarında... Motosikletine, hatta, bebe arabasına yazdıranı görüyoruz. Atatürk imzalı küpe kulaklarda, rozet yakalarda.

Ölümünün üzerinden taaa 72 sene geçtikten sonra, hiç tanışmadığı, hiç görmediği insanların bedenine imzasını atan bir başka lider var mı dünyada?

Neymiş, işten atarlarmış...
Bizim işimiz Atatürk.

Memleketimin güzel kadınları, giydirin çocuklarınızı güzel güzel, doğum günüdür bugün... Çünkü, her 10 Kasım, aslında 19 Mayıs'tır.

Cumhuriyet dediğin, korkak babalar tarafından kaybedilir, yürekli evlatları tarafından geri alınır.

Mustafa Kemal, ilelebet payidardır.

Mustafa Kemal Atatürk

Mustafa Kemal Atatürk, 10 Kasım 1953'te Anıtkabir'e defnedildi. 19 Kasım 1953'te katafalk ziyarete açıldı. İlk gün 70 bin kişi geldi. 75'inci ölüm yıldönümünde, sadece 10 Kasım günü, 1 milyon 89 bin kişi vardı. Anıtkabir'e her yıl ortalama 4 ila 9 milyon yurttaş koşuyor, dua ediyor, Atatürk devrimlerine bağlılığını sunuyor. Ortalama 6 milyon kişi kabul etsek... 1953'ten bu yana 63 yılda, 378 milyon kişi Anıtkabir'i ziyaret etti. Böyle bir hadisenin, dünyada örneği yok.

İsmet

Sayın basınımız koro halinde aynı haberi veriyor... Ali Kemal'in torunu Boris Johnson, İngiltere dışişleri bakanı oldu. Dedesi Osmanlı'nın dahiliye nazırıydı, torunu Kraliçe'nin hariciye nazırı oldu.

Doğru.

Ama eksik.

Doğru tarafı şu... Ali Kemal, 1903 yılında İsviçre'de kendisinden 10 yaş küçük Winifred'e âşık oldu, Winifred'in annesi İngiliz, babası İsviçreli'ydi, evlendiler, nikahı papaz kıydı, Winifred müslüman olmadı ama, Ali Kemal eşine "Fitret" adını verdi, ilk çocukları bir aylıkken öldü, sonra Selma, sonra Osman doğdu, 1909'da, Fitret henüz 26 yaşındayken vefat etti, Ali Kemal bunalıma girdi, bir süre İngiltere Wimbledon'da yaşamaya çalıştı, yapamadı, çocuklarını kayınvalidesi Margareth'e emanet etti, şartları uygun hale getirince çocukları yanıma alacağım dedi, İstanbul'a döndü, birinci dünya savaşı patladı, İstanbul işgal edildi, memleket yangın yerine döndü, çocuklarını getiremedi, anneanne Margareth torunlarını İngiliz olarak yetiştirdi, Osman adını değiştirdi, Wilfred oldu, subay oldu, pilot oldu, ikinci dünya savaşında gösterdiği cesaret ve yararlılık nedeniyle İngiliz Üstün Liyakat Madalyası aldı, evlendi, oğlu oldu, oğlu da evlendi, Boris doğdu... Şimdi diyeceksiniz ki, Boris diye İngiliz olur mu, Rus adına benzemiyor mu? Haklısınız... Tam adı, Alexander Boris de Pfeffel Johnson... Annesiyle babası Meksika'da tatildeyken, annesi hamile, doğum belirtileri ufak ufak başlıyor, telaşlanıyorlar, Meksika'da doğum yapmak istemiyorlar, havalimanında fıldır fıldır bilet ararken, Rus bir işadamı iyilik yapıyor, kendisine ait New York biletini hediye ediyor, New York'ta doğum oluyor, iyiliksever Rus'un hatırasına Boris adı ilave ediliyor, Boris büyüyor, gazeteci oluyor, siyasete atılıyor, Muhafazakar Parti'den milletvekili oluyor, Londra belediye başkanı oluyor. Ve, dışişleri bakanı oluyor.

Peki ya eksik olan tarafı ne?

O da şu...

Gazeteciydi Ali Kemal.

İngiliz finosuydu.
Vahdettin'le birlikte İngiliz Muhipleri Cemiyeti'nin kurucusuydu.
Milli mücadeleye düşmandı.
"Avrupa ile başa çıkmayı hangi Asya kavimi başardı ki, biz başarabilelim" diye makaleler döşeniyordu, bugünkü AB'ciler gibi, Avrupalıların illa başımızda bekçi olarak dikilmesini istiyordu.

Mustafa Kemal'den nefret ediyordu, milletin başına bela olarak görüyordu, "onunla tokalaşmak, eşkıyaya el uzatmaktır" diyordu. Hatta... "Derme çatma bir ordu, dövüşüp duruyorlar, zırzoplar, tam istiklal isteriz diye tutturmuşlar, halbuki ne demiş Arap, elhekmü limen galebe, galibin dediği olur, işte bu kadar" diyordu.

Hızını alamıyor, Mustafa Kemalcileri "sevinçle" şöyle tarif ediyordu: "Çanlarına ot tıkanıyor, moralleri pek düşük, çoğu yalınayak, teçhizatları noksan, gerçi birkaç kamyonları var ama, hepsi kullanılmaz halde, motorları bozuldu mu tamir edilemiyor, benzinleri yok, yedek parçaları yok, taşıma için ancak mandaları var, Mustafa Kemaller faydalı hiçbir işe yaramazlar, hamdolsun sayıları azdır, hastalanmış uzuv gibi kesip atmalı!"

Böyle bi haindi.

"Berduş" diyordu Mustafa Kemal'e... "Medeniyet dünyasını aleyhimize çevirmek için Anadolu'da havsalaya sığmaz delilikler, cinayetler işliyor" diyordu. "Eyy müslüman kardeşlerimiz, teşkilat-ı milliyeye aldanmayınız, bolşevik kafası taşıyan yurtsuz serserilerdir bunlar" diyordu. "Bu millici mahluklar kadar, başları ezilmek ister yılanlar hayal edilemez, düşmanlar onlardan bin kere iyidir" bile diyordu.

Neticede...
Bedelini ağır ödedi.
Linç edildi.

Çocuklarını İngiltere'de bırakıp İstanbul'a döndüğünde, ikinci evliliğini yapmıştı. Kendisi 44 yaşındayken, Tophane müşiri Zeki paşa'nın 18 yaşındaki kızı Sabiha'yla nikahlanmıştı. Bir oğlu daha olmuştu.

Ali Kemal öldürülünce, Sabiha oğluyla birlikte İsviçre'ye gitti.

Oğlu hukuk tahsili yaptı, üniversiteyi bitirince "memlekete döneceğim" diye tutturdu. Aile büyükleri itiraz etti, "seni yaşatmazlar orada" filan diye dil döktüler ama, nafile... Bindi trene, Ankara'ya geldi. İngilizce, Almanca, Fransızca bilen, donanımlı bir gençti. Dışişleri bakanlığının memuriyet sınavına girdi. Kazandı.

Cumhurbaşkanımız, İsmet İnönü'ydü. Dışişleri sınavını kazananların dosyalarını getirdiler, masasına bıraktılar. Birinin üzerinde "menfi" notunu gördü. "İşe alınması muvafık değildir" yazıyordu. Sakıncalı'ydı yani, uygun değil'di. Açtı dosyayı, okudu. Kırmızı kalemle belirtilmişti, Ali Kemal'in oğluydu.

Çizdi menfi'nin üstünü, müspet yazdı, çizdi muvafık değildir'in üstünü, muvafakat ediyorum yazdı, imzaladı. "Devlete kin yakışmaz, biz bu cumhuriyeti kanla kurduk ama, insanla büyüteceğiz" dedi. Dosyayı uzatırken de ekledi, "ben bunu Gazi'den öğrendim" dedi.

Ulusalcılar...
İşte budur.

Ali Kemal'ın oğlu Zeki Kuneralp'ti. Paris, Bern, Londra, Madrid büyükelçimiz oldu. Dışişleri bakanlığı müsteşarımız oldu. Ali Kemal, Amerikan fıştıklamasıyla doğu'daki şehirlerimizi altın karşılığında Ermenilere satmamızı öneriyordu... Kadere bakın ki, oğlu Madrid'de Asala'nın saldırısına uğradı, makam otomobiline ateş açıldı, Zeki Kuneralp otomobilde değildi, eşi Necla Kuneralp'le birlikte, bacanağı emekli büyükelçi Beşir Balcıoğlu ve İspanyol makam şoförü Antonio Torres hayatını kaybetti.

Bitmedi...
Ali Kemal'in torunu, Zeki Kuneralp'in oğlu Selim Kuneralp, babasına açılan yoldan yürüdü, Stockholm ve Seul büyükelçimiz oldu, AB daimi temsilcimiz oldu, Dünya ticaret örgütü daimi temsilcimiz oldu.

Çünkü...
Bu cumhuriyeti kuran ulusalcılar, kendilerine "başı ezilesi yılan, kesilip atılması gereken hastalıklı uzuv" diyen, "idam" edilmelerini isteyen vatan haininin suçunu, evladına çektirmemiş, sahip çıkmış, bağrına basmış, senden-benden diye ayırmamış, ötekileştirmemişti.

Ve, hal böyleyken...
"Ali Kemal'in torunu İngiltere dışişleri bakanı oldu" diye ballandıra ballandıra yazan, öbür torununu yazmayan, öbür torunundan hiç bahsetmeyen sayın basınımız, ne diyor hâlâ ulusalcılara?

Irkçı, faşist, darbeci, hastalıklı zihniyet filan diyor.

Sizi gidi...
2016 model Ali Kemaller sizi!

İsmet İnönü

Tam adı, Mustafa İsmet İnönü'ydü. 1884'te İzmir'de doğdu. Yemen'de, Kafkas cephesinde, Filistin'de görev yaptı. Memleket işgal edilince Anadolu'ya geçti, Mustafa Kemal'e katıldı. Genelkurmay başkanı oldu. Mudanya Mütarekesi'ni imzaladı. Dışişleri bakanı oldu. Lozan Antlaşması'nı imzaladı. Türkiye Cumhuriyeti'nin ilk başbakanı oldu. 10 ayrı hükümette başbakanlık yaptı, 17 yıl 11 ay, cumhuriyet tarihinin en uzun süreyle başbakanlık yapan kişisi oldu. İkinci cumhurbaşkanımız oldu. Türkiye'yi ikinci dünya savaşından uzak tutmayı başardı. Türkiye'yi çok partili sisteme geçirdi. CHP genel başkanlığı yaptı. Türk siyasi tarihinde, partiiçi muhalefet neticesinde değişen ilk genel başkan oldu. 1973'te vefat etti.

Ahmet Necdet

Tayyip Erdoğan racon kesti...
"Cumhurbaşkanı dediğin partili olmalı" dedi.

İsmet İnönü'nün arkasında partisi vardı.
Hatta, ordusu da vardı.
Celal Bayar'ın partisi vardı.
Cemal Gürsel'in ordusu vardı.
Cevdet Sunay, genelkurmay başkanı.
Fahri Korutürk, kuvvet komutanı.
Kenan Evren'in ordusu vardı.
Turgut Özal'ın partisi vardı.
Süleyman Demirel'in partisi vardı.
Abdullah Gül'ün partisi var.

Ahmet Necdet Sezer?
Türkiye'nin ilk ve tek, partisiz...
Gerçek manada "sivil" cumhurbaşkanıydı.

Var mı çocuklarının ismini bilen mesela? "Kızı Hülya" diye başlayan bi cümle kursam, kaçınız itiraz edebilir, Hülya değil de, Gülay diye? "Oğlu Hakan" desem... Var mı nerede çalıştıklarını bilen? Babaları Çankaya'dayken VIP'e girdiklerini gören? Elalemin yatında, otelinde rastlayan?

First lady desen... Cebinden giyiniyordu, hâlâ cebinden giyiniyor. İnsan bi Atıl Kutoğlu, Sevan Bıçakçı filan ayarlamaz mı? Yani, affedersiniz ama, ne biçim öğretmensiniz hanımefendi... Bu şekilde mi örnek olmalıydınız öğrencilere?

Hayali ihracatçı yeğenini duydunuz mu hiç? Devlet kredisiyle ihale kapan kuzen, alışveriş merkezinde mısır tezgahı açan kayınço? Sen benim kim olduğumu biliyor musun diye rüzgar yapan müteahhit kanka, oraya buraya müdür olarak sokuşturduğu komşu? Hamili kart yakinimdir diyen damat? Nerde kardeşim, parmağında kuru soğan büyüklüğünde pırlantalarla şatafatlı pozlar veren gelin?

Mücevher, saat, tablo, heykel... Kendisine hediye edilen 1243 parça'nın 1243'ünü de bıraktı köşkte! İnsanın içi gidiyor, al götür evine di mi... Götürmedi.

Avantaları bıraktığı gibi, papelleri de bıraktı. Kafana göre savur denilen ödeneği harcamadı. 46 trilyon liracık. Yetim hakkı dedi, babalar gibi satan Maliye'ye iade etti.

Ye, yemedi, gez, gezmedi...
Bırak biz yiyelim, ona da izin vermedi.

Zaten, kırmızı'da durmasından belliydi. Kaymakam bile durmuyor, İsveç mi burası, koskoca devletin başı... Niye duruyorsun? Normalde, vatandaşı çiğneyip geçmeliydi.

14 makam aracını geri verdi. Halbuki, oturma odasına Mercedes'le, mutfağa jip'le gitmeli; uçağına bavul olarak bile almadığı gazetecileri bahçede limuzinle gezdirmeliydi. Yazları, Okluk'a geçmedi.

Oğlu evlendi, elektrik faturasına kadar kendi kesesinden ödedi. Eşi bileğini kırdı, röntgen kuyruğuna girdi. Annesi vefat etti, sivil plakayla gitti, camide flap flap fors yapmadı, taziye ilanı vermeyenlerin defterini dürmek için, kenara not etmedi. Aşçıyı, garsonu azalttı. Yerli ürün kullandırttı. Partisiz olduğu için... Resmi davetler hariç, eşe dosta parti vermedi.

Yalaka basınımız yazmadı ama, aslında "neyi korumaya çalıştığını" tarih yazacak elbette... Vizyon denilen kavramın, Beyaz Saray'a koşup, akıl danışmaktan ibaret olmadığını kanıtladı.

Yeminine sadık kaldı.
Hukuku üstün kıldı.

E yaranamadı haliyle...
Uymadı bize.
Partili olsun.

Ahmet Necdet Sezer

1941'de Afyonkarahisar'da doğdu. Ankara Üniversitesi Hukuk Fakültesi'nden mezun oldu, medeni hukuk alanında yüksek lisans yaptı. Yargıtay üyeliği yaptı. Anayasa Mahkemesi asil üyeliğine atanan en genç üye oldu. Anayasa Mahkemesi Başkanı seçildi. DSP, MHP, ANAP koalisyon hükümeti tarafından aday gösterildi, muhalefet partileri DYP ve Fazilet destek verdi, beş partinin uzlaştığı isim olarak, 10'uncu Cumhurbaşkanımız seçildi. 16 Mayıs 2007'de görev süresi doldu. Ancak, 11'inci cumhurbaşkanı seçilemediği için, ülke erken seçime gittiği için, 27 Ağustos 2007'ye kadar görev yaptı.

Rauf

Filmlerdeki kahramanlar...
Uzun boylu.
Kalıplı.
Atletik yapılı.
Üçgen vücutlu filandır.
Sert mizaçlı.

Haşin bakışlıdır.

Bu sahici kahraman ise...
Göbekli iyi mi!
Hatta obez.
Bodur.
Üstüne kel.
Kıkır kıkır da gülümsüyor.

Halbuki...
Beşparmak Dağları orası, yeraltı lideri, kod adı Toros, kan gövdeyi götürürken çekilmiş siyah-beyaz bi fotoğraf karesi, belinde kemer gibi sarılmış mermi şeritleri, elinde hafif makineli.

Henüz genç.
Ama, göbiş aynı göbiş.

Rahmetlinin en ilgimi çeken tarafı, buydu...
Sıradan insanların kahraman olabileceği gerçeği.

Maalesef, savaş veya casus filmlerinde arıyoruz, o tornadan çıkmış çakma kahramanları... Gel gör ki, atlayan zıplayan, uçan kaçanla yazılmıyor harbi destanlar... Yürekle yazılıyor.

Ve sanırım, kalıbından utanması gereken zavallı tipler, kendi gölgesini heybet zannederken... O koskoca yüreğini taşıyabilmek için, o kadar genişti o küçücük gövdesi.

Rauf Raif Denktaş

1924'te Kıbrıs Baf'ta doğdu. Ortaokulu İstanbul'da yatılı okudu, liseyi Kıbrıs'ta tamamladı. İngiltere'de hukuk diploması aldı. Kıbrıs'a döndü, avukatlık, savcılık yaptı. Doktor Fazıl Küçük'ün desteğiyle Kıbrıs Türk Kurumlar Federasyonu Başkanı seçildi. Türk Mukavemet Teşkilatı'nı kurdu, direnişi örgütledi. Kuzey Kıbrıs Türk Cumhuriyeti'nin kurucu cumhurbaşkanı oldu. Dört kez cumhurbaşkanı seçildi, 2005'te aday olmadı. 2012'de 88 yaşında vefat etti. Katıksız yurtseverdi, "Türkiye olmadan cennete bile girmem" derdi. Türkiye'deki tüm camilerde sala okundu. Lefkoşa'daki Cumhuriyet Parkı'nda toprağa verildi.

Ali Şamil

1 metre 10 santimdi.
Enver paşa'ya hediye edildi.
Köle gibi.
Soytarı yaptılar onu.
Tuhaf kıyafetler giydirdiler.
Sırmalı cepkenler, cartlak renkli şalvarlar, kafasından büyük sarıklar.... Kadınları eğlendirdi. Çocukları güldürdü.

Birinci dünya savaşında çarşı karıştı, Enver apar topar İstanbul'dan ayrıldı, biraz da onlara kahkaha attırsın diye, Vahdettin'in kızı Ulviye sultan'ın sarayına verdi Ali Şamil'i... Ulviye sultan'ın eşi İsmail Hakkı bey mert adamdı, tavla arkadaşı yaptı bu küçük boylu insanı, alay ettirmedi, ezdirmedi, korudu kolladı.

Gel zaman git zaman... Milli mücadele başladı. Yurtseverler Anadolu'ya akıyordu. Padişah'ın damadı İsmail Hakkı bey de onlardan biriydi, Mustafa Kemal'e katılmak için gizli gizli hazırlık yapıyordu. Saray'ın damadı kuvayi milliyeye katılacak, olacak şey değildi tabii... Bu nedenle mecburen, Anadolu'ya geçme niyetini eşi Ulviye sultan'dan bile saklıyordu. Sadece tavla arkadaşına, Ali Şamil'e çıtlattı. Saraydan sadece onunla vedalaşmak istemişti. Pişman oldu... Çünkü, o kocaman yürekli küçük insan, alenen tehdit etti, ya beni de götürürsün, ya da niyetini sultan'a anlatır, senin gitmeni de engellerim dedi! İsmail Hakkı beyin gözleri buğulandı, karşısına dikilen küçücük bedende, dağ gibi bir adam duruyordu, kucaklaştılar, öz kardeş gibi... Kuştüyü yastıklarını, bi kuşsütü eksik sofralarını geride bırakıp, sahte kimlikler, köylü kıyafetleriyle maceraya atıldılar. Ağaç kovuklarında, kuytularda sabahladılar. İşgalcilerin kontrol noktalarını aşıp, Adapazarı üzerinden Ankara'ya ulaştılar.

Haberi vardı Mustafa Kemal'in...
Çağırdı. Gittiler.
"Hayatımın en unutulmaz akşamıydı" dediği akşamı yaşadı Ali Şamil... Mustafa Kemal'le kadeh tokuşturdu.

Sonra?
Üç sene boyunca, İsmail Hakkı bey nereye, Ali Şamil oraya, kah su taşıdı, kah telgraf, kah boyu kadar tüfek... Elinden ne

gelebiliyorsa, çırpındı, fazlasını yaptı. Her cephede, kelle koltukta yaşadı. İzmir'e girenlerin hemen arkasındaydı.

O göğsünde gördüğünüz, İstiklal Madalyası.

Günümüzün "gönüllü saray soytarıları" kavrayamaz.
19 Mayıs bu ruhtur.

Ve... Osmanlı'nın zoraki kulu-kölesi Ali Şamil, Cumhuriyet'te eşit yurttaş olmanın onurunu yaşadı. Osmanlı'da "ona gülüyorlar"dı, Cumhuriyet'te o güldü, "Güler" soyadını aldı. 9 Eylül'de girdiği İzmir'den ayrılmak istemedi. Basmane Garı'nda memur oldu.

Van gölü sahilinde, Bitlis'in Ahlat ilçesinde dünyaya gelmişti, Enver paşa'nın doğu teftişi sırasında özgürlüğü elinden alınmış, adeta mal gibi hediye edilmişti. Cumhuriyet ona sadece özgürlüğünü değil, ailesini de geri verdi. Milli mücadeleden sonra, henüz çocuk yaşlardayken ayrıldığı akrabalarını buldu. İki defa evlendi. Neticede vade doldu, 1978'de rahmetli oldu, İzmir Kokluca'da yatıyor.

Rahat uyu aslan yürekli cüce.

Görecekler gene... Boyundan bosundan utanmayanlardan, gönüllü saray soytarılarından ibaret değildir bu ülke.

Ali Şamil Güler

İsmail Hakkı Okday

Ali Şamil'i yukarda anlattık, burada İsmail Hakkı'yı anlatalım. Atatürk'le yaşıttı, 1881'de Atina'da doğdu, Osmanlı'nın son sadrazamı Ahmet Tevfik paşa'nın oğluydu, Galatasaray Lisesi'nden sonra Harbiye'den mezun oldu, kurmay oldu, saraya damat oldu, Vahdettin'in kızı Fatma Ulviye sultan'la evlendi, kızları Hümeyra sultan dünyaya geldi, kurtuluş savaşına katıldı, Batı cephesinde vuruştu, Yunan ordusunun komutanı Trikopis'i esir alanlar arasındaydı, İstiklal madalyası aldı, cumhuriyet kurulunca, Moskova, Anvers, Filibe, Bari, Basra, Viyana, Atina elçimiz oldu, 1977'de İstanbul'da vefat etti, Edirnekapı Şehitliği'ne defnedildi. İsmail Hakkı, saltanat mensupları arasında sürgün edilmeyen tek insandı... Kızı Hümeyra sultan, 1926'da, dokuz yaşındayken, Atatürk'ün özel izniyle, babasının pasaportuna kayıtlı olarak Türkiye'ye geri dönen ilk ve tek hanedan mensubu oldu, 1939'da İsmet İnönü'nün cumhurbaşkanlığı döneminde Türk vatandaşlığına kabul edildi.

Mustafa

Eş anlamlı bilinir ama...
Zengin olmak başka şeydir.
Varlıklı olmak başka şey.

Her zengin, varlıklı değildir.

Zengin...
Para, mal, mülk istifler.
Hayatı ıskalar.
Varlıklı...
Bilim, kültür, sanat biriktirir.
Hayatın tadını çıkarır.

Zengin, ömrü boyunca kaç paraysa öder, çiçek satın alır.
Varlıklı, hayatı kırmızı karanfil gibi yakaya takabilmektir.

Zengin, kabarık cüzdandır.
Varlıklı, yüklü hobidir.
Zengin, sahip olduğunun esiridir.
Varlıklı, edindikçe özgürleşir.

Zenginin banka hesabıyla beraber egosu da büyür, burnundan kıl aldırmaz, tepeden bakar, kendini kaf dağında görür... Dağlar kadar servetine rağmen, halkın nazarında mütevazı kalabilmektir varlıklı.

Zengin, alt tarafı sıfattır.
Varlıklı, karakterdir.
Zengin, kaypaktır, yalakadır.
Varlıklı, siyaset üstüdür.

Zengin, nalıncı keseridir.
Topluma duyarsız kalabilir.
Varlıklı, etrafa yararlıdır.
Farkındadır.

Zengin, hep alır.
Varlıklı, vermesini de bilir.

Maganda zengin, dolu.
Cahil varlıklı göremezsiniz.

Zengin, lisan bile bilmese, bavulu kapıp kaçmaya müsaittir.
Varlıklı, dünya vatandaşıdır ama, yerlidir, millidir.

Zengin olmadan da varlıklı olunabilir ama...
Maharet, hem zengin olup, hem Mustafa Koç olabilmektir.

(Para bazen cesur insanları bile satın alabilir, cesareti asla alamaz. Caroline Koç mesela... En son, değerli ağabeyim Levent Kırca'nın cenaze töreninde görmüştüm. Sadece camiye taziyeye değil, toprağa vermeye kabristana kadar gelmişti. Levent Kırca'nın eşi Aslı Çetiner'in arkadaşıydı. "Zengin" tabir edilen pekçok korkak, aman benim ismim Levent Kırca'yla aynı haberde geçmesin diye ortadan kaybolurken... Mustafa Koç'un eşi, ne derler diye düşünmemiş, Türkiye'nin "en varlıklı ailesi"nin ferdi olarak, son görev için arkadaşının yanında olmuştu. Çünkü, usta sanatçıya, arkadaşına ve kendisine olan saygısı, elalem ne der endişesinin çok üstündeydi.)

Mal da yalan, mülk de yalan, var biraz da sen oyalan...
Zenginlik geçicidir.

Varlık ise, bakidir.

Zenginin cenazesi kalabalık olur ama, gözyaşı yoktur.
Kendisiyle hiç tanışmamış insanların Mustafa Koç'un ardından hissettiği samimi üzüntünün sebebi, artık aramızda olmamasına rağmen, hayatımızdaki varlığı'dır.

Mustafa Vehbi Koç

1960'ta dünyaya geldi. 2003'te Koç Holding yönetim kurulu başkanlığına oturdu. 12 senede beş kat büyüttü. Tüpraş ve Yapı Kredi, onun başkanlığı döneminde gruba katıldı. Ocak 2016'da henüz 56 yaşındayken kalp krizinden vefat etti. 29 Ekim doğumluydu. Cumhuriyetçi'ydi. Atatürkçü'ydü.

Fazıl

Heykel, ucube...
Sinema'yı yık, alışveriş merkezi yap.
Tiyatro desen, hem yönetimden maaşını alacaksın, hem yönetime verip veriştireceksin, yok öyle.
Bale, belden aşağı...
Dizi zaten, ecdadımıza uymuyor.

Yunus Emre sansürleniyor.
Fareler ve İnsanlar sakıncalı.
Şeker Portakalı erotik bulunuyor.
Garfield şüpheli şahıs.
Cinderella gözaltına alınıyor.
Metalci selamı veren gençler, ülkücü zannedilip içeri tıkılıyor.
Solcu müzik grubunun el koyulan bağlama'sında parmak izi aradılar.

Suna Kan'ın konser bileti delil oldu.
İdil Biret'in konseri tekbirle basıldı.
Hürrem türban taktı.
Spiderman namaza başladı.

Müjdat Gezen habire yargılanıyor.
Levent Kırca savcılığa veriliyor.
The Simpsons'taki komedi çizgi karakterler dini değerleri aşağıladı diye, rtük tarafından ceza kesildi abi.

"Çevirmen" mahkemeye veriliyor, bu kitabı niye "yazdın" diye hesap soruluyor!
Paul Auster "cahil adam..."

Başbakanımız, Türk Dil Kurultayı'nın manasına uygun olarak, Türkçemizin abideleşmiş şairi Fazıl Hüsnü Dağlarca'nın "Sanat" isimli şiirini okumak istiyorum diyor, okuyor, salon ayakta alkışlıyor... Ki, o şiir Faruk Nafiz Çamlıbel'in.

İlkokul öğrencilerine tavsiye edilen 100 temel eseri değiştirdiler... Heidi dua ezberleyerek huzur buluyor, Pollyanna Allah'ın bahşettiklerinin kıymetini biliyor, Pinokyo teşekkür yerine "Allah razı olsun" diyor, *Üç Silahşörler*'deki Aramis hidayete eriyor. La Fontaine'in tilkisi bile "Allah yolunu açık etsin" diyor.

Fazıl Say hapse mahkum ediliyor.

İhbar ediyorum...
Hamlet itikadımıza ters.
Othello'da töre cinayeti işleniyor.
Pamuk Prenses denilen kaltak, yedi tane herifle aynı evde yaşıyor.
Rapunzel kuleye erkek alıyor.

Fazıl Say

1970'te Ankara'da dünyaya geldi. Dört yaşında piyanoya başladı. Ankara Devlet Konservatuarı'nda üstün yetenekli çocuklar statüsünde eğitim gördü. İlk eserini henüz 14 yaşındayken besteledi. Klasik batı müziğinde Türkiye'nin dünya çapında gururu oldu. Avrupa Birliği tarafından kültür elçisi unvanıyla görevlendirildi. Ömer Hayyam'a ait bir rubaiyi retweet ettiği için, dini değerleri aşağılamak suçundan 10 ay hapis cezasına çarptırıldı.

Nesimi

Halk ozanıdır. Koca yürek... Anadolu'nun bağrından kopar, yolu Paris'e düşer. Bi başına. Karnı aç. Elleri cebinde dolaşırken, bakar ki, sokak çalgıcıları var, müzik yapıyorlar, para topluyorlar. Çöker bi köşeye, cura'sını tıngırdatmaya, yanık yanık söylemeye başlar:
"Aç kulaklarını dinle sözümü, yalan söz gerçeğe tuzak değil, insan hakkını hak bilen kişi, özünde nur doğar yalan ateşi, kamili taşlamak cahilin işi, cahilden kötülük hiç uzak değil..."

Tesadüfen ordan geçerken, durup dinleyenler arasında Abidin Dino da vardır. Çağdaş Türk resminin öncülerinden, ressam, karikatürist, yazar, yönetmen... Entelektüel çevrede büyüyen, Robert Kolej mezunu, bizzat Mustafa Kemal tarafından resim ve sinema eğitimi için Rusya'ya gönderilen... ABD'de Fransa'da sergiler açan, Fransa Plastik Sanatlar Birliği Onursal Başkanı olan, Fransa Kültür Bakanlığı'ndan Altın Şövalye Nişanı alan, New York Dünya Sanat Sergisi Danışmanlığı yapan... Siyasi görüşleri nedeniyle ordan oraya sürgüne gönderilen Abidin Dino.

Tanışırlar... Kasketli, pala bıyıklı, buram buram Anadolu kokan ozan'ın kalacak yeri olmadığını öğrenir, koluna girer, evine davet eder. Dilbilimci, yazar, Paris Ulusal Bilim Merkezi'nde görev yapan, öğretim üyesi doçent eşi Güzin Dino, sofrayı kurar. Otururlar, sohbete koyulurlar. Laf lafı açar, ozan der ki, beni yarın çarşıya götürür müsünüz? Hayrola derler, ne lazımsa biz sana alalım... "Bale ayakkabısı alacağım" der! Dino'lar şoke olur. Kara yağız ozan, o şahane şivesiyle devam eder: "Benim oğlan balet de... Ona göndereceğim."

Çünkü...
Nesimi Çimen'dir o.

Türkü derleyen, ilk plak çalışmasını 1964'te yapan, Almanya'da, Fransa'da, İsveç'te albümler çıkaran, dünyanın en önemli müzikhollerinde sahne alan, Türkiye'de ha bire gözaltına alınan, işkence gören, sürüm sürüm süründürülen, yılmayan, ömrünün sonuna kadar hiç sosyal güvencesi olmayan, yurtdışından gelen teliflerle mütevazı yaşamını sürdürmeye gayret eden... Sazın sözün, üç telli cura'nın ustası.

Aslen Tunceli Hozatlı. Kayseri'de ırgatlık yaparken, aşiret ağasının kızı Dilber'e âşık olur, Dilber de ona, kaçarlar, Adana'ya... Evlatları olur. Almanya'ya işçi yazılır, nefes darlığı olduğu için kabul edilmez. Kalaycılık filan yaparken, Yaşar Kemal'le tanışır. Onun yardımıyla İstanbul'a göçer, gecekondu kiralar, mozaik fabrikasında işe girer. Fabrika greve gider, Nesimi'yi kovarlar. Ayazda kalır. Dokuz yaşından beri çalıp söylediği cura'sına bakar, ekmeği senden çıkaracağız der, ozan'lığa başlar. Tek kelimeyle, müthiştir. Anında tanınır. Efsane haline gelmeye başlayan bu gariban'ın tek göz oda gecekondusuna gelip gidenler arasında, Yaşar Kemal'in yanısıra, gazeteci İlhan Selçuk, sosyolog siyasetçi Behice Boran, caz-pop divası Tülay German, Yılmaz Güney, heykeltıraş Kuzgun Acar, yönetmen Atıf Yılmaz, Âşık Mahsuni Şerif vardır... Ve, kurban olduğum, Can Yücel.

Yurtdışında eğitim için devlet bursunu bileğinin hakkıyla kazandığı halde "torpil yaptı dedirtmem, seni gönderemem" diyen Milli Eğitim Bakanı Hasan Ali Yücel'in oğlu... Biriktirdiği harçlıkları, kendi yerine gönderilen ve beyin cerrahisinde çığır açan, canciğer arkadaşı Ordinaryüs Profesör Gazi Yaşargil'e veren... Alnı açık yürüyen, Cambridge Üniversitesi'ne gitmeyi başaran, zırt pırt içeri tıkılan, oralı bile olmayan, tınmayan... Bana göre, Türkiyemin en heyecan verici şairi Can Yücel.

Bi gün, Nesimi'nin henüz bebekken eline cura verdiği oğluna bakar şöyle Can Yücel... "Bu çocuğu Konservatuara göndersene birader" der. Nesimi de "peki" der.

Girer sınava oğlan, doğuştan kabiliyet, İstanbul Devlet Konservatuarı'nı birincilikle kazanır. Keman bölümüne yazarlar. Yazarlar ama, keman alacak parası yok. Okul hediye eder... Hediye kemanla dört sene okur. Öbür masrafları Can Yücel tarafından karşılanır. Ancak... Ciddi bir sorun vardır. Akşamları evde ders çalışması mümkün değildir. Tam eline kemanı aldığında, sofra kurulur, eş dost, türkü başlar, oğlan da mecburen cura'sına sarılır, babasına eşlik eder. E böyle olmayacak, sonunda karar verir, ev ödevi olmayan bir bölüme geçmelidir... 14 yaşında giyer taytını, Bale bölümüne geçer. Önceleri gizler babasından... Sonra öğrenir baba... Dedim ya, koca yürek, gülümser, evladına şöyle der: "Nerde mutluysan, orda yaşa!"

Geceleri pavyonlarda bağlama çalarak cep harçlığını çıkarır, babasıyla köy köy dolaşır, derleme çalışmalarına katılır, Orhan Gencebay'ın arkasında çalar, neticede Konservatuar'dan mezun olup, İstanbul Devlet Opera ve Balesi'ne girer.

Mazlum Çimen'dir o.

Nesimi'nin, zulüm görmüş, haksızlığa uğramış manasında "Mazlum" adını koyduğu oğlu... Adının hakkını verircesine, henüz sekiz yaşındayken babasıyla birlikte gözaltına alınan, babasının işkence görmesine şahit olan Mazlum.

20 sene klasik eserlerde, *Yedi Kocalı Hürmüz*'den *Hisseli Harikalar Kumpanyası*'na sayısız müzikalde dans etti. Edip Akbayram'a Fatih Kısaparmak'a besteler verdi. Film müzikleri yaptı, Altın Portakal ve Altın Koza'nın yanısıra, Almanya'dan, Fransa'dan, İsviçre'den ödüller kazandı. Dizi film müzikleri yaptı, mesela, Orhan Kemal'in ölümsüz eseri *Hanımın Çiftliği* gibi... Kendisinin çalıp söylediği, albümler çıkardı. Oğluyla birlikte Çimen Müzik'i kurdu.

Oğul da, Saki Çimen...
Nesimi'nin torunu.
Piyanist.

Dedesinin türküleriyle büyüdü, 13 yaşındayken ilk bestesine imza attı. Kendisine ait 11 besteyle *Rastgele* albümünü çıkardı. Saki piyano çaldı, Cem Yılmaz bateriyle, Kürşat Başar saksofonla, Cahit Berkay yaylı tamburla, Nebil Özgentürk bağlamayla, Erdem Akakçe gitarla, Sırrı Süreyya Önder cümbüşle eşlik etti.

Bale ayakkabısına dönersek...
Paris'ten geldi Nesimi, bale ayakkabılarını oğluna verdi, orda biriyle tanıştım dedi, gitar çalıyor, çok önemsiyorlar adamı... Kim acaba? Bilmiyorum dedi, yağmurlu bi havaydı, curamı ceketimin içinden çıkardım, adam çok şaşırdı bunu mu çalıyorum diye, ben çaldım, o adam sanki küçüldü küçüldü curanın içine girdi, ööyle dinledi.

Senelerce bunu anlattı.
Gel zaman git zaman...
Paris bavulunun içinde bir fotoğraf buldu Mazlum... Babası cura çalıyor, "o adam" adeta büyülenmiş gibi, nefesini tutmuş dinliyor. Vayyy dedi, koştu babasına, fotoğrafı gösterdi...

O adam, bu adam mıydı?
Evet dedi Nesimi...

Peter Gabriel'di.

Progressive rock denince ilk akla gelen, Genesis'in kurucusu... Grup ve solo albümleri 250 milyon satan, altı Grammy'si ve Oscar adaylığı bulunan, İngiliz kült müzisyen.

Ve...
Yaktılar o Nesimi'yi!
Sivas'ta yakılanlardan biri.

Değerli gençler...
Ne salt Alevilerdir kıyılan aslında, ne hukuk garabetidir, ne de güvenlik zafiyeti... Hepsi sığmayacağı için, sadece bir örnek verdim, yukarda adı geçenleri sıralayın lütfen alt alta.
Anadolu kültürünü muhafaza ederek, müzikle baleyle

resimle sinemayla, akılla bilimle eğitimle, Batı'ya yelken açan yolculuk'tur asıl önlenmek istenen... Yobazlığı hakim kılmaktır.

Nesimi Çimen

Dünya cennet olsun, yaşasın insan / gelin barışalım, dökülmesin kan / son bulsun savaşlar, kesilsin figan / barış güvercini uçsun dünyada... / insancıl insanlar barıştan yana / ancak zalim olan kıyar insana / barış aşkı yayılmalı cihana / barış güvercini uçsun dünyada... Bunu diyen adamı, Sivas Madımak'ta diri diri yaktılar. Karacaahmet'te yatıyor.

Bahadır

Bir fotoğraf.
Siyah-beyaz.
Arkasına "1969" diye not düşmüş babam, "Yılmaz'ın en sevdiği arkadaşıyla tanıştığı gün..."

Mevsim, yaz.
Kısa pantolonlu, dizleri yara bere içinde, saçları üç numara, bileğinde sünnet saati, elinde balonla, kara kuru ben... Yanımda o.

Tombiş.
Koca kafalı.
Yüreği daha kocaman.
Gözlerinde kederli bulutlar gezinen, sohbet ederken için için hıçkıran, hüzünlü arkadaşım.

Hemşerim...
Denizi kız, kızı deniz, sokakları hem kız hem deniz kokan İzmirimin, duygusal delikanlısı... Uslu. Terbiyeli.

Kız annelerinin bile "çocuğum mutlaka tanışsın, onunla arkadaş olsun" dediği, İstanbul ağzıyla kanka, İzmir tabiriyle cankuş.

Yıllar geçti...
Büyüdük tabii.
Mesleğe başladım.
Çömez muhabirim...
Çömeziz ya, kendi arkadaşlarımızı dünyanın merkezi sanıyoruz...

Gittim, ilk röportajımı onunla yaptım.

"Bu kadar arkadaşın var, bu kadar seviliyorsun, neden mutsuzsun" diye sordum.
Etrafını işaret etti bana.
Yalnızdı...
Kalabalık içinde yalnız!

Ve, o gün öğrenmiştim gerçeği...
Altı yaşındayken gelmişti İzmir'e, ailesinden koparılıp... Bir daha hiç haber alamamıştı, kokusunu özlediği anasından, babasından.
Yalnızdı.

Hem ağladım, hem de utanarak yazdım, o güne kadar hikayesini bilmediğim arkadaşımı.

Biraz da siyaset kattım yazıya...
Çünkü katılmayacak gibi değildi.
İnönü'yle de tanışmıştı, Adnan Menderes'le de... Darbeleri görmüştü, gençlerin çatır çatır birbirine kurşun sıktığı o karanlık günleri de.

Tarih ansiklopedisi gibiydi.
Zeki Müren'i dinlemişti, Müzeyyen Senar'ı... Bülent Ersoy'un parlayışına tanıklık etmişti Fuar'da... Nasıl da yırtardı karanlık gökyüzünü Cem Karaca, işçisin sen işçi kal... Sabahın ilk ışıklarıyla başlayan kadınlar matinesi, Beyaz Kelebekler, Barış Manço... Ferdi Tayfur devleşirken, oradaydı.

Ateşböceği Ercan'ın kırıp geçiren esprilerine kulak kabartmıştı, Devekuşu Kabare'ye, Nejat Uygur'a, hepsine...

Lunapark'ta kıkırdayan bebelerin mutluluğuna da ortak olmuştu, Paraşüt Kulesi'nden atlayanların heyecanına da.

Röportajım manşet oldu, *Yeni Asır*'da.

"Okunur mu acaba" derken...
Bir telefon, bir faks, kıyamet gibi.

Meğer, 60'lı 70'li yaşlarını sürenler dahil, herkes tanıyormuş arkadaşımı... Kimi hatırasını anlatıyordu, kimi beraber çekildiği fotoğrafını koymuş mektubuna... Antalya'da, Diyarbakır'da, Eskişehir'de tanıdıkları varmış.
Büyükle büyük...

Küçükle küçük olmuş.

Hiç unutmam, mutluluktan uçmuştum.
Annemin yaptığı börekle birlikte koşmuştum ona...
Okumuştum tek tek, hemşerilerinin sevgi mesajlarını.

Dinledi, dinledi, dinledi... Sonra da her zamanki gibi, döndü arkasını sessizce, yürüdü, gitti... Kederli.

Pak Bahadur'du o.

Fil diyorlar... Değildi.

Geçen ay kaybettik onu.

Pakistan ormanlarında toprağa basması gereken ayakları, ömrü boyunca betona bastığı için iltihaplanmıştı... Taşımıyordu 59 yaşındaki, 5 tonluk vücudunu... Katlanılmaz ağrıları vardı. Ameliyat şarttı. Narkoz verdiler. Son bir damla gözyaşı süzüldü gözlerinden, kapandı, bir daha da açılmadı... Sözde yuva diye yapılan, paslı çivilerle, üç metrelik çukurla çevrili cezaevindeki tutsak hayatı son bulmuştu... Bitmişti işkence.

Özgür şimdi arkadaşım...

Alabildiğine uzanan Asya enginliğinde gönlünce koştuğunu,
annesine babasına kavuştuğunu, hasretle sarıldığını,
kahkahalarını, "döndüm, geri geldim" diye haykırdığını,
ruhunun ilk kez rüzgar aldığını hissedebiliyorum...

Ve, dün yine açıldı İzmir Fuarı.
Bu defa onsuz.
Kalabalık yine kalabalık.
Ama artık herkes yalnız.

Bahadır

1948'de Pakistan'da dünyaya gelen Pak Bahadur, 1954'te İzmir'e getirilmişti. Affedilmez bir hata yapıldı, 53 sene yalnız yaşadı. 2007'de 59 yaşında vefat etti. İzmirliler, Bahadır'a yapılan işkenceyi bir daha yaşamamak-yaşatmamak için, fuardaki hayvanat bahçesini kapattı,

Türkiye'nin, hatta Avrupa'nın en muhteşem doğal yaşam parklarından birini yaptı. 425 bin metrekare... Hayvanlar kafeslerden çıkarıldı, doğal yaşama kavuştu, fil ailemiz mesela, 15 bin metrekarelik alanda yaşıyor. Bahadır bu doğal yaşam parkında toprağa verildi, anıt mezar yapıldı.

Haberal

Ergenekon'dan tutuklanan Profesör Mehmet Haberal hakkında 500 bin civarında haber-yorum yapılmış...
Bunca haber-yorum yapılırken, Profesör Haberal'la görüşüp, fikrini soran gazeteci sayısı kaç biliyor musunuz?

Sıfır!

Evet, sıfır, hiç yok... Dört senedir hapiste bulunan, gıyabında her türlü atılıp-tutulan Profesör'le bi kez olsun yüz yüze konuşup, siz ne düşünüyorsunuz diye soran gazeteci, görülmedi maalesef.

Halbuki zamanında, özellikle Ankara basını için en popüler insanlardan biriydi. Bırak gazeteciliği filan, eski dostluğa binaen, halini hatırını sormak için bile olsa gidilmeliydi. Gidilmedi.

E, ben gideyim bari dedim.

Avukatı aracılığıyla Adalet Bakanlığı'na başvurdum, açık görüş talep ettim. Hay hay dediler. Şak diye izin verdiler. Peki, açık görüş yapabilmek için birinci derece akraba olmak gerekmiyor mu? Gerekmiyor. Çünkü, Profesör Mehmet Haberal milletvekili... İsteyen her gazeteci görüşür. Yeter ki, iste.

Neyse, gittim Silivri'ye, girdim görüşme salonuna, hiç tanışmamıştık, tanıştık profesörle... Pırıl pırıl tıraşlı, takım elbiseli, kravatlı... İki masa hazırlanmış. Birinin üstü broşür dolu; izah edeceğim dedi. Geçtik öbür masaya, oturduk. Betondan ibaret cezaevinde, görmeyi düşündüğüm en son şey vardı masada... Çiçek sepeti! Rengarenk çiçeklerden zarif bi potpuri hazırlanmış, masaya özenle konulmuş.

En karamsar olunması gereken mekanı, adeta kırmızı karanfil gibi yakasına takmış yani profesör... Güzelleştirmiş.

İzin verirseniz, şuradan başlayayım dedi, antetli bir kağıt çıkardı, hakikaten gözlerime inanamadım... Harvard Üniversitesi'yle "hapisteyken" protokol imzalamış; Harvard Üniversitesi'yle Başkent Üniversitesi, yanık tedavisinde, ortak programla en üst düzeyde akademik eğitim verecekmiş.

Sonra, yan masadaki broşürleri tek tek anlatmaya başladı. "Hapisteyken" Dünya Tıp Etik Bilimler Akademisi'ni kurmuş iyi mi... Hani, örgüt kurmuş diyorlar ya, al sana örgüt... 27 ülkeden 66 biliminsanı bu örgütün üyesi! Bazılarını ihbar ediyorum: ABD'den Profesör Gamelli, Japonya'dan Profesör Aikawa, Kanada'dan Profesör Keown, Almanya'dan Profesör Land, İngiltere'den Profesör Nadey.

Türkiye'de İlk Karaciğer Naklinin 25'nci Yıldönümü Kongresi'ni organize etmiş... "Hapishaneden" tek tek yazışarak, teyitlerini almış, içsavaş halindeki Suriye dahil, 17 ülkeden 42 konuşmacı katılacakmış.

Teee 2014'ün Eylül ayında İstanbul'da düzenlenmek üzere, Ortadoğu Organ Nakli Derneği Kongresi'ni ve Transplant Oyunları'nı organize etmiş... Salonu, saati, davetiyeleri bile şimdiden hazır, gösterdi.

İki ayda bir *Experimental and Clinical Transplantation* dergisini çıkarıyor; hapisten... ABD'den Avustralya'ya Belçika'dan Hollanda'ya İran'dan Pakistan'a dünyaca ünlü otoriteler makalelerini Silivri'ye postalıyor, Profesör Haberal şef editörlüğünü yapıyor, Ankara'da basılıyor, 40 ülkeye gönderiliyormuş.

Bir saat görüştük.
Bir saat bunları anlattı.

Beni aldı, çocukluğuna, odun ateşinin ışığıyla kitap okumaya çalıştığı Rize'deki köyüne götürdü, odun ateşinin ışığından lazer teknolojisine gelmelerini "hayaldi gerçek oldu" diye özetledi, gülümsedi. Fırsat olsa, bir-iki saatliğine çıkabilse, Zonguldak'a gidip yer bakmak istediğini, oraya diyaliz merkezi kurduğunu, bir de hastane kurmak istediğini anlattı. İzmir'e gidersem, kendisinin inşa ettirdiği Zübeyde Hanım Hastanesi'ni görmem gerektiğini, Ankara'ya gidersem, mutlaka Başkent Üniversitesi'nin kampusunda kurduğu Atatürk Müzesi'ni gezmem gerektiğini söyledi; Atatürk'ün İstanbul Akaretler'de oturduğu 76 numaralı evin birebir kopyasıymış. 2015 projelerinden bahsetti, heyecanla, coşkuyla.

Hayatın kıymetini bilecek kadar ölüm, özgürlüğün kıymetini bilecek kadar hapishane gördüm, böyle şey görmedim kardeşim... Profesör Haberal'ın vücudunu oraya hapsetmişler ama, idealleri bir gün bile tutsak olmamış.

Bedeni Silivri'de kilitli...
Vizyonu dünyayı dolaşıyor.

Uğradığı haksızlığın yüzde birine maruz kalan biri, lanet olsun böyle memlekete, verdiğim emekler haram olsun der, yılgınlığa düşer, hiç olmazsa dert yanar. Tam tersine... "Buraya konulacağımı rüyamda görsem inanmazdım ama, buraya konuldum diye memleketime küsecek değilim" diyor. İnsanın, her şartta daha iyi ne yapabilirim diye uğraşması gerektiğini anlatıyor.

Bitti görüşme...
Kalktık, sarıldık.
Ayrılıyoruz.
"Peki ya, dava?" dedim.

Dört sene...
Söylediği sadece dört kelime.
"Ağrıma gidiyor, yakışmıyor Türkiye'ye."

Mehmet Haberal

1944'te Rize'nin Subaşı köyünde doğdu. Ankara Üniversitesi tıp fakültesini bitirdi. Türkiye'nin ilk canlı donörden böbrek naklini gerçekleştirdi. Türkiye'nin ilk kadavradan böbrek naklini gerçekleştirdi. Ankara'nın ilk hemodiyaliz merkezini kurdu. Profesör oldu. Eğitim Vakfı kurdu, onbinlerce öğrenciye burs sağladı. Türkiye'nin ilk kadavradan karaciğer naklini gerçekleştirdi. Türkiye'de ilk kez çocuklarda ve erişkinlerde, canlı donörden kısmi karaciğer nakli gerçekleştirdi. Başkent Üniversitesi'ni kurdu. Amerikan Cerrahi Birliği onursal üyesi seçildi. Dünya Yanık Derneği başkanı seçildi. Amerikan Cerrahlar Koleji tarafından şeref üyeliğine seçilen ilk Türk oldu. Kendisine "teşekkür" olarak hapse atıldı!

Zeki

Bodrum Oasis'te Yapı Kredi Bankası tarafından hazırlanan şahane bir sergiyi gezdim. "İşte Benim Zeki Müren"sergisi.

Mehmetçik Vakfı'yla Türk Eğitim Vakfı'na mirasıyla birlikte bağışladığı özel eşyaları ve bugüne kadar hiç görmediğimiz fotoğrafları, hakikaten etkileyici metinler eşliğinde sunulmuş.

Yılmaz Güney'den Ajda Pekkan'a, Cüneyt Arkın'dan Fatma Girik'e, Belgin Doruk'tan Müzeyyen Senar'a, Filiz Akın'dan Türkan Şoray'a, hayatımızda derin izler bırakan herkes oradaydı.

Çok duygusal, çok öğreticiydi. İlk fotoğrafı var mesela, henüz yedi aylıkken çekilmiş. Sünnet fotoğrafı var. Annesi şu notu düşmüş: "Mini mini Zekicim, şimdi babamız oldun, Allah uzun ömürler versin, amin."

1974 senesine dair, gazinolarla yaptığı sözleşmeler var. Bebek Belediye Gazinosu'nda gecede 4 bin lira alıyormuş. Çakıl'da 4 bin 500 lira... Ankara Köşk Gazinosu'nda yevmiyesi 6 bin liraymış. İki konser için Avustralya'ya gitmiş, 20 bin lira almış, Gaziantep'e gitmiş, 17 bin 500 lira almış. İzmir Fuarı'na gelmiş, 22 gece, 143 bin lira.

1974'ün temmuz ayında Kıbrıs'a çıktık. Bir ay sonra, ağustos ayında, Türk Donanma Vakfı'na 75 bin lira bağışta bulunmuş. Makbuzu var.

O günün parası, bugünün parasıyla ne kadar ediyor derseniz... Tee 1958'de, Şişli Hanımefendi Sokak'ta üç apartmanın sahibiymiş. Gerisini varın siz hesap edin. Şişli'deki apartmanlarına "Müren, Helal, Alınteri" isimlerini koymuş.

İzmir Fuarı'na her gelişi olay olmuş. 1970'te, Çiğli havaalanında THY uçağından "mini etek"le inmiş. Üniformalı Roma askerlerinin omuzlarında atlı savaş arabasına bindirilip, Büyük Efes Oteli'nin kral dairesine kortejle götürülmüş. İzmir gecelerinde giydiği her elbiseye ayrı bir isim vermiş: Kordonboyu sevdası, İzmir gecelerindeki sır, canım Eşrefpaşalım, Çeşme'de akşam, Güzelyalı dilberi, Karşıyakalı çapkın, Yamanlar rüzgarı, Kadifekale'de mehtap, helal Egelim.

İstanbul'da giydiği elbiselerin de ayrı ayrı isimleri varmış: Susamış istiridye, yakut kadeh, şampanyanın rüyası, uzaydan gelen prens, çocukluğumun bayram yeri, mimozaların tebessümü, çapkın kızılcıklar, hıçkıran gitarlar, sırdaş geceler.

Sahne için özel dekorlar tasarlar, onlara da özel isimler verirmiş: Aşk sarayı, Kaf dağındaki saray, kuğu gölündeki sır, sevda ormanı.

Kıyafetlerinin en hafifi 10 kilo, en ağırı 20 kiloymuş. Boyu 1.74'ken, 30 santimlik topuklu çizmesini giyince, 2 metreyi geçiyormuş.

"Marmara'da mehtap" ismini verdiği, tümüyle payet işlemeli, ilk ışıltılı ceketini askerlikten terhis olur olmaz, 1958'de giymiş.

Mini etekli "uğur duvağı"nı 1970'te giymiş. Yıllar sonra anlatmış: "Bir sır vereyim... Mini eteğin altına giymek için kuliste pantolonum hazırdı, en küçük tepki görürsem, giyecektim. Ama halk çok tuttu."

Üç filminde "bıyıklı" rol almış. Hepsi takma bıyıkmış. Karate yaptığı, halter çalıştığı filmlerinden haşin kareler var.

Rol icabı traktör bile kullanmıştı ama, aslında ehliyeti bile yokmuş. Buna rağmen, son model otomobiller hayatının ayrılmaz parçasıymış. Yeşil-beyaz Pontiac 56, ilk göz ağrısıymış. Basında en çok yeralan otomobili, 1966 model nar çiçeği Chevrolet Impala'ymış. *Ses* dergisi bu otomobili şöyle tarif etmiş: "Zeki Müren'in arabasında air condition denilen sıcak ve soğuk hava tertibatı ile buzdolabı vardır. Buzdolabı, üç büyük, bir küçük şişe ile beş bardak ve bir konserve kutusu alır. 105 bin liraya alınmıştır. Türbo jet motorlu, altı silindirlidir, 200 kilometre sürat yapar."

Katip filminde mevlit okumuş, çok enteresan sonuçları olmuş. Bir röportajında anlatmış: "Rol icabı sadece dört dakika mevlit okudum, öyle yayıldı ki, Anadolu'da beni hafız sanıyorlar."

İlk filmi için "Beklenen Şarkı"yı bestelemiş. Toplumda öylesine yer etmiş ki, Kara Harp Okulu öğrencileri 19 Mayıs törenlerinde bu şarkıyı kullanmış. O güne kadar, "Mavi Tuna" valsi kullanılıyormuş.
1951'de 21 milyon nüfuslu Türkiye'de sadece 320 bin evde

radyo varken, İstanbul Radyosu'nda söylemeye başlamış. Cihaz satışları patlamış. Teknolojiye o kadar uzağız ki, radyo almak için dükkana gelenler, yanlış cihaz almamak için soruyormuş: "Bu radyo Zeki Müren çalıyor mu?"

Bir tarafta sahneye etekle çıkan Zeki Müren, öbür tarafta o gazinoyu hınca hınç dolduran başörtülü teyzeler, sakallı hacı amcalar, çocuklu aile matineleri... Sabahattin Eyüboğlu "Türkiye'nin sosyolojisini anlamak isteyenler, mutlaka Zeki Mürenli gazinoya gitmeli" demiş.

Nezihe Araz ise, kadınlarla ilişkisini şu çarpıcı kelimelerle ifade etmiş: "Kendine has şarkılarıyla söz atıyor, sitem ediyor, tehdit ediyor, davet ediyor, naz ve işve ediyor, göz kırpıyor, buseler gönderiyor. Ve kadınlar... Bütün baskıları kaldırmış, bütün yasaklara isyan etmiş, bütün tıpaları atmış, şartsız, kayıtsız, pervasız, o sahnedekine, yalnız ona dönmüş. Sanki dünyada o an, sadece o beyaz smokinli genç adam var. Hayatlarında sadece tahayyül ettikleri, filmlerde seyrettikleri, o şaşaalı, şehvetli, yasak hayatı, burada, onunla yaşıyorlar."

Sadece bir tiyatro oyununda rol almış. Robert Anderson tarafından yazılan, *Çay ve Sempati*... (Cinsel kimlik tartışmalarını konu alan ve Broadway'de sahnelendiğinde bile hayli gürültü koparan bir piyesti. Lisedeki arkadaşları tarafından sürekli alaya alınan efemine öğrenci Tommy Lee, beden eğitimi öğretmeninin karısıyla ilişki kurarak, erkekliğini topluma ispat ediyordu. Beden eğitimi öğretmeni ise, karısına ilgisiz, gizli bir eşcinseldi.) 1965'te, *Çay ve Sempati*'de Tommy Lee karakterini canlandıran Zeki Müren, duygularını şöyle özetlemiş: "Robert Anderson sanki bu oyunu benim için yazmış."

Türkiye için yaşayan, malını-mülkünü orduya-eğitime vakfeden, hayatımda tanıdığım en cesur, en yurtsever insanlardan biriydi.

Bu milletin "en onurlu evlatları"ndan biriydi.

Sanırım o nedenle, serginin girişinde, pekçok omurgasızı utandırırcasına, TSK Mehmetçik Vakfı'nın çiçeği vardı.

Zeki Müren'e fatiha okuyup, serginin hazırlanmasında emeği geçenlere yürekten teşekkür edip, evimin yolunu tuttum. Haberleri seyretmek için televizyonu açtım.

Açar açmaz... Eski Türkiye'den Yeni Türkiye'ye geldim!

Hiç kimseye zarar vermeden "onur yürüyüşü" yapmaya çalışan insanlarımıza tomalarla saldırıyor, tazyikli suyla yerlerde süründürüyor, suratlarına plastik mermi sıkıyorlardı.

Açık söylüyorum...
50 sene öncesinden çok daha geridir bu ülke.
Asrın liderinin peşine takılıp, taa geçen asra gitti Türkiye.

Zeki Müren

1931'de Bursa'da dünyaya geldi. 1950'de İstanbul Radyosu'na girdi. 600'den fazla plak, kaset doldurdu. Plağa okuduğu ilk şarkı "bir muhabbet kuşu"ydu. 200'den fazla şarkı besteledi. Henüz 17 yaşındayken bestelediği ilk şarkı "zehretme hayatı bana cananım"dı. Kalp ve şeker rahatsızlığı yüzünden 1980'den sonra sahne hayatından uzaklaştı. 24 Eylül 1996'da TRT İzmir Televizyonu'nda kendisi için düzenlenen törende kalp krizi geçirdi, vefat etti. Bursa Emirsultan mezarlığında toprağa verildi. Mirasını Mehmetçik Vakfı'na bıraktı.

Börekçizade Rifat

Sivas kongresi tamamlanmış, Ankara'ya dönmüşlerdi. Elde avuçta ne varsa tükenmişti. Ekmek almak için fırına ödeyecek paraları bile yoktu. Sofraya bulgurdan başka konacak yemek kalmamıştı. Mustafa Kemal bankalara borçlanmayı reddediyordu. Özel kalem müdürü Mazhar Müfit Kansu kürklü paltosunu sattı, satılabilecek bi o kalmıştı, anca birkaç gün daha idare edebileceklerdi. Kapı çalındı...

İçeri giren asker, müftü efendi'nin geldiğini söyledi. "Eyvah" dedi Mazhar Müfit... Çekmecesini açtı, kahve vardı ama, sadece iki tek kesme şeker kalmıştı, sigara bitmişti, misafir ağırlayabilecek durumda değildi. N'aapsın? Olduğu kadar gari, "buyursunlar" dedi.

Börekçizade Rifat efendi odaya girdi, masanın kenarındaki iskemleye ilişti. Mazhar Müfit, Mustafa Kemal için sakladığı iki tek kesme şekere kıyamadı, "zannedersem sade kahve içersiniz değil mi" diye sordu. Müftü efendi tebessüm etti, "zahmet etmeyin, kahve içmiyorum" dedi. "Sigara da kullanmazsınız değil mi?" "Onu da kullanmam..." Halbuki, hem kahve içtiğini, hem sigara içtiğini, elbette Mazhar Müfit de biliyordu.

Müftü efendi "fazla vaktinizi almayayım" diyerek söze girdi, "biraz sıkıntıda olduğunuzu duyduk" dedi. Demesine kalmadan, Mazhar Müfit gayet ters bir el işaretiyle müftünün sözünü kesti, "paramız var" diyerek, masanın arkasındaki küçük kasayı gösterdi. Bozuntuya vermek istemiyordu ama, kasada sadece 48 kuruş vardı. Paltodan geriye o kadarı kalmıştı.

Müftü efendi, günümüzde artık normal kabul edilen sarıkla-cüppeyle gezmiyordu, bildiğin ceket giyiyordu. Elini sol iç cebine soktu, mendil çıkardı. Katlanmış, minik bir çıkın haline getirilmişti. Masaya koydu. Açtı. 1.200 lira vardı. Kendi çocuklarına bile yük olmamak için, eşi Samiye hanım'la birlikte biriktirdikleri cenaze parasıydı.

Bu mübarek memleket... Kuvayi milliyecinin sırtından çıkarıp sattığı paltosuyla, yurtsever müftünün kefen parasıyla kuruldu.

Ve bugün, hırsız imam sandıktan oy çalıyorsa, kutsal kitabımız miting meydanlarında parti broşürü olarak kullanılıyorsa, kandil mahyalarında milletvekili reklamı yapılıyorsa, camiler seçim bürosu haline getirilmişse... Türkiye Cumhuriyeti'nin ilk diyanet işleri başkanı Börekçizade Rifat'ın makamında oturan Görmezgillerin, yaşayacak sarayı, binecek Mercedes'i vardır ama, yatacak yeri yoktur!

Mehmet Rifat Börekçi

1860 doğumlu Rifat Börekçi, Şeyhülislam Dürrizade'nin "kuvayi milliyecilerin katledilmesinin caiz ve görev" olduğunu belirten fetvasına karşı, milli mücadeleye dinen onay veren Ankara fetvasını ilan etti. Padişah tarafından Ankara müftülüğünden alındı, idama mahkum edildi. 23 Nisan 1920'de toplanan TBMM birinci döneme, Muğla milletvekili olarak girdi. 1924'de kurulan Diyanet İşleri'nin ilk başkanı oldu, 1941'de vefat edene kadar bu görevde kaldı.

Murat

17 Ağustos 1999.
Sabahın 7'si...
Çoluğu çocuğu evde bırakmış, yazıişlerindeki haber manyağı arkadaşlarımla birlikte gazeteye koşmuştuk. Sabit telefonlar kesik. Cepler kaput. Yollar kilit. Viyadükler enkaz. Adapazarı'na gidilemiyordu.

Ve, hep birlikte bakıyorduk ışıklı masadaki fotoğraf karelerine... İnanılması güç bi manzaraydı.

Taş üstünde taş kalmamış, apartmanlar, okullar, hastaneler, donanma, hepsi çökmüştü, Tüpraş yanıyordu. Başbakan Ecevit'in, televizyonda, olağanüstü hal'e gerek yok, bana uydu telefon bulun, Hüsamettin'i bulun dediği zavallı dakikalarda... Bütün çıplaklığıyla gözümüzün önündeydi facia.

Çünkü, saat 5'te, yani depremden sadece 2 saat sonra havalanmış, Gölcük üzerinden dalmış, takır takır basmıştı deklanşöre... Uçağı yan yatırır, lövyeyi dizleriyle tutar, pencereyi açar, öyle çekerdi. Vakitten kazanmak için, yere inmeden, Olimpiyat Stadı'nın yanındaki tarlaya naylon torba içinde paraşüt gibi bırakmıştı filmleri... Kapıp yıkatmıştık. Tripodla çeksen, bu kadar net olamazdı. Bir gazetecinin haber fotoğrafı, dünyada ilk kez, iki tam sayfa, 18 sütun yayınlandı.

Murat Öztürk'tü o.
Günümüzün Hezarfen'i.

Sadece Türkiye'nin değil...
Avrupa'nın tek pilot gazetecisi.

Devletten önce gitmişti bölgeye... Durumun vahametini kavrayamayan yetkililerin, harekete geçmesini sağlamıştı, hızlandırmıştı.

O depremde fazladan kaç "can" kurtulduysa...
Bunu en çok Murat ağabeye borçlu Türkiye.

(Babası milletvekiliydi, 1976'da THY'nin Isparta'da çakılan uçağında hayatını kaybetmişti. Bu hazin olay nedeniyle uçmaktan korkmak yerine, tam tersine, pilot olmuştu. Sivil havacılığa eşsiz katkılar yaptı, Hezarfen Havaalanı'nı kurdu, sayısız pilot yetiştirdi, gençlere sevdirdi. Elbette her ölüm erkendir ama... Bu beyaz saçlı çılgın adamın yatağında ölmeyeceğini hepimiz biliyorduk.)

Ve, maalesef anca "vefat"ıyla haber olunca tanıdınız onu ama... Aslında haberle "en çok hayat kurtaran" gazeteciydi.

Murat Öztürk

1953 Konya doğumluydu. Büyükçekmece gölünün kıyısındaki tarlayı satın almış, burasını "Hezarfen havaalanı" olarak Türkiye'ye kazandırmış, sayısız pilot yetiştirmişti. Hava akrobasisinde dünyanın sayılı isimlerinden biriydi, Türkiye'de örneği olmayan hava fotoğrafçısıydı. 19 Mayıs 2013'te Adana'da Gençlik ve Spor Bayramı etkinlikleri sırasında çakıldı. Eyüp Sultan mezarlığına defnedildi.

Mahir

"80 ihtilali öncesi...
Hacıhüsrev.
Çocuğum o zamanlar.
Abiler vardı, hava karardıktan sonra cami duvarına yazı yazıyorlardı, ellerinde koca koca Marshall boya kutuları olurdu. Geceleri onları beklerdim, gizli gizli seyrederdim. Bi gece gördüler beni, ne arıyorsun lan burda deyip, çıkıştılar. Ben de onlara, boyanız bittiyse boya kutularınızı istiyorum dedim. Niye diye sordular. Darbuka yapacağım abilerim dedim. Gülüp gittiler. Ertesi sabah, camiye benim için darbuka bırakmışlar. Bakırdan, kocaman, güzel bir darbuka... Sonraları sordum o boyacı abilere, kim bıraktı diye... Mahir Çayan'ın emriyle aldıklarını söylediler. O söylemiş arkadaşlarına, çocuğa darbuka alınsın diye... Allah rahmet eylesin, ilk darbukamı Mahir Çayan almıştı yani... İlk gerçek darbukam oydu."

Kim bunları anlatan?
Balık Ayhan.

Mahir Çayan?

Devrimci öğrenci lideri.

Gel zaman git zaman...
Mahir'in darbukası, gariban roman çocuğunun hayatını değiştirmişti. İdealist motiflerle bezenen öykü, Mahirlerin kelleyi koltuğa aldığı dönemlerde araziye uyan entel dantel takımının malzemesi oldu. Mahir'i sokakta görse tanımayacak tipler, romantik manzumeler döşendi. İdealist cenazeler, alabildiğine sömürüldü. "Kardeşim saçmalamayın, dümbeleklik yapmayın" diyenlerin itirazları "ırkçı"lıkla suçlandı. Balık da, işi ilerletmiş, "müzik değil, felsefe yapıyorum" filan demeye başlamıştı.
Velhasılıkelam...
Balık Ayhan, Balık Ayhan oldu.

Gel zaman git zaman...

AKP geldi, açılım yapıldı.
Devrimci romantizm...
Roman'tizme dönüştü.

Başbakanımız "kırmızıyı severler, birbirini överler" dedi. "Birbirini överler" lafını duyan Kiboş, dayanamadı, "çuk yakışıklı adamsın, üstüne tanımam anacım" dedi. Faytoncular Derneği Başkanı ile Kırkpınar cazgırı Pele Mehmet'in manilerinden sonra sahneye çıkan Balık Ayhan, noktayı koydu: "Sen adamın kralısın, kasım kasım Kasımpaşalısın!"

E haliyle...
Siyasete kulaç attı Balık.
AKP'den mebus adayı oldu.
Olunca ne oldu? Şu oldu...
Yıllar önce "ilk darbukamı Mahir Çayan aldı" diye röportaj verdiği gazeteye, gene röportaj verdi: "Hayatım roman olur. Hayatımın film olması için yazdığım senaryolar var. Hatta, ilk darbukamı Mahir Çayan aldı diye yazdım, herkes gerçek sandı. Oysa senaryoydu!"

Atasın palavracıkları...
Kafalayasın medyacıkları.

Enteller alkışlarken...
"Beni Mahir abi yarattı."
Takunyalılar alkışlarken...

"Mahir filan tanımam anacım."

U dönüşünün böylesi...

Milletvekili olsun Balık.
Hatta Kültür Bakanı olsun!

Mahir Çayan

1946 Samsun doğumluydu. THKP-C'nin kurucu kadrosunda yeraldı. İsrail'in İstanbul başkonsolosunun kaçırılıp öldürülmesine karıştı, tutuklandı. Maltepe cezaevinden kaçtı. 1972'de idam cezası verilen Deniz, Yusuf ve Hüseyin'in serbest bırakılması için, 10 arkadaşıyla birlikte, Ünye'deki NATO'ya ait radar istasyonunu bastı, burada çalışan iki Kanadalı ve bir İngiliz teknisyeni kaçırdı. Tokat Niksar'ın Kızıldere köyünde saklandıkları evde, 26 yaşındayken öldürüldü.

Durducan

Hamza Yerlikaya.
Halil Mutlu.
Nurcan Taylan.
Mahmut Demir.
Tanıyorsunuz değil mi?
Olimpiyat şampiyonlarımız.

Mehmet Okur.
Süreyya Ayhan.
Hakan Şükür.
Natalia Hanikoğlu.
Elvan Abeylegesse.
Mehmet Aurelio.
Bunları da tanıyorsunuz...
Millilerimiz.

Peki ya, Durducan Nevruz?
Tanımıyorsunuz değil mi?

Tanımazsınız...

Çünkü onu, diğerleri gibi manşet yapmıyorlar.
Naklen vermiyorlar.

Halbuki, Türkiye'nin hem "milli" hem de "olimpiyat şampiyonu" sporcusu Durducan... Fotoğrafını büyütüp, poster gibi odama astım.

Benim kahramanım o.

Zihinsel engelli sporcuların yarıştığı, Özel Olimpiyat Oyunları, Çin'de başladı. 167 ülkeden, 7 bin 200 sporcu katılıyor. Açılış töreninde, 80 bin kişilik Şanghay Olimpiyat Stadı, hıncahınç doldu... Başta ABD, 12 ülkede "naklen" yayınlandı! Arnold Schwarzenegger, Colin Farrell, Vanessa Williams, Yao Ming gibi dünyaca ünlü yıldızlar oradaydı.

Türkiye de var orada...
62 sporcumuzla birlikte.

Aslında 20 kategori var; biz, futbol, basketbol, voleybol, atletizm, yüzme, masa tenisi ve bowling dallarıyla katılıyoruz. Türkiye Özel Sporcular Derneği Onursal Başkanı Dilek Sabancı da orada... Kafilemizin resmi geçidi sırasında, Coca Cola'nın 1 Numarası, Türkiye'nin gururu Muhtar Kent de, çocuklarımızla birlikte yürüdü; elinde Türk bayrağıyla.

Dünya, bu olimpiyatı konuşuyor.
Yok di mi haberiniz?

Durducan, 15 yaşında.
Down sendromlu.
100 metre sırtüstünde Olimpiyat Şampiyonu oldu, Olimpiyat Şampiyonu... Ay yıldızlı formasının göğsüne taktı, altın madalyasını.

İstiklal Marşımızı dinletti.
Duymadınız...

Bowling takımımız da 191 puanla Olimpiyat Şampiyonu oldu. Bu puan, Özel Olimpiyat Tarihi'nin rekoru!

Yine yüzmede, Fatih Türkmen ve İsmail Cem Alev, gümüş madalya aldı. Özlem Turanlı, bronz.

Basketbol milli takımımız, Japonya'yı devirdi, çeyrek finale çıktı, rakibimiz İspanya... Voleybol milli takımımız, Çin'i eze eze yendi; Jamaika ile Yunanistan'ı rezil etti; hep 2-0... Sırada Rusya ve Finlandiya var.

En genç millimiz, 10 yaşında.
Gökay Aydemir... Jimnastikçi.
Kafilenin adeta maskotu.
Herkes ona sarılmak istiyor, herkes onun yanağından makas almak istiyor, herkes onu öpmek istiyor. O sıkılıyor. Elinde meyve suyu, sessiz sakin bir kenarda oturmak istiyor; kimseyle konuşmadan, kimseyle göz göze gelmeden... Her zamanki gibi.

Tanımıyorsunuz değil mi?
Tanımazsınız.

Kendi ağırlığının 3 katını kaldıran dünyadaki ilk insan Naim, "Türk gibi kuvvetli" olduğu için kaldırmamıştı o ağırlığı... Allah vergisiydi. Bel kemiğine saplanan omurgasının çapı, normal insanlara oranla 2 kat büyüktü. Yani, doğuştan.

Durducan'ın durumu da doğuştan.
Onunki de Allah vergisi.
Niye birini alkışlayıp, öbürünü alkışlamıyorsunuz ki?
Niye birinin müsabakasını naklen verip, öbürünü vermiyorsunuz?
Ne işe yarar TRT?
Spor programlarına telefonla bağlanıp fırça mırça atan RTÜK Başkanı... Aloo?

Gelişmiş bir ülkeye gidin, "ne kadar çok engelli var bu ülkede" dersiniz... Her yerde görürsünüz. Çünkü o ülkelerin engelli vatandaşları, hayatın içinde yer alabilir. O ülkeler, engelli vatandaşlarını da düşünür, ona göre dizayn eder şehirlerini...

Ya Türkiye?

Gelsin buraya bir yabancı, "bu ülkede hiç engelli yok" der. Çünkü engelli vatandaşlarımız, hayatın içinde yer alamaz. Çünkü, kömür, bulgur dağıtanlar, sadakayı bile şova dönüştürenler, iftarları Olimpiyat Çadırı'nda yapanlar, engelli vatandaşlarımız için kılını bile kıpırdatmaz. Çünkü zihinsel ve bedensel engelleri nedeniyle "oy veremez" o vatandaşların çoğu!

E oy yoksa, niye hizmet olsun ki?

Lütfen...
Olimpiyatın bitmesine beş gün daha var.
Gösterin şu çocukları...
Manşet yapın, naklen verin.

Çünkü diyor ki onlar...
"Bana kazanma şansı verin!
Kazanamasam bile destekleyin!"

Tek istekleri bu.

Durducan Dostum Nevruz

1992'de Bursa'da dünyaya geldi. Altı yaşında yüzme sporuna başladı. İlköğretimini normal okulda, liseyi özel eğitim veren okulda tamamladı. Hergün öğlene kadar, gümrük müşavirliği yapan babasının ofisinde, arşiv bölümünde çalışıyor, öğleden sonra antrenmana gidiyor. Havuzda adeta zodyak kadar süratli yüzüyor. Ve, bahriyeli oldu. Evet... Engelli vatandaşlarımıza bir günlük de olsa askerlik yapma fırsatı veriliyor. Durducan 2013'te 21 yaşındayken bahriyeli üniformasını giydi, eline tüfeğini aldı, nöbet tuttu, karavanaya kaşık salladı, Çanakkale Boğaz ve Garnizon Komutanlığı'nda vatani görevini yaptı.

Tayfun

İzmir'e geldim.
Casuslarımıza gittim!
Diyeceksiniz ki...
Kimdir bu casuslar?

Profesör Albay...
Tübitak Tıp Kurulu, Sağlık Bakanlığı Bilim Komisyonu, Eczacılık Akademisi Bilim Kurulu üyesi... Roche Araştırma Ödülü, Eczacılık Akademisi Ödülü, Popüler Bilim Ödülü sahibi... 7 kitabı var. Teksas Üniversitesi'nde, Cagliari Üniversitesi'nde öğretim üyeliği yaptı. Şizofreni tedavisinde çığır açtı, geliştirdiği ilaca patent aldı, milyar dolarla ölçülen formülü "milli" kalsın diye,

yabancı şirketlerin astronomik tekliflerini reddetti, parayı Türkiye kazansın diye Tübitak'la sözleşme imzaladı. GATA Farmakoloji Anabilim Dalı Başkanı'ydı, general olmasına kesin gözüyle bakılıyordu, casus oluverdi!

"Milli ilacı" bulduğundan beri başı dertten kurtulmuyor, Ergenekon'a, Balyoz'a sokuşturmaya çalıştılar, kısmet casusluğaymış... İstese, zaten patent kendisinin, istifa eder, ABD'ye yerleşir, dolar mültimilyoneri olurdu, hangi bilgiyi sızdıracak da, kaç para alacak?

İçeri tıkıldı, Tübitak'ın "milli ilaç projesi" durduruldu. O olmazsa, neyi, nasıl geliştireceksin? Amerikalılar gel demiş, gitmemiş. Her ay uluslararası konferansa gitmiş, laboratuvarına dönmüş, bu neyin kaçma şüphesi? En önce onunla, sonra diğer subaylarla görüştüm, arkada, ayakta bekledi. Meğer, en kıdemlileri olarak uğurlama görevini üstlenmiş. Kelimeler benim işim, her şeyi anlatabilirim ama... O an, bu ülkenin yurttaşı olarak ne kadar utandığımı tarif edemem.

F-16 filo komutanı.
Kurmay albay.
Devrelerinden beş sene önde gidiyor, yaşıtları henüz binbaşı, o ise, kurmay albay... Boğaziçi Üniversitesi elektrik-elektronik mezunu, Georgetown Üniversitesi'nden mastırlı... ABD'deki topgun kursunu Amerikalı pilotların önünde birinci bitirdi. NATO'nun Kosova harekatına katıldı, Balkan harbinden bu yana o topraklara ilk bombayı atan Türk subayı oldu. Terörle mücadelede sınır ötesinde vurdu. Uçuş süresi, rekor seviyede... Gecesini gündüzüne kattı, kızı 10 yaşında, toplasan 2 sene bile görmedi. NATO ülkeleri arasında birinci seçilen birlik komutanı oldu. Amerikalılar istifa et gel dedi, bu devlet beni okuttu, aynaya bakamam dedi. Özel havayolu şirketleri 25 bin Euro maaş teklif etti, kabul etmedi. Batı'dan yaklaşacak tehlikeye karşı ilk havalanacak filonun komutanıydı. Göğsü takdir şeridi dolu. Hava kuvvetleri komutanlığına yürüdüğü açıktı... "Şehit olmak her zaman aklımızdaydı ama, bu casusluk işi nerden çıktı" diyor!

Hakem albay var.
Mesleğe astsubay olarak başlamış, zirve rütbeye çıkmış, subay olmuş, gene zirve rütbeye çıkmış, albay olmuş... Tırnaklarıyla

kazıya kazıya, kariyerin böylesini, dünyanın hangi ordusunda kaç asker başarabilir? Bu arada, bir değil, iki üniversite bitirmiş iyi mi... Üstüne, Süperlig'de hakemlik yapıyordu. Şike davasında ıskaladılar herhalde!

Milgem, milli gemi projesinin komuta kademesi orada, Milgem tersane komutanı orada, burda olmayanlar Hasdal'da... Maaşının 5 katıyla özel tersaneye transfer teklifini kabul etmeyen subay orada.

İskenderun, Aksaz, Foça... Akdeniz'i, Ege'yi savunan deniz üssü komutanlarımız orada.

Savarona'da fuhuş yapanları basan komutan, orada... Atatürk'ün yatını kerhaneye çevirenlere beyefendi, yakalayana casus diyorlar!

Maltepe'deki arkadaşlarım gibi, askeri ataşe olanlar var. İrticaya bulaşmış personeli yargılayıp ordudan uzaklaştıran hakim subay var.

8 Mayıs'ta tutuklanan var.
Belge, 18 Mayıs tarihli.
Kanıttan önce suç işlemiş yani!

1995 tarihli olayla suçlanan var,
o tarihte henüz öğrenci.

Hemen hepsi, subay-astsubay çocuğu... Babaları bile bu devletin peygamber ocağına hizmet etmiş... Kılı kırk yaran ordu istihbarat var, milli istihbarat var, şecerelerinde yamuk olsa, elli defa ortaya çıkmaz mıydı?

Çürük elma yok mudur?
Elbette vardır.
Ancak...
2010 senesinde söz konusu siidi bulunana kadar, cumhuriyet tarihi boyunca, sadece 1 rütbeli subay casusluktan hüküm giymişken... Nasıl olur da, 2010'da aniden üç bin subay casus olabilir?

Diyeceksiniz ki, üç bin subayı nerden çıkardın, yargılanan subay sayısı 300 küsur... Size öyle geliyor! Savcının bizzat tutuklu subaylara söylediğine göre, söz konusu siidi'de üç bin subayın ismi var!

Aileleri perişan... Eşi yabancı uyruklu olanlar var, iki kere perişan... Çünkü, yandaş medyada, Rus eşleri aracılığıyla Rusya'ya bilgi verdikleri iddia ediliyor. İngiliz vatandaşı Maliye Bakanı olmasında sakınca yok, Amerikan vatandaşı milletvekili olmasında sakınca yok, Belçika vatandaşı, Amerikan vatandaşı gazeteci olmasında sakınca yok, Genelkurmay'ın izniyle Rus'la evlenmek sakıncalı, öyle mi?

Neticede...
Kapalı görüş bitti.
Vedalaştık.
Ayrılmadan önce, Maltepe'deki arkadaşlarım gibi, hatıra olarak kitap hediye ettiler bana... Subayların kötü bi alışkanlığı var, kitap okuyorlar. Ve, sizin de okumanızı istiyorlar.

"Casus"lukla yaftalanan subayların, mutlaka okumanızı istediği kitabın ismi, *İnsanın Anlam Arayışı*... Yazarı, Viktor Frankl.

Kapağın içine şu notu düşmüşler: "Bu kitap, Nazi toplama kamplarının en acımasızı Auschwitz'ten hayatta kalmayı başararak kurtulan ve daha sonra yaşadığı tutukluluk sürecini bilimsel yaklaşımlarla ve herkesin anlayacağı dille kaleme alan, Avusturyalı Profesör Viktor Frankl'ın eseridir. Yaşadığı haksız zulme, insani direniş sergilemekle kalmamış, kaleme aldığı bilimsel makale ve kitaplarla Nazilerin toplum vicdanında insanlık suçlusu olarak yargılanmalarına katkı sağlamıştır. Tarih, bu tür suçları işleyenlerin, er geç adalete muhtaç olduklarının sayısız örnekleriyle doludur. Ülkesine, milletine, devletine sadakatle hizmet etmiş olan bizlerin, alnı ak, vicdanı rahattır. Viktor Frankl'ın tanımladığı hayatın anlamı, bizler için vatan, millet, bayrak ve insan sevgisiyle ülkemize sadakatle hizmettir. Sizden ricamız... Bu kitabı, dikkatle okumanız ve yaşanan sürece bir de Profesör Frankl'ın penceresinden bakmanızdır. Saygılarımızla, 22.01.2013, İzmir."

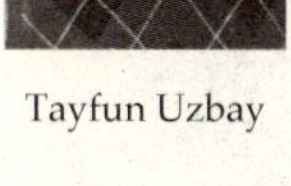
Tayfun Uzbay

İzmir'deki casusluk davası, altı sene süren işkenceden sonra, 2016'da komple beraatle sonuçlandı. Ancak, kumpas amacına ulaşmıştı. Çünkü, general-amiral olması gerekirken "casus sanık" haline getirilen subaylarımız ya ordudan atıldı, ya da istifa etti. Tasfiye oldular. Zaten bu iftirayı atanların amacı da buydu.

Girişte anlattığım profesör albay, Tayfun Uzbay'dı. Hayatını vakfettiği silahlı kuvvetlerden, devletten ayrılmak zorunda kaldı. Bu kitabın yayımlandığı tarihte, çalışmalarını Üsküdar Üniversitesi'nde sürdürüyordu.

Arcayürek

Bi sabah açarsın yandaş gazeteleri...
Manşettesin!
Tek tük değil, koro halinde.
Hepsinde aynı başlıklar kullanılmış.
Belli ki, hepsi aynı merkezden servis edilmiş, yazmadığın yazı, söylemediğin söz, sanki yazmışsın, sanki söylemişsin gibi, düpedüz iftira kampanyasına dönüştürülmüş.
Köşe yazarları seni döşenmiş.
Küfür kıyamet, gırla.
Kendi çalıştığın gazete bile tırsar böyle durumlarda...
Susar. Seni savunmaz.
Bu tuhaf sessizlik, okurların aklını kurcalar, acaba diye düşünürler, içlerine kurt düşer... Ki, zaten istenen de budur.

İşte tam o anda, telefonun çalar.
O çok ihtiyacın olan sesi duyarsın.
Her zor günün gibi, gene yanındadır.
"Oğlum, iyi dinle bak şimdi" der.
Bir hatırasını anlatır.
Öyle hatıradır ki o anlattığı... Senin başına gelenin, ne ilk ne de son olduğunu, bu topraklarda yalakalığın meziyet, dürüstlüğün eziyet olduğunu hatırlarsın. Bırakmaya niyet etmişken, tekrar başlarsın.

"Oğlum" lafı boşuna değildir, "evlat" hissedersin kendini... Göz kulak olur, kaleminin zarar görmemesi için, korur kollar.

Bir gün bakarsın mesela, padişahımız efendimiz çıkar miting kürsüsüne, patrona çağrı yapar, "at bunu işten, kov" der.
Hedef gösterir.
Tehdit eder.
Arkadaş bildiklerin toz olur.
Ağabey dediklerin araziye uyar.
Kendini tek başına hissedersin.
İşte tam o gün, köşesinde yazar:

"Yalnız değilsin..."

Bazen kan revan içinde kalırsın, nasihatleriyle yarana pansuman yapar, bazen ayazda dımdızlak kaldığını düşünürsün, tavsiyeleriyle battaniye gibi sarar.

Cüneyt Arcayürek.

Kelimenin tam manasıyla mesleğimin çınar'ıydı... Hiç aynı çatı altında çalışmadık ama, hep kollarının kanatlarının altında çalıştım.

Hapis yattı, işsiz kaldı, eğilmedi bükülmedi, iktidarlar vız geldi, tırıs gitti. Haber boğasıydı. Şimdilerde bütün gazeteler fotokopi gibi çıktığı için, gençler bilmez, atlatma haber diye bi kavram vardı, orgazm bile yanında hafif kalır, o derece... Atlatma haberin rakipsiz kralıydı. Mürettiphane görmüş, daktiloyla yazmış, harbi gazeteciler kuşağının son temsilcilerindendi. 1971 model vosvos'unu 2005'te sattı, ne para ihtirası oldu, ne mal, ne mülk... Namerde muhtaç olmadı. Eşine âşıktı. "Mesut yaşayalım, hepsi bu" diyordu. Gazeteci olunmaz, gazeteci doğulur'un kanıtıydı. Gazeteci kalmayı başardı, gazeteci olarak öldü.

Manevi babamı kaybettim.
Sizler de, yeri doldurulması çok güç bir vatan evladını.

Cüneyt Arcayürek

1928 Ankara doğumluydu. Gazeteciliğe 1947'de CHP'nin yayın organı *Ulus* gazetesinde başladı. 22 yıl *Hürriyet*'te çalıştı. "Johnson mektubu" haberiyle, hem Türk basın tarihine, hem Türk siyasi tarihine damga vurdu. Barış Harekatı'ndan sonra meslektaşlarını atlatıp Kıbrıs'a giren ilk gazeteci oldu. 1985'ten beri *Cumhuriyet*'te yazıyordu. *Şeytan Üçgeninde Türkiye, 12 Eylül'e Doğru Koşar Adım, Etekli Demokrasi, Darbeler ve Gizli Servisler, Derin Devlet, Atatürk'ten Sonra Bugünlere Nasıl Geldik* gibi, 32 kitabı vardı. 2015'te vefat etti. Vasiyeti gereği tören yapılmadı. Cenaze namazının ardından Gölbaşı mezarlığına defnedildi.

Metin

Yıldız kaydı...
Dilek tut hemen.
Aman kimseye söyleme ha!
Dileğin olmaz sonra.

Yanılsamadır oysa.
Alt tarafı göktaşıdır.
Atmosfere girerken yanar, yalandan iz bırakır ardında.

Niye'sini düşünmezsin ama...
O yüzden tutmaz dileklerin.

Çünkü, yıldız dediğin...
Yeryüzünde kayar aslında.
Sahici izler bırakarak...
Yüreğimizde, hafızamızda.

Bak, Metin Serezli mesela.
Şahane bir adam.
Şahane bir yaşam.
Göz açıp kapayana kadar gitti.

Sen tırışkadan televizyon soytarılıklarını seyredip... Parlamasıyla sönmesi bir göktaşlarına yıldız muamelesi yaparken, farkında bile değilsin, uzay kadar devasa boşluklar oluşuyor hayatımızda.

Ve, farkında bile değilsin...
Bankaların satılır, limanların satılır, yarın öbür gün, geri alırsın. Fabrikaların, telefonların, madenlerin elden çıkar, devran döner, yerine koyarsın. Toprak bile kaybedebilirsin, gün gelir, geri kazanırsın. Ancak... Giden sanatçının yeri dolmuyorsa, o millet, ilelebet kazanacağı ne varsa, kaybetmiş demektir.

Başımıza gelen maalesef budur.
Bir dönem kapanıyor.
"Sanatçı"larımız gidiyor.
"Ünlü"ler kalıyor geriye!

Metin Serezli

1934 İstanbul doğumluydu. 100'den fazla tiyatroda, 50'den fazla filmde, 10'dan fazla televizyon dizisinde rol aldı. 29 oyun, 5 müzikal yönetti. 200 küsur radyo oyunu seslendirdi. Bristol, Erlangen, Avignon festivallerine oyuncu ve Türkiye delegesi olarak katıldı. Dormen Tiyatrosu, Şan Tiyatrosu, Çevre Tiyatrosu'nun ardından 14 yıl Tiyatro İstanbul'da görev yaptı. Avni Dilligil, Afife Jale, İsmail Dümbüllü ödülleri aldı. 2013'te vefat etti. Benim için tarifsiz onurdur... Metin Serezli'nin yönetmenliğini yaptığı son oyun, *İsim Şehir Hayvan* isimli kitabımdan uyarlanan kabareydi. Akp baskısının en yoğun olduğu dönemde, sanatçıların adeta saklandığı dönemde, yandaş medya tarafından linç edilmeyi göze alarak, bu kitabı sahneledi. Ki, o dönem ağır hastaydı, ilaçlarla ayakta duruyordu, buna rağmen direndi, turnelere bile geldi, bizzat başında durdu, *İsim Şehir Hayvan* bir sene boyunca kapalı gişe oynadı, 17 şehir, 23 ilçede, 270 kez sahnelendi, 100 binden fazla kişi tarafından seyredildi.

Cihan Ünal

İsim Şehir Hayvan kabaresinden bahsedip, tiyatromuzun duayenlerinden Cihan Ünal'ı yazmadan geçemem. Provalar sırasında Metin ağabeyin hastalığı ilerlemişti, zaman zaman hastaneye yatıyor, ara vermek zorunda kalıyordu. Cihan Ünal, Metin Serezli'ye hissettirmeden mesai harcadı, eksikliğini tamamladı, gönüllü çalıştı. Hem mesleki dayanışmanın ne demek olduğunu gösterdi, hem de, ağır siyasi atmosferde geri durmayıp, adamlığını kanıtladı. *Adam* kitabı vesilesiyle, yurtsever usta Cihan Ünal'a yürekten teşekkür ederim.

Müslüm

Müslüm Gürses de gitti.
Mekanı cennet olsun.
Güzel adamdı.

600 bin liralık hastane masrafının başbakan tarafından sildirildiği açıklandı. Bilahare, başbakana gerek kalmadığı, sanatçıya vefa kapsamında, hastane yönetiminin zaten sildiği ifade edildi.

105 gece, 600 bin lira.

Geceliği 5 bin küsur lira.

E iyi ki silinmiş yani...
Çünkü, geceliği bu kadar paraya hastane odasında kalacağına, Çırağan Sarayı'nın boğaz'a sıfır kral dairesinde kalsaydı, çok daha az öderdi.

Boğaz manzarasını boşvereyim, son günlerimi Kabe manzarasına karşı geçireyim deseydi... Mekke'de Kabe'ye sıfır Swissotel'de Hilton'da, Zemzem'de, 10'da 1'ine kalması mümkündü.

Ha diyebilirsiniz ki... Hastaneyle oteli nasıl kıyaslarsın, doktorlara ayıp etmiş olmuyor musun?

Hastane odasının...
Geceliği 5 bin lira.
Devlette çalışan doktorun...
Aylık maaşı 5 bin lira.
Sen o doktoru, bir gecelik oda parasına 30 gün çalıştırınca ayıp olmuyor da, ben yazınca mı ayıp oluyor?

Bakın, geçenlerde elektrik-su borçları yüzünden böbreğini satan vatandaş, rayiç bedeli anlatıyordu... 20 bin liradan açmış kapıyı, alıcılarla kıran kırana pazarlık etmişler, neticede 15 bin liraya bırakmış.

Böbreğini bile satsan, o hastane odasında anca üç gece kalabiliyorsun. Karaciğeri de ver... Belki, bir hafta.

Bizim gazete iki gündür yazıyor.
Parası yetmeyen garibana, et yerine tavuk ibiği konulan üç liralık sucuklar gibi, ucuza, dandik görüntü veren emar'cılar türemiş... Vesikalık fotoğraftan teşhis koy, daha sağlam.

Uzun lafın kısası...
"İstediğim doktora muayene oluyorum, istediğim hastanede ameliyat oluyorum, istediğim eczaneden ilacımı alıyorum, üstelik hepsi bedava, vesile olanlara Allah razı olsun" denilen sağlık reformu, budur.

By-pass'tan filan vazgeçtik... Git tırnağını kestir bakayım da, gör vesile olanların reformunu!

Müslüm Gürses

Asıl adı, Müslüm Akbaş'tı. 1953 Şanlıurfa Halfeti doğumluydu. Henüz sekiz yaşındayken çay bahçelerinde türkü söyleyerek başladı, TRT Çukurova Radyosu'nun sanatçısı oldu, ilk plağı "ovada taşa basma"ydı, arabeskin efsanevi yorumcuları arasına girdi, pop ve rock parçaları repertuarına kattı, 38 filmde rol aldı, reklamlarda oynadı. *Aşk Tesadüfleri Sever* albümünde, Bob Dylan'ın David Bowie'nin Leonard Cohen'in Björk'ün parçalarını, Murathan Mungan, Barış Pirhasan, Tuna Kiremitçi gibi edebiyatçıların yazdığı Türkçe sözlerle okudu. 2013'te vefat etti, Zincirlikuyu'ya defnedildi.

Fatih

Siroz.
Şeker.
Felç.
Kanser.
Profesör Fatih Hilmioğlu'nun neden serbest bırakılması gerektiğini böyle anlatıyorlar.

Hasta yani...
İnsaniyet namına.

Kimisi "bu haldeyken kaçmasının imkansız olduğunu" söylüyor, kimisi "bu haldeyken delilleri karartmasının mümkün olmadığına" dikkat çekiyor... Kimisi "hükümetin büyüklük göstermesini" istiyor, kimisi "adaletin jest yapmasını" rica ediyor.

Televizyon programları düzenleniyor, saatlerce "doktor raporları" ve "tıbbi teşhisler" konuşuluyor. Şu hastanenin tahlillerine göre şöyleymiş de, şu heyetin muayenesine göre böyleymiş filan... Hangi ilaçları kullandığı bile tek tek sayılıyor, kanıt olarak reçeteler gösteriliyor.

Adeta sadaka ister gibi...
Ölmeden bırakın deniyor.

Elbette derhal bırakılmalı ama...
Şu soru hiç sorulmuyor:
Profesör Hilmioğlu'nun suçu ne?

Ne yaptı bu adam kardeşim?
Neden senelerdir içerde?

Sanki suçu kesinmiş de, insani açıdan bırakılması gerekiyormuş gibi... "Vicdanlara sesleniyorum" ayaklarına yatanlar, asıl meseleyi neden görmezden geliyor? Profesör Hilmioğlu'nun suçu ne?

Fatih Hilmioğlu

1954'te Kahramanmaraş Elbistan'da dünyaya geldi. Hacettepe Üniversitesi tıp fakültesinden mezun oldu. Profesör oldu. Malatya İnönü Üniversitesi Rektörü oldu. Üniversiteye çöreklenen tarikatlarla mücadele etti, yandaş-şeriatçı medya tarafından hedef haline getirildi. Ergenekon iftirasından hapse atıldı, beş sene yatırıldı. Silivri'de tutukluyken, 22 yaşındaki oğlunu trafik kazasında kaybetti.

Birand

20-21 yaşlarımda filandım, üniversitede gazetecilik okuyorum, konferanslar düzenleniyor, dinleyelim de öğrenelim falan diye konuşmacılar getiriliyor, sıkılırım bu tür şeylerden, hiçbirine katılmıyordum. Ukalalıktan değil, gazeteciliğin bulaşıcı olmadığını düşünüyorum, kıdemli gazetecilerle sohbet ederek gazeteci olunacağına inanmıyorum, ressamla arkadaş oldun diye iyi resim yapamayacağın gibi...
Neyse, gene öyle bi gün, galiba haber yazma tekniği dersiydi, hoca dedi ki, Mehmet Ali Birand gelecek, soru soracaksınız, soru sormayana not yok, üstelik, gene sıvışacağımı bildiği için, ilk soruyu da sen soracaksın dedi. Mecbur muyuz... Mecbursun, illa soracaksın. Girdik tabii zorla... Birand geldi oturdu kürsüye, amfi full, elimi kaldırdım, buyrun dedi, "çıkabilir miyim?" diye sordum!

Böyle tanışmıştık.

Sonra gene mecburiyetler üzerine gazeteci oldum, mecburiyetler üzerine televizyoncu oldum, hayat işte, Mehmet Ali Birand'la ana haberlerde rakip olduk. İki defa, birinde atv'yle, birinde star'la... Rakibiz ya, dünya görüşlerimiz de farklı, onu sevmeyenler bana ispiyonluyor, beni sevmeyenler ona ispiyonluyordu. Aynı binada çalışırken, o akşam hangi özel haberi yapacağını bile gelip, çaktırmadan üfleyenler oldu.

Bilmedikleri şuydu...
Hiç birlikte çalışmadık ama, birbirimizin aleyhinde yazı yazdığımızda bile, kıran kırana reyting mücadelesi verdiğimizde bile, insani temasımız hiç kopmadı. Haberde babamı tanımam, defalarca kazık attım. Ama, asla yalan söylemedim ona... O da bana söylemedi. Suratına gülüp, arkasından kuyusunu kazanları tek tek söyledim. Kim bilir, belki de gülümsemesinin sebebi buydu!

Maalesef, vefatı benim için sürpriz olmadı. Bir sene kadar evvel, gerçi başbakanımız gibi kokoreç yemedik ama, çay içtik.

Helalleştik.

Taa öğrenciyken "çıkabilir miyim?" dediğim adam, "çıkıyorum" demişti.

Ve maalesef, vefatından sonra gördüklerimiz de sürpriz olmadı. Dostlarını tenzih ediyorum... İmkan olsa, öbür tarafa canlı yayın yapabilsek de, timsah gözyaşlarını, ikiyüzlü ağıtları seyredebilse.

Özetle...
Yukardaki sebeplerle, üniversitelere gazetecilik anlatmaya asla gitmem; diyeceğimi topluca burdan diyeyim.

Başka meslek seçin.
Yapmayın bu işi.

Mehmet Ali Birand

1941 İstanbul doğumluydu. Gazeteciliğe *Milliyet*'te başladı, Brüksel temsilcisi oldu, 20 yıl Belçika'da yaşadı. Televizyon klasiği haline getirdiği "32. Gün" haber programına 1985'te TRT'de başladı. *Sabah*'ta *Posta*'da yazdı, Show Tv'de CnnTürk'te çalıştı, yakın tarihe dair belgeseller hazırladı, en son Kanal D ana haber bültenini sunuyordu. Hakkında açılan davalara rağmen, 28 Şubat'ta hedef haline getirilmesine rağmen, PKK'ya af çıkarılması, Öcalan'ın TBMM'ye girmesi, PKK'nın meşrulaştırılması gibi fikirleri savundu. O güne kadar bilinmiyordu, ölümünden bir yıl önce, Kürt olduğunu açıkladı. 2013'te vefat etti, Beykoz'da bir caddeye ismi verildi.

Abbas

Yılbaşı ziyaretine askeri cezaevine gittim.
Kendi ordusu tarafından esir tutulan kurmay albaylara.

Yazmıştım daha önce, ben hiç bu kadar sağlam iradeli adamlar görmedim... "Yeni yıla nasıl girersen, öyle geçermiş" deyip, gülümsüyorlar iyi mi!

Sırıttım tabii ama, yüreğine kıymık batıyor insanın.

Eşleri oradaydı, anaları babaları, çocukları elbette... "Evlat kokusu geldi" dedi bi tanesi... İçine çekiyor, bağrında tutmak için, öbür açık görüşe kadar adeta nefes bile vermiyorlar. Üniversite öğrencileri de var çocuklar arasında, henüz dört-beş yaşında olanlar da... Bebişler, babalarını görevde sanıyor. Eve neden gelemediğini başka türlü nasıl izah edebilirsin ki? Birinin kızı gelememişti maalesef, ameliyat olmuş; arkadaşlarının evladına sarılıyordu kendi evladı niyetine... Bi de öğretmen vardı. Kadın öğretmen. Böyle öğretmenlerle onur duymalı Türkiye... "Oğlun bana emanet, sakın endişelenme, merak etme" demeye gelmiş.

Geçen gidişimde *TCG Heybeliada*'nın şapkasını hediye etmişlerdi bana... Bu sefer, havacılar sorti yaptı! Derhal tertipledikleri "plan semineri" kararıyla, donanma şapkasına karşı, pilot şapkası hediye ettiler. Gel gör ki, bu donanmacılarla başa çıkılmaz kardeşim... Şu an içinde bulundukları cezaevinin adıyla "TCG Maltepe" diye tişört yaptırmışlar, onu verdiler. Ayrıca... *Muavenet* şehitlerini temsilen "TCG Yarbay Kudret Güngör" adına yaptırılan fincan takımıyla, bizzat kendilerinin el emeği göz nuru, Mustafa Kemal portresinden oluşan ebru tablosunu verdiler.

Böylece, şapkalar, tişört, tablo, fincan derken... "Tanıtım potansiyeli olan popüler kişi" unvanına rağmen, verile verile anca kilim verilen genelkurmay başkanı Necdet bey'den daha fazla hatıra eşyam oldu.

Bi de kitap verdiler.
Hepsi tek tek imzaladı.
Yılkı Atı...
Lise yıllarımda yutar gibi okuduğum, kütüphanemin olmazsa

olmazlarından, rahmetli Abbas Sayar'ın 1970'te yayımlanan romanı...

(Yılkı atı, dorukısrak'ı anlatır. Maddi-manevi sayısız yararına rağmen, kış bastırıp, hava şartları bozulunca, hesaptan düşülüp, bunun yediği ekmek bile haram, ne hali varsa görsün denilerek, inanılmaz vefasızlıkla kovalanan, doğaya, ölüme terk edilen... Yuva'sından tay'ından ayrı düşürülen, çaresiz, savunmasız bırakılan, çakalların saldırısına uğrayan... Haksızlık silsilesine rağmen, hayatta kalmayı başaran "özgür ruh"lu dorukısrak'ı anlatır... Ki, aslında, sadece kendi çıkarını düşünen iyi gün dostlarının gerçek yüzünü, ilişkilerini menfaat üzerine kuran insanların zavallılığını anlatır... Ve, hepimizin bir gün aniden "yılkı atı" olabileceğimizi anlatır.)

Ne tek kelime yorum yaptılar.
Ne tek kelime sitem ettiler.
İmzaladılar, verdiler.
Siz nerede ve nasıl geçirdiniz bilmiyorum ama...
"Arkadaşlarım" yılbaşını işte böyle kutladı.

Ve, hepinize selamları var, çoluğunuzla çocuğunuzla, sağlıklı, mutlu yıllar diliyorlar.

Abbas Sayar

1923 Yozgat doğumluydu. Yozgat'ın *Bozlak* adıyla ilk yerel gazetesini çıkardı. Yazmaya şiirle başladı, romana geçti. Köy edebiyatına damgasını vurdu, orta Anadolu'yu en iyi anlatan yazarlardan biri oldu. Resim sergileri açtı. 1999'da vefat etti.

Sabri

110 sene evvel...
Edirne'de dünyaya gelmiş, İstanbul'da, önce Alman mektebini, sonra Fransız mürebbiye mektebini bitirmiş, henüz 13 yaşındayken, lise için Almanya'ya gönderilmiş, Münih Üniversitesi'nde edebiyat ve felsefe diploması almış, şarkiyat doktorası yapmıştı, Safiye.

Çok güzeldi. Etrafına ışık saçıyordu. Dönemin Türk kızlarına kıyasla, saçı başı, giyimi, davranış biçimleri açısından özgür ruha sahipti, cesurdu. Gönlü tutuştu... Âşık oldu.

Hintliydi delikanlı, okuldan arkadaşıydı. Evlenmeye karar verdiler. Gel gör ki, ikisi de yurtseverdi, hangi ülkede yaşayacaklar? Daha işin başında anlaşamadılar maalesef. Vatanını, yüreğine tercih etti Safiye. Son bir öpücük, vedalaştı, topladı bavulunu, memlekete döndü. 1926'ydı.

Yazmaya başladı. Duygularını romanlarına döktü. "Aşkı hiç tatmamak mı, yoksa, tattıktan sonra yalan olduğunu anlamak ve kaybetmek mi?" diye sordu mesela... "Âşık olan zaten alacağını almıştır, artık bir şey isteyemez, bundan geri o verecektir, hep o verecektir" dedi.

"Sen yalnız sevdiğini kaybettin, ben ise, sevdiğimi de, sevginin kutsiyetini de... En büyük acı sevmek ve günden güne ayaklar altında çiğnenip, paçavra edildiğini görmektir" dedi... Ki, Türk edebiyatında aşk'ı en derin o tarif etmiştir bana göre.

Kadınlardı hep roman kahramanları... Kırılgan, düş kırıklığına uğramış kadınlar. Ve, kaleminin gücünün yanı sıra, çok çok önemli bi özelliği daha vardı.

"Doğu"yla "Batı"yı harmanlarken, "muasır medeniyet"le sosyal hayata hâkim "geleneksel" arasında sıkışan, bocalayan insanlarımızın, kuşak farklarını deşti, kültür çatışmalarını irdeledi.

Bi gün oturdu, sene 1938... *Ülker Fırtınası*'nı yazdı. Batı'da müzik eğitimi almış, ayıp mayıp dinlemeyen, ailesinden ayrı evde, tek başına yaşamak isteyen Nuran'la, evli ve çocuklu Sermet'in umutsuz aşkıydı.

Müsveddelerini çantasına koydu, Yunus Nadi'nin kapısını çaldı, henüz kitap olarak piyasaya çıkması beklenmeden, *Cumhuriyet* gazetesinde tefrika edildi.

Çift manalıydı Ülker... Boğa takımyıldızının adıydı. Aynı zamanda, denizcilik literatüründe bi fırtınanın adı... Zaten, hem fırtınalı bir aşkı anlatıyordu, hem de sosyal yaşamdaki fırtınaları.

Dönemin edebiyat aleminde patlama yapan, adeta fırtına gibi

esen romanı okuyanlar arasında, genç bir adam vardı... Eminönü Nohutçu Han'daki küçücük atölyesinde, bi yandan bisküvi üretiyor, bi yandan harıl harıl *Ülker Fırtınası*'nı okuyordu. Doğu'yla Batı'yı harmanlarken, muasır medeniyet'le geleneksel'i "çok iyi okumayı başaran" bi adamdı.

Şirketinin adı, Üç Yıldız'dı.
Popüler bi marka adı arıyordu.
Safiye, esin kaynağı oldu...
Sözlük anlamı da gayet uygundu.
Ha üç yıldız, ha yedi yıldızdan oluşan Ülker.

İşini aşkla yap diye boşuna dememişler.
Aşk romanından yola çıktı.

Kazandı... Bisküvilerinin adı, Ülker olur olmaz, fırtına gibi esmeye başladı. Dedim ya, geleneksel'ciydi ama, muasır medeniyet'i iyi harmanlıyordu, reklam denilen kavramı bu memlekette ilk keşfedenlerden oldu. Önce güneş, hava su, sonra bol gıda gelir, akşama babacığım, unutma Ülker getir... Sözleri Nuri Gamsız, bestesi Süheyl Denizci tarafından yazılan bu reklam sloganı, 7'den 77'ye herkesin ağzındaydı, ezberlendi, marş gibi oldu.

Safiye'nin Ülker'i öyle hale geldi ki, Safiye'den ilham alan o genç adam, Berksan olan soyadını Ülker olarak değiştirdi, "Sabri Ülker" adını aldı.
Ve, bana sorarsanız, vizyoner ticari zekasının en önemli özelliği... Kuruşların değerini kavrayamayan, küçümseyen Doğu kültüründe, Batı yaklaşımıyla "kuruş kuruş" imparatorluk kurmasıydı.

Senelerce ve bugün bile hâlâ, para üstü olarak kullanılır, kuruş etiketli Ülker ürünleri... O nedenle, biz 25 kuruşun kıymetini bilmiyoruz ama, o, aynı 25 kuruşlarla 25 bin kişi çalıştırıyordu.

"Gazozdan işlerle uğraşmayı bırak" diye nasihat eden bi toplumdan... Gazozdan işlerle uğraşa uğraşa, dünya devi Coca-Cola'nın siyo'su olmayı başaran Muhtar Kent'in çıkması gibi.

Safiye'ye dönersek...
Sadece denizlerde değil, duygusal dünyamızda da derin

dalgalanmalar yaratan Ülker Doğumu Fırtınası, her sene 10 Haziran'da esmeye başlar, üç gün sürer, 12 Haziran'da diner. Sabri Ülker'in tam da 12 Haziran'da vefat etmesi ise, sanırım, kaderin cilveleri üzerine eşsiz eserler bırakan Safiye'nin bile hayal edemeyeceği bir romanın öyküsüdür.

Sabri Ülker

1920 Kırım doğumluydu. 1929'da ailece Türkiye'ye göçettiler. Ortaokulu yatılı olarak Bilecik'te, liseyi Kütahya'da, üniversiteyi Sultanahmet İktisadi Ticari İlimler Mekteb-i Ali'sinde okudu. 1944'te bisküvi üretimine başladı, üç işçiyle yola çıktı, 41 bin kişinin çalıştığı Ülker'i yarattı, 2000 yılında işleri oğluna devretti, 2012'de vefat etti.

Abdulvahap

Sanıklar'dan önce savcılar'ın yargılandığı dünyadaki tek davada... Keriz Feneri'nin bağış paralarını bavullarla Almanya'dan Türkiye'ye getirdikleri, televizyon kanalı kurdukları, gemi aldıkları resmen kanıtlandı.

Ayrıca, şu şu şehirlerde şu şu isimli vatandaşlara nakit para yardımı yaptık demişler, o vatandaşlara tek tek sorulmuş ki, tek kuruş almadıkları gibi, makbuzların altındaki imzalar da sahte.

Böylece, Keriz Feneri'ni kurcaladığı için yargılanan Savcı Abdulvahap Yaren'in sözleri yeniden gündeme geldi. Afrika'daki aç çocukların fotoğrafını göstererek... "Yardım paralarının buralara gitmesi gerekiyordu, zekat hırsızlarını koruma altına alan bir güç var, ben bu güce 'hırsızların imparatoru' diyorum, hem altındaki figüranları koruyor, hem kendisine ulaşılmasını engelliyor, kim olduğu belli, halk arasında tabir vardır, arife tarif gerekmez, damda gezer miyav der, isme gerek var mı" demişti.

E haliyle herkes "hırsızlar imparatoru"nun kim olduğunu merak ettiğine göre, hukuk'a yardımcı olmak lazım.

"İsmi" şimdilik meçhul ama...
"Eşkal"i belli oldu.
Davul tozu minare gölgesi holdinglerle, ahalimizin nasıl

dolandırıldığını manşet yapan Alman gazetesi *Die Zeit*, yayımladığı "robot resim"le, hırsızlar imparatoru'nun arifini tarif etti.

Karikatürize robot resim şöyle...
Badem bıyıklı bi arkadaş, kılığından kıyafetinden buram buram Anadolu insanı olduğu belli olan vatandaşımıza, bir eliyle bayrağı-minare'yi işaret ediyor, öbür eliyle, bayrağa-minare'ye bakan vatandaşımızın cebindeki paraları araklıyor.

Daha n'aapsın Alman?
Madem o enseledi, teşhis'i de mi o yapsın?

Abdulvahap Yaren

Almanya'da "asrın dolandırıcılığı" olarak nitelenen Deniz Feneri'nin, Türkiye ayağını soruşturan üç savcıdan biriydi. Abdulvahap Yaren, Nadi Türkaslan, Mehmet Tamöz... Sadece Almanya'yı değil, Türkiye'yi de dolandırdıklarını tespit ettikleri için, çalınan zekat paralarının bazı (!) siyasi partilere uzandığını tespit ettikleri için, şak diye sanık haline getirildiler. Görevde yetkiyi kötüye kullanma suçundan yargılandılar. Elbette beraat ettiler ama, Deniz Feneri'nin Türkiye ayağı paçayı kurtarmış oldu. Tam olarak savcı Abdulvahap Yaren'in dediği gibi olmuştu, hırsızlar imparatoru meseleyi örtbas etmişti!

Ecevit

Gelmiş geçmiş en namuslu politikacılardan biriydi. Hayali, köykent projesiydi. Dokuz köyü pilot bölge seçti. Eşek bile yürümekte zorlanıyordu, 160 kilometre yol yaptı, uçak pisti gibi, dörder şeritliydi. İki bardak yağmur yağınca çoluk çocuk boğuluyorlardı, köprüler yaptı. Zehirleniyorlardı, derelere akan fosseptikleri kapattı, kanalizasyon yaptı. Karda kışta tulumba basıyorlardı, içme suyu şebekesi yaptı, her eve bağladı. Alo diyemiyorlardı, santral kurdu, fiberoptik kablolar çektirdi, her eve sabit telefon koydu, cep telefonları için baz istasyonları kurdu. Jeneratör getirdi. Park yoktu, 13 tane yaptı. Vali konakları gibi, köy konakları yaptı. Sağlık ocağı açtı, doktor-hemşire ilçeye kaçmasın diye lojman yaptırdı, iki ambulans tahsis etti. Bir futbol sahası, dört basketbol sahası, bir kapalı spor salonu, bir kulüp binası inşa ettirdi. Kültür-sanat evi yaptırdı, raflarına beş bin kitap koydu; zahmet edip gelmeye üşenirler diye, gezici kütüphaneyi hizmete soktu. Sosyal hizmetler merkezi açtı. 14 camiyi onardı, 12 mezarlığı düzenledi. Tam teşekküllü okul yaptırdı, öğretmenlere lojman yaptırdı. İtfaiye aracı verdi. Tarımsal kalkınma kooperatifi ve orman ürünleri fabrikası kurdu. Tarlalar için sulama tesisi açtı. Yaylalara elektrik hatları dikti. Bedava bin koyun ve 50 inek'in yanısıra, faizsiz, bir sene ödemesiz, hayvancılık ve ahır kredisi verdi. Uzmanlar gönderdi, toprak analizleri yaptırdı, meyve fidanları dağıttı, seralar açtı.

Netice?
Seçim yapıldı.
1.400 seçmen vardı...
Sadece dört oy aldı!
Rüyalarında bile göremeyeceklerini aldılar.
Günahlarını bile vermediler.

Aynı sene...
Davul tozu minare gölgesi holding'in sahibi bi arkadaş, zihin okuma cihazı icat etti. Topladı ahaliyi camiye, anlattı, "bu cihaz, beyinlerden geçen düşünceleri okuyor, yazıya döküyor, ancak, henüz tam geliştirilmedi, şimdilik sadece 72 saatlik okuyor"du... Peki, tam geliştirilince ne olacaktı? Onu da anlattı, "kainat makinesi" olacaktı... "Kainatta mevcut bulunan, uzaydaki Hazreti Muhammed'in, Hazreti İsa'nın hayattayken çıkardığı ses dalgalarını toplayacak, süzecek, televizyonlarda canlı olarak yayınlayacak"tı!

Netice?
Ahalimiz bu proce'yi hayata geçirmek ve ortak olup kâr payı kapmak için, iki milyar euro yatırdı iyi mi! Gerçi, kâr'dan vazgeçtiler, hiç olmazsa anaparanın uzaydan geri süzülmesini bekliyorlar ama, olsun.

Aynı sene...
Jet Fadıl, mebus seçildi.
"Pilot" bölgeden çıka çıka dört oy çıkarken...
"Jet"e tulum çıktı.

Netice?
Hukuki haksızlık yaparak, sayın jet'i kokpitten attılar, yerine sayın

başbakanımızı seçtiler... Ve, şimdi öğreniyoruz ki, bir başka hukuk skandalıyla sayın jet'in holdingini de elinden almaya çalışıyorlar.

Mahkeme kararını etkiliyormuş gibi olmak istemem ama, hakikaten zulümdür yani... Bana sorarsanız, böyle başa böyle taraktır, memlekete maliye bakanı olacak kadar mübarek bi adamdır. Dokunmayın Fadılıma.

Bülent Ecevit

1925'te İstanbul'da dünyaya geldi. Gazeteci, şairdi. 1972-80 arasında CHP'nin, 1987-2004 arasında DSP'nin genel başkanıydı. Zonguldak milletvekiliydi. 1974-2002 arasında beş kez başbakanlık yaptı. "Karaoğlan" lakabıyla tanındı. Mavi gömleği ve kasketi, adeta markasıydı. Kıbrıs Barış Harekatı'na karar verdi, Kıbrıs'a çıktı, KKTC'nin kurulmasını sağladı. Atatürk ve İsmet İnönü'den sonra Türkiye'ye toprak kazandıran ilk ve tek lider oldu. Abdullah Öcalan, onun başbakanlığı döneminde yakalandı. İki defa silahlı suikaste uğradı, ikisinde de kurtuldu. 12 Eylül'de Hamzakoy'da tutuldu, iki defa tutuklandı, siyasetten men edildi, yedi yıl yasaklı kaldı. Robert Kolej mezunuydu, üniversite mezunu olmadığı için 2000 yılındaki cumhurbaşkanlığı seçiminde aday olamadı, koalisyon partilerinin bu yasal hükmü değiştirme önerisini kabul etmedi. 2006'da vefat etti, Ankara'da devlet mezarlığında toprağa verildi.

Osman

Milli futbolculara yenilmesinler diye üç milyon lira prim verdiler, gene olmadı... Halbuki, bu iş parayla olsaydı, Suudi Arabistan'ın devamlı dünya kupasını kazanması gerekirdi. Çünkü, para'yla olmuyor, ruh'la oluyor. Ve zannettiğiniz gibi ayak'la da oynanmıyor aslında, yürek'le oynanıyor.

İsmail Temiz.
Bordo bereliydi.
Bingöl'de mayına bastı.
Sol bacağı dizden gitti.

Ali Budak.
Şırnak'ta mayına bastı.
Sağ bacağı dizden gitti.

Nurettin Balkaya.
Şırnak'ta mayına bastı.
Sol bacağı yok.

Mehmet Mutlu Kalak.
O da gazi.

Fatih Karakuş, yüksek gerilim hattına dokundu, sol kolu yok. Selim Karadağ, doğuştan sağ kolu yok. Furkan Arslan, kıyma makinesine kaptırdı, sağ dirsekten itibaren yok. Rahmi Özcan, sağ bacağı doğuştan 30 santim kısaydı, 12 defa ameliyat oldu, neticede dizden kestiler. Barış Telli, henüz dört yaşındayken trafik kazası, sağ bacağı gitti. Fatih Şentürk, motosiklet merakı, sol bacağı gitti. Şeyhmus Erdinç, Feyyaz Gözaçık, Serkan Dereli, doğuştan birer bacakları yok.

Osman Çakmak...
Kara kış, sabahın beş'i, Besta Vadisi'ni yoğun sis kaplamıştı, göz gözü görmüyordu, üstüne bardaktan boşanırcasına sağanak başladı, termal kameralar çalışmıyordu, mayına bastı, sol bacağı diz altından koptu, Şırnak, Diyarbakır, oradan Gata'ya götürdüler, ameliyat üstüne ameliyat, 10 sene kardeşim, 10 sene sürdü tedavisi... Bi gün, dönemin Genelkurmay Başkanı Yaşar Büyükanıt geldi rehabilitasyon merkezine, gazilerle sohbet ediyordu. Osman öne çıkıp, komutanım ben iyileştim, gene bölgeye gitmek istiyorum deyince, ilk kez orada duydu... "Vatana hizmet, illa vuruşarak olmaz, vatana hizmete devam etmek istiyorsan, futbol oyna oğlum, ay yıldızlı formayı o şekilde taşı" dedi komutan.

Evet, Türkiye'nin Ampute Milli Futbol Takımı bu.
Ve, Dünya Kupası'nda üçüncü oldular!

Hem de ne zaman oldular biliyor musunuz? Üç gün önce... "Eli ayağı tutanlar"ın Romanya'yla Macaristan'a yenildikleri geçen hafta sonunda oldular. Rusya'da düzenlendi 2012 Ampute Dünya Kupası... Ampute futbolda seri başı kabul edilen, İngiltere, Japonya, Gana, Ukrayna, Polonya gibi 12 ülke katıldı. Yarı finalde Rusya'ya yenildik, üçüncülük maçında Arjantin'i devirdik.

Macaristan rezaletinden bir gece önce, pazartesi akşamı, Atatürk Havalimanı'na indiler. Sanıyorlardı ki, yabancı futbolcuları karşılayıp omuzlara almak için yarışan vatandaşlarımız orada olacak, çiçekler verilecek, Türkiye sizinle gurur duyuyor diye tezahürat yapılacak, alkışlanacak. Kimse yoktu... Ne Futbol Federasyonu, ne Bedensel Engelliler Federasyonu, ne bir siyasi parti temsilcisi, ne de vatandaş... Hiç kimse yoktu. Allah'tan hostesler filan çırpındı, o sırada seyahat için uçak bekleyen Müslüm Gürses'i yakalayıp getirdiler, Müslüm Baba memleket adına hepsini tek tek tebrik etti, hatıra fotoğrafı çektirdi.

Sordum, Başbakan veya Spor Bakanı telefon etti mi diye, yok... Şeytan diyor, Alex'e tivit at, bu çocuklar göğsümüzü kabarttı diye, adım gibi eminim, hiç olmazsa Alex telefon ederdi.

Milli futbolculara üç milyon lira prim verdiler, gene olmadı. Ampute milli takımına, dünya kupası'na gitmeden önce kamp için 250'şer lira harcırah vereceklerdi güya... O bile hesaplarına yatmadı hâlâ!

Osman Çakmak

1977'de Tokat Zile'nin Narlıkışla köyünde dünyaya geldi. Şırnak'ta bacağını kaybetti. Zile Şehit Gazi Aileleri Yardımlaşma Derneği'ni kurdu. Ampute milli takımı formasıyla Avrupa şampiyonluğu kazandı, üç defa dünya üçüncülüğü kazandı. 2015'te Mehmetçik Vakfı'nın tanıtım yüzü oldu, "içindeki çocuğu kaybetmedi" sloganıyla reklamlarında oynadı, kurban bayramında bağışları adeta katladı. Osman, Roketsan'da çalışıyor, evli ve üç çocuk babası.

Ümit

Basın'ın bu dönemde iyi bir sınav verdiği söylenemez. Meslektaşları hapisteyken, Dolmabahçe Sarayı'nda basın özgürlüğü gecesi tertipleyip, fonda ince müzik eşliğinde, avanta viski yudumlayarak, limon sosunda hıyar yemeleriyle hatırlanacaklar. İstisnaları tenzih ederim... Sansür'e gerek bırakmayıp, otosansür'ün feriştahını uygulayan, bildiğini yazarak değil, bildiğini yazmayarak kazanan, halkın gerçekleri öğrenme hakkı'na hizmet etmek yerine, ninni söyleyen, tirajlar çakılırken, manşetlerde havai fişekler patlatan, ekranlarda pembe tablo çizen'ler topluluğu olarak anılacaklar.

Sermaye'nin bu dönemde iyi bir sınav verdiği söylenemez. Çocuklarının geleceğini, parayı balyaladıkları memleketimizde değil, elalemin memleketlerinde gören, yurttaşların özgürlüğü her alanda kısıtlanırken, beşer metrelik duvarlar arkasındaki villalarında huzurla yaşayabileceklerini zanneden... Yarın öbür gün, bu dönem'in hesabı kitabı yapıldığında, susma sustukça sıra sana gelecek'i sıra kendisine gelene kadar kavrayamayan'lar olarak anılacaklar.

Sendikalar, ha keza... Maalesef, sarı basın'dan bile daha cart sarı olarak hatırlanacaklar.

Sanat camiası'nın da, bir elin parmakları kadar'ı hariç, bu dönemde iyi bir sınav verdiği söylenemez. Sanat dediğin, ister transatlantik ol, ister filika, iskeleden halatları koparıp attığın an başlar. Çünkü, özüne, ruhuna, mantığına aykırıdır, bağımlı olmak...
Duba olarak anılacaklar.

Akademik çevreler'in bu dönemde iyi bir sınav verdiği söylenemez. Lifli gıdalar, pilatesin faydaları, buzulları eriyen kutup ayıları gibi, kokmaz bulaşmaz mevzularda adeta papağan misali şakıyan, susmak bilmeyen profesörlerimiz... ÖSYM rezaletleri, çağdışı eğitim, Mehmet Haberal, Fatih Hilmioğlu, dövülen, tutuklanan üniversite öğrencileri'nde dut yemiş bülbül olarak hatırlanacaklar.

Ve, aynı dönemde...
Aynı basınç uygulandı.
Baro'metre ölçtü.

İstanbul ve Ankara barosu'nun avukatları, evrensel ilkelere ve onurlarına sahip çıkan, susmayan, direnen... Birey'i kul olmaktan kurtaran hukuk devleti, yargı bağımsızlığı ve demokrasi mücadelesinde tırsmayıp, toplu halde, açıkça tavır koyan...
Alnı açık, başı dik kalmayı başaran "tek meslek grubu" olarak hatırlanacak.

Yazın bi kenara...
Korku bulaşıcıdır.
Cesaret de öyle.
Baro seçimleri milattır.

Ümit Kocasakal

1966'da Köln'de doğdu. İstanbul Üniversitesi hukuk fakültesini bitirdi. 2010'da İstanbul Barosu başkanlığına seçildi, 2012 ve 2014'te tekrar seçildi. Akp'nin toplumu baskıyla ezdiği dönemde, Ergenekon-Balyoz gibi iftira süreçlerinde, adeta "hukuk kahramanı" haline geldi. Herhangi bir partinin değil, Kemalizm'in savunucusu, sözcüsü oldu. İstanbul Barosu'nun yürekli duruşu, hem diğer barolara, hem de yurttaşlara cesaret verdi, güven verdi. "Hiçbir makam ve kişi vazgeçilmez değildir, olmamalıdır" dedi, 2016 Eylül ayı itibariyle İstanbul Barosu başkanlığına tekrar aday olmayacağını açıkladı.

Berkant

"Bir şarkısın sen, ömür boyu sürecek, dudaklarımdan yıllarca düşmeyecek" filan ama... Hiç merak ettiniz mi, şehirde değil, kerpiçhaneli köyde dünyaya gelen Berkant, ortaokuldayken, piyano çalmayı nerden biliyordu?

74 yaşında rahmetli oldu... Teee 65 sene evvel, ilkokuldayken, memleketin yüzde 90'ında radyo bile yokken, mızıka ve akordeon çalmayı kimden öğrenmişti? Henüz 14 yaşındayken, Frank Sinatra, Dean Martin, Nat King Cole şarkılarından oluşan repertuvara nasıl sahip olabilmişti? Dedim ya, 1938'de köyde dünyaya gelen çocuk... 18 yaşındayken orkestra kurmayı, hangi vizyonla akıl etmişti? Saksofon çalmayı?

Çünkü...
Babası Hasan Akgürgen'in Köy Enstitüleri'ndeki görevi nedeniyle Ankara'nın Hasanoğlan Köyü'nde dünyaya gelmiş, ilkokula Hasanoğlan Köy Enstitüsü'nde başlamış, babasının tayini gereği, Bilecik'e Denizli'ye gitmiş ama, ailesi tarafından hep "köy enstitüsü ruhu"yla büyütülmüştü.

Berkant'ın temel eğitimini aldığı Hasanoğlan Köy Enstitüsü'nde... Tarih derslerini Ordinaryüs Profesör Enver Ziya Karal, zooteknik derslerini Profesör Selahattin Batu, ekonomi derslerini Profesör Muhlis Ete, kültür-edebiyat derslerini Sabahattin Eyüboğlu, ziraat derslerini Profesör Kazım Köylü, coğrafya derslerini Profesör Ferruh Sanır veriyordu. Peki ya müzik derslerini? Âşık Veysel ve Ruhi Su!

Ankara Konservatuvarı'nın saygın ustaları, klasik müzik

öğretiyordu. 1945 senesinde, Hasanoğlan Köy Enstitüsü'nün enstrüman demirbaşı şöyleydi: 259 mandolin, 55 keman, 37 bağlama, 8 akordeon, 3 piyano, 3 davul, 1 metronom, 1 pikap... "Harika çocuk"lar Suna Kan ve İdil Biret, enstitüye misafir getiriliyor, köy çocuklarını teşvik için yaşıtlarından keman ve piyano dinletiliyordu. Âşık Veysel ve Ruhi Su ise saz çalmasını öğretiyordu. Benim canım Veyselim, enstitü bahçesine kiraz fidanı dikmiş, seneler sonra ziyaret edip kollarını açarak kiraz ağacına sarılmış, nasıl boy verdiğini hissetmişti.

Resim yapıyorlar, voleybol oynuyorlardı.
Sinema salonu vardı. Tiyatro salonu vardı.

Bedri Rahmi Eyüboğlu bir hatırasını şöyle anlatmıştı: "Hasanoğlan Köy Enstitüsü'ne gitmiştik. Okulun hayvanlarını barındıran ahırda bir çocuk gördüm. Gece nöbeti ona düşmüş, elinde kitap vardı, dalmıştı. Shakespeare okuyordu. Okuduğunu nasıl kavradığını, ertesi gün oynadıkları piyeste gördük."

Mozart, Vivaldi, Beethoven dinliyorlar; Gorki, Tolstoy, Zola okuyorlardı. Moliere'in *Kibarlık Budalası*'nı, Sofokles'in *Kral Oedipus*'unu, Gogol'un *Müfettiş*'ini sahneliyorlardı. Mesela, bir mezuniyet töreni programı sırasıyla şöyleydi: İstiklal Marşı, bağlama konseri, türküler, mandolin konseri, şiirler, keman konseri, piyano konseri, koro, Anton Çehov'un *Bir Evlenme Teklifi*, diploma takdimi, topluca zeybek...

Tüm zamanların, gelmiş geçmiş en şöhretli şarkısı "Samanyolu"nu ölümsüzleştiren, dede'den torun'a nesiller boyu adeta marş gibi ezberleten Berkant, işte bu ruh'un Türkiye'ye armağanıydı.

İşin ekstra enteresan tarafı...
Romantizm tarihimizin en önemli şarkısının adı "Samanyolu" ama, şarkının içinde tek kelime Samanyolu geçmiyor.
Tıpkı, eğitim-öğretim tarihimizin en önemli parçası Köy Enstitüleri'nin, dörtdört'lük olduğu söylenen imamlı-tarikatlı eğitim sistemimizin içinde geçmemesi gibi.

Özetle.
Samanyolu dediğin...
Görmek isteyene.
Görmek istemeyene...
Teleskop versen, hikaye.

Berkant

Tam adı, Berkant Akgürgen'di. İlk kez 1957'de Ankara'da bir düğün salonunda Üstün Poyrazoğlu Orkestrası'yla sahneye çıktı. İlk plağını 1965'te yaptı. 1967'de söylediği "Samanyolu"yla efsane haline geldi. Sözlerini Teoman Alpay'ın yazdığı, bestesini Metin Bükey'in yaptığı "Samanyolu", 1968'de 100 binin üzerinde satarak, o dönemin rekorunu kırdı, nesilden nesile ezbere bilinen ender şarkılardan biri oldu. Şarkıcılığının yanısıra beste yapan, söz yazan, uyarlama yapan Berkant, 2012'de vefat etti, Karacaahmet'e defnedildi.

Neşet

Hep dinledik onu...
Ama, türkülerini dinledik.
Ne dediğine kulak vermedik.
Söz'lerini dinlemedik.

Senelerce "kendim ettim kendim buldum, gül gibi sarardım soldum, eyvahh" diye haykırdı... İktidar tercihlerimizin nakaratını bundan daha güzel özetleyen var mıydı?

"Dane dane benleri var yüzünde, dünyada yârdan datlı var m'ola"yı bilirsin... Buram buram Anadolu kokar ve şöyle devam eder: "Küpeleri ağır düşer kulaktan, zülüfleri tel tel etmiş yanaktan..."

E hani türban?

Rakı'ya bira'ya karşıysan... "Aman yarim gez de gel, sarhoşum ben çözemem, düğmelerin çöz de gel"i nerenle dinledin birader? "Atım araptır benim, yüküm şaraptır benim"i Fransızlara mı söyledi?

"Doyulur mu doyulur mu, canana kıyılır mı, cananına kıyanlar, hak'kın kulu sayılır mı"yı anlasaydı bu memleket, kadın cinayetleri olur muydu?

"Seviştiğimde mutlu olurum, sevgisiz imanı nasıl bulurum, böyle inandım böyle bilirim, sevişmek ibadettir sevgi imandır" diyordu mesela... El ele tutuşup, parkta oturan gençlere bile fuhuş diyorsun hâlâ.

"Nedeceksin bu kadar malı...
İşte görünüyor dünyanın halı."
Kime diyordu bunu sence?

"Aman, kader kader derler de...
Bu nasıl kader?"
Kime soruyordu?

Alt kültürüz, üst kültürüz, etnik kökeniz, aynı sazın teliyiz filan da...
"Türkü söyler dillerimiz, ne güzeldir ellerimiz, bağlamada tellerimiz, türkü sever, türkü söyler, Türk'üm diyen" demiyor muydu?

"Atı olan el atına biner mi...
Yiğid olan ikrarından döner mi?"
A liboş.

"Zeki Müren, halk müziğimizi nakış nakış işlemişti, telifini ödeyip, Âşık Ali İzzet'in Mühür Gözlüm şiirini satın almış, aranjman olarak okumuştu, şarkıyı Zeki Müren'in filminde seyrettim, sazı alıp, köylü yüreğimle ezgiledim, köy düğünlerinde söyledim, bi zaman geçti, son model bi araba geldi, Zeki Müren seni İzmir Fuarı'na çağırıyor dedi, gittim, bir ay çaldım, telif hakları bana ait olan şarkıyı nasıl çalarsın diye tek kelime etmedi, bi gün biri geldi, Zeki Müren seni çağırıyor dedi, gittim, gazino patronuyla aynı masada oturuyor, ayağa kalkıp, ağabey hoş geldin dedi, önünde viski var, ne içersin dedi, rakı dedim, türküye başladı, tarif etmem imkânsız, ikinci dörtlüğü yakaladım, devam ettim, gene ayağa kalktı, olamaz böyle ses diyerek, başını duvarlara vurdu, rahmetliye çok şey borçluyum..."

Biri "yüreğim köylü" diyen, mahcup bozkır çocuğu... Öbürü, sözde erkeklerin kıvır kıvır kıvırdığı ülkemde, cinsel kimliğini saklamadan, sahneye apartman topuk, mini etekle çıkma cesaretini gösteren "mangal yürek" şehirli... Türkülerini dinlediğinizden eminim de, emin misiniz Neşet Ertaş'ı kavradığınızdan?

Açılım maçılım ayaklarıyla, kendilerine destek veren halk ozanı gibi göstermeye çalıştılar onu, kendilerine oy vermeyenlerin panzehiri olarak sunmaya çalıştılar. Rahatsız edilmesin, polemiklere maruz kalmasın diye, rahmetli olana kadar, bugüne dek, satır yazmadım...
İzmirli olmuştu.

Ömrünün 30 senesini yurtdışında geçirip, neden 16 sene önce İzmir'den ev aldığını, neden 3 sene önce İzmir'e yerleştiğini... Çoğunuzun ilk kez okuyacağı, şu şiirinde anlatmıştı.

Gezdim tüm dünyayı gördüm
Güzel İzmir sana geldim
Benim şirin güzel yurdum
Güzel İzmir sana geldim
Güzelsin asil duruşlu
Medenisin hoşgörülü
Olduğun gibi içli dışlı
Güzel İzmir sana geldim
Gönüllere ışık saçan
Unutamaz görüp geçen
Gariplere kucak açan
Güzel İzmir sana geldim
Kimdir necidir sormayan
Kimseyi hakir görmeyen
İnsanlıktan ödün vermeyen
Güzel İzmir sana geldim
Nice yıllar çok uzağım
Seni seviyor yüreğim
Güzel yurdum, son durağım...
Güzel İzmir sana geldim

Dedim ya...
Anlamazdın.

Neşet Ertaş

1938'de Kırşehir Çiçekdağı'nda dünyaya geldi. Abdallık geleneğinin son büyük temsilcisiydi. Saz çalmayı babasından öğrendi. "Neden garip garip ötersin bülbül" isimli ilk plağını 1957'de çıkardı, babasına ait bir türküydü. 1978'de alkol ve sigara yüzünden parmakları felç oldu, Almanya'ya gitti, tedavi oldu. Cumhurbaşkanı Demirel tarafından verilen "devlet sanatçısı" unvanını "halkın sanatçısıyım" diyerek, kabul etmedi. TBMM Üstün Hizmet Ödülü'nü kabul etti. Unesco tarafından "yaşayan insan hazinesi" envanterine dahil edildi. 2012'de İzmir'de vefat etti, Kırşehir'de toprağa verildi.

Şero

Sayın ahalimiz "evet" dedi.
HSYK reformu yapıldı.

Bismillah...
20 makam aracı alındı.
Yeni bina verildi.
24 saat korumalı.
Güvenlik kameralı.
Gerçi sıkış tepiş oldu...
20 üye çalışacaktı.
Bina sadece 17 katlıydı.
Odalar tefriş edildi.
Hepsine sekreter verildi.
Hepsine şoför verildi.
2'şer bin lira zam yapıldı.
Anıtkabir'e gittiler, önde Adalet Bakanı'nın mercedesi, arkasında konvoy halinde renolar, bahçeye park ettiler yan yana, bi saydılar ki, 20 tane reno var, panik çıktı, bakan ve müsteşar dahil 22 üyeyiz, mercedes burda, 20 tane reno da burda, 22'nci nerde diye telaşlandılar, meğer, müsteşar audisiyle gelmişti, HSYK'ya yeni atandıkları için tecrübesizdiler, bilmiyorlardı, bizim adalet bakanlığı müsteşarları hep audiye binerdi, emekli olduklarında da götürürlerdi, yeni gelene yeni audi alınırdı, neyse, çelenk bıraktılar, hep beraber geri döndüler, önde mercedes, arkasında audi, onun arkasında 20 tane reno, camlar füme, oturup güzel güzel çalıştılar, savcı Murat'ı Ovacık'a gönderdiler.

Gitti, işbaşı yaptı.
Bismillah...
Suikast ihbarı vardı.
Koruma istedi.
Verilmedi.
Kapıya polis kulübesi dikelim...
Hedef olur denildi.
Hiç olmazsa kamera koyun...
Konulmadı.
Bari kendi kendimi koruyayım...
Bir aydır tabanca bekliyordu.
Hakim'lerin de yok.

Öbür savcı'nın da yok.
İlk geleni indireceklerdi...
Murat geldi.
Göz göre göre, bile bile, şehit edildi.

Hal böyleyken...
Şero enselendi!

Kadeve hariç 55 trilyon liracığa mal olan, 63 dönümcüklük yeni binasına taşınan Anayasa Mahkemesi, CHP mensubu Şero'ya 15 lira 44 kuruş'luk kedi kumu ve süt alınmak suretiyle devletin zarara uğratıldığını tespit etti... Ki, daha önce, bi başka başsavcı meselesinde, Garfield gözaltına alınmıştı.

Ve, bu satırların yazıldığı dakikalarda, siz hâlâ, adalet sarayı'ndan çıkacak Balyoz kararını merak ediyordunuz...

Neyi merak ediyorsunuz kardeşim?
Hepsi "şerorist" işte.

Şero

Türkiye'nin en ünlü kedisi, 2005'te CHP genel merkez binasının şantiyesinde dünyaya geldi, inşaat işçileri tarafından beslendi, bina hizmete girdikten sonra çevreden ayrılmadığı görülünce, içeriye alındı, Deniz Baykal tarafından Kötü Kedi Şerafettin'den esinlenerek, Şero ismi verildi, partinin maskotu oldu. 2008'de böbrek rahatsızlığı nedeniyle ciddi badire atlattı, ameliyat oldu, 14 gün hastanede yattı. CHP çalışanlarından Ayşe Dinler tarafından gönüllü olarak bakımı üstlenilen Şero, bu kitabın piyasaya çıktığı 2016 itibariyle 11 yıldır CHP genel merkezinde yaşıyordu.

Emrah

Aslında...
Her şey "Teksas"ta başladı.

Türkiye'nin Büyük Ortadoğu Projesi eş başkanı olduğunu öğrendiğimiz günlerde, 2004'te... Irak'ta öldürülen Amerikalı er Casey'nin annesi Cindy Sheehan, tek başına gitti, oğlumun katili sensin diye bağırarak, başkan buş'un "Teksas"taki çiftliğinin kapısına çadır kurdu.

Öbür anneler, bana ne demedi, çadırı kapan koştu. "Teksas"taki çiftlik çadırkent'e döndü. E orası, burası değil tabii, dağılın lan diyerek biber gazı sıkamadılar. Tiviler canlı yayındaydı.

İyi de güzel ablacım, senin oğlunu zorla askere götürmediler ki, bedelini ödüyoruz, tıkır tıkır maaş almak için gitmedi mi, diye sordular... Şu hazin cevabı verdi: Oğlum üniversite okumak istiyordu. Üniversiteler çok pahalı, param yetmedi. Ordudan aldığı maaşı biriktirip, üniversiteye gidecekti.

Yani... Askerlikten yırtmak için üniversiteye değil, üniversiteye gidebilmek için askere gitmişti!

Annenin bu feryadı, duymak istemeyen kulaklarda bile çınladı. Bizim çocuklarımız niye bize ait olmayan savaşlarda ölüyor sorusu, gariban evlerin odalarından taştı, manşetlere çıktı.

Sembol olmuştu... Dünyayı dolaşıyor, Amerikan halkına anlattıklarını, herkese anlatıyordu. Türkiye'ye de geldi, Ankara Üniversitesi Siyasal Bilgiler Fakültesi'nde konferans verdi... Biz hata yaptık, bize ait olmayan savaşlara girdik, ben bu hatanın bedelini her gün ödüyorum, umarım siz böyle bir hata yapmazsınız, devlete yönetici seçerken dikkat edin, dedi.

Amerikan kamuoyunu öylesine derinden etkiledi ki, Cumhuriyetçiler onun yüzünden kaybetti, Demokratlar onun sayesinde kazandı yorumları bile yapıldı. Oysa... İsveç'teki konferansında çıktı, şöyle dedi: Demokratlar bizi kullandı, Obama'yı bi umut olarak, bi hediye olarak sundular ama, buş'tan farkı yok, haydutlar sınıfı tarafından yönetilmeye devam ediyoruz!

Bitirici vuruştu... Obama, baktı ki böyle olmuyor, kendi çocukları yerine, elalemin çocuklarının ölmesinin daha mantıklı olduğuna karar verdi. Güya Irak'tan çekildi ama, Büyük Ortadoğu Projesi'ni revize ederek, en başta biz, elalemin çocuklarını ateşe sürdü.

"Teksas"ta başlayan macera neticesinde... Bize ait olmayan savaşa burnumuzu soktuğumuz için, kendi topraklarımızda girilmesi yasak kampların kurulduğu, eli silahlı köktendincilerin, ajanların cirit attığı... Bunun karşılığında, apo'çilerin yol kestiği, mebus kaçırdığı, ilçe bastığı, şehit üstüne şehit verdirdiği, bayrağımızı indirdiği, vahşi batının "Teksas"ına döndü ülke!

Ve, Afyon cephanelik patlamasındaki 25 şehitten Emrah... Amerikalı er'le yaşıttı. "Teksas" üniversitesinde mastır yapmıştı!

Uzun lafın kısası...

Bedel'ini ödeyip üniversiteye gidemeyen Amerikalı garibanlar ölmesin, Amerikalı analar ağlamasın diye... Kendi garibanlarının yanı sıra, bedelli'yi ödeme imkanı ve hakkı varken, vatan borcunu ödemeye giden kahraman evlatlarını da kurban vermeye başladı Türkiye.

Emrah Kartal

Eylül 2012'de Afyon'da Kara Kuvvetleri Lojistik Komutanlığı'na bağlı mühimmat deposunda el bombalarının taşınması sırasında patlama oldu, 25 asker şehit düştü. 26 yaşındaki Emrah Kartal şehitlerden biriydi. Zonguldaklıydı. Abant İzzet Baysal Üniversitesi'nde uluslararası ilişkiler okumuş, ABD Texas Üniversitesi'nde mastır yapmıştı. Ailesinin isteğine rağmen, parayı ödemelerine rağmen, bedelliyi kabul etmemişti, kısa dönem er olarak vatani görevini yapıyordu. Askerliği bitirince doktora için Kanada'ya gidecekti.

Aziz

İzmir'de "çete" kurarak "asrın yolsuzluğu"nu gerçekleştiren belediyeciler tahliye edildi. Çete'lesini yazayım bari.

İzmir Büyükşehir'in en büyük harcama kalemi, metro... 80 küsur müfettiş, aylarca inceledi. En küçük bi suiistimal bulundu mu? Bulunmadı. Suçlamalar arasında var mı metro? Yok.

Banliyo sistemi için 600 milyon lira harcandı. Tüneller, yeraltı istasyonları, geçitler filan... İhalelerinde yamuk tespit edildi mi? Edilmedi. Yok mu yani suçlamalar arasında? Yok.

Körfez trafiği için 15 adet katamaran tipi, hızlı vapur alınıyor, imzaları atıldı, 115 milyon Euro... Komisyon momisyon, malı götürmek için iyi bi fırsat... Var mı iddianamede? Yok.

Kadifekale civarındaki kentsel dönüşümün maliyeti, 200 milyon lira... Akraba, eş, dost'u kollayıp, al takke ver külah için, şahane imkan...
Var mı asrın çete davasında? Yok.

AB standartlarında biyolojik arıtma tesislerinin başkentidir, İzmir... Türkiye'deki her 4 biyolojik arıtma tesisinin 1'i orada... 70 milyon liranın üzerinde para harcandı. İhaleleri didik didik edildi, en küçük bi pürüz bulundu mu? Bulunmadı. Davada yok o halde? Yok.

Memleketin en önemli çevre projelerinden Çamur Çürütme ve Kurutma Tesisi'ne 62 milyon lira ödendi. Bir kuruşluk avanta tespit edildi mi? Edilmedi. Yok mu iddianamede? Yok.
2005'ten beri, her hafta, 207 bin öğrenciye 1.2'şer litre süt dağıtılıyor. Faturası sadece bu sene, 7 milyon lirayı geçti. Bırak hastanelik olmayı, tek çocuğun bile karnı ağrımadığı gibi... Soruşturmalara rağmen, en ufak bi akçeli iş bulundu mu? Bulunmadı. Var mı davada? Yok.

8 senedir yönetiyor İzmir'i Aziz Kocaoğlu... Her sene 5 milyar lira bütçeden, 40 milyar lira eder. Sırf kamulaştırmaya 700 milyon lira harcadı. Kendisine oy vermeyenler, AKP'nin İzmir'deki yöneticileri dahil, "boğazından haram para geçti" diyebilen var mı? Yok.

İyi de kardeşim...
Neyi soydu bunlar?

Mandalina'yı soydular!

Evet... Suçlamalar arasında mandalina var. Üreticiden mandalina alıp, okullarda dağıtmışlar. Fahiş fiyatla mı almışlar? Yo-ooo, ucuza almışlar. Suç ne o zaman? Almasalar da olurmuş, niye almışlar! Üreticiyi kollayarak, kamuyu zarara uğratmışlar. Normalde, mandalinaların çöpe atılmasına, üreticinin batmasına göz yummaları gerekiyordu. Suriyeli çünkü üreticiler!

Şal almışlar, kaşkol almışlar, öğretmenlere dağıtmışlar. Niye? Öğretmenler Günü için... Vakko'dan mı almışlar? Hayır, kooperatiflerden almışlar, dükkan fiyatının 10'da 1'ine.

Başka? Şevval Sam'a konser verdirmişler. Şarkı da mı suç birader? Şarkı suç değil ama, Şevval Sam için ihale açmamışlar! Belki, daha ucuza başka Şevval Sam var, di mi?

Otopark meselesi var bi de... Belediyenin otoparkını, özel şirketin elinden alıp, belediye şirketine vermiş Aziz Kocaoğlu... Bak sen şunun yaptığına! Komünist misin Başkan? Bırak, parayı kim götürürse götürsün... Niye belediyenin malını belediyeye veriyorsun?

Ayrıca...
İhbarda bulunuyormuş gibi olmayayım ama...

İstanbul metrosunun her kilometresi, 140 milyon lira... İzmir metrosunun her kilometresi, sadece 40 milyon lira... Kilometre başına 100 milyon lira daha az... Ayıp değil mi Aziz Bey?
Bir şehrimize arıtma tesisi yapıldı, yabancı krediyle, 40 milyon Euro... İzmir'e aynısı yapıldı, öz kaynaklarla, 3 milyon dolar... 15 kat ucuza! İflas mı ettircen sen bu şehri Aziz Bey?

İzmir Büyükşehir Belediyesi, 200 mililitre sütü, kaç liraya alıp, çocuklarımıza içiriyor? 37 kuruşa... Hükümetimiz, aynı İzmir'de, aynı çocuklara, aynı ineklerin sütünü, kaç liraya içiriyor? 53 kuruşa... 2 katına yakın... Bu kafayla gidersen, 397 sene hapis, az bile Aziz Bey.

Ve, ayrıca...
Kendimi ihbar ediyormuş gibi olmayayım ama...

O çetenin zeybeğiyim!

"Ak"lanmaya ihtiyacımız da yok, niyetimiz de yok bizim! Bir oyum var... Bir milyon oyum olsa, bir milyonunu da çetebaşı'na veririm. İzmir Aziz'dir Aziz kalacak.

Aziz Kocaoğlu

1948'de Tokat Erbaa'da doğdu. Babası İhsan Kocaoğlu, 1973-80 arasında CHP'den Erbaa belediye başkanıydı. 1973'te Ege Üniversitesi iktisat fakültesinden mezun oldu, İstanbul Üniversitesi'nde işletme mastırı yaptı. 1979'da kendi işini kurdu, beyaz eşya ticareti yaptı. Siyasete CHP gençlik kollarında başladı. 2004'te Bornova belediye başkanı seçildi. Üç ay sonra Ahmet Piriştina vefat edince, büyükşehir meclisinde oybirliğiyle İzmir büyükşehir belediye başkanlığına getirildi. 2009'da 2014'te tekrar aday gösterildi, tekrar tekrar kazandı. 1895-1907 arasında belediye başkanlığı yapan efsane Eşref Paşa'nın rekorunu kırdı, İzmir'in 150 yıllık belediye tarihinde en uzun süreyle görev yapan başkan oldu.

Kerim, Barış, Uzay, Gökhan

Kerim Tekin...
Hazirandı.
Konser dönüşü kamyona çarptı.

Ajlan...
Temmuzdu.
Konser dönüşü traktöre vurdu.

Barış Akarsu...
Temmuzdu.
Konser dönüşü kamyona patlattı.

Gene bi haziran.
Bengü...
Gene konser dönüşü.
Ölümden döndü.

Uzay Heparı'yı trafik kazasında kaybettik, henüz 24 yaşındaydı. Grup Vitamin'in Gökhan'ını da... 29'unda.

Aylin Urgal'ı taşıyan otobüs, konser dönüşü uçuruma yuvarlandı. Esengül'ü taşıyan otomobil, konser dönüşü takla attı.

Necdet Tosun.
Önder Somer.
Ahmet Tarık Tekçe.
Belkıs Dilligil.
Sevim Tanürek.
Hatta...
İsmail Dümbüllü.
Trafik kazasında sanatçı kaybetme dünya rekoru bu memlekete aittir.

Beyaz Kelebekler, turne yolunda.

Kamran Yüce, turne dönüşü.
Onur Bayraktar, tiyatro çıkışı.
Erkan Yücel, film çekimine giderken.
Kıvırcık Ali, konserine yetişirken.

Magazin merakımız nedeniyle, belki biraz ilgi çeker diye sanatçılarımızı yazdım. Aslında sözüm... 320 kadranlı, ok gibi otomobilleri çocuklarının altına veren ana-babalara.

Çömezken, *Yeni Asır*'da gazeteciliğe başladığımda... Usta muhabirler yazlığa kaçar, çayda dem, meslekte kıdem gereği, cumartesi-pazar gecesi nöbetlerini bana yıkarlardı. Ve, her pazartesi manşet'i ben yazardım. Çünkü, ya Çeşme'den dönerken takla atardı birileri, ya da Bodrum'a giderken kamyona dalardı. Hele konser monser varsa, direkt Ege Üniversitesi acil servisine gider, beklerdim... Ki, maalesef, cenazesiz konser dönüşü hatırlamıyorum.

Türkiye'nin değişmezidir...
Konser mevsimidir bu aylar.
Facia mevsimidir.
Testi kırıldıktan sonra...
Yaz'ık olmasın.

Kerim Tekin

Barış Akarsu

Halkın sevgilisi olan sanatçılarımızı kaybettiğimizde iki üç gün haber oluyor, sonra unutuluyor, üzerinde durulmuyor. Halbuki... İnsanlarını karayollarında Türkiye kadar heba eden bir başka ülke yok. Nüfusuna ve otomobil sayısına oranla, dünya rekoru maalesef bize ait. Son 10 yılda trafik kazalarında 45 bin kişiyi kaybettik, 2 milyon 100 bin kişi yaralandı. Kaza yerinde can vermeyip, hastaneye kaldırılan ve hastanede hayatını kaybedenler, ölüm istatistiklerine dahil edilmiyor! Dolayısıyla, kayıplarımız aslında 100 bin kişiye yakın... Her yıl bir milyondan fazla trafik kazası oluyor.

Cüneyt

Perihan Abla'nın çekildiği muhitte doğdu, Kuzguncuk'ta. 10 yaşında futbola başladı, Kartalspor'da. Forvet oynamayı, çalım atmayı seviyor, stili Şeytan Rıdvan'a benzediği için, Rado lakabıyla tanınıyordu. Minikler liginde İstanbul şampiyonu oldu, Fenerbahçe'yi yendiler, golü o attı. Düştü bi gün, kolu kırıldı, iyileşip döndüğünde antrenörü defansa koydu, morali bozuldu, çıkardı futbolcu formasını, babası gibi, hakem gömleği giydi. 17 yaşında.

Reşit bile değildi. Gençleştirme projesi kapsamında, ailesinin izniyle, ilklerden biriydi. Asistan hocası, babasıydı. Birinci hocası ise doktor-hakem Ahmet Çakar'ın, doktor-hakem babası Mustafa Çakar'dı. Bu arada, Kocaeli Üniversitesi'ni kazandı, işletme diploması aldı.

Annesi, Vildan Hanım... "Evdeki yan hakem" desek, yanlış olmaz. 90'larda, Kuşadası'ndaki seminerde, hakem eşlerine verilen kursa katıldı. Her hafta maç, sürekli kamp, devamlı futbol muhabbeti, nasıl katlanılır? Fedakârlığın psikolojisi... Bunların eğitimini aldı. Senelerce eşinin ve oğlunun bavulunu hazırladı, en sıkkın anında bile, güler yüzle uğurladı, güler yüzle karşıladı. Hayatı mecburen futbol olduğu için, FIFA kokartlılar kadar oyun kurallarına hakim.

Eşi, Gamze... 7 senedir evliler ama, yazlıktan, çocukluk aşkı, 16 yaşından beri, el ele büyüdüler. Bandırmalı, üniversiteyi kazanıp, İstanbul'a geldi, işletmeci. Maç biter bitmez aradığı, ilk kişi. Eve döner dönmez, oturup, yönettiği maçı seyrederler. Asla, eşinin düdük çaldığı maça gitmez. Çünkü, küfür... Maalesef, bu memlekette, hakemlerin "insan" olduğu unutulduğu gibi, hakem eşlerinin de "insan" olduğu hatırlanmaz. Halbuki, bugün ulaştığı zirveyi Gamze'ye borçluyuz. Ne bayramları var, ne tatilleri, sadece özveri var. Henüz çocukları yok.

Kız kardeşi, Fatma... Galatasaray Üniversitesi mezunu, Yeditepe Üniversitesi'nde reklam üzerine yüksek lisans yapıyor. Maçlardan önce ve sonra, mutlaka, kız kardeşinin fikrini sorar, özellikle, hakem-futbolcu diyalogları hakkındaki gözlemlerine çok önem verir.

Sigorta acentesi var. Maç, kamp, idman, seyahat, seminer, vakti yok. İşi, ortağının üstüne yıkmış vaziyette... Üstelik, kendisiyle beraber, ortağının da ekmeğiyle oynuyor, para kazanmasını engelliyor! Çünkü, herhangi bir kulüple alakası olan müşteriyi kabul etmiyor, kusura bakmayın, başka acenteye gidin diyor. Adam gibi adam olunca, işte böyle oluyor.

Evinde ve işyerinde kayıt cihazı var, Avrupa'daki tüm maçları kaydediyor, her gün en az iki maç seyrediyor, kararları örnekliyor, ekibine seyrettiriyor. Çocukluk tutkusu bu... Tek kanallı TRT döneminde, babasının yönettiği maçları videoyla, beta kasete kaydeder, o zamanlar cep telefonu yok, babası soyunma odasına iner inmez, stadı arar, kararları doğru verip vermediği konusunda yorum yapardı. Hatta, babasının arkadaşı öbür hakemler, bu özelliğini bildikleri için, mutlaka kaydetmiştir diye düşünerek, maç biter bitmez, onu arayıp, pozisyonları sorarlardı. 80'lerden günümüze kadar, tüm spor programlarının arşivi var evinde.

Ortaokul ve lisedeyken, İngilizce derslerine beden eğitimi öğretmenleri girmişti! Buna rağmen, iyi derecede İngilizce biliyor. Çabaladı çünkü... İngiltere'ye dil eğitimine gitti.

Fit... Boğazına dikkat ediyor.
Olimpiyata katılacak atlet gibi çalışıyor. Saat gibi. Gece hayatı yok. Yazıyı bitirince internete girin lütfen, maçlardan başka fotoğrafını bulamazsınız. Sinema seviyor, tiyatroya gidiyor, sadece eşi ve yakın arkadaşlarıyla... Özel hayatını, özel yaşıyor.

Rock müzik dinliyor. Favorileri, Amerikalı heavy metal grubu Manowar'la, İrlandalı alternatif rock grubu The Cranberries... Soyunma odasında hazırlanırken bile, kulaklığında.

Her akşam bir-iki saatini kitap okumaya ayırıyor. Yaşar Kemal ve Hikmet Temel Akarsu'yu beğeniyor. Ancak, kelimenin tam manasıyla, Stephen King hayranı.

Gerilim-korku yani.
Derbi gibi!
Tam onun kalemi.

Evet, Cüneyt Çakır o.
Tarihi günün hakemi.

Tel tel dökülen Türk futbolunu, Avrupa Şampiyonası'nda, Dünya Kupası'nda temsil edecek olan... Haçlı zihniyeti var, lobimiz yok palavralarını yırtıp atan... Henüz sadece 35 yaşındayken, mesleğe yeni başlayan gençlere, demek ki başarabilirmişiz diye rol model olan... Başkası olsa, havasından geçilmezken, sakin, saygılı, düzgün kalmayı başaran... En başta, babası Serdar Çakır, Türkiye'yi onurlandıran hakem.

a'dan z'ye çamura bulanmış sahalarımızda, pırıl pırıl bi o kaldı... Hayırlısıyla onu da linç ettik miydi kardeşim, sen sağ ben selamet!

Cüneyt Çakır

1976'da dünyaya geldi. 2006'da FIFA kokartı taktı. 2014'te Doğan Babacan'dan sonra Dünya Kupası'nda görev yapan ikinci Türk hakem, dünya kupasında yarı final yöneten ilk Türk hakem oldu. 2015'te Şampiyonlar Ligi Finali'ni yöneten, 2012'de Dünya Kulüpler Şampiyonası Finali'ni yöneten ilk Türk hakem oldu. Avrupa şampiyonası, Avrupa ligi dahil, tüm üst düzey turnuvalarda Türkiye'yi temsil etti, gelmiş geçmiş en başarılı hakemimiz oldu.

Ataol

Maltepe askeri cezaevinin avlusunda, sisler içindeki Büyükada'nın karşısında, oturmuş yazarım bu şiiri. / Eylül başlarında bir cumartesi sabahı, lodos titretiyor ağaçları, yağmur geceden yıkamış çiçekleri / gökyüzü mavi, bulutlar beyaz, ardından baharın geçti koca bir yaz, hapisteyiz hâlâ ve güzün ilk serinlikleri / avlunun dört yanı dikenli teller, tellerin gerisinde nöbetçiler bekler, kapanır uykusuzluktan gözleri / on gündür çocuk sesi duymadım, özledim "baba" deyişini kızımın, özledim beni görünceki sevincini / hayatım benim, kırk yıllık hayatım, seni başarabildiğimce dürüst yaşadım, içim burada da pırıl pırıl şimdi / geçer, güzelim, bu günler de geçer, sökülüp atılır dikenli teller, koparır halk bir gün zincirlerini.

Ataol Behramoğlu'na ait bu mısralar... Büyük ozan'ı otuz sene evvel çeşitli iftiralarla Maltepe'ye tıkmışlardı, 12 Eylül rejiminde...

Hayata küseceğine hayatı yeşertmiş, ayva fidanı dikmişti bahçesine.

Asrın iftirasına uğrayan arkadaşlarım, bu ayva ağacının kuytusunda oturdu, üç sene... Yazın gölge oldu, kışın şemsiye... "Baba" deyişini özledikleri evlatlarına, o ağacın altından yazdılar mektuplarını... Yapraklarından kitap ayracı yaptılar.

Bilahare, ön ve arka bahçedeki dut, kiraz ve çam ağaçlarını da İlker Başbuğ'un diktiğini öğrendik, bizzat kendi ağzından... Tee 1963'te henüz teğmenken, Maltepe'ye zırhlı tugaya tayin olmuş, o zamanlar orası cezaevi filan değil, çorak, bomboş bi arazi, bölüğüyle birlikte bugün cezaevi olarak kullanılan binada bir sene kalmış, etrafı yeşillendirmiş, ağaçlar dikmişti. O nedenle, avlusu, bahçesi, çepeçevre ağaç olan, memleketteki tek askeri cezaevi, Maltepe'ydi.

Gözyaşlarını yutkunan Ece'nin içine içine nasıl ağladığını gördüm ben, o ağaçların altında... Gözleri dolu dolu Efe'nin kimseye belli etmemek için dişlerini nasıl sıktığını gördüm. Atahan'ın Ege'nin babalarına hasretle nasıl baktığını, etraftan fark edildiklerini anlayınca, gözlerini nasıl telaşla kaçırdıklarını gördüm. Hani sessiz çığlık deniyor ya... Ben o avaz avaz sessizliklerin şahidiyim. Rüya'nın Denizhan'ın Cansu'nun Aysu'nun Beril'in Elif'in Naz'ın Cenkay'ın Omayra'nın... Altı yaşındaki bızdığım Beray'ın, babalarına moral vermek için sarfettikleri, boylarından büyük gayretlerin hayranlıkla şahidiyim. O ağaçların dili olsa da anlatsa.

Ve tahliye günü... Genelkurmay'ın özel izniyle, son kez Maltepe'ye girdim. Askeri savcılıktan fakslanan tahliye evrakını getirdiler, arkadaşlarım tek tek imzaladı. İşte nihayet çile bitmişti. Kucaklaştık. "E hadi gari, sallanmayın çıkalım" dedim. İsmet gülümsedi, "son bi işimiz var" dedi. Fotoğrafta gördüğünüz erin ismi Muhammed, ona seslendi, "getir" dedi. Hayrola dememe kalmadı ki, vaziyet anlaşıldı.

Umutla beklediğimiz tahliye günü için önceden hazırlık yapmışlar, çam fidanı satın almışlardı. Anayasa Mahkemesi'nden karar çıkınca da, yan bahçeyi bizzat kendi elleriyle kazıp, savcılıktan gelecek nihai kararı beklemişlerdi. "Boşverin ağacı mağacı, buraya alışveriş merkezi dikelim" dedim, kabul etmediler!

İsmet, Ender, Yavuz, Erdinç, dizildik yan yana, Hulusi ağabey fotoğrafımızı çekiyor. Cem eksik... Cem nerde yahu dedim. Meğer, şu anları bir daha hissedemem diye düşünmüş, oturmuş içerde, tahliye kararını duyunca hissettiklerini yazıyor. *Kapı* isimli romanını yazmıştı Cem, o ağacın altında... Belli ki, çıktıktan sonra yazacağı yeni romanının ilk satırlarını kaleme alıyor.

Diktik fidanı... Allah sizi inandırsın, iki dakika sonra yağmur başladı. İlk can suyu böyle verildi. Maltepe'deki kardeşlerimle birlikte "dikili ağacım var" artık benim.

Çünkü, hayata küsmediler.
Hayatı yeşertmeye devam ettiler.
Boşuna dememişti, büyük ozan...

Geçer, güzelim,
bu günler de geçer,
sökülüp atılır dikenli teller
koparır halk bir gün zincirlerini.

Ataol Behramoğlu

1942'de İstanbul'da doğdu. Ankara Üniversitesi'nde Rus dili ve edebiyatı bölümünü bitirdi. İlk şiir kitabı, *Bir Ermeni General*, 1965'te basıldı. Londra'da Paris'te Moskova'da yaşadı. Muhsin Ertuğrul yönetimindeki İstanbul şehir tiyatrolarında dramaturg olarak çalıştı. 1980 darbesinde gözaltına alındı. 1982'de Barış Derneği yöneticisi olarak tutuklandı, 10 ay yattı. Hapisteyken, Asya Afrika Yazarlar Birliği Lotus Ödülü'nü kazandı. 1983'te 8 yıl hapse mahkum edildi, yurtdışına, Fransa'ya kaçtı, 1989'da yurda döndü. Türkiye Yazarlar Sendikası Başkanı seçildi. PEN Yazarlar Derneği'nin büyük ödülünü aldı. Rusya'dan Puşkin Nişanı aldı. Şiir kitapları, tiyatro oyunu, denemeler, incelemeler yazdı, çeviriler yaptı. Profesör oldu. 2016 itibariyle *Cumhuriyet* gazetesinde köşe yazıyordu.

İsmet, Yavuz, Ender, Cem, Erdinç

Tarihimizde ilk kez, beş muvazzaf subay, hapishaneden üniformalarıyla çıktı.

Maltepe'deki değerli arkadaşlarım, hava kurmay albay İsmet Çınkı, deniz kurmay albaylar Yavuz Uras, Ender Kahya, Cem Okyay, Erdinç Altıner.

Çünkü... Bizim mütareke basını, kumpas davası boyunca karartma yapmıştı. Millet empati kurmasın diye, adi suçlular gibi, oradan oraya adliye minibüsleriyle götürülen, tişörtlü, montlu, sıradan tipler gibi gösterdiler. Sanki kendilerini saklıyorlarmış gibi gizemli havalar yaratıp, minibüs pencerelerinden suratlarına flaşlar patlattılar. Arkadaşlarım işte bu nedenle üniformalarıyla çıktı içerden... Çakı gibi selam verdiler. Millet ilk kez çıplak gerçeği gördü. O adeta yankesici gibi hapse tıkılanlar, bu milletin şerefli subaylarıydı.

(Suç işledikleri için değil... General olmasınlar, amiral olmasınlar diye asrın iftirasına uğramışlardı. Meslek hayatları boyunca "birinci" olmalarıydı suçları... Kumpas'la tutuklananların ortak özelliği buydu. Kariyerlerinin zirvesindeki pırıl pırıl kurmayları, nizami rekabetle geçebilmeleri, komuta kademesindeki ilerleyişlerini durdurabilmeleri normal şartlarda asla mümkün değildi. Tek yol vardı. İçeri tıkmak, sonra silahlı kuvvetlerden atmak. Başka yolu yoktu.)

(Necdet bey dahil... Ergenekon-Balyoz-Casusluk kumpasları olmasaydı, kim, şu anki koltuğunda oturabilirdi?)

Arkadaşlarım sadece üniformalarıyla çıkmadı, bir de pankartla çıktı. Selam verirken açtıkları pankartta, üç kumpas şehidinin fotoğrafı vardı.

(Biri, Kaşif Kozinoğlu'ydu. Bordo bereli MİT'çi subay.

Madalyaları evine sığmıyordu. Annem rahmetli olunca beni evlat edinen manevi annemin, Belgin annemin oğluydu. Zımba gibiydi. Vurulmuş, mermi öldürememişti. Silivri'de spor yaparken öldü dediler.
Diğeri, hava kurmay albay Tarık Akça'ydı. İstihbarat okulu birincisiydi, MİT'te görev yapmıştı, tutuksuz sanıktı, 18 sene hapis verdiler, ofisinde esrarengiz şekilde ölü bulundu, intihar etmiş dediler, ailesinin itirazına rağmen, soruşturmayı kapattılar.
Öbürü, deniz kurmay albay Murat Özenalp'ti. Birinci sıradan amiral olacağı kesindi, 30 Ağustos'a gün sayıyordu, 22 Ağustos'ta tutukladılar! Mamak'ta açık görüşte kızıyla oynarken, kahrından beyin kanaması geçirip, vefat etti. "Bombalayacaklar" denilen Fatih Camisi'nde 7'sinde ve 40'ında Kuran okutuldu. Murat'ın şehit oluşu, esir arkadaşlarının özgürlüklerine kavuşmasını hızlandırdı.)

Bu üç şehidin fotoğrafıyla birlikte selam vererek, "aziz Türk milleti" diye başlayan, tarihi bir konuşma yaptılar: "Sizlerin ve Atatürk'ün emaneti olan bu kutsal üniforma, tertemiz ve lekesizdir. Bunu herkes görsün diye, üniformamızla çıkıyoruz. Emanetinize hıyanet etmedik. Tutsak edildik ama, asla teslim olmadık. Türk subayı olduğumuzu, milletin ve Mustafa Kemal'in askeri olduğumuzu aklımızdan hiç çıkarmadık. Bu onurla çıkıyoruz. Mahpus gibi kurtulmuş değil, kılıç gibi keskin çıkıyoruz. İçeriye yalnız girdik, dışarıya milyonlarla çıkıyoruz."

Ve, üniformalarıyla çıkan bu beş arkadaşım, aynı zamanda *Er Mektubu Görülmüştür* kitabının yazarlarıdır. Dünyanın en büyük ailesinin, tüm esir subaylarımıza destek için Maltepe'ye gönderdiği 1 milyon 300 binden fazla mektubu derlediler, kitap haline dönüştürdüler, en çok satanlar listesinde zirveye çıktılar, gelirini de Çağdaş Yaşamı Destekleme Derneği'ne bağışladılar. Kendileri hapisteyken, Türkiye tarihinin gördüğü en büyük imza gününü düzenlediler. İlker Başbuğ, Uğur Dündar, Müjdat Gezen, Profesör Aysel Çelikel, Profesör Metin Feyzioğlu, Nasuh Mahruki, Sinan Meydan, Tarık Akan, Rutkay Aziz, Levent Kırca, Ayşenur Arslan, Ruhat Mengi, Yazgülü Aldoğan, Atila Sertel, Ümit Zileli, Soner Yalçın, Nedim Şener ve ritim sazda ben; imza günü yaptılar.

Bu vesileyle... Brezilya'dan Erzurum'a, Avustralya'dan Isparta'ya,

Kanada'dan Sinop'a, Güney Afrika'dan Tekirdağ'a, 43 ülke, 81 şehrimizden mektup yollayan yurtseverlere bir kez daha teşekkür ederim. Elini taşın altına koyan, para kazanmayıp, bu kitabın topluma ulaşması için cebinden para harcayan Kırmızı Kedi Yayınevi'nin sahibi Haluk Hepkon'a bir kez daha teşekkür ederim.

Bu vesileyle... Cüppesini giyip, Anayasa Mahkemesi'nin önünde Adalet Nöbeti başlatan, tek başına yola çıkıp, milyonları harekete geçiren, anıt kadın, avukat Şule Nazlıoğlu Erol'a... Sesini çıkarmayıp deniz kuvvetleri komutanı olmak varken, esir subaylarına destek için istifa eden, değerli eşiyle birlikte aralıksız her gün adalet nöbeti tutan, bana göre günümüzün Çaka Bey'i, Atilla Kezek'e... 45 günlük nöbetin 45 günü orada duran, Ankara-Maltepe arasında mekik dokuyan, kahraman ağabeyim Hulusi Gülbahar'a... Hilmi efendi soğansız köfte tarifi verirken, adalet nöbetine katılan Işık Koşaner'e... "Adalet ve vicdan imecesi"ne bizzat gelerek destek veren, tiyatro abidemiz Ayten Gökçer'den Atatürkçü Düşünce Derneği Başkanı Tansel Çölaşan'a, TGB'den Fenerbahçeliler Derneği'ne kadar uzanan geniş yelpazeye, nöbetteki gelişmeleri anbean duyurarak binlerce kilometre ötedeki yurtseverlere de yaşatan meslektaşım Müyesser Yıldız'a, ama bir saat ama bir gün, imkanı ölçüsünde omuz veren binlerce vatandaşa... Varlıklarıyla onur duyduğumuz avukatlara, barolara, elbette Anayasa Mahkemesi'ne, yurttaş olarak, yürekten teşekkür ederim.

18 ay önce gazeteci olarak girdiğim Maltepe askeri cezaevinden, kardeşlerimle birlikte çıktım. Bugünleri gördüğümüz için mutluyum. Ancak... Tarih böyle ihanet görmedi. Sorumlularının hesap vereceği günleri de göreceğimizden eminim.

Erdinç, Ender, İsmet, Yavuz, Cem

Kardeşlerim...

*

Amerika Birleşik Devletleri ikinci dünya savaşında Avrupa'dan Afrika'ya Atlantik'ten Pasifik'e kadar yerkürenin her yerinde savaştı, 45 general ve amiral kaybetti. Türkiye Cumhuriyeti, Balyoz, Ergenekon, Casusluk davalarıyla 58 general ve amiral kaybetti. Asrın iftirasıyla 122 Atatürkçü albayın general-amiral olma hakkı elinden alındı, 237 Atatürkçü subay tasfiye edildi. Kendi ordusunu iftirayla hapse atan Türkiye, bu yaptığı tarihi ihanetin bedelini elbette ödeyecek, neler kaybettiğini-kaybedeceğini elbette görecek. Ben ise, bu süreçten kardeşten öte kardeşler kazanarak çıktım. Erkek kardeşlerim, kızkardeşlerim, yeğenlerim, annelerim oldu. İftira döneminde hapiste tanıştığım kardeşlerimle bugün akraba olmanın, aile olmanın onurunu yaşıyorum. Bu kitap vesilesiyle, değerli kardeşlerim İsmet, Yavuz, Ender, Cem ve Erdinç'e bir kez daha Türkiye'yi ve bizleri onurlandırdıkları için teşekkür ederim.

Sadettin

Dediler ki...
"İmzasız ihbar mektubu geldi, bilgisayar disketi bulduk, o diskete göre, birinci hücre elemanıymışsın, kimliği belirsiz biri internetten kroki yolladı, krokiyi kazdık, Poyrazköy'de ormandaki alanda mühimmat bulduk, o silahları-patlayıcıları oraya gömerek saklayanlardan biri senmişsin, deniz kuvvetlerindeki çete yapılanmasına dahilmişsin, hükümetimizi devirmek için Kafes eylem planı yapan ekiptenmişsin, illegal karargâh evleri'yle alakan varmış, o gizli yapılanmaya gizli gizli destek vermişsin, vurucu tim'denmişsin, amirallere suikast planlarının içindeymişsin, Koç müzesindeki denizaltıya patlayıcı yerleştirmişsin, Ergenekon terör örgütünün üyesiymişsin, memlekette kaos-kargaşa çıkarmak için elinden geleni yapmışsın, kundaklama faaliyetlerinde bile bulunmuşsun, sivillere yönelik sansasyonel bombalamalar hedeflemişsin, hükümetimizi dış politikada yalnızlaştırmak için çalışmışsın, gayrimüslimleri tehdit etmişsin. İyi ki seni suçüstü yakaladık. Yoksa, darbe yapacakmışsın."

Yüzüne söylenenleri dinliyor...
Kulaklarına inanamıyordu.

Astsubay kıdemli başçavuştu.
Elit birlik, SAT mensubuydu.
Kardak'a çıkanlardan değildi ama, detaylarını yazabilmem hukuken imkansız, şu kadarını söyleyeyim, defalarca yurtiçi-yurtdışı operasyona katılmıştı, gözünü budaktan sakınmayan, kemik gibi adamdı, o adrenalin temposuna iki ay bile dayanmak zordur, dokuz senedir sualtı taarruz komutanlığı timlerindeydi.

Mükafat olarak... Korumaya yeminli olduğu vatanında, terörist olmakla suçlanıyordu!
Uğradıkları iftira...
Kurşun yarasından ağırdı.

15 sene hapsi isteniyordu.
Neyse ki, tutuksuz yargılanıyordu. Avukat bile tutmadı, hadisenin hukukla filan alakası olmadığını biliyordu, avukat tutsa ne olur tutmasa ne olur, manası yoktu. Devam etmenin de manası yoktu, ordudan ayrıldı. Ailesinin geçimini sağlamak için özel güvenlik şirketine girdi. Eşi Sabiha'ya sarıldı, tek oğlu vardı, Ulaş, elini omzuna koydu, annen sana emanet dedi, gitti.

"Terörist" demişlerdi... Türkiye'nin "bayrak taşıyıcı" markasını korurken, tee Somali'de canını verdi.

Ve, kadere bakın ki... Son duruşmada, kendisiyle birlikte yargılanan komutanı, asrın iftirasına karşı hissettiklerini aynen şöyle dile getirmişti: "Eğer bizler terörist isek, Allah her devlete böyle teröristler nasip etsin!"

Sadettin Doğan

42 yaşındaydı. İftira davası üzerine 2012'de TSK'dan istifa etmişti. Özel güvenlik şirketinde çalışıyor, Somali'nin başkenti Mogadişu'da THY'nin güvenlik şefi olarak görev yapıyordu. 2014'te THY'nin servis aracına saldırı oldu, başına isabet eden kurşunlarla hayatını kaybetti. Saldırganlar köktendinci El Şebab üyesiydi. Hedefleri, saçma sapan Akp politikasıyla yönetilen Türkiye'ydi ama, bedelini ödeyen Sadettin oldu. İstanbul Çengelköy mezarlığında toprağa verildi.

Ahmet

Cumartesi günü.
Saat 15 suları.
Hava yağmurlu.
Ayaz, ısırıyor.
Avukat Şule Nazlıoğlu Erol'un başlattığı adalet nöbeti, hafta sonu tatili, gece gündüz demeden devam ediyor. Mahkeme pazartesi sabahına kadar kapalı, binada kimse yok, olsun, ellerinde bayraklarıyla sessiz şekilde bekleyişlerini sürdürüyorlar. O sırada... Kalabalığın önünde bir midibüs duruyor. Mamak askeri cezaevi önündeki sessiz çığlık eylemine katılanlar, servis ayarlamış, sessiz çığlık'tan adalet nöbeti'ne gelmişler. Esir subayların eşleri, çocukları, iniyorlar. En son, genç bir adam iniyor. Tek başına. Siyah güneş gözlükleri var. Yardım rica ediyor. Elinden tutup, bir sandalyeye oturtuyorlar. Görme engelli.

Beş dakika geçiyor, on dakika geçiyor, fark ediyorlar ki, o görme engelli genç adam hakikaten tek başına gelmiş, beraberinde kimse yok, elleri dizlerinde, ööyle oturuyor. Cüppesiyle nöbet tutan avukatlardan biri yanaşıyor, merhaba... Tanışıyorlar, "ismim Ahmet Gül" diyor, "Almanya'dan geldim, Stuttgart'tan!"

Evet... Görme engelli yurtsever, hafta içinde çalışıyor, hafta sonu tatil, fırsat diyor, biniyor uçağa tek başına Almanya'dan, bir günlüğüne Ankara'ya geliyor, havalimanında taksi, Mamak'a gidiyor, sessiz çığlık eylemine katılıyor, oradan adalet nöbeti'ne gidecek, taksi çağırmaları için yardım rica ederken, öğreniyor ki, Mamak'tan Anayasa Mahkemesi'nin önüne servis midibüsü ayarlanmış, binebilir miyim diyor, buyrun diyorlar, biniyor, adalet nöbeti'ne geliyor, 12 saat nöbetini tutuyor, gece yarısı saat 3'te kalkıyor, yoldan taksi çevirmelerini rica ediyor, hoşça kalın diyor, biniyor, Esenboğa'ya gidiyor, ilk uçakla Stuttgart'a dönüyor.

Görenler, görmemek için gözlerini yumarken... Görme engelli yurtsever, gönül gözüyle işte böyle görüyor.

Yazarken bile tüylerimi diken diken eden bu insanlık dersini, pazartesi günü katıldığım adalet nöbeti'nde öğrendim. Sessizce gelmiş, sessizce beklemiş, sessizce gitmiş, sadece birlikte çekilmiş hatıra fotoğrafları var. Kimdir? Öyküsü nedir? Bilen yok. Sormuşlar; kim olduğum önemli değil demiş, bu asrın iftirasını sadece subaylara değil, hepimize atılmış kabul eden bir vatandaşım, hepsi o.

Öğrenmezsem, çıldırırım.
Allem ettim kallem ettim, Almanya'yı ayağa kaldırdım, tanıdık tanımadık herkesi devreye soktum, telefon numarasını buldum, aradım.

Doğuştan görme engelli.
1970, Konya doğumlu. Yedi yaşındayken ailece Almanya'ya göç etmişler. Sıfır Almancayla başladığı görme engelliler okulunu başarıyla tamamlayıp, Stuttgart Konservatuvarı'nın opera bölümünden mezun olmuş. Kendini klasik Türk müziğine ve Türk kültürünü tanıtmaya adamış. Şu anda, Ahenk Kültür ve Sanat Derneği'nin yöneticisi. Almanya'daki Türk dernekleri arasında işbirliği sağlıyor, konferanslar tertipliyor, mesela, Yıldız Kenter'i, rahmetli Rauf Denktaş'ı getirmiş. Hayata gülümseyerek bakan, mücadeleci bir insan; bir kız, bir erkek evlat babası.

Peki ya asrın iftirasıyla alakası? Bir esir subayın akrabası falan mı? Hayır... Orgeneral Ergin Saygun'un kalp ameliyatıyla ölümden kıl payı döndüğü dönemde, Saygun'un kızı Ece'nin twitter adresini takip etmeye başlıyor, Balyoz davasıyla böyle tanışıyor. Okudukça öğreniyor, öğrendikçe iftiraya vakıf oluyor. Kılımı kıpırdatmadan oturamam, bir şey yapmalıyım diyor, Atatürkçü Düşünce Derneği'yle birlikte konferans tertipliyor, Profesör Şengül Hablemitoğlu'nun moderatörlüğünde, Ece Saygun, İrem Çiçek ve Tülin Alan'ı konuşmacı olarak Stuttgart'a getiriyor, anlattırıyor, vatandaşlarımızı bilgilendiriyor.

Davanın Yargıtay aşamasında, atlıyor uçağa, Ankara'ya geliyor, Yargıtay'ın bahçesinde esir subayların aileleriyle birlikte oturuyor, bekliyor. Gene tek başına... Kimse farkına varmıyor. Sessizce geliyor, sessizce gidiyor.

Dedim ya, hayata gülümseyerek bakıyor.
Görme engelini hiç önemsemiyor.

Nasıl gelip gidiyorsun tek başına diye sordum... Kahkaha atıyor, "yolu bilmediğim zaman bilenlere soruyorum, sorun yok, kör olmayanlar da yol soruyor" diyor!

Er Mektubu Görülmüştür kampanyasına da katılmış. Tesadüf o ki, Maltepe'den kardeşim Erdinç Altıner'in mektup arkadaşı çıktı.

Ve, yukarda da anlattığım gibi, bu sefer adalet nöbeti için geliyor, sessizce oturuyor, sessizce gidiyor. Doğrusunu isterseniz, kendisine telefonla ulaşmamdan da pek mutlu olmadı, "abartılmasın lütfen, matah değil, yurttaşlık görevimi yaptım, hepsi o" diyor.

"Sadece subaylara değil, hepimize atılmış bir iftiradır bu, subaylarımızı hapse tıkarak Türkiye'ye neler yapmaya çalıştıklarının farkındayım, bunu bile bile kılımı kıpırdatmadan oturamam, çocuklarımın yüzüne bakamam, helal süt emmiş insanlar böyle bir adaletsizliğe duyarsız kalamaz" diyor.

Görenler, görmemek için gözlerini yumarken... Görme engelli yurtsever, gönül gözüyle işte böyle görüyor.

Ahmet Gül

Akp'nin zulüm döneminden beş tane "örnek vatandaş" say deseniz, biri Ahmet'tir. "Engel" tabir edilen kavramın, gözlerimizde, kulaklarımızda veya bacaklarımızda olmadığını, engel tabir edilen kavramın "yürek"lerde olduğunu kanıtlamış bir yurttaştır. Yürek yoksa, insan engellidir. Ahmet'in gözleri görmüyordu ama, mangal gibi yüreği vardı. Bu kitabın yazıldığı 2016 itibariyle, Türkiye'deki haksızlıkları Almanya'da duyurabilmek için çabalarını sürdürüyordu.

Ziya

2005...

Başbakanımız efendimiz atladı uçağa, Moskova'ya gitti, odalar birliği tarafından inşa edilen alışveriş merkezinin açılışını yaptı. O zamanlar da bayılırdı alışveriş merkezlerine... Mağazaları gezerlerken, kuyumcunun biri, Eminanım'a pırlantalı gerdanlık hediye etti. Bilahare, halıcıya geçildi. Vitrinde görüp beğendiği ipek halı da Eminanım'a hediye edildi. Konfeksiyoncuya uğrandı, başbakanımız efendimize mont hediye edildi. Başbakanımız efendimiz, benim bedenime olur mu, bak olmazsa geri gönderirim haa dedi, yılışık kahkahalar atıldı, alkışlandı.

Gel gör ki, henüz havuz medyası kurulmamıştı, Alo Fatih'ler yoktu, lavuklara gazetecilik yaptırılmıyordu. Dolayısıyla, başbakanımız efendimiz İstanbul'a döner dönmez, kamerayı-mikrofonu burnuna dayadılar, hediyelerin fiyatını sordular. Çok sinirlendi. "Gazetelerde ağza alınmayacak, milletin adap çizgilerinin dışında ifadeler kullanılması çok çirkindir, ama gafil yakalandılar, 30 bin dolar dediler, halbuki perakende fiyatı 10 bin 600 küsur" dedi. Türkiye seninle gurur duyuyor diye alkışlandı.

Gazeteciler peşini bırakmayıp, kurcalamaya devam edince, hediye gerdanlığın kuyumcuya iade edildiği açıklandı. İpek halı ise, başbakanlık envanterine kaydedildi. Hediye halının kayıt numarası kaçtı biliyor musunuz? 001'di.

İlkti.
Başka kayıt yoktu.
002 asla olmadı.

Tam bu hediye meselesi konuşulurken, merkez bankası eski başkanı Gazi Erçel çıktı, "halının kayıt numarası 001 olamaz, çünkü merhum başbakan Adnan Menderes'in Hazine'ye kaydettirdiği hediye kol saati var" dedi.

Peki neydi bu Adnan Menderes'in hediye kol saati meselesi... Gazi Erçel anlattı: "Seneler evvel, bankalar yeminli murakıbıyken, iki arkadaşımla birlikte, eskiden başbakanlık binası olarak kullanılan Hazine Genel Sekreterliği'nde çalışıyorduk. Küçücük bir oda vermişlerdi, üç kişi sığmıyorduk. Üstelik, odada 2 metre boyunda 1.5 metre eninde kasa vardı. Bari şu kasayı odadan çıkartalım diye düşündük. Taşımadan önce içine bakalım dedik, Hazine Genel Sekreteri'nden izin aldık, anahtarı bulduk, çevirdik, açılmadı. Şifreyi bilen usta emekli olmuştu, ona ulaştık, geldi, kasayı açtı. Kocaman kasanın içinde, naylona sarılmış, bir kol saati vardı. 'Bana hediye edilen bu saati saklanması kaydıyla emanete bırakıyorum' manasında bir de not vardı. Son derece mütevazı bir saatti. Adnan Menderes tarafından emanete bırakılmıştı. Çok etkilendik, yerine koyduk, kasayı kapattık."

Hakikaten çok etkileyici bir hatıraydı. Gazeteler manşet yaptı, Adnan Menderes hayranları ağladı filan... Küçük bi pürüz vardı. Gazi Erçel yanılıyordu.

Kasada kol saati vardı ama...
Menderes'in değildi.

O saat, sonradan maliye bakanlığı da yapan, dönemin Hazine genel müdürü Ziya Müezzinoğlu tarafından kasaya konulmuştu. Çünkü... 1959'dan 1960'a girerken, yılbaşı hediyesi olarak, Ziraat Bankası genel müdürü tarafından hediye edilmişti. Ziya Müezzinoğlu, hediye konusunda hassas bir insandı, asla kabul etmezdi, ancak, suratına çarpar gibi geri göndermesi de yakışık almayacaktı, düşündü, formülü buldu, üzerine "Ziraat Bankası'ndan hediye edilmiştir" notu yazarak, naylona sardı, Hazine Genel Sekreterliği'nin kasasına koydu, milletin malını devlete geri verdi.

İyi de... Ziya Müezzinoğlu'nun saati miydi o saat, yoksa Adnan Menderes'in mi? Nasıl emin olabiliriz? Gazi Erçel'in yanıldığını nerden çıkarıyoruz?

Şurdan çıkarıyoruz... Peş peşe iddialar patlayınca, gazeteciler Hazine Müsteşarlığı'na koştu. Gazi Erçel'in bahsettiği devasa kasa, arandı tarandı, Hazine Müsteşarlığı'nın bodrumunda bulundu. Anahtarı kayıptı. Ama, telaşa gerek yoktu. Kasadaki saat oradan alınmış, Hazine müsteşar yardımcısının odasındaki küçük kasaya konulmuştu. "Millete ait helal mal" olduğu için sanırım, hâlâ çalışır vaziyetteydi. Ve, üzerinde "Ziraat Bankası'ndan hediye edilmiştir" notu bulunuyordu.

Hani, başbakanımız efendimiz habire neredeeen nereye geldik diyor ya...

Hediye kol saatini hazineye kaydettiren maliye bakanından, 700 bin liralık kol saatinin garantisi benim üstüme diyen ekonomi bakanına... Geldiğimiz yer bu.

Ziya Müezzinoğlu

1919 doğumluydu, yaşı Cumhuriyet'ten büyük, Cumhuriyet'e yaraşır bir siyasetçiydi. Hazine genel müdürlüğü, devlet planlama teşkilatı müsteşarlığı, Bonn büyükelçiliği, Ortak Pazar daimi temsilciliği yaptı, Ecevit'in genel başkanlığında CHP milletvekili oldu, 1972-79 arasında üç defa maliye bakanı oldu. "Devlet adamları nesli"nin son örneklerindendi.

Murat

Gata'dayız, Hulusi ağabeyle birlikte, Hulusi Gülbahar, bordo bereli efsane albay, paraşütçü, kurbağaadam, kar kayakçısı, sualtı savunma-taarruz, yakın dövüş uzmanı, 28 ülkede görev yaptı, yüzlerce sınırötesi operasyona katıldı, üç lisan biliyor, zodyak'tan tank'a kadar kullanıyor, Gazi Üniversitesi'nde yüksek lisans yaptı, Üstün Cesaret ve Feragat Madalyası var, Ergenekon'dan iki sene yatırdılar!

Morgun kapısındayız. Erkekten çok kadın var. Gözpınarları kurumuş, gözleri ağlamaktan şişmiş kadınlar. Esir subayların eşleri. TCG Mamak Ailesi orada. TCG Silivri Ailesi, TCG Hasdal, TCG Sincan, TCG Hadımköy, TCG Şirinyer Ailesi, hepsi orada. Esir silahlı kuvvetlerin, hüzün donanması... TCG Maltepe'den Zeynep geldi. Ender'in eşi, Yavuz'un kız kardeşi, hem eşi, hem ağabeyi içerde. Çiğdem geldi, Cem'in eşi, geçenlerde Çiğdem'in babası rahmetli oldu, Cem'e üç gün izin verdiler, kayınpederini toprağa vermesi için, gitti Akçakoca'ya, son görevini yaptı, iki günü daha olmasına rağmen, hakkını kullanmadı, Maltepe'ye geri döndü, arkadaşları oradayken dışarda özgür nefes almayı içine sindiremedi iyi mi... Beni sorarsanız, Maltepe Ailesi'nden İsmet ve Erdinç'i temsil ediyorum.

İşte geliyor Murat... Sahte delil bavuluyla girdi, ay-yıldızlı tabutla çıkıyor. Kumpasla girdi, imamla çıkıyor. Askeri tören yapılacak, özel üniformalı tören mangası, kılıçlı subay, sağa dön, sola dön filan... Müsamerede üstümüze yok. Genelkurmay en iyi neyi beceriyor derseniz, insanlarını gömmeyi çok iyi beceriyor, çok şık yapıyorlar bu işi... Gören, pentagon zanneder yani!

İmam geldi. Üç-beş tırışkadan beylik laf, sonra malum soruyu sordu. Hakkınızı helal eder misiniz? Asrın iftirasıyla hapse attık, çoluğundan çocuğundan ayrı bıraktık, kahrından öldürdük, üstüne, hakkımızı helal edeceğiz öyle mi... Ne hakkı be! Asıl o bize hakkını helal etti mi acaba? Annesi etmedi mesela. Kahraman bir evlat yetiştiren annenin bedduasını alan devlet ayakta kalabilir mi, sanmıyorum.

Arkadaşları omuzladı tabutu, hemen hepsi sanık, Ergenekon'dan Balyoz'dan Casusluk'tan yatıp çıkanlar... Üniformalı muvazzaf subaylar var, tören için görevlendirilmişler, başları öne eğik, kimsenin yüzüne bakamıyorlar. İnanın, sanıklardan daha hazin durumdalar. Yüklediler cenaze arabasına, Mamak'a.

Şehit düşerek çıktığı askeri cezaevine götürüldü, Murat... Hak edenlerden helallik almaya... Kendi ordusu tarafından esir tutulan arkadaşları, askeri tören yaptı. Sözün bittiği yere, beyin kanaması geçirdiği açık görüş alanına, masaları birleştirip, musalla taşı kurdular. Etrafına u şeklinde dizildiler. 35 senelik arkadaşı, deniz kurmay albay Sinan, konuşma yaptı. "Batu ile Duru, şimdi hepimizin çocukları. Sema, bizler son nefesimizi verene kadar, kardeşlerimizden daha kardeş. Mekânın cennet olsun. Bir gün yanına gelmek kısmet olsun" dedi. Selam verdiler. Tören mangasına dokundurmadılar, Murat'ı omuzladılar.

Kocatepe Camisi... Kadriye anne oradaydı, Ali Yasin'in annesidir, bu iftira davası basında yer alıyorsa, büyük ölçüde Kadriye annenin sayesindedir, o mübarek elleriyle herkese mektup yazar, adaletsizliği anlatır. Yarbay Ali Tatar'ın ağabeyi Ahmet oradaydı, kucaklaştık, öyle baktık birbirimize sessizce, ne diyelim, ne denilebilir. Maltepe'den arkadaşım, astsubay Bülent Akalın'ın eşi oradaydı, oğulları otistiktir, oğlunu alıp gelmiş cenazeye, kapı gibi, babasının boyunu geçmek üzere, sarıldık yeğenimle... (Astsubaylara parantez açayım, pek çok generale amirale yirmi basar, vicdanları, vefaları, kapatayım parantezi.)

Ve, dünyanın en büyük ailesi oradaydı. Yurttaşlar. Vatanı sevmek için illa harp okuluna gitmek gerekmiyor, yürekli, bilinçli yurttaş olmak yeterli. Gelmişlerdi. Maltepe'den arkadaşım, hemşerim Berker'in mektup annesiyle tanıştım mesela... Er Mektubu Görülmüştür kampanyasına katılmış, mektuplaşmaya devam ediyorlar, söz verdim, Berker çıkınca kahvesini içmeye gideceğiz.

Türk Silahlı Kuvvetleri, çelenk göndermişti.
Suçluysa, niye çelenk gönderiyorsun?
Suçsuzsa, niye içerde kalmasına göz yumdun?

Necdet bey gelmedi. Deniz kuvvetleri komutanı geldi. On tane yakın korumayla geldi. Kendisini korusunlar diye iki tane muhrip, bi tane de denizaltı getirseydi, daha sağlam olurdu, n'oolur n'oolmaz yani... Kendisine yönelik sloganlara eşlik etmedim ama, yuhalama bölümüne iştirak ettim. Öylesine sevgi sözcükleriyle (!) karşılandı, öylesine saygı sözcükleriyle (!) uğurlandı ki, bu müthiş prestijle, değil kuvvet komutanlığı yapmak, Riva deresinde deniz bisikleti bile kullanamaz gari.

AKP'ye katil diye haykırıldı.

CHP milletvekilleri oradaydı. En büyük ilgiyi, Emine Ülker Tarhan gördü. Halk tarafından bu kadar sevildiğine göre, tahminim, yakında CHP'den kovarlar.

Kılıçdaroğlu gelmedi. Düğün olsaydı, gelirdi. Hapisteki teğmenin düğününe gitti, musalladaki albayın cenazesine gelmedi. Üzül üzül bi yere kadar tabii!

MHP desen, zaten kendine hayrı yok. Allah uzun ömür versin, Engin Alan ölse, gene gelmeyebilirler.

El Fatiha... Bindirdiler Murat'ı top arabasına, arkadaşları son kez omuzladı, verdiler toprağa.

Ve, bitmedi.
Yeni başlıyor.
Murat'ın ölümü, diriliş'in sembolü oluyor.

Balyoz davası avukatı Şule Nazlıoğlu Erol, yarın (pazartesi) saat 13.30'dan itibaren, cüppesiyle, Anayasa Mahkemesi'nin önünde nöbete başlıyor. Tarihimizde ilk kez... Adalet nöbeti... Gece gündüz, kesintisiz... Anayasa Mahkemesi'nde görüşülen Balyoz dosyasının kararı çıkana kadar, orada duracak.

Bayrak yarışı gibi, dönüşümlü olarak elden ele, ama bir saat, ama bir gün, kimin ne kadar imkânı varsa, orayı hiç boş bırakmadan, hep biraz daha kalabalıklaşarak... Kadınları, gençleri, tüm yurtseverleri, bu yürekli avukata destek vermeye,

Anayasa Mahkemesi'nin önünde nöbete çağırıyorum. Ruhunda biraz olsun adalet kırıntısı kalan medyayı, bu haberi topluma duyurmaya davet ediyorum.

Bir saniye bile vakit kaybına, bu insanlık suçuna tahammül kalmadı artık... Müjdeli kararı bekliyoruz. Omuz verin lütfen.

Murat Özenalp

1965 doğumluydu, Tokat Zileli'ydi, Deniz Harp Akademisi'ni birincilikle bitirmişti, Gökova firkateyniyle harp filosunun en iyi gemisi ödülünü almıştı, Libya içsavaşında sıkışan vatandaşlarımızı kurtarma operasyonunu yönetti, kurmay albaydı, amiral olmasına kesin gözüyle bakılıyordu, asrın iftirasıyla 16 sene hapis verdiler. Cezaevinde açık görüş sırasında yedi yaşındaki kızıyla top oynarken kahrından beyin kanaması geçirdi, şehit oldu. Henüz 49 yaşındaydı. Murat'ın vefatı, tarihi adalet nöbeti'ne vesile oldu, Balyoz'dan yatanların kurtarılmasını hızlandırdı.

Kani

1953'te Makedonya'da dünyaya geldi, Üsküp'te, henüz beş yaşındayken anavatana göçtüler, İzmir'e yerleştiler, Şemikler'e...

Bizim göçmen muhiti Şemikler'e git, İsveç'e geldim zannedersin, hemen herkes sarışın, beyaz tenli, renkli gözlüdür. O da öyle, çakmak çakmak bakar. Babası Karşıyaka orman işletmede memur olarak iş bulmuştu ama, oradan oraya göçüp yeniden hayat kurmak kolay değildi. Dar gelirliydiler. Şemikler ortaokulunu bitirdi, aile bütçesine katkı için çalışmak zorundaydı, liseye devam etmedi, edemedi, 14 yaşında çalışmaya başladı, tekstil atölyelerinde çıraklık yaptı 18'ine kadar, askerliğini bitirdi geldi, âşıktı, evlendi. İki kızı var. Ruhundaki engin özgürlük duygusunu yansıttı kızlarına, birine Deniz, birine Derya adını verdi. İkisine de üniversite okuttu, biri anaokulu öğretmeni, biri beden eğitimi öğretmeni oldu. Derya henüz bekar, Deniz'den torunu var. Askerden dönünce ESHOT'a girdi, nedir derseniz, İstanbul İETT'nin İzmir versiyonudur, otobüs troleybüs falan... Lastikhanede presçiydi, o nedenle bugün bile hâlâ "Lastikçi Kani" derler ona.

Kani Beko.
DİSK Başkanı.

Kendisinden bahsederken, DİSK Başkanı sıfatından önce, gururla "Lastikçi" sıfatını kullanır. Koltuk asalağı teorisyen denyolardan değildir, harbi işçidir.

Soyadına bakınca, Koç grubu sponsor olmuş gibi görünüyor ama... Günümüz Türkçesinde kullanılmayan "bek" kelimesi, Türk Dil Kurumu'nun sözlüğünde de vardır, halk ağzında "sert, sağlam" anlamına gelir. Seneler içinde yuvarlanıp, Beko olmuş. Soyadının kaynağı dedesi... Rahmetli, sert, sağlam, pehlivanmış.

Lastikçi'ye dönersek... Örgütçü, mücadeleci, lider karaktere sahip; henüz 19 yaşındayken, dernek başkanıydı, Karşıyaka Kültür Dayanışma Derneği Başkanı, 21 yaşındayken sendikacıydı. Memleket 12 Eylül'e yaklaşırken tutuklandı, üç ay yattı. Kariyerinin sıçrama noktası 1989'du, dönemin İzmir belediyesi kurumsallaşıyoruz ayağıyla, taşeron sistemine geçti, 1700 sözleşmeli işçiyi kapının önüne koydu, 400 yürekli işçi boyun eğmedi, teslim olmadı, seslerini duyurmak için İzmir'den Ankara'ya çıplak ayakla yürüyüşe geçti, başı çekenler arasında elbette Lastikçi Kani de vardı, başardılar, yürüyüş zaferle sonuçlandı, İzmir belediyesi geri adım attı, işten atılanlar kadrolu olarak işe yerleştirildiler.

Dedim ya, maddi imkansızlık nedeniyle yüksek tahsil yapma imkanı olmamıştı. Ama, kelimenin tam manasıyla hayat üniversitesi mezunu... Sürekli okudu, araştırdı, hiçbir sendikal semineri kaçırmadı, kendini yetiştirdi.

Tek örnek vereyim... Bu topraklarda ilk 1 Mayıs, taa 1905'te, amele pazarı kurulan, İzmir Basmane Altınpark'ta, ulu çınar ağacının altında kutlanmıştı. Niye İzmir derseniz? Levanten kültürü ve etkin yerel basını nedeniyle, bu tür mevzulardan en önce İzmir'in haberi oluyordu. Niye Basmane derseniz? O senelerde, liman, tabakhane, buz, havagazı, tütün, yağ fabrikalarında çalışan işçiler, Basmane civarında oturuyordu; amele pazarı nedeniyle, etraf iş bekleyenlerin vakit geçirdiği kıraathanelerle doluydu. Lastikçi Kani, pek çok akademisyenin bile bilmediği bu tarihi detayları okudu, araştırdı, taa 107 sene sonra, 2012'de, aynı yerde toplantı düzenledi, o ilk 1 Mayıs'ın emekçilerini andı.

Lastikçi Kani...
Akil sendikacılara benzemez yani.

İnsanlara "gözüm" diye hitap eder.
Övünmek gibi olmasın...
Sadece zeybek oynarken diz çöker!

Kani Beko

Türk sendikacılığı maalesef hep "Jaguar'a binen, oturduğu koltuktan 50 sene kalkmayan, fabrika sahibi olan, Miami'de villa satın alan, işçilerin sırtından köşeyi dönen" sendika ağaları tarafından iğfal edildi, kirletildi. Kani Beko'nun twitter hesabına girin... "Lastikçi Kani, belediye işçisi, DİSK genel başkanı" yazar. Daima lastikçi, daima işçi kalmayı başarabilen ilk ve tek sendika başkanı oldu Kani Beko.

Sinan

Sahilde büyümedi, çocukluğunu yaşama fırsatı olmadı, ömrü cephelerde geçti, dolayısıyla, yüzme bilmiyordu. Taa 54 yaşındayken... Çocuklara rol model olmak için, görsünler özensinler diye, eğitimini aldı, yüzme öğrendi.

İstiklal harbinin en kritik gecelerinde bile kitap okuyordu. Vefatından sonra tereke hakimliği tarafından tutulan kayıtlara göre, o sırada kütüphanesinde bulunan, not alarak, işaret koyarak okuduğu kitap sayısı, 7333 adetti. En çok etkilendiği, ilham aldığı kitap, Rus yazar Grigory Petrov'un *Beyaz Zambaklar Ülkesinde*'ydi.

Çankaya'ya biniyordu! Atının adıydı... Çankaya'yla Ankara'da konkurhipik yarışlarına katılıp, parkuru engel devirmeden tamamlamıştı. Bu yetenekli tayını, efsane binicimiz Saim Polatkan'a hediye etti. En sevdiği atı ise, Sakarya'ydı.

İlk köpeğinin adı, Alp'ti. İngiliz setter'iydi. Yavruyken almıştı. Kulübesi yoktu, Mustafa Kemal'in yatak odasında yatardı. Sonra bi av köpeği edindi. Adı Alber'di. En son, seyyar fotoğrafçı Hasan efendi'den Foks'u satın aldı. 50 lira ödedi. O zamanlar 50 lira dediğin, çok büyük paraydı. Foks, sokak köpeğiydi.

Güvercinleri vardı. Kuşçu Nuri usta bakardı güvercinlerine...

Kanaryası vardı. Bi gün kanaryasını çıkardı kafesten, okşarken, pırrr, kaçtı kanarya, Çin vazosunun içine girdi iyi mi, çırpınıyor, kendine zarar veriyordu, bi türlü çıkaramıyorlardı, kırın dedi, kırdılar vazoyu, kanarya kurtuldu. Bi ara, Ankara kedisi vardı.

Orman kesip avm diken akp'lilerin inanması güçtür ama... Henüz istiklal harbi devam ederken, memleketin akıbeti belirsizken, Ağaç Koruma Cemiyeti kurdu!
Büyük Taarruz'dan önce herkesin eli tetikteyken, sırası mı şimdi demedi, hayati derecede önemli dedi, müze kurdu, Anadolu Medeniyetleri Müzesi'ni!

Traktörü çok severdi, Atatürk orman çiftliğinden Çankaya köşküne, araziden, kendi kullandığı traktörle giderdi. Gelişmiş ülkelerde bile 20-30 senelik geçmişi olan biyoyakıt, dünyada ilk kez, Mustafa Kemal tarafından 1930'da hayata geçirilmiş, Atatürk orman çiftliğindeki traktörlerde kullanılmıştı.
"Bir gün insanoğlu tayyaresiz de göklerde yürüyecek, gezegenlere gidecek, belki de aydan bize haber yollayacak" dediğinde, takvimler henüz 1936'yı gösteriyordu.

Bugünkü sözde demokratların milleti nasıl soyduğunu, devletin mallarını yandaşlarına nasıl peşkeş çektiğini görüyoruz... Mustafa Kemal ise, TC'nin tapusunu kendi üstüne alma imkânı varken, elini bile sürmedi, parayla pulla hiç işi olmadı, askerlikten istifa ettiğinde elbisesi bile yoktu, sivil kıyafetle ilk fotoğrafını çektirebilmek için Erzurum Valisi Münir bey'in ceketini emanet aldı, onu giydi.

Biz bu cumhuriyeti hırsızlarla kurmadık. Helal süt'le kurduk. Yoklukla kurduk. Kağnıyla kurduk. O nedenle, Ankara'da ikamet ettiği istasyon binasındaki evinin duvarında, Namık İsmail bey'in, *Harman Dövme Sahnesi* adlı tablosu asılıydı. O tabloda, kağnı, saban ve testiden su içen köylümüz vardı.

Ulusal kalkınma vizyonuna tek bir örnek vereyim... 1937'de açtığı Nazilli Sümerbank Basma Fabrikası'nda, dikkatinizi çekerim, taa 1937'de, işçilere ve Nazilli halkına kadınlı-erkekli balo düzenleniyordu, danslar ediliyordu, 2 bin 500 kişinin çalıştığı fabrikada 700 kişilik sinema ve tiyatro salonu vardı, haftada altı gün film gösteriliyordu, Nazilli'nin o günkü nüfusu 12 bin kişiydi, 12 bin kişilik yere 700 kişilik salon açmak, ancak devrimci bakış açısının eseri olabilirdi, işçilerin tiyatro kulübü vardı, müzik grubu vardı, fabrikanın radyosu vardı, fabrikada piyano vardı, piyano... Resim-heykel sergileri düzenleniyordu, spor kulübü vardı, Sümerspor, Türkiye'nin ilk alttan ızgaralı futbol sahası oradaydı, basketbol-voleybol sahası vardı, güreş minderi, boks ringi, tenis kortu vardı, paten pisti vardı, bisiklet parkuru vardı, ameliyathaneli, laboratuvarlı hastanesi vardı, ilkokulu vardı, kadın işçilerin bebişleri için kreş vardı, 1937'de, giyecek kooperatifi, fırını vardı, işçileri şehirden fabrikaya getirip götürmesi için, Gıdı Gıdı adı verilen mini treni vardı, kendi enerjisini kendi üretiyordu, santralı vardı, Nazilli'ye de elektrik veriyordu. Özetle... Cumhuriyet mucizesiydi.

Mustafa Kemal, açılışa geldi. Nazilli halkı, teşekkür için, 22 ayar altından anahtar yaptırmıştı, sembolik kapı o anahtarla açılacaktı. Mustafa Kemal, memlekete hayırlı uğurlu olsun dedi, açtı. Bugünkülerin yaptığı gibi, hatıra ayaklarıyla anahtarı cebine atmadı. "Altın, milletin hazinesinde durur" dedi, Celal Bayar'a verdi, Celal Bayar emaneti aldı, Ankara'ya gider gitmez hazineye kaydetti.

Bu bilgileri...
Akl-ı Kemal'den derledim.

Akl-ı Kemal... Sinan Meydan'ın, Atatürk'ün akıllı projelerini anlattığı dört ciltlik şaheseri.

Sadece *Akl-ı Kemal* yok elbette... Tarihçi-araştırmacı Sinan Meydan'ın, *Nutuk'un Deşifresi, Cumhuriyet Tarihi Yalanları, Atatürk'ün Gizli Kurtuluş Planları, El-Cevap* gibi, bana göre, okullarda zorunlu ders kitabı olması gereken eserleri var.

Sinan Meydan... Bu memlekete, Turgut Özakman'dan sonra Allah'ın lütfudur.

Değerli anne-babalar...
Bugün 23 Nisan.
Neşe doluyor insan filan demek isterdim ama, ulusal egemenliğimiz, bağımsızlığımız, devrimlerimiz, açık tehdit altında... Evlatlarınıza ihtiyacımız var.

Mustafa Kemal'i tanısınlar, özgürlüğün, bu kutsal toprakların kıymetini bilsinler, yobazlığın, cahilliğin, dahili bedhahların nasıl bir tehlike olduğunu kavrasınlar istiyorsanız... Sinan Meydan'ın kitaplarını hediye olarak alın, evlatlarınızın başucuna koyun, onlarla büyüsünler.

Sinan Meydan

1975'te Artvin Şavşat'ta dünyaya geldi. İstanbul Üniversitesi edebiyat fakültesi tarih bölümünü bitirdi, İstanbul Üniversitesi Sosyal Bilimler Enstitüsü Türkiye Cumhuriyeti Tarihi bölümünde mastır yaptı. Çalışmalarının odak noktası "Atatürk" oldu. Akp döneminde türeyen sahtekar tarihçilerin ortak özelliği, hurafeler, iftiralar ve palavralarla dolu alternatif tarih yazma çabasıydı, gerçekleri çarpıtmak için Akp'nin tüm medya gücünü kullandılar. Sinan Meydan, bu kötülükle mücadele etti, yazdığı kitaplarla bu soytarıları deşifre etti.

Cevat Şakir

Cevat Şakir Kabaağaçlı...
Robert Kolej'den mezun oldu, Oxford'dan diploma aldı.
Gazeteciydi. Hayatını daktilo tıkırdatarak, karikatür çizerek, dergi kapakları resimleyerek kazanıyordu. Kurşuna dizilen asker kaçaklarının dramını yazdı, sen misin yazan, vatan haini muamelesi yaptılar, sürgün cezası verdiler, Bodrum'a sürdüler. Devletimizin o günkü kafasına göre, yeryüzü cenneti Bodrum, sürgün yeriydi!

Cezası bitti, Bodrum'dan ayrılmadı. Bodrum'un antikçağlardaki adı olan Halikarnas'ı mahlas olarak benimsedi. Artık sadece yazar değildi, balıkçıydı, süngerciydi, bahçıvandı, rehberdi. Etrafına fener gibi ışık saçan kalemiyle, adeta, Ege ve Akdeniz medeniyetlerinin Diyojen'iydi.

Hayat ustasıydı.
Mavi Yolculuk'un babasıydı.

İnsanımızı, denizimizi, duyguyla, mitolojiyle, şiirsel dille harmanladı. *Aganta Burina Burinata, Mavi Sürgün, Yaşasın Deniz, Anadolu Efsaneleri, Gülen Ada, Çiçeklerin Düğünü, Arşipel, Gündüzünü Kaybeden Kuş, Deniz Gurbetçileri...* Hangi birini saysam bilmem ki, birbirinden eşsiz romanlar, hikayeler, denemeler, hatta, çocuk kitapları yazdı.

Aldı okurlarını, oralara götürdü... "Gök kadar beyaz denizin cam sessizliğinde tepetakla dinelen çamların akisleri, gönül dinlendirici oluyordu. Yatağan o suların üzerinden geçerken, o ağaç akislerini yarım mil ötelere kadar halka halka titretirdi. Oralarda dünyanın başka hiçbir yerinde bulunmayan buhur ağacı ormanları vardır. Hafif hafif amber kokarlar. Bir yaprak kalabalığı olan her ağaçtan, başka ağaca sarmaşıklar kurarlar. Çiçeğin biri koptu mu, yere kelebek konmak üzere olduğu sanılır. Buhur ağaçları, ta kıyıda ayaklarını sedef yansımalı sularda yıkarlar. Gördüklerim hâlâ gözlerimde yaşıyor."

Anlattı, öğretti.
Sevdirdi.
Türkiye'de "çevre bilinci" denilince...
Hiç şüphesiz, akla gelen ilk kişiydi.

Yukardaki örnekte de görüldüğü üzere, küçücük teknesiyle dolaşır, doğayı, denizi, deniz insanlarını küçücük teknesinde yazardı. Tirhandildi. Yelken ve kürekle yol alan, Bodrum'a özgü, ahşap, alt tarafı sekiz metrelik, kayıktan halliceydi. Adı, Yatağan'dı.

Mavi Sürgün'de aynen şunları yazmıştı: "Ahiköy o zamanlar nahiyeydi, şimdi kaymakamlık oldu. Ben Bodrum'dayken, Yatağan adlı bir kayığım vardı. Ahiköy'ün ilk kaymakamının karısı, Bodrumluymuş... Yeni kaymakamlığa yeni bir ad takmak gerekince, oraya 'Yatağan' diye, benim kayığımın adını vermişler."

Evet... Muğla'nın ilçesi Yatağan'ın eski adı, Ahiköy'dü. Bucaktı. 1944'te ilçe oldu. Adı değiştirildi, Yatağan yapıldı. Mümbit topraklara sahip bu şirin ilçe, Halikarnas Balıkçısı'nın yöre insanlarına mirasıydı. Çevre bilinci demek, Yatağan'dı... Yatağan demek, çevre bilinciydi.

Gel zaman git zaman...

Deniz kenarında olmamasına rağmen, Bodrum, Marmaris, Datça, Fethiye, Köyceğiz, Dalaman gibi, şahane Muğla ilçelerinden biri olan Yatağan'a... Termik santral diktiler!

İnsanlarımız çırpındı, etmeyin eylemeyin, kıymayın diye... Dinletemediler. Filtresiz bacadan resmen kanser fışkırıyordu. Önce bitkiler öldü. Sonra toprak öldü. Tarım bitti. Mesleğe *Yeni Asır*'da başladığım için, gözümle şahidim, kuşlar öldü, kuşlar... İnsanlar ölmeye başladı. Bebeler sakat doğmaya başladı. Santral açıldığında Yatağan'da sadece iki eczane vardı, bugünkü nüfus üç aşağı beş yukarı aynı, eczane sayısı 20'yi aştı. En çok hangi tür ilaçları sattıkları, malum... Kişi başına düşen avukat sayısı desen, herhalde Yatağan şampiyondur. Vatandaşın santrala, devlete karşı açtığı davaların haddi hesabı bilinmiyor. Mücadele, mücadele, neticede güç bela filtre takıldı. Ancak, sorunun sadece filtre olmadığı anlaşıldı. Kanser tırmanmaya devam ediyor. Bazen havayı dağıtan rüzgâr duruyor, halk camını çerçevesini kapatsın, sakın sokağa çıkmasın diye, zabıta araçlarından anons yapılıyor!

Yazık ettiler, Halikarnas Balıkçısı'nın çevre bilinci sembolü Yatağan'ına... Mahvettiler.

Ve şimdi de, termik santralı yandaş işadamlarına veriyorlar.

İşçiler, aileleri gene çırpınıyor, direniyorlar. Etmeyin eylemeyin, kıymayın diyorlar. Devletin hatası yüzünden bunca sene burasının kahrını çektik, çoluk çocuk hastalandık, sakat kaldık, arkadaşlarımız öldü, bari işsiz kalmayalım diyorlar. Nafile... Tazyikli suyla, plastik mermiyle saldırıyorlar işçilere, henüz kanser olmayanlar da kanser olsun diye, suratlarına biber gazı sıkıyorlar, copluyorlar, yerlerde tekmeliyorlar.

Olağan görüntüler yani.

E oldu olacak...
Bi daha değiştirin adını.
Tomağan yapın Yatağan'ı gari!

Cevat Şakir Kabaağaçlı

1890'da Girit'te dünyaya geldi. 1914'te aileiçi tartışmada babasını öldürdüğü gerekçesiyle 15 sene kürek cezasına mahkum oldu, yedi sene sonra verem hastalığı nedeniyle tahliye edildi. 1925'te kurşuna dizilen dört asker kaçağıyla ilgili öyküsü nedeniyle, İstiklal Mahkemesi tarafından, üç seneliğine Bodrum'a sürgün gönderildi. Ömrü boyunca Bodrum'da kaldı.

Önceleri "Hüseyin Kenan, Musa Cevat" gibi takma isimler kullandı. Neticede, Bodrum'un antik çağlardaki ismi "Halikarnas"ı mahlas olarak benimsedi. İlk öykü kitabı *Ege Kıyılarından*, 1939'da yayımlandı. İlk romanı, *Aganta Burina Burinata*, 1945'te yayımlandı. "Mavi Yolculuk" fikrini bulan, arkadaşlarıyla birlikte ilk uygulayan kişiydi. İlk çıktıkları mavi yolculukta yanlarına sadece "peynir, su, peksimet, tütün ve rakı" almışlardı. 1973'te vefat etti, Bodrum Gümbet'te toprağa verildi. 17 Nisan 2015'te 125'inci yaşgünü vesilesiyle Google tarafından özel bir doodle hazırlandı.

Taner

İzmir, sıcak bir yaz günü, akşamüstü... 30'lu yaşlarda, sarışın güzel bir kadın, direksiyonda, eski yoldan Çeşme'ye gidiyordu.

Otomobilin hafif sağa çektiğini hissetti, kenara yanaştı, baktı, lastiği inmişti. Hay Allah, ne yapacağım şimdi diye düşünürken, yanından geçen otomobil az ilerde durdu, geri geri geldi, sürücüsü indi, genç bir delikanlıydı, yardım edebilir miyim diye sordu. Kadın, kırık dökük Türkçesiyle konuştu, çok mutlu olurum dedi. Delikanlı stepneyi çıkarıp, lastiği değiştirirken sohbet ettiler. Kadın, Yunan'dı, İzmir Başkonsolosluğu'nda çalışıyordu. Delikanlı ise, pilottu, Türk hava kuvvetlerinde üsteğmendi. İş bitti, el sıkışıp ayrılırlarken, kadın telefon numarasını verdi, uygun olduğunuzda bir teşekkür kahvesi ısmarlamak isterim dedi. Yoldaki tesadüfle... Büyük balık yakaladığının farkındaydı.

Bi kaç gün sonra Alsancak'ta buluştular, kahve yudumlarken, yanlarına biri geldi, aa-aaa merhaba dedi, sanki oradan geçiyormuş da tesadüfen görmüş gibi yaptı. Oysa, bu defa, tesadüf olmayan tesadüftü... Savvas Kalenderidis'ti, kendisini Yunan Başkonsolosluğu'nun ticaret ataşesi olarak tanıttı, anadili gibi Türkçe konuşuyordu. Çünkü, ticaret micaret hikâyeydi, Yunan gizli servisinin casusuydu, rütbesi yarbaydı. Sarışın kadına yılışan salak pilotumuz, oltaya takılmıştı.

Alttan girdi, üstten çıktı, parayı gösterdi, pilotu angaje etti. İstenen belgeleri Kalenderidis'e aktarırsa, tatlı bir hayat sürebilirdi. Kabul etti. Küçük bi pürüz vardı... Gerçekten pilot muydu? Subay mıydı? Ya Yunan istihbaratına sızmak isteyen Türk casusuysa? Turist ayağıyla, bindirdiler yata, adı lazım değil, hava üssü bulunan Yunan adasına götürdüler. Test ettiler. Pilottu, subaydı, haindi.

Başladı çalışmaya... Çiğli ana jet üssünde görevli istihbarat yüzbaşı'sıyla temasa geçti. Yüzbaşı'ya sohbet dümeniyle sorular soruyor, şüphelenmeyen yüzbaşı bülbül gibi ötüyor, uçak sayıları, intikaller, hatta harekât planlarını anlatıyor, üsteğmen de bu bilgileri Kalenderidis'e aktarıp, cebini dolduruyordu. Bilahare, bir deniz astsubayını bağladı, hayati önem taşıyan telsiz frekans kodlarına ulaştı, bunları da sattı. Şahane casusluk yaptığını, kimsenin ruhunun bile duymadığını düşünüyordu. Aslında... MİT tarafından ruh gibi takip ediliyordu.

Çünkü, kendini playboy zanneden, film yıldızı zanneden hain üsteğmen, evliydi. Eşini ihmal ediyordu. Giyimine kuşamına bir başka önem verir olmuştu. Eve sık sık geç geliyor, bazen nöbet filan diyerek, gelmiyordu. Eşi şüpheleniyordu. Kendileri geçim sıkıntısı çekerken, kocasının kredi kartında maaşlarından fazla harcamalar olduğunu görmüştü. Takip etti. Sevgilisi olduğunu, Karşıyaka'da sevgilisine ev tuttuğunu tespit etti. Aldatılan kadın, kavga çıkarıp boşanmak yerine, memleket adına çok faydalı bir davranışta bulundu, gitti kocasının komutanına, tek tek anlattı, bu adam bu parayı nerden buluyor diye sordu. MİT... Bu sorunun cevabını bulmak için devreye girdi.

Ve, görüldü ki, hain üsteğmen, Savvas Kalenderidis'le temas halindeydi. MİT, bir taşla iki kuş vurmuştu... Çünkü, bu Savvas Kalenderidis denilen puşt, yukarda Allah var, kendi devleti adına işini çok iyi yapan, ele avuca sığmayan, MİT'in devamlı takibi altında olan, bir türlü kıstırılamayan casustu.

Anadili gibi Türkçe ve Kürtçe biliyordu. Hakkında bazı efsaneler var ama, Anadolu'dan mübadeleyle Yunanistan'a göçmüş bir ailenin çocuğu olduğu tahmin ediliyordu. Karadeniz özel ilgi alanıydı. Trabzon, Rize, Artvin, Giresun, Sinop, devamlı oralara seyahat eder, kendisini Türk vatandaşıymış gibi, Savaş Kalender adıyla tanıtır, kafası karışık gençlerle arkadaşlık kurardı. Karadeniz'den 20 genci, Yunanistan'a üniversite okumaya götürdüğünü, her ay 500 Euro maaş almalarını sağladığını biliyoruz mesela... Bugün Türkiye'de Pontus'la alakalı kitap yazanların bazıları, bizzat bu Kalenderidis'in bağladığı arkadaşlardır! Ege'de de olağanüstü çalışıyordu. Orman yangınlarındaki kibriti, elbette o çaktırıyordu. Bazen tur rehberlerini, bazen fırıncıları, bazen inşaat işçilerini satın alıyordu. Tarifesi, 500 ila 700 Euro arasındaydı. Göze batmayan sıradan vatandaşları, askeri takiplerde kullanıyordu. 1997'de Kırıkkale'de mühimmat fabrikası havaya uçtu, ortalık savaş alanına döndü, üç kişi hayatını kaybetti, bu patlamanın arkasında Kalenderidis'in olduğundan herkes adı gibi emindi, ancak, somut veri bulunamadı, suçüstü yapılamadı, dedim ya, yetenekli puşttu, yakalanamamıştı.

Hain üsteğmen meselesi, hiç hata yapmadan çalışan Kalenderidis'in bardağı taşıran damlasıydı... Görüntülendi, belgelendi, itiraflar alındı, üsteğmen, yüzbaşı ve astsubay şak diye tutuklandı. Normalde 4 sene görev yapması gerekirken, büyük başarısı nedeniyle 7 senedir İzmir'de bulunan Kalenderidis, vaziyeti kavramış, deşifre olduğunu anlamıştı. Aniden buhar oldu, Yunanistan'a kaçtı.

Gel zaman git zaman... Suriye'den kovulan Apo, döndü dolaştı, Yunanistan'ın kucağında kaldı, Kenya'daki Yunan Elçiliği'ne saklandı. Sonrası malum, üçü pilot, biri askeri tabip, beşi MİT görevlisi, 9 kişilik ekibimiz Kenya'ya uçtu, Öcalan'ı paketledi, memlekete getirdi. MİT Müsteşarı, ekibimizi kucakladı, kutladı, Çankaya Köşkü'ne götürdü. Cumhurbaşkanı Demirel, kahramanlarımızı, Atatürk'ün Pembe Köşk'teki tarihi makam odasında karşıladı. Arkalarına "TC Cumhurbaşkanı S. Demirel – 18.2.1999" yazısı kazınmış, som altından, kol saatleri hediye etti. Ve, o tarihi konuşmayı yaptı: "Sizlerle hatıra fotoğrafı çektiremiyorum, sizler çok gizli bir görevi başarıyla ifa ettiniz, şartlar, bundan sonra da gizliliğin korunmasını gerektiriyor, sizleri bir fotoğraf karesinde buluşturmanın sakıncalı olduğunu düşünüyorum..."

Cumhurbaşkanımız bunları söylerken... Bir başka fotoğraf karesi, dünya ajansları tarafından servis ediliyordu. Öcalan'a eşlik eden ve Nairobi Havalimanı'nda sap gibi ortada kalan Yunan Gizli Servisi albayının fotoğrafıydı. Kalenderidis'ti o!

İzmir'de görev yaparken, defalarca Suriye'ye giden, Bekaa

Vadisi'nde Apo'yla görüşen, Yunan Gizli Servisi'yle PKK'nın kontağını sağlayan kişi, Kalenderidis'ti... Apo, ona çok güveniyordu. Aralarında sağlam bir bağ oluşmuştu. O nedenle, Yunanistan'dan Kenya'ya uçarken ve Kenya'da elçilikte saklanırken, yanında sürekli Kalenderidis vardı. Apo paketlendiğinde... Kalenderidis, MİT'e karşı ikinci yenilgisini almış oluyordu. İzmir'de enselenmiş, Kenya'da madara olmuştu.

Apo, İmralı'ya konuldu. Ankara'daki değerlendirmeye göre, yorgun malzeme'ydi. Yani, kendisinden artık stratejik olarak faydalanılamaz haldeydi. Çünkü, tek kanallı radyodan sadece TRT dinliyordu, dünyadan haberi yoktu, iki ayda bir avukatlarıyla bazı haberler göndermek istiyor, adrese ulaşmıyor, ulaşsa da örgütten dinleyen olmuyordu. Öcalan bitmişti.

AKP geldi. Apo dirildi.
Oslo rezaleti ortaya çıktı. Ömrünü pkk'yla mücadeleye veren MİT, pkk'yla müzakereye oturtulmuştu. İmralı tutanakları ortaya çıktı. Eskiden MİT'çileri görse bi kaşık suda boğacak olan Apo, MİT Müsteşarı Hakan Fidan'ı yere göğe sığdıramıyor, MİT Müsteşarı'nın tutuklanmasını bizzat kendisinin önlediğini söylüyordu. Cemaatin MİT'i hedef aldığını, kendisinin MİT'i savunduğunu anlatıyordu. Bilahare... Apo'nun ses kayıtları çıktı. Yasal düzenlemenin şart olduğunu, aksi takdirde, açılım görüşmelerini yapanların vatana ihanetle yargılanacağını söylüyor, akıl öğretiyordu. Şırrak... Yasal düzenleme yapıldı, müzakerelere devam edebilmesi için MİT'i koruma altına alan yasa çıkarıldı.

E düşünüyorum da...
Kalenderidis bu olan bitenleri seyredip, acı acı gülüyordur mutlaka, ulan diyordur, kelle koltukta amma uğraşmıştık, halbuki ne kadar kolaymış!

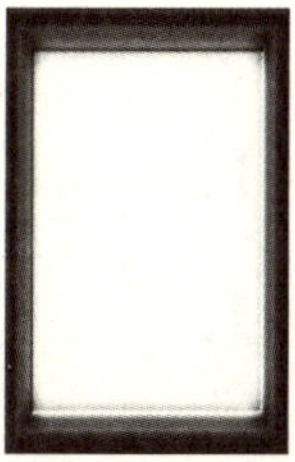

Taner

Bu yazının fotoğraf çerçevesi boş. Taner diye biri de yok, öylesine uydurdum, Nejat da olabilir, Kemal de... MİT'te görev yapan, hayatını vatana-bayrağa adamış ve elbette kimliğini açıklayamayacağım isimsiz kahramanlarımızın özeti olarak kabul edin Taner'i.

Berkin

AKP gaztecisi soruyor...
"Berkin Elvan'ın ölümü üzerine kur hareketi oldu, borsa dalgalanması oldu?"

Başbakan cevap veriyor...
"Piyasa kendi kendini topladı, borsa akşama doğru yükseldi, faiz rayına oturdu."

Parayı icat eden Lidyalılardan beri, herhangi bir hükümetin, dünya malı karşısında bu kadar zavallı duruma düştüğü görülmemiştir... Gutenberg'den beri, hiçbir ülkenin gazetecileri bu kadar pespayeleşmemiştir.
Ethem'i suratından vurdular.
Dolar yükselir mi?

Ali İsmail'i döve döve öldürdüler.
Repo tırmanır mı?

Abdullah kim vurduya gitti.
Cari açığı etkiler mi?

Ahmet'i katlettiler.
Parite ne olur?

Çocuk öldürdüler, çocuk...
Endeksi merak ediyor herif!

İnsan bu kadar ucuzlamışken...
İnsan hayatını enflasyon sepetine koyarlarsa şaşma.

Berkin'i toprağa verirken bir vatandaşın vurulması, bir polisin kalpten gitmesi, iki kadının toma tarafından ezilmesi, enflasyonu biraz daha düşürdü sayın seyirciler... 31 Mart valörlü ölümlerdeki faiz oranı tek haneye geriledi filan...

Dow Jones düşmüş, Nikkei çıkmış, Brent petrolün varil fiyatı, hikayedir.

Menkulün kıymeti yok artık.
Menfur kıymetler borsasıdır burası!

Berkin Elvan

1999 doğumluydu, 2013'te, henüz 14 yaşındayken, Gezi parkı protestoları sırasında kafasından biber gazı kapsülüyle vuruldu. Komaya girdi. 269 gün dayanabildi. Komadayken 16 kiloya düştü. Türkiye tarihinin gördüğü en ağır 16 kiloydu. Ölümünün son beş gününde, epilepsi krizi geçirmiş, kalbi durmuş, makineye bağlanmış, akciğerlerinde hava deliği oluşmuş, beyin fonksiyonları çalışamaz hale gelmiş, iç organları iflas etmişti. Tayyip Erdoğan, işte bu şekilde katledilen çocuğun annesini miting meydanında yuhalattı! Okmeydanı cemevindeki cenaze töreninden sonra, yüzbinlerce kişinin yürüyüşü eşliğinde Feriköy mezarlığında toprağa verildi.

Şükrü

"Sene 1942...
Babam, başbakan.
Aynı zamanda, Fenerbahçe başkanı.
Ankara'dayız. Fenerbahçe'nin Ankara'da maçı var. Kardeşim ve dayımla birlikte maça gitmek istiyoruz. Ama, havamız olsun diye, bizi babamın götürmesini istiyoruz. Babamdan çekindiğimiz için söyleyemiyoruz, anneme söylüyoruz. Annem, babama aktarıyor, çocukları maça götür diyor. Babam, peki diyor. Hep birlikte başbakanlık makam aracına biniyoruz, stada geliyoruz. Şeref tribününe oturup, sahayı en güzel yerden seyredeceğimizi düşünürken... Babam şoföre sesleniyor, şurda dur diyor. Cüzdanından para çıkartıyor, dayıma veriyor; haydi bakalım çocuklar, gişenin önüne geldik, gidin biletinizi alın diyor!"

Oğlu anlatıyor bunu...
Şükrü Saracoğlu'nun oğlu.

Başbakan, Fenerbahçe başkanı...
"Avanta almayacaksın" diyor.

Alt tarafı bilet...
Evladına bile ayarlamıyor.
"Her ne almak istiyorsan, mutlaka parasını ödeyeceksin" diyor.
"Suiistimalin küçüğü büyüğü olmaz" diyor.

Sene 1946...
Seçim bitmiş; Şükrü Saracoğlu kendisini milletvekili seçen İzmir halkına teşekkür etmek için, doğum yeri olan Ödemiş'e gidiyor. Yanında oğlu var. Masa donatılıyor. Haliyle, rakı, bira servisi yapılıyor. Başbakan bira içiyor. Oğlu gazoz içiyor. Ödemiş belediye başkanı soruyor, evladım, yaşın 18'den büyük, niye hâlâ gazoz içiyorsun? Başbakanın oğlu cevap veriyor, babamın bira içtiği masada, bana gazoz içmek düşer diyor. Bunu duyan başbakan, hemen garsona sesleniyor; delikanlı, benim birayı kaldır, bir duble rakı getir diyor... Ki, babanın rakı içtiği yerde, evladı da rakının bi alt kademesi bira'yı içebilsin diye!

Hoşgörüye bak...
Zarafete bak kardeşim.

Başbakan Saracoğlu, Ankara'da Siyasal Bilgiler Fakültesi'nin balosuna gidiyor. Müzik tatlı tatlı çalıyor. Bir genç kız, başbakanın yanına yaklaşıyor, dansa davet ediyor. Başbakan reddediyor, böyle olmaz diyor. Ortam buz kesiyor. Kızcağız fena halde bozuluyor, masasına dönüyor. İki dakika sonra... Başbakan kalkıyor, o genç kızın yanına gidiyor, benimle dans eder misiniz lütfen diyor. Herkes şaşırıyor. Başbakan gülümsüyor, dansa erkek kaldırır, sırf başbakanım diye bir genç kızımızı ayağıma getirtmem diyor.

(Başbakanın ayağına gidip dansa kaldırdığı o genç kız, Feriha Sanerk, Türkiye Cumhuriyeti'nin ilk kadın emniyet müdürü oldu... Şimdilerde kızlı-erkekli'ye tahammül edilemeyen Türkiye'de, bir zamanlar bunlar oluyordu!)

Ve, seneler geçiyor.
Başbakanlar değişiyor.
Fenerbahçe başkanları değişiyor.
Kadıköy'de maç var.
Sonradan Fenerbahçe başkanlığı koltuğuna oturacak olan Faruk Ilgaz, stada giriş yapmak üzere geliyor. O sırada gözü takılıyor, bilet kuyruğunda bekleyen, yaşı hayli ilerlemiş, bastonlu bir beyefendi görüyor. Dikkatlice bakıyor, o da ne? Bilet kuyruğunda bekleyen beyefendi, Şükrü Saracoğlu!

Çünkü, seneler geçiyor ama, evladına bile avanta vermeyen başbakanın, zihniyeti aynı kalıyor; her ne almak istiyorsan, mutlaka parasını ödeyeceksin.

Çünkü, ateşten gömleği giymiş, milli mücadelede kanla-barutla yoğrulmuş, boğazından tek kuruş haram lokma geçmemiş, milletin çıkarlarını ailesinden, evladından, kendinden önce tutmuş adamlardı onlar; adam gibi adamlardı.

E bakıyoruz bu dönemin baba-oğul'larına...

Babası, oğlunu arıyor, paraları sıfırla diyor, öbürü kasaları hallettim, 30 milyon avro kaldı babacım diyor; Fenerbahçe başkan adayı şunları şunları söylesin, yönetime bunlar bunlar girsin, bizden olmayanlara hesap sor diyor, öbürü de peki babacım filan diyor.

Şükrü Saracoğlu

1886'da İzmir Ödemiş'te dünyaya geldi, Mekteb-i Mülkiye'yi bitirdi, Cenevre Siyasi İlimler Akademisi'ni bitirdi, İzmir işgal edilince yurda döndü, milli mücadeleye katıldı, Ege dağlarında efelerle birlikte omuz omuza vuruştu, İzmir mebusu oldu, milli eğitim bakanlığı, maliye bakanlığı, adalet bakanlığı, dışişleri bakanlığı yaptı, başbakan oldu, TBMM başkanlığı yaptı. 1934-50 arasında Fenerbahçe başkanlığı yaptı. 1953'te vefat etti, Zincirlikuyu'da toprağa verildi. Fenerbahçe kulübü, 1998'de Fenerbahçe stadının ismini Fenerbahçe Şükrü Saracoğlu Stadı olarak değiştirdi.

Muharrem

Yoğurt.
En sevdiğim kelimedir.
Biz icat ettik.
Adını da biz koyduk.
Dünyanın hangi lisan konuşulan ülkesine giderseniz gidin, yoğurdun üzerinde Türkçe yoğurt yazar. Gurbet ellerde marketleri dolaşırken, rafta akrabanı görmüş gibi olursun, sarılasın gelir.

Beş sene evvel.
Durup dururken...
AKP yoğurda el attı.
Standardını değiştirdi.

Resmi Gazete'de tebliğ yayımladılar, protein oranını düşürdüler, yüzde 12 oranında yağsız kuru madde bulunması şartını tamamen kaldırdılar. Niye diye sorulunca... AB'ye uyum için dediler.

O zamanlar sihirli kelimeydi AB... Uyum ayaklarıyla yapılan her şey mubahtı. İtiraz etmeye kalkarsan, saldırılıyordu; Türkiye'nin gelişmesine karşı çıkıyorsun, zenginleşmeye engel oluyorsun, statükocusun filan deniyordu.

Halbuki, meselenin AB'yle falan alakası yoktu. Herkes biliyordu ki, aslında... Türk yoğurdunun, Türk damak tadına uygun geleneksel kıvamı var, koyudur, genelde sade yenir, istersen yemeklerde kullanılır. Avrupa malı yoğurt ise, cıvıktır, lezzet mezzet olmadığı için, meyveli şekilde kakalanır, yemekte kullanılmaz. Bu yüzden, Avrupa malı yoğurdun Türkiye pazarında yer bulması imkânsızdır.

Ama... Türk yoğurdunun standardını değiştirirsen, piyasadaki bütün yoğurtları Avrupa malı yoğurt gibi, sulu, cıvık yoğurt haline getirirsen ne olur? Önce beğenilmez, başka seçenek olmadığı için zamanla alışılır, çocuklarımızın damak tadı değişir, bizim yoğurdun lezzeti-kıvamı unutulur, elalemin ürünü, geleneksel yoğurdumuzun yerini alır.

İşte bu gidişata dur demek için, başta Sütaş ve SEK, yerli üreticilerimiz itiraz etti. Mesele, yerli-yabancı meselesi değildi. Yabancıların piyasaya girmesinde elbette sakınca yoktu; hepimizin faydasınadır, rekabeti artırır, kaliteyi artırır. Ancak, standardı değiştirip, cıvık yoğurdu mecburi hale getirmek, geleneksel Türk yoğurdunun sonu demekti. Bunu önlemek için mücadele başlatıldı.

Standardın değiştirilmesini ise... Tarım bakanımıza şövalye nişanı veren Fransa destekliyordu.

Yalaka medya, haberi sansürlüyor, oldubittiye getirmek istiyordu. Yurtsever gazeteciler sessiz kalmadı, yazıldı, sosyal medya devreye girdi, tepkiler büyüdü. AKP geri adım atmak zorunda kaldı. Söz konusu standardın AB'yle alakası olmadığı kanıtlandı. Tebliğden vazgeçildi.

Böylece, geleneksel Türk yoğurdu kurtuldu.

Hani, Tayyip Erdoğan tarafından vatan haini ilan edilen Tüsiad başkanı var ya... Milli değerimiz yoğurdu kurtaran, Sütaş'ın sahibidir.

Bazen cephede vuruşmaktır, vatan...
Bazen yoğurdu savunmaktır.

Ve, asla unutmamalıdır... "Milli içkimiz" falan diyenlerin yoğurduğuyla, ayran bile olmaz!

Muharrem Yılmaz

Sütaş'ın sahibi, TÜSİAD'ın 15'inci başkanıydı. Akp hükümetinin keyfi uygulamalarına itiraz etti, hukuka müdahale edilen ülkelerde ekonominin zarar gördüğünü söyledi. Vay sen misin söyleyen... Akp medyası tarafından koro halinde saldırıya uğradı. Sütaş fabrikasındaki işçilerin haksız yere işten atıldığı, işçilerin insanlık dışı muamelelere maruz kaldığı falan iddia edildi. Elbette palavraydı. Verilen mesaj gayet açıktı, ya bırakıp gidersin, ya da Sütaş'a zarar veririz. TÜSİAD tarihinin istifa eden ilk başkanı olmak zorunda kaldı.

Metin

1969, İstanbul.
Sıcak bi yaz akşamıdır.
En büyük mutlulukla, en büyük acının kesiştiği andır. 17 yaşında evlenen, 19 yaşında evladını dünyaya getiren gencecik anne, doğumdan iki saat sonra vefat eder. Talihsiz erkek bebeğin, bu dramatik hadiseden senelerce haberi olmaz. Çünkü, dedesiyle anneannesi, torunlarını alıp, Ankara'ya götürür, kendi soyadlarını verir, oğul olarak büyütürler. Dedesini baba, anneannesini anne olarak bilir.

Annesi sık sık bi kenara çekilip ağlar, nedenine anlam veremez. Ailece kabristan ziyaretine giderler, kime, niye, bir türlü çözemez.

Taa ki 8 yaşına kadar...
Öğrenir ki, babası meğer dedesiymiş, aslında babası var, annesi

de anneanneymiş, annesi rahmetli olmuş. O küçücük yüreğinde yaşadığı duygu karmaşasını tarif edebilmek, mümkün değil elbette.

Hayatında ilk defa, 10 yaşındayken tanışır babasıyla... Sonra, araya bi 10 sene daha girer, gene görüşmezler. O aradaki 10 senede gene darmadağın olur. Çocuk aklıyla, suçu kendinde arar. Herhalde ben bir hata yaptım ki, gelmiyor diye düşünür. Üzülür. Kahrolur. Öfkelenir. Sonra, çaresiz, kabullenir.

Lise yıllarındayken... Dede ağır kalp krizi geçirir. Yoğun bakımda, yaşamla ölüm arasında, bu tarafla öbür taraf arasındaki ince çizgidedir. Tam o sırada, baba çıkagelir. Oğluyla görüşmek ister. Oğul kabul etmez. Anneanne cennetlik, "benim hatırım için görüş" der. Kucaklaşırlar. "Birbirinizi hiç görmeseniz de, ayrı yaşasanız da, babadır, kan çekiyor" diye tarif ediyor o kavuşmayı... Gözyaşlarıyla sarılırlar.

Sohbet sohbet, aradaki onca senelik boşlukları doldurmaya gayret ederler, baba-oğul, adeta birbirleriyle tanışırlar. Annesi ölünce, baba bir daha evlenmiştir. Duyunca, ne hissetti acaba derseniz? "Aslan gibi, harikulade iki kardeşim var, dünya tatlısı yeğenlerim var, sürekli görüşüyoruz, babamın eşiyle de görüşüyorum, o da canım ciğerim" diyor. "Kader" diyor.

Ooff, of.

Babayla ölene kadar görüşürler. Geç buldum, çabuk kaybettim misali, baba 55 yaşında vefat eder.

Eli ekmek tutana kadar, kundakta geldiği evde, dedesinin evinde yaşar. Unutmadan ilave edeyim; babasının varlığını öğrendikten sonra bile, dedeye baba, anneanneye anne demeye devam eder. Bu durum asla değişmez. Onun yüreğinde, zihninde, dedesi babası, anneannesi annesi olarak kalacaktır.

Dede, hukuk profesörüdür. Aynı zamanda, siyasi tarihimize damgasını vurmuş efsane karakterlerden biridir. Dolayısıyla, ağır konukların ağırlandığı bir evde, memleket meselelerinin tartışıldığı, devamlı hukuk konuşulan sofralarda büyür. Oturdukları yemek masasının yarısına kadar örtü örtülür. Niye derseniz? Öbür yarısında daktilo ve kitaplar durur. Salon zaten, duvardan duvara, devasa bir kütüphanedir. İçerde ayrıca iki kitap odası daha vardır. Büyüdüğü, şekillendiği atmosfer, budur.

Varlıklı ailedir ama... İlkeler paradan çok daha önemlidir. Bir gün mesela, beş arkadaş, eve taksiyle dönmeye karar verirler. Belediye otobüsüyle gitsek, aynı paraya denk gelecek diye düşünürler. Binerler, arkadaşları tek tek iner, en son kendisi iner. Eve girer. Babada bi karış surat... Meğer, taksiden indiğini camdan görmüştür. "Böylesi daha hesaplı oldu" demesine fırsat kalmadan, fırçayı yer: "Oğlu taksilerde geziyor dedirtiyorsun, farkında mısın!"

Dede'yi biraz daha izah etmek gerekirse... Kalp krizinden hastanede yatarken, oğlu okusun diye defterine vasiyet gibi mektuplar yazar. Bir tanesinde şöyle der: "Büyük adam olmaya sakın özenme, büyük adam olmak kolaydır, adam olmak zordur, sen onu başar."

Üniversitede okurken... Vade dolar, dede vefat eder. O gece yarısı eve gelir. Odasına kapanır. Kapıyı kilitler. Saatlerce, borçlar hukuku nedensellik bağı teorilerini çalışır. Çünkü, kendi kendine söz vermiştir, babamı kaybettiğim gün bile derslerime ara vermeyeceğim, çalışacağım demiştir. "En zor anımda çalışabilirsem, her zaman çalışabilirim"diye düşünmüştür. Kendisini, kendisine ispatlamıştır. Bugün, en kritik anlarda, soğukkanlı kalabilmesinin temelinde, bu sarsılmaz disiplin vardır.

Ankara Üniversitesi Hukuk Fakültesi'ni bitirir. Profesör olur. Diplomasını aldığı hukuk fakültesine dekan olur. Ankara Barosu Başkanı seçilir. Türkiye Barolar Birliği Başkanı seçilir.

Evet, Metin Feyzioğlu o.

Büyük adam olmaya özenen zihniyet cücelerinin ülkesinde... Adam gibi adam kalmayı başaran adam.

Metin Feyzioğlu

Hukuk kavramı Tayyip Erdoğan'ın sevmediği bir kavramdı, sadece kendi çıkarlarına hizmet eden kanunları seviyordu, anayasayı bile tanımadığını söylüyordu. Yargıtayyip, Danıştayyip, Sayıştayyip olsun istiyordu. Dolayısıyla en sevmediği kişilerin başında Barolar Birliği Başkanı geliyordu. 2014 senesinde Danıştay'ın kuruluş yıldönümü törenlerinde kendisini tutamayıp, Metin Feyzioğlu'na "edepsiz" diye bağırmış, salonu terketmiş, dünya hukuk tarihine geçmişti!

Balbay

4 sene 9 ay önce, Mustafa Balbay tutuklandığında...

AKP henüz AKP'ydi, ak denmiyordu. Son Osmanlı Padişahı 1'nci Recep Tayyip Erdoğan pankartı açılmamıştı. Profesör Haberal tutuklanmamıştı, 4 yıl 4 ay yatıracaklarını bilmiyordu. Profesör Hilmioğlu dışardaydı, kanser değildi. Profesör Türkan Saylan yaşıyordu, terör yuvası diye evi basılmamıştı. Poyrazköy'de TRT kameraları eşliğinde kazı başlamamış, boş lav silahı bulunmamış, Kardak kahramanları içeri tıkılmamıştı. The Taraf gazetesi, Fethullah Gülen'i bitirme planını manşet yapmamıştı, o planın bizzat AKP tarafından imzalandığı kimsenin aklına gelmemişti. Cemaat AKP'nin kankası, AKP cemaatin cankuşuydu. İki cihanda lekeli değildik. Habur rezaleti yaşanmamıştı. Yarbay Ali Tatar kafasına sıkmamıştı. Çukurambar'da suikastçı diye aşçı yakalanmamış, o sırada Manisa'da bulunan Bülent Arınç'a Ankara'da suikast yapılacağı iddia edilmemiş, n'oluyor demeye kalmadan kozmik oda'ya girilmemişti. Bizim patrona can sıkıcı yayınlar yapmasın diye 1 milyar dolar giydirmemişlerdi. AKP il başkanı, başbakanımız bizim için ikinci peygamber gibidir dememişti. TSK'ya balyoz inmemişti, cami bombalanacaktı yalanı yazılmamıştı, sahte siidi'ler ortaya çıkmamıştı, Mehmet Baransu bavulu açmamıştı, aynı bavulu AKP için de açacağını AKP bile tahmin etmemişti, Baransu'ya gizli kamera döşeyeceklerini Baransu bile düşünmemişti. Haysiyet cellatlığı başlamamıştı, subayların eşlerine iftira atılmıyordu, Albay Berk Erden canına kıymamıştı. Darbe yaftasıyla içeri tıkamadıkları subayları, casus ilan etmemişlerdi. Başsavcı Cihaner tutuklanmamıştı. AKP milletvekili, artık biz fişliyoruz dememişti. Bir başka AKP milletvekili, AKP'ye oy vermeyenlerin kanı bozuk olduğunu söylememişti. Yetmez ama evet denmemişti, Yargıtayyip, Danıştayyip, Sayıştayyip haline gelmemişti, 23 Nisan'da koltuğuna oturtulan ilkokul çocuğuna, ister asar ister kesersin diye akıl vermemişti. Hakan Fidan, Mit müsteşarı yapılmamıştı. Oslo açığa çıkmamıştı, hükümetin pkk'yla görüştüğünü iddia eden şerefsizdi. Deniz Baykal kasetle tasfiye edilmemiş, Kürtçü-liboş-ABD ajanı kadrolarla, yeni CHP dizayn edilmemişti. 83 yaşındaki İlhan Selçuk'u Ergenekon'un elebaşısı diye gözaltına almamışlardı. *Haliç'te Yaşayan Simonlar* piyasaya çıkmamıştı, Hanefi Avcı emniyet müdürüydü, hocaefendi de okyanus ötesinden açıklama yapıp, Allah taksiratlarını affetsin dememişti. Başbakanımızı görünce ayağa kalkmayan Engin Alan, Silivri'ye gönderilmemişti, teğmen'e sehven yükleme yapılmamıştı, Soner Yalçın, Müyesser Yıldız, Nedim Şener, Ahmet Şık tutuklanmamıştı, imamın ordusu kitap olmamıştı, Kaşif Kozinoğlu hayattaydı. MHP'nin kasedi çıkmamıştı, Muhsin Yazıcıoğlu'nun helikopteri düşmemişti, Cem Uzan, Mehmet Ağar, Erkan Mumcu, Tuncay Özkan, Doğu Perinçek, tesadüf işte, muhalif olan herkes komple bertaraf olmamıştı. İzmir belediye başkanına 400 sene istenmemişti. Ergenekon-Balyoz savcıları, Aziz Yıldırım'ı içeri tıkmamıştı. Deniz Feneri savcıları, sanık olmamıştı. İnsanları boğup, mezar evlere gömen Hizbullahçılar sokağa salınmamıştı. İnsanlık anıtı, ucube diye yıkılmamıştı. Esed, Esad'tı. Hüsnü, mübarek adamdı. Kaddafi'den insan hakları ödülü alınmamıştı, Nato'nun Libya'da ne işi vardı. Ahmet Davutoğlu bakan değildi, milletvekili bile değildi, hariçten gazeldi. Büyükelçimiz, İsrail'de tabureye oturtulmamıştı. *Mavi Marmara*, siyasi çıkarlar uğruna, göz göre göre ölüme gönderilmemişti. Suriye, uçağımızı düşürmemişti, şehit pilotlarımız "stratejik derinlik"te, 1260 metrede Amerikalılar tarafından bulunmamıştı. Obama beyzbol sopası göstermemişti. Kafa kesen, kalp söken şeriatçı teröristler, Hatay'da üs kurmamıştı. Memlekete bir milyon Suriyeli girmemişti. Davos'taki superman, güneydoğuda siper'man olmamıştı, başbakanımız kuzey ırak sınırındaki siperde kum çuvallarının arkasında çömelmemişti. İnek ithal etmiyorduk. Angola'dan Uganda'dan saman ithal edilmiyordu. Hiç olmazsa dereler satılmıyordu. Hopa'da çevreci öğretmen Metin Lokumcu biber gazıyla öldürülmemişti. Çağla bademler büyüsün de badem olsunlar diye, üniversite sınavına şifre konulmamıştı. Hayaldi, gerçek olmamıştı, Pkk'lı Şemdin Sakık'ın gizli tanık olduğu ortaya çıkmamış, Genelkurmay Başkanı İlker Başbuğ terörist ilan edilmemiş, genelkurmay başkanı ve kuvvet komutanları topluca istifa etmemiş, hiç istifini bozmayan necdet bey'e sucuk hediye edilmemişti. Kürecik'e İsrail'i korumak için radar döşenmemişti. CHP hükümeti Dersim'i bombaladı denirken, Uludere bombalanmamıştı. Madımak zamanaşımına uğramamıştı. Reyhanlı havaya uçmamıştı, koynumuzda beslediğimiz El Kaide'nin havaya uçurduğu bilinmiyordu. AKP'liler tarafından Hazreti Muhammed'e nüfus kâğıdı çıkarılmamış, Tayyip adı, peygamberimizin çocukları arasında gösterilmemişti. Padişah Abdülhamid'e onursal doktora verilmemişti. 19 Mayıs yasaklanmamıştı. Diyanet, ilkokul öğrencilerini sömestrde umreye götürmüyordu. Atatürk ilkeleri ders kitaplarından çıkarılmamıştı. Atatürk anıtlarına çelenk koymak yasaklanmamıştı. Atatürkçüler terörist holigan ilan edilmemişti. Atatürk suç olmamıştı, posterine-çıkartmasına ceza yazılmıyordu. Yüce Atatürk pankartı açan takım, disipline sevk edilmiyordu. İki ayyaş denmemişti. Andımız yasaklanmamıştı. Şehitler kelleydi ama, bi kaç Mehmet değildi. Kerkük'e karışırsanız Diyarbakır'a karışırız diyen Barzani, AKP'nin onur konuğu olmamıştı, başbakanımız tarafından Diyarbakır'da ağırlanmamıştı. İmralı'yla müzakere başlamamıştı, sayın basınımız Kandil'den canlı yayına koşmamıştı, Kürdistan ilan edilmemişti, Apo ulusa sesleniş konuşması yapmamıştı. Biji Erdoğan pankartları açılmamıştı. İmralı tutanakları basına sızmamıştı, Apo açık açık, AKP'yle ittifak yapacaklarını, Tayyip Erdoğan'ın başkanlığını destekleyeceklerini, karşılığında rejimin değişeceğini söylememişti. Orhan Gencebay, Kadir İnanır filan akil insan olmamıştı. TC kaldırılmamıştı. Türk'tük, akp yöneticisi Türk yok dememişti. Kürtaj yaptıran, sezaryenle doğum yapan, katil değildi. Hamileler terbiyesiz değildi. Kızlı-erkekli eğitimi kaldıracağız dememişlerdi. Vali de millete gavat dememişti. Üçüncü köprü, bizzat başbakanımıza göre cinayetti. Gezi parkı, parktı. Ethem'in suratına ateş edilmemişti. Polis tarafından sopalarla dövülerek öldürülen Ali İsmail desen, Balbay tutuklandığında henüz ortaokul son sınıftaydı.

4 sene 9 ay sonra, Mustafa'ya pardon denildi.

E gerisi de kusura bakmasın gari.

Mustafa Balbay

1960'ta Burdur'da doğdu, Ege Üniversitesi'nde gazetecilik okudu, mesleğe İzmir'de başladı, *Cumhuriyet* gazetesinin Ankara temsilcisi ve köşe yazarı oldu. Ergenekon iftirasıyla tutuklandı, hapisteyken CHP'den İzmir milletvekili seçildi. Akp'yle cemaat'in arası bozulmasaydı, muhtemelen hâlâ Silivri'de olacaktı, çünkü, 34 sene 8 ay hapse mahkum edilmişti! Can Dündar'ın genel yayın yönetmenliği döneminde, *Cumhuriyet* gazetesindeki yazılarına son verildi.

Fethi

Sene 1914...
Ayvayı yeme aşamasına gelen Osmanlı, hâlâ şov peşindeydi. Öyle bi atraksiyon yapalım ki, ahalimiz "dünya lideri" olduğumuzu görsün dediler.

Düşündüler, taşındılar...
Üç kıtada uçak uçurmaya karar verdiler. İstanbul'dan havalanacak, Şam üzerinden, İskenderiye'ye konacak; böylece Avrupa, Asya, Afrika'yı kat etmiş olacaktı. Sayın ahalimiz de "vay be, amma devletiz haa" diye sevinecekti.

Halbuki, gurur duyulan uçağın elbette bizimle alakası yoktu, ithaldi, Fransız malıydı. Modeli, Bleriot XI/B'ydi.

Sanki biz icat etmişiz gibi, kanatlarına kocaman ay-yıldız işlediler, adını da Muavenet-i Milliye, milli yardımlaşma koydular, oldu sana yerli malı uçak!

Burundan pırpırlı, kanatları bezdendi. Pilotlar, üstü açık otomobil gibi, kokpitsiz, dışarda uçuyordu. Dönemin en önemli pilotu, Tayyareci Fethi Bey'i çağırdılar, buna bin, Toroslar'ı aş, Şam'dan dön, Kahire üzerinden İskenderiye'ye git dediler. "Saçmalamayın birader, F-16 mı bu?" demedi, "peki" dedi. Havalandı, Eskişehir, Konya, Adana, Humus, Beyrut, ine kalka 10 günde Şam'a geldi. Kudüs ve Kahire üzerinden İskenderiye'ye varmak için tekrar havalandı, e olacağı buydu, dandik uçak Taberiye Gölü yakınlarında düştü, yardımcısı Sadık Bey'le beraber, ilk Türk hava şehidi oldu. O zamanlar iletişim imkânları son derece ilkeldi, buna rağmen, Tayyareci Fethi Bey'in şehit düşmesi, memlekette adeta uzay mekiği düşmüş gibi etki yarattı. Cenaze töreni mahşeri kalabalıktı. Şam'da Selahaddin Eyyubi Türbesi'nde toprağa verildi.

Gel zaman git zaman, sene 1934...
Herkes unuttu ama, tarihimizin ilk hava şehidini "Yüce Atatürk" unutmadı. Kabri sınırlarımızın dışında kalan bu milli kahramanı, vatan toprağında adıyla yaşatmak istedi. Muğla'ya bağlı Meğri ilçesinin adını, Fethi'ye ithafen, Fethiye olarak değiştirdi. Evet... Her milimetrekaremiz kutsaldır, millidir ama, Fethiye katmerli millidir. Çünkü bizzat Yüce Atatürk'ün armağanıdır.

Peki, neden orası? Tayyareci Fethi Bey, Meğrili miydi? Hayır. Yüce Atatürk, adını yaşatacak yer ararken, bizzat Meğri'nin ileri gelenleri talip olmuştu, bu mangal yürekli kahramanın adını madalya gibi biz taşıyalım, biz yaşatalım demişlerdi, Yüce Atatürk de kabul etmişti.

Hatta... Faruk Nafiz Çamlıbel'le birlikte 10'uncu Yıl Marşı'nı yazan Behçet Kemal Çağlar, öylesine etkilenmişti ki, Tayyareci Fethi'ye ithafen şu dizeleri kaleme almıştı:

Aslan uçtu diye söylenir methi
bu kutsal toprağın çocuğu Fethi
kahrolur darbanla elbet her zaman
olursa bakış yan, maksat eğri
bak... Fethiye oldu sayende Meğri
Kartalım!
Gölgende hürdür bu vatan

Yüce Atatürk sayesinde Fethiye'ye adını veren bu milli kahraman, doğma büyüme İstanbulluydu. Ve, hakkında"kartalım" diye şiir yazılan Tayyareci Fethi Bey, kara kartalın, Beşiktaş kulübünün kurucularından biriydi.

Dolayısıyla... Beşiktaşlı Yıldırım Demirören'in Yüce Atatürk pankartı açtılar diye Fethiyespor'u disipline göndermesi, hem memleket tarihi açısından, hem Beşiktaş tarihi açısından, katmerli trajedidir.

Gene de şükretmek lazım... Öyküsünde "Atatürk, milli, pilot, kahraman, 10'uncu Yıl Marşı" kavramlarını barındırıyor diye, Ergenekon'a da bağlayabilirlerdi Fethiye'yi!

Fethi Bey

1887'de İstanbul'da dünyaya geldi, Bahriye Mektebi'ni bitirdi, İngiltere Bristol'de pilotluk eğitimi aldı, 27 yaşında şehit oldu. Fethiyespor, 2013 senesinde Fenerbahçe'yle oynadığı Türkiye kupası maçının seremonisine, 29 Ekim Cumhuriyet Bayramı vesilesiyle "Yüce Atatürk" yazılı tişörtlerle çıktı. Atatürk alerjisi bulunan bademler rahatsız oldu, Yıldırım Demirören başkanlığındaki Futbol Federasyonu, utanmadan, Fethiyespor'u disiplin kuruluna sevketti. Seremonideki bu tişörtün oyun kurallarına aykırı olduğu iddia edildi. Neyse ki, tepkiler üzerine ceza vermeye cesaret edemediler.

Nejat

İncecik iplikle bileğinize bağlanmış kırmızı balonu, sanki bütün dünya avucunuzdan kayıp gidiyormuş gibi ürpererek elinizden kaçırdığınız yeri hatırlıyor musunuz?

İzmirliler hatırlar.
Fuar'dır.

Gene öyle bir fuar akşamı, imbat tatlı tatlı okşuyor. Galiba, ilkokul iki veya üçteydim. Babam, *Yeni Asır*'da şoför olarak çalışıyordu, bi tomar biletle gelmişti eve, yazıişlerinden vermişlerdi, basına dağıtılan hediye biletlerden... İster lunaparkta çarpışan otomobile bin, ister gazinoya gir, gazetecilik forsun var ya, hepsi bedava... Seçtik arasından, Nejat Uygur Tiyatrosu'na gidelim dedik. E malum, okuma hastalığımız var, giriş kuyruğundayken bileti okudum. Oyunun adı, koltuk numarası, başlama saati filanın altında, büyük harflerle, "AVANTAFORLAR İÇİNDİR" yazıyordu.

Yani?
Büyük usta yapmıştı yapacağını, çalışmanın-didinmenin, emeğin bedava olmadığını anlatan o tokat gibi kelimeleri koymuştu bilete... Bir yandan, bunlara avanta vermezsek oyunla alakalı tek satır yazmazlar, hatta kasten kötü yazarlar diye hediye bilet dağıtıyor, bir yandan da, adeta suratlara tükürüyor, "avantafor" ibaresine darılmayacak kadar yüzsüz olduğunuzu biliyorum demeye getiriyordu.

İlkti.
Son oldu.

Otorite kılıklı lavukların dışladığı, küçümsediği o komik adam sizin için ne ifade ediyordu bilmiyorum ama, benim için anlamı bu denli ciddiydi. Gazetecilik okullarında öğretilmeyen dersi, henüz kısa pantolonluyken, ondan aldım. Bir daha asla bedava bilet kullanmadım. Kullanandan utandım. Sarı basın kartı kullanmayışımın sebebi bile o.

Hafızama mıh gibi çakıldı. En büyük puntolarla... Meslek hayatımı şekillendiren en önemli manşetlerden oldu.

Ve, hep hayıflandım.
Keşke, bütün basının çocukluk günlerine denk gelip, tek tek o bileti verseydi rahmetli... Kim bilir, üç kuruşluk menfaat için kalem oynatanların sayısı azalırdı belki.

Nejat Uygur

Öğretmen annenin, subay babanın çocuğu olarak, 1927'te Kilis'te dünyaya geldi. 1949'da kendi adını taşıyan tiyatrosunu kurdu, 40 sene Anadolu'yu dolaştı, 60 sene sahnede kaldı. Devlet Sanatçısı unvanı aldı ama, kelimenin tam manasıyla "halkın sanatçısı"ydı. *Alo Orası Tımarhane mi*, *Cibali Karakolu*, *Miğferine Çiçek Eken Asker*, *Şeyini Şey Ettiğimin Şeyi* gibi unutulmaz oyunları sahneledi. 2013'te vefat etti, Zincirlikuyu'da toprağa verildi.

Osman Nuri

Her şey...
2003'te başladı.
Bingöl'de deprem oldu.
Alt tarafı 6.4'tü.
176 insanımız can verdi.
Bingöl Valisi...
Vatandaşa gavat diyen valiydi.
Çadır dağıtımı becerilemedi.
Çoluğu çocuğu sokakta yatan insanlar, çaresiz, Kızılay kamyonlarına saldırdı, ortada devlet mevlet olmadığı için gücü gücüne yeteneydi, bileği güçlü olan çadırı kaptı, kapamayan ayazda kaldı, protesto gösterisi yapıldı, Valilik binası taşlandı, yuhalandı, Vali istifa, hükümet istifa sloganları atıldı,Tayyip Erdoğan çıktı, ahaliyi suçladı, provokasyon dedi, şırrak, Bingöl emniyet müdürü görevden alındı, Bingöl valisi koltuğunda kaldı, valinin adeta dokunulmazlığı vardı, o zamanlar sayın basınımız şimdiki kadar yalaka değildi, az buçuk gerçekler yazılıyordu, meğer Tayyip Erdoğan'ın toz kondurmadığı vali, Tayyip

Erdoğan'ın belediye başkanlığı dönemine ait yolsuzluk iddiasını araştıran, yolsuzluk filan yok deyip, aklama raporu yazan, AKP iktidara gelir gelmez ilk kararnamede vali yapılan mülkiye müfettişiydi.

Vatandaş tarafından taşlandı...
"Yılın Valisi" seçildi iyi mi!

Bingöl'den sonra...
Aksaray Valisi yapıldı.
Kırklareli Valisi yapıldı.
Aydın Valisi yapıldı.
Adana Valisi yapıldı.
Hiçbir yerde sevilmedi.
Her gittiği yerde olumsuz haberlerle gündeme geldi, en son, vatandaşa gavat dedi.

AKP'yle geldi.
Beraber yürüdü bu yollarda.
Hep yükseldi.

Teee 2003'te şırrak diye görevden alınan Bingöl emniyet müdürü ise Osman Nuri Özdemir'di... Hüseyin Çapkın'ın Adana'ya, Celalettin Cerrah'ın Sivas'a emniyet müdürü yapıldığı kararnamede Bingöl emniyet müdürü olmuştu. Yani, Çapkın ve Cerrah'la aynı yaş kuşağından, ilerde vali olması muhtemel, geleceği parlak emniyetçilerdendi. Bir özelliği daha vardı... Tayyip Erdoğan minareli-süngülü şiiri okurken, Siirt emniyet müdürüydü, görevini yapmış, Tayyip Erdoğan'ın konuşmasını kayda almış, savcılığa teslim etmiş, Tayyip Erdoğan'ın hapse girmesine vesile olmuştu!

Deprem vesile oldu...
Şırrak diye görevden alındı.

Vali hep yükseldi.
Emniyet müdürü hep bekledi.

Bir daha asla görev verilmedi.
Geçen sene rahmetli oldu.

Bazen hakikaten merak ediyorum...
AKP döneminde görevini yapmayan bürokratlar yüzünden

hayatını kaybeden insanlarımızın sayısı mı fazla? Yoksa, görevini yaptığı için başına gelmedik kalmayan ve kahrından ölenlerin sayısı mı?

Osman Nuri Özdemir

Kanunları uygulamak ve görevini yapmaktan başka suçu olmayan emniyet müdürü Osman Nuri Özdemir, Akp gelir gelmez, depremdeki bahaneyle tasfiye edildi, 2012'de vefat etti, sayın basınımızda tek sütun haber bile olmadı. Vatandaşa "gavat" diyen Hüseyin Avni Coş ise, bu kitabın piyasaya çıktığı 2016 itibariyle Sakarya valisiydi. Bingöl, Aksaray, Kırklareli, Aydın ve Adana'dan sonra Sakarya'ya atanmıştı. Sanırsın memlekette bu heriften başka vali yapacak kimse yoktu!

Turgut

Mustafa Kemal'in askerleriyiz.
Hiç düşündünüz mü...
Nereden çıktı bu slogan?
İlk kim söyledi?

Sene 2006.
Aylardan haziran.
Yer, Danıştay.
Mustafa Kemal'in doğumunun 125'inci yılı dolayısıyla konferans düzenleniyor, ayakta alkışlanan konuşmacı anlatıyor: "Atatürk Türkiyesi'nden rahatsız olanların yapması gereken, Atatürk'ü unutturmaktı. Onu yapıyorlar. Cumhuriyet'in nasıl kurulduğunu, milli mücadeleyi çocuklarımıza iyi anlatmak zorundayız. 1948'den beri Mustafa Kemal'in askeriyim, terhis olmak istemiyorum."

Turgut Özakman'dı o.

Mucidi odur.

Peki, 1948'den beri askeriyim diyen, terhis olmak istemiyorum diyen Turgut Özakman, 1948'de yedek subay filan mıdır?

İçinde "asker" kelimesi geçiyor ya... Dincileri-liboşları boşverdim, bazı CHP yöneticileri bile bu sloganı "militarist" zannediyor. Halbuki, tam tersine, sivil'dir, hukuki'dir.

Turgut Özakman, 1948'de henüz 18 yaşındadır, Ankara Üniversitesi Hukuk Fakültesi öğrencisidir. Milli mücadelenin izini sürebilmek için Ankara'dan Afyon'a kadar yürür. Mecazi anlamda söylemiyorum, otomobil veya trene binmeden, tabana kuvvet, yürür. Güzergâh üzerinde yaşayan, Kurtuluş Savaşı'na şahit olmuş ve 1948'de hâlâ hayatta olanları bulur. Hatıraları dinler, defterler dolusu notlar alır, fotoğraflar toplar. Bıyıkları yeni yeni terlemeye başlamış bu delikanlının yaya olarak gerçekleştirdiği tarihi seyahat, 10 gün sürer... Ve, bu attığı adımlar, *Şu Çılgın Türkler* fikrinin çıkış noktasıdır.

1948'den beri askeriyim dediği, işte budur. Bireysel şuurdur. Cumhuriyet tarihinin en çarpıcı sloganı Mustafa Kemal'in askerleriyiz... Cumhuriyet tarihinin en çarpıcı kitabı *Şu Çılgın Türkler*'in özetidir. Terhis olmak istemiyorum'dan kastı ise, bıkmadan usanmadan, anlatmaya devam etme azmidir.

Hakikate ihanet etmeyelim derdi.
Buna didindi, son nefesine kadar.
Huzur içinde yat hocam...
Vatan sana minnettar.

Turgut Özakman

1930'da Ankara'da dünyaya geldi, Ankara Üniversitesi hukuk fakültesini bitirdi, Köln Üniversitesi Tiyatro Bilimi Enstitüsü'nden mezun oldu, dramaturg olarak girdiği Devlet Tiyatrosu'nda genel müdür oldu, TRT'de genel müdür yardımcılığı yaptı. Ardında onlarca roman, inceleme, senaryo bıraktı ama, en büyük eseri hiç şüphesiz *Şu Çılgın Türkler*'di. Kurtuluş savaşını her yaştan, her eğitim seviyesinden insanın anlayabileceği dille anlattı. 2005'te piyasaya çıkan *Şu Çılgın Türkler* belgesel-romanı, 1.5 milyona ulaştı, Cumhuriyet tarihinin en çok satan kitabı oldu. 2013'te vefat etti, Ankara Karşıyaka Mezarlığı'nda toprağa verildi.

Tuncel

Tuncel Kurtiz bi röportajında anlatmıştı; hayatını yazmış, kitap yapmış, teee 2004 senesinde piyasaya çıkarmış, adı *Bölük Pörçük,* sadece iki bin adet basılmış, 2013 senesinde hâlâ bitmemiş o iki bin kitap iyi mi...

Üstelik "çoğunu ben sattım" diye gülüyordu. Röportajı yapan gazeteci "*Ezel* dizisinden sonra da satılmadı mı?" diye sorunca, şu acı cevabı veriyordu: "Ramiz Dayı diye kitap çıkarmıyorum ki!"

Gir mesela Google'a...
"Tuncel Kurtiz Bölük Pörçük" yazıp ara, 5 bin sonuç çıkıyor.
"Ramiz Dayı'nın sözleri" diye ara, 50 bin sonuç çıkıyor.

Malum, Yılmaz Güney'in hem dostu, hem de filmlerinin vazgeçilmez karakteriydi Tuncel Kurtiz... İşte o Yılmaz Güney'e soruyorlar bir gün "nerelisin?" diye... "Babam Siverekli" diyor. "Nerededir bu Siverek?" diye soruyorlar. "Napoli'nin kazasıdır" diyor. Şaşıyorlar, "yanlışınız olmasın, Napoli'nin böyle bir kazası olduğunu duymadık" diyorlar. Yılmaz Güney de, oturuyor, bu diyaloğu Siverek dergisine yazıyor: "Bizim memleketin insanları iyidir, akılları çoktur, İtalya'yı bilirler, Fransa'yı bilirler, Falanistan'ı bilirler, lakin, kendi yurtlarını bilmezler."

Bir zamanlar çalıştığım yüksek tirajlı gazete için anket yapılmıştı. Okurlara "gazetenin en çok hangi bölümünü beğeniyorsunuz?" diye sorulmuştu. Okurların yüzde 12'si "kültür-sanat"sayfalarımızı beğendiğini söylemişti. Çok mutlu olmuştuk ama... Kültür-sanat sayfamız yoktu!

Devlet Resim Heykel Müzesi'ndeki tabloların araklandığı, yerlerine sahtelerinin konulduğu ortaya çıktı. Böylece... O tabloların karşısına geçip, sağ elini çenesine, işaretparmağını yanağına koyarak, "hımmm sürrealist" filan diye ahkâm kesen avangard arkadaşların, senelerdir salladığı ortaya çıktı.

Van Müzesi'nde 3 bin 200 senelik Urartu eseri diye sergilenen heykelin, aslında 3 sene önce yapıldığı anlaşıldı. Emin olabilmek için karbon testi yapmaya kalktılar. Halbuki, heykelin altında heykeltıraşın adı ve yapıldığı sene zaten yazıyordu.

Kanal D'de *Aşk-ı Memnu* dizisinin finali yayınlanacaktı. Star Haber'deydim. Biraz eğlenelim dedik. *Aşk-ı Memnu*'nun taaa 1975'te TRT'de siyah-beyaz ekrana gelen Müjde Ar'lı versiyonunun finalini özet halinde yayınladık. Kanal D'deki arkadaşlar bize sitem etti, "finalin sürprizini kaçırdınız" dediler. "Kardeşim" dedik, "Halid Ziya Uşaklıgil'in 110 senelik klasiği, başka nasıl bitebilir ki? Biz vermesek, final başka türlü mü bitecekti? *Titanic*'i yayınlasanız, filmin sonunda gemi batmıyor mu diyeceğiz?"

Neyse... *Muhteşem Yüzyıl* dizisindeki "Şeyhülislam Ebussuud" mertebesinden önce *Hacı* dizisinde oynamıştı Tuncel Kurtiz... Hatırasını şöyle anlatmıştı: "Hacı'yı oynarken, Kayseri'de bir belediye reisi, hacca gittiniz mi diye sordu, hayır gitmedim dedim, gitseniz daha iyi oynardınız dedi. Ben de dedim ki, sizin belediye reisliğinizi yazsalar, siz mi daha iyi oynarsınız, ben mi daha iyi oynarım?"

Hülasa...

Tuncel Kurtiz'i kaybetmekten daha hazin ne var biliyor musunuz?
Sayın basınımızın, sanki yaşarken çok kıymet veriyormuş gibi yapması... Sayın ahalimizin de, 77 yaşındaki ustayı sanki Ramiz Dayı'dan önce tanıyormuş gibi yapması.

Sanatseverleri elbette tenzih ederim ama... Bu rol kabiliyetiyle Tuncel Kurtiz bile yarışamazdı!

Tuncel Kurtiz

1936'da İzmit'te doğdu. Üniversitede hukuk, filoloji, felsefe, psikoloji ve sanat tarihi fakültelerinde okudu, hiçbirinden mezun olamadı. 1959'da Dormen Tiyatrosu'nda başladı, sinema-tiyatro oyuncusu, yönetmen, yapımcı, senarist oldu. 1981 Antalya Altın Portakal'da *Gül Hasan* filmiyle en iyi senaryo ödülü kazandı. 2011 Antalya Altın Portakal'da yaşam boyu onur ödülü aldı. 2013'te vefat etti, butik otel işlettiği Balıkesir Edremit'in Çamlıbel köyünde toprağa verildi.

Abdocan, Ethem,
Ali İsmail, Mehmet, Ahmet

Hep ne der bu arkadaşlar?
Elit semtlerde oturanlar...
İmtiyazlı çevreler bizi sevmez.
Belli zümreler bize karşıdır.
Elitist gruplar, seçkinci sınıflar, milletin tercihinden rahatsız olur.

"Gezi" için ne demişlerdi?
Bir avuç kaymak tabaka!

Abdullah'ı öldürdüler.
Narenciye paketleme tesisinde asgari ücretle çalışıyordu, 6 kardeş, 8 nüfus, duvarları sıvalı, badanasız evde yaşıyorlardı. Babası çiftçi... Katledildiğinde, üzerinde 25 kuruş bile yoktu, cebinden sadece katlanmış Atatürk posteri çıktı.

Ethem'i öldürdüler.
Kaynak işçisiydi.

Mehmet öldü.
Lokantada garsondu.
Babası pazarcı.

Ali İsmail'i öldürdüler.
Babası inşaat işçisi.
Tuğla taşıyarak okuttum onu diyor.

En son, Ahmet'i öldürdüler.
Üniversite mezunu, işsizdi.
İnşaatlarda çalışıyordu.

Gemicik filoları.
Pırlantacı mağazaları.

Abdullah, elitist.
Ethem, seçkinci.
Mehmet, imtiyazlı çevre.
Ali İsmail, belli zümre.
Ahmet, kaymak tabaka.

Abdocan

Ethem

Ali İsmail

Mehmet

Ahmet

Gezi şehitleri

*

Bu yazıyı kaleme aldığımda, henüz Berkin Elvan hayatını kaybetmemişti, komadaydı, yaşam mücadelesini sürdürüyordu. "Bir avuç kaymak tabaka" dedikleri Berkin'in babası tekstil işçisiydi, hatta, olaylar sırasında işsizdi. Abdullah Cömert'i Ahmet Atakan'ı Berkin Elvan'ı biber gazı fişeğiyle, Ethem Sarısülük'ü suratına gerçek mermiyle ateş ederek, Mehmet Ayvalıtaş'ı otomobille çarparak, Ali İsmail Korkmaz'ı sopalarla döverek öldürdüler. Kimlerin öldürdüğü, nasıl öldürdüğü, kanıtlarıyla birlikte gayet belliydi ama, bu kitabın yazıldığı 2016 itibariyle davalar devam ediyordu, suçluları hâlâ korumaya çalışıyorlardı. Gezi direnişine 77 şehirde 7.5 milyon kişi katıldı. 8 bin 163 insanımız, biber gazı fişeği, plastik mermi ve tazyikli suyla yaralandı. 91 kişi kafa travması geçirdi, 10 kişi gözünü kaybetti, bir kişi dalağını kaybetti. 15 günde 150 bin adet gaz bombası atıldı, 126 kişi tutuklandı. Sivil polisler çivili sopalarla vatandaşlara saldırdı.

Uğur

Renault 12.
1984 model.
Mavi.
Park halindeydi.
Sahibi geldi, bindi.
Vitesi boşa aldı.

Bum!

Kontağı çevirince havaya uçtuğu yazıldı ama, öyle değildi. Kriminal incelemede anlaşıldı ki, kontak sıfır pozisyonundaydı, kontak anahtarı da rahmetlinin cebindeydi. Isıya duyarlı plastik patlayıcı, bubi tuzağı düzeneğiyle, harekete duyarlı hale getirilmişti. Çok güçlü mıknatıs kullanılmış, vites koluyla el freni teli arasında, her iki şaşesin bittiği egzoz susturucusunun üst kısmına yapıştırılmıştı. Vites kolu levyesine misina bağlanmış, patlayıcı için tetik haline getirilmişti. Tatbikatlarda görüldü ki, otomobilin altına girip, bu düzeneği monte etmek en fazla 45 saniye sürüyordu.

Rahmetli otomobiline bindi. Vites bire takılıydı. Parkederken öyle bırakmıştı. Kontağı çevirmeden önce boşa aldı. Misina gerildi, bum!

Darmadağın olan otomobilin parçaları kriminal polis laboratuvarına götürüldü. İncelendi. Sonra, emniyetin otoparkına kaldırıldı.

10 sene geçti. Emniyetin otoparkındaki hurda yığını otomobil için, rahmetlinin ailesine 10 senelik vergi borcu çıkardılar iyi mi!

20 sene geçti. Suikast davasını gören mahkeme, paramparça otomobilin "miras" olarak aileye iade edilmesine karar verdi.

İzmir Gazeteciler Cemiyeti aileye başvurdu, basın müzesinde sergilenmek üzere, otomobili istedi. Eskişehirli gazeteciler de, Çağdaş Gazeteciler Derneği aracılığıyla aileye başvurdu, bize verin dedi. O sırada, Profesör Yılmaz Büyükerşen devreye girdi. İzmir geri çekildi. Çünkü, İzmirli gazeteciler emindi ki, bu manevi emanete Profesör Büyükerşen'den daha iyi kimse sahip çıkamazdı.

Aile onay verdi. Otomobil kamyona yüklendi, Eskişehir'e götürüldü. "Anıt" haline getirmek için proje geliştirildi. Odunpazarı belediye başkanı Kazım Kurt, sırf bu anıtı yakışır şekilde yaşatabilmek için sekiz bin metrekarelik park yaptı.

06 YR 245 plakalı 84 model mavi reno... Tamamen camdan oluşan bir yapının içinde, mermer kaidenin üzerine yerleştirildi. Önündeki granit levhaya da şu yazıldı: Vuruldum ey halkım, unutma bizi!

Evet.
Uğur Mumcu'nun otomobili o.

Elbette öngörüleri, fikirleri, makaleleri, kitapları yaşıyor ama...

Uğur Mumcu denilince, her sene anma töreni yapılan Cebeci asri mezarlığındaki kabri ve siyah beyaz fotoğrafından başka şey yoktu elimizde... Artık var.

Dehşeti tüm çıplaklığıyla ortaya koyan bu anıt sayesinde, özellikle genç kuşakların Uğur Mumcu'yu çok daha yürekten hissedeceklerini... Uğur Mumcu zihniyetini yoketmek isteyenlerin vahşetini, çok daha somut, çok daha derinden idrak edeceklerini düşünüyorum.

Eskişehir'e gitmek için bir sebep daha yaratan, başta Profesör Yılmaz Büyükerşen olmak üzere, emeği geçen herkese teşekkür borçluyuz.

Uğur Mumcu

1942, Kırşehir doğumluydu. Ankara Üniversitesi hukuk fakültesinden mezun oldu. 1975'ten itibaren *Cumhuriyet* gazetesinde "Gözlem" başlığıyla köşe yazmaya başladı. *Sakıncalı Piyade*, *Rabıta*, *Ağca Dosyası*, *Tarikat-Siyaset-Ticaret*, *Kürt Dosyası*, *Türk Memet Nöbete* gibi unutulmaz kitaplar yazdı. Gazetecilik mesleğinin yüzakıydı. 1993'te bombalı suikastla katledildi. İslami Hareket, Hizbullah, İbda-C gibi örgütler üstlendi ama, faili meçhul kaldı. PKK'nın MİT bağlantılı olduğunu iddia etmesi, Mossad-Barzani ilişkisini ortaya çıkarması gibi sebepler yüzünden öldürüldüğü öne sürüldü.

İskender

(Sevgili arkadaşım Şero eliyle, Chp İzmir milletvekili Selin Sayek Böke'ye iletilmesi ricasıyla, Chp genel merkezi, Söğütözü, Ankara)

Değerli hanımefendi...
Yandaş medya, saklısı gizlisi olmadığı halde, Hacettepe Üniversitesi tıp fakültesi dekanlığı da yapan değerli babanız profesör İskender Sayek'in hıristiyan olduğunu yazmış, siz de mecburen cevap vermişsiniz, "ailemin bir tarafı müslüman, bir tarafı hıristiyan, benim ailem yüzyıllardır bu topraklarda yaşayan, ülkeye hizmet etmiş insanlar, gurur duyuyorum, benim

bundan utanacağımı düşünerek bu nefret suçunu işleyenler utansın" demişsiniz.

E mevzu hıristiyanlık filan olunca, "gavur İzmirli" olarak ister istemez benim ilgi alanıma giriyor tabii.

Değerli hanımefendi...
Din-iman diye milleten oy toplayıp, ayakkabı kutularına dolar dolduranlar, yatak odalarına para kasaları istifleyenler, baba oğul damat enişte bacanak dünür, sülalece paraları sıfırlayanlar müslümansa, bilmenizi isterim ki, biz ortodoksuz.

İnsanların kafasını kesen, kalbini çıkarıp yiyen köktendinci teröristlere, sırf kendi mezheplerinden diye kamyonla silah gönderenler müslümansa, kusura bakmasınlar, biz katolikiz.

Babaların öz kızlarına şehvet duymasına caizdir diye fetva verenler ve bu fetvacı sapıkları koruyanlar müslümansa, dinimizin adını lekelemeye utanmıyorlarsa, biz protestanız.

Bedevi zihniyetini iman diye dayatanlar, keriz fenerleriyle zekat hırsızlığı yapanlar, umre ayaklarıyla kutsal toprakları ihale dağıtım merkezine çevirenler, yedikleri rüşvetle hacca gidenler, bakara makaracılar, Kabe'de kendisine tezahürat yaptıranlar müslümansa, insan Allah'tan korkar, biz budistiz.

Peygamber ocağına cami bombalayacaklar diye kumpas kuranlar ve ucu kendilerine dokunana kadar kumpasçılarla imam nikahlı olanlar müslümansa, bunlara inanacağımıza ineğe inanırız, biz hinduyuz.

Mustafa Kemal Atatürk'ün babasının belirsiz olduğunu, mübarek kadın Zübeyde hanımın genelevde çalıştığını söyleyebilecek kadar insanlıktan çıkmış yobazlar müslümansa, gocunmayız, biz vesikalıyız.

Anneleri yüzünden, onur duyduğumuz Türkan Saylan'a Leyla Gencer'e, babanız yüzünden size saldıranlar... "Afrika'daki goril ve şempanzelerin lanetlenmiş Yahudiler olduğunu düşünüyorum" diye yazanlar, bu memlekette gazeteciyse... Biz seve seve maymunuz.

Değerli hanımefendi...

Doğrusunu isterseniz, paraşütle indirilenlere daima karşı olduğum için, İzmir'den milletvekili adayı olmanıza da karşıydım. Yerel dinamiklerin nispeten etkisiz olduğu İstanbul'dan veya baba ocağınız Hatay'dan aday olmanızı tercih ederdim.
Ancak...
Etnik, dini ve mezhepsel kutuplaşmayı reddeden "ne mutlu Türküm diyene" düsturuna yürekten inanmış bir Kemalist olarak, yandaşların linç girişimi üzerine görüyorum ki, aslında tam yerinden aday olmuşsunuz.

Türkiye, İzmir değildir ama...
İzmir, Türkiye'dir.
Müsterih olun.
Bunlar müslümansa...
Biz gavuruz.

Anneye rahmet
Babaya saygılar
Enişteye selamlar
Şero'yu öpüyorum
Yılmaz

İskender Sayek

1944'te İskenderun'da doğdu. Tarsus Amerikan Koleji'nden sonra, Hacettepe Üniversitesi tıp fakültesinden mezun oldu, profesör oldu, diplomasını aldığı fakültenin dekanı oldu. 2006'da vefat eden Türk Tabipler Birliği başkanı Füsun Sayek ile evliydi.

Baran

Ahmet Kiziroğlu "bu bahar terörsüz bir bahar olacak, bu bahar için karda kışta mücadele eden güvenlik güçlerimizin yanındayız" dedi.

Anlatayım ben size nasıl "yanında" olduklarını...

Eskiden şehit vardı, gazi vardı. Akp'den beri yok. Çünkü Akp, ilgili kanunu değiştirdi, şehit ve gazi tanımı silindi. Şehit, vazife ölümü oldu. Gazi, vazife malulu oldu. Böylece, koğuşta ranzasından düşüp ölenle, çatışmada hayatını kaybeden arasında fark kalmadı.

22 defa ameliyat olan gazi var, 48 defa ameliyat olan gazi var. Karaciğerinin yarısı alınan, bağırsaklarının bir bölümü alınan, böbreği, dalağı olmayan, gözünü kaybeden, kulağı parçalanan gaziler var. Ömürleri boyunca ilaç kullanmaları gerekiyor. Bu ilaçlara, sıradan insanlar gibi katkı payı ödüyorlar. Halbuki neyi korumak için gazi oldular? Devleti korumak için... Peki, bu gazilerden katkı payı alan kim? Korudukları devlet!

"Aktif" tabir edilen tekerlekli sandalye tipi var, hafif ve normal tekerlekli sandalyelere göre çok daha dayanıklı, en az beş sene kullanılabiliyor. Aktif sandalyenin fiyatı 10 bin lira... Devlet bunun sadece 2 bin 250 lirasını veriyor. Gerisini, gazi cebinden ödüyor.

Mayına basıyorsun, mayına...
Anca 2 bin 250 lirasını veririm diyor!

Farzedelim gazi oldun. Gazi maaşı bağlıyorlar. Bin 850 lira civarında para alıyorsun. Diyorsun ki, bununla geçinebilmem mümkün değil, bir işe gireyim, çalışayım, emekli olayım, bari biraz da oradan emekli maaşı alayım. Devlet sana ne diyor biliyor musun? Bacağın yokmuş, kolun yokmuş, ben anlamam, bedensel engellerini "sıfır" sayarım, bedensel engelin yokmuş gibi kabul ederim, sağlıklı insanlar gibi 60 yaşına kadar çalışırsın, anca öyle emekli olursun diyor.

Eskiden böyle değildi. Bir gazi işe girdiğinde, her engelli vatandaş gibi, engel derecesine göre, çok daha kısa sürede emekli oluyordu. Akp bu kanunu 2013'te değiştirdi. 2013'ten sonra emekli olacak bir gazi, engelli kabul edilmiyor, 60 yaşına kadar çalışırsa emekli oluyor.

Peki, bir gazinin erken emekli olma ihtimali yok mu? Var... Devletimiz alay eder gibi, eğer bedensel engelin yüzde 40 artarsa, seni engelli kategorisinden erken emekli ederim diyor. Yüzde 80 engelli olan gazimiz var mesela... Yüzde 120 olursa, erken emekli olabiliyor!

Sayın hükümetimiz proteze de sınırlama getirdi. Dizaltı elektronik protez var, bileği hareket ediyor, nispeten rahatlık sağlıyor, fiyatı 90 bin lira civarında... Ödenmiyor. 20 bin lirası ödeniyor. Ya git ucuzunu al, ya da bu kadar öderim, gerisini ne halin varsa gör deniyor.

İki bacağını kaybetmiş gazi var, bir bacağının dizüstü protezi ödendi, bir bacağının dizaltı protezi ödenmedi iyi mi!

Adı bende saklı bir güneydoğu gazimiz var, hem gülerek, hem ağlayarak anlatıyor: "Geçenlerde hastaneye gittim, trafodan bakır tel çalarken kolunu kaybetmiş, protez için gelmiş hırsız bir vatandaşla karşılaştım. Devletin ikimize de tanıdığı protez hakkı aynı."

Banyo-tuvalet sandalyesi var. Gazilerimiz bu sandalyede hem yıkanıyor, hem tuvaletini yapıyor. Piyasada 1500 lira. Sayın hükümetimiz bunu bile vermiyor, 750 lirasını veriyor.

Uçak yapıyoruz, otomobil yapıyoruz diye mangalda kül bırakılmıyor ama, bu memleket işe yarar tekerlekli sandalye bile yapamıyor. İthal ediliyor. Ekstra hazin tarafı şu... Sağlık Uygulamaları Tebliği'ne göre, bir dolar 1.8 lira, bir euro 2.4 lira görünüyor. Halbuki, dolar 3 lirayı geçti, euro 3.5 liraya gidiyor. Gazilerimize alenen "kur kazığı" atılıyor.

Bir gazimiz var, yedi arkadaşı şehit oldu, kendisi kollarından vuruldu. Devlet malzeme ofisinin deposunda işe alındı. Kolları sakat olduğu için verilen görevi yerine getiremiyordu, dilekçe yazdı, durumunu anlattı. Hikaye... Üstüne fırça yedi. Beğenmiyorsan git denildi. Birkaç gün sonra gazinin üstüne bir tonluk kağıt balya düştü, omuriliği kırıldı, ömür boyu yatağa mahkum oldu.

Bacağı olmayan gaziyi güya kamu kurumunda işe aldılar. Çaycı yaptılar. Protez bacağıyla katlar arasında çay dağıtıyor.

Gazi Baran Timuçin... 2007'de 24 askerimizin şehit olduğu Dağlıca baskınında iki bacağını kaybetti. 12 defa ameliyat oldu. Bir tören sırasında tesadüfen Kemal Kılıçdaroğlu'yla karşılaştı, Kılıçdaroğlu birlikte fotoğraf çektirmek istedi, gazi "aman çektirmeyelim" dedi. Neden diye sordular. "Akp'li belediyede çalışıyorum, sizinle fotoğraf çektirdiğimi görürlerse beni işten atarlar" dedi. Kılıçdaroğlu "merak etme, ben seni işe aldırırım" dedi. Fotoğraf çektirdiler. Gazi Baran Timuçin, tahmin ettiği gibi, bir hafta sonra işten atıldı.

(Kemal Kılıçdaroğlu, gazinin evi oraya yakın olduğu için, Chp'li Avcılar Belediyesi'ne telefon etti, derhal işe alınması için talimat verdi. Maalesef eski başkan halletmedi. Unutuldu. Hatırlatmaya utanan gazi Baran beş senedir işsiz... Yeni başkan Handan Toprak Benli'nin duyarsız kalmayacağını ümit ediyorum.)

Bir gazimiz var, yeni evliydi, Cudi'de mayına bastı, bir bacağını ve erkeklik organını kaybetti. Evlat edinmek için çocuk esirgeme kurumuna başvurdu. Ekonomik, psikolojik şartları uygun. Yıllardır bekliyor, evlat verilmiyor.

Bir başka gazimiz var, belden aşağısı felç, çocukları olmadı, tüp bebek denediler. Sayın hükümetimiz, sıradan insanlar gibi üç deneme hakkı verdi. Şu anda yedinci denemeyi yaptılar, son dördünü kendisi ödedi. Bu durumda olan iki veya en fazla üç gazimiz var. Sayın devletimiz bu gazilerimize ayrıcalık tanırsa maazallah batar, iflas eder!

Buradan teröristlere çağrı yapıyorum, rica ediyorum... Askerlerimizi çenelerinden vuracaksınız, lütfen en fazla sekiz dişini parçalayacak şekilde vurun! Çünkü sayın devletimiz, en fazla sekiz implant parası ödüyor. Dokuzuncu dişini kaybederse, gazimiz kendi cebinden ödüyor.

Ahmet Kiziroğlu'nun "yanlarındayız" dediği tablo, işte bu.

Ve, yazıya noktaya koyarken "son dakika" haberi ekrana düştü. "Sur'daki çatışmada üç askerimiz, bir polisimiz şehit, üç askerimiz yaralı" deniyor.

Yanlış kardeşim, yanlış...
Dört vazife ölümü.
Üç vazife malulu.
Yeni Türkiye'nin yeni doğrusu artık bu!

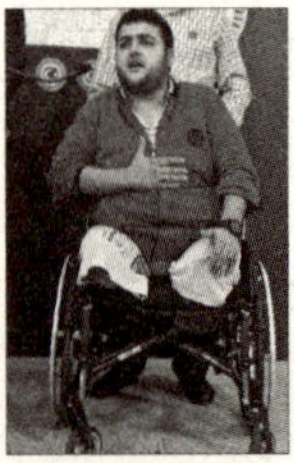
Baran Timuçin

Avcılar belediye başkanı Handan Toprak Benli bu yazıya duyarsız kalmadı, Baran'ı kadrolu işe almak için girişim başlattı. Ancak, aradan geçen beş sene Baran'ı iyice hırpalamıştı, kalp krizi de geçirdiği için çalışabilecek durumda değildi. Bir başka insani çözüm bulundu, Baran'ın hakkı olarak, Baran'ın bakımını üstlenen kardeşi işe alındı. Bu tür bireysel çabalar, bireysel çözümler elbette sevindiriciydi ama, denizde damla gibiydi. Herhangi bir gazimizin derdi gazetelerde haber olursa çözüm aranıyor, haber olmazsa hiçbir yetkilimizin umurunda bile olmuyordu.

Yaşar

Yunan askeri İzmir'e çıkmıştı ama, hükümetimiz işgali yalanlıyor, "bu tür şayialara ehemmiyet vermeyin" diyordu. Mustafa Kemal ise "vakit tamam" demişti, "Anadolu'ya geçiyoruz."

Ateşten gömleği giymişti ulus, aktı gitti, aylar yıllar, canlar... Takvimler 30 Ağustos 1922'yi gösterdiğinde, yer gök yarılıyordu. Yüzbaşı Kanellopulos, hatıra defterine çaresizce şunları yazıyordu: "Türk topçusu susmuyor, titreyerek güneşin batmasını bekliyoruz."

Onun batmasını beklediği güneş, bizim için doğuyordu.

Kudurmuştu Ali Kemal... Efendilerinin büyük gazetecisi! Köşesinden kin kusuyordu. "Bu millici mahluklar kadar başları ezilesi yılanlar hayal edilemez, düşmanlar onlardan bin kere iyidir" diyordu.

O "mahluk"lardan biriydi, İzmirli süvari teğmen Yıldırım... 18 yaşındaydı. Vurulmuştu. 40 derece ateşli olmasına rağmen, hastaneden kaçmış, cepheye koşmuş, bugün kendi adını taşıyan Küçükköy İstasyonu'nu almaya çalışırken, son nefesini vermiş, bahçesine gömülmüştü.

Yıldırım toprağa düşerken, 30 kadar Yunan askeri, savunmasız Kuzuluk Köyü'ne girdi. Gözleri Fatma'ya takıldı. 15'indeydi. "Taze incir gibi" dediler, sırıtarak... Kaçtı Fatma, evine kapandı, kapıyı kilitledi. Omuzladılar. Açılmadı. Yakalım dediler, evi yakalım, nasıl olsa çıkar. Çaktılar kibriti, alev alev... Çıkmadı kardeşim. Çıkmadı Fatma.

Teğmen Şevket, Uşak'tan geçiyordu o sırada... Sakarya'da şehit düşen Yüzbaşı Basri'nin anacığı yakaladı kolundan, "Basrim nerde?" diye sordu. İçi çekildi Şevket'in, boğazı düğümlendi. "Arkadan geliyor ana" dedi. Söyleyemedi gerçeği... Ve, ömrünün sonuna kadar unutamadı bu yalanını, "kendimi asla affetmedim" diye yazdı, o güne dair hatırasını.

"Bedelli askerlik" yoktu o zamanlar. Zenginse canı sağolsun, garibansa vatan sağolsun denmiyordu. Albay "deli" Halit, belinin sağ tarafında "namuslu" dediği tabancasını, belinin sol tarafında "namussuz" dediği tabancasını taşıyordu. İşgalciye "namuslu"yla sıkıyor, işgalciden korkup kaçana "namussuz"u gösteriyordu, "tercih senin yiğidim" diyordu, "istersen buyur kaçmaya çalış!"

Deli'ren biri daha vardı. İstanbul'daki işgal kuvvetleri komutanı general Charpy, öfkeden deliye dönmüştü. Elindeki haritayı yırttı, fırlattı attı, "bu hızla yarın İzmir'e girerler" dedi. İnanamıyordu. 250 bin kişilik devasa ordu, Fahrettin Altay'ın süvarileri tarafından darmadağın edilmişti. Hayalet gibi, bi ordan bi burdan çıkıyorlar, birliklerin arasına dalıyorlar, hızar gibi biçiyorlar, blok halinde hareket etmesi gereken orduyu, lokma lokma bölüyorlardı.

Kaçıyordu Yunan.
Ecel peşlerinde.

Ve, 9 Eylül... Çiçekler açıyordu İzmir'in dağlarında. Bornova'dan boşaldılar aşağıya, dörtnala... Sonradan adı Kahramanlar olan semte geldiler. Ödenecek bedel vardı daha... İkinci tümen dördüncü alaydan Konyalı Mehmet, Akşehirli Hakkı, Avanoslu Ahmet, son şehitler... Bugün anıtları var orada. "Vatan ve Namus" yazıyor altında.

Yüzbaşı Şerafettin, teğmen Ali Rıza, teğmen Hamdi, bismillah ilk iş, koştular Hasan Tahsin'in düştüğü yere, hükümet konağının alnı kabağına diktiler al sancağı... Minarelerden ezan sesi yükselirken, Belkahve'deydi Mustafa Kemal, İzmir'i seyrediyordu.

İşgal edildiği gün, bir ulusun kurtuluş savaşını başlatan, işgali sona erdiği gün, o ulusun kurtuluş savaşını sonlandıran... Dünyada bu özelliğe sahip tek şehir... İzmir'i seyrediyordu.

Nif'te kendisi için hazırlanan bağevine gitti. Tek kat, taş, penceresiz, gaz lambasının ışığıyla aydınlanan, buram buram Ege kokan bağevine... Yorgundu. Yemek getirdiler. Yemedi. Cıgara çıkardı. Kahve istedi. "Biliyor musun İsmet" dedi... "Bir rüya görmüş gibiyim."
Karabasanla başlayan, 3 yıl 3 ay 22 gün süren, mucizeyle biten bir rüya... Çiçekler açıyordu İzmir'in dağlarında.

Karşıyaka'ya Alsancak'a Kadifekale'ye dalan süvarilerimiz, gözlerine inanamıyordu bu arada... Bütün şehir ay-yıldızlı bayraklarla donatılmıştı. Adeta "gelincik tarlası"na dönmüştü. Ne var bunda şaşılacak derseniz... İşgal edilir edilmez, evler didik didik aranmış, bütün bayraklara süngü zoruyla el konulmuş, ibreti alem için sokaklarda yakılmıştı. E, şimdi bu kadar bayrak nerden çıkmıştı?

Vaziyet kısa süre sonra anlaşıldı. 3 yıldır yokluk içinde yaşayan İzmirli kadınlar, bütün eşyalarını yok pahasına satmış, beyaz patiskalarını, kırmızı masa örtülerini saklamış, asla satmamış, yarıdan keserek, komşularıyla değiş tokuş etmiş, sabırla o geceyi beklemişti. O gece, 8 Eylül 1922'ydi. Çıkardılar sandıklarından, kırmızı'nın üstüne beyaz ay-yıldız'ı diktiler... Denizi kız, kızı deniz kokan İzmir'in, kadınlarının bayrağıydı onlar.

Bir tanesi mesela... Namazgahlı Sırriye teyzenin 8 Eylül gecesi dikip, 9 Eylül sabahı penceresine astığı bayraktır. O bayrak bugün, değerli ağabeyim, İzmir'in gururu, Yaşar Aksoy'dadır. Kutsal emanettir.

Ve, mübarek 30 Ağustos'un yıldönümünde, 9 Eylül'ün arefesinde, AKP'li bakan İzmir'de konuşmuş... "İzmir'i kurtarıcılarından kurtaracağız" demiş.

Aferin, şahane demiş.

Ama...
Bakan'ın ağzının içine bakanlar, bu fotoğrafa da iyi bakmalı.

Yunan arşivlerinde yeralan bu fotoğraf, İzmir-Manisa sınırında çekildi, işgal yıllarının son demlerine, 1922'ye ait... Yunan askerleri moral depolamak için tiyatro seyrediyor. Aralarında "sarıklı-cüppeli" arkadaşlar var!

AKP'li bakanı tenzih ederim. Elbette böyle bir şeyi kastetmemiştir. Ama ben gene de hatırlatayım dedim. Bu fotoğraftaki sarıklı-cüppeli arkadaşlar gibi "İzmir'i kurtarıcılarından kurtarma" hevesine kapılanlar, o işi bir defa denediler... Tekrar denenmesini pek tavsiye etmem. Sultan Vahdettin döneminin sarıklıları başaramadı, Sultan Mahvettin döneminin sarıklıları da başaramaz!

Yaşar Aksoy

1947'de İzmir'de dünyaya geldi. İstanbul Teknik Üniversitesi'nden yüksek kimya mühendisi olarak, Ege Üniversitesi'nden yüksek endüstri mühendisi olarak mezun oldu. 1965'ten itibaren, *Akşam*, *Demokrat İzmir*, *Yeni Asır*, *Star* ve *Hürriyet* gazetelerinde kültür-sanat yönetmenliği, köşe yazarlığı yaptı. Uluslararası İzmir Araştırmaları Merkezi'ni kurdu. Dokuz Eylül Üniversitesi Atatürk İlkeleri ve İnkılap Tarihi Enstitüsü'nde devrim tarihi dersleri verdi. *Anıtkabir Destanı*, *İzmir İktisat Kongresi*, *İzmir'i Sevme Sanatı*, *Kalpaklı Kalkınma*, *Kuvayi Milliye*, *Kıbrıs Direnişi* gibi, milli şuura ışık tutan kitaplar yazdı. Karşıyaka'da doğup büyüdüğü sokağa ve Karataş'ta bir parka ismi verildi. 17'nci İzmir Kitap Fuarı'nın onur konuğu yazarı seçildi. Değerli ağabeyim Yaşar Aksoy'un gazetecilik hayatımda derin etkisi vardır. İddiayla söyleyebilirim ki, İzmir ve Ege tarihini ondan daha iyi bilen gazeteci-araştırmacı yoktur.

Osman

Nehir, acelesiz akıyordu. Suyun yüzeyi, rengarenk ördeklerle kaplanmıştı. Babamın yıllar önce avlanmam için yaptırdığı tekli kırma tüfeği, biraz da nostalji için istemiştim, o da göndermişti. Tek fişek almıştım yanıma... Amacım av değildi. Cansız hedef seçip, gelişigüzel ateş edecektim aslında... Ama, ördek sürüsünün cazibesine kapılmamak elde değildi.

Çalıları siper ederek, sürünmeye başladım. Ki, ördeklerin melodileri kesildi. Varlığımı hissetmişlerdi. Yüzlerce kanadın suya çarpma sesi, telaşlarını anlatan tiz ötüşleri, gökyüzünü çınlattı. Yattığım yerden, havaya dikey olarak yükselen ördekleri görüyordum.

Yapacak bir şey yoktu. Kalktım, yürüdüm. Kaçan sürü için hayıflanıyordum. Birden, kanat uğultuları duydum. İki dev kuş, geldi, önümdeki adacığa gürültüyle kondu. İki angut'tu. Ayaktayım, tüfek elimde, bana baktılar... Avcı burunlarının dibindeydi ve umurlarında değildi. Rahat, huzurlu, kaygısız... Tüfeği doğrulttum, kısa mesafeden, nişan bile almaya gerek duymadan, tetiği çektim. Patlamasıyla, angutun gövdesinden hışırtı gelmesi bir oldu.

Kıllarını bile kıpırdatmadılar!

Ne saçmaları yiyen ne de öbür angut tepki verdi. Bana mısın demiyorlardı. Elde tüfek, kalakaldım. Bu da nerden çıktı der gibi, şöyle bir baktılar bana, sonra diğer tarafa döndüler yüzlerini... Kafaları da gövdeleri gibi kalındı anlaşılan. Öylece izledim. Bir süre sonra, kendilerini taciz etmeye çalışan omurgalı başka cinsler olduğunu, her ne kadar angut da olsalar, anladılar. Ve istemeye istemeye, iri gövdelerini kaldırıp, gözden kayboldular.

Bana ait değil bu satırlar...
Hani, Başbakanımızın "seviyesiz" dediği, efsane komutan Osman Pamukoğlu var ya... Onun *Angut* isimli kitabından.

Peki, günlük hayatımızda çokça rastladığımız, algılama "seviyesi" düşük, vurdumduymaz, ahmak ahmak gezerken yavrularını kaybeden, angut'lar mı var bu kitapta sadece? Hayır...

Rüzgar nereden eserse oraya savrulan, tık o yana, tık bu yana, havaya göre döne döne uçan "sümsük" de var; dalkavuk, yalaka karakterli "kuyruksallayan" da... Bulgur, mercimek ambarlarından kolay yollu, zahmetsiz beslenen, semiren, ürkek ve aciz olduğu için yırtıcılarla iyi geçinen "Amerikan balabanı" da anlatılıyor; taklitçi, yaygaracı "Arap bülbülü" de.

Tehlikeyi görmezden gelip, savuşturmak için kafasını kuma gömen devekuşu'nun ruh ikizi, kovuk gagalayan, karnını yağmacılıkla doyuran, gözü doymayan "Avrupa ötleğeni" de var; korktuğu için kaçan, kaçtığı için korkan "şakrakçı" da... Köşe bucak saklanarak yaşayan, bana ne birader, neme lazım'cı "bağırtlak"; etrafına keder ve karamsarlık yayarak, öbür kuşların heyecanını yok eden, böyle gelmiş böyle gider'ci "kukumav"; bozuk plak gibi, ha bire, başkalarından duyduğunu tekrar eden "mukallit", hepsi bir arada.

Bu yaşıma geldim, "tabiatımızı" bu kadar iyi anlatan kitap okumadım... Çevre'mizde coğrafyamızda olan biteni, neden'ini, niçin'ini öğrenmek isteyenlere, tavsiye ederim.

Ancak, maalesef bulabilirseniz alırsınız.
Çünkü, angut'lar darılmasın diye, kitabı da yazarı gibi, ne televizyonda gösteriliyor, ne gazetelerde yazılıyor, ne de kitapçı raflarına konuyor.

Angut'u arayıp bulamazsanız... Başbakanımızın yazdığı *Küresel Barış Vizyonu*'nu tavsiye ederim!

Osman Pamukoğlu

1947'de Sinop'ta doğdu. 43 sene askeri üniforma giydi. Birinci Dereceden Altın Üstün Cesaret ve Feragat Madalyası aldı. Türk Silahlı Kuvvetleri'nde beş defa Üstün Birlik Yetiştirme Nişanı alan tek subay oldu. PKK'yla mücadelenin efsane komutanı olarak tanındı. 2002'de tümgenerallikten emekli oldu. Aynı sene siyasete atıldı, Hak ve Eşitlik Partisi'ni kurdu. *Unutulanlar Dışında Yeni Bir Şey Yok*, *Kara Tohum*, *Angut*, *Siyasetin Sefaleti*, *Savaş Sanatı* gibi çok satan kitaplar yazdı. Haziran 2015 genel seçiminde İstanbul üçüncü bölgeden bağımsız aday oldu, seçilemedi, parti genel başkanlığından ayrıldı.

Edip, Cem, Erkin

Soruyorlar...
"Başbakan'a metalci selamı verdikleri için devlet büyüğüne saygısızlıktan gözaltına alınan gençleri herkes yazdı, sen niye yazmıyorsun?"

Birincisi...
"Rakçıyız, sertiz" filan diye atıp tutan yazarları alay konusu yapmak istemem ama... İngilizcede "şeytan boynuzları" adı verilen o selamın hakaretle, saygısızlıkla alakası yoktur. Aksine, bizdeki nazar boncuğu gibi batıl inançtır, kötülüklerden korunmak için kullanılır. Bu selamı rock kültürünün sembolü haline getiren İtalyan kökenli Amerikalı efsane Ronnie James Dio'nun, babaannesinden öğrendiği bir harekettir. "Tanrı seni korusun" manasındadır.

İkincisi...
Ronnie James Dio, bugün 67 yaşında... Black Sabbath üyesiyken, 1979'da, bu selamı ilk kullanıp dünyayı sarstığında, bizim Başbakan imam hatipten yeni mezun olmuştu... E makam arabasında Cengiz Kurtoğlu'nun kasedini dinleyen başbakanın, Ronnie'den Monnie'den haberi olmayacağına göre, muhtemelen kurt işareti yapan ülkücüler sanmıştır o metalcileri.

Üçüncüsü...
Okuyorum haberleri.
Gözaltına alınan metalci gençler, "Biz o işareti protesto için yapmadık, yanlış anlaşıldık, haksızlığa uğradık, polisler kaba davrandı, nezarette psikolojimiz bozuldu" falan diyorlar.

Yani, ben de medyadaki rakçı abileri gibi onlara sahip çıkmak, haklarını savunmak isterdim ama... Salya sümük ağlayan metalci olur mu kardeşim!

Belli ki, otorite karşısında eğilmeyen bükülmeyen Ronnie'den senin de haberin yok... Cem Karaca'dan da mı yok? Malvarlığına el konulan, 200 yıl hapis cezasına çarptırılıp, vatandaşlıktan atılan ama, zulme teslim olmayan Cem Karaca... Ya Edip Akbayram? Cunta tarafından vebalı muamelesi yapılan, işsiz bıraktırılan, evine ekmek götürebilmek için alyansını bile satmak zorunda kalan ama, onurunu satmayan Edip Akbayram... Madem rock'çısınız, hiç mi bi şey öğrenmediniz onlardan? Erkin Koray? "Ben bu sistemi reddediyorum" diyerek, kızını okula göndermeyen, evinde kendisi eğiten Erkin Koray... Başbakanmış, milli eğitim bakanıymış, YÖK Başkanı'ymış kazır mı? Moğollar, Dadaşlar, Kurtalan Ekspres... Neler çektiler... "Devlet bize baskı yapıyor" diye zırıl zırıl ağladıklarını gördünüz mü hiç? Toros gibi, Tendürek gibi, Erciyes gibi, yalçın dağlar gibi ayaktalar hâlâ... İstedikleri kadar üstlerine gitsinler, geçit vermediler.

Demem o ki...
Rock özgürlüktür, bedeli var.

İki tane polisten tırsıyorsan, alt tarafı üç saat içerde yatmaktan ödün patlıyorsa, burnuna niye haşin çocuklar gibi zincir taktın Allah aşkına? Git, Serdar Ortaç dinle.

Edip Akbayram Cem Karaca Erkin Koray

Anadolu rock'ın babaları

*

1950'de Gaziantep'te dünyaya gelen Edip Akbayram, ilk plağı *Kendim Ettim Kendim Buldum*'u henüz lisedeyken yaptı, Pir Sultan Abdal'ı Karacaoğlan'ı Âşık Veysel'i yaşattı, "Aldırma Gönül" ve "Eşkıya Dünyaya Hükümdar Olmaz"la rekorlar kırdı. 1941'de İstanbul'da dünyaya gelen Erkin Koray, sadece Türk halk müziğini değil, Türk sanat müziğini de rock tarzında yorumladı, "Şaşkın", "İlahi Morluk", "Çöpçüler", "Estarabim", "Arap Saçı" gibi, marş misali ezbere bilinen eserler yarattı. 1945'te İstanbul'da doğan Cem Karaca, kurucusu olduğu Apaşlar, Kardaşlar, Moğollar ve Dervişan gruplarıyla, Anadolu rock kültürünün öncülerinden oldu, 2004'te vefat etti, Karacaahmet'e defnedildi. Ortak özellikleri, asla biat etmemeleriydi.

Metin, Mustafa

Çocuktu. Henüz 11 yaşında. Alsancak Stadı'na gidiyor, kahramanını seyrediyordu. Sait Altınordu'ydu kahramanı... İzmir'e heykeli dikilen, futbolu kadar karakteriyle de efsane, Sait Altınordu... "Onun gibi olacağım" diyordu.

16 yaşındayken, amatör takımda forma verdiler bu çocuğa... "8 numarayı giyebilir miyim?" diye sordu. "Niye?" dediler. "Sait ağabey 8 giyiyor" dedi. Giydi 8 numaralı formayı, gol kralı oldu... Alsancak Stadı'nın tribünlerinde hayaller kuran o küçük çocuk, Metin Oktay'dı.

Türk futbolunun gelmiş geçmiş en büyük ismi oldu.
"Taçsız Kral" oldu.
İnsanlar, çocuklarına onun adını koydu.

Hayatı film oldu. *Taçsız Kral*'ın yapımcısı Ertem Eğilmez, yönetmeni Atıf Yılmaz'dı, Gönül Yazar, Ayten Gökçer, Ajda

Pekkan, Erol Taş'la birlikte, başrol oynadı. Şarkı oldu. Kitap oldu. Belgesel oldu.

Ajda'yla aşk yaşadığı söyleniyordu. Ajda, seneler sonra *Hürriyet*'teki köşesinde yazdı: "Bu filmin mevzusu ne zaman açılsa, dostlarım hep Metin Oktay'la bir şey yaşadınız mı diye sorar. Ne mümkün. Aklımızdan bile geçemezdi. İnanamayacağınız kadar terbiyeli, saygılı, kibar, centilmendi. Film setine geldiğinde heyecandan dizlerimiz titrerdi, gözüne bile bakamazdık, ilah gibi görürdük onu, ilahtı o."

Gol attığında, arkadaşları koşarak sarılmaya geldiğinde, "abartmayın" diye uyarırdı, "rakip takımdakiler de bizim arkadaşımız."

Para'ya, buruşturulmuş kağıt mendil kadar bile değer vermezdi. Bir akşam, sahibi olduğu Gol Pub'dan hasılatı almış, her zaman yaptığı gibi gazete kağıdına sarmış, ceketinin cebine koymuş, Kordon'da arkadaşlarıyla oturuyordu. Bir delikanlı yaklaştı, eğildi kulağına, bir şeyler söyledi. Metin dinledi, hiç cevap vermeden çıkardı cebindeki kağıda sarılı para tomarını, delikanlıya verdi. Delikanlı "sağol abi" dedi, yürüdü gitti. Arkadaşları meraklandı, kimmiş? "Bilmiyorum" dedi. Tanımıyor musun? "Tanımıyorum" dedi. E birader niye verdin onca parayı? "Ne yapayım, ihtiyacı varmış çocuğun" dedi.

Böyleydi... Hiç tereddütsüz para dağıtır, evlendirir, sünnet ettirir, hastane masrafı üstlenir, hiç tanımadığı çocukları okuturdu.

İki ayağını da aynı mükemmellikte kullanırdı ama, ruhu solak'tı. Herkesin tırstığı dönemde, Deniz Gezmiş, Hüseyin İnan, Yusuf Aslan idam edilmesin diye başlatılan kampanyaya imza atmıştı. 12 Eylül rejiminin en sert günlerinde, darbecilere karşı oluşturulan Aydınlar Dilekçesi'ne imza atmıştı. Vefat etmeden önceki gece Ortaköy'de demlenirken, "futbol muhabbetini boşverin, ben size şiir okuyayım" demiş ve Nazım Hikmet'in Davet'ini ezbere okumuştu.

Futbol hayatının ilk ödülünü, Çeşme'de aldı. Formasını giydiği amatör Damlacıkspor, Alaçatı'da hazırlık maçı yaptı. 4-1 kazandılar. 2 gol attı. Teknik direktörü Arif Hantal, cebinden çıkardı, 2.5 lira verdi. Futboldan kazandığı ilk paraydı.

Yazlığı Çeşme'deydi. Sezon bitince, soluğu orada alırdı. İstanbul basınında yer alan ilk Çeşme haberleri, Metin Oktay haberleriydi.

Çeşme'nin sembollerinden biri oldu. Hayatında ilk para kazandığı yerde, Çeşme Alaçatı'da... Bir caddeye Metin Oktay adı verildi.

Metin'den yıllar sonra... Bir başka çocuk, gene 11 yaşında, Alsancak Stadı'nın tribünlerinde hayaller kuruyordu.

Çeşmeli'ydi. Hayatında İstanbul'u görmemişti ama, hasta Beşiktaşlı'ydı. Çünkü, büyüdüğü mahallede terzilik yapan Emin ağabeyleri vardı. Terzi Emin, Akaretler'den Çeşme'ye taşınmıştı, Beşiktaş'ı anlatıyor, Beşiktaş sevgisi aşılıyordu. Onu dinleye dinleye Beşiktaş taraftarı olmuştu. Fanilasına kömürden siyah bantlar çizer, Beşiktaş forması yapar, öyle oynardı.

Günlerden bir gün, öğrendi ki, Beşiktaş İzmir'e geliyor, Göztepe'yle maçı var. "Balığa gidiyorum" diye evden çıktı, tek başına İzmir'e gitti, Alsancak Stadı'nda ilk kez Beşiktaş'ı seyretti. Çeşme'ye son otobüsü kılpayı yakaladı. Haliyle, eve geç kaldı. Hava kararmıştı. Mahalleye döndüğünde, herkes sokaktaydı, herkes onu arıyordu. Annesi bayılmıştı, kolonyayla ayıltıyorlardı. Babasından ilk kez dayak yedi.

Büyüdü... Müthiş yetenekti. Göztepe istedi, siyah-beyaz Altay'ı tercih etti. İzmir efsanesi oldu. Gol kralı oldu. Milli oldu. Teknik direktör oldu. Galatasaray'ı Fenerbahçe'yi Beşiktaş'ı şampiyon yaptı.

O Çeşmeli çilli çocuk, Mustafa Denizli'ydi. Babası Giritli, annesi Selanikli'ydi, evlatlarına Mustafa Kemal sevgisiyle Mustafa adını vermişlerdi. Adına yakışır bir liderlik sergiledi. Türk futbolundaki Avrupa kompleksini yıktı.

"Nasıl başardın?" diye sordular... Şu cevabı verdi: "Tarihimize baktığımızda, Çanakkale savunması, Kanije savunması, Kahramanmaraş savunması, Gaziantep savunması, hep savunmaları kutluyoruz. Preveze zaferi bile, savunma zaferidir. Hücum ettiğimiz ve kazandığımız tek zafer, Kurtuluş Savaşı'dır. Ben bunu örnek aldım. Rakiplerimize karşı savunmayı değil, hücum etmeyi tercih ettim."

Özetle...
Çeşme, Metin Oktay'dır.
Mustafa Denizli'dir, Çeşme.

Bizim oraların sokakları, centilmen efsanelere, mütevazı ilahlara, saygılı rol modellerine alışıktır. O sokaklarda dolaşan köpeklerimizin, Tayyip Erdoğan'ın akil adamı Fatih Terim'i sevmemeleri normaldir, yadırgamışlardır.

Metin Oktay

Mustafa Denizli

Türk futbol tarihinin hiç tartışmasız gelmiş geçmiş en büyük ismi olan Metin Oktay, 1936 doğumluydu, henüz 55 yaşındayken, 1991'de Boğaziçi Köprüsü'ndeki trafik kazasında hayatını kaybetti, Topkapı Kozlu mezarlığına defnedildi. İzmir'in Metin'den sonra yetiştirdiği en büyük futbolcu Mustafa Denizli ise, 1949'da dünyaya geldi, muhteşem sol ayaktı, Altay taraftarları sırf onu yakından seyredebilmek için tribünün sol tarafına otururdu, Altay taraftarları o günlerden kalma alışkanlıkla bugün bile hâlâ tribünün soluna oturur. Peki, Fatih Terim meselesi nedir derseniz... Çeşme'ye kızının villasına ziyarete gelmişti, sokak köpeklerini besleyen komşularla tartışmış, "bu köpekleri ya barınaklara götürün, ya da hepsini toplayıp otoyola attırırım" dediği iddia edilmiş, hayvanseverler de tepki göstermişti. Bu haberi *Vatan* gazetesindeki köşesinde kaleme alan gazeteci Öncel Öziçer, işten atılmıştı. *Vatan* gazetesinin, futbol federasyonu başkanı Yıldırım Demirören'in ailesine ait olması, tartışmaları alevlendirmişti.

Deniz

Genel seçime günler kalmıştı.
"Dört trilyon liralık hisse senedi var, mal beyanında göstermedi" dediler. Derhal basın toplantısı yaptı, belgeleri gösterdi, dört trilyon filan olmadığını, bugünkü parayla dört bin lira olduğunu kanıtladı. Yalan haberi manşet yapanlar pişkin pişkin sırıtıp "pardon" dediler, "hesaplarken sıfır hatası yapmışız" dediler!

CHP kurultayına günler kalmıştı.

"İsviçre'de kızının adına gizli hesabı var, en son yedi milyon dolar yatırıldı" dediler. Derhal dava açtı. Adalet bakanlığımız İsviçre'ye sordu. İsviçre devleti "haber yalan, bütün kayıtları inceledik, böyle bir hesap yok" dedi.

Aynı kurultaya günler kalmıştı.
Bülent Ersoy çıktı, "sahne yasağımı kaldırmak için bugünün parasıyla bir trilyon lira istedi" dedi. Görüşmeye mafyacı İnci Baba'nın aracılık ettiği yazıldı. Hatta "sahne yasağını rüşvet dağıtarak kaldıracağı" iddia edildi. Derhal dava açtı. Hepsi palavra çıktı. Bülent Ersoy tazminat ödemeye mahkum edildi.

Belediye seçimine günler kalmıştı.
"Ankara'da oturduğu villa kaçak" dediler.
Tapuyu gösterdi.
"Antalya'da arazi aldı, CHP'li belediyeye imarı değiştirtti" dediler. Araziyi taa 1987'de, CHP'nin kapalı olduğu dönemde aldığı, bölgede yapılan imar değişikliklerinin de CHP'yle alakasının olmadığı ortaya çıktı.

Aynı seçime günler kalmıştı.
Ergenekon'un kilit ismi ilan edilen ve Kanada'da yaşayan sahte hahamı TRT'de canlı yayına çıkardılar, "Deniz Baykal MİT ajanıdır" dedi, "CHP'nin başına derin devlet operasyonuyla geçirildiğini" söyledi. Derhal dava açtı. TRT, tarihinin en büyük tazminatını ödemek zorunda kaldı... Hepsi yalandı.

CHP kurultayına günler kalmıştı.
Kaset komplosu patladı.

N'oluyor demeye kalmadı...
"340 bin dolara yat aldı" dediler.
O da yalan çıktı.

Referanduma günler kalmıştı.
"Twitter'dan mesaj verdi, CHP'nin yeni yönetimini ağır şekilde eleştirdi" dediler. Halbuki, twitter mwitter hesabı olmadığı, hatta, söz konusu twitter hesabının evet'çi bir gruba ait olduğu ortaya çıktı.

Genel seçime günler kaldı.
Kılıçdaroğlu'nun kankası olan, ne idüğü belirsiz bir muhabir kız çıktı, "Deniz Baykal meclis'teki odasında beni taciz etti" dedi.

Derhal dava açtı. Bunu söyleyen gazeteci kılıklı kızı da, bu tuhaf kızı ekrana çıkartan televizyonu da manevi tazminata mahkum ettirdi. Hepsi yalandı.

Medyadaki Truva atlarının goygoyuyla şuurunu yitiren, Baykal giderse yüzde 1500 oy alacağını zanneden CHP'liler ne kadar farkında bilmiyorum ama... Silivri'ye gönderilemediği için evine gönderilen Deniz Baykal, asla aday gösterilmesin, milletvekili bile olmasın isteniyor... Bitirici amaç bu.

Deniz Baykal

1938'de Antalya'da doğdu, Ankara Üniversitesi'nde hukuk okudu, Ankara Üniversitesi siyasal bilgiler fakültesinde doktora yaptı, ABD'de Columbia Üniversitesi'nde ve Berkeley Üniversitesi'nde akademisyen olarak çalıştı, 1973'te CHP Antalya milletvekili oldu, maliye bakanı oldu, enerji bakanı oldu, 12 Eylül 1980 darbesinde gözaltına alındı, Zincirbozan'da tutuldu, beş yıl süreyle siyasi yasaklı oldu, CHP kapatılınca SHP milletvekili oldu, kapatılan siyasi partiler 1992'de yeniden açılınca, CHP genel başkanı seçildi, DYP'yle koalisyon hükümeti kurdu, başbakan yardımcısı ve dışişleri bakanı oldu, 2002 seçimlerinde ana muhalefet partisi lideri oldu, 2010'da kaset komplosu üzerine CHP genel başkanlığından istifa etti, 2016 itibariyle CHP Antalya milletvekiliydi, kaset komplosunun cemaatçi polisler tarafından tezgahlandığı ortaya çıkmıştı.

Cenap

Bol yıldızlı lacivert gökyüzü.
Tenimizi okşayan ılık rüzgar.
Yapraklarının altında oturduğum pırnarın hışırtısını hissediyorum.
Tipik bi Ege gecesi.
Gülsin Onay dinliyorum.

Bir başka sihirli gece... Orhan Kemal Meydanı'ndan taş duvarlar arasından, taş basamaklarla Yıldız Kenter Galerisi'ne iniyorum, Profesör Süleyman Saim Tekcan'ın özgün baskı resim sergisini geziyorum, tablolardan oluşan düşler sokağında Mine Arasan'ın yağlıboyalarını, Asuman Saltuk'un suluboyalarını dolaşıyorum, sonra yine pırnarın altına kuruluyorum, bu defa Ataol Behramoğlu şiir okuyor... Yitik bir ezgisin sadece, tüketilmiş ve düşmüş gözden / düşlerinde bir çocuk hıçkırır, gece camlara sürtünürken / çünkü hiçbir kelebek tek başına yaşamaz sevdasını / severken, hiçbir böcek, hiçbir kuş yalnız değildir / ölümdür yaşanan tek başına, aşk, iki kişiliktir.

Bir başka şahane gece... Taş kemerler altından Dibek Galerisi'ne tırmanıyorum, Profesör Erdinç Bakla'nın Anadolu İdolleri sergisindeyim, değerli ustanın elleriyle can verdiği seramik heykeller sanki gözleriyle takip edercesine bana bakıyor, Hitit'le Truva'yla Çatalhöyük'le Kapadokya'yla yüz yüzeyim, bir sandalye çekip, bütün gün burada oturmak istiyorum. Ve, ayrılıyorum yanlarından daha şimdiden özleyerek, tekrar iniyorum pırnarımın altına... Turgut Özakman'dan sonra bu topraklara Allah'ın lütfu olan Sinan Meydan'ı dinliyorum. Mustafa Kemal'in Samsun'a gitmek üzere *Bandırma* vapuruna binmeden önceki altı ayını anlatıyor. 19 Mayıs'tan önceki altı ay... Ders desen, ders gibi, macera filmi desen, macera filmi gibi, öylesine harika anlatıyor ki, gözümüzün önünde canlanıyor.

Bir başka unutulmaz gece... Profesör Cuma Ocaklı'nın Aydemir Atalay'ın Sibel Yıldırım'ın resimleri arasında kendimi kaybediyorum. Rıfat Koçak'ın Nilgün Cebeci'nin heykelleri olacak yakında burada, Şinasi Bozatlı'nın Çetin Davran'ın resimleri olacak, Kaya Kadınlar fotoğraf sergisi olacak, Kaf Dağı'nın Kuleleri belgeseli yayınlanacak, şimdiden heyecanlanıyorum, görmek için sabırsızlanıyorum. Ve elbette, gene gelip pırnarımın altına oturuyorum, bu defa, varlığıyla onur duyduğumuz İlker Başbuğ'u dinliyorum. Atatürk'ün okuduğu kitapları, yazdığı kitapları, Atatürk'ün kitap aşkını anlatıyor.

Dibeklihan burası.

Kültür sanat köyü.
Bodrum'da.

Çölde bir vaha.
Pespayelikler okyanusunda sığınılacak bir ada.

Para biriktirmek yerine, insan biriktirmeyi, sanat biriktirmeyi, kültür biriktirmeyi tercih eden Cenap Tezer ve mimar Gülay Tezer tarafından yaratılan mucize... İki güzel insandan, insanlara hediye.

40 bin metrekare üzerine kurulu, inanılması güç, anlatması daha güç bir yer burası... Halk sanatına ışık tutan, müzesi var. Unutulmaya yüz tutmuş yerel eşyalardan oluşan, sandık odası var. Anadolu'nun dört bir köşesinden toplanmış objelerden derlenen, halılar kilimler nazarlıklar, kırkyama dükkanı var. Özlen Ayata'nın, gümüş ve deri, tasarım atölyesi var. İğne oyası, keçe aksesuar, ipek yastıklar, kumaşçı dükkanı var. Gonca Şenocak, etnografik objeler, gümüş atölyesi var. Fotoğraf sanatçılarının eserlerini seçip, eviniz veya ofisiniz için istediğiniz ebatta bastırabileceğiniz, fotoğraf atölyesi var. Yazlık elbise, havlu, masa örtüleri, el emeği, özgün butik var. Dokunmaya kıyamıyorum, bakmaya doyamıyorum, Turgut Tuna, Adil Can, İsmail Yiğit, Kütahyalı Ömer usta, Hititli Necip usta gibi, Türkiye'nin önde gelen çömlek ustalarının, her biri imzalı eserlerinin, kapların testilerin yeraldığı, çanak çömlek dükkanı var. Açıkhava sineması var. Ege mutfağı, meyhane, Dibek Sofrası var. Bar var. Kahvehane var.

Kimi akşam, flamenko konseri izliyorsunuz, kimi akşam, caz dinliyorsunuz. Bazen şiir dinletisi, bazen bale gösterisi, bazen keman, bazen piyano resitali... Fikret Otyam, Özdemir Asaf, unutturulmuyor, anma geceleri düzenleniyor. Arkeoloji söyleşileri düzenleniyor, bu akşam mesela, Şükrü Özüdoğru tarafından Kibrya antik kenti anlatılacak, haftaya, Nezihi Başgelen tarafından Sagalassus anlatılacak.

Dibeklihan, ismini...
Kapısındaki iki devasa yoğurt dibeğinden alıyor.

Kuruluş felsefesi ise, girişindeki kitabede yazıyor: "Bodrum yarımadasının o güzel doğasını hoyratça harcayan, betonlaştıran... Sosyal yaşantısını paparazzi kültürüne malzeme olma uğrunda yozlaştıran bir değişime başkaldırıdır Dibeklihan... Varlıklı olmak için değil, var olmak için uygulanmış bir projedir Dibeklihan."

Nefes almak için gittiğim yerdir.
İnsan olduğumuzu hatırladığım yerdir.

Bodrum'u 70 liralık lahmacundan, şezlongların arasında şarkı söyleyen uydur kaydır tiplerden ibaret göstermek, avanta tatil için kalemini kiralayan şerefli (!) basınımıza yakışır ama... Halikarnas Balıkçısı'nın ruhuna ihanettir.

Ülke gündeminden boğulduğunuzu düşündüğüm için, belki biraz nefes alırsınız diye yazıyorum... Cenap Tezer gibi yurtseverlerimiz varoldukça, Dibeklihan'ı Dibeklihan yapan sanatçılarımız aydınlarımız varoldukça, çocuklarımızın geleceği için umut vardır.

Cenap Tezer

1943'te, İstanbul'da, kendi deyimiyle "Çarşı'nın göbeği"nde doğdu, İzmir Atatürk Lisesi'nde yatılı okudu, İTÜ'den diploma aldı, Türkiye'nin ilk petrol mühendislerinden biri oldu, baktı ki Amerikalılar petrol sektöründe Türkleri barındırmıyor, mecburen başka sektöre geçti, inşaatçılıkla uğraştı, tüm birikimini Anadolu kültürüne vakfetti, 2008'de Dibeklihan'ın temelini attı.

Rahmi

Bana sorarsanız, Türkiye'nin en önemli sanayi kuruluşu, Rahmi Koç Müzesi'dir!

Evet, otomobil fabrikası kuramadım belki ama, atlıyorum üstü açık kırmızı Cadillac'a, yanımda bir esmer, püfür püfür savruluyor kıvırcık saçları, gülümsüyor, Boğaz'da turluyorum...

Bazen, Chevrolet'nin direksiyonundayım, hani şu sarı olanı, cayır cayır, İzmir Kordon'da rüzgar yapıyorum...

Palangalarla hazine sandıkları çekiyorum korsan gemime, dev çıpayı salıyorum usul usul Galapagos kıyılarına, gecelemek için iyi bir yer, demirliyorum...
Sessizliğin gürültüsünden uyuyamıyorum, geçiyorum rasathaneye, bakıyorum taaa uzaklardaki yıldızlara, işte orada, Orion'u avlıyorum...

Kafayı çekiyorum bu arada... "Benim gönlüm sarhoştur"u

mırıldanıyorum yelkenlerin altında... Kah saltanat vagonunda oturuyorum Abdülaziz'le, kah traktördeyim Atatürk'le birlikte...

Aslında uçmaktan korkarım ama, iyi pilotumdur aynı zamanda, atlıyorum tombul fıstığı andıran Douglas'a, sürüyorum göklere, paraşütçüleri ittiriyorum kapısından... İki adım sonra bahriyeliyim, tanıştırayım, Uluçalireis'in kaptanı, iniyorum derinliklere...

Kimi zaman eczanesinden peri tozları savuruyorum etrafa, kimi zaman giriyorum marangozhaneye, tık tık tık, hayallerimi yontuyorum.

"Hiçbir yere giden" oyuncak trenin büyümeyen çocuğu olduğumu hatırlıyorum orada.

İşte bu nedenle... Türkiye'nin en önemli sanayi kuruluşu nedir derseniz, Rahmi Koç Müzesi'dir.

"Bilvesile, saygıdeğer beyefendinin memleketimizin kalkınmasına yönelik gayretlerinden ötürü şükranlarımızı sunuyorum" filan gibi, cikletten çıkma uyduruk cümleler kurmak isterdim ama... Bana ne sanayiciliğinden!

Yaşlanmayan düşler üreten...
Hiç tanımadığı insanlara hayaller armağan eden...
Esaslı biri o.

Hayatı, kırmızı karanfil gibi yakasına takmış biri.

Rahmi Koç

1930'da Ankara'da doğdu, Johns Hopkins Üniversitesi'nde işletme okudu, 1958'de Otokoç şirketinde çalışma hayatına başladı, 1984'te bayrağı babası Vehbi Koç'tan devraldı, Koç Holding yönetim kurulu başkanı oldu, 1997'de eğitim alanındaki katkılarından ötürü TBMM Üstün Hizmet Madalyası'na layık görüldü, 2003'te koltuğunu en büyük oğlu Mustafa Koç'a devretti, onursal başkanlığı üstlendi.

Yalçın, Yücel

Profesör Mehmet Haberal... Türkiye'nin ilk canlı donörden böbrek naklini gerçekleştirdi, Türkiye'nin ilk kadavradan böbrek naklini gerçekleştirdi, Ankara'nın ilk hemodiyaliz merkezini kurdu, Türkiye'nin ilk kadavradan karaciğer naklini gerçekleştirdi, Türkiye'de ilk kez çocuklarda ve erişkinlerde canlı donörden kısmi karaciğer nakli gerçekleştirdi, onbinlerce insanımıza yeniden hayat verdi, Başkent Üniversitesi'ni kurdu, Amerikan Cerrahi Birliği onursal üyesi seçildi, Amerikan Cerrahlar Koleji şeref üyeliğine seçilen ilk Türk oldu, Dünya Yanık Derneği başkanı seçildi. "Darbeci" diye Silivri'ye tıkıldı, dört sene dört ay hapis yatırıldı, hapisteyken babasını kaybetti, aman ha firar eder dediler, babasının cenaze namazına katılmasına, son görevini yapmasına bile izin vermediler.

Profesör Fatih Hilmioğlu... Malatya İnönü Üniversitesi rektörü oldu, üniversiteye çöreklenen tarikatlarla-cemaatle mücadele etti. "Darbeci" diye Silivri'ye tıkıldı, beş sene yatırıldı, hapisteyken evlat acısı yaşadı, 22 yaşındaki oğlunu kaybetti, aman ha firar eder dediler, cenaze günü bile izin vermediler, evlat acısını bile hücresinin duvarına vura vura yaşamak zorunda kaldı, kahrından kanser oldu.

Profesör Türkan Saylan... 36 bin kız çocuğunun hayatına dokundu, okumalarını, meslek sahibi olmalarını sağladı, her sene 29 bin üniversite öğrencisine burs veriyordu, 28 kız yurdu, 56 okul yaptırdı, Atatürk ilkelerini ve devrimlerini korumak amacıyla kurulan Çağdaş Yaşamı Destekleme Derneği'nin başkanıydı, Kardelen projesiyle toplumsal bilinci artırdı, Uluslararası Gandhi Ödülü'nü aldı, Vehbi Koç Ödülü'nü aldı, Dünya Sağlık Örgütü'nün danışmanıydı, Yılın Kadını seçildi. "Darbeci" diye polis tarafından evi basıldı, kemoterapi görüyordu, rahmetli oldu, miting gibi cenaze töreni yapıldı, sadece Akp hükümeti katılmadı, kızlarımızın eğitimine ömrünü adayan "kadın"ın cenazesine "kadın" milli eğitim bakanı bile lütfedip katılmadı, çiçek bile göndermediler, başsağlığı bile yayınlamadılar, toprağa verildiği gün, Akp yandaşı gazeteler "terörist, lezbiyen, fahişe, dinsiz, misyoner, Amerikan ajanı, komünist" diye yazdı.

Profesör Erol Manisalı... İstanbul Üniversitesi Avrupa ve Ortadoğu Araştırmaları Merkezi başkanıydı, İstanbul, Hacettepe, Uludağ, Kocaeli, Okan üniversitelerinde ders verdi, AB'ye giriyoruz yalanlarıyla, küreselleşme palavralarıyla Türk halkının nasıl kandırıldığını ortaya koyan kitaplar yazdı, Demokrasi Ödülü aldı. "Darbeci" diye Silivri'ye tıkıldı, kahrından kanser oldu.

Profesör Kemal Gürüz... ODTÜ Fen Bilimleri Enstitüsü müdürlüğü yaptı, Ankara Üniversitesi eczacılık fakültesi dekanlığı yaptı, Karadeniz Teknik Üniversitesi rektörlüğü yaptı, Üniversitelerarası Kurul başkanlığı yaptı, TÜBİTAK başkanlığı yaptı, YÖK başkanlığı yaptı. "Darbeci" diye hapse atıldı, kahrından intihara kalkıştı.

Profesör Yalçın Küçük... Yazar, ekonomist, tarihçi, siyaset bilimci, dil bilimci, Kürdolog, Sovyetolog, ömrü boyunca darbeciler tarafından hapse atıldı... "Darbeci" diye Silivri'ye tıkıldı, üç sene hapis yatırıldı.

Profesör Uçkun Geray... İstanbul Üniversitesi orman fakültesi öğretim üyesiydi, Orman Mühendisleri Odası İstanbul başkanıydı. "Darbeci" diye gözaltına alındı, gözaltındayken rahatsızlandı, hayatını kaybetti.

Profesör Kemal Alemdaroğlu... Cerrahpaşa Tıp Fakültesi genel cerrahi anabilim dalı başkanıydı, İstanbul Üniversitesi rektörüydü. "Darbeci" diye Silivri'ye tıkıldı, yedi ay hapis yatırıldı.

Profesör Mustafa Yurtkuran... Uludağ Üniversitesi rektörüydü, *Nutuk*'u zorunlu ders haline getirmişti, Atatürkçü Düşünce Derneği başkan vekiliydi. "Darbeci" diye Silivri'ye tıkıldı.

Profesör Ferit Bernay... Samsun Ondokuz Mayıs Üniversitesi rektörüydü. Suçu, Atatürkçülüktü. "Darbeci" diye Silivri'ye tıkıldı.

Profesör Tayfun Uzbay... Gülhane Askeri Tıp Akademisi farmakoloji anabilim dalı başkanıydı, TÜBİTAK Tıp Kurulu üyesiydi, Eczacılık Akademisi Bilim Kurulu üyesiydi, Roche Araştırma Ödülü kazandı, Eczacılık Akademisi Ödülü kazandı, Texas Üniversitesi'nde Cagliari Üniversitesi'nde öğretim üyeliği yaptı, şizofreni tedavisinde çığır açtı, geliştirdiği ilaca patent aldı, milyar dolarla ölçülen formülü "milli" kalsın diye, yabancı şirketlerin astronomik tekliflerini reddetti, parayı Türkiye kazansın diye TÜBİTAK'la sözleşme imzaladı. "Darbeci casus" diye içeri tıkıldı, dokuz ay hapis yatırıldı.

Profesör Yücel Aşkın... Van Yüzüncü Yıl Üniversitesi rektörüydü, üniversiteyi tarikatlardan cemaatten temizledi, yolsuzluk yaptığı iftirasıyla lojmanı basıldı, dedesinin İstiklal Madalyası'na bile "kaçak tarihi eser" diye zabıt tuttular, tutuklandı, hapse tıkıldı, YÖK başkanı Profesör Erdoğan Teziç destek ziyareti için çok sayıda Atatürkçü rektörle birlikte Van'a geldi, tekbir getiren bir grup tarafından saldırıya uğradı, Tayyip Erdoğan "rektörlerin oraya gitmesi çok çirkin" dedi, Profesör Yücel Aşkın'la birlikte tutuklanan üniversite genel sekreter yardımcısı Enver Arpalı, bana nasıl böyle bir kara çalarlar dedi, kahrından intihar etti, TÜSİAD açıklama yaptı, rektör Aşkın'a sahip çıktı, Tayyip Erdoğan öfkelendi, "TÜSİAD yargıya müdahale ediyor, yürütme olarak hatırlatıyorum, devreye girilmelidir" dedi, savcılar devreye girdi, Ankara Başsavcılığı TÜSİAD Yüksek İstişare Konseyi Başkanı Mustafa Koç hakkında inceleme başlattı. Profesör Aşkın'a yapılanlar, Atatürkçü bilim insanlarımızın "darbeci" diye içeri tıkıldığı kumpas sürecinin miladıydı.

Profesör Rennan Pekünlü... Ege Üniversitesi fen fakültesi astronomi ve uzay bilimleri bölümü öğretim üyesiydi, TÜBİTAK Ulusal Gözlemevi'nde akademik kurul üyesiydi. "Darbeci" diyemediler, türbanlı öğrencilerin eğitim özgürlüğünü engelliyor diye iftira attılar, bir başka tür "kumpas" davasıydı, Akp'yle cemaatin cankuş olduğu dönemde, Akp medyasıyla cemaat medyasının ortaklaşa organize ettiği algı operasyonuydu, hapse atıldı, beş ay yatırıldı.

Tüm bunlar yaşanırken... Hayatı boyunca rektörlük yapmayan, dekanlık bile yapmayan ama, Akp tarafından şak diye YÖK başkanı yapılan Yusuf Ziya Özcan, akademik yıl açılış töreninde ne diyordu?

"Amerika'dan domates tohumu alıyoruz, genetik programlama diye bir şey var, domates tohumunun içine öyle bir genetik mekanizma yerleştirirler ki, o domatesten yiyen insanlarımız zamanla yavaş yavaş ölür, maazallah milletimizi yokedebilirler" diyordu!

Peki bugün ne oluyor?

Üniversitelerimizin Fethullahçılar tarafından ele geçirildiği resmen ortaya çıkıyor, rektörler tutuklanıyor, bin 577 dekan açığa alınıyor, gözaltına alınacak akademisyen sayısı binlerle ifade ediliyor.

E insan merak ediyor...
Kim oynadı üniversitelerimizin genetiğiyle?

Atatürkçü profesörlerimizi "darbeci" diye hapse tıkarken...
Kim ekti bu genetiği değiştirilmiş domates tohumlarını?

Sayın hükümetimiz, Amerikan tohumu darbecileri enseledik filan diye yaygara yapıyor ama... Akp tarlasının Akp domatesi değil mi bunlar kardeşim?

Yalçın Küçük

Yücel Aşkın

Yalçın Küçük, 1938'de İskenderun'da doğdu, Ankara Üniversitesi siyasal bilgiler fakültesinden mezun oldu, sosyalist gençlik hareketi Fikir Kulübü'nün başkanlığını yaptı, akademik kariyerine ODTÜ'de başladı, Birmingham Üniversitesi'nde Rus Araştırmaları Merkezi'nde çalıştı, Gazi Üniversitesi'nde profesör oldu, Sabetayizm üzerine toplumu derinden etkileyen kitaplar yazdı.
Yücel Aşkın, 1943'te Ankara'da doğdu, Türk tiyatrosunun kurucularından Güllü Agop'un torunuydu, Ankara Devlet Konservatuarı piyano bölümünü bitirdikten sonra, İstanbul Üniversitesi ziraat fakültesinden diploma aldı, ziraat profesörü oldu, Doğa Sporları Derneği'nin kurucularından oldu, Mağara Araştırmaları Derneği'nin başkanlığını yaptı, 1999'da Van Yüzüncü Yıl Üniversitesi rektörü oldu.

Soner

Kasvetli bi hava var dışarda.
Tükürür gibi yağıyor.

Güya ampul yanıyor...
Oda'larda ışıksızım.

Şaşırtıcı değil aslında; kozmik oda'nın basıldığı, çalışma oda'larına kulak, yatak oda'larına gizli kamera yerleştirildiği, insanları domuz bağıyla öldürüp oturma oda'larına gömenlerin halay çeke çeke bırakıldığı, hemşirelerin hastane oda'sında gözaltına alındığı, laiklik karşıtı fiillerin oda'ğı tarafından yönetilen ülkede... Adam gibi adam'ın içeri tıkılması normaldir.

Basın odası vardı eskiden.
Basınç odası var artık.

Voyv'oda var çünkü!

iphone çağı öncesinde, bırak interneti, televizyonun bile olmadığı dönemde, kodaman kelimesinin sözlük anlamıydı Rockefeller... Çaresiz garibanlar gökdelenlerden aşağı atlarken, şahsi serveti 189 milyar dolardı. E gazeteleri oku oku, morali bozuluyor, tansiyonu çıkıyordu. Etrafını saran dalkavuklar, basın tarihinde görülmemiş bi yalakalık icat etti: Pembe Gazete...

İçinde tek kelime olumsuz haber barındırmayan, güllük gülistanlık.

Tek nüsha basılıyor, imparatorluğunu hasta yatağından yöneten Rockefeller'ın kahvaltı tepsisine bırakılıyordu... Ülkenin şahane gittiğini, ekonominin büyüdüğünü, borsanın devamlı yükseldiğini, yoksulluğun bittiğini, işsizliğin azaldığını yazıyordu gazete... Köşe yazarları, parayı bastıranın zevkine göre havlayan, yalamaktan dillerinde pütür kalmamış finolardan seçilmişti, vıcık vıcık yağ damlıyordu satırlarından... Dünyanın en zeki adamını dünyadan bihaber hödüğe çevirmişlerdi; okuyor, gerçek zannedip, hayata pembe gözlükle bakıyor, mutlu oluyordu.

Gazetecilik dediğin...
Böyle yapılır.

Kozmetik oda'yı örnek alıp...
Oda spreyi sıkmalıydı kokuşmuş ortama.

Yanlış yaptı.
O da.

Soner Yalçın

1966'da Çorum'da doğdu, gazeteciliğe *2000'e Doğru* dergisinde başladı, *Aydınlık* ve *Sabah* gazetelerinde, Show, Star ve CNNTürk televizyonlarında çalıştı, *Binbaşı Ersever'in İtirafları*, *Bay Pipo*, *Efendi*, *Samizdat* gibi çok satan kitaplar yazdı, Madımak katliamını anlattığı *Menekşe'den Önce* belgeseliyle Antalya Film Festivali'nde ödül aldı, Odatv internet haber sitesini kurdu, *Hürriyet*'te yazarken Ergenekon kumpasıyla tutuklandı, 22 ay hapis yatırıldı, 2016 itibariyle *Sözcü* gazetesinde yazıyordu, tüm delilleri çöken Odatv davasından yargılanmaya devam ediyordu.

Ömer Sami

Noel arifesi...
Lefkoşa.
Kumsal Mahallesi.
Numara 2.
Tek katlı, bahçeli ev.
Saat 22 suları.
Hava ayaz.
Boğuk, tok vuruşlar yırtıyor geceyi aniden...
Trok trok trok.
Kalleş, basıyor.

Mürüvvet hanım, lambaları söndürüyor telaşla... Hakan kucağında. Uyuyor. Bebe. 10 aylık... Dalıyor çocukların odasına, öbür koluna Kutsi'yi alıyor, 4 yaşında... "Kalk Murat" diyor bi yandan... Gözlerini ovuştura ovuştura kalkıyor Murat, henüz 6 yaşında. Eteğinin ucundan tutuyor anasının geceliğini... Dışardan hüzün abajuru gibi sızan sokak lambasının cılız ışığında, hayalet misali, parmaklarının ucuna basa basa banyoya süzülüp, dördü birden "küvet"e giriyor ve koyun koyuna sarılıyorlar, çıt çıkarmadan, duyulmasın diye nefes bile almadan...

Korkunç bekleyiş başlıyor.

Bir dakika.
İki dakika.
Üç dakika.

Saniyeler...
Asırlar gibi adeta.
Önce şangırtı duyuyorlar.
Pencere.
Kırılıyor.
Sonra, ayak sesleri...
Salondalar.
Vahşi haykırışları geliyor.
Ve, tekmeyle açılıyor banyonun kapısı...
Üç Rum.
Tarıyorlar.
33 el.

Evet, merhum gazeteci Ömer Sami Coşar tarafından çekilen ve hafızalarımıza mıh gibi çakılan "o fotoğraf"ın öyküsü bu...

Kanlı Noel.

Alnından vurmuşlardı Mürüvvet hanımı...
Yedi yerinden daha.
Murat'tan üç kurşun çıktı.
Kutsi'den iki.

Evin direği, baba, tabip binbaşı, evde değildi o sırada... 103 Türk köyü basılmıştı son üç günde, yaralılar vardı... Gönyeli'ye gitmişti. Göreve.

Bir babanın başına gelebilecek en büyük felaketi yaşayan bu tabip binbaşı, evlatlarının cenazesini bizzat kendi elleriyle yıkadı... Minik bedenleri santim santim yokladı, Hakan'da kurşun izi bulamadı. 10 aylık bebecik... Vücudunu yavrularına siper etmeye çalışan anacığının altında kalmış, nefessizlikten boğularak can vermişti çünkü.

Sonra?
Rum taburu vardı oralarda...
Nizamiyesinde şu yazıyordu:
"Cesursan, gel al!"

Türk taburu kuruldu oraya...
Nizamiyesine şu yazıldı:
"Cesurum, geldim aldım!"

Bugün, oralarda, utanmadan, Türkiye defolsun gitsin diye "hastir" pankartı açan Rum yalakası dalkavuğu lavuk!

Yüreğin varsa...
Gel de al.

Ömer Sami Coşar

1919'da İstanbul'da doğdu, Galatasaray Lisesi'nden mezun oldu, gazeteciliğe Anadolu Ajansı'nda başladı, *Cumhuriyet*'te *Milliyet*'te çalıştı, İstanbul Üniversitesi gazetecilik enstitüsü'nde ders verdi, 27 Mayıs darbesinden sonra 1961'de basın temsilcisi olarak Kurucu Meclis'e girdi, Kanlı Noel'de Kıbrıs'taydı, binbaşı Nihat İlhan'ın Rumlar tarafından katledilen ailesini tek kare fotoğrafla ölümsüzleştirdi, yaralı bir mücahidin vücüdundaki sargı bezlerine saklayarak, gizlice Türkiye'ye ulaşmasını sağladı, *Milli Mücadele Basını, İhtilalin İçyüzü, Topal Osman* gibi, yakın tarihle ilgili kitaplar yazdı, 1984'te Mersin Silifke'de vefat etti.

İsmail, Kaya

Bizim dindar cumhurbaşkanı "Boeing alalım, bizi astronot yapın" demiş de... Obama da "valla sermayesi kurtarmaz, fiş almazsanız belki" demiş filan.

Üzülüyor insan.

İsmail Akbay...
Bursa Tirilye'li köy çocuğuydu. Haydarpaşa Lisesi'ni bitirip, ABD'ye gitti, Tennessee Üniversitesi'nden fizik mühendisi çıktı. İkinci Dünya Savaşı'ndan sonra ABD'ye kaçırılan Alman roketbilimci Von Braun tarafından seçildi, NASA'daki ilk Türk oldu... 1969'da insanoğlunun Ay'a ayak basmasını sağlayan Apollo projesinde yeraldı. Apollo-Soyuz projesinin yanı sıra, uzay istasyonu Skylab'ın motor entegrasyonunda çalıştı. Türkiye, makam arabası almaktan planöre bile bütçe ayırmazken, tam 31 sene NASA'da yöneticilik yaptı.

"Memleketim için ne yapabilirim" diye kafa yorarken, işadamı Kaya Tuncer'le tanıştı... Kaliforniya Berkeley mezunu, Ege

Serbest Bölgesi kurucusu, Ellis Adası Şeref Madalyası sahibi, Türk-Amerikan Bilim Adamları Derneği tarafından Yılın İşadamı seçilmiş, milyar dolarlık ihracat yapan, binlerce kişiye istihdam sağlayan biriydi, Kaya Tuncer.

NASA'daki ilk Türk, aradığı Türk'ü bulmuştu.
"Uzay Kampı kuralım" dedi.

Ve, 2000 senesinde birlikte kestiler Uzay Kampı'nın kurdelasını... Dünyada sadece beş tane var. İkisi ABD'de, biri Belçika'da, biri Kanada'da, biri Türkiye'de... Sümüklü İzmir'de!

Bugüne kadar, 10 bini yabancı, 95 bin çocuk eğitildi orada... 45 ülkeden, Almanya'dan Fransa'dan Yunanistan'dan Rusya'dan Arap ülkelerinden 7-16 yaş grubu öğrenciler geliyor koşa koşa.... Böyle bir kampa sahip oldukları için Türk çocuklarına gıpta ediyorlar. Burs var.

Adı üstünde, kamp... 5 günlük 6 günlük yatılı programlar da var, günübirlik programlar da... 10 farklı simülatör bulunuyor, biri Discovery uzay mekiğinin birebir kopyası, yer kontrol merkezi var, uçuş canlandırılıyor. Sıfır yerçekimi sistemi var, ayda yürüme hissi yaşanıyor. Mars kolonisi var, Mars'a inen Anka Kuşu'nun paletli robotu var, ben kullandım mesela... Yetişkinlere de açık çünkü... Eğitim kadrosu, Türk ve Amerikalı uzmanlar... Roket bilimi, fiziğin, kimyanın temel ilkeleri öğretiliyor, roket yapılıyor, roket fırlatılıyor. Astronomi, meteoroloji, teleskop, telsiz, radar, topraksız ortamda bitki yetiştirme gibi dersler... Müze var.

Astronotlar geliyor. Ders veriyor. Yaşadıklarını anlatıyor. Discovery uzay mekiğinin kaptanı Steve Lindsey... İnfilak etmeden önce Challenger uzay mekiğinin pilotu olan John McBride... Discovery'ye gidip Mir uzay istasyonunda biyolojik deneyler yaparak, Atlantis uzay mekiğiyle dönen ve uzayda en uzun süre kalan kadın unvanına sahip Shannon Lucid... Üç defa giden, dünya etrafında 10 milyon kilometre yapan Charles Walker... İnfilak etmeden önce Columbia uzay mekiğiyle 381 saat uçan Jay Buckey... Rus kozmonot Juri Baturin.

Burada eğitim gören çocukların ufku genişliyor, bilime yöneliyorlar. Astronot çıkarırsak, elbette badem olmayacak, hava kuvvetlerimizin yetenekli pilotlardan biri olacak... Ancak, Türkiye, uzaya dair gelişme kaydederse, yazın bi kenara, bu çocukların arasından çıkacak.

Ve, şimdi sıkı durun...

Türkiye'deki Uzay Kampı'nın sponsorlardan biri kim biliyor musunuz... Boeinggg!

Bizim dindar cumhurbaşkanı, boeing alalım, bizi uzaya götürün diyor... Halbuki, aynı Boeing, bizim çocukları uzaya götürmek için üste para veriyor, haberi yok!

E hal böyleyken, yazmadan olmaz... Amerikalılar, 1977'de insansız araç Voyager'ı uzayın derinliklerine göndermiş, gönderirken de 55 ülkenin lisanından mesaj yüklemişti... Türkiye'nin düşüne düşüne uzaylılara gönderdiği mesaj şuydu: "Sayın Türkçe bilen arkadaşlarımız, sabah şerifleriniz hayrolsun..."

Hem vallahi, hem billahi.

Tahminim bugün yarın cevap gelir uzaylılardan: "Sayın Türk arkadaşlarımız, uyanın da balığa gidelim!"

İsmail Akbay

Kaya Tuncer

İsmail Akbay, 1930'da Bursa'da doğdu, NASA tarihine geçti, 2003'te Alabama'daki evinde yangın çıktı, dumandan boğularak vefat etti, Amerikalı eşini alevler arasından çıkarmıştı, köpeğini kurtarmaya çalışıyordu.
Kaya Tuncer, 1937'de Trabzon'da doğdu, ABD, Kanada ve Suudi Arabistan'da mega inşaat projelerine imza attı, 1990'da İzmir Gaziemir'de Ege Serbest Bölgesi'ni kurdu, 20 bin kişiye istihdam sağladı, 2012'de Los Angeles'te vefat etti, Gaziemir merkez camisinde gıyabi cenaze namazı kılındı, Los Angeles'te toprağa verildi.

Tatsuya

Tadına doyamadığım Satsuma'nın aslında Japon olduğunu öğrendiğimde, çok şaşırmıştım çocukken... O gün bugündür, bu topraklara kök salan Japonlara özel sempatim vardır.

Tatsuya Yamamoto mesela.

Hiroichi'yle Sumiko'nun oğlu.
Kifayet'le Mürsel'in damadı.
Gonca'nın eşi.
Eda'nın babası.

Mimardı... Tokyo'daki Shibaura Teknik Üniversitesi'ni bitirmiş, 25 sene önce Türkiye'ye yerleşmiş, Mimar Sinan Üniversitesi ve Eskişehir Anadolu Üniversitesi'nde öğretim görevlisi olarak çalışmış, evlatlarımızı yetiştirmiş, sonra kendi mimarlık bürosunu kurmuş, Celal Bayar'ın anıtmezarı, Kütahya ve Eskişehir adliye binalarının yanı sıra, birbirinden şık konut projelerine imza atmış... Kök saldığı Türkiye'nin güzelleşmesine katkı sağlamıştı.

Henüz 49'unda, İstanbul'daki evinde vefat etti maalesef... Dün, Marmara Üniversitesi İlahiyat Fakültesi Camii'nde kılınan namazından sonra Çengelköy Mezarlığı'na defnedildi.

Evlenmeden çok önce dinimizi seçmişti. Eşine âşık olduktan sonra Türk vatandaşı oldu, Tarık ismini aldı, Yamamoto'dan bile vazgeçti, eşinin soyadına geçti, Tarık Telli oldu. Pürüzsüz Türkçe konuşuyordu. "Burası benim vatanım" diyordu. Bizden biriydi. Bağrımıza gömüldü.

Tahminim, basınımızda tek sütun haber bile yapılmayacak ama... Etnik kökenler üzerine "inşaat"lar bina edilirken, bölgesel "mimari" çizimler kaleme alınırken, anayasal koruma altındaki dil kavramı "imara" açılırken, kendi payıma çok önemsedim Tatsuya'nın öyküsünü.

Çünkü, Ugandalı, Sudanlı filan olsaydı, bi nebze anlardım, kendi gariban vatanını bırakıp buraya yerleşmesini... Halbuki, dünyanın en gelişmiş ülkesinden, dünyanın en geçerli pasaportundan, üstelik, dünyanın en baskın kültüründen vazgeçmişti.

Sebep?

Seviyordu...
Hepsi bu.

Seviyorsan...
Etnik köken, din, kültür, coğrafya, dil mil, hepsi hikayedir.

Dolayısıyla, eveleyip gevelemeden şu soruyu sormanın vakti gelmiştir... Birlikte yaşadığımız, kök saldığımız toplumu seviyor muyuz, sevmiyor muyuz?

Tatsuya Yamamoto

1961'de doğdu, Tokyo Shibaura Teknik Üniversitesi'nden mezun oldu, 1986'da Türkiye'ye yerleşti, 2010'da vefat etti, Çengelköy'e defnedildi. Türkiye İstatistik Kurumu verilerine göre, 2015'te yapılan evliliklerde, her bin damattan altısı yabancıydı. Yabancı gelinlerimiz çok daha fazlaydı, 2015'te yapılan evliliklerde, her yüz gelinden üçü yabancıydı. 2014'e kadar yabancı gelinler arasında Almanlar başı çekerken, 2014'ten itibaren Suriyeli gelin sayısında patlama oldu.

Mevlana

Kim olursan ol gel diyen Mevlana, Tayyip Erdoğan'la karşılaşmış, "sen gelme" demiş.

Dünyanın en kısa fıkrasıdır.
Ama, Mesnevi gibidir.

Demirel başbakanken, Şeb-i Arus'ta.
Akbulut başbakanken, Şeb-i Arus'ta.
Yılmaz başbakanken, Şeb-i Arus'ta.
Erbakan başbakanken, Şeb-i Arus'ta.
Çiller başbakanken, Şeb-i Arus'ta.
Tayyip Erdoğan başbakan...
Sıra onda.

Demirel'i gören yok Şeb-i Arus'ta.
Akbulut da yok.
Yılmaz da yok.

Erbakan da yok.
Çiller de yok.

Başbakanlığı bıraktıktan sonra gezmeye geleni bile hatırlamıyor Konyalılar... Japonlar hep orada.

Bu arada...
Demirel başbakanken
Akbulut başbakanken
Çiller başbakanken...
Erdoğan yoktu Şeb-i Arus'ta.

Çünkü, başbakanlar değişiyor ama, başbakanlara "Mevlana'ya gidelim, ahaliye şirin görünelim" diye akıl veren goygoycu danışmanlar hep aynı.

Halbuki, baksalar arşive... Mevlana'ya gelip fotoğraf çektiren ve koltuğa kazık çakmayı başaran var mı? Yok.

Ama, reklam standı zannedilen Mevlana, 737 senedir orada.

Bi defa okusan onu...
Nedenini anlayacaksın.

Bi defa okusan...
Böyle yönetmezsin zaten.

Mevlana Celaleddin-i Rumi

1207'de bugünkü Afganistan'ın Belh bölgesinde doğdu, Mesnevi'de kendi ismini "Muhammed bin Muhammed bin Hüseyin el-Belhi" şeklinde kullandı, efendimiz manasındaki Mevlana, unvanıydı, Celaleddin ise lakabıydı, 1232'de Konya'ya geldi, Belh'te doğup hayatını Anadolu'da sürdürdüğü için, Rumi deniyordu, 1273'te vefat etti, ilk eşi Gevher hatun ölünce, Gera hatun'la evlendi, bir oğlu bir kızı oldu, 2016 itibariyle 22'nci kuşak torunları yaşıyor ve Çelebi soyadıyla anılıyorlar.

Ali, Süleyman

İlk diyanet işleri başkanımız Mehmet Rifat Börekçi, aslında CHP milletvekiliydi, rozetini çıkardı, cüppesini sarığını taktı.

İbrahim Bedrettin Elmalılı ise, tersini yaptı, cüppesini sarığını çıkardı, rozetini taktı, önce Millet Partisi'nden, sonra Demokratik Parti'den milletvekili oldu.

Lütfi Doğan desen, cüppeyi sarığı çıkardı, rozeti taktı, daha önceki diyanet işleri başkanımız Eyüp Sabri Hayırlıoğlu gibi, gitti, CHP milletvekili oldu.

Öbür Lütfi Doğan da, önceki Lütfi Doğan gibi cüppesini sarığını çıkardı, rozetini taktı ama, CHP'den değil, Milli Selamet'ten ve Refah'tan milletvekili oldu.

Tayyar Altıkulaç'a gelince... Demirel'e Ecevit'e Türkeş'e Erbakan'a Mesut Yılmaz'a olmaz dedi, Tansu Çiller'i kıramadı, cüppeyi sarığı çıkardı, rozeti taktı, DYP milletvekili oldu, sonra o rozeti de çıkardı, başka sulara kulaç attı, başka rozet taktı, AKP milletvekili oldu.

Sait Yazıcıoğlu, cüppeyi sarığı çıkardı, rozetini taktı, AKP milletvekili oldu.

Mehmet Nuri Yılmaz...
Cüppeyi sarığı çıkardı, rozeti taktı.
Demokrat Parti'ye katıldı.

Anayasa'nın 136'ncı maddesine göre, "bütün siyasi görüşlerin dışında" kalması gereken Diyanet İşleri Başkanlığımızın Anayasa'ya uymuş durumu, bu.

Profesör Ali Bardakoğlu'nun durumu ise, Anayasa'ya uymuyordu maalesef...

Ali Bardakoğlu'nun sekiz senelik uygulamasında gördük ki, Anayasa'ya uymayan Profesör Süleyman Ateş gibi, onun da rozet takmaya niyeti yoktu. E haliyle kafaya takılmayı hak etmişti... Anayasa gereği bertaraf edildi.

Halbuki, yukarda kabak gibi görüldüğü üzere, Anayasamız gereği, diyanet işleri başkanlığı için, cüppe lazım, sarık lazım, bi de siyasi tecrübe lazım.
Dolayısıyla benim adayım...
Ulemalar Sempozyumu'nun yıldızı Jet Fadıl.

Atamayla olmuyor çünkü bu iş, demokratik olun biraz, demokratik...

İnanmıyorsanız, hodri meydan, koyun cami avlularına sandığı, yapın referandumu, bakın kim çıkıyor!

Ali Bardakoğlu

Süleyman Ateş

Süleyman Ateş, 1933'te Elazığ'da doğdu, okula gönderilmedi, köy hocalarından din eğitimi aldı, 20 yaşında ilkokula gitti, 27 yaşında hem imam hatip okulu'nu, hem Elazığ Lisesi'ni bitirdi, Ankara Üniversitesi ilahiyat fakültesinden mezun oldu, Ankara Devlet Lisan Okulu'nun İngilizce bölümünden diploma aldı, profesör oldu, 1976'da diyanet işleri başkanı oldu, iki sene bu görevde kaldı, Suudi Arabistan İmam Muhammed Üniversitesi'nde, Cezayir Emir Abdülkadir Üniversitesi'nde, Marmara Üniversitesi'nde ders verdi, Samsun Ondokuz Mayıs Üniversitesi İslam İlimleri Başkanlığı yaptı, 30 ciltlik *Kur'an Ansiklopedisi* dahil, 99 esere imza attı.
Ali Bardakoğlu, 1952'de Kastamonu Tosya'da doğdu, İstanbul Yüksek İslam Enstitüsü'nden ve İstanbul Üniversitesi hukuk fakültesinden mezun oldu, Marmara Üniversitesi İlahiyat fakültesinde profesör oldu, İslam hukuku üzerine 60'tan fazla akademik esere imza etti, 2003'te diyanet işleri başkanı oldu, Akp'yle yaşadığı görüş ayrılıkları nedeniyle 2010'da istifa etti.

Yıldıray, Mesut

Sene 1985...
Alman gazeteci Günter Wallraff, babaçko bıyık bırakmış, siyah peruğun üstüne kasket takmış, Ali Levent Sığırlıoğlu diye sahte kimlik çıkarıp, Türk kılığına girmiş ve *En Alttakiler*'i yazmıştı.

Hem Türkiye'yi, hem Almanya'yı sarsmış, duygusal olarak silkelemişti o kitap... Çünkü, ekmek kavgası için acı vatanın yolunu tutan Türklerin, nasıl haksızlıklara uğradığını, ırkçılar tarafından nasıl aşağılandığını, hor görüldüğünü, modern köle gibi en pis işlere sürüldüğünü, bütün çıplaklığıyla ortaya koymuştu. Dehşete kapılmış, kahrolmuştuk. Tokat gibiydi adeta.

Mustafa da tokat yemiş gibi olmuştu, *En Alttakiler*'i okuduğunda... Zonguldak'ta madenciydi aslında, kader'ine razı olmamış, trene atlamış, gurbet ellere, Almanya'ya gelmişti. Ve, bizim o kitabı okurken bile gözyaşlarımızı tutamadığımız insanlık dışı muamelelere birebir maruz kalmıştı.

Oralarda aşağılandıkları, buralarda "kafasına tüy takmış" karikatürize tiplerle alay konusu edildikleri günlerdi... "Zaten kendi vatanımızda bile köle gibiyiz, burada köle olmuşuz çok mu" diye düşündü, doğduğu değil, doyduğu yeri vatan belledi, namusuyla çalıştı, çabaladı.

Almanya, o kitaptaki Almanya'ydı ama, o kitaptaki Almanlar'dan ibaret değildi... Her ülkede varolan şerefsizler orada da vardı elbette ama, fırsat eşitliğine inanan adaletli insan evlatları çoğunluktaydı.

Evladı doğdu bu arada Mustafa'nın...
Oğlu oldu.

Fırsat eşitliği sağlayan, yeteneğe imkan tanıyan Alman sistemi devreye girdi, Mustafa'nın oğlunu öz be öz kucakladı... "Türk bu, ayıralım" demediler. "Made in Germany" diye baktılar ona.

Netice?

"En Alttaki"nin oğlu...
"En üst"e çıktı!

Alman milli takımının beyni.
Real Madrid'te oynuyor.

Evet, Mesut o...
Zonguldaklı madencinin oğlu.

Kader'se bu...
Kadere bakın ki, Alman milli takımını sırtlayan Zonguldaklı madencinin oğlu Mesut gibi, Türk futbol tarihinin en büyük başarısını kazanan takımın beyni, Yıldıray Baştürk de, ekmek ve fırsat eşitliği için Almanya'ya giden Zonguldaklı bir başka madenci babanın oğlu.
Bakın, Şili'deki madencileri Almanya'da taaa 1963 senesinde uygulanan yöntemle, 69 gün sonra hayata döndürüyorlar... Zonguldak'taki iki madencimizin ise, 151 gündür cesedini bile çıkaramadık... "Canlı" yayınları izlerken yazıyorum bu satırları...

İyi ki göç etmiş Mesut'un babası, iyi ki göç etmiş Yıldıray'ın babası... Göç etmeselerdi, bırak en alttaki "iki evladımız"ın en üste çıkmasını, muhtemelen, çaresizlikle baba mesleğini seçip, göç'ük altında kalacaklar ve şu anda Zonguldak'ta yerin dibinde çıkarılmayı bekleyen "iki ceset" olacaklardı.

İnsan var, yetenek var... Un var, şeker var, kara kara, anca cenaze helvası karabiliyoruz çünkü!

Ve, sene 2010...
Günter Wallraff'ın badem bıyık bırakıp, kafaya takke takarak, bi kitap daha yazması lazım.

Orası acı vatan hikaye artık.
Burası acıklı vatandır.

Yıldıray Baştürk

Mesut Özil

Yıldıray Baştürk, 1978'de Herne'de doğdu, Bundesliga takımlarından Bochum'da Bayer Leverkusen'de Hertha Berlin'de Stuttgart'ta forma giydi, İngiltere'ye Blackburn Rovers'e transfer oldu, 2010'da futbolu bıraktı, Leverkusen formasıyla şampiyonlar ligi finalinde oynayan ilk Türk futbolcu oldu, Alman milli takımının teklifine rağmen Alman vatandaşı olmadı, 1998'de Türkiye A milli futbol takımına alındı, üçüncü olduğumuz 2002 Dünya Kupası kadrosunun 10 numarasıydı.
Mesut Özil, 1988'de Gelsenkirchen'de doğdu, Schalke 04'te, Werder Bremen'de forma giydi, İspanya'ya Real Madrid'e transfer oldu, 2016 itibariyle İngiltere'de Arsenal'de oynuyordu, Türkiye yerine Almanya milli takımını tercih etti, 2014 Dünya Kupası'nı kazanan kadrodaydı.

Kenan

Sene 1976.
Aylardan Ekim.
Sultanahmet Camii'nin önü ana baba günü, iğne atsan yere düşmez, mahşeri kalabalık öğle namazına girmemiş, öğle namazından çıkacak kişiyi bekliyor. Namaz bitiyor, amin, cemaat

dağılıyor ki, ortalık tezahürattan yıkılıyor. Önde Muhammed Ali, kolunda Necmettin Erbakan... Sanırsın, Foreman'ı o nakavt etti, dünya ağır sıklet boks şampiyonudur Erbakan!

Sporun siyasete alet edilmesi, yeni moda değildir yani, taaa o günlerde başlar.

Yıllar sonra, Cassius Clay gibi müslüman olup, Malik Abdülaziz adını alan bir başka dünya boks şampiyonu geldi Türkiye'ye, Formula'ya, Mike Tyson... Kim vardı kolunda? Erbakan'ı nakavt eden Tayyip Erdoğan!

Erbakan genellikle boks üzerine çalışırdı. Mesela, Avrupa Şampiyonumuz Cemal Kamacı, Refah Partisi Sakarya İl Başkanı'ydı. Gong çaldı, ani bi eskivle Hoca'nın gardını düşürüp, AKP'ye geçti Kamacı... Hoca, yediği aparkatla nerden geldiğini şaşırdı, ringe yapıştı.

Başbakanımız ise, boksla sınırlı kalmadı. Dünya ve olimpiyat şampiyonu güreşçimiz Hamza Yerlikaya'yı milletvekili yaptı. AB'yle halı saha maçında santrafor oynadı, biri penaltıdan iki gol attı, mitinglere taraftar atkısıyla çıktı. Etiyopya'ya gitti, hazır Addis Ababa'ya gelmişken, Elvan'ın babasını öptü. Sporcularla Kürt açılımı yaptı, Pele'yi anlattı, Diyarbakır'da herkes Pele'yi beklerken, çıkara çıkara Hakan Şükür'ü kürsüye çıkardı. BDP Lideri Demirtaş, "değil Hakan Şükür'ü, istersen Messi'yi çıkar, havagazı" dedi, haklı çıktı, Hakan Şükür'lü AKP, Diyarbakır'da folluk oldu. Yılmadı... En son basketbola merak sardı, 12 Dev Adam'la idmana çıktı, baktı ki çocuklar gariban, çıkarıp 28 trilyon liralık çek verdi.

E merak ediyor insan...

Madem sporcuyu seviyoruz, madem dünya ikincilerine bile 1'er milyon dolar veriyoruz... Dünya Şampiyonu olan Kenan Sofuoğlu'na da en azından 1 milyon dolar verilecek mi?
İma değil, ironi değil, yürekten söylüyorum... Eğer, Türkiye'de devlet ödülü almayı hak eden bir sporcu varsa, Kenan'ın ta kendisidir.

Çünkü, Diyanetsporlu'dur.

Evet, Diyanetsporlu... Diyanet İşleri Başkanlığımızın spor kulübü var. Camilere gelen gençlerimizi siyasete alet etmek isteyenlere inat, gençlerimizi spora yönlendiriyorlar. Futbol, voleybol, güreş, judo, taekwondo, masa tenisi dallarında takımları var. Renkleri mavi, beyaz, yeşil... Kenan'dan başka, Türkiye Motokros Şampiyonu olan Orhan Tuna var, Susurluk Sultaniye Camii'nin imamı, ödülleri Susurluk Müftülüğü'nde sergileniyor. Kırkpınar Başpehlivanı Osman Aynur, imam hatipli, Diyanetsporlu... 2007'de kuruldu, 20 şehirde şubesi var.

İlk şubesi nerede açıldı?
"Gavur" İzmir'de!

23 imam, 8 müezzin, 25 imam hatip öğrencisinden oluşan futbol takımı var İzmir'de, amatör kümede mücalede ediyor, bir yandan da muhteşem tesisler yapılıyor, İbrahim Acar Tesisleri... İzmir Müftüsü'dür İbrahim Acar... Çünkü, CHP'li Büyükşehir Belediye Başkanı Aziz Kocaoğlu, soyunma odalarından, çim sahaya kadar pırıl pırıl planladı, temelini attı, kendi adını vereceğine, spora gönül veren Müftü'nün adını verdi.

(Kimsenin haberi bile yoktur bunlardan... Reklamı sevmez Aziz Kocaoğlu, hizmeti kendine maletmez, ahaliyi toplayıp kameralar önünde iftar şovları yapmaz, spor yapmak isteyene tesis yapar.)

Kenan'a dönersek...
Sadece dünya şampiyonu değildir, umreye gitti, Türk spor tarihinin "yarı hacı" tek dünya şampiyonudur. Anlı şanlı parababası spor kulüplerimizin kapısında dilenmektense, sponsorlara yılışmaktansa, maaşa bağlanmak için bir devlet kurumuna kapılanmaktansa, hiçbir ücret talep etmeden, beş kuruş almadan, gitti, Diyanetspor'un sporcusu oldu.

Birini doğumda, birini trafik, birini motor kazasında, üç kardeşini kaybetmiş, gariban tamircinin oğlu olarak, "dua ederseniz, yeter" dedi.

Duadan başka geliri olmayan bu çocuğa ödül verilmeyecek de, kime verilecek arkadaş? Suçlu mudur Kenan, dinimizi siyasete alet etmediği için?

Uzattık...
Şunu da yazalım bari.

Diyanetspor'un bir şampiyonu daha var, kız, Şeyma Tuncer...

İsveç'e gitti, Avrupa Taekwondo Şampiyonası'nda şampiyon oldu, evine döndü, tek göz oda gecekondu, bir de gördü ki, haciz gelmiş... Mobilyacı babası kredi almış, dara düşmüş, banka tepesine binmiş... Avrupa Şampiyonu olduğu için verilen 150 altını çıkardı, babasına verdi Şeyma... Elalemin şampiyonları servet içinde yüzerken, bizim Şeymacığın şampiyonluğu, hacze gitti yani.

Kimsenin yardımı için kılını bile kıpırdatmadığı Şeyma'ya, Nevşehir Diyanetspor sahip çıktı.

Biraz devlet şefkati görebilmek için, daha ne yapsın şampiyon kızımız Şeyma? Türban mı taksın mesela?

Kenan Sofuoğlu

1984'te Sakarya'da doğdu, motor tamircisi bir babanın oğluydu, 2003'te Türkiye şampiyonu oldu, 2007'de 2010'da 2012'de 2015'te, dört defa Dünya Şampiyonu oldu, Spor Toto'nun verdiği 800 bin liralık isim hakkı bedelini, dini gerekçelerle kabul etmedi, özel hayatı trajedilerle doluydu, bir ağabeyini otomobil kazasında, bir ağabeyini motor kazasında kaybetti, evlendi, oğlu oldu, henüz dört aylıkken beyin kanamasından oğlunu da kaybetti.

Fidel

"Hanefi" Avcı...
Sünni mezhebinin adını taşıyor.
Kendisi sağ'cı.
Hatta bi ara cemaatçi.
Ömür boyu sol'la mücadele etti.
Silivri'ye kondu...
Sol örgüte yataklıktan.

Yardım istediği avukatın adı ne?
Fidel!

Lakap filan değil ha, nüfus kağıdında yazıyor.
Avukatın adı: "Fidel" Okan.

Türkiye'de Küba Lideri'nin adını taşıyan 500'den fazla Fidel var. Mesela Niğdeli Fidel, 12 Eylül'de sol'cu olduğu için hapse tıkılan ve doğum müjdesini demir parmaklıkların ardında öğrenen bir babanın oğlu... Mersinli Fidel, sendikacı bir babanın oğlu, doğum esnasında grev gözcüsüymüş babası, doğar doğmaz grev çadırına getirilmiş, orada konmuş adı... Üstelik, hepsi erkek değil, kız Fidel'lerimiz de var. Biri, CHP Milletvekili Fuat Çay'ın kızı Fidel.

Ev hanımı, öğrenci, bilgisayarcı, tekstilci, avukat Fidel'lerimiz var. Düğün veya doğum haberlerini aldığında, tebrik mesajı gönderiyor Fidel Castro... E karşılıklı bu işler; Castro'nun doğumgününde, Küba'nın Ankara Büyükelçiliği'ndeki törene katılıyor bizim Fideller.

Atatürk hayranıdır Fidel Castro... Türkiye'ye geldi, "Ona ve devrimine hayranım, devrim yaptım ama, onun yaptıklarını yapamadım, kendinize başka lider aramayın" dedi. Mustafa Kemal'in büstünü Havana'nın göbeğine dikti, altına yurtta sulh, cihanda sulh yazdı.

Bu nedenle, "sadık" anlamına gelen Fidel adını taşımak suç değil artık Türkiye'de... Eskiden felaketti. Evladına Fidel adını veren babalar veya Fidel adını taşıyan evlatlar, sağ'cıların hışmına uğrardı, zulüm görürdü. Suçsuz günahsız, durup dururken gözaltına alınma sebebiydi.

Kim yapardı bu işleri?
Hanefi gibi polisler.

Kim kurtaracak Hanefi'yi?
Fidel!

Aradım Fidel Okan'ı... Resmi avukatı değil aslında, bir başka davayla ilgili olarak "tanık" sıfatıyla görüşmüş. "Tanığım olduğu için, müvekkilim olmasında çekincem var" dedi.

Peki neden tanık?
Öbür dava, Hanefi Avcı'nın kitabıyla alakalı çünkü...
Fidel davayı kazanırsa, Hanefi kurtulacak.
O nedenle kimseyle konuşmuyor, Fidel'e anlatıyor.

Dolayısıyla... Hanefi'nin Fidel'den yardım istemesi, sadece

devlet-cemaat kapışmasını değil, devlet-cemaat yolunu açan 12 Eylül'ün Fidel tarafından teşhir edilmesi anlamını taşıyor.

İlahi adalettir bu, ilahi.

Fidel Castro

1926'da doğdu, tam adı Fidel Alejandro Castro Ruz'du, İspanyol bir babanın evlilik dışı doğan oğluydu, Katolik okullarında ilahiyat eğitimi aldı, Havana Üniversitesi'nden hukuk doktoru olarak mezun oldu, general Batista'nın diktatörlüğünü yıkmak için çaba harcamaya başladı, tutuklandı, 21 ay hapis yattı, ABD'ye geçti, gerilla örgütü kurdu, silahlı mücadele başlattı, 1959'da Batista'yı devirdi, başbakan sıfatıyla Küba devriminin lideri oldu, 1976'da devlet konseyi başkanı oldu, 2006'da ülkenin yönetimini kardeşi Raul'a devretti.

Bekir, Rahmi, Necati, Burak

Gazeteci için gazete...
Cezvedir aslında.

Hep ateş vardır altında.
Suyu ısınır.

Patates'ten gazeteciyse mesela...
Koy cezveye.
Sıcağı görünce gevşer.
Gelemez hiç zora.
Salar kendini.
O sert zannettiğin, dayanıklı zannettiğin karakter kaybolur gider, ezilen büzülen, vıcık vıcık bi şey haline gelir.
Üzülürsün girdiği kılığa.

Veya yumurta'ysa gazeteci...
Kaynat cezveyi...
Patatesin zıddına tepki verir.
Şartlara direnir.
Ama maalesef... Kötüleşen şartlara direneyim derken, o narin kabuğuyla koruduğu, içindeki canı öldürür, yüreğini katılaştırır, hatta çoğu zaman çatlar, imha eder kendini.

Peki ya kahve'yse gazeteci?

İşte o başkadır.
Şartlar değiştiğinde, şartların dayatmasına uymaz.
Şartları değiştirir.
Mis gibi koku yayar.
Ortama lezzet katar.
Keyif verir.
Cehennem alevinden...
Cennet hazzı çıkarır.

Sözcü... Türk kahvesidir.

Bekir Coşkun'un niye tiryakisi olduğunuzu sanıyorsunuz?

Emin Çölaşan, Uğur Dündar, Soner Yalçın, Necati Doğru, Saygı Öztürk, Ege Cansen, başyazarımız Rahmi Turan... Sabah güne başlarken, veya, akşam günün yorgunluğunu atarken yudumlamanız ondan... Okurken köpüğünü höpürdetircesine mutlu olup, bittiğinde keyifle ohh çekmeniz ondan.

Memleketi hazmetmenizi sağlar.
Zihin açar.

Uyanık tutar.

Kıymetini bilene kırk yıllık hatırı vardır, bizi biz yapandır, onsuz kız bile isteyemezsin, örf adet gelenektir.

Diktatörlüğün monoloğu değil, demokrasinin diyaloğudur, çünkü, sohbetin bahanesidir.

Sözcüsüz basın, püreleşmiş patatesler, kalbi taşlaşmış yumurtalar, telvesi donmuş boş fincanlardan ibarettir.

Bekir Coşkun

Rahmi Turan

Necati Doğru

Burak Akbay

Bekir Coşkun, 1945'te Şanlıurfa'da doğdu, Ankara Yüksek Gazetecilik Okulu'ndan mezun oldu, mesleğine 1974'te foto muhabiri olarak başladı, *Günaydın*, *Sabah*, *Hürriyet*, *Habertürk* ve *Cumhuriyet*'te köşe yazarlığı yaptı, Atatürkçü, yurtsever, namuslu kişiliğinin yanısıra, zeka dolu, esprili kalemiyle Türkiye'ye gazete okumayı sevdiren gazetecilerin başında geliyordu, 2016 itibariyle *Sözcü*'de yazıyordu.

Rahmi Turan, 1939'da İstanbul'da doğdu, istanbul Gazetecilik Enstitüsü'nü bitirdi, *Yeni Sabah*, *Akşam*, *Hürriyet*'te çalıştı, 1968'de Günaydın'ın kurucu genel yayın yönetmeni oldu, *Tan*'ın *Sabah*'ın kurucu genel yayın yönetmeni oldu, *Hürriyet*'te genel yayın yönetmenliği yaptı, *Bugün*, *Asabi*, *Meydan*, *Gözcü* gazetelerini kurdu, yönetti, 2016 itibariyle *Sözcü*'de başyazardı.

Necati Doğru, 1945'te Ağrı'da doğdu, İstanbul Üniversitesi'nde psikoloji okudu, *Güneş*, *Cumhuriyet*, *Milliyet*, *Hürriyet*'te ekonomi servisi müdürlüğü yaptı, *Sabah* ve *Vatan*'da köşe yazarlığı yaptı, 2016 itibariyle *Sözcü*'de yazıyordu.

Burak Akbay, 1971'de İstanbul'da doğdu, İsviçre'de American College of Switzerland'ta pazarlama okudu, yabancı gazetelerin Türkiye baskılarını yaparak yayıncılığa girdi, 2007'de *Sözcü* gazetesini kurdu, 2016 itibariyle *Korkusuz* ve *AMK* gazetelerinin de imtiyaz sahibiydi.

İsmet

Bölücüler askeri üsse girdiler.
Türk bayrağını indirdiler.

Maalesef şaşırtıcı olmadı.

Çünkü...
İsmet mesela.
Hava kurmay albay.
Bayrağı indirilen 2'nci hava kuvvet komutanlığında, senelerce, harekat subayıydı. Zeli, Bote, Hakurk, Haftanin, Badavan kamplarına yönelik sınır ötesi harekatlarda planlamacı ve icracı olarak görev yaptı. Takdir beratları aldı. Hava kuvvetlerinin iç güvenlik harekatında kullanılmasıyla alakalı olarak, Harp Akademileri Komutanlığı'nda tez hazırladı. Bu konuya dair milli-yabancı tek kaynak, o tez.

Sadece İsmet mi?
Hayır.

Diyarbakır 2'nci hava kuvvet komutanlığında harekat subayı, filo komutanı, üs komutanı, kuvvet komutanı olarak görev yapan... İbrahim Fırtına, Sincan'da.

Bilgin Balanlı, Silivri'de.
Rasim Aslan, Sincan'da.
Korcan Pulatsu, Sincan'da.
Atilla Özler, Buca'da.
Beyazıt Karataş, Silivri'de.
Ayhan Gümüş, Hadımköy'de.
Mustafa İlhan, Silivri'de.
Kubilay Baloğlu, Hadımköy'de.
Yusuf Ziya Toker, Sincan'da.
Mehmet Erkorkmaz, Hadımköy'de.

(Televizyon haberlerinde dandik bi tel örgü görünüyor ama, aslında devasa bir üs orası... Cüssesini kıyaslayın diye söylüyorum, beş bine yakın personeli var. F16 filoları var. Orduevi var, lojmanları var, sosyal tesisleri var, yüzme havuzları var. İzmir Çiğli'nin neredeyse iki katı... Diyarbakır'a giden THY, Pegasus falan buraya iniyor. İki pist, tek kule var, hem askeri uçakları, hem sivil trafiği kontrol ediyor. Türkiye'nin gururu olan bu hava üssü, 1970'le 2011 arasında yukarıda adını sıraladığım komutanlara emanetti. Ay-yıldız onurla dalgalanıyordu.)

Asrın iftirası'nın bir başka çarpıcı sonucudur bu...
İsmet gibi kartalları, adı gibi Fırtına paşaları kumpasla içeri tıkacaksın ki, bayrağı rahat rahat indirebilsinler!

İsmet Çınkı

1962'de Kırşehir Kaman'da doğdu, 2003-2005 arasında kurmay albay olarak Hava Kuvvetleri Komutanı özel sekreterliğini yaptı, Hava Harp Okulu askeri sosyal bilimler bölüm başkanı oldu, Harp Akademileri Komutanlığı Stratejik Araştırmalar Enstitüsü'nde istihbarat yüksek lisansı programını kurdu, uluslararası istihbarat üzerine öğretim üyeliği yaptı, general olmasına kesin gözüyle bakılırken, 17 Ağustos 2011'de Balyoz iftirasından tutuklandı, 19 Haziran 2014'e kadar yatırıldı, 2015'te emekli oldu, Türk hava kuvvetlerine 35 senesini verdi, değişik tip savaş uçaklarıyla 3 bin 600 saat uçtu, ABD, Çin, İtalya,

Makedonya, Bosna, İngiltere, Fransa, Almanya, Avusturya, Japonya, Güney Kore, Pakistan, Kazakistan, Azerbaycan, Irak, Singapur, Malezya, Belçika, Rusya'da hassas görevlerde bulundu, yurtiçi ve yurtdışında, devlet başkanları düzeyinde 100'ün üzerinde madalya, takdir aldı.

Tarkan

Tayyip Erdoğan gazino açılımı yaptı.
Şarkıcıları türkücüleri popçuları Beşiktaş'taki ofisinde topladı, Kürt açılımına destek vermelerini istedi.

Katılanlar arasında İbrahim Tatlıses, Kayahan, Emel Sayın, Arif Sağ, Nuri Sesigüzel, Orhan Gencebay, Muazzez Ersoy, Ferdi Tayfur, Sertab Erener, Alişan, Demet Akalın, Nükhet Duru, Neşet Ertaş, Safiye Soyman, Bülent Ersoy, Cengiz Kurtoğlu, Fatih Kısaparmak, Ferhat Göçer, Işın Karaca, Kenan Doğulu, Mustafa Sandal, Yavuz Bingöl, Seda Sayan, Nihat Doğan, Kibariye filan vardı.

Faydalı bi toplantı oldu...

Bülent Ersoy mesela, sanatçılara havalimanında VIP'ten geçme hakkı verilmesini istedi. Neşet Ertaş "30 senedir Türkiye'de değildim, nedir bu açılım?" diye sordu. Kibariye çıkışta gazetecilere konuştu, "ben anlamam anacım, çağırdılar geldim" dedi. Nihat Doğan söz alınca eski sevgilisi Seda Sayan salonu terketti. Haftaya askere gidecek olan Alişan, başbakandan harçlık istedi.

Tarkan da davetliydi.
Katılmadı.
AKP'yi reddetti filan diye yazıldı.
Üç gün sonra...
Kokainden gözaltına alındı!

Tarkan Tevetoğlu

1972'de Almanya'da doğdu, annesi Neşe hanım çizgi roman kahramanı Tarkan'dan esinlenerek, oğluna bu ismi koydu, 1986'da Türkiye'ye döndüler, Kocaeli Karamürsel'e yerleştiler, Karamürsel İleri Musiki Derneği'nde müziğe başladı, İstanbul'a taşındılar, müzik eğitimine Üsküdar Musiki Cemiyeti'nde devam etti, 1992'de ilk kasedini çıkardı, Kıl Oldum'la patladı, şarkıları dünyanın pekçok ülkesinde liste başı oldu, milyonlar satan albümleriyle Almanya, Belçika, Fransa, Hollanda, İsveç, Kolombiya, Lüksemburg'tan altın sertifika kazandı, Meksika'dan platin sertifika kazandı, dünyanın en çok satan Türk sanatçısı unvanını aldı, mega star sıfatıyla tanındı. Akp'nin önünde asla el pençe divan durmadı. Saygısızlık yapmadan, ama, yalakalık da yapmadan pop sanatçısı olunabileceğini kanıtladı.

Bogdan

Çok güzel insandı. Güleryüzlü. Babacan. Ölene kadar cüzdanında küçücük bi kağıt parçasını taşıdı, muska gibi... Gazeteden kesmişti. Sadece dokuz satırdan oluşan, tek sütun bi haberin kupürü... Başlığı "müjde"ydi. Yakalandığı kanser türünün çok yakında tarih olacağını, mucize ilacın en geç altı ay içinde piyasaya çıkacağını "müjde"liyordu o küçücük kupür.

Cüzdanında taşıdı umudunu... O ilacın piyasaya çıkmasını bekledi, her görüştüğümüzde çıkarıp gösterdi, bekledi... Altı ay geçti. Yok. Bi altı ay daha geçti. Verdi son nefesini.

O zaman da gazeteciydim. Gazeteci olduğumu sanıyordum demek daha doğru sanırım... Çünkü, yer dolsun diye sokuşturulan tek sütun haberin bile ne yalancı umutlar yarattığını, hangi yürekleri hangi duygusal fırtınalara sürüklediğini, anca o gün fark etmiştim.

Okulunda okumuştum güya bu işin... Ustalarla çalışmıştım. Ama "hayat"ın en büyük öğretmen olduğunu, yaşarken öğrenilebileceğini, edebi bi laf sanıyordum o güne kadar. Peşini bırakmadım. Kan davası deyin istersiniz. Yıllar geçti, yıllar... O ilaç hâlâ çıkmadı piyasaya... Sorumsuz gazetenin yer doldurmak için salladığı asparagastan ibaretti belli ki.

Sonu cek'le cak'la biten, olacak edecek türünden vaatlerden nefret ederim bu yüzden... Binlerce haber yaptım, yüzbinlerce sayfa, bi o kadar saat televizyon yayını, önüme gelen cek'lerin cak'ların hepsinin üstünü çizmeye gayret ettim. "Hayat"ı manşet yapmaya çalıştım.

Umut, hayatta çünkü.

Bogdan Tanjeviç.

Ulusumuzu gururlandıran basketbol milli takımımızın başantrenörü. Kolon kanseri.

63 yaşında, geçen sene teşhis kondu, kemoterapi görüyor, sekiz seans görmesi gerekiyordu, 10 gün önce son seansı vardı, erteledi, "Bu ülke bana güvendi, borcum var, bu ülke benim sorumluluğum, altı senedir çabalıyoruz, şimdi vazgeçmek, bırakıp gitmek olmazdı" diyor.

Doktoru almış onu karşısına, basketbol diliyle anlatmış, "dört faulle oynuyorsun, üstelik, sahadaki iki hakem de satın alınmış, seni oyundan atmak için fırsat kolluyor, beş faulle hayattan ihraç olman an meselesi, karar senin" demiş... Bizi tercih etmiş. Kendini ertelemiş.

İlaçlar yüzünden bazen yürüyecek enerjisi bile olmuyor ama, "sadece basketbol değil bu" diyor, "Türkiye için bayrak meselesi... Şahsi konuları düşünecek vakit değil, gidemezdim."

Eski Yugoslavya'da, İtalya'da, Fransa'da, Türkiye'de şampiyon oldu, Yugoslavya, İtalya, Türkiye milli takımlarını çalıştırdı, İtalya'yı Avrupa şampiyonu yaptı. 39 senelik antrenörlük hayatında, tek bir idmanı bile kaçırmadı. "Basketbol benim terapim, gene yeneceğim" diyor.

Kanser'e kanser demiyor, "taktik mücadele" olarak görüyor. Son kemoterapi ertelemesi hariç, tedavisine, gıdasına harfiyen uyuyor. Maç bitmeden pes etmeyi olasılık olarak görmüyor... Ve, "size bir sır vereyim" diyor, "Türkiye mutlu oldukça, kendimi iyi hissediyorum."

Umut hayatın kendisi.

13'üncü dev adam o, yaşayan efsane...
O bizim umudumuz, biz onun ilacı.

Bogdan Tanjeviç

1947'de Karadağ'da doğdu, Belgrad Üniversitesi'nde felsefe okudu, Yugoslavya, İtalya ve Türkiye milli basketbol takımlarını çalıştırdı, İtalya'yla Avrupa Şampiyonu oldu, Türkiye'yle Dünya Şampiyonası'nda final oynadı, Yugoslavya, İtalya, Fransa ve Türkiye'de kulüp takımları çalıştırdı, dört ülkede de şampiyonluklar yaşadı, Karadağ vatandaşlığının yanısıra, Bosna, İtalya ve Türkiye vatandaşlığına sahipti, tedavisi için basketbola dört sene ara verdi, 2016 itibariyle Karadağ milli takımını çalıştırıyordu.

Erdal

1980...
Yurtsever Devrimci Gençlik Derneği üyesi Sinan Suner, Sovyetler'in Afganistan'ı işgalini protesto etmek için Ankara'nın Yukarı Ayrancı semtinde afişleme yapıyordu. Sağlık Bakanı Cengiz Gökçek'in koruması Süleyman Ezendemir oradan geçiyordu, çekti tabancasını, ateş etti, ODTÜ öğrencisi Sinan'ı öldürdü.

Gaziantep mebusu Cengiz Gökçek, hukukçuydu aslında, avukattı ama... Demirel, Erbakan, Türkeş hükümetinin koalisyon dengeleri gereği, Sağlık Bakanı yapılmıştı. Sinan'ı öldüren Süleyman Ezendemir, yargılanmayı bırak, gözaltına bile alınmadı, hatta, sonradan terfi etti.

Ertesi gün...
Sinan'ın öldürüldüğü yerde protesto gösterisi yapıldı. Polis geri durdu, gençlerin üstüne askerleri sürdüler. Arbede çıktı. Tek el silah sesi, drannn! Piyade er Zekeriya Önge düştü. Sırtından saplanan mermi, kalbini delmişti. 1979'a 2 tertip, Giresun doğumlu Zekeriya, henüz 20 yaşında... Kardeşin kardeşe kırdırıldığı "düşmansız savaş"ın şehidi olmuştu.
24 genci gözaltına aldılar.
Biri, Erdal Eren'di. Kadere bak... Şehit asker Zekeriya gibi, Giresunluydu. Henüz 17 yaşındaydı, Ankara Yapı Meslek Lisesi öğrencisiydi. Tutuklandı. Jet hızıyla yargılandı. Bir ay içinde idama mahkum edildi, utanç müzesi olan Ulucanlar'da asıldı.

Aslında, hem tıp, hem hukuk cinayeti işlenmişti. Adli Tıp raporu bilimsellikten uzaktı. "Kemik röntgenine baktık, yaşı 18'den büyük" dediler. Uzmanlar itiraz etti, nafile, astılar.

Üstelik...
Hadisenin yaşandığı sokakta oturan ve mahkemede ifadelerine başvurulmayan, biri kuaför iki "görgü tanığı" vatandaş, seneler sonra televizyon programında açık açık anlattı. Erdal'ın elinde

tabanca vardı ama, sokağın öbür ucunda ve askerleri karşıdan, cepheden gören bir yerdeydi. Şehit Zekeriya ise, sırtından ve yakından vurulmuştu. Fizik kuralları açısından Erdal'ın Zekeriya'yı vurmuş olması imkansızdı. Balistik ve otopsi, laga lugaya getirildi. Muhtemelen, arbedenin paniğiyle tetiğe dokunan bir asker arkadaşı tarafından yanlışlıkla vurulmuştu.

Kanıt mı?

Seneler geçti, internet icat oldu, Giresun Valiliği resmi internet sitesi kurdu. "Şehitlerimiz" bölümünde Zekeriya Önge'nin "silah kazası sonucu" öldüğü duyuruldu! Erdal'ın avukatları bunu öğrendi, "işte kanıt" diye basına açıklama yaptı. Skandal ortaya çıkınca, önce "teröristlerle çatışma" diye değiştirildi, sonra "iç güvenlik çatışması" diye değiştirildi. Gazeteler meseleyi deşmeye başlayınca, Giresun Valiliği Basın Halkla İlişkiler Müdürlüğü yazılı açıklama yaptı: Şahadet nedeni "sehven" silah kazası olarak yazılmıştır.

Sehven'di yani!

Oysa, sehven mehven değildi... Erdal'ın idam kararını iki kez bozan Yargıtay emekli hakimi Albay Ahmet Turan, 28 sene sonra konuştu: "Erdal'ın Zekeriya'yı öldürdüğüne dair vicdani kanaatim yoktu. İdam kararını bozduk, sıkıyönetim mahkemesine geri gönderdik, tekrar idama mahkum ettiler, tekrar bozduk, tekrar idama mahkum ettiler, onamadık, dosya Daireler Kurulu'na gitti, onadılar. Zekeriya'dan çıkan mermi çekirdeği ile Erdal'ın tabancasının mermileri mukayese edilmedi. Erdal'ın yaşı 18 değildi. Çocuk her duruşmada 'ölümüne sebep olmuşsam, bundan büyük üzüntü duyuyorum' dedi, hafifletici sebep dikkate alınmadı. Haksız yere idam edildi. Yaş haddime 8 sene vardı, erken emeklilik istedim. Emirle hakimlik olmaz. Atatürk'ün okullarında yetişmiş bir hukukçu olarak, kabul edemezdim."

Erdal'ın idamdan önceki "son bakış"ını Savaş Ay fotoğrafladı. Emin Çölaşan'la birlikte Erdal'ın hücresine giren Savaş ağabey, o anları şöyle anlattı: "Hücrenin kapısını açtılar, Erdal arkasını bize dönmüş, yüzü duvara doğruydu. Yanımızdaki komutan 'Erdal yüzümüze bakabilirsin' dedi. Bunu üç kere söyledi. Talimatlar böyleymiş. Yarın asılacak çocukla, yüz yüzeydik.

Kahramanmaraş, Çorum, hatta, Afrika'da kabile savaşları bile gördüm, böyle bi tablo görmemiştim. 'Beni bitki haline getirmek istiyorlar, ailemle görüştürmüyorlar, savunmamı almadılar, yaşımı büyüttüler, ibreti alem için asacaklar ama, korkmuyorum' dedi. Gazeteye gittim. Odama kapanıp ağladım. Emin Çölaşan'ın *Önce İnsanım, Sonra Gazeteci* kitabının adı, oradan çıkmadır."

Romanını yazdılar Erdal'ın, dizi film yaptılar, adına besteler yaptılar. Bir tanesi, müziği bıraktığını açıklayan Teoman'ındı. "İki Çocuk"tu şarkının adı!

Kalpte kurşun, ilmek boyunda, iki çocuk ölüm karşısında... Hep çocuk kalacaklar, büyümeden birer tabutta... Ama, yaşıyorlar, gülüyorlar, annelerinin rüyalarında.

Çünkü...
Hem idam edilen Erdal'la, hem şehit edilen Zekeriya'yla "akraba"ydı Teoman!

Şöyle anlattı, talihsiz çocuklarımızın "kan bağı"nı... "Erdal, akrabamdı. Garip bir rastlantı sonucu, sadece suç unsuru olarak bahsedilmesine içerlediğim Zekeriya'nın da akrabamız olduğunu öğrendim. İki Çocuk'u yazdım. Zekeriya ile Erdal, akrabaydı."

Offf, of.

2012...

Güya 12 Eylül'ü yargıladığımız ve Afganistan'ı işgal edenlere "koruma" hizmeti verdiğimiz şu günlerde... Koruması yüzünden, katmerli dramın taaa en başında adı geçen "Avukat Cengiz Gökçek Devlet Hastanesi"nde, koruma skandalı nedeniyle, günahsız bi doktoru öldürdüler.

"Hap" gibi anayasa yapılan ülkenin, hukukçu sağlık bakanının adını taşıyan hastanesinde, hukuksuzluktan tıp şehidi.

Hatırlayın, bi kaç sene evvel Profesör Göksel Kalaycı'yı öldürmüştü bi hasta yakını, bütün gazetelerde manşet olmuştu... Şimdi, Doktor Ersin Arslan'ı öldürdüler, anca üçüncü sayfaya haber olabildi. Rutin maalesef... Kurşunluyorlar, bıçaklıyorlar, yumrukluyorlar, sıradanlaştı.

Oysa...

Sırf doktor cinayeti değildir bu. Kardeşi kardeşe kırdırmaktan ders almayan Türkiye'nin, fazladan iki oy kapabilmek için, eğitimli'yi cahil'e kırdırmasıdır. Bilmeyen'i bilen'e, okumayan'ı okuyan'a düşman etmesinin... Ve suç işleyen cahil'i korumasının sonucudur.

Kanıt mı?

Katil, 17 yaşında.
Erdal'ı asmışlardı.
Bunun adını bile kodluyoruz...
Ki, aman diim çocuktur.
Toplum içinde rencide olmasın!

Erdal Eren

1964'te Giresun Şebinkarahisar'da doğdu, 1980 darbesinde idam edildi, infaz edildiğinden ailesinin haberi bile yoktu, kimsesizler mezarlığına gömmeye kalktılar, ailesi radyodan duydu, son anda yetiştiler, Ankara Karşıyaka mezarlığına defnedildi. Seneler seneler sonra, 2012'de, Kenan Evren darbeden yargılandı, müdahil avukatlardan biri Erdal Eren'in fotoğrafını gösterdi, tanıyor musunuz diye sordu, hastane yatağındaki Kenan Evren, kafasını "hayır" anlamında iki yana salladı.

Tarık

Kendi ülkemizde kendimizi yapayalnız hissettiğimiz günlerdi. Aman bana dokunmasınlar diye herkesin götünden korktuğu günler... 20 kişilik liste yaptım. İlk ona telefon ettim. Ağabey, kumpasla hapse tıkılan subayların derlediği *Er Mektubu Görülmüştür* kitabına imza günü yapacağız, esir subaylar adına imzalayacağız, yüreğine ihtiyacımız var, gelir misin? Hani kavgaya giderken ilk çağrılacak arkadaşlar vardır ya... İşte öyleydi. Hiç tereddüt etmeden sordu, nereye, ne zaman geliyorum?

"Jön" Türk'tü o.

Ayhan Işık, Sadri Alışık, Yılmaz Güney, Orhan Günşiray, Kemal

Sunal, Muzaffer Tema, Ekrem Bora, Önder Somer gibi... Jön Türk'tü.

Allah başımızdan eksik etmesin, Ediz Hun, İzzet Günay, Cüneyt Arkın, Kartal Tibet, Münir Özkul, Göksel Arsoy, Fikret Hakan, Eşref Kolçak, Şener Şen, Süleyman Turan gibi.

Aynı zamanda, Hulusi Kentmen, Erol Taş, Nubar Terziyan, Kadir Savun, Cevat Kurtuluş, Vahi Öz, Feridun Karakaya, Hayati Hamzaoğlu, Hüseyin Peyda, Necdet Tosun, Sami Hazinses, Danyal Topatan, Hüseyin Baradan, Kenan Pars, Bilal İnci gibi... Etnik kökenleri, mezhepleri, rolleri her ne olursa olsun "jön Türk"tüler, hayatımızda hep başroldeydiler. Bazıları siyah-beyazdı ama, daima rengarenktiler. Aşklarımızla, dramlarımızla, komedilerimizle "insan" olduğumuzu hissettirdiler.

Hiçbiri kraliyet akademisinden yetişmedi, hepsi Anadolu çocuğuydu. Farklı farklı partilere oy verdiler elbette ama, asla biat etmediler. İstisnasız hepsi devrimciydi, gericilere inat, rol model oldular. Bu ülkede kadınla erkeğin birarada, yanyana, elele, özgürce yaşadığını gösterdiler. Her son'da umutlandırdılar, kötüler mutlaka kaybeder, iyiler illa ki kazanır, sen yeter ki cesur ol dediler.

Siyasetle hiç alakası olmayan filmlerinde bile, aslında, Atatürk cumhuriyetinin temel felsefesini yansıttılar.

Ve çoook eskiden de vardı.
Jön Türkler...
Namık Kemal gibi.
Tevfik Fikret gibi.
Ziya Gökalp gibi.

Yurtseverdiler.
İlericiydiler.
Laiktiler.
Özgürlükçüydüler.
Demokrasiyi savundular.
Eşitlik istediler.

Çünkü, Arapçılık filizlenmişti, yabancılar memlekette at koşturuyor, topraklarımız yağmalanıyor, devleti yöneten saltanatçılar sadece koltuğunu, cebini düşünüyordu, cahil-cühela ulema sınıfı sarığıyla cüppesiyle nüfuz sahibi olmuştu, bağnazlık normalleşmiş, yobazlık tırmanmıştı, gazeteler saray yalakasıydı, vergi üstüne vergi biniyor, akıldan bilimden gitgide uzaklaşılıyor, sosyal baskı artıyor, gıkını çıkaran tutuklanıyor, tırsak ahali susuyordu. İşte bu olan bitene itiraz ettiler ve "jön" karakterini üstlendiler. Rol model oldular. Senaryoyu değiştirip, kulluktan bireyliğe geçmemiz için yol açtılar.

E bakıyoruz bugün...
Film şeridi başa sarmış!

Arapçılık kökleşiyor, yabancılar cirit atıyor, koltuğa zamkla yapışmak, küpü doldurmak fazilet kabul ediliyor, cahil-cühelaya ulema deniyor, kimi takkeli emperyalizmin maşası haline gelmiş, kimi takunyalı Amerikan mandacısı olmuş, kimisi başörtüsü ayağıyla İngiliz muhiplerini hortlatıyor, gazeteler desen, saray soytarısı.

Hayatımıza beyaz perdeden "jön" Türk olarak girip, halk kahramanı olarak uğurlanan Tarık Akan'ı belki örnek alırlar ümidiyle, bir kez daha merak ediyor insan...

Elalem tarafından kaleme alınmış Hollywood senaryolarında ömrünüzün sonuna kadar hep böyle "figüran" olarak mı yaşayacaksınız?

Tarık Akan

1949'da İstanbul'da doğdu, asıl adı Tarık Tahsin Üregül'dü, Yıldız Teknik Üniversitesi'nden makine mühendisliği diploması aldı, sonra, İstanbul Üniversitesi'nde gazetecilik yüksek okulunu bitirdi, 1970'te *Ses* dergisinin artist yarışmasında birinci oldu, 1971'de *Emine* isimli filmle beyaz perdeye adım attı, 1980 darbesinde Nazım Hikmet lehine konuştuğu için 12 seneyle yargılandı, 2.5 ay hücrede tutuldu, romantik komedi filmlerle tanındı, toplumsal içerikli filmlerle kariyerini taçlandırdı, *Hababam Sınıfı*, *Canım Kardeşim*, *Sürü*, *Maden*, *Yol*, *Karartma Geceleri*'yle hafızalara kazındı, yedi defa Altın Portakal kazanan ilk ve tek sanatçı oldu, Altın Koza kazandı, 1982'de *Yol* filmi Cannes'da Altın Palmiye aldı, birikimlerini eğitime yatırdı, Atatürkçü öğrenciler yetiştirmek için 1991'de Bakırköy'deki Taş Mektep'i satın aldı,

Silivri kumpaslarında, Gezi Parkı direnişinde, Soma faciasında, Tekel işçilerinin eylemlerinde, daima halkın yanında yeraldı, 2016'da vefat etti, halk kahramanı olarak insan seliyle uğurlandı, ömrünü geçirdiği Bakırköy'de, Zuhuratbaba'da toprağa verildi.

Deniz, Yusuf, Hüseyin

Ulucanlar, müze oldu.
Deniz orada yatmıştı.
Yusuf, Hüseyin...
Orada asıldılar.

Bülent Ecevit, Muhsin Yazıcıoğlu orada yattılar, sağcı solcu, Mustafa Pehlivanoğlu, Necdet Adalı... Nazım Hikmet, Necip Fazıl, Fakir Baykurt, Kemal Tahir, Halikarnas Balıkçısı.

Darağacı var, orijinal.
19 can, yağlı urgan.

Tecrit hücresi var.
Nasılmış acaba diye hissetmek istersen, kelepçelenip içeri tıkılıyorsun, drann diye örtüyorlar demir kapıyı, bir saat kalıyorsun... Anlıyorsun saat denilen kavramın seneden uzun olduğunu.

Ki, o tecrit hücresinden çıkınca... "Bugün beni ilk defa güneşe çıkardılar, ve ben, ömrümde ilk defa gökyüzünün bu kadar benden uzak, bu kadar mavi, bu kadar geniş olduğuna şaşarak, kımıldamadan durdum, sonra saygıyla toprağa oturdum, dayadım sırtımı duvara, bu anda ne düşmek dalgalara, ne baş aşağı, ne baş yukarı, bu anda ne kavga, ne hürriyet, ne karım... Toprak, güneş ve ben, bahtiyarım" demiş Nazım... Anlamaya çalışıyorsun.

Kulaklık var. Takıyorsun... Beynine saplanmış tornavidayı kanırtırcasına, işkence dinliyorsun.

Kişisel eşyalar var... Muhsin Yazıcıoğlu'nun seccadesi, Bülent Ecevit'in kasketi, Hüseyin İnan'ın idamdan sonra jiletle kesilip çıkarılan fanilası, Deniz Gezmiş'in cigarası.

Ranzalarda, son mektuplar...
"Gün gelecek hiç bitmeyecek, gün gelecek sana kavuşacağım.

Ağlamayı bil, gülmeyi unutma, cezaevini sev demiyorum ama, bu kötü yataklarını asla unutma. Zincir soğuk, zindan yaş, belki biraz üşürüz, hele başım zindandan çıksın, görüşürüz" diyen satırlar.

Ve, bi şey daha var...
4'üncü koğuşun duvarında.
Poster.

"Nedir o poster"e geleceğiz elbette ama, 4'üncü koğuş deyip geçmemek lazım... Utanç Müzesi'nin simgesi, 4'üncü koğuş... 80 kişi kapasiteli güya, 200 kişiyi tıkmışlar oraya, ranzaları bitiştirip, ayaklı-başlı yatmışlar, yer kalmadığı için, mecburen nöbetleşe uyumuşlar.

Başarısız firar için kazılan tünellerden biri de, 4'üncü koğuşta... Ve, ölüm orucuna yattıkları için tutukluların diri diri yakıldığı, sözde "hayata dönüş" operasyonunun başladığı koğuş o.

İşte o koğuşun... İdeolojilerden, yasadışı örgütlerden ibaret sanılan o 4'üncü koğuşun duvarında bi poster var.

Fenerbahçe posteri!

1988-1989 sezonunda şampiyon olan Fenerbahçe'nin posteri... Schumacher, Oğuz Çetin, Şenol Ustaömer, Hasan Vezir, Turhan Sofuoğlu, Nezihi Tosuncuk, Müjdat Yetkiner, Hakan Tecimer, İsmail Kartal, Aykut Kocaman, Rıdvan Dilmen.

Kime ait, kim yapıştırmış oraya, bilinmiyor. Cezaevi boşaltıldıktan sonra yapılan temizlik sırasında 4'üncü koğuşun duvarında bulunmuş... Müzeye dahil edilmiş.

Belli ki, müebbete mahkum Alcatraz Kuşçusu'nu hayata bağlayan kanarya gibi... Kanarya posteriyle hayata tutunmuş 4'üncü koğuştan biri.

Ve "memlekete zararlı" diye zulmedilen insanların "milli" futbolcularla gurur duyduğunu... Tecrit atmosferinde "derbi nasıl biter?" diye sohbet ettiklerini, Galatasaraylı, Beşiktaşlı diye birbirlerine takıldıklarını düşünüyorum... Yüreğime kıymık batıyor.

Deniz Gezmiş, Hüseyin İnan, Yusuf Aslan

Deniz Gezmiş, 1947'de Ankara'da doğdu, İstanbul Üniversitesi hukuk fakültesine girdi, ABD karşıtı eylemleri nedeniyle defalarca tutuklandı, Filistin'e gitti, El Fetih kamplarında eğitim aldı, üniversiteden atıldı, Türkiye Halk Kurtuluş Ordusu'nu kurdu, banka soygununa, dört Amerikalı askerin kaçırılmasına karıştı, Sivas'ta yakalandı. Hüseyin İnan, iki yaş küçüktü, 1949'da Kayseri'de doğdu, ODTÜ idari bilimler fakültesinde okurken, THKO'nun çekirdek kadrosunda yeraldı, Kayseri'de yakalandı. Yusuf Aslan, Deniz'le yaşıttı, Yozgat'ta doğdu, ODTÜ'de okurken Filistin'e gitti, helikopter pilotu oldu, THKO'nun kurucularındandı, Deniz'le birlikte Sivas'ta yakalandı. 6 Mayıs 1972'de idam edildiler.

Can

İyi adam o.

Can, bildiğin can.
Bonomo, Latince.
Anlamı, iyi adam.

Sefarad Musevisi. 540 sene evvel İspanya'dan göçüp, tarihi ilçemiz Bergama'ya yerleşen bi ailenin evladı. Dede, İzmir'e taşınmış, babası gibi, Can da Alsancak'ta dünyaya gelmiş.

Dolayısıyla... En çok bıdı bıdı yapılan mevzuyu kafadan sordum, "van münüt malum, bak biz İsrail'e gıcığız ama, Musevi vatandaşımızı Türkiye'yi temsil etsin diye Eurovision'a gönderiyoruz, işte böyle hoşgörülüyüz filan demek için seni seçmiş olabilirler mi?" dedim.

"Ben Türk'üm" dedi.
Nokta.

1987 doğumlu. İlkokulu Çakabey Koleji'nde okuyup, Avni Akyol Lisesi'nden diploma almış, Bilgi Üniversitesi sinema-televizyon'u kazanıp, 17 yaşında ver elini İstanbul... Nişantaşı'nda kuzenlerinin yanında kalmış, sonra Etiler'de, şimdi Cihangir'de kirada oturuyor. Tek başına.

"İzmir mi, İstanbul mu?" diye soruyorum. Hiç eğip bükmüyor. "İyi ki İzmir'de doğmuşum, iyi ki İstanbul'da yaşıyorum" diyor. Doğduğun yer, doyduğun yer meselesi... Gerçekçi.

"Kız arkadaşın?" diyorum.
Dedim ya, gerçekçi...
"O işe girmesek abi" diyor!

Bir de anneciğini konuşmak istemiyor. Geçenlerde kaybettiği anneciğini... 6 yaş büyük ablası var. "Müzikle alakası var mı?" diyorum. Gülüyor. "Güzel müzik dinler" diyor. Ailede müzisyen, sadece, dede... İzmir TRT'de vokalistmiş. Ama, dedeye değil, komşunun gitar çalan oğluna özenmiş, öyle başlamış, 8 yaşındayken... Baba, kâğıt ticareti yapıyor. "İşyeri İzmir'de nerede?" diye soruyorum. Vaziyete o kadar hâkim ki, "bi saniye" diye izin isteyip, "babamın işyeri nerde?" diye anneannesine sordu iyi mi! Benimle telefonda konuşurken, anneannesinin evindeydi. Anneanne çok mutlu, eşin dostun tebriklerini kabul ediyor, gururla.

Hayatındaki en önemli insanlardan biri, "manevi kardeşim" dediği Can Saban... Yapımcısı, kliplerini o çekiyor. "Ertem Eğilmez'in torunu... Haliyle, kötü iş yapması yasak" diyor.

Samimi. Sıcak. Ancak, genç yaşına rağmen "mesafe ve temas"ı çok iyi ayarlıyor. Tartarak konuşuyor. Tek kelime argo kullanmıyor. Türkçesi pürüzsüz. Ses tonu, spiker kalibresinde.

Meczup albümüyle patladı...
"14-15 yaşındaydım, biriyle tanıştım, kolunda meczup yazan dövme vardı, sordum, Allah yolunda aklını kaybetmiş kimse dedi, etkilendim" diyor.

Peki albüm piyasaya nasıl çıktı? "İlk intiba" için kravat takanların iyi okumasını öneririm... "Altı şarkı hazırladım, cd'ye kaydettim, cd'yi koyacak kap bulamadım, o sıralarda Irvine Welsh'in *Porno* isimli romanını okuyordum, kitabın bir sayfasını yırttım, cd'yi sardım, Can Saban'a yolladım, yollama şeklim ilgisini çekince tanışmak istedi, gerisi geldi" diyor!

Kesinlikle doğal.
Kesinlikle yaratıcı.

Dövme hastası... 18 dövmesi var. İlkini 17 yaşında yaptırmış. Göğsünde güneş, içinde kalp, güneş anneciğinin ismi... En son, sol omzuna, anneciğinin fotoğrafını kazıttı. Sol kolunun içinde, Bonomo yazıyor. Sol kolunun dışında, ekibinin, team bonomo'nun logosu var. Sol dirseğinde, bir semazen'le iki robot duruyor, maneviyat'la teknoloji, yaptığı müziği sembolize ediyor. Dövmelerini kendisi tasarlıyor, çünkü, illüstrasyon eğitimi almış. Sol elinin üstünde, üç paralel çizgi var, pagan müzisyenleri enstrümanlarının üstüne çizermiş, ilham perilerine yakın olmak için... Sağ kolunun içinde, ırkçılık ve cinsiyet ayrımcılığına karşı mücadelesiyle tanınan, Amerikalı siyahi kadın şair Gwendolyn Brooks'un 8 satırlık "we real cool" şiiri var, İngilizce kazınmış, "harbi havalıyız, okulu bıraktık, gezip tozarız, şarkı söyleriz, içeriz, genç ölürüz" filan gibi bi şey... Sağ kolunun pazusunda, *The Nightmare Before Christmas* filminin başrolündeki Jack Skellington karakterini yansıtan, iskelet figürü var. Sağ bileğine doğru, *The Rat Pack* filminde Frank Sinatra'nın kullandığı dövme var. Sağ dirseğinde ise, Mevlevi şiiri...

Mazi verir acı, keder
Kimse kalmaz, hep gider
Nerede Havva'yla Adem
Dem bu demdir
Dem bu dem

Şarkıcı diye gönderiyoruz...
Filozof gibi adam.

Nazım Hikmet'in direnişçi ruhunu, Barış Manço'nun cesaretini ve yüreğini örnek alıyor.

"Peki ya şöhret?" diyorum.
Önce kıkırdıyor, "düne kadar kimse tanımıyordu, şimdi reklamlardan bile çok çıkıyorum televizyonlara" diyor, matrak buluyor bu durumu... Sonra ciddileşiyor, "şöhret hayalleri olan biri değilim, sadece yaptığım işi iyi yapmayı seviyorum, hepsi bu" diyor.

Umurunda bile değil.
En beğendiğim tarafı bu.

Kılık kıyafetini örnek aldığı kimse yok. Marka, moda,

ilgilenmiyor. Şapka seviyor. Sporu sağlık için yapıyor. Futboldan anlamıyor. Takım tutmuyor. Yazlarını Çeşme'de geçiriyor.

Para kazanmıyor. İdare ediyor. Sıkıştığı zaman, babasından istiyor. Otomobili yok. Alamadığı için değil. Kullanamadığı için. "Beceremiyorum, bi defa aldım, her yerini oraya buraya vurdum, vazgeçtim" diyor. Motosiklet kullanıyor.

"Kaçıncı oluruz?" diyorum.
Hakikaten bayıldım bu çocuğa...
"Bilemem abi" diyor!

Halbuki, benim bir netice tahminim var. Dandik dundik tipleri sanatçı diye baş tacı eden Türkiye, bu değerli gencin adını bile duymadığına göre... "İyi adam"dır, iyi netice alacak.

Can Bonomo

2012'de, henüz 25 yaşındayken, Azerbaycan'da düzenlenen Eurovision Şarkı Yarışması'nda, söz ve müziğini yazdığı "Love me Back" isimli şarkısıyla yedinci oldu. Taklitten geçilmeyen pop dünyamızda, özgün sanatçılardan biri olmayı başardı.

Lefter

Rahmetli Denktaş, Rum'a karşı Türk'ü savundu.
Rahmetli Lefter, Rum'du.
Türk milli takımı kaptanıydı.
İkisini de kalbimize gömdük.
Filan.

Herkes bunu yazıyor.
Papağan gibi.

Şu da var halbuki.

Rahmetli Lefter...
Büyükada doğumluydu.
Büyükada'da defnedildi.

Rahmetli Denktaş...
Baf doğumluydu.
Baf'a defnedilemiyor.

Aynı güne denk gelen iki ölümü aynı paketle ambalajlayıp, Lefter'i bağrımıza bastık ayaklarıyla, bu topraklarda doğup büyüyen Rumlara ettiklerimizi unutturamayız. Ama görünen o ki... Rum'un Türk'e ettiklerini unuttuğumuz gibi, Kıbrıs Türkü'nün Denktaş'a ettiklerini de unutmuşuz.

Statükocu dediler.
Takoz dediler.
Faşist dediler.
Hatta, defol dediler.

İstemiyorlardı onu.

Yatacak yeri yok, ona bu muameleyi reva gören vefasızların...
Ama, onun ilelebet var.

Denktaş...
Anıtkabir'e defnedilsin.

En azından sembolik mozole öneriyorum.
Çünkü, üç kuruş para'yı bağımsızlığa tercih eden zihniyet nedeniyle, Denktaş'ın defnedileceği yerin de Türk toprağı olarak kalacağı meçhul!

Lefter Küçükandonyadis

1925'te İstanbul Büyükada'da doğdu, asıl adı, Rumca'da özgür anlamına gelen Eleftherios'tu, kısaca Lefter olarak tanınıyordu, futbola Taksim Spor Kulübü'nde başladı, 17 sene Fenerbahçe forması giydi, ordinaryüs lakabı takıldı, İstanbul liginde üç defa, süperlig'te üç defa şampiyonluk yaşadı, İstanbul liginde gol kralı oldu, İtalya'da Fiorentina'da, Fransa'da Nice'te oynadı, 50 defa A milli formayı giydi, milli takım kaptanlığı yaptı, 1964'te futbolu bıraktı,Yunanistan'ın Egaleo, Güney Afrika'nın Superspor United takımlarında, Samsunspor, Orduspor, Mersin İdmanyurdu, Boluspor ve Sivasspor'da teknik direktörlük yaptı, 2012'de vefat etti, Büyükada'da toprağa verildi, Kadıköy Kuşdili Parkı'na heykeli dikildi.

Şuppiluliuma

Genelkurmay Başkanı'nın tutuklanmasına "tarihte ilk" filan deniyor ama... "Hitit Kralı" şüpheli şahıs birader!

Esprileriyle ünlü gazeteci Musa Ağacık, değerli arkadaşım Nedim Şener'le telefonda konuşurken, kendisini Hitit Kralı Şuppiluliuma'nın torunu Musaluliuma olarak tanıtıyor ve hukukun gukuk olduğunu anlatırken, Hitit Yasaları'ndan bahsediyor. Konuşma kaydediliyor, iddianameye konuyor iyi mi... Böylece, Hitit Kralı 3 bin sonra delil oluyor.

Ki, Zeus...
Deyus olmuştu.
Aynı iddianamede.

Benzer ciddiyet, İzmir'de yaşanıyor...
CHP'li belediyeleri basıyorlar ya, orda.

Alaçatı Belediye Başkanı, zart diye tutuklanıyor, 185 sene hapsi isteniyor. Başkan "niye?" diye soruyor. Telefon konuşmalarını delil olarak gösteriyorlar. Okuyor... "Ne oldu bizim beleşten 145 bin lira" demiş, tutanaklarda öyle yazıyor. "Kardeşim ne beleşi... Ne oldu bizim Beldes'ten 145 bin lira diye sordum, yanlış dinlemişsiniz" diye itiraz ediyor. İnceleniyor. Hakikaten öyle, Beldes'ten yani, belde belediyelerini destekleme fonundan beklenen 145 bin lira var. Kayıtlar tekrar dinleniyor. Beldes demiş, beleş yazılmış. Başkan görevine dönüyor.

Büyükşehir operasyonunda Hüseyin Ercan'ı gözaltına alacaklar, polis gidiyor, Hüseyin Mercan'ı yakalıyor! Hüseyin Mercan, çiftçi... "Banka borcum bile yok, borcum olsa ineğime haciz gelir" diye yalvarıyor, "bırak bu ayakları" diyorlar. Sonradan Hüseyin Ercan'ın haberi oluyor, polise gidiyor, Hüseyin Ercan'ı gözaltına alıp, Hüseyin Mercan'ı bırakıyorlar.

Eshot'tan emekli Rafet Bayram'ı alacaklar, gidip, adaşı Rafet Bayram'ı alıyorlar. Alınan Rafet Bayram da emekli ama, Eshot'tan değil, albay emeklisi, hiç itiraz etmiyor, kuzu kuzu geliyor... Savcı kimliğine bakıyor, "sen niye geldin?" diye soruyor. Emekli albay "bilmiyorum, herhalde Ergenekon'dan veya Balyoz'dan aldılar diye düşündüm" diyor. Savcı, albayı kovuyor. Orijinal Rafet Bayram'ın haberi oluyor, bakıyor ki kimse gelmiyor, Eshot otobüsüne binip, Emniyet'e gidiyor, "nerdesin bu saate kadar" diye fırçalanıyor.

Büyükşehir, emek şenliği yapıyor, Şevval Sam konser veriyor. Müfettişler, konseri organize eden müdüre "neden ihale yapmadın, tek teklif aldın?" diye soruyor... Müdür ne desin, "abi beş tane yok ki, memlekette bir tane Şevval Sam var, neyin ihalesini yapayım?"

Haysiyet celladı gazteciler "Büyükşehir Belediye Başkanı, parke taşlarını oğlunun şirketinden satın aldı" diye manşet yapıyor. İnceleniyor. Başkan'ın oğlu sadece ihracat yapıyor. Kamuya, belediyelere sattığı tek kuruşluk mal olmadığı gibi, koskoca İzmir'de, rica üzerine sadece bir kişinin evi için maliyetine parke taş verdiği ortaya çıkıyor, o kişi de AKP mebusu.
Hani şu meşhur fıkradaki gibi, bizim bakan İsviçre Denizcilik Bakanı'yla tanışıp "sizde deniz yok ki" deyince, İsviçreli "sizde de adalet bakanlığı var" demiş filan... Öyle oluyor.

II. Şuppiluliuma

Adının anlamı "saf kaynak"tı, Hitit kralıydı, milattan önce 1207'de tahta çıktı, milattan önce 1178'te öldü. Üç bin sene sonra, 2012'de, Hatay Reyhanlı'nın Demirköprü köyündeki Tell Tayinat höyüğünde heykeli bulundu, Toronto Üniversitesi arkeoloji ekibi tarafından bulunan, bazalt taşından yapılmış, 1.5 metre boyunda ve 1.5 ton ağırlığındaki heykel, faltaşı gibi açılmış gözlerle bakıyordu. Adeta... Türkiye'de olan bitene hayretle bakıyordu!

Veli

18 yaşındayım.
Yeni Asır.
İşe başladığım gün.
Gece çalışıyorum.
Sabaha karşı iki filan...
Kapıdan aradılar.
– Baba geldi.
Koştum telaşla, indim.

Hayırdır?
Hafif çakırkeyif.
Elinde bi kalem.
Bildiğin kurşunkalem.
Bak, dedi...
Kutsaldır bu.
Yazacaksan...
Adam gibi yaz.
Taşıyamayacaksan...
Yol yakınken bırak.

Hepsi bu.

Ömrünü gazete bobinleri arasında tükettiği halde, bir daha asla çalıştığım yerlere uğramadı... Sadece atıldığımda, istifa ettiğimde, yargılandığımda telefonla arardı, sakın ola derdi, hepi topu bi lokma ekmek, bi avuç toprak, geri durma.

Anadolu insanıydı çünkü.
Kriteri testi'ydi...
Çamurla boğuşmaktan korkma.
Yıkarsın elini gider.
Toprağından testi yapılmayana dikkat et.
İnsan mıdır... Hamurunu yokla.

Hiç "keşke" demedim...
Sayesinde, nasihatla.

Zor anımızda ailemizi yalnız bırakmayan, eşe dosta, okura yürekten teşekkür ederim. Ve, müsterih olun.

İnanırız biz... Doğarsın. Ölürsün.
Vardığı yerden eminiz. Üzüntü değildir.

"Pişmanlık"tır...
Şu an hissettiğim en yoğun duygu.

İşe güce koşuştururken, bir saniye daha onunla beraber olamadığım için, bir kadeh daha parlatamadığımız için... Ha bugün ha yarın derken, bir kez olsun daha sarılmayı ötelediğim için.

Hayat denilen... Hiçbir yere giden oyuncak trenin, bizsiz de dönebileceğini unuttuğum için.

Değerli gençler.
Telafisi imkansız çaresizliğin sahibidir bu satırların yazarı... Canını ver, o bir saniyeyi geri alamıyorsun. Baba rahmetliyse, ana vardır, akraba, komşu, arkadaş, illa ki yaslanabileceğin bi omuz vardır.

Kapat gazeteyi...
Hemen şimdi.
Git, o saniyeyi al kardeşim.

Veli Özdil

1937'de Aksaray'ın Amarat köyünde doğdu, aslına bakarsanız 1937'de doğduğu rivayet edilir, çünkü doğum tarihi üç aşağı beş yukarı tahminidir. Sevgili babamın nüfus kağıdında 1 Ocak 1937 yazardı, 1 Ocak bile uydurmaydı. Yaşı 60'ın üstündeki pekçok Anadolu çocuğu gibi, kazık kadar olduktan sonra anca çıkarılmıştı nüfus kağıdı... Sorardık babaanneme mesela, "emmioğlundan iki güz önce doğdu" derdi. Peki, emmioğlu ne zaman doğdu? Hala kızından üç kış sonra! Dolayısıyla, nüfus memurunun marifetiydi, yalandan doğum tarihine sahipti. İlkokuldan sonra İzmir'e geldi, sağda solda çıraklıktan sonra, *Yeni Asır* gazetesinde şoförlük yaptı, dedemle birlikte Alsancak'taki Kısmet Taksi'yi kurdu, 50 sene direksiyon sallayarak emekli oldu, evlendikten sonra dışardan ortaokulu ve ticaret lisesini bitirdi, 2011'de vefat etti, Urla İskele'de yatıyor.

Muhtar

Keşan müftüsü izah etti, "Noel baba dürüst adam olsaydı, bacadan değil, kapıdan girerdi" dedi.

Aslında...
Dolaptan girdi.
Buzdolabından!

Hıristiyan filan diyorlar ama, Papa dahil, kimsenin umurunda değildi. Taaa ki, 1930'a kadar... Amerikan zekası Coca Cola, günde 9 milyon şişe satıyor, ne yapsak da daha fazla satsak diye kafa yoruyordu. Şirin bi reklam figürü yaratıp, çocukların ilgisini çekmeye karar verdiler.

Dönemin en yetenekli illüstratörü Haddon Sundblom'la anlaştılar. Amerikan Sanat Akademisi mezunu Sundblom, göçmen bi ailenin çocuğuydu, babası Finlandiyalı, annesi İsveçli'ydi.

Popüler kültürde yeri olmayan, o güne kadar sadece 1863 senesinde, o da sadece bir kez, siyah-beyaz resmedilen hayali kişilik Aziz Nikolas'ı aldı, ak saçlı, ak sakallı, koca göbekli, tonton dedeye çevirdi. Dini tınıdan kurtulmak için, Aziz'i, yani Saint'i attı, kulağa daha arkadaşça geliyor diyerek, Santa dedi, Santa Claus yaptı. Dünya çapında en çok reklam yatırımı yapılan renklere, Coca Cola'nın kırmızı-beyaz-siyah renklerine boyadı, bilekleri beyaz tüylü kırmızı cüppe, beyaz ponponlu kırmızı kukuleta, siyah kemer ve siyah çizme giydirdi. Kendisi İskandinav kökenli ya... Geyikleri ilave etti, çocuksu düşleri gıdıklamak için, bindirdi kızağa, uçurdu.

Coca Cola da satışta uçtu... Gazeteler, dergiler, duvarlar, panolar, el ilanları, her taraf bu sevimli reklam figürüyle donatıldı. Hollywood üstüne atladı, aynı tip'le filmler çevrildi. Ardından icat edilen televizyon derken, popüler kültürün ayrılmaz parçası haline geldi.

Kıssadan hisse'ye gelince...

Noel Baba, kırmızı-beyaz, Coca Cola gibi, aynı zamanda Türk bayrağı renkleri.

Ve bugün, günde 1 milyar 700 milyon şişe satan Amerikan zekası Coca Cola'nın zirvesinde, bir Türk evladı... Zekasıyla, Amerika'da Amerikalıların önüne geçen Muhtar Kent oturuyor.

Müftü hâlâ kapıda.
Bacayı kolluyor.
Ki, yılbaşı gecesi ev ev dolaşmak için sesten üç bin kat hızla uçması gereken şerefsiz içeri sızmasın!

Muhtar Kent

1952'de New York'ta doğdu, babası New York başkonsolomuzdu, Tarsus Amerikan Koleji'nden sonra, İngiltere Hull Üniversitesi ekonomi bölümünü bitirdi, 1978'de Coca Cola'ya girdi, 2008'de ceo oldu, 2009'da yönetim kurulu başkanı oldu, 2016 itibariyle bu görevini sürdürüyordu. Babası Necdet Kent, Bangkok, Yeni Delhi,

Stockholm, Varşova'da büyükelçilik yaptı, ikinci dünya savaşı sırasında Marsilya başkonsolosuyken, çok sayıda Yahudi'ye Türk pasaportu vererek hayatlarını kurtardı, bu nedenle tüm dünyada "Türk Oskar Schindler" olarak tanınıyordu, 2002'de rahmetli oldu.

Nedim

Dün, 28 Kasım'dı.
Değerli arkadaşım...
Nedim'in doğum günü.

1966'da işçi ailesinin evladı olarak gurbette, Almanya'da dünyaya geldi. Bolu Mengen'de, anadan-babadan uzak, anneannesinin yanında büyüdü, okumak için İstanbul'a teyzesinin yanına geldi. Hep tek başınaydı. Taa ki Vecide'yle tanışana kadar... Evlendi, baba oldu.

Kızına, eşinin ismini koymak istedi. Vecide ise, ender görülen, söylemesi hayli güç isminden çok çekmişti; Vecihe, Macide gibi isimlerle karıştırılıyordu, kızımızın ismini Defne koyalım dedi. Nedim öyle düşünmüyordu... Hayatını anlamlı kılan Vecide sayısını arttırmak istiyordu. Eşinin de gönlünü kırmadı, kızına Vecide Defne ismini koydu.

Dünya bi yana...
Vecideler bi yanaydı.

İşiyle evi arasındaki raylarda yaşayan, tren gibi adamdı... Tek istasyonu yuvasıydı. Kendi çocukluğunda hasret yaşayan, kendi çocuğuna asla hasret yaşatmak istemeyen bi babaydı.

Gel gör ki, 19 Eylül.
Kızının doğum günü.
İlk kez ayrıydı.
Anne Vecide, her gün olduğu gibi, okula gitti, minik Vecide'yi aldı, evine döndü ki, sürpriz... Nedimciğim, kendisini ziyarete gelen arkadaşlarıyla çoktan doğum günü partisi organize etmişti. Çikolatalı pasta, üstünde not, "seni seviyorum kızım, nice senelere..."

Dilek tuttu Vecide.
Üfledi mumlarını.
İlk kez yanında olamayan babasının hediyesi bebeğe sarılarak uyuyor her gece.

10 Ekim...
Evlilik yıldönümü.
Gene ilk kez ayrıydılar.
Eşi Vecide açık görüşe gitti, karşılıklı oturdular, merhaba'dan bile önce, Nedim elini cebine attı, kırmızı bi kutucuk çıkardı, ki, sürpriz... "Nice senelere aşkım" dedi, minicik tek taş yüzüktü.

Çünkü...
Avukatlarından rica etmiş, avukatlar Vecide'ye sezdirmeden enişteye telefon etmiş, enişte siparişi almış, Vecide'ye çaktırmadan babasına vermiş, kayınpeder o günkü açık görüşe katılmak için illa ısrarcı olmuş, kızıyla beraber Silivri'ye gelmiş, beklerlerken, kayınpeder bi ara gözden kaybolup, cezaevi görevlileriyle konuşmuş, kutucuğu aktarmış, vicdan sahibi görevliler de açık görüşe çıkmadan önce emaneti Nedim'e teslim etmişti.

Kızına, eşine, sevgili...
Organize suç işlemişti!

Ve dün.
Gene ilk'ti, gene ilk kez ayrıydılar.

İşe geliyorum, Radyo D açık, Hakan Gündüz'ü dinliyorum. Pat diye minik bi kız aradı, ben Vecide dedi, babamın doğum günü, şarkı göndermek istiyorum. Hangisi? Nedim'in dinleme imkânı oldu mu bilmiyorum ama, Sezen Aksu'dan şunu hediye etti 8 yaşındaki Vecide...

Oooo yandık desene
Tam topun ağzına...
Durduk desene!

Nedim Şener

1966'da doğdu, İstanbul Üniversitesi iletişim fakültesinden mezun oldu, aynı üniversitede iktisat üzerine yüksek lisans yaptı, mesleğe 1992'de *Dünya* gazetesinde başladı, 2011'de *Milliyet*'te çalışırken, Ergenekon iftirasıyla Odatv davasından tutuklandı, bir sene hapis yatırıldı, *Dink Cinayeti*, *Ergenekon Belgelerinde Fethullah Gülen ve Cemaat*, *Hayırsever Terörist*, *Naylon Holding* gibi çok satan kitaplar yazdı, Sedat Simavi Ödülü, Uluslararası Dürüstlük Ödülü,

Uğur Mumcu Ödülü, Abdi İpekçi Ödülü, Düşünce ve İfade Özgürlüğü Ödülü aldı, 2016 itibariyle *Posta* gazetesinde köşe yazıyor, Ergenekon davasından 15 sene hapisle yargılanmaya devam ediyordu.

Kaşif

Trabzon'da doğdu.
Dedesi kahramandı.
İstiklal harbi şehidi...
Onun adını verdiler.
Kaşif.

Babası öğretmendi.
Halası da öğretmendi, hatta, kendisinin ilkokul öğretmeniydi. Atatürk ilkeleriyle büyütüldü. "Herkes biraz İzmirlidir" derim ya... O da öyleydi. Babası Mithatpaşa Endüstri Meslek Lisesi'ne atanınca, İzmir'e taşındılar, Hatay Nokta durağına... Atatürk Lisesi'ne kaydoldu. Dar gelirli baba, ailesinin geçimini sağlamak için ek iş yapar, marangoz olarak Fuar'da stant kurardı. Gene tayin... Kırklareli Atatürk Lisesi'nden mezun oldu. ODTÜ'yü kazandı.

Ama, subay olmak istiyordu. İzmir Atatürk Lisesi'nin boks takımındayken burnu kırılmış, vaziyeti idare etmiş, öylesine kaynamıştı. Bu halde olmaz dediler. Ailesinden gizli gizli yattı masaya, ameliyat oldu, düzeltti. Sınava girdi, Kara Harp Okulu'nu kazandı. Bordo bereli'ydi. Dünya Özel Kuvvetler Şampiyonası'nda, teçhizatlı koşu, paraşütle atlama, sualtı dalışı, keskin nişancılık, hayatı idame, yarma, sızma filan, dünya şampiyonu oldu. Seçkin birlik, Muharebe Arama Kurtarma MAK'ın kurucuları arasında yer aldı. Sayısız subay, astsubay ve özel harekâtçı polis yetiştirdi. Binbaşı rütbesindeyken, Milli İstihbarat Teşkilatı'na geçti.

Madalyaları evine sığmıyordu, bazıları, örnek bir Atatürk kızı olan 75 yaşındaki annesinde duruyordu. Hep vardı ama, hiç yoktu... Babası vefat ettiğinde, yurtdışı görevindeydi, cenazeye katılamadı. Kız kardeşine çok düşkündü, eline doğan yeğeninin düğününe bile gelemedi.

Parayla pulla hiç işi olmadı. Mütevazı bi evi var. Ankara'da.

Hepsi o... Didik didik ettiler manşetlerden linç edebilmek için, bula bula, anca bi de yazlık bulabildiler. Ki, o yazlık, eşine babasından miras kalmıştı. Tek serveti, 21 yaşındaki oğluydu. Üniversite öğrencisi... 55 senelik ömrü operasyonda geçtiği için, toplasan, üç sene ya gördü büyüdüğünü, ya göremedi.
Karnında...
Sırtında...
Mermi izi vardı.
İleride belki ama, şu anda size söyleyemeyeceğim yerde yedi.

MİT'in Asya Ülkeleri Daire Başkanvekili'ydi. Özbekistan, Kazakistan, en son Afganistan'daydı. Afgan köylerine Atatürk posteri asarken, "sen teröristsin, gel buraya" dediler. Koşarak geldi.

Türk halkı, ilk kez ve son kez, mahkemeye "koşarken" gördü onu... Zımba gibiydi. Çünkü, çocukluğundan beri haftanın yedi günü aralıksız spor yapardı. Her nedense, cezaevinde son görüştüklerinde kız kardeşine vasiyet etti, "ölürsem, beni babamın kucağına koyun" dedi.

Ve, öldü.
Mermi öldürememiş...
Spordan öldü deniyor!

Kaşif Kozinoğlu

1955'te doğdu, Ergenekon kumpasıyla tutuklandı, 2011'de Silivri cezaevinde şehit oldu, Ümraniye Kocatepe'de toprağa verildi. Dokuz aydır tutukluydu, dokuz aydır duruşmaya çıkarılmıyordu, ilk kez mahkemeye getirilecekti, hakim karşısına çıkmasına sadece 13 gün vardı, konuşacaktı, "davanın seyri değişecek" deniyordu. Şak... Kalp krizinden öldüğü açıklandı. O gün itibariyle akp-cemaat eleleydi, "zehirlenerek öldürüldü" iddiasının üzerine gidilmedi, örtüldü, dosya kapatıldı. Akp'yle cemaat'in arası bozulunca, şak... 2014 senesinde, Kaşif Kozinoğlu dosyası "cinayet şüphesi"yle tekrar açıldı, bu kitabın yayımlandığı 2016 itibariyle sonucu hâlâ belirsizdi.

Atsushi

Japonya'da deprem oldu.
İmardan Sorumlu Bakan Ryu Matsumoto, tsunami bölgesini ziyaret etti. Bölgenin valisi kurtarma çalışmalarının başında bulunduğu için Bakan'ı karşılamaya geç geldi. Bakan sinirlendi. Vali'yi fırçaladı. Gazeteciler fırçalama anını görüntüledi. Bakan daha fena sinirlendi. "Bu olayı gizli tutmazsanız, hem sizin başınız yanar, hem de çalıştığınız gazete ve televizyonlar zarar görür, ona göre" diye tehdit etti. E tabii orası Japonya... Türkiye'ye benzemediği için, söz konusu haber haşırt diye yayınlandı. İnsan içine çıkamaz hale gelen İmardan Sorumlu Bakan "en başta depremzedeler, herkesten özür dilerim" dedi, istifa etti.

(Bilahare... Ekonomi, Savunma, Enerji bakanları ve Japonya Başbakanı istifa etti.)

Van'da deprem oldu.
Şehircilikten Sorumlu Bakan Erdoğan Bayraktar, enkaz bölgesini ziyaret etti. "Bugün itibariyle en güvenilir yer Van'dır, fay kırıldı, enerjisi boşaldı, binalara girilebilir, büyük depremin olduğu yerde bir daha deprem olmaz, dünyada bunun örneği görülmemiştir" dedi.

(Bilahare... Trabzon'a gidip, Trabzonspor'un bayramlaşma törenine katıldı, "Trabzonspor olarak durumumuz çok iyi, moralimiz düzeliyor, futbolcularımızın hepsini alnından öpüyorum, biz biriz, bütünüz, Allah kazalardan belalardan felaketlerden korur" dedi.)

Van'da gene deprem oldu.
Japon öldü.

Bilahare...
Bizim Bakan Fransa'ya geçti.

Atsushi Miyazaki

1970'te Oita'da doğdu, uluslararası ilişkiler okudu, İngiltere'de yüksek lisans yaptı, insani yardım kuruluşunda gönüllü olarak çalışıyordu, 2011'de Erciş depremzedelerine yardım etmek için Van'a geldi, 18 gündür ücra köylere gıda malzemesi dağıtıyordu, Bayram Oteli'nde kalıyordu, artçı sarsıntıda otel yıkıldı, rahmetli oldu. Böylece... Siyasetçilerimizin ve idarecilerimizin sorumsuzlukları yüzünden, sadece kendi yurttaşlarımızı değil, yurttaşlarımızı kurtarmak için tee Japonya'dan geleni de öldürmeyi başarmış olduk!

Sunay

Her akşamüstü oyuncakçı...
camekanından çocuk ellerinin izlerini siler

Böyle der...

Ve, paraya pula nanik yaparak, baba mirası köşkünü kat karşılığı mütayit'e vermektense Oyuncak Müzesi'ne dönüştüren o büyük şair, Sunay Akın... "Hadi gelin" diyor şimdi, "büyükleri büyükler düşünsün, biz hiç büyümeyen çocuklar olarak, çocukları düşünelim."

Oyuncaklarınızı bekliyor.
Van'a göndermek için.

Olan oldu çünkü maalesef.
Ölen öldü.
Kalan kaldı.
Şimdi...
Yıkılan hayalleri, minicik yüreklerde oluşan derin çatlakları tamir etme zamanı.

Fikir, Ali Ozan'ın.
Oğlunun.
E böyle babaya, böyle evlat haliyle... 22 yaşında, İTÜ'de okuyor. Van yıkılınca, boşveriyor okulu mokulu, koşuyor belediyeye, gönüllü oluyor, koli taşıyor. Görüyor ki, çadır var, soba var, battaniye var. Oyuncak yok. "Bunlar şart ama" diyor, "çocukların gönlü neyle ısınacak?"

Sloganı yazıyor.
Kampanyayı başlatıyor:
Kırık hayaller için...
Sağlam oyuncaklar.

Adres: Ömerpaşa Caddesi, Doktor Zeki Zeren Sokak, numara 17, Göztepe, İstanbul... Kapısının önünde üç dev zürafa heykeli bulunan beyaz köşk... 0216 359 45 50

Bebek, tren, uçak, ayıcıklar, balonlar, elbette ama... Yaratıcı hayal gücüne yönelik oyuncaklar bekleniyor aslında... Boyama kitapları, puzzle, lego, kelime bulmaca gibi... Flüt, mandolin, gitar, bağlama, çadır ortamlarında bile kursu verilmeye müsait müzik aletleri aynı zamanda.

Kılıç filan gibi şiddet içerenler eleniyor.
Tabanca mesela, su tabancası bile olsa, gönderilmiyor.

(Değerli eşim, basketbol, voleybol topu, bez bebek ve panda verdi. Sevgili kızımın "rulet de gönderseydin bari" şeklindeki zarif uyarısına rağmen, ben her ihtimale karşılık, bi okey takımı ekledim.)

Bakın bugün pazar...
Ya haftaya pazar?
Sonrası da çok geç değil ama, salıya çarşambaya yetiştirirseniz, arife günü Van'da Erciş'te, bayram sabahı çocuklarımızın elinde.

Sunay Akın

12 Eylül 1962'de Trabzon'da doğdu, 12 Eylül darbesi yüzünden, 18 yaşından beri doğumgününü kutlamıyor, İstanbul Üniversitesi fiziki coğrafya bölümünden mezun oldu, ilk şiir kitabı *Makiler*, 1989'da yayımlandı, şiir dergileri çıkardı, İstanbul Göztepe'deki Oyuncak Müzesi'ni 2005'te ailesine ait dört katlı konakta açtı, *Kız Kulesi'ndeki Kızılderili, İstanbul'da Bir Zürafa, Geyikli Park* gibi çok satan deneme kitapları yazdı, 2016 itibariyle "İki Kitap Bir Heves" isimli tek kişilik sahne gösterisini sunmaya devam ediyordu.

Nasuh

Kendi Everest'inize Tırmanın.
Nasuh Mahruki'nin kitabı bu.

"Herkes Everest'e tırmanamayabilir ama...
Herkesin tırmanabileceği bir Everest'i vardır" diyor.

Cumhuriyet dediğin...
Nasuh'tur.

Sadece "bir kişi"nin "her şeyi" değiştirebileceğinin kanıtıdır o... Mustafa Kemal'in "Ey Türk gençliği" diye başladığı hitabeyi anlayan, kavrayan, gerçekleştirendir. Teslim olmayandır. Hatırlayın... Marmara depreminde sadece o ve bi avuç cesur arkadaşı vardı. Memleket acz içinde ağıt yakarken, adeta uzaylı gibi indiler hayatımıza, sakin, bilgili, mütevazı...

Bugün, Van'da görüyoruz, binlerce olmuşlar. Sahte vicdanlar oturduğu yerde dizini dövüyormuş rolü yaparken, elini değil, hayatını taşın altına sokup, gitti sanılan 187 can'ı geri getirdiler.

Basiretsizler coğrafyasının mantığını değiştirdi çünkü Nasuh... Kabiliyetsizler ülkesinin, sırf kabiliyetsizlerden ibaret olmadığını gösterdi. Yüreklendirdi. "Demek ki yapabiliriz"e model oldu. Belediyelerin, itfaiyelerin, hatta silahlı kuvvetlerin bakış açısını değiştirdi.

Ulusal bilinç geliştirdi.

(99'da annesi vefat ettiğinde, Gölcük'te felaket bölgesindeydi, cenazeye gidemedi. Çünkü, oğlum şu anda insan kurtarıyor, bireysel acımızı haber verip dikkatini dağıtmayayım diye düşünen muhteşem bi babanın oğlu o.)

(Osmanlı'da deniz kuvvetleri komutanlığı yapan, sancak gemisinde vuruşurken yanarak şehit düşen, Nasuh oğlu Kaptan-ı Derya Ali Paşa'nın torunu... "Yanarak ölen" anlamına gelen Mahruki soyadını, şeref mirası olarak taşıyan sülalenin evladı.)

(Dünyaya Everest'in zirvesinden baktıktan sonra, gelip İzmir'den kız alması, damadımız olması, biz İzmirliler için hiç de şaşırtıcı değildir, orası ayrı.)

"Maldan mülkten, paradan puldan, candan canandan geçilir, vatandan geçilmez. Vatan lafla sevilmez, eylemle sevilir" diyor. "Vatan sevgisi, sorumluluk almaktır. Dürüst, namuslu yurttaşlar olarak, korkmadan, kaçmadan elini taşın altına koymaktır" diyor. "Türkiye'yi Türkiye'nin kendisinden başkası iyileştiremez" diyor.

Sevgili analar, babalar...
19 Mayıs
23 Nisan
9 Eylül

29 Ekim dediğin...
Bu ruhtur.
Nasuh'lar yetiştirin.

Kız, erkek, değerli gençler...
Davranın kardeşim.
Adım atın.
Everest'inize tırmanın.

Nasuh Mahruki

1968'de İstanbul'da doğdu, Bilkent Üniversitesi işletme fakültesinden mezun oldu, 1992-94 arasında Sovyetler Birliği sınırları içinde yeralan 7000 metreden yüksek beş dağa tırmanarak "Kar Leoparı" unvanını aldı, 1995'te Everest'e tırmanan ilk Türk oldu, 1996'da yedi kıtanın en yüksek yedi dağına tırmanarak Yedi Zirveler projesini tamamlamayı başaran dünyanın en genç sporcusu oldu, *Kendi Everest'inize Tırmanın, Vatan Lafla Değil Eylemle Sevilir* gibi çok satan kitaplar yazdı, 2016 itibariyle AKUT'un yönetim kurulu başkanlığını sürdürüyordu, *Sözcü* gazetesinde köşe yazıyordu.

Uğur

1976...
Van depremle yıkıldı.
3 bin 840 insanımız hayatını kaybetti. Türkiye seferber oldu. Ancak, yardımlar yerine ulaşmıyor, adeta buhar oluyordu. Kış bastırmıştı. Kar fırtınasının savurduğu buz tanecikleri suratlara ok gibi saplanıyor, kurtulanlar kurtulduğuna pişman oluyordu.

O zamanlar TRT'de çalışan değerli ağabeyim Uğur Dündar, bu vahim atmosferde Van'a indi, depremin merkez üssü Muradiye'nin Çaldıran bucağına gitti. Manzara hazindi. Kamyon kamyon yardımlardan eser yoktu. Tir tir titreyen çocuklar, ısınmak için koyunlara sarılıyordu.

Gözleri çukura kaçmış gençten biri yanaştı, selamünaleyküm, aleykümselam, kulağına fısıldadı... Yardımların nerde olduğunu bulmak istiyorsan, Van'a git, Hacı Dodo'yu sor!

Van'a gitti. Eliyle koymuş gibi buldu. Herkes tanıyordu. Müteahhitti. Gerçekten hacıydı. 60 küsur yaşında. Ak sakallı. Bir değil, iki değil, altı defa gitmişti hacca... Hatta, otobüs almış, hacı adaylarını taşıyordu. Dönüşte, yükte hafif, pahada ağır ne kadar kaçak mal varsa, otobüse zulalıyor, yurda sokuyordu. Hacı'ydı ama, Dodo değildi. Lakabıydı bu... Asıl adı "Salih"ti.

Vaziyet anlaşılmıştı.
Bitirim muhitlerinde büyüyen bi haberci için, bu tipler hiç yabancı değildi. Gitti Hacı'ya... Kendisini Bitlisli müteahhit olarak tanıttı iyi mi! Uğur Dündar, Norveçli gibi adam, Türkçesi desen, pırıl pırıl... Ama, para hırsı işte böyle bi şeydi. Hacı zokayı yuttu. Çünkü, fıldır fıldır dönen gözleri, sözde Bitlisli müteahhidin masaya koyduğu balya gibi cüzdana kilitlenmişti.

Düş peşime, dedi. Çıkıp, az yürüdüler. Bir depoya vardılar. Açmadı depoyu. Arkasına dolandılar, karlar altında bi yığın... Eliyle temizledi Hacı Dodo, üstünde deprem damgası bulunan cillop gibi keresteler göründü. Tadımlık gösteriyordu... Afet İşleri Müdürlüğü'nün gönderdiği yardım malzemeleriydi. Kereste, demir, çimento, çivi, ne istersen, ne kadar istersen, sen paradan haber ver dedi. Peki ya depodakiler? Çadır dedi, battaniye, yiyecek filan.

35 sene sonra...
2011.

Van gene depremle yıkıldı.
Şu an itibariyle 534 insanımız hayatını kaybetti. Türkiye seferber oldu. Ancak, yardımlar yerine ulaşmıyor. Kış bastırmak üzere, ki... Bi başka "Salih" manşetlerde!

Bu da müteahhit... Erciş'te 20 cesedin çıkarıldığı Sevgi Apartmanı'nın müteahhidi... Kendisinin oturduğu dört dönüm, üç katlı, havuzlu, ultra lüks villada çatlak bile yok. Ama, can tatlı, villasına girmiyor. Çim bahçesine, Mercedes ve Audi cipinin yanına diktiği Kızılay çadırında oturuyor. Hem de bi tane kesmemiş, iki Kızılay çadırı kondurmuş!

Sevgi Apartmanı'nda 20 ceset daha çıkarılmayı bekliyor. O anda binada olmayıp kurtulanlar, çoluk çocuk asfaltta nöbet tutuyor, çadır kamyonunun yolunu gözlüyor. Bu arkadaş ise, cipinde uyuması veya parayı bastırıp herhangi bi marka çadır alması mümkünken... Kızılay'dan iki tane indirmiş bile!

Bana sorarsanız...
İki tanecikle çok ayıp edilmiş.
Resmi devlet töreniyle en az 20 tane çadır vermeleri lazımdı Salih'e.

Çünkü, bu Salih...
Zurna değildir.
Erciş Kaymakamı tarafından plaketle ödüllendirilmiş müteahhittir.

(Plaketi alan Salih'in tam adı Salih "Ölmez"ken... Plaketi veren kaymakamın Ramazan "Fani" olması, lüzumsuz bilgidir, mevzumuzla alakası yoktur. Plaket takdim törenine katılan Erciş Belediye Başkanı'nın, şu anda AKP Van mebusu olması da, tamamen tesadüftür.)

(Salih'in apartmanından cesetleri çıkaran... Kolon bağlantıları yapılmamış, demirler incecik, kolonlar kalın görünsün diye çevresi briketle örülmüş, üstelik dere kumu kullanılmış, diyen Siemens Arama Kurtarma Ekibi ise, olsa olsa, müfteridir.)

Dolayısıyla, düşünüyorum da, Uğur Dündar'ın ekranları bırakması memleket için gayet iyi oldu... Uğur Dündar'lar olmasın ki, hayırlara vesile olsun, meydan Salih'lere kalsın.

Uğur Dündar

1943'te İstanbul'da doğdu, İstanbul Üniversitesi Gazetecilik Enstitüsü'nü bitirdi, 1970'te TRT'ye girdi, Arena isimli haber programıyla, hem televizyon tarihimize damgasını vurdu, hem de soruşturmacı gazetecilik kavramını yarattı, Show, Kanal D, atv, Star, CNNTürk televizyonlarında çalıştı, Star televizyonu haber grup başkanlığı yaptı, 300'ün üzerinde ulusal-uluslararası ödül kazandı, Akp döneminde özel televizyonlarda ekrana çıkması adeta yasaklandı, ambargo uygulandı, *İyi Uykular Sayın Seyirciler, Pazarlık Yok, Vah Ülkem Vah* gibi çok satan kitaplar kaleme aldı, 2016 itibariyle Halk tv'de Halk Arenası'nı hazırlayıp sunuyor, *Sözcü* gazetesinde köşe yazıyordu.

Volkan

Ve, dava açtılar Volkan Konak'a.
Üç yıla kadar hapsini istiyorlar.

Ha bu da madalya olsun...
Adam gibi adam'a.

Kıllanıyorlardı nicedir...
Ses yasağı yüzünden konserini yarıda kesmek zorunda kalınca, dellenip, "mekan benim olsa, denizden gelip ses ölçenleri denize atardım" demesini fırsat bildiler. Davayı yapıştırdılar.

"Sanatçık" olmadı çünkü o.
Sanatçı olmakta ısrar ediyor.

"Sanatla uğraşan insan, dalkavuk olmamalı" diyor. Kula kulluk edeni, ülkesinin işgal edilmesini umursamayanı, bağımsızlığın kıymetini bilmeyeni "sığır"a benzetiyor.

"Mustafa Kemal'i sevmeyenle ahbaplık etmem" diyor. "Neymiş, bazıları Anıtkabir'i ziyaret etmiyormuş, aman etmesinler, onlar girerse Anıtkabir'i dezenfekte etmek lazım" diyor.

"Türküleri gibi asil Anadolu insanını kullanan, ırkçı, dinci faşistler beni dinlemesin" diyor. "Yere tüküren, kadın döven, ambulans geçerken tüyleri diken diken olmayan, dinlemesin."

Saraylara yılışmıyor.

Mertçe söylüyor. Söylemediği sözleri, sanki söylemiş gibi yazıyor tetikçiler... İftira atıyorlar. Hedef haline getiriyorlar. Gülüyor... "Kayanın arkasına saklanıp ateş edercesine" diyor.

Pes etmek yok kitabında. "Karamsar olmayın, çok kalabalığız, bu tipler çürüyen diş kadar kısa ömürlü" diyor.

Parayla satın alamıyorlar onu... "Al şu balyaları, reklamımızda oyna" dediler, "yürüyün anca gidersiniz" dedi. Yunus Emre'nin "paylaştığın senindir, biriktirdiğin değil" felsefesiyle yaşıyor. Babasını kaybetmiş 50 yetim çocuğu okutuyor. "Babaları yoksa, amcaları olurum" diyor.

Sen kalem ol
ben de kağıt

yaz beni yarim yarim
çiz beni yarim yarim
çöz beni yarim diyor
off diyor offf.

E hapis istenir tabii ona...
Ha bu dava da madalya olsun adam gibi adam'a.

Volkan Konak

1967'de Trabzon'da doğdu, İstanbul Teknik Üniversitesi Türk Müziği Devlet Konservatuarı'nı bitirdi, aynı üniversitede halk müziği üzerine yüksek lisans yaptı, Karadeniz müziğini evrensel formlarla buluşturdu, "Kuzey'in Oğlu" sıfatıyla tanındı, *Efulim, Şimal Rüzgarı, Maranda, Mimoza Çiçeğim, Lifor* gibi rekor satışlara ulaşan albümlere imza attı, ilkokuldan üniversiteye kadar her sene 50'den fazla öğrenciye burs veriyor, okutuyor, Çernobil felaketinden sonra babasını kanserden kaybetti, bölgedeki kanser artışına karşı halkı bilinçlendirmek için çalışmalar yürüttü, 2016 itibariyle, Karadeniz'de Kanser Araştırma Hastanesi kurulması için özel çaba harcıyordu.

Bernard

New York'a ilk Celal Bayar gitmişti, Waldorf Astoria'da kalmıştı. Adnan Menderes, Süleyman Demirel, Turgut Özal, Tansu Çiller, hep Waldorf Astoria'da kaldılar.

Tayyip Erdoğan sevmiyor Waldorf Astoria'yı... Ritz Carlton'da kaldı, St. Regis'te kaldı, en çok The Plaza'da kaldı. Beatles da orada kalırdı. Marilyn Monroe jartiyerli pozunu orada verdi. Onassis beş çayına oraya gelirdi. *Sex and the City*'nin, *Gossip Girl*'ün bazı bölümleri orada çekildi. Başkan Nixon'ın kızı orada evlendi. En dandik odası 1.200 dolarcık, süitleri 20 bin dolarcık... Her şey dahil değil maalesef, yersen, tabağı 400 dolarcık... Muslukları altın, 24 ayar, odalarını Versace tasarladı, Louis XV'den esinlenmiş, koltuk moltuk antika, bornozları altın sırmalı... "Ya araklanırsa?" derseniz, sıkmayın canınızı, otel müdürü gülümseyerek "üstünde amblemimiz var, reklamın iyisi kötüsü olmaz" diyor. Başbakanımız gibi, Cumhurbaşkanımız da

The Plaza'da kalıyor. Sahibi Suudilerdi. İsraillilere satıldı.

Sanırım o nedenle, bu sefer The Plaza'da kalmadı, The Peninsula'yı tercih etti Başbakanımız... Ancak, kadere bak, Obama'yla mecburen Waldorf Astoria'da görüşmek zorunda kaldı.

Başbakanımız gibi, Bülent Ecevit de sevmezdi Waldorf Astoria'yı... The Westbury'de kalırdı. Ancak, kadere bak, bi gün onun yolu da Waldorf Astoria'ya çıktı. Sene 1976'ydı.

Kıbrıs Barış Harekâtı'nın ikinci yıldönümünü kutladığımız gün, *MTA Sismik-1 Hora*, petrol aramak için Ege'ye açıldı. Ve, tarihi rest çekildi: "Yunanistan müdahale ederse, vururuz!"

1942 modeldi *Hora*... 55 metre boyunda, 9 metre enindeydi. İhtilaflı sularda petrol aramak için Norveç gemisi kiralamıştık. Yunanistan bastırınca Norveç kıvırmış, kaçmıştı. Kendi göbeğimizi kendimiz kesmeye karar vermiş, teknolojik cihazlarla donatıp, Ege'ye salmıştık.

Türk ve Yunan orduları teyakkuza geçmişti. Çatışma an meselesiydi. Kaddafi, Ankara'ya mesaj gönderip "Libya'ya ait Mirage savaş uçakları Türk Hava Kuvvetleri'nin emrindedir" demişti.

Başbakan, Demirel'di. Ancak, işin adresi belliydi. ABD Başkanı Gerald Ford, başbakanı değil, Bülent Ecevit'i Beyaz Saray'a davet etti. Kıbrıs Fatihi'ni ikna etmeye çalışacak, ağzını burnunu dağıttığımız Yunanistan'ı daha fazla hırpalamamamızı rica edecekti. Diplomatik mesajlar çoktan verilmişti zaten... Ege'ye çıkmanıza karışmayacağız, *Hora*'ya kimse dokunmayacak, istediğiniz yerde petrol arayabilirsiniz, yeter ki yeni bi savaş çıkarmaya kalkmayın.

Ecevit kabul etti. İlk durağı, New York'tu. Dedim ya, Waldorf Astoria'yı sevmezdi, The Westbury'ye yerleşti. Türk işadamlarının vereceği yemeğe katılacak, sonra Washington'a geçecekti. Kaderin cilvesi olsa gerek, onuruna verilen yemek, Waldorf Astoria'daydı.

Geldi Waldorf Astoria'ya, lobiye girdi, işte o anda olanlar oldu... Stavros Psihopedrisdes isimli Kıbrıslı Rum, tabancasını çıkardı-toplu Smith Wesson- geberrr diye bağırarak, Ecevit'e doğrulttu. Ölüm, salise kadar yakındı, hayat, adeta film şeridi gibi donmuştu. Bernard Johnson hariç... Siyahi FBI ajanı Bernard, merminin üstüne atladı, tetiği çekemeden Stavros'u yıktı.

Şok üstüne şok yaşanıyordu, çünkü, Bernard yere yıktığında Stavros'un kolu koptu! En azından herkes öyle sandı. Meğer... EOKA militanıymış, barış harekâtımız sırasında el bombası fırlatmaya çalışırken, elinde patlamış, kolu kopmuş, takma kol kullanıyormuş iyi mi.

(28 yaşındaydı Stavros... Atina derhal "CIA ajanı" olduğunu iddia etti. Soruşturmada Yunan İstihbaratı'nın adamı olduğu ortaya çıktı. Bir ay önce New York'a gelmiş, bir gün önce Park Lane Hotel'de kasiyer olarak işe başlamıştı. Güya yargılandı... Rum lobisi devreye girdi, bir sene bile yatmadan, 100 bin dolar kefaletle bırakıldı, yırttı. Sonra ne oldu bilmiyorum.)

(Ecevit, memlekete döner dönmez ilk iş, Bernard'ı davet etti. Bernard, ABD Dışişleri Bakanı Kissinger'ın özel izniyle geldi. Önce İstanbul'u gezdi, ardından başkente geçti. Ecevit, hayatını kurtaran Bernard'ın onuruna, Ankara Marmara Oteli'nde yemek verdi. Sarılıp, öpüştüler, uğurlandı. 23 sene sonra, 1999'da... Ecevit, başbakan olarak gene New York'a gitti. Hiç hazzetmediği halde, inadına, Waldorf Astoria'da kaldı. Türkevi'ne konferansa gittiğinde, kendisini acı-tatlı sürpriz bekliyordu. Bernard oradaydı... Terfi etmiş, ABD Dışişleri Bakanlığı'nın New York Güvenlik Başkanı olmuş ve Ecevit'i ziyarete gelmişti. Sarıldılar, sohbet ettiler, korkunç hadiseyi kahkahalarla andılar, ayrıldılar. 7 sene sonra, 2006... Ecevit vefat etti. Rahşan hanıma gönderilen taziye mesajları arasında, emekliye ayrılmış olan Bernard Johnson'ın satırları vardı: Büyük bir insanın ölümünü öğrenmekten dolayı derin üzüntü içindeyim, size ve Türk milletine başsağlığı dilerim...)

Oofff of.

İnisiyatif bizdeydi.
Kıbrıs bizimdi.
Petrolü biz arıyorduk.
Ve bugün... Başbakanımızla aynı Waldorf Astoria'da buluşan Obama "sakın ola Rumlara dokunmayın" dedi. Çünkü, otel aynı otel ama, petrolü arayan biz değiliz maalesef. AB üyesi Rumlar.

Bizi sorarsan... Taa 1976'nın bile öncesine döndük, petrol aramak için gene ve hâlâ Norveç gemisi kiralamaya çalışıyoruz!

Bernard Johnson

Türk siyaset tarihinde en çok suikast girişimine uğrayan kişi, Bülent Ecevit'ti. Her suikastın perde arkasında, ABD istihbaratının Türkiye'deki maşaları olduğu iddia edilirdi. Kaderin cilvesi... Ecevit'i en ölümcül saldırıdan FBI ajanı kurtardı. Bernard Johnson, ABD Dışişleri Bakanlığı'nın güvenlik bölümünde genç bir memurdu, Frederick Locker ve George Mitchel'le birlikte Ecevit'i koruyorlardı, bu saldırıda gösterdiği üstün cesaret ve dikkat üzerine, ABD Dışişleri Bakanlığı'nın New York'taki güvenlik şefi oldu, 2002'de emekli oldu.

Ömür, Zeynel Abidin

Ömür Gezdiren... Ömrünün en güzel günlerini güneydoğuda terörist peşinde gezdiriyordu.

Mayın patladı. Şakağına şarapnel saplandı. Suratı darmadağın oldu. Aylarca komada kaldı. Kefeni yırttı ama... Kör olmuştu. Beyninde hasar oluştuğu için, parkinson'a yakalandı. Konuşmakta güçlük çekiyor, vücudu zangır zangır titriyordu. Baba yok. Kardeş yok. Hayattaki tek varlığı, annesinin yanına yerleşti. Üç kuruş maaş, kiralar ha bire zamlanır, mecburen pahalıdan ucuza taşına taşına hayata tutunmaya çalışıyorlardı. Yeni bi eve geçtiler, Ayedaş'a gittiler, gazi'lere tanınan indirimden faydalanmak istediklerini anlatmaya çalıştılar. Görmüyor, heceleye heceleye konuşuyor, üstelik titriyor, banko memuru sıkıldı! Evrakların eksik diye, kestirip attı. Tartışma çıktı. Güvenlik görevlisi üstlerine yürüdü. Anne çığlık attı. Gazi panikledi, koruma içgüdüsüyle hamle yaptı, zaten sinir sistemi haşat, eline koluna da hakim olamıyor, bankoda duran elektronik sayaç düştü, kırıldı. İtiş kakış, bayıldı. Ambulansla hastaneye götürüldü. Bedensel çaresizliğinden asabı oynamış, krize girmişti, bayılma sebebi buydu. Ertesi gün taburcu oldu, evine gitti. İki gün sonra, kapı çalındı, Ayedaş'tan gelmişlerdi, evrak mevrak istemeden indirimi uyguladılar. Buna şükür deyip, tatsız hadiseyi unuttular. Yedi ay sonra, gene kapı çalındı, postacı... Ellerine tutuşturulan zarfı açtılar, anne okudu, gazi dinledi, mahkeme celbiydi, kamu malına zarar vermekten dava açılmış, hapsi isteniyordu. Ahali sıcacık evinde esneye esneye poposunu kaşısın diye, Hakkari dağlarında gözünü, beynini, hayatının geriye kalan kısmını bırakan gazi, devlete zarar vermişti yani.

Hatırladınız di mi?

Hatırladığınızdan eminim. Çünkü, 100 binin üzerinde mail göndermiştiniz, maddi manevi destek için gazi'nin adresini, telefonunu istiyordunuz. Benzer mail'leri Ayedaş'a da göndermiştiniz. Kiminiz "sayacın parasını şu şu numaralı kredi kartımdan çekin" demişti, kiminiz "hesap numarası verin, kaç paraysa yatırayım" demişti. Ayedaş, şikayetini geri çekti.

Vatanı milleti için canını ortaya koyan her gazi gibi, onuruna düşkün bi kahraman olan Ömür, kendisini acındırıyormuş durumuna düşmek istemiyordu. O nedenle, adresini, telefonunu kimseye vermedim. Buna rağmen, buldunuz... Para yağdı. Kiminiz, mahalleye yetecek kadar gıda kolisi gönderdi, kiminiz, gel benim evimde kal teklifinde bulundu. Sadece 1450 lira maaş alan gazi, yalvarıyordu, abi gözünü seveyim yaz, göndermesinler... Yazmadım. Hayırsever işadamı Zeynel Abidin Erdem, avukatları aracılığıyla iz sürdü, gazi'nin en büyük hayalinin Akçay'da yaşamak olduğunu öğrendi, arattı tarattı, bahçe katı beğendi, hem gaziye uygun, düzayak, hem yeşillikler içinde... Aldı. Tapusunu, gazi'nin adına yaptırdı. Buzdolabı, çamaşır makinesi, televizyon, halı, dayadı döşedi. "Sana minnettarız, güle güle otur evladım" dedi.

Tahminim...
Bunu da hatırladınız.

E şunu da unutmayın bari.

Ayedaş'ın şikayetini geri çekmesine rağmen... Kamu davası devam etti. Sayacı kırarak, devlet malına zarar veren gazi, 10 ay hapse çarptırıldı. Cezası ertelendi. Beş sene içinde, tekrar kamu malına zarar verirse, içeri tıkılacak. Annesi de unutulmadı... Annesi de, güvenlik görevlisine hakaretten 1 sene 2 ay yedi. Beş sene içinde gene hakaret ederse, dooğru oğlunun yanına.

Ömür Gezdiren

Zeynel Abidin Erdem

Ömür, 1978'de İstanbul'da doğdu, 1998'de Hakkari'de mayınlı pusuya yakalandı, 2010'la 2012 arasında bu utanç verici davayla uğraşmak zorunda kaldı.

Zeynel Abidin Erdem, 1944'te Mardin Savur'da doğdu, Yıldız Teknik Üniversitesi kimya fakültesinden mezun oldu, İstanbul Üniversitesi'nde işletme doktorası yaptı, Erdem Holding yönetim kurulu başkanıydı, Türk-Amerikan İşadamları Derneği onursal başkanıydı, hayırsever kişiliğiyle TBMM Üstün Hizmet Ödülü aldı, her şehit ailesine maddi yardım yapıyor, her sene 1.000 öğrenciye eğitim bursu veriyor, her sene 10 bin aileye gıda-giyecek yardımı yapıyordu.

Metin

Hopa İlçesi
Kemalpaşa Beldesi
Köyün adı Dereiçi

Gene böyle bi haziran
Hoşgeldin bebek...
Çileye hazırlan.

Bembeyaz ekmeğini kapkara maden ocaklarından çıkaran babanın, ilk evladıydı. İlkokul köyde. Ortaokul beldede. Ya lise? O yok. Artvin'e gitmesi lazım. Ona da para yok. Henüz 13 yaşında gurbete çıktı. Taa Batman'a gitti. Amcasının yanına. Meslek lisesi okudu. Elektrik. Üniversite sınavına girdi. Zonguldak Maden Teknik Okulu'nu kazandı. Dört sene okusa maden mühendisi olacak... Dalga mı geçiyorsun? Nasıl kalacak orada, hangi parayla? Rize'ye gitti. Öğretmen Okulu'na yazıldı. Neden Rize? Kendinden sonra dünyaya gelen ikiz biraderleri Rize Ticaret Lisesi'ne gidecekti. Babaları maden ocağından emekli olmuş, ek gelir için balıkçılığa başlamıştı ama, yetişemiyordu. Ailenin en büyük oğlu olarak, masraflara omuz vermesi gerekiyordu. Çaykur'a girdi. Ev tuttu. Kardeşlerini yanına aldı. Bi yandan çalıştı, bi yandan okudu, bi yandan kardeşlerini okuttu. Öğretmen oldu. İlk görev yeri? Konya'nın Bozkır İlçesi'ne bağlı bi köy... Gitti. 1980. Haşırt, darbe oldu. Solcu dediler, tutuklandı. Yattı. Çıktı. Sürüldü.

Sivas'ın Suşehri İlçesi'ne bağlı bi köye tayin oldu. Bunun burda ne işi var dediler. Gene sürüldü. Bu sefer, Sivas'ın Kangal İlçesi'ne bağlı bi köy... Soruşturma açıldı. Aklandı. Dava açıldı. Kazandı. Doğru bildiğini söylemekti tek suçu... Âşık oldu. Evlendi. Eşi de öğretmendi. Rize'de. Eş durumundan Rize'nin Derepazarı İlçesi'ne tayin oldu. Soruşturmalar, davalar, boğuştu, hepsinden haklı, hepsinden tertemiz çıktı. Evladı oldu. Ulaş. Okuttu. İzmir'e, Ege Üniversitesi İşletme'ye gönderdi. Emekli oldu. Taksitle iki göz oda, ev aldı. Tapusunu eşinin üstüne yaptı. Hayatı boyunca parasızlık çekmiş, parayla hiç işi olmamıştı. Ödenmeyeceğini bile bile arkadaşlarına kefil olup, ödediği borçların haddi hesabı yoktu. Hiç otomobili olmadı mesela. Öğretmenliğini yaptığı çocuklardı onun serveti. Bi de Tukaş... Köpeği. Yavruyken getirmişlerdi. Tukaş salça kolisinde... Güldü, e adıyla beraber gelmiş, Tukaş olsun bunun adı dedi. Can yoldaşıydı. Avcıydı çünkü. Ama, avcılığı da bi acayipti. Vuran değil. Kurtaran. Yaralı geyik buldu, evine getirdi, tedavi etti, doğaya saldı, yaban hayatı koruma derneklerinden sayısız örnek avcı ödülleri kazandı. Atmaca beslerdi. Büyütür, bakar, günü gelince özgürlüğe uçururdu, hiçbir canlı tutsaklık yaşamamalı derdi. Çevreciydi. Artistlerinden değil. Aktiflerinden. Derelerin üzerinde santral kurulmasına karşıydı. Vatan topraklarının ona buna peşkeş çekilmesine itirazı vardı. Kahvede oturup dedikodu yapmak, aman bana dokunmayan yılan bin yaşasın demek, ona göre değildi. Tırsmaz, meydan okur, yüreğini ortaya koyardı. Gözüne gaz sıktılar. Yerli malı gaz. Gaz işi ince iştir, ayarını kaçırırsan öldürür dedik, anlatamadık. Öldürdüler. Öldü. Hayatı boyunca doğruları savundu, doğruları söyledi, ölümünün ardından, ölümüyle ilgili olarak bile "yalan" söylediler... Astımmış dediler. "Meğer astımmış ondan ölmüş" diye yazan gazetecilerden biri çıkıp da "hayatı boyunca doğada yaşamış bir insan, nasıl olur da astım olur, a be şerefsizler" demedi. Diyemedi. Çünkü, gazeteci diye ortalıkta dolaşan tiplerde, bu memleketin çocuklarına öğretmenlik yapan onurlu, namuslu, dürüst insanlara karşı, Tukaş kadar vefa yok... Öğretmen öldüğünden beri yemiyor içmiyor Tukaş, bugün yarın o da kahrından gidecek gibi görünüyor.

Hopa İlçesi
Kemalpaşa Beldesi
Köyün adı Dereiçi

Başladığı yerde, bitirdi.
Öğretmen toprağa verildi.

Gene öyle bi haziran...
Uğurlar ola adam gibi adam.

Metin Lokumcu

1957'de Hopa'da doğdu, 2011'de, Tayyip Erdoğan'ın Hopa mitinginin öncesinde biber gazıyla öldürüldü. Trabzon Adli Tıp Kurumu'nun hazırladığı ön otopsi raporunda açık açık "bibergazının tetiklemesi sonucunda gerçekleşen kalp krizinden ölüm" diye yazıldı. Sonra bir rapor daha yazıldı, biber gazı örtüldü. Tayyip Erdoğan "bir tanesi kalp krizinden ölmüş, üzerinde durmaya gerek duymuyorum" dedi!

Öztürk

Libya'da içsavaş çıktı.
Kaç Türk mahsur kaldı?
"5 binden fazla..."
"15 bin civarında..."
"20 bine yakın..."

Rakamlar hep oval.
Sallıyor çünkü yetkililerimiz.
Bilmiyorlar.

Bakın, beş gün geçti...
Başbakanımız anca söyledi:
"Asgari 25 bin..."
Azamisi meçhul.

Gelenlerin hesabı bile karışık birader.
700 diyen de var, en az bin 100 diyen de.

– Trablus'ta işçi misiniz?
– Airbus'ta hostesim.

Gelen, uçakla geliyor.
Onu bile sayamıyorlar.

Tsunami mesela...
Orada kaç Türk olduğunu kimden öğrendik? Orada bulunan futbolcularımız Emre Âşık'la Suat Kaya'dan... Emre, o zamanlar formasını giydiği Beşiktaş'ın yöneticilerini; Suat da, o zamanlar başbakan yardımcısı olan Galatasaray taraftarı Mehmet Ali Şahin'i aramıştı, "kurtarın bizi" diye... Bu telefonlar gelene kadar uçak muçak gitmemişti. Sosyetemiz ise, Semiramis Pekkan'ın evine sığınmıştı. Sağlık durumlarını Ajda'dan öğrenebilmiştik!

Şoförlerimizin şakır şakır kafasını kestiler Irak'ta...
Kimin kesildiğini ailelerinden öğrendik.

Halbuki, hatırlayın depremi...
İsrail ekipleri geldi, Gölcük'teki binlerce enkazın altından eliyle koymuş gibi bulup, çıkardı kendi vatandaşlarını... Biliyor çünkü adam, hangi vatandaşı o anda nerede, hangi adreste.

(İddia ediyorum, arayın şu anda Berlin Belediyesi'ni, Berlin'de kaç kedi var, ev ev söylesin... Arayın büyükelçiliğimizi, vatandaşlarımızın adres listesini verebilirse Taksim'de miyavlarım.)

(Hatta uzağa gitme... Elazığ Kovancılar'da deprem oldu, alt tarafı 300 haneli köyde ölü sayısını üç günde sayamadılar, 61 dediler, 51 dediler, 41'e bağladılar, ki, o bile şüpheli.)

Veya, 11 Eylül...
İkiz Kuleler'de Türk vatandaşı olup olmadığını günlerce öğrenebildik mi yetkililerimizden? Öğrenemedik. Kimden öğrendik? Kuledeki Türk sandviççiden!

Televizyonlara bağlanıp, anlatmıştı, hiç unutmam: "Sarsıntı oldu. Hoparlörden 'binayı terketmeyin' anonsu yapıldı. Amerikalılar talimatı dinleyip odalarında otururken, biz Türkler anında kaçtık. Zaten, Allah'tan erken oldu, merak etmeyin... Amerikalılar 8'de işbaşı yapar, ben mecburen erken geliyorum, saldırı 8.45'te oldu, Türkler henüz işe gelmemişti! Alt katlara geldiğimde, herkesi merdivenin sağ tarafından tek sıra halinde yürütüyorlardı. 'Niye sol taraf boş' diye sordum, 'yukarı çıkanlara ayırdık' dediler. Soldan indim jet gibi!"

Sahipsiz...
Kendi göbeğini kendi kesmek zorunda olan bir milletiz biz.

Ya Libya derseniz...
Alın size Libya.

Öztürk Serengil.
Son delikanlılardan...
Orijinal serserilerdendi.
Ayhan Işık'tan sonra en fazla para kazanan, ancak, ele avuca sığmayan, çapkın, çılgın, maceracı, anında çar çur etme rekortmeni sanatçımızdı rahmetli... Sığamadı buralara, 70'li yılların sonu, kalktı, Libya'ya gitti iyi mi... Gazino açtı.

Davet eden bizzat Kaddafi...
Ne alaka?
Kıbrıs çıkarması için jetlerimize benzin yardımı yapmış, Türkiye bayılıyor o zamanlar Kaddafi'ye... E o da popülaritesini artırmak için Türkiye'nin bayıldığı sanatçıya açıyor kapılarını... Müteahhitlerimizi ülkesine buyur ettiği gibi yani.

Uzatmayayım, açıyor gazinoyu, içki yasak, çaktırmadan satıyor; kızlar filan... Libya'nın ileri gelenleri ve diplomatlar kuyrukta tabii... Ne kadar alengirli adam varsa, alayının buluşma merkezi oluyor. Şırrak... 12 gün sonra "bu adam casus" diye içeri tıkıyorlar Öztürk Serengil'i!

Turgutreis zindanına kapatıyorlar. Elçiliği arıyor, hükümete yazıyor, tanıdıklarını araya sokuyor, hikaye... Çıkamıyor. Boru değil, 6.5 ay yatıyor! Bakıyor ki, olacak gibi değil, Türkiye'nin hayrı yok, çürüyecek burada, kendi göbeğini kendi kesmeye karar veriyor.

Eşini Libya'ya çağırıyor, "ilgili" kişileri bulduruyor, sonrasını kendi üslubuyla, kendi ağzından anlatıyor: "Hayatım kaymıştı. Kaçmak zorundaydım. Bazı yerlerden sinyal aldım. Bu sinyallere binaen, geceleyin böbrek sancısı tutmuş numarası yaptım. Mangırajı konuşturduk elbette... Beni hastaneye götüren hapishane arabası limana geldi, motora atladım, açıkta bekleyen gemiye, pırrr... Bu iş bana, o günün parasıyla 11 milyon liraya patladı. Üstelik, Sahara Bankası'na yatırdığım 39 milyon lira mangıraj da Libya'da kaldı!"

Okuyunca insan...
"Yeşşeee" diyor.

Ancak...
Ha o gün, ha bugün.
Bazı şeyler hiç değişmiyor.
İster Maldivlerde sosyete ol, ister Kahire'de tekstilci, ister Bingazi'de mühendis... Yine onun üslubuyla... Türkiye'ye güvenip gittiğin her coğrafyada durum "kelaj" görünüyor.

Öztürk Serengil

1930'da Artvin'de doğdu, lise ikinci sınıftan ayrıldı, İstanbul'a geldi, Oda Tiyatrosu'yla sahneye çıktı, gazetelerde ressamlık yaptı, *3'üncü Kat Cinayeti* filmiyle Yeşilçam'a adım attı, 142 filmde kötü adam rolü canlandırdı, sonra argolu komedilerin vazgeçilmez karakteri oldu, 300'e yakın filmde oynadı, 1966'da tek kişilik sahne şovlarına başladı, "Gülünüz Güldürünüz" isimli yarışma programıyla televizyon fenomeni oldu, eleştirilen ama halk tarafından benimsenen deyişler türetti, kelaj, yeşşe gibi kelimeleri Türk argosuna soktu, politik güldürü tarzında plaklar yaptı, *Yeşilçam'ı Benden Sorun* isimli kitap yazdı, dört defa evlendi, 1999'da vefat etti, Çengelköy'e defnedildi.

Atila

2009 Ekim...
Mustafa Balbay içeri tıkılalı yedi ay olmuştu, ha bugün ha yarın derken, çıkacağı yoktu. Kafalar karışık, yürekler pırpır'dı, basın tırsıyor, tutuklu gazeteci hakkında haber yapmak bile tehlikeli bulunuyordu.

Bir kişi hariç...
O güne kadar yapılmayanı yaptı, bindi otomobiline Silivri'ye geldi. Savcıya başvurdu, izin istedi, kabul edildi, ailesi dışında görüşen ilk kişi oldu. Kapalı görüşe girdi, arada cam... İşte her şey, o anda başladı.
"Merhaba arkadaş" dedi, "yalnız değilsin."

Bir kişi...
Korku duvarını yıkmıştı.

Arkasından kimsenin gelmesini beklemedi, açtığı o gedikten gene kendisi ilerledi. Önce hukukçulara danıştı, sonra gitti, Adalet

Bakanlığı'na başvurdu. Evrensel kriterleri koydu masaya... Açık görüş'e ailesi dışındakilerin de katılabilmesi gerekir, izin istiyorum dedi. O izni de kopardı. Sarıldı telefona, gelir misiniz diye sordu, liste yaptı, ilk kez o ay, 10 gazeteciyi Silivri'ye götürdü, Balbay'la görüştürdü.

Böylece... Tek tük, cılız cılız da olsa, gazete köşelerinde Silivri haberleri çıkmaya başladı. Otobüs kiraladı. Duruşmalara gazetecileri taşıdı. Kitap Fuarı'nda Mustafa Balbay standı açtı, dışarıdaki gazetecilerin içerideki gazetecilerin kitaplarını imzalama kampanyası, onun sayesinde başladı.

Hatta bir seferinde, Balbay'ın kızı Yağmur, babası imzalasın diye karnesini getirmiş, ancak o günkü görüş kapalı olduğu için boynu bükük kalakalmıştı. Ki, gene oradaydı... Ayrılma burdan, bekle dedi, çıktı savcıya, kanun'lardan değil, evlat sahibi baba'dan izin istedi, tarihte ilk kez o gün, evlat'a mahsus açık görüş izni verildi, Balbay kızının karnesini imzaladı, öptü, sarılabildi her baba gibi.

Kapsamı genişletti, gazetecilerin açık görüşlerde sadece Balbay'la, Tuncay Özkan'la değil, öbür tutuklularla görüşmelerini de sağladı. Çünkü, meslektaşları tarafından yalnız bırakılan tutuklu profesörler, subaylar, ondan yardım rica ediyor, seslerini duyurabilmek için aracılık etmesini istiyordu.

Nefes olmuştu...
Sanırım o nedenle, Müyesser Yıldız serbest kalır kalmaz, ilk iş onu ziyarete gitmiş ve "havamız, oksijenimiz oldun" demişti.

Hakaretlere uğradı tabii, yalanlarla iftiralarla linç etmeye çalıştılar, durdurmak için darbeci bile dediler ona, yılmadı, göğüsledi. Neredeyse her duruşmaya geldi, her açık görüşe geldi, 200'den fazla muhabiri-köşe yazarını getirdi. İçeridekilerin hayatı hakkında bugüne kadar yayımlanan haberlerin-yorumların yüzde 80'ini ona borçluyuz. Toplumun bilgi edinme hakkına hizmet etti, içeridekilerle dışarıdakiler arasında köprü oldu. En son okumuşsundur mutlaka... Değerli ağabeyim Uğur Dündar'ı, Ertuğrul Özkök'ü, Melih Aşık'ı, Ayşenur Arslan'ı, Ümit Zileli'yi, Necati Doğru'yu, Yalçın Bayer'i götürdü.

Atila Sertel o... İzmir Gazeteciler Cemiyeti ve Türkiye Gazeteciler Federasyonu Başkanı.

Elbette, en başta Ali Ekber Yıldırım, bu fedakar çalışmaları birlikte yürüttüğü yönetim kurulu arkadaşlarının... Türkiye Gazeteciler Cemiyeti'nin, Çağdaş Gazeteciler Cemiyeti'nin, Basın Konseyi'nin, Türkiye Gazeteciler Sendikası'nın emeğini unutmuyorum. İzinlerde zorluk çıkarmayan Adalet Bakanlığı'nın da hakkını teslim etmek lazım. Ancak... Bu tarihi döneme damgasını vuran gazeteci, Atila Sertel'dir.

Bu yazı da, Hasan Tahsin Onur Ödülü veren İzmir Gazeteciler Cemiyeti'ne dilekçemdir... Hiç boşuna sağda solda onur'lu gazeteci aramayın kardeşim, en fazla hak eden'e, başkanınıza verin.

Atila Sertel

1956'da Eskişehir'de doğdu, Ege Üniversitesi'nde gazetecilik okudu, *Milliyet*, *Güneş*, *Yeni Asır*, *Hürriyet*'te çalıştı, İzmir büyükşehir belediyesi basın daire başkanlığı yaptı, İzmir gazeteciler cemiyeti başkanı oldu, Türkiye gazeteciler federasyonu genel başkanı oldu, 1 Kasım 2015'te İzmir'den CHP milletvekili seçildi.

Ertuğrul

I can't get no satisfaction
cause i try
and try
and try
i can't get no.

Ertuğrul Özkök'tür o.
İşimizin Mick Jagger'ı.
Dionysos'tur desem, şarabı denk getiririz ama, biliyorum ki, umurunda bile değil nostalji... Yaşanmışlıklar yerine, yaşanacaklar, asıl ilgi alanı.

Çorak yaratıcılık coğrafyasında, "topu topu yedi tane nota var, kaç beste yapılabilir ki?" demişti salağın biri... Topu topu 29 harfle neler yapılabildiğini kanıtladı bize.

IQ.
EQ.

Diri.
Ve, sahici.

Her sabah yeni bir Ertuğrul Özkök çıkarma cesaretini gösterebildi, klişeler gardırobundan... Kalite ve performanstan ibaret olan " kuşak farkı"nı silip geçti. 12 yaşındakine de, 72 yaşındakine de tattırdı aynı dinamizmi, keyfi.

Her daim genç kalmayı başardı. Yeteneksizleri esir alan "gençlik fetişizmi"ne nanik yaptı.

(Ne zaman boş bulunduk da, arkama dolandı duygusal olarak, inanın kestiremiyorum. Oturmuş, methiyeler düzüyorum ve kendi kendime şaşıyorum. Sanırım, neticede bize bile yalakalık yaptırmayı başardı!)

Diyorum ya.
I can't get no satisfaction.

Yapacak çok şeyi var.
Yaptıkları, ömründen uzun.

Ertuğrul Özkök

1947'de İzmir'de doğdu, Ankara Üniversitesi'nde gazetecilik okudu, Fransa'da iletişim doktorası yaptı, Hacettepe Üniversitesi'nde öğretim üyesi oldu, 1986'da *Hürriyet*'te çalışmaya başladı, 1989'da genel yayın yönetmeni oldu, 20 sene aralıksız sürdürdü, *Tuhaf, Yedi Büyük Günah, Bir Beyaz Türk'ün Hafıza Defteri* gibi kitaplar yazdı, 2016 itibariyle *Hürriyet*'te köşe yazmaya devam ediyordu.

Tunç

2012...
Atatürkçü subaylar darbeci, terörist, casus diye içeri tıkılırken... Tayyip Erdoğan mecliste kürsüye çıktı, 20 Nisan 1936 tarihli *Cumhuriyet* gazetesinden bir kupür gösterdi, "bak belge konuşuyor, CHP iktidarında camiyi ahır yaptılar" diye bağırdı. Ayakta alkışlandı.

Kupürün başlığını göstermişti.
Haberi okumamıştı.

Kameralara sallaya sallaya gösterdiği kupürün başlığında, "bu ne insafsızlık, Seferihisar'da tarihi cami ahır yapılmış" yazıyordu.

Peki, haberin içinde ne yazıyordu?
Aynen şunlar yazıyordu:
"Seferihisar'ın Hereke köyünde bir cami tahrip edilmiş ve ahır haline getirilmiştir. Müze müdürü, tahkikat yapmıştır. Verdiği malumata göre, kütüphane ve medresesi vardır. Kütüphanesinden eser kalmamıştır. Evren oğullarından Kasım tarafından inşa ettirilmiştir. Üstündeki Arapça yazıya göre, 641 yıllık olduğu anlaşılmıştır. Osmanlı-Türk stilindedir. Tahribata rağmen, geriye kalan kısmı muhafaza edilirse, kıymettir."

Yani?
Caminin ahır haline getirilmesiyle CHP döneminin, Atatürk'ün filan alakası yoktu. Camiyi ahır haline getiren, Yunan işgali sırasındaki vandallıktı. İşgal yıllarında bölgede hiç Türk kalmamıştı. Türklerin yokluğunda caminin ahır haline getirildiğini tespit eden, bu bilgiyi *Cumhuriyet* gazetesine veren, İzmir Müze Müdürü'ydü.

Zaten ortada cami falan kalmamıştı. Metruk haldeydi. Minaresi yoktu. Sadece antik ören yerlerinden araklanarak monte edilmiş sütun duvarı ayaktaydı. Bölgede arkeolojik sayım yapan İzmir Müze Müdürü, bu antik sütun sayesinde caminin kalıntılarını farketmişti.

Antik bölge olduğu için, müze müdürü tarafından tespit yapılmıştı. Cami ibadete açık olsaydı, 1936'da ahır yapılsaydı, tee 1924'te kurulan Diyanet İşleri Başkanlığı tarafından tespit edilirdi. Diyanet'in haberi bile yoktu. Çünkü yıllardır cami olarak kullanılmıyordu.
Üstelik...
"1936'da Mustafa Kemal döneminde ahır yapıldı" denilen cami, tam tersine, 1936'da Mustafa Kemal döneminde yeniden cami haline getirilmişti. Kasım Çelebi Camisi... Metruk halde bulunmuş, revakları temizlenmiş, minaresi onarılmış, ibadete açılmıştı.

(O caminin bulunduğu köyün ismi, Düzce... Küçücük, şirin bir köydür. Eski adı Hereke'ydi. Heraklia antik kentinin üzerine kurulduğu rivayet edilir, ismi ordan gelirdi. Osmanlı döneminde nüfusunun yüzde 70'i Rum'du. İşgal sırasında hiç Türk kalmadı. 1922'de Yunan denize döküldü, Seferihisar kurtuldu, ufak ufak göç ettik, yeniden yerleştik. Yanmış, yıkılmış, harabeydi. 60'lı yıllarda ismi Düzce diye değiştirildi. Sit alanıdır. Hepsini nereden biliyorsun derseniz... İzmir çocuğuyum. Menderes döneminden beri papağan gibi tekrarlanan "camiyi ahır yaptılar" yalanı, kanıma dokunuyordu. Araştırdım. Külliyen iftiraydı. O gösterilen kupürün sadece "bu ne insafsızlık" tarafı doğruydu. Çünkü, Atatürk'ün camiyi ahır yaptırdığını söylemek, hakikaten insafsızlıktı.)

O zamanlar *Hürriyet*'te çalışıyordum, gerçeğin böyle olduğunu yazdım. Gazeteler ve televizyonlar Seferihisar'a üşüştü. Yandaş medya öylesine zehirlenmişti ki, Atatürk'ün camiyi ahır yaptığına hiç tereddütsüz inanıyorlardı. Düzce köyü sakinleriyle konuştular, yazdıklarım elbette doğruydu, tırıs tırıs geri döndüler, cami gerçeğinden tek kelime haber yapmadılar.

İsim vermeye utanırım ama, anlı şanlı ağabeylerimiz, duayen gazetecilerden bile telefon edip "yazdıkların doğru mu?" diye sorma gafletinde bulunanlar olmuştu. Tayyip Erdoğan söyledi ya, hiç sorgulamadan inanıyorlardı.

Halbuki, ortalama zekaya sahip herkes, kendine şu soruyu sorabilirdi... Madem böyle bir iş yapacaksın, taaa İzmir'e gidip, taaa ilçesine gidip, taaa köyüne gidip, ordaki camiyi mi ahır yaparsın? Dini duyguları aşağılamak için böyle bir saçmalık yapacaksan, herkesin görebileceği yerde yapmaz mısın?

Ve, o günkü yazıma bir not daha ilave etmiştim...

"Seferihisar'daki o tarihi caminin tarihi medresesini yeniden açmak da CHP'ye nasip oluyor. Seçimi ezici üstünlükle kazanan CHP'li belediye başkanı Tunç Soyer, Kasım Çelebi Camisi'nin medresesini restore ettiriyor. Proje hazırlandı, Anıtlar Kurulu'na sunuldu, Anıtlar Kurulu'ndan onay çıkar çıkmaz inşaatına başlanacak" demiştim.

Tunç Soyer kim biliyor musunuz?

45 sene önce, 1971...
Hava albay Nurettin Soyer, 12 Mart döneminde sıkıyönetim savcısı'ydı. Kestanepazarı'ndaki vaazlarıyla İzmir'de ufak ufak

çevre yapmaya başlayan Fethullah Gülen hakkında iddianame hazırladı, "laikliğe aykırı olarak, devletin hukuki nizamlarını dini esaslara uydurmak amacıyla cemiyet tesis etmek"ten dava açtı, üç sene hapis cezası almasını sağladı. Fethullah Gülen yedi ay yattı.

Askeri savcı Nurettin Soyer, Fethullah Gülen'in dönüşebileceği tehdidi taaa 45 sene önce, ilk tespit eden kişiydi. Müthiş öngörüydü. "Devlet düzenini dinci esaslarla değiştirmek için örgütleniyor" dediğinde... Fethullah Gülen henüz ışık evlerini bile açmamıştı, işin başındaydı, tehlikeli hayallerinin arifesindeydi. Sonradan yol verilmeseydi, Türkiye Cumhuriyeti'nin başına bunlar gelmeyecekti. Askeri savcı Nurettin Soyer'in açtığı dava, Fethullah Gülen'in ömrü boyunca hüküm giydiği tek dava oldu.

Tunç Soyer...
İşte bu askeri savcı Nurettin Soyer'in oğlu.

Kaderin cilvesi mi desek, Allah'ın tokadı yok mu desek, bilemiyorum.

Senin beğenmediğin dönemin sıkıyönetim savcısı, havacı albay, Fethullah Gülen'i hapse tıkacak... Senin yönettiğin dönemde, havacıların elebaşı olduğu subaylar, seni hapse tıkmak için, Fethullah Gülen adına darbe yapmaya kalkacak.

Senin beğenmediğin dönemin askeri yargısı, Fethullah Gülen'e dava açacak... Senin yönettiğin dönemin askeri yargısı Fetocu çıkacak.

Camiyi ahır yapanlar, şimdi de cami bombalayacak dediniz...
Camiyi bombalayanın da, TBMM'yi bombalayanın da kim olduğunu gördük.
"Türkiye laiktir laik kalacak" dediğimiz için, bize dinsiz dediniz...
"Alnı secdeye eriyor" dediğiniz heriflerin ne mal olduğunu gördünüz!
Dolayısıyla...

Fethullahçılarla imam nikahlıyken Atatürk'e hakaret edenlerin, şimdi Akp genel merkezine devasa Atatürk posteri asması elbette takdir edilecek bir özeleştiridir ama, yetmez... Aynı meclis kürsüsüne çıkıp, Atatürk'ün manevi şahsiyetinden özür dilemeleri gerekir.

Tunç Soyer

1959'da Ankara'da doğdu, Ankara Üniversitesi'nde hukuk okudu, İsviçre Webster Koleji'nde ve Dokuz Eylül Üniversitesi'nde uluslararası ilişkiler ve Avrupa Birliği üzerine iki yüksek lisans yaptı, 2009 ve 2014'te Seferihisar belediye başkanı seçildi, uluslararası yerel kalkınma modeli "sakin şehir" hareketini Türkiye'ye getirdi, sosyal demokrat belediyeler birliği genel başkanı oldu.

Yücel

Yücel...
Uzman çavuştu.
2011'de Şırnak İdil'de arazi taraması yapıyorlardı, 20 kiloluk elyapımı bomba uzaktan kumandayla patlatıldı, havaya uçtu.

Vücuduna elektrik verilmiş gibi hissetti. Bacağını yokladı, bacağı yerinde yoktu. Tüfeği aklına geldi, kapıp çatışmaya girmek istedi, tüfeğini bulamıyordu, güpegündüz, zifiri karanlıktı... O an farketmemişti, gözleri de gitmişti.

Kelime-i şehadet getirdi.

Son nefesini vermeye kendini hazırlamıştı ama, kahraman ruhu teslim olmadı, hastaneye yetiştirdiler, bir değil, beş değil, kalbi 47 defa durdu kardeşim, 47 defa yeniden çalıştırdılar, 147 ünite kan verdiler, 73.5 litre eder, dile kolay, 60'dan fazla ameliyat oldu.

Nihayet hayata tutundu. Ama... İki gözü artık yoktu, sol bacağı yoktu, sağ bacağının dizden aşağısı tutmuyordu, karnına şarapnel saplanmıştı, bağırsaklarının önemli bölümü alındı, idrar torbası taşıyor, altı sene geçti, bıçak altına yatmaya devam ediyor, şu an planlanmış en az altı ameliyatı daha var.
Ve, bunca ızdırap içinde onu kahreden konu bambaşkaydı.

Gazi olduğunda evliydi.
Üç yaşında kızı vardı.

Babasının göz çukurlarına bakmaya korkuyordu.

Yücel'in kendisi gibi gazi olan arkadaşları aralarında para topladı, bu fotoğrafta gördüğünüz gözler alındı. Yücel göz çukurlarına taktı.

Baba-kız bundan böyle asla göz göze gelemeyecekler ama, en azından, minik kızı kendisine baktığında korkmuyor artık... Yücel bunu hissedebiliyor.

Gözleri olup görmeyenler... Suriyelilere TOKİ'den ev vermeye kalkanlar, önce bu gözlere baksın diye yazıyorum bu satırları.

Şehit cenazelerinde CHP çelenklerini parçalayan kiralık tosunlar, bu gözlere daha iyi baksın diye yazıyorum.

Çünkü...
Yücel kirada oturuyor.

Binlerce şehit ailesi, onbinlerce gazimiz gibi, kirada oturuyor.

Hiç öyle suratını başka tarafa çevirme...
Sana söylüyorum!

Bu gözlere iyi bak.
Sonra utanmadan verebiliyorsan ver Suriyelilere toki evlerini.

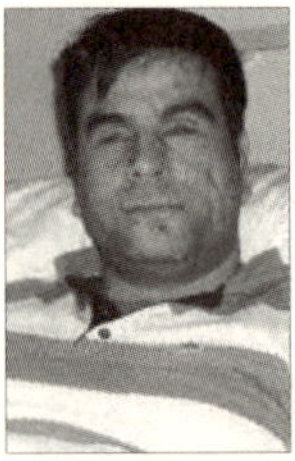

Yücel Alma

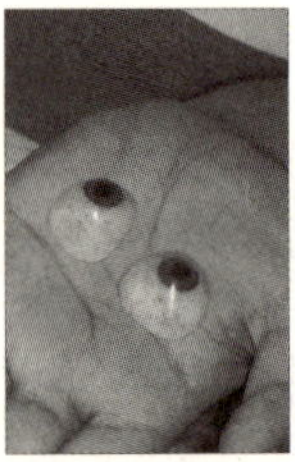

1980'de Hatay'da doğan Yücel'in "ev"le alakalı sorununu yazmıştım. Oysa, başka ağır sorunlar da vardı. Şöyle anlatıyordu... "3 bin 500 liralık protez gözler için, devlet sadece 300 lira ödedi, tekerlekli sandalye 13 bin lira, bana sadece 250 lirasını öderiz dediler, özel minder kullanıyorum, bin 500 lira, sadece 54 lirasını ödeyeceklerdi, onu bile ödemediler, GATA'da yatıyordum, dönemin genelkurmay başkanı Necdet Özel geldi, konuşmak istedim, durumumuzu anlatmak istedim, beni dinlemedi bile, işim var dedi, gitti."

Ümit

Lafı hiç eğip bükmeyelim.
Akp döneminde basın...
Organize suç şebekesi'ydi.

Manşetlerinde iddianame yazdılar.
Köşelerinde hüküm verdiler.

Ekranlarında infaz ettiler.

Polis oldular.
Savcı oldular.
Hakim oldular.
Cellat oldular.
Asla gazeteci olmadılar.

Mütareke basınını bile mumla arattılar.

Kimi zaman Hasan Tahsin'in iman tahtasına saplanan işgalci süngüsü oldular, kimi zaman Kubilay'ın o masum yüzünü bedeninden ayıran yobaz testeresi oldular, kimi zaman Madımak'ı ateşe veren kibrit oldular, kimi zaman Abdi İpekçi'ye Çetin Emeç'e sıkılan tetik oldular, kimi zaman da Uğur Mumcu'ya Ahmet Taner Kışlalı'ya Muammer Aksoy'a Bahriye Üçok'a tuzaklanan kahpe fünye oldular.

Kukla oldular.
Maşa oldular.
İnsan olamadılar.

İnsanlara ağır zarar verdiler.
İşten attırdılar.
Hapse attırdılar.
İntiharlara, kahırdan ölümlere sebep oldular.
İlerde bu dönemi okuyan gençler hayretle görecektir ki, daima iftirayı, daima yalanı, daima kötülüğü savundular.

Efendiler ve Uşakları kitabının yazarı ise, varlığıyla onur duyduğumuz ender gazetecilerden kalmayı başardı. İşsiz bırakıldı, sansürlendi, yasaklandı, ambargolandı, tehdit edildi, linç edildi.

Bedel ödedi.
Eğilmedi.
Biat etmedi, Ümit Zileli.

Efendiye uşak olmadı... Bu dönemi yazmaya en çok hakkı olan gazetecilerden biri oldu.

Efendiler ve Uşakları'nın bugünkü nesillerin utanç vesikası olarak, gelecek nesillere ibret vesikası olacağından eminim.

Ümit Zileli

1959'da Ankara'da doğdu, Gazi Üniversitesi'nde gazetecilik okudu, mesleğe Anadolu Ajansı'nda başladı, *Güneş* gazetesinin ABD temsilciliğini yaptı, *Günaydın*, *Milliyet* gazetelerinde çalıştı, TRT, Kanal 6, Kanal D televizyonlarında haber-söyleşi programları yaptı, *Cumhuriyet* ve *Aydınlık* gazetelerinde köşe yazdı, Ulusal Kanal'da ana haber bülteni sundu, *Vur Emri, Karanlığa Karşı Yazılar, Aydının İhaneti, Cumhurun Trajedisi* gibi, çok satan kitaplar kaleme aldı, 2016 itibariyle *Korkusuz* gazetesinde yazıyordu.

Doğan

Bu topraklardaki ilk çocuk dergisi *Mümeyyiz*'di. Padişah birinci Abdülaziz döneminde 1869'da Sıtkı efendi tarafından çıkarılmıştı. Haftalıktı. İçeriğinde öyküler, şiirler, fıkralar, zeka oyunları vardı. Yanlış eğitim yöntemlerini eleştirir, dayağa karşı çıkan yayımlar yapardı. İlericiydi.

1875'te *Sadakat* çıktı. Mehmet efendi tarafından yayımlanan dergi, eğitsel yazılara, küçük hikayelere, soru cevaplara yer verirdi. Dili son derece sadeydi, o dönemler pek moda olan ağdalı cümlelerden uzak dururdu. Bademler okuyunca inanmakta güçlük çekecek ama, Osmanlıcı değil, Türkçeci'ydi. Lisanımızın "Türkçe" olduğuna özellikle vurgu yapardı.

1876'da *Arkadaş* çıktı. Mehmet Şemsettin tarafından yayımlanan dergide, hayvanlar ve teknolojik araçlar tanıtılıyordu. Avrupa'dan çocuklara dair haberler verirdi. Ufuk açıcıydı.

1880'de *Bahçe* çıktı, içeriğine mizah kattı, eğlendirerek öğretirdi. 1881'de *Çocuklara Kıraat* çıktı, seyahat kavramıyla tanıştırdı, Avrupa şehirlerinin, Avrupa'daki görkemli binaların resimlerini yayımlardı.

1896'da *Çocuklara Mahsus Gazete* çıktı. Osmanlı'nın en uzun süreli çocuk dergisiydi, 14 sene basıldı. Avrupa dergilerinden resimler, çeviriler yayımlıyordu. 1905'te *Çocuk Bahçesi* çıktı, Tevfik Fikret, Mehmet Emin Yurdakul, Hüseyin Cahit Yalçın gibi efsaneler, çocuklar için matrak öyküler yazıyordu.

23 Nisan... Mustafa Kemal Atatürk, dünyanın ilk ve tek çocuk bayramını, çocuklarımıza armağan etti.

Cumhuriyet ilan edildi, 1923'te *Çıtı Pıtı* çıktı, monoloğu diyaloğa çevirdi, okurları, yani çocukları yazmaya özendiren bir dergiydi. 1926'da *Gürbüz Türk Çocuğu* çıktı, çocuklara sağlıklı yaşam kavramını öğretiyor, gıda ve sporla alakalı bilgiler veriyordu.

1928'teki Harf Devrimi'nden sonra çocuk yayıncılığı, yetişkin yayıncılığı kadar önem kazandı. *Çocuk Sesi, Mektepli, Afacan Arkadaş, Rüya, Yuva, Yavru Türk, Gelincik...* 1928-1945 arasında 23 çocuk dergisi yayımlandı. Fotoğraflar, karikatürler devreye girdi. Çocukların bilgi dağarcığı büyürken, hayal gücü zenginleşti. Merak eden, soru soran, keşfetmeye cesaretlenen, icat etmeye yüreklenen nesiller yetişmeye başladı.

23 Nisan 1945.
Doğan Kardeş çıktı.

Çocuk dergiciliğinde devrimdi. Sanat, bilim, kültür, aydınlanma meşalesiydi. Kazım Taşkent'in sahipliğinde, Vedat Nedim Tör ve Şevket Rado'nun yönetiminde, Yapı Kredi Bankası'nın desteğiyle yayımlanmaya başlandı.

Doğan... Yapı Kredi'nin kurucusu Kazım Taşkent'in oğluydu. İsviçre'de yatılı okurken, 1939'da Alpler'de meydana gelen heyelanda, henüz on yaşındayken hayatını kaybetmişti. *Doğan Kardeş*, Doğan'ın anısını yaşatmak için çıkarılmıştı. Tüm çocukların kardeşi olmuştu.

Ümit Yaşar Oğuzcan'ın şiirleri, Tomris Uyar'ın çevirileri, Aziz Nesin'in Gülten Dayıoğlu'nun Nezihe Araz'ın Muzaffer İzgü'nün Pınar Kür'ün yazıları yayımlanıyordu. İdil Biret'in Suna Kan'ın Sevin Okyay'ın Halit Refiğ'in değerli ağabeyim Müjdat Gezen'in mektupları yeralıyordu. Altan Erbulak, Selma Emiroğlu, Mıstık, Gevher Bozkurt, Yalçın Çetin, Güngör Kabakçıoğlu, Emine Bora, Sezgin Burak gibi ustalar çiziyordu.

Kuşe kağıda basılmış, rengarenk sayfalarıyla, sporu, doğayı, uzayı anlatıyordu. Tiyatroyu resimi müziği heykeli baleyi karikatürü sevdirirken, Dede Korkut'u Keloğlan'ı Hacıvat'la Karagöz'ü ihmal etmiyor, halk hikayelerine, Anadolu masallarına geniş yer veriyor, geleneksel değerlerimizi çağdaş kent kültürüyle harmanlıyordu.

33 sene...
1945-78 arasında yetişen nesillerde derin izler bıraktı.

1977'de *Milliyet Çocuk* çıktı. Derginin başında Abdi İpekçi vardı, sorumlu yönetmenliğini Ülkü Tamer yapıyordu. Bilgi hazinesiydi. Yazar kadrosunda Aziz Nesin, Tarık Dursun K., Haldun Taner, Bekir Yıldız, Selim İleri, Yaşar Kemal, Müjdat Gezen, Orhan Boran, Yalvaç Ural vardı. Tarık Akan, Cem Karaca, Ajda Pekkan, Cüneyt Arkın, Ayşen Gruda gibi sanatçılar, konuk yazar olarak yeralıyordu. Dünya klasiklerini, dergi ebatında 32 sayfa çizgi roman, özet şeklinde, ilave olarak veriyordu. Bu özet çizgi romanlardan itibaren, Türkiye'de dünya klasiklerinin satışında adeta patlama yaşandı. Özet çizgi romanla tanışan çocuk, mutlaka gidip, orijinal kitabı da alıyordu.

Ve 2016... Diyanet işleri başkanlığının çocuk dergisi, çocuklara çizgi hikayeyle vizyon verdi, "şehit olmak ne güzel, keşke şehit olabilsem."

Yani?

Yanisi şu... Tee 1869'da başlayan 150 senelik süreci "bakın ne hale getirdiler, vah vah" diye yazmıyorum.

Tam tersine...
150 senelik birikime güvenin diye yazıyorum.

İçki içmediği halde iktidar sarhoşu olan cahil cühela üç tane takunyalının çağdaşlığı geriye çevirebilmesi mümkün değildir.
Olmayacak duaya amindir.
Mümeyyiz'le *Arkadaş*'la büyüyen, *Afacan*'la *Milliyet Çocuk*'la yetişenler var bu ülkede... Doğan Kardeş nesillerine güvenin.

Doğan Taşkent

1929'da İstanbul'da doğdu, henüz 10 yaşındayken, 1939'da İsviçre'de hayatını kaybetti. Heyelan, yatılı okulun pansiyonunu silip süpürmüştü, 19 çocuk ölmüştü, facianın kapsadığı alan o kadar büyüktü ki, çocuklardan beşinin cenazesi bulunamadı. Maalesef, bulunamayanlardan biri Doğan'dı. Facianın yaşandığı Flims kasabasının girişine, iki elini dağlara doğru kaldırmış, haykıran bir çocuk heykeli dikildi. Bu çığlık çığlığa heykel, hayatını kaybeden çocukların ölüme karşı isyanını sembolize ediyor.

Süreyya

İlkokulu ite kaka yedi senede bitiriyor, gerisini okumuyor. Yeşilçam'a çırak giriyor. Film setlerinde çalışmaya başlıyor, getir götür işleri, dekoru şuraya yerleştir, ışığı şöyle tut filan, bazen figüranlık bile yapıyor. Eğlenceli, renkli bir dünya ama, sigorta yok, yevmiye az, ne yapsam diye düşünürken, bir arkadaşının okuldan arkadaşı olan Ziya Doğan'la tanışıyor, "malzemeci olmak istiyorum" diyor, Ziya "kaç senedir bu işi yapıyorsun?" diye sorunca "hiiç" cevabını veriyor. Ziya seviyor bu harbi adamı, "yarın sabah idman var, Şeref Stadı'na gel" diyor. Geliş o geliş.

Süreyya...
35 senedir Beşiktaş'ta.

İki evladı var. İkisinin de doğumunu göremiyor. İlk evlat mesela... Eşi hamileyken, Beşiktaş Kıbrıs'ta kamp yapıyor, hoca Gordon Milne, şak, haber geliyor, yenge doğum yapmış, erkek evlat dünyaya getirmiş. Daha 22 gün Kıbrıs'ta kalmaları lazım. Bizimki arıyor eşini telefonla, "oğlanın ismini koymayın, kamp bitince maçlar başlayacak, ilk gol atanın ismini koyacağım" diyor. Neticede dönüyorlar Kıbrıs'tan, sezon başlıyor, ilk hafta Trabzonspor, 0-0... İkinci hafta Gençlerbirliği, 0-0... Araya milli maç giriyor, mecburen 15 gün de böyle geçiyor. Üçüncü hafta Karabükspor, kadrosu zayıf, "en az 3-4 atarız" diye düşünüyor. Maç başlıyor, Beşiktaş hakikaten gol atıyor ama, Walsh atıyor iyi mi... Bizimki devre arasında Metin Ali Feyyaz'ın yakasına yapışıyor, "Allah aşkına biriniz gol atın" diye yalvarıyor, "sen merak etme abi" diyorlar. İkinci yarı başlıyor, dakika 90, gene Walsh atıyor iyi mi... Bizimki ağladı ağlayacak. Soyunma odasına giriyorlar, Metin Ali Feyyaz teselli etmeye çalışıp, "sıkma canını, haftaya Bursa maçı var, orada atarız" diyorlar. Bizimki patlıyor... Boşversenize birader diyor, oğlan nerdeyse askere gidecek, sizin yüzünüzden hâlâ ismini koyamadık... Arıyor tekrar eşini, "bunların gol falan atacağı yok, oğlana babamın ismini koyun" diyor. Şevki Yasin nihayet ismine kavuşmuş oluyor.

İkinci evlat, kız... O sırada İsviçre'deler, hoca Del Bosque... Acayip yağmur yağıyor, Süreyya futbolcularla birlikte sırılsıklamken haber geliyor, yenge doğum yapmış... Herkes tebrik ediyor, Del

Bosque yanına çağırıyor, bi şeyler söylüyor, bizimki anlamıyor, tercümanı çağırıyor, meğer Del Bosque "yağmur yağıyor, kızının ismini Yağmur mu koydun?" diye soruyor. Süreyya tamamdır valla diyor, eşini arıyor, "kızımın ismini Del Bosque koydu, Yağmur olsun" diyor.

Müthiş matrak anıları var. Bi gün Antalya'da kamptalar, hoca Tigana, Efes Kupası oynanıyor, rakip Galatasaray... Yedek kulübesinin hemen arkasında oturan bir taraftar habire saydırıyor, Tigana'ya küfür ediyor, Tayfur'a yaşlısın diyor, Okan'a sen Galatasaraylısın diyor, Sergen'e git at yarışı oyna diyor. Bizimki dayanamıyor, "arkadaş maç daha yeni başladı, ayıp ediyorsun, herkes rahatsız oluyor, otur efendi gibi seyret, yoksa polis çağıracağım" diye uyarıyor. Arızalı taraftar bombayı patlatıyor, "bıyıklı sen çok konuşma, senelerdir maçlara geliyorum, hep yedeksin, insan bir gün oyuna girmez mi" diyor!

Herkes onu yedek kulübesinden tanıyor ama, eski dönemlerde maç sırasında soyunma odasında otururdu. Çünkü, gençler hatırlamaz, eskiden stadyumlarda güvenlik yoktu, polis yoktu, kapıları kırıp eşya çalarlardı. İşte bu yüzden, Süreyya maç sırasında soyunma odasında otururdu. Düşünsenize, binlerce kişi tribünlerde, futbolcular sahada, bir adam soyunma odasında tek başına... Küçücük bir radyosu vardı, maçı oradan takip ederdi. Bana ne demez, futbolcuların özel eşyalarının başında nöbet tutardı. İş ahlakı, iş disiplini konusunda, hakkında tez yazılması gereken biridir Süreyya.

Kaç ülke gördüğünü hatırlamıyor. Kore'de trafik kazası geçirdi, hayati tehlike atlattı, yine de hastaneye gideceğine takımının yanına koştu. 35 senedir, arka arkaya iki gün bile izin yapmadı. Sabah 7'de idman sahasına geliyor, akşama kadar... Sabah idmanı olmasa bile, saat 7'de işinin başında oluyor. Teknik direktörler haftalık programı kapıya asıyor, Süreyya bir kopyasını alıp, eşine götürüyor, evinin kapısına asıyor. Hayatı yollarda, deplasmanlarda geçiyor. Bir gün eşi telefon ediyor, "akşam eve gelirken meyve getir çarşıdan" diyor. Bizimki cevap veriyor, "ne meyvesi hanım, ben Diyarbakır'dayım!"

Schumacher'in ilk geldiği sene Fenerbahçe'yle maç var, Kadıköy'de... Efsane Alman kaleci gazetecilere açıklama yapıyor, "bana ilk golü atana, altın saat hediye edeceğim" diyor. Beşiktaşlı Ferdinand şırrak diye atıyor. Bizimki gidiyor Ferdinand'ın yanına, "sen ne yapacaksın altın saati, ben alayım senin yerine" diyor. Ferdinand da tamam, senin olsun diyor. Bizimki Fenerbahçe'nin soyunma odasına gidiyor, ölü evi gibi tabii, moraller sıfır... O sırada Fener'in kaptanı Oğuz... Bizimki gidiyor Oğuz'un yanına, "saati almaya geldim" diyor. Oğuz da "erkeksen git kendin söyle" diyor. Bizimki gidiyor Schumacher'in yanına, eliyle bileğini işaret ederek, saati rica edeyim diyor. Schumacher ayağındaki kramponu çıkarıyor, Süreyya'nın kafasına fırlatıyor, koridorda kovalıyor, zor alıyorlar elinden... Bizimki hiç istifini bozmuyor, elinde kramponla gidiyor Ferdinand'ın yanına, "saat olmadı, istersen krampon vereyim" diyor.

Heavy metal müzik meraklısı olan Quaresma'ya Ümit Tokcan, Sabahat Akkiraz, Arif Şentürk dinletiyor. Yabancı futbolculara Kemal Sunal filmleri izletiyor, her deplasmanda o yöreye ait Türk yemeklerini tanıtıyor, tattırıyor. Binlerce taraftarla karşılanan ama, sorunlu ayrılan Toshack'ı havalimanında tek başına uğurlayacak kadar vefalı bir sportmen o... Tek kelime yabancı dil bilmediği halde, yabancı topçularla sohbet ediyor, fıkralar filan anlatıyor, inanmakta güçlük çekeceksiniz ama, ne anlattığını anlıyorlar.

Beşiktaş maçına ilk defa yedi yaşındayken, dayısı tarafından götürülmüştü. Rakip Altay'dı. Sahada iki tane siyah-beyaz takım vardı. Hangisi bizimki diye sordu dayısına... Formasında "kartal" olandı. Macera işte böyle başlamıştı.

Ve, yıkılmadan önce son maç, İnönü stadındaki veda maçı... Soyunma odasında formaları hazırlıyordu, tribünler inlemeye başladı, Süreyya Süreyya diye bağırıyorlardı, kulaklarına inanamadı, futbolcular yanına geldi, "ağabey seni çağırıyorlar" dediler, çıktı sahaya, İnönü stadının son üçlü'sünü çektirdi. Bu şeref, bir daha asla hiçbir faniye nasip olmayacaktı. Bu şeref, Çarşı tarafından ona verilmişti.

Çünkü... Son 35 senede Beşiktaş'ta hiçbir başkan, hiçbir teknik direktör, hiçbir futbolcu, görevi başındayken onun kadar şampiyonluk kazanmadı. 1981'deki şampiyonlukta da o vardı, yeni stadyumdaki son şampiyonlukta da o var.

Yeşilçam setlerinde başlayan siyah-beyaz bir aşk hikayesinin filmidir bu.

İşini namusuyla, gönülden, severek yaptığında... Yedek kulübesindeki "figüran"ın, dünya çapındaki yıldızlarla aynı sahneyi paylaşıp "başrol" oynayabildiğini kanıtlayan bir filmdir.

Süreyya Soner

İsmini Beşiktaş tarihine yazdıran Süreyya Soner'in hayatı *Güzel Adam Süreyya* ismiyle belgesel haline getirildi. Böyle bir onur, Türk sporunda parmakla sayılacak kadar insana nasip oldu. Şeref bey'den Baba Hakkı'ya, Süleyman Seba'dan Sergen Yalçın'a kadar, Beşiktaş efsaneleriyle birlikte, Beşiktaş'ın forma reklamında yeraldı. Kulübe 1981'de adım attı, 2016 itibariyle görevini sürdürüyordu.

Nasreddin

Nasreddin Hoca'nın iki eşi varmış.
İlk eşi Leyla ile onun teyzesinin kızı Ceren.
Leyla ile Ceren, Hoca'nın kimi daha çok sevdiği üzerine sürekli tartışır, sık sık "hangimizi daha çok seviyorsun?" diye Hoca'ya sorarlarmış.
Ancak Hoca, evin huzurunun kaçmasından korkarak bu tehlikeli tartışmaya karışmaz, birini daha çok sevdiğini söyleyerek taraf olmaktan kaçar, ikisini de eşit sevdiğini söylermiş.
Gelgelelim günün birinde iki kadın, sedirinde rahat rahat oturduğu sırada Hoca'yı inatla köşeye sıkıştırıp, ona şu soruyu sormuşlar:
"Farzet ki üçümüz aynı kayıkta giderken, ikimiz birden suya düşüveriyoruz. Önce hangimizi kurtarırsın?"
Nasreddin Hoca biraz duraksadıktan sonra cevap vermiş:
"Leyla, herhalde insan senin yaşına gelinceye kadar azıcık yüzme öğrenmiş olur!"

Nedir bu?

Öğretmenler tarafından ilkokul çocuklarına tavsiye edilen *Nasreddin Hoca ile Düşünmeyi Öğrenmek* isimli kitaptan bir bölüm.

Nasreddin çokeşli.
İki kuzenle evli.

Ayrıca...
Kitaptaki çizgilere göre, Nasreddin bildiğimiz Nasreddin, göbeğine kadar inen sakalı bembeyaz, en az 80 yaşında... Leyla ile Ceren ise taş çatlasın 15-16 yaşındalar, henüz ikisi de çocuk, ikisi de çocuk gelin.

Yani?
İlkokul hatıralarımızın sevimli Nasreddin hocası, torunu yaşında iki kız çocuğunu aynı anda koynuna alan sapık moruk haline getirilmiş.

Ve bilmiyorum duydunuz mu, kaplumbağaya türban taktılar geçen ay... *Diyanet Çocuk Dergisi*'nin çizgilerle hikaye bölümünde, hayırlı bir evladın nasıl olması gerektiğini anlatan anne kaplumbağa, türbanlı.

İlkokullara tavsiye edilen 100 temel eser, gavurlar (!) tarafından yazıldığı için, eğdiler büktüler, akıllarınca caiz'leştirdiler... Andersen masalları dünyada sadece Türkiye'de "bir varmış bir yokmuş, Allah'ın kulları çokmuş" tekerlemesiyle başlıyor. Heidi dua ederek huzur buluyor. Tom Sawyer başarılı olmak için dua ezberliyor. Polyanna'ya ahiret kavramını monte ettiler, Allah'ın bu dünyada bahşettiklerinin kıymetini biliyor, bundan mutlu oluyor. Pinokyo teşekkür etmek yerine, Allah razı olsun diyor. Pinokyo'nun babası Gepetto püsküllü bere yerine, takke takıyor iyi mi... Üç Silahşörler hidayete eriyor. La Fontaine'in tilkisi bile "Allah yolunu açık etsin" diye uğurluyor.

100 temel eserin tercümesi haram'dan helal'e çevrilince, yabancı çizgi film karakterleri de İslami usüllere uygun yayınlanmaya başlandı. Şirinler mümin oldu... Dünyanın tüm televizyonlarında "lay lay lom" diye dolaşıyorlar, bizim televizyonlarımızda "la ilahe illahlah" diyerek dolaşıyorlar. Şirin Baba cuma namazına gidiyor. Gece uyumadan önce birbirlerine "Allah rahatlık versin" diyorlar.

Bilahare...
Spiderman namaza başladı.
Ankara'da bir ilkokulda, din kültürü dersinde, Örümcek Adam'ın

seccade üzerinde resmini dağıttılar. Konu başlığında "namaz öğreniyorum" yazıyordu. Spiderman'in kafasında takke vardı.

Ve şimdi...
Nasreddin çokeşli.

Tahminim pek yakında, Tom ve Jerry'i umreye gönderirler. Pamuk Prenses, yedi cücelerle imam nikahı kıyar. Hacivat'la Karagöz rabia işareti yapar. Keloğlan doktorasını tamamlamaya İtalya'ya gider.

Merdivenaltı tarikatlarında aldıkları hurafe eğitimle, memleketi son 10 senede enkaza çevirdikleri yetmedi... Geleceğimizi de moloz yığınına çevirmek için çocuklarımızın beynini takkeyle takunyayla imam nikahıyla çokeşlilikle doldurmaya çalışıyorlar.

Nasreddin Hoca

1200'lü yıllarda yaşamış olduğu varsayılan efsanevi Anadolu bilgesidir. Yaşadığı dönem, yaşadığı yer, hatta yaşayıp yaşamadığı bile tartışmalıdır. Ancak... Muzip hikayeleri ve hazırcevap kişiliğiyle, Anadolu insanının imbikten süzülmüş özeti olduğu kesindir. Yazıya geçirilmiş ilk Nasreddin Hoca hikayesi, Ebu'l Hayr Rumi'nin 1480 yılında kaleme aldığı *Saltukname*'de yeralır. Akşehir'deki türbesinde, soyundan geldiği rivayet edilen kişilerin mezar taşı kitabeleri vardır.

İlker

"Dünyanın hiçbir ülkesinde demokrasi kurucusu bir siyasi partinin anayasayı ihlal iddiasıyla yargılandığı görülmemiştir. Çünkü bu, demokrasinin felsefesine aykırıdır. Ama bugün, bütün hukuk kurallarını hiçe sayan keyfilikle huzurunuzda bulunmaya mecbur kaldık. Böyle bir istibdat altında ne adalet aranabilir, ne de heyetiniz adil ve vicdani bir karar alabilir. Huzurunuzda savunma yapmaya zorlanmayı millete karşı işlenmiş haysiyetsiz bir suça iştirak gibi görüyorum. Bu sebeple, savcıların iddianamesine ve mahkemenizin kararlarına karşı hiçbir itibarım yoktur. Bu inançla, sizlere karşı savunma yapmayı reddediyor, asıl adaleti millet vicdanından ve ilahi takdirden bekliyorum."

Nedir bu?
Üçüncü cumhurbaşkanımız Celal Bayar'ın 27 Mayıs darbesinden sonra Yassıada'daki savunması... Daha doğrusu savunmaması.

Peki şu nedir?

"Dünyanın hiçbir ülkesinde hem ülkenin silahlı kuvvetlerinin komutanı, hem de silahlı terör örgütünün yöneticisi olan genelkurmay başkanı görülmemiştir. Hayatımı terörle mücadeleyle geçirdim. Bana terör örgütü yöneticisi diyenlere şaşarım. Hayatımda hukuksuz davranmadım. Demokrasiye olan bağlılığım da, kamuoyu tarafından çok iyi bilinmektedir. Bu iddialar ve suçlamalar yersizdir. Böyle bir iddianameyle bir kişinin suçlanmaya çalışılması, yetersizliğin komedisidir. Bu sebeple, iddianameye hiçbir itibarım yoktur. Huzurunuzda savunma yapmaya zorlanmayı, işgal etmiş olduğum makama ve Türk Silahlı Kuvvetleri'ne karşı ağır haksızlık olarak görüyorum. Bu inançla, bugün burada savunma yapmayacağım ve hiçbir soruya cevap vermeyeceğim. Takdir, yüce Türk Milletine aittir."

26'ncı genelkurmay başkanımız İlker Başbuğ'un Ergenekon iftirasından sonra Silivri'deki savunması... Daha doğru savunmaması.

İlker Başbuğ'un affına sığınarak, sayın yalaka basınımızın farkında bile olmadığı bu detayı tarihe not düşmek için yazıyorum.

Tekrar okuyun lütfen...
Darbeyle Yassıada'ya tıkılan cumhurbaşkanıyla, darbeci iftirasıyla Silivri'ye tıkılan genelkurmay başkanının cümleleri birebir aynı.

Çünkü, kumpas mahkemesini reddedip takdiri milletin vicdanına bırakan İlker Başbuğ'un özenle seçilmiş sözleri, darbe mahkemesini reddedip takdiri milletin vicdanına bırakan Celal Bayar'dan alıntıydı.

Bir çıplak gerçeğin, fotokopi gibi örtüşmesiydi.

50 sene önce hükümete...
50 sene sonra silahlı kuvvetlere darbe yapıldı.

Amerika Birleşik Devletleri, ikinci dünya savaşında Avrupa'dan Afrika'ya Atlantik'ten Pasifik'e kadar yerkürenin her yerinde savaştı, 45 general ve amiral kaybetti. Türkiye Cumhuriyeti, mermi sıkmadan, 58 general ve amiral kaybetti. Kumpas davalarından beri irticaya bulaştığı için bir kişi bile ordudan atılmazken, 122 Atatürkçü albayın, general-amiral olma hakkı ellerinden alındı, 237 Atatürkçü subay, darbeci-casus filan diye tasfiye edildi. Kumpas davalarına dahil edilmeyen, ancak, malum medya tarafından isim isim hedefe oturtulan, sosyal medyada iftiralarla linç edilen, eşleri ve çocukları internet üzerinden açıkça tehdit edilen 500'den fazla subay, ordudan ayrıldı. Bir savaş gemisi üç senede inşa ediliyor, buna kumanda edecek subay 15 senede yetişiyor, kurmay albay seviyesindeki firkateyn komutanlarımızın tamamı, önce hapse atıldı, sonra ordudan atıldı. Milgem'i Milgem yapan mühendis subaylar, tersane komutanları imha edildi. Bir pilot anca 11 senede harbi pilot olabiliyor, senede en fazla 25 savaş pilotu yetişebiliyor, son beş senede 300'den fazla pilot, hava kuvvetlerinden istifa etti.

Bunlar Tanzanya'da olmadı.
Hepsi gözümüzün önünde...
Gözümüzün içine baka baka oldu.

Yassıada neyse...
Silivri oydu.

Ve sayın ahalimiz hâlâ merak ediyor, acaba darbe olur mu?

İlker Başbuğ

1943'te Afyonkarahisar'da doğdu, 2008'de genelkurmay başkanı oldu, emekli olduktan 17 ay sonra Ergenekon kumpasıyla tutuklandı, 26'ncı genelkurmay başkanıydı, 26 ay hapis yatırıldı, 700 bin kişilik orduyu yönetirken darbe yapmamıştı, emekli olduktan sonra darbe yapmaya hazırlanmakla suçlanıyordu. Bu trajikomik iftirayla tutuklandığı gün, adliyeden çıkarken tarihe geçen şu sözleri söyledi: "Türkiye Cumhuriyeti'nin 26'ncı genelkurmay başkanı terör örgütü kurmak ve yönetmekle suçlanmıştır, takdir yüce Türk milletinindir!"

Muzaffer

Amerikan Uzay ve Havacılık Dairesi NASA, Türkiye'nin dahil olduğu Doğu Akdeniz'de son dokuz yüzyılın en kötü kuraklığının yaşandığını açıkladı. Su işleri bakanımız Veysel Eroğlu "NASA da kim oluyor, onlar bizim çok gerimizde, bizim teknolojimiz onlardan ileri" dedi.

NASA 1958'de kuruldu... NASA kurulur kurulmaz, Hollywood yüzünü uzaya döndü. Bir sene sonra, 1959'da, Columbia tarafından *Twelve to the Moon* çevrildi. Siyah beyaz bilim kurgu film, aya giden 12 astronotun macerasıydı.

Ekip çokulusluydu, farklı farklı milletlerden oluşuyordu. Biri siyahi üç Amerikalı, diğerleri Rus, Alman, Japon, İsveçli, Fransız, İngiliz, Polonya kökenli İsrailli, Brezilyalı ve Türk'tü.

Türk astronot Muzaffer Tema'ydı.
Aya giden ilk Türk'tü.

Alt tarafı film deyip geçilemezdi. Çünkü Amerikan vizyonunu yansıtan Hollywood'un dünyaya bakış açısını gösteriyordu. 1959 itibariyle "uzaya gitse gitse bu milletler gider" diye düşünmüşlerdi.
Mesela, ABD'de milyonlarca İtalyan yaşamasına rağmen, onlarca İtalyan aktör olmasına rağmen, astronotlar arasında İtalyan yoktu. Çinli yoktu. Kanadalı yoktu. Avustralyalı yoktu. ABD'deki Latin nüfusun ezici çoğunluğuna rağmen Meksikalı astronot yoktu. Koreli, Danimarkalı, Hollandalı, İspanyol yoktu. Türk astronot vardı.

Hollywood'un "uzaya gitse gitse bu milletler gider" dediği 1959'da... Yuri Gagarin'in uzaya çıkmasına daha iki sene vardı. Neil Armstrong'un aya ayak basmasına 10 sene vardı. Sadri Alışık'ın *Turist Ömer Uzay Yolunda* filminin çekilmesine 14 sene vardı.

Filmdeki astronotların milletlerine bakarsak... Amerikalılar aya ayak bastı, siyahi astronotları var, hatta, uzaya dört defa giden siyahi bir astronot şu anda NASA başkanı... Rusların uzay istasyonu bile var. Alman astronot gitti, Japon astronot gitti, İsveçli astronot gitti. Fransız astronot hem kadındı, hem de uzaydan dönünce Fransa hükümetinin AB'den sorumlu bakanı oldu. Bizim bakara bakaracı Egemen Bağış'a verdiğimiz koltuk yani... Fransa'da astronota verdiler o koltuğu... İngiliz astronot Atlantis mekiğiyle gitti, Polonyalı astronot Soyuz mekiğiyle gitti. İsrailli astronot Columbia mekiğiyle uzaya çıktı, dönüşte infilak ettiler. Hollywood'un Brezilya öngörüsü de tuttu, Brezilyalı astronot 2006'da Soyuz'la gitti.

Gel gör ki... "Bunlardan cacık olmaz, bunlar uzaya gidemez" denilen bazı milletlere haksızlık edilmişti. Mesela, İtalyan astronot Soyuz mekiğiyle gitti, Rus istasyonunda aktarma yaptı, Endeavour mekiğiyle döndü, üstelik dönüş yolundaki mekiğin pilotuydu, uzaydayken Papa'yla bile konuştu. Çinlileri de tutturamadılar, adamlar uzayda yürüyüş yapıyor, ay'da robot dolaştırıyor. Kanada desen... Erkek astronot da gönderdi, kadın astronot da gönderdi, Türkiye'de asrın liderimizin makam şoförünü milletvekili yaptılar, Kanada'da astronotu ulaştırma bakanı yaptılar.

Avustralyalı astronotlar gitti, biri altı ay uzayda kaldı. Meksikalı astronot 1985'te gitti. Arjantinli, Kübalı, Perulu, Kosta Rikalı, Kolombiyalı, Porto Rikolu astronotlar gitti. Kimisini Amerikalılar bindirdi götürdü, kimisini Ruslar bindirdi götürdü. Koreli, Danimarkalı, İspanyol, Belçikalı, Hollandalı, Bulgar, Çek, Avusturyalı, Romanyalı, Ukraynalı, İsviçreli, Slovakyalı, Macar, Azeri, Türkmen, Özbek, Kazak, Moğol, Gürcü, Kırgız, Litvanyalı, Güney Afrikalı, Vietnamlı astronotlar gitti.

NASA da kim oluyor, biz onlardan ileriyiz diyen Veysel Eroğlu, daha önce, Hindistan'da Pakistan'da olur böyle şeyler demişti. Hindistanlı astronotlar uzaya gitti, Hindistan Mars'a uzay aracı bile gönderdi. Suudi astronot gitti, şu anki Kral'ın oğlu... Malezyalı gitti, Afganistanlı gitti. Suriyeli astronot var birader.

Hollywood'un hayalleri ve hatta hayallerinde olmayanlar bile uzaya çıktı. Geriye sadece "hayal kırıklığı ülkesi" kaldı.

NASA kurulduğunda uzay yolculuğu potansiyeli görülen, dünyaya yön verecek ülkelerden biri sayılan Türkiye... Kendisini o seviyeye çıkaran Atatürk Cumhuriyeti yerine, "aktronot"ları tercih etti.

Gene de bozmayın moralinizi... Lafla peynir gemisi yüzüyorsa, uzay gemisi de duble yolda gayet güzel gider herhalde!

Muzaffer Tema

1919'da İstanbul'da doğdu, İstanbul belediye konservatuarı'ndan mezun oldu, keman ve piyano çalıyordu, Ankara devlet konservatuarı ve Cumhurbaşkanlığı filarmoni orkestrasında görev yaptı, İstanbul Tepebaşı gazinosunda orkestrada çalışırken, sinemacılar tarafından keşfedildi, 1949'da *Çığlık* isimli filmle Yeşilçam'a adım attı, 1959'da ABD'ye gitti, Hollywood'ta rol alan ilk Türk oldu, Zsa Zsa Gabor'la aşk yaşadı, yurda döndü, 1987'ye kadar 100'den fazla filmde oynadı, 2011'de İzmir Çeşme'de vefat etti, Çakabey mezarlığına defnedildi.

Mutlu

Bursa Atatürk stadıydı.
Timsah Arena yapıldı.
Antalya Atatürk stadıydı.
Antalya Arena yapıldı.
Afyon Atatürk stadıydı.
Afyon Arena yapıldı.
Eskişehir Atatürk stadıydı.
Es Es Arena yapıldı.
Antakya Atatürk stadıydı.
Hatay Arena yapıldı.
Konya Atatürk stadıydı.
Torku Arena yapıldı.
Sakarya Atatürk stadıydı.
Sakarya Arena yapıldı.
Beşiktaş İnönü stadıydı.
Vodafone Arena yapıldı.
İzmit İsmetpaşa stadıydı.
Kocaeli Arena yapıldı.
Malatya İnönü stadıydı.
Malatya Arena yapıldı.
Ali Sami Yen stadıydı.
Telekom Arena yapıldı.
Samsun 19 Mayıs stadıydı.
Samsun Arena yapıldı.
Sivas 4 Eylül stadıydı.
Sivas Arena yapıldı.

Şanlıurfa 11 Nisan stadıydı.
GAP Arena yapıldı.
Gaziantep Kamil Ocak stadıydı.
Gaziantep Arena yapılıyor.
Adana 5 Ocak stadıydı.
Adana Koza Arena yapılıyor.
Batman 16 Mayıs stadıydı.
Batman Arena yapılıyor.
Kayseri Atatürk stadıydı.
Kadir Has stadı yapıldı.
Rize Atatürk stadıydı.
Çaykur Didi stadı yapıldı.
Diyarbakır Atatürk stadıydı.
Diyarbakır Arena yapılıyor.
Giresun Atatürk stadıydı.
Çotanak Arena yapılıyor.
Elazığ Atatürk stadıydı.
Elazığ Arena yapılıyor.
İzmir'de de arena vardı.
Karşıyaka arena spor salonu.
Dün resmen silindi.
"Mustafa Kemal Atatürk Spor Salonu" yapıldı!

Göğsümüzü gere gere "ben İzmirliyim" dememize bir kez daha vesile olan... Karşıyaka belediye başkanı Hüseyin Mutlu Akpınar ve Karşıyaka belediye meclisinin değerli üyelerine yurttaş olarak teşekkür ederim.

Memleketteki arena işgaline karşı Hasan Tahsin direnişidir bu.

Ve, çağrım tüm Türkiye'ye... Şehrinizdeki Atatürk izlerinin silinmesine geçit vermeyin. Fair play çerçevesinde protesto edin, maçlarda pankart açın, sosyal medya grupları kurun, itiraz edin, alay edin, pişman edin.

Tüm arena tabelalarını tek tek yeniden Atatürk'le değiştirene kadar "sportif kuvayi milliye"ye katılın kardeşim.

Hüseyin Mutlu
Akpınar

1969'da Konya Ereğli'de doğdu, Anadolu Üniversitesi iktisadi idari bilimler fakültesi'nden mezun oldu, 1996'da CHP İzmir gençlik kolları başkanı oldu, 2014'de yüzde 70.7 gibi müthiş oy oranıyla Karşıyaka belediye başkanı seçildi.

Yusuf

Üç ay önce... İzmir Kemeraltı esnafından bir vatandaş vefat etti. 25 senedir o çarşıdaydı. Kendisi gibi esnaf olan komşuları, Kemeraltı Camisi'ne gitti, sela okunmasını istedi. İmam reddetti, "hiçbir zaman camiye namaza gelmedi, Alevi'nin selası okunmaz" dedi. Hır çıktı.

Kemeraltı esnafı müftülüğe başvurdu, olan biteni anlattı, imamı şikayet etti. Bunun üzerine, Kemeraltı çarşısında kuş kafesi, kuş yemi satan bir esnaf camiye gitti, imamın yerine sela okudu. Güya okudu ama, kısık sesle, adeta duyulmasın diye mırıl mırıl okudu. Üstelik... Selanın sonunda "Allah rahmet eylesin" demedi, cenazenin cemevinden kaldırılacağını söylemedi. Gene hır çıktı.

Alevi dernekleri devreye girince, imam lütfetti, açıklama yaptı, "camide değildim, kendi işimi görmeye gitmiştim, haberim yoktu, zaten selayı imam okuyacak diye bir kural yok, imam yoksa başkası da okuyabilir" dedi. Elbette inandırıcı değildi. Hadise büyüdü.

Diyanet işleri başkanlığı, İzmir'e özel açıklama yayınlamak zorunda kaldı. "Ayrımcılık yapılmadı, Kemeraltı camisinin imam ve müezzin kadrosu boş olduğu için, merhumun selası fahri görevli tarafından verildi, selanın okunması caminin güvenlik kamera kayıtlarında mevcuttur" denildi.

Tuhaf bi açıklamaydı. Çünkü, caminin imamı resmen açıklama yapıyordu ama, sayın diyanetimiz hâlâ "caminin imam kadrosu boş" diyordu! Üstelik, selayı okuyan kuşçunun "fahri görevli" olduğunu söylüyordu! Türkiye'de 150 bin imam görevde, doktordan fazla imam var, cumhurbaşkanından bakanlara kadar hepsi imam... Sayın diyanetimiz hâlâ, İzmir'in göbeğinde, "Kemeraltı camisinde imam ve müezzin yok" diyordu! Belli ki, düşünmüş taşınmış, mevzunun üstünü örtmek için bula bula anca bu açıklamayı bulabilmişlerdi.

Kemeraltı camisi 345 senedir orada duruyor. Bu 345 senede İzmir'in işgali dahil neler görmüştü ama, böylesine bir tartışmanın içine asla düşmemişti.

Aradan üç ay geçti...

Kemeraltı esnafından bir başka vatandaş vefat etti. Yusuf Hoba. Museviydi. 78 yaşındaydı. 50 senedir çarşıdaydı. Yarım asır... Basmacı Yusuf lakabıyla tanınırdı. Gençliğinde sırtında tablayla mahalle mahalle dolaşarak kumaş satardı. Çalışmış didinmiş, Hisarönü'nde kiracı olarak girdiği 25 metrekarelik dükkanı satın almıştı. Tabelasına gururla yazmıştı: Yusuf Tuhafiye.

İnsani arkeoloji yapabileceğiniz eşsiz adrestir Hisarönü, cıvıl cıvıl yaşayan tarihtir. Şambalicisiyle söğüşçüsüyle, tespihçileriyle Kızlarağası'ndaki kahvecisiyle, hastası olduğum muhittir. Gelinlikçiden peynirciye, kuyumcudan ayakkabıcıya, insan selidir, İzmir'in kalbidir. Kemeraltı esnafı olmak, Hisarönü esnafı olmak, övünç kaynağıdır. Orada yetişmek, pişmek, esnaflığın üniversite diplomasını almak gibi bi şeydir. İşte bu geleneğin profesörlerindendi basmacı Yusuf... Sözü senetti. Namuslu, ticari ahlakta örnek insandı. 50 sene bu memlekete tıkır tıkır vergi ödedi, kuruş aksatmadı.

Doğma büyüme İzmir çocuğuydu. Ailesi 500 senedir İzmir'deydi. 36 ay askerlik yaptı. Sivas ve Erzurum'da. Şöyle çavuştum, böyle nöbet tuttum filan, hepimiz gibi ömrü boyunca askerlik hatıralarını anlattı. Bir kızı bir oğlu vardı, yedi torunu oldu, torunları için deliriyordu, torununun çocuğunu bile görebilme şansını yakaladı.

Cuma günleri Hisar camisi dolar taşar, Cuma namazı sokaklarda kılınır. Gidin sorun, Hisarönü'nde herkes anlatır... Basmacı Yusuf, seccadelerin altına sersinler diye, karton biriktirirdi, özenle katlar, deposunda saklar, Cuma namazına gelenlere dağıtırdı, namazdan sonra toplar, özenle katlar, bir sonraki Cuma namazı için deposuna kaldırırdı. 50 sene... Komşularına güleryüzle "selamün aleyküm, hayırlı işler" demediği bir sabah bile olmadı. Esnafın ağabeyiydi.

Vefat etti.

Hisarönü esnafı, yarım asırlık Hisarönü esnafı basmacı Yusuf için, Hisar camisinden vefat anonsu yaptırmak istedi. Sela filan değil... Kısacık bir anons... "Çarşımızın esnaflarından Yusuf Hoba vefat etmiştir, cenazesi saat 16'da Altındağ Musevi Mezarlığı'nda defnedilecektir."

İstenen sadece buydu.

Tüm Hisarörü esnafı adına, yan komşusu Ercan Leka devreye girdi, Konak müftülüğüne telefon etti, anlattı, herkes birbirine devretti, üç kişiyle konuştu, neticede il müftülüğünü arayın dediler. İl müftülüğünü aradı, anlattı, fetva verebilecek hocaya aktaralım dediler, ona da anlattı, hoca başkasına aktardı, ona da anlattı, biz size yarım saat sonra dönelim cevap verelim dediler, bekle bekle, dönen olmadı. Bunun üzerine Ercan Leka, diyanet işleri başkanlığına telefon etti, sabırla, üç kişiye tek tek anlattı, sadece anons yaptırmak istiyoruz dedi, din hizmetleri başkanına bağlayalım dediler, ona da anlattı, din hizmetleri başkanı cevap veremedi, bu mevzu cami konusuna giriyor, cami hizmetleri başkanıyla görüşün dedi, peki dedi, ona da anlattı. Ercan Leka saatlerdir telefonda mücadele ediyordu. Neticede, cami hizmetleri başkanı, benim bu mevzuyu diyanet işleri başkanına sormam lazım, yarım saat sonra size dönerim dedi, kapattı. Tekrar bekleyiş başladı. Bir saat sonra il müftülüğünden Ercan Leka'yı aradılar, "Ankara'yı aramışsınız, isteğinize olumsuz cevap verildi" dediler. Hisar camisinden anons yaptırmadılar.

Bu ülkenin namuslu yurttaşı basmacı Yusuf, İzmir'de doğdu, İzmir'de yaşadı, İzmir'de toprağa verildi. Biz İzmirliler, onun hemşehrileri, komşuları, arkadaşları, kardeşleri... Utancımızdan yerin dibine girdik.

Ve hal böyleyken... Mercedesli diyanet işleri başkanımız, protokol cenazelerinde Chopin'in marşı yerine, Itri'nin bestesinin çalınmasını önermiş.

Sen diyanet işleri başkanı mısın, senfoni orkestrası şefi misin hoca?

İnsanlığımızı kaybettiysek, Kutlu Doğum Haftası'nda bile insan olduğumuzu unuttuysak... Beethoven çalsan ne olur, Dede Efendi çalsan ne olur.

Yusuf Hoba

İzmir'in tarihi Kemeraltı çarşısında "hazan, çan, ezan" biraradadır, her etnik kökenden, her mezhepten insan 350 senedir huzur içinde alışveriş yapar, esnafı desen, hoşgörüsüyle ahilik seviyesindedir. Yusuf Hoba, Kemeraltı'yı Kemeraltı yapan insanlardan biriydi. Onun cenazesiyle yaşadığımız utanç ise, Akp zihniyetinin yansımalarından biriydi.

Fuad

Kurtuluş Savaşı'nda sayısız şehit çocuğu öksüz ve yetim kalmıştı. Bu kutsal emanetlere sahip çıkabilmek için, bizzat Mustafa Kemal'in himayesinde 1921'de Ankara Himaye-i Etfal Cemiyeti kuruldu.

23 Nisan henüz "hakimiyeti milliye" bayramıydı.
Çocuk bayramı değildi.

23 Nisan 1923'te TBMM'de yapılan Hakimiyeti Milliye Bayramı töreninde, Mustafa Kemal'in isteğiyle, Himaye-i Etfal Cemiyeti Başkanı'na protokolde yer verildi.

Bir sene sonra, 23 Nisan 1924 törenlerinde Himaye-i Etfal Cemiyeti'ni Mustafa Kemal'in eşi Latife hanım temsil etti.

23 Nisanlar cemiyetin tanıtımı için fırsat olarak değerlendiriliyordu. Mesela... Gelir elde etmek için rozet satılıyordu, 23 Nisan törenlerine katılan herkes bu rozetleri takıyordu. Gazeteler teşvik edici yayınlar yapıyordu, her rozet, bir şehit çocuğuna destek manasına geliyordu.

23 Nisanlar, Himaye-i Etfal'le özdeşleşmişti. 23 Nisan denilince şehit çocukları, şehit çocukları denilince 23 Nisan akla geliyordu.

Milliyet gazetesi 23 Nisan 1926'da "Çocuk Bayramı" manşeti attı. Alt başlığında "bugün istiklal günü, vatanın kimsesiz çocuklarına yardım edelim" deniliyordu. Bağış patlaması oldu. Cemiyet, yardım kutuları koydu, para atmak için kuyruk oluştu. Ankara'nın lokantacı, kahveci, otomobilci esnafı 23 Nisan hasılatlarını Himaye-i Etfal'e verdi.

23 Nisan 1927... Himaye-i Etfal Cemiyeti'nin yayınladığı bildiri gazetelerin manşetlerindeydi: "Büyük Gazimiz, çocuklarımızın 23

Nisan bayramını daha sevinçli geçirmelerine vesile olacak büyük bir jestte bulunmuşlardır. Mustafa Kemal Paşa, otomobillerinden birini, törenlerde çocuklara tahsis etmiş, Cumhurbaşkanlığı bandosunun çocuk bayramı için görev yapmasını sağlamıştır. Çocuklarımız ne kadar övünse ve sevinse yeridir."

Himaye-i Etfal aynı zamanda şu çağrıyı yapıyordu: "Yaşınızı, memuriyetinizi, işinizi bir tarafa bırakarak, bugün çocuklarınızı şevk ve muhabetle eğlendiriniz, çocuk şenliklerine katılınız. Bu saadetli günü yavrunuzu bağrınıza basarak bahtiyarlıkla geçirirken, sizin müşfik yardımlarınızı bekleyen, memleketin anasız, babasız yavrularını unutmayınız."

Mustafa Kemal o sene Himaye-i Eftal balosuna katıldı. Ankara Evkaf Oteli'ndeki baloda, 10 bin lira yardım toplandı.
23 Nisan 1928, artık tamamen "Hakimiyeti Milliye ve Çocuk Bayramı" adıyla kutlanıyordu.

23 Nisan 1929, sadece bir günlük bayramla bırakılmadı, Mustafa Kemal'in talimatıyla yedi güne çıkarıldı, "çocuk haftası" ilan edildi. Etkinlikler çığ gibi büyümüş, tüm yurda yayılmıştı. Himaye-i Etfal'in bu organizasyonu tek başına yapabilmesi artık mümkün değildi. Balolar, konferanslar, anne eğitimleri, müsamereler, yarışmalar, şenlikler içeren kapsamlı kutlamaların organizasyonu, dönemin en büyük sivil toplum kuruluşu Türk Ocakları'na verildi.

(Çocuk Haftası'nın ilk sürprizi şuydu... Türk Ocakları'nın yönetimi 23 Nisan'da çocuklara bırakılacaktı. Bugünkü koltuk geleneği böyle icat edildi.)

Himaye-i Etfal, sadece üç kuruşluk rozet satarak başladığı macerada... Yedi sene gibi çok kısa sürede 300 binden fazla şehit çocuğuna ulaşmayı başarmıştı. 1929 itibariyle, 300 binden fazla yetime düzenli olarak kitap, elbise, çamaşır, oyuncak, süt, yemek ve şeker dağıtır hale gelmişti.

Himaye-i Etfal sayesinde herkes gücü ölçüsünde amca, teyze, dayı, hala olmuş, şehit çocuklarının elinden tutmuştu. Mustafa Kemal vizyonuyla "dünyanın en büyük ailesi" kurulmuştu.

Yani?
Yanisi şu...

23 Nisan törenlerini "şehitler var" gerekçesiyle iptal etmek, sadece Atatürk alerjisi değildir, aynı zamanda cehaletin daniskasıdır.

23 Nisan Çocuk Bayramı'nın varlık sebebi, bizatihi şehit çocuklarıdır.

23 Nisan, kendi çocuğumuzu şefkatle bağrımıza basarken, şehit çocuklarını unutmayalım günüdür. 23 Nisan, bizim çocuklarımızın saçının teline zarar gelmesin diye, kendi canını hiçe sayan kahramanları unutmayalım günüdür.

23 Nisan, bu milletin şehitlerine ve çocuklarına borcudur.

23 Nisan törenlerini, güya hassasiyet göstererek "şehitler var" diye iptal etmek... Sadece Atatürk alerjisi değildir. Şehitlere dair hassasiyetten haberlerinin bile olmadığının kanıtıdır.

Ekstra hazin tarafı...

Şehit çocuklarını himaye etmek için kurulan Himaye-i Etfal Cemiyeti, 1935'te Çocuk Esirgeme Kurumu'na dönüştü. Ve bugün maalesef, Ensar Vakfı'nı himaye eden aile bakanına bağlı... Hakikaten utanç vericidir.

Fuad Umay

1885'te Kırklareli'de doğdu, İstanbul tıbbiyesi'nden mezun oldu, milli mücadeleye katıldı, istiklal madalyası aldı, Himaye-i Etfal Cemiyeti'nin kurucu başkanı oldu, 1923-50 arasında Bolu ve Edirne milletvekilliği yaptı, sağlık bakanlığı yaptı, Türk mitolojisindeki çocukların koruyucu ruhu Umay'a atfen, Atatürk'ün isteğiyle Umay soyadını aldı, 1963'te vefat etti, Zincirlikuyu'ya defnedildi.

Tuncay

"Bakterilerden kurtulmak için yatağınızı yastığınızı iki günde bir sirkeyle silin. Çöpünüzü biriktirmeyin, böcek gelir. Çöp poşetinin altına ıslak gazete kağıdı koyun, kokuyu alır."

"Çamaşır yıkamak için iki yöntem var, topukmatik ve petmatik... Elinizle çitilerseniz, cılk yaralar açılıyor. Ayaklarınızla girin leğene, tepinir gibi yıkayın. Topukmatik'ten sonra ayaklarınızı iyi durulayın, yoksa egzama oluyor. Çoraplarınızı beş litrelik pet şişeye sokun, deterjan ilave edin, kapağını kapatın, çalkalayın, pırıl pırıl oluyor, petmatik de bu."

"Spor yapın, günde 10 bin adım atın. Havalandırma 13 adım uzunluğunda, 6 adım eninde... Ortalama hızla 2.5 saat sürüyor."

"Süzme yoğurdu çok severim. Atletimin kol kısımlarını düğümlüyorum, torba haline getirip, yoğurdu içine döküyorum, altına leğen koyup, pencereye asıyorum, iki gün sonra hazır."

"Haftada 10 dakika telefon hakkınız var, süre biter, kelime bitmez, son sözünüz hep ağzınızda yarım kalır. Seni seviyorum'u en önden söyleyin, sonra içinize dert olmasın."

"Bol bol yazın. Yazmak konuşmak gibidir. Karşınızda kimse olmasa bile, kendinize anlatın. Mektup almak iyidir. Üstünü örttüğünüz kendinize, kendi mektuplarınızı gönderin."

"Ortak alanda maç seyrederken, taraftarlık ölçüsünü kaçırmayın. İçersi de dışarsı gibi, kavga çıkıyor. Şişlenmeyin, jiletlenmeyin."

"Tıraşınıza özen gösterin. Karşılıksız çek ve banka borcundan tutuklu berberler çok başarılı."

"Maarif takvimi bulundurun. Her gece törenle yırtın. Geçen, sizin ömrünüzdür, atlamayın!"

"Bayramlara evinizdeki gibi hazırlanın, şekerinizi çikolatanızı hazır edin, yan koğuşlara atın."

"Tespih çekin. Sakın sallamayın. Racona ters, hakaret olarak algılanıyor. Sigara içmeseniz bile, bulundurun, para yasak, değiş tokuşlu alışverişte para yerine geçiyor."

"Kalorifer yetersiz. Isıtıcı yasak. Nevresimi battaniyeye tela yapın. Üstüne bir nevresim daha geçirin. Hem battaniyenin tüyünden kurtulursunuz, hem de battaniye yorgan hissi verir."

"Rutubetten korunun. Başucunuzdaki duvarı battaniyeyle kaplayın. Ekstra battaniyeye izin vermezlerse, seccade alın, ona izin veriliyor. Çivi yasak. Diş macunuyla duvara yapıştırın, kuruyunca öyle sağlam tutunur ki, şaşarsınız."

"Toprak yok. Her yer beton. Duvarları yosun kaplıyor. Temizlemeyin. Yeşili orda görün."

"Duruşma salonunda fesleğen verdiler, bayılırım. Ama içeri sokmak yasak. Üç dalını gömlek cebime koydum, ceketimle örttüm, x-ray'den geçti, elle aramada farkedilmedi. Getirip, pet şişeden vazoya koydum. Gördüler, ses etmediler. Aspirin attım suyuna... Dayanamadı."

"Tecrübe kazanınca hücremde sera kurdum! Öğrendim ki, cezaevinin toprağı çay'dır. Çayı al, beş litrelik pet şişeyi yarısından kes, saksı yap, tabanına gazete kağıdı yerleştir, altına delik aç, çayı saksıya doldur, soğan ek, sarımsak ek, sula... Fesleğen ektim böyle, yaşadı. Seracılık faaliyetime devam ediyorum. Taze soğan yiyorum, sarımsak yiyorum."

"Gübre takviyesi şart... Kuşları pencere önlerine, havalandırmaya alıştıracaksın, ekmek kırıntısı serpin, gelirler. Onlar cıvıl cıvıl beslenirken, siz onların pisliğini toplayıp çaydan toprağa koyacaksınız. Ama fazla koymayın, fazlası bitkilere zarar veriyor, çürütüyor."

"Örümcekle dost olun. Ağlarını sakın temizlemeyin, sineği uzak tutar. Benim pencerenin önünde iki tane siyah kabadayı örümceğim var, sivrisineklerin korkulu rüyası... Karıncaya dalaşmayın. Şeftali aldım kantinden, dolaba koymayı unuttum, iki kilo şeftaliyi bir gecede götürdüler. Geceleri baykuş geliyor, iyi oluyor, fareler kaçıyor. Güve'ye arı'ya dikkat edin."

İlaçlarınızı düzenli alın. Mutlaka vitamin alın. Aman hastalanmayın. Hastalandınız... Acil alarm butonuna basın, bağırın, gürültü yapın, sedyeyle çıkarılmanız en erken 30 dakika... Siz siz olun, saat 17.20'den sonra sakın kalp krizi filan geçirmeye kalkmayın, anca ölünüzü bulurlar."

"Mantar, ishal, kabız, cilt rahatsızlığı, enfeksiyon, depresyon, tansiyon, şeker, böbrek yetmezliği, kalp, dolaşım bozukluğu, diş eti çekilmesi, duyma bozukluğu, karaciğer, mide, kas-eklem rahatsızlığı, boyun-bel fıtığı, romatizma, neticede kanser... Bu hastalıklar sırayla sizi bekliyor, hazırlıklı olun."

"Ben mesela, aniden sararmaya, yaralar dökmeye başladım. Revire kaldırıldım, kimi zehirlendiğimi, kimi siroz olduğumu, kimi portakalı fazla kaçırdığımı o yüzden sarardığımı, kimi de psikolojik olduğunu söyledi. Hastaneye sevk edildim, tetkik üstüne tetkik, teşhis konulamadı."

Tuncay Özkan'ın *Hapiste Yatacak Olanlara Öğütler* isimli kitabından bu satırlar... 2012'de Silivri'deyken yazmıştı. Bu koşullarda altı sene yattı, bir avuç namuslu insan haricinde, kimsenin ruhu bile duymadı.

Ve iftira sürecinde gıkını çıkarmayan haysiyetsiz medyamız, şimdi olan biteni sanki ilk defa duyuyormuş gibi yazıyor... "Tuncay Özkan'ın Silivri koşullarında hasar gören karaciğerine kök hücre tedavisi uygulandı, biyopside böcek ilacına rastlandı, üç ay boyunca evinde karantinada kalacak, maskeyle dolaşacak, kimseyle temas etmeyecek" filan.

"Ciğeri beş para etmeyenler"in bu kadar baştacı edildiği ülkede... Namuslu yurtseverlerin ciğeri bi yere kadar dayanabiliyor maalesef.

Tuncay Özkan

1966'da Ankara'da doğdu, Gazi Üniversitesi'nde gazetecilik okudu, mesleğine Hürriyet grubuna ait *Hürgün* gazetesinde başladı, *Cumhuriyet*'te ve Uğur Dündar'ın Arena programında çalıştı, Kanal D ve Show Tv'nin haber yayın yönetmeni oldu, *Radikal*, *Milliyet*, *Akşam*'da köşe yazdı, Çukurova grubu'nun medya grup başkanı oldu, Kanaltürk televizyonu'nu kurdu, bu kanalı Akın İpek'e sattı, 2007'deki Cumhuriyet mitinglerinin düzenleyicilerinden oldu, 2008'de Yeni Parti'nin genel başkanı oldu, üç ay sonra Ergenekon'dan tutuklandı, beş sene hapis yattı, müebbet hapse mahkum edildi, Anayasa Mahkemesi'nin kararıyla tahliye edildi, 2015 seçimlerinde CHP'den İzmir milletvekili oldu, Silivri koşullarında karaciğeri hasar gördü, Almanya'ya kök hücre tedavisine gitti, karaciğerinde böcek ilacına rastlandı, Silivri'deyken zehirlendiği iddia edildi, 2016 itibariyle hem yargılanması, hem tedavisi devam ediyordu.

İzzet

Sene 1907.
Bolu'da dünyaya geldi.
Dar gelirli bir ailenin oğluydu, hem çalıştı, hem okudu, İstanbul'da sanayi-i nefise mektebi'ni bitirdi, mimar oldu, ticarete atıldı, biraz para yaptı, girişimciydi, neden illa yabancılardan ithal etmek zorunda kalıyoruz diye kafa yordu, özel teşebbüsün ilk döküm fabrikasını kurdu, memleketin döküm sanayisine öncülük etti, ithalatı ihracata çevirdi, senelerce vergi rekortmenleri listesinde yeraldı.

Ve... Bize bu fırsat eşitliğini sağlayan, bu imkanları tanıyan Atatürk Cumhuriyeti'ne borcumuzu ödemeliyiz dedi, 1986'da vakıf kurdu.

Tüm servetini bu vakfa tahsis etti.

İzzet Baysal.

Bolu'da... Nafize Baysal kreşini, İzzet Baysal anaokulunu, Mehmet Baysal ilkokulunu, Canip Baysal ilkokulunu, Atatürk ilkokulunu, 50. Yıl ilkokulunu, Behiye Baysal ilkokulunu, Behiye Baysal ticaret meslek lisesini, İzzet Baysal çıraklık eğitim merkezini, İzzet Baysal akşam sanat okulunu, İzzet Baysal Anadolu lisesini, İzzet Baysal Anadolu lisesi kız-erkek öğrenci yurdunu, İzzet Baysal öğretmen lojmanlarını, İzzet Baysal endüstri meslek lisesini, İzzet Baysal otelcilik ve turizm meslek lisesini, Zübeyde Hanım kız meslek lisesi yurdunu, Tevfik Atay sağlık eğitim merkezini, Emine Baysal eğitim ve uygulama okulunu, İzzet Baysal teknik lisesini, İzzet Baysal kütüphanesini, Canip Baysal lisesini, Mehmet Baysal uygulama okulunu, ticaret lisesi bilgisayar laboratuvarını, Çaydurt, Gazipaşa, Sakarya ve Cumhuriyet ilköğretim okullarının bilgisayar laboratuvarlarını, İzzet Baysal otelcilik meslek lisesini, Solmaz Baysal öğretmen evini, Abant İzzet Baysal Üniversitesi'ni, fen edebiyat fakültesini, 1600 kişilik kız-erkek öğrenci yurdunu, 140 dairelik öğretim görevlisi lojmanlarını, 144 yatak kapasiteli sosyal tesislerini, 2 bin kişilik yemekhanesini, Bolu meslek yüksek okulu bilgisayar laboratuvarını, İzzet Baysal Üniversitesi kültür merkezini, kapalı spor tesisleri kompleksini, İzzet Baysal Üniversitesi camisini, İzzet Baysal Üniversitesi tıp fakültesi hastanesini, morfoloji binasını, iktisadi idari bilimler fakültesi ve eğitim fakültesinin bilgisayar laboratuvarlarını, hayvan laboratuvarını, Bolu'nun köylerine 35 adet sağlık evini, Refika Baysal anasağlık merkezini, Mehmet Baysal hemşire eğitim merkezini, İzzet Baysal kadın doğum ve çocuk hastanesini, Emine Baysal hasta pavyonunu, İzzet Baysal hemodiyaliz ünitesini, 200 yataklı İzzet Baysal devlet hastanesini, Bolu Baysal camisini, İzzet Baysal yaşlılar evi ve kız yetiştirme yurdunu, İzzet Baysal huzurevini yaptı. Bağışladı.

(İzzet Baysal'ın yaptırdığı kreşe kaydolan bir çocuk, ilköğretimi, liseyi, üniversiteyi okuyup, yaşlılığında huzurevinde kalabilir.)

Özetini yazdım.
2000 senesinde rahmetli olana kadar, 150'ye yakın eser bıraktı.

Türkiye Cumhuriyeti Devlet Üstün Hizmet Madalyası'yla onurlandırıldı. TBMM Üstün Hizmet Ödülü aldı. ODTÜ, Hacettepe, Mimar Sinan, Anadolu ve İzzet Baysal üniversiteleri tarafından eğitimde onursal doktora payesi verildi. Bolu'ya heykeli dikildi.

Onuncu Yıl Marşı...
İzzet Baysal'dır.

İzzet Baysal'ın memleketi Bolu'ya... Onuncu Yıl Marşı'nı yasaklatmaya kalkışan, Atatürk devrimlerine alerjisi olan nankör bir badem bıyıklının, milli eğitim müdürü olarak monte edilmesi, tesadüf değildir.

Ve, hadise Bolu'da yaşanıyor zannediyorsunuz ama, aslında sadece Bolu değil, tüm Türkiye aynı yol ayrımındadır.

Ya İzzet Baysallar gibi, bilimle, çağdaş düşünceyle, Atatürk devrimleriyle, laik cumhuriyetle filizlenen bir gençlik yetiştireceğiz... Ya da karşıdevrimcilerin saray inşaatlarında dolgu malzemesi olarak kullanılan moloz bir gençlik!

İzzet Baysal

İzzet Baysal 2000 yılında, 93 yaşında vefat etti, kendi arzusu üzerine, bakanlar kurulu kararıyla, Abant İzzet Baysal Üniversitesi'nin Gölköy kampüsündeki anıt mezara defnedildi. İzzet Baysal'ın yeğeni, İzzet Baysal Vakfı Başkanı Ahmet Baysal, onuncu yıl marşı'nı yasaklatmaya kalkışan milli eğitim müdürünün de bulunduğu toplantıda, şu tokat gibi konuşmayı yaptı: "Okullarda Onuncu Yıl Marşı yerine Mehter Marşı çaldırmak istiyorlar, mehter marşında üç adım atılır, bir adım durulur, Onuncu Yıl Marşı'nda ise Türk'e durmak yaraşmaz, Türk önde, Türk ileri'dir, kimsenin şüphesi olmasın ki, Türkiye'nin bugünkü büyüklüğünde ilk 10 yıl hamlesinin payı çok büyüktür!"

Erol

Okuma yazma bilmeyenlerle, üniversite mezunları eşit oy hakkına mı sahip olmalıdır? Hiç kuşkuşuz eşit oy hakkına sahip olmalıdır.

Ve aslında tam tersine...
Seçmenin değil, seçilenin eğitim seviyesi kriter olmalıdır.

Mesela asrın liderimiz...
İmam hatip'teki karnesine bakıyoruz.
Kur'an-ı Kerim'den sınıfta kalmış!

Miting kürsülerine Kuran'ı Kerim'le çıkıyor ama, Kuran'ı Kerim dersinden anca bütünlemeyle geçebilmiş.

(TRT'de asrın liderimize yalakalık olsun diye dizi çektiler, o dizide imam hatip öğrencisiyken canlandırılan asrın liderimiz hakkında "Kur'an bülbülü" deniyor iyi mi... Halbuki bütünleme sınavıyla kurtarmasalar, Kur'an bülbülümüz, Kur'an'dan çakmış.)

Peki ya Arapça dersi?
Zayıf!
On üzerinden üç almış.
Sınıfta kalmasın diye kanaat notuyla ite kaka beş vermişler.

(Hâlâ çıkıyor "Türkçe'yle felsefe yapılamaz, Osmanlıca bilmeniz lazım, bizim lisanımızı değiştirdiler, dedemizin mezar taşını okuyamıyoruz" filan diyor... Arapça'dan zorla üç almış, sanırsın filoloji profesörüdür.)

İngilizce bilmiyor.
İngilizce bilmediğini hepimiz biliyoruz.
Ama, TBMM'nin resmi internet sitesindeki özgeçmişinde "İngilizce bilen" yazıyor.
Üniversite diploması desen...
Hepten muamma.

Dünyanın hangi siyasetçisine sorarsanız sorun, iki kelimeyle izah eder, şu şu okuldan mezun oldum der. Bizimkine soruyorsun, 64 sayfalık açıklama geliyor... Efendim okulun ismi şöyleymiş de, sonradan şuraya bağlanmış da, bilahare ismi şöyle değişmiş de, ticaret yüksek okuluyken iktisat fakültesi olmuş da, idari bilimlerken ticari bilimler haline getirilmiş de, iki veya üç yıllıkken dört yıllık olmuş da, ismi gene değişmiş de, üniversite olmuş falan.

64 sayfayı sabırla okuduktan sonra, soruyorsun.
– Okul nerede birader?
– Yok.
– Diploma nerede?
– O da yok.

Seçmenin değil...
Seçilenin eğitimine bakmalıdır.

Erol Evgin'in sanatçılığına tüm Türkiye şahitlik eder...
Senin diplomanın şahidi kim?

Erol Evgin

1947'de İstanbul'da doğdu, Mimar Sinan Güzel Sanatlar Üniversitesi'nde mimar oldu, 1969'da ilk 45'lik plağı *Sen-Eski Günler*'i çıkardı, Çiğdem Talu ve Melih Kibar'la çalışmaya başladı, "İşte Öyle Bir Şey", "Sevdan Olmasa", "Bir De Bana Sor", "Söyle Canım"larla patladı, Haldun Dormen'in yazıp yönettiği *Hisseli Harikalar Kumpanyası* ve *Şen Sazın Bülbülleri* müzikallerinde başrolde sahneye çıktı, televizyonlarda şov programları sundu, Popsav'ın kurucu başkanı oldu, Türk pop müziğinin mihenk taşlarından biri oldu, 2016'da bir televizyon programında "demokraside eğitimin önemi"ni anlatırken "okuma yazma bilmeyen, oyunu parmak basarak kullanan bir kardeşimizle, üç üniversite bitirmiş birinin birer oy hakkı olması adaletli mi?" diye sordu, Akp medyası tarafından linç edildi.

Bruno

Ordinaryüs Profesör Erich Frank, İstanbul Üniversitesi tıp fakültesinde ders verdi, Vakıf Gureba Hastanesi'nin iç hastalıkları kliniğini yönetti, Türk vatandaşı oldu, tabutuna Türk bayrağı sarıldı, devlet töreniyle Aşiyan'da toprağa verildi.
Profesör Fritz Arndt, İstanbul Üniversitesi kimya enstitüsü'nün kurucularından oldu, müdürlüğünü yaptı.
Rudolf Belling, İstanbul Güzel Sanatlar Akademisi'nin heykel bölümü başkanı oldu, İstanbul Teknik Üniversitesi mimarlık fakültesinde ders verdi.
Profesör Clemens Emin Bosch, Türkiye'deki arkeoloji müzelerinin antik sikke koleksiyonlarını düzenledi, müslüman oldu, Emin adını aldı.
Profesör Friedrich Dessauer, İstanbul Üniversitesi tıp fakültesi radyoloji enstitüsü'nün başkanlığını yaptı, biyofizik enstitüsü'nü kurdu, Türkiye'de modern radyoterapinin kurucusu oldu.
Carl Ebert, Ankara Devlet Konservatuarı ve Ankara Devlet Tiyatrosu'nun kurucularından oldu, operamıza çağ atlattı.
Profesör Hans Gustav Güterbock, Boğazköy kazılarının başkanlığını yaptı, Hitit hiyeroglifinin çözülmesine öncülük etti, Türk Tarih Kurumu onur üyesi oldu.
Paul Hindemith, Ankara Devlet Konservatuarı'nın kurucularından oldu.
Profesör Clemens Holzmeister, mimar, TBMM binamızı yaptı.
Profesör Curt Kosswigg, İstanbul Üniversitesi fen fakültesi zooloji kürsüsü başkanlığı yaptı, Manyas Kuş Cenneti'nin kurulmasına öncülük etti, Türk Biyoloji Derneği'ni kurdu, Hidrobiyoloji Enstitüsü'yle bugünkü Deniz Bilimleri Enstitüsü'nün temelini attı, devlet töreniyle Aşiyan'da toprağa verildi.
Profesör Walther Kranz, İstanbul Üniversitesi Alman dili ve edebiyatı bölümünü yönetti, Efes ve Bergama'nın tanınmasına büyük katkı sağladı.
Ordinaryüs Profesör Fritz Neumark, İstanbul Üniversitesi'nde maliye ve iktisat dersleri verdi, vergi kanunlarımızın hazırlanmasına katkı sağladı.
Eduard Zuckmayer, Gazi Eğitim Enstitüsü müzik bölümü başkanlığı yaptı.
Profesör Ernst Eduard Hirsch, Türk ticaret kanunu'nun hazırlanmasını sağladı.

Ordinaryüs Profesör Wilhelm Peters, İstanbul Üniversitesi psikoloji bölümünü kurdu, Türkiye'nin ilk deneysel psikoloji laboratuvarını kurdu.
Ordinaryüs Profesör Alfred Isaac, İstanbul Üniversitesi ekonomi bölümünü kurdu.
Profesör Hans Winterstein, İstanbul Üniversitesi fizyoloji bölümü başkanlığı yaptı.
Profesör Felix Michael Haurowitz, İstanbul Üniversitesi biyokimya enstitüsü başkanlığı yaptı.
Ordinaryüs Profesör Erwin Freundlich, İstanbul Üniversitesi astronomi enstitüsü'nü kurdu.
Ordinaryüs Profesör Albert Eckstein, Ankara Üniversitesi tıp fakültesi çocuk sağlığı ve hastalıkları bölümünü kurdu.
Profesör Maz Sgalitzer, İstanbul Üniversitesi radyoloji bölümü başkanlığı yaptı.
Profesör Hans Wilbrandt, Türkiye'de tarım kooperatifi sisteminin kurucusu oldu.
Ordinaryüs Profesör Leo Brauner, İstanbul Üniversitesi fen fakültesi botanik bölümünün kurucularından oldu, üniversitenin botanik bahçesini kurdu.
Ordinaryüs Profesör Hugo Braun, İstanbul Üniversitesi mikrobiyoloji enstitüsü başkanlığı yaptı.
Ernst Reuter, Ankara Üniversitesi siyasal bilgiler fakültesinde şehircilik dersleri verdi, Berlin belediye başkanı oldu.
Edzard Reuter... Ernst Reuter'in oğlu, çocukluğunun 11 senesi Ankara'da geçti, Mercedes'in yönetim kurulu başkanı oldu, "ikinci vatanım" dediği Türkiye'ye vefa borcunu ödedi, Otomarsan'ın kurulmasını sağladı.
Bruno Taut, İstanbul Devlet Güzel Sanatlar Akademisi'nde yöneticilik yaptı, Milli Eğitim Bakanlığı'nda mimarlık bölümü başkanlığı yaptı, Atatürk'ün naaşının konulduğu katafalkı o çizdi, o yaptı, kendisine bu iş için verilen bin lirayı kabul etmedi, sadece hatıra için teşekkür mektubu istedi, bu topraklarda kalmayı vasiyet etti, Türkiye Cumhuriyeti onu vasiyetine uygun şekilde onurlandırdı, İstanbul Edirnekapı Şehitliği'nde toprağa verilen tek gayrimüslim oldu.

Kim bu insanlar?

1933-1937 yılları arasında Atatürk Cumhuriyeti'ne sığınan mültecilerin bazıları... Tamamı bilim insanı.

Peki şunlar kim?

El Nusra, Ahrar al-Şam, Işid, Abed El Alia, Cabel a-zawiyya, El Watanmiya, Abu El Gullani, Muhammed Zakiri, Çendrim Ramadani, Rakim Bulgarov, Vadim Osmanov, Ussam İsa, Rahmi Hadad... 300 bini hamile, iki milyonu okuma yazma bilmeyen, üç buçuk milyon kişi?

İngiltere veya Kanada elimizden kapmasın diye vatandaşlık vereceğimiz "kalifikasyonu yüksek" mülteciler!

Lafı hiç eğip bükmeyelim.

Suriyeliler kalsın, razıyız.
İngiltere veya Kanada, sadece Tayyip Erdoğan'ı burdan alsın, yeter!

Bruno Taut

1880'de bugünkü adıyla Kaliningrad'da doğdu, Yahudi asıllı Alman'dı, mimar oldu, Hitler yönetiminden kaçıp, 1936'da Türkiye'ye sığındı, Türkiye'de sadece iki sene kalmasına rağmen 20'nin üzerinde eser bıraktı, toplu konut projeleri başlattı, devlet adına 12 bin konut yaptı, Atatürk'ten bir ay sonra 24 Aralık 1938'de Ankara'da vefat etti, cenazesi İstanbul'a getirildi, Fındıklı'da güzel sanatlar akademisinde tören yapıldı, konservatuar hocalarından Lika Amar kemanıyla matem parçası çaldı, kültür bakanlığı adına Kudsi Tecer bey konuşma yaptı, "sanatkar susuyor ama, hatıraları daima konuşacaktır" dedi, fakülte adına Profesör Leopold Levy konuştu, mimarlık fakültesinden bir öğrencisi konuştu, Edirnekapı Şehitliği'nde toprağa verildi.

Sinan

80 kere falan ekrana çıkardık, hem atv Haber'de çalıştığım dönemde, hem Star Haber'de... Çünkü, kredi kartından mahvolanlar için bi tek o çaba harcıyordu.

"Çinan Aygün" diyorduk.
Eminim, en çok Çin büyükelçisi sevinmiştir, içeri girmesine...
Yerli malı kullan kampanyası yapıyor, ithal malların "silahsız işgali"ne direniyordu.

Şovmen dediler ona.

Halbuki... Telefon ediyorduk, gariban çocuklarına eğitim bursu veriyor, fakir fukaraya beyaz eşya gönderiyor, gaziye, mağdura, kendi cebinden yardım eli uzatıyor, bunların karşılığında tek şart koşuyordu: "Lütfen haber yapılmasın..."

Çiftçiyi dert ediniyordu.
Açın bakın interneti, onun hazırlattığı raporları Tarım Bakanlığı'nda bile bulamazsınız... Kafa yoruyordu.

AKP'ye evet dese... Zafer Çağlayan gibi milletvekili olabilir, bakan olabilirdi. Şu anda savcıya ifade değil, basına demeç veriyor olurdu.

Paraysa para, güçse güç... Ankara'nın en zengin işadamlarından biri... İstese, gider New York'ta yaşar. Bodrum'a tatile gideceğine, sanayi sitesine gidiyordu.

Seversin, sevmezsin...
Yalakalık yapmadı hiç.

E hak etti!

Çünkü sistem diyor ki...
Sana ne birader, sana ne?
Elalemin derdi seni mi gerdi?
Ye, iç, bak güzel güzel ihaleler var, kap.
Ortak ol, kırış, bandır, yala.
Sana ne?

Sinan Aygün

1959'da Ankara'da doğdu, Gazi Üniversitesi İngiliz dili ve edebiyatı'nı bitirdi, 1997-2011 arasında Ankara Ticaret Odası Başkanlığı yaptı, Türkiye Odalar Birliği el pençe divan dururken, ATO'nun imkanlarını iktidarın emrine vermedi, Akp'nin en nefret ettiği insanların başında geliyordu, 2008'de Ergenekon kumpası kapsamında tutuklandı, Ergenekon'un kasası olduğu iddia edildi, 14 gün sonra serbest bırakıldı, tutuksuz yargılandı, 2011'de CHP Ankara milletvekili oldu, 2013'te Ergenekon davasında 12.5 sene hapis cezasına çarptırıldı, Yargıtay bu kararı bozdu, 2016 itibariyle yargılama devam ediyordu.

Yunus, Veysel

Ben yürürem yane yane
Aşk boyadı beni kane
Ne akilem ne divane
Gel gör beni aşk neyledi
(Yunus, 13'üncü yüzyıl.)

Düşman geldi tabur tabur dizildi
Alnımıza kara yazı yazıldı
Tüfek icat oldu mertlik bozuldu
Eğri kılıç kında paslanmalıdır
(Köroğlu, 16'ncı yüzyıl.)

Bana kara diyen dilber
Gözlerin kara değil mi
Yüzünü sevdiren gelin
Kaşların kara değil mi
(Karacaoğlan, 17'nci yüzyıl.)

Yarın kavga kurulur
Öter tüfek davlumbazlar vurulur
Nice koç yiğitler yere serilir
Ölen ölür kalan sağlar bizimdir
(Dadaloğlu, 18'inci yüzyıl.)

Dünyaya geldiğim anda
Yürüdüm aynı zamanda
İki kapılı bir handa
Gidiyorum gündüz gece
(Veysel, 1894 doğumluydu.)

Akp genel başkan yardımcısı hâlâ diyor ki:
"Atatürk travma yaşattı, dilimizi değiştirdi."

Yunus Emre

Köroğlu

Karacaoğlan

Dadaloğlu

Âşık Veysel

Akp döneminin en tartışmalı konularından biri "dil"imizdi. Sanki eskiden Türkçe diye bir dil yokmuş gibi davranıyorlardı. Türk dememeye özen gösteren, millet diyerek geçiştiren Tayyip Erdoğan, Türkçe'ye her fırsatta hakaret ediyordu, Türkçe'yle felsefe yapılamayacağını bile söyledi. Aklınca, Osmanlıca'yı yüceltiyordu. Osmanlıca'yı zorunlu ders yapmaya çalışıyor, "isteseler de istemeseler de Osmanlıca öğretilecek, bu dinin sahibi var" diyordu. Dil konusunda din'e vurgu yaparak, Osmanlıca'yla İslamiyet arasında bağ kurmaya çalışıyordu. Osmanlıca bilmediğimiz için "dedemizin mezar taşını okuyamadığımızı" filan söylüyor, mizah dergilerine kapak konusu oluyordu! Ekstra matrak tarafı... Tayyip Erdoğan'ın imam hatip lisesindeki karnesi ortaya çıktı, Kur'an-ı Kerim dersinden sınıfta kalmıştı, anca bütünlemeyle geçebilmişti, Arapça notu zayıftı, kanaat notuyla zorla 10 üzerinden beş alabilmişti!

Adnan

Moskova Panteri Ali.
Kaynana Gürsel.
İngiliz Nevzat.
Çarli Çağlayan.
Buldozer Fevzi.
Fuji Mehmet.
Bombacı Halil.
Kene Ali İhsan.
Başlarında, Adnan Süvari.

Göztepeli'yim.

Evet, amatöre düşen Göztepe.
Üzülürüm ama, gocunmam.
Varsın amatörde olsun.

Bir evlat, ekonomik sıkıntı çekiyor diye babasını sevmekten vazgeçer mi? Onun gibi.

Beşikten mezara bir aşktır bu.
İnsan gün gelir, eşini boşar...
Takımını boşayamaz.

Defalarca karakolluk oldum.
Coplandım tribünlerinde.
Parmağım kırıldı.
Bu yaşıma geldim...
Utandığımı söyleyebilirim.
Uslandığımı söyleyemem.

Alayına isyan...
Göz Göz Göztepe!

Ve öğreniyoruz ki, İzmir'e "gavur" diyenler, belediye seçimlerinde İzmir'i kazanmak için "kramponlu takiye" yapıp, Şanlı Göztepe'yi katakulliyle Süper Lig'e çıkaracakmış.

Çok açık söylüyorum:
İstersen Premier Lig'e çıkar...
Havanı alırsın!

Vücudumuza sahip olabilirsin.
Ruhumuza asla.

Adnan Süvari

1926'da Aydın'da doğdu, ilkokulu İtalyan mektebinde, ortaokulu Saint Joseph'te, liseyi Avusturya lisesinde okudu, İzmir Yüksek Ekonomi ve Ticaret Okulu'nu bitirdi, Göztepe'de ve İzmir Yün Mensucat'ta 10 sene forma giydi, Yün Mensucat tarafından İngiltere'ye eğitime gönderildi, hem tekstil mühendisi oldu, hem teknik direktörlük kursunu bitirdi, 1961'de Göztepe'nin başına geçti, çığır açtı, 4-3-3'ü Türkiye'de ilk uygulayan teknik direktör oldu, gerçek bir futbol entelektüeliydi, Türkiye'yi "total futbol"la tanıştırdı, Avrupa kapısını aralayan ilk Türk takımını yarattı, 1968-69 sezonunda Göztepe'ye bugünkü adı UEFA Kupası olan Fuar Şehirleri Kupası'nda yarı final oynattı, Göztepe'ye iki Türkiye kupası, iki Cumhurbaşkanlığı kupası kazandırdı, hep ilk beşte yeraldı, 1966'da A milli takım teknik direktörü oldu, dört sene boyunca hem Göztepe'yi hem milli takımı, birlikte çalıştırdı, 1970'te kariyerine nokta koydu, 1991'de vefat etti, İzmir Hacılarkırı'nda toprağa verildi.

Şener

Tarih, 14 Ekim 1987.
Saat, 11.05.
Yer, Ankara Mürted.

4'üncü Ana Jet Üssü'nün pistinde bir F16 frenlerini bırakmış, kulakları adeta sağır eden gümbürtüyle hızlanıyordu.

Nefesler tutulmuştu.

Çünkü, 86-0068 kuyruk numaralı o F16, tarihimizde yeni bir sayfa açıyordu. Türkiye'de üretilen ilk savaş uçağıydı.

İlk kez test ediliyordu.
Haliyle, düşme ihtimali yüksekti.

Pilot, 36 yaşında bir binbaşıydı.
Şener Koltuk.

"Kelle Koltuk" diyorlardı ona.

Haklıydılar... Bu işi yapabilmek için hakikaten kelleyi koltuğa almak gerekiyordu. Havalanacak, bütün manevraları deneyecek, kelimenin tam manasıyla "canını çıkaracaktı" hiç uçmamış uçağın.

Kalktı, daldı, çıktı, yattı, döndü.
Sağsalim indi.
"Tamam" dedi, "bu uçar!"

Gözü karaydı.
Mangal yürekli.
Tam çılgın Türk.
Kıbrıs'ta savaştı.
F100'le...
Bu F100 dedikleri, güya avcı bombardıman uçağıydı ama, aslında soba borusu gibi bi şeydi. ABD'nin bize kakaladığı uçaklardandı. 1953 model!

Onunla dağıttı Yunan'ı.

F104 macerası var bir de...

Bandırma'ya inecek, basıyor düğmeye, sol iniş takımı açılmıyor. Komutan o zamanlar Cumhur Asparuk Paşa... "Atla" diyor, "uçağın canı cehenneme, pilotumdan kıymetli değil" diye bağırıyor. Atlasa, rutin kontrol için hastaneye gidecek, 28 gün uçuştan men edilecek, kural bu... Uçak arızalı ama, pilot daha arızalı! "Çorbayı akşam evde içeceğim komutanım" diyor, atlamıyor! Gövde üstü indiriyor uçağı! Hem de öyle indiriyor ki, tereyağından kıl çeker gibi, tekerlekle inse bu kadar olur... Aynı uçağı, 27 gün sonra "kendisi" test ediyor ve yeniden Hava Kuvvetleri'ne dahil ediyor.

521 uçağın test uçuşunu yaptı.
521 kez "maksimum" riske attı hayatını.

Bu bir dünya rekoru.

Çünkü, binlerce parça ve milyonlarca hesaptan oluşan sıfır kilometre 521 uçağı, düşürmeden indiren başka bir pilot yok dünyada.

Emekli oldu sonra...
ABD'den iş teklifi aldı.
Acayip paralar teklif edildi.
Gitmedi.

"Ben bu işi para için yapmadım, bu vatanın ne toprağını terk edebilirim, ne gökyüzünü" dedi.

Restoran açtı.
"Ticaret yapmak F16 uçurmaktan zor" diyordu arkadaşlarına... "Buzda kayıyorsun, suya yazı yazıyorlar, dürüstlük yok! Böyle ortamda uçmak mı kolay, ticaret yapmak mı?"

Ve tarih, 13 Haziran 2008.
Yer, Ankara Kocatepe Camii.
Musalla taşında ay-yıldızlı tabut.
Şener Koltuk.

Henüz 57 yaşında kalp krizinden vefat etti.
Türban gündemine boğulduğumuz için haberinizin olduğunu sanmıyorum, yazayım dedim... Türkiye, hakkı ödenmez bir kahramanını, çok değerli bir vatan evladını, sessiz sedasız toprağa verdi. Allah rahmet eylesin.

Şener Koltuk

1951'de İstanbul'da doğdu, hemen hemen her erkek çocuk pilot olmak ister, onun çocukluk hayali ise doktor olmaktı, İstanbul Üniversitesi tıp fakültesini kazanmasına rağmen gidemedi, babası karacı subaydı, oğlunun da subay olmasını istedi, 1970'te teğmen rütbesiyle hava kuvvetlerine katıldı, 1987'de binbaşı rütbesindeyken, Öncel Projesi kapsamında ordudan ayrıldı, F16'ların test pilotu oldu, 2008'de kalp krizinden vefat etti, Ankara Gölbaşı'nda toprağa verildi.

Mehmet

Orhan Pamuk iftira atıyor.
Evet, iftira atıyor...
Türk milli takımı için "aşırı milliyetçiliğe hizmet eden, yabancı düşmanlığı üreten bir makine" diyor.

Aurelio, Konyalı mıdır?

Voleybol, Natalia Hanikoğlu, Rus.
Boks, Ramazan Palyani, Gürcü.
Basketbol, Ermal Kurtoğlu, Arnavut.
Yüzme, Serkan Atasay, Ukraynalı.
Atletizm, Elvan Abeylegesse, Etiyopyalı.
Masa tenisi, Cem Zeng, Çinli.
Güreş, Ramazan Şahin, Rus.
Hentbol, Nergis Türkay, Azeri.
Okçuluk, Natalia Nasaridze, Gürcü.
Satranç, Ekatirana Atalık, Rus.
Hepsi milli.
Mirsad Türkcan?
Mirsad Yahoviç, Boşnak.

Demir Atasoy?
Dmytri Chersakov, Ukraynalı.

Ebru Kavaklıoğlu?
Yelena Kopytova, Rus.

Selim Bayrak?
Shimelis Legese, Etiyopyalı.

Melek Hu?
Hou Mei Ling, Çinli.

Hepsi milli.

Pamuk efendi!
"Türk milli takımı yabancı düşmanlığı üreten bir makine"yse...
Bu çocuklar nasıl oluyor da, ay-yıldız taşıyor?

Mehmet Aurelio

Tam adı, Marco Aurelio Brito Dos Prazeres'ti, 1977'de Rio de Janeiro'da doğdu, Flamengo'da profesyonel oldu, 2001'de Türkiye'ye transfer oldu, Trabzonspor'da, Fenerbahçe'de oynadı, İspanya'ya Real Betis'e gidip, Beşiktaş'a geldi, Fenerbahçe'deyken Türk vatandaşlığına geçti, Mehmet ismini aldı, A milli futbol takımının yabancı asıllı ilk futbolcusu oldu, 38 kere milli oldu, üç gol attı.

Kastelli

Dünyanın en yüksek faizini veren adam, dünyanın en yüksek faizini veren ülkede, faiz yüzünden intihar etti!

Tanırdım...
En son üç trilyonu kalmıştı.
Adı lazım değil, "en yüksek faiz ödeyen banka"ya yatırdı o üç trilyonunu... Banka battı. Allem etti, kallem etti, faizi kaybetti ama, anaparayı kurtardı. Götürdü, bir başka "en yüksek faiz ödeyen banka"ya yatırdı. O banka da battı.
Sonra bi daha...
Sonra bi daha...
Sonra bi daha...

Cebinde kalan son üç trilyon lirayı, tamı tamına beş kez "en yüksek faiz veren banka"ya yatırdı; beş bankaya da devlet el koydu. En sonuncusunda anaparayı da kurtaramadı.

Sürmeneli'ydi.
Furdi furdi furuldi yani.

"Hepimizin ders alması gereken bir öyküdür bu" demek isterdim ama... Diyemiyorum. Çünkü, asla ders almadığımız için yaşanıyor bu öyküler maalesef.

Banker Kastelli.
Banker Bako.
Banker Servet.
Banker Bahar.
Sahte cennet yıllarıydı o yıllar.
Alın terinin, faiz balonuna yenildiği dönemdi.

Ve, bugün... Dünyanın en yüksek faizini veren adam, dünyanın en yüksek faizini veren ülkede, intihar etti!

Benzetmek gibi olmasın...
Sonu bellidir o ülkenin.

Abidin Cevher Özden

1933'te Trabzon Sürmene'nin, eski adı Kastel olan Baştımar köyünde doğdu, liseyi yarıda bıraktı, okumadı, İstanbul'da işportacılığa başladı, karaborsa ticareti yaptı, Almanya'daki Türk işçiler sayesinde yurda soktuğu lüks otomobilleri sattı, 1970'lerden itibaren ufak ufak faiz işine girdi, bankerliğe başladı, 12 Eylül darbesiyle beraber Türkiye'ye sıcak para girmeye başlayınca, Banker Kastelli ismiyle piyasaya daldı, banker furyasının fenomeni oldu, "ponzi" tabir edilen sistemi uyguluyordu, sisteme her yeni gelen kişi, kendisinden bir öncekini finanse ediyordu, saadet zinciri bu şekilde uzayıp gidiyordu, ünlü sanatçıların rol aldığı televizyon reklamları sayesinde adeta yağmur gibi para yağıyordu, zincirin halkaları 550 bin kişiyi bulmuştu, üç milyar dolar mevduata ulaşmıştı, yeni müşteri ilave edilemeyince saadet zinciri koptu, 1982'de iflas etti, İsviçre'ye kaçtı, Tunus'ta yakalandı, Türkiye'ye iade edildi, sekiz ay hapis yattı, 2008'de intihar etti, Karacaahmet'te toprağa verildi.

Kerem, Harun, Burak, Kerem

Kerem.
Alman Lisesi'ni bitirdi.
Koç Üniversitesi'ni bitirdi.

İşletme diploması aldı.
Boğaziçi Üniversitesi'ne gitti.
Yüksek lisans yaptı.
Mimari tarih üzerine...
Koç Üniversitesi'ne döndü.
Öğretim üyesi olarak çalıştı.
Sonra, İTÜ'ye geçti.
Doktora yapıyor.

Harun.
Alman Lisesi'ni bitirdi.
Boğaziçi Üniversitesi'ni bitirdi.
Felsefe diploması aldı.
Ekolojiyle ilgileniyor.

Burak.
İstanbul Üniversitesi Devlet Konservatuvarı şan bölümünü bitirdi, opera çalıştı.

Kerem.
Jazz-rock'la başladı.
Rolling Stones yorumladı.
Bana göre, yerli Jimi Hendrix.

Mor ve Ötesi bu.

Türkiye'nin seçkin okullarını bir defa değil, defalarca bitirdiler. Anadili seviyesinde İngilizce ve Almanca biliyorlar. İsteseler, çok rahat İngilizce şarkı yapabilirler.

Ama...

Yabancı dilin kompleks haline getirildiği, anca "yes-no" diyebilenlerin özgeçmişlerine "İngilizce biliyor" diye yazdırdığı, İbrahim Tatlıses'in "van tu tiri forroo" dediği bir ülkede... Eurovision'a Türkçe katıldılar.

Bugün alacakları derece her ne olursa olsun...
Teşekkür borçluyuz, teşekkür.

Mor ve Ötesi

1995'te kuruldular, ilk albümleri olan *Şehir*'i 1996'da çıkardılar, "Bir Derdim Var" isimli parçaları 2004'te Antalya Altın Portakal Film Festivali'nde en iyi film şarkısı ödülünü kazandı, Türkiye'yi 2008 Eurovision Şarkı Yarışması'nda "Deli" isimli parçayla temsil ettiler, yedinci oldular, 2016 itibariyle Türkiye'nin en prestijli rock gruplarından biri olarak yollarına devam ediyorlardı.

Aziz

AKP milletvekili Osman Yağmurdereli, Öküz Mehmet Paşa'nın hayatını konu alan dizi film çekecekmiş.

Bence, *Zübük*'ü çekmeli.

Çünkü, Öküz Mehmet Paşa'nın lakabı öküz ama, kendisi öküz değildi. Babası öküz nalbantı olan bir sadrazamdı. 400 yıl önce ölmüş gitmiş, mezarı taaa Halep'te.

Halbuki, Zübük ölümsüz.
Hep aramızda.

Haysiyetsiz.
Şerefsiz.
Dönek.
Egoist.
Ahlaksız.
Dindar görünen...
Vatansever görünen...
"Demokrasi" vaat eden...
Halkı kandırmak için, bayrağa, ekmeğe, Kuran'a el basmaktan çekinmeyen, her türlü katakulliyi yapıp, foyası ortaya çıkınca

namaza duran, o partiden bu partiye geçen, paraya tapan, suratına tükürsen "yarabbi şükür" diyen...
Kalleş.
Yağcı.
Yüzsüz.
Sıkışınca yalvaran...
Güçlenince ezen...
Zalim.
Vicdansız.
Rüşvet alan, il başkanı olan, belediye başkanı olan, milletvekili olan, bakan olan, "din kardeşlerim, muhterem vatandaşlar, aziz hemşerilerim" laflarını dilinden düşürmeyen...
Çıkarcı.
İftiracı.
Çanak yalayıcı.
Namussuz biri Zübük.

Bence, *Zübük*'ü çeksin.
Daha çok izlenir.

Aziz Nesin

1915'te İstanbul Heybeliada'da doğdu, asıl adı Mehmet Nusret Nesin'di, 1937'de harp okulunu bitirdi, 1944'te üsteğmenken ordudan uzaklaştırıldı, gazetecilik-yazarlığa yöneldi, 1945'te Sedat Simavi'nin çıkardığı *Yedigün* dergisinde işe başladı, 1946'da Sabahattin Ali'yle birlikte *Marko Paşa* dergisini çıkardı, hakkında açılan davalar nedeniyle, yazı hayatında 100'den fazla takma isim kullandı, Oya Ateş, Vedia Nesin, Kasım Kahkah, Kerim Kihkih, Sıtkı Sırılsıklam, Şakir Şıkırşıkır, İzzet İzinde, Bedri Birdirbir gibi isimlerle yazdı, 1956'da Kemal Tahir'le birlikte yayınevi kurdu, 1972'de Nesin Vakfı'nı kurdu, kitaplarının geliriyle kimsesiz-yoksul çocukların eğitimini üstlendi, öyküler, romanlar, çocuk kitapları, şiir kitapları, gezi kitapları, çizgi romanlar, tiyatro oyunları, köşeyazıları yazdı, *Zübük*'ü 1961'de kaleme aldı. 1993'te Sivas Madımak katliamından kılpayı kurtuldu, 1995'te imza günü için gittiği İzmir Alaçatı'da vefat etti, vasiyeti gereği hiçbir tören yapılmadan, yeri belli olmayacak şekilde, Çatalca'daki Nesin Vakfı'nın bahçesinde toprağa verildi.

Ali

"Paradan Atatürk'ü attılar!"
Böyle dedi Tayyip Erdoğan.

Etkilendim hakikaten...
İsmet İnönü'ye oy verecektim, vazgeçtim!

Aslına bakarsanız, Merkez Bankası'nın kasasındaki "dolar" miktarıyla övünen, adında Türk olan tesisleri "lira yerine dolarla" yabancıya satan, "paranın dini, imanı, milliyeti, ırkı, vatanı olmaz" diyen zihniyetin, Atatürklü parayı savunması sevindirici.

Ama yine de, paramızın üstünde Atatürk fotoğrafının bulunması, hepimizin Atatürkçü olduğu anlamına gelmiyor... Yakana Atatürk rozeti taktığında Atatürkçü olmadığın gibi, cüzdanında Atatürklü para taşıdığında da Atatürkçü olmuyorsun.

Peki ne yapacağız?

Kim Atatürkçü...
Kim değil...
Nasıl ayırt edeceğiz?
Madem laf paradan açıldı...
Tek yolu var!

Amerikan gururu Broadway'de başrol oynamış tek Türk... Fransa'da Fransızca, İngiltere'de İngilizce, yani Türkçe anlamayana anladığı dilden anlatmasını bilen, değerli sanatçımız Ali Poyrazoğlu buldu o yolu... Diyor ki:

"Türk parasının sahte olup olmadığını anlamak için ışığa tutarız. Eğer içinde Atatürk varsa, o para gerçektir. İçinde Atatürk yoksa, sahtedir. Ne mal olduğunu anlamak için, insanları da ışığa tutun... İçlerinde Atatürk yoksa, sahtedir... İçinden Atatürk geçmeyen insanlara paye vermeyin, iltifat etmeyin."

Ali Poyrazoğlu

1946'da İstanbul'da doğdu, İstanbul Konservatuarı tiyatro bölümünü bitirdi, kariyerine İstanbul Şehir Tiyatroları'nda *Tarla Kuşu* oyunuyla başladı, Dormen, Kent, Ulvi Uraz, Gülriz Sururi-Engin Cezzar tiyatrolarında sahneye çıktı, 1970'te sinemaya başladı, seks filmleri furyasına katıldı, iki sene sonra Yeşilçam'dan uzaklaştı, 1972'de kendi tiyatrosunu kurdu, Broadway'de *Pera Palas* isimli oyunda İngilizce başrol oynadı, 1986'da Yeşilçam'a geri döndü, *Arkadaşım Şeytan* filmiyle Ankara Film Şenliği'nde en iyi yardımcı erkek oyuncu ödülünü kazandı, 1998'de Devlet Sanatçısı unvanı aldı.

»»»«««

İlhan

İstihbaratı ABD'ye bağladık.
Yasaları AB'ye.

Telefonu Arap'a verdik.
Cep, İngiliz'in.
Öbür cep, Lübnanlının.
Bi limanı İsrailliye sattık.
Bi limanı Hong Kongluya.
Garaj Dubailinin.
Araç muayeneye Alman bakıyor.
Petkim'i Kazak aldı.
Kazak'ı bi çıkardık...
Fanila Ermeni!
Sigorta Fransız'ın.
Çimento fabrikaları da...
Rakı Amerikalının.
Sigara, British-American.
Banka Yunanlının.
Öteki banka, Hollandalının.
İtalyan var.
Belçikalı var.
Rus var.
Televizyon Amerikalının oldu.
Radyo Kanadalının.

90 metrekarelik kooperatif evinden, sabahın köründe polis zoruyla alınan 83 yaşındaki İlhan Selçuk'a "yurtdışına çıkış yasağı" getirildi bu arada.

Aman dikkat edin ha!

İlhan ağabey yabancıya mabancıya gider...
Mahvoluruz.

»»»«««

İlhan Selçuk

1925'te Aydın'da doğdu, İstanbul Üniversitesi hukuk fakültesini bitirdi, efsane karikatürist ağabeyi Turhan Selçuk'la birlikte *41 Buçuk*, *Dolmuş* ve *Karikatür* isimli mizah dergileri çıkardı, *Yeni İstanbul*, *Tanin*, *Akşam*, *Vatan* gazetelerinde köşe yazdı, 1963'te *Cumhuriyet*'e girdi, "Pencere" isimli köşesini vefatına kadar aralıksız sürdürdü. 12 Mart Muhtırası'ndan sonra tutuklandı, meşhur Ziverbey Köşkü'nde işkence gördü, Türkiye İnsan Hakları Kurumu'nun kurucu üyesi oldu, 2008'de Ergenekon iftirası kapsamında gözaltına alındı, iki gün sonra bırakıldı, 2010'da vefat etti, vasiyeti üzerine, Nevşehir Hacıbektaş'ta ağabeyinin yanında toprağa verildi.

Yalıçapkını

Victor Hugo "prenses" demiş, İzmir için.
Kendi memleketine bakmış, "sefiller" demiş.
Benim memleketime bakmış, "prenses" demiş.

Düşün gari.

Abartmıyorum, dünyanın hiçbir yerinde İzmir'deki kadar güzel batmaz güneş... Alt tarafı 8-9 saat sonra geri gelecek olmasına rağmen, gitmek istemez adeta İzmir'den... Tren garlarındaki duygusal vedalaşmalar gibi ağırdan alır.

Gene öyle bir vakit... Tükenmeyen enerji, kavuniçi top olmuş, trajik yangının küllerinden yeniden doğan şehrimin ufuk çizgisinde, körfeze iniyor usul usul, aheste aheste.

Rakının dibine vurma saati.

Takvimler, 1923...
Adres, Kordon.
Naim Palas.
Cumbada oturuyor sarışın kurt.
Sevmez fazla yemeği.
Leblebi var önünde.
Garson titriyor, çünkü çocuk Rum.
Sesleniyor Gazi, şefkatli...
"Vre Dimitri" diyor:

"Gel bakayım."
Çocuk "buyur pasam" diyor, ş'lere dili dönmeyen, kırık dökük Türkçesiyle...
"Sizin Kosti" diyor, işgal sırasında kasıla kasıla İzmir'e gelen Yunan Kralı Konstantin'i kastederek, "sizin Kosti geldi mi buraya?"
– Geldi pasam...
– Oturdu mu bu masaya?
– Oturdu pasam.
– Güneş batarken rakı içti mi?
– İçmedi pasam.
– E sormadın mı be çocuk, ne halt etmeye almış İzmir'i!

İşte tam bu nedenle, Mustafa Kemal'e "ayyaş" diyenlere güleriz biz İzmirliler... "Adam sarhoş kafayla kurmuş memleketi, siz ayık kafayla batırıyorsunuz" deriz!

Şaka bir yana, Hitit Prensesi'dir Smyrna.
Dangalaklar Yunanca zanneder ama...
Özbeöz Anadolu'dur.
Milattan önce iki binleri yansıtan Kayseri'deki Kültepe Höyüğü'ne zahmet edip bakarsan, çivi yazılı tabletlerde görürsün güzeller güzeli Smyrna'nın adını... Yani, "denizi kız, kızı deniz, sokakları hem kız hem deniz kokan" şehrimin, kökeninde vardır o güzel tenin kokusu.
E haliyle, sembolümüz kuştur!
Adı, Yalıçapkını.

Ya gerisi?
Tanıştırayım bazılarını...

İsmet İnönü.
Latife Hanım.

Hasan Tahsin.
Kubilay.

Metin Oktay. Mustafa Denizli. Ayhan Işık. Sezen Aksu. Halit Refiğ. Adnan Saygun. Süleyman Ferit Eczacıbaşı. Attila İlhan. Homeros. Necati Cumalı. Tarık Dursun K. Dario Moreno. Kayahan. Ateşböceği Ercan Bostancıoğlu. Alev Alatlı. Salto, supleks, tuş, Muharrem Candaş. Alaaddin Şensoy. Haluk Bilginer.

Nuri Çolakoğlu. Ersun Yanal. Hüseyin Yurttaş. Karantinalı Despina. Turgut Pura. Zuhal Yorgancıoğlu. Gürsel Aksel. Dinçer Sümer. Hüseyin Baradan. Halit Ziya Uşaklıgil. Ertuğrul Özkök. Nehir Erdoğan. Ekrem Akurgal. Halikarnas Balıkçısı. Necdet Karar. Gönül Yazar. Caroline Koç; Mustafa Koç damadımız, Rahmi Koç dünürümüz olur, efendim gençler anlaşmış, verdik gitti... Dinç Bilgin. Fatih Çekirge. Salah Birsel. Şükran Kurdakul. Ali Gevgilili. Özdemir Hazar. Bilge Umar. Gaskonyalı Toma. Erdal Şafak. Selmi Andak. Ferdi Özbeğen. Barbaros Şansal. Hidayet Karakuş. Ece Aksoy. Nalan Altınörs. Yasemin Dündar, ki, Uğur Dündar da eniştemiz olur. Halit Kıvanç gibi.
Zübeyde Hanım.

Meryemana.
Allah günah yazmasın ama...
Allah'ın oğlu bile bize emanet etmiş anacığını!

Çakabey. Pak Bahadur. Türkiye'de dünyaya gelen ilk tüp bebeğimiz, Ece Çoker. Şenay Düdek. Pakize Suda. Tanyeli. Ergun Babahan. Muzaffer İzgü. Semra Aksu. Feyza Hepçilingirler. Avram Ventura. Kibariye. Sefer Usta. İpek Tuzcuoğlu. Tan Sağtürk. Erdal Bilaller. Franco Sponza. Necdet Tokatlıoğlu. Yaşar Aksoy. Rüştü Şardağ. Ebru Akel. Yüksel Ak. Didem Taslan. Jülide Ateş. Cansu Dere. Esra Eron. Yıldız Tilbe. Harika Avcı. Saruhan Ayber. Hanri Benazus. Korcan Karar. Yeşim Turan. Petek Dinçöz. Niran Ünsal. Gül Gölge. Pınar Aylin. Tanju Okan. Atalay Noyaner. Bornovalı Nuri. Nazan Öncel. Teoman Önaldı. Yücel Arı. Ümran Baradan. Ali Kocatepe. Leyla Umar. Rakım Elkutlu. Diskoyu getiren adam Şapka Ertekin. Şükrü Saracoğlu. Semih Şentürk. Adnan Menderes Altay'da kaleciydi... Reha Kapsal. Herve Griaud. Tadını içen bilir, Cincibir.

Sabih Kanadoğlu.

Avni Anıl. Sadi Hoşses. Yusuf Nalkesen. Yorgo Seferis. Susuz dede. Zeynep Tokuş. Recep İvedik Şahan. Yine de şahlanıyor aman, Hasan Mutlucan. Ayşegül Yeşilnil. Gökşin Sipahioğlu. Efkan Efekan. Lale Oraloğlu. Burçin Büke. Kamuran Usluer. Reyan Tuvi. Meltem Cumbul. Ünal Ersözlü. Burcu Güneş. Muş değildir ama, yolu hakikaten yokuştur, onun için iki muhit arasında "asansör"le inip çıkarız biz! Çocuklar bedava biner, para alınmaz... Varyant diyeceğim, o ne diyeceksin, tıkama trafiği devam et... Ahmet San. Ümit Kayıhan. Işıl Kasapoğlu. Yıldırım Önal. Nedret Güvenç. Aktaş kolonyası. Gırgır süpürgesi. Vefik Ataç. Eryetiş Kurtaral. İlker Sarıer. Ege. İsmet Arzuman. Cemalettin Özdoğan. Yankı Yazgan. Avner Levi. Sabetay Sevi.

Fethullah Gülen nereden sigortalı görünüyor? İzmir'den... Hisar Camii'nde Fethullah Gülen oldu, Fethullah Gülen... Ben eminim ki, Türkiye'ye dönerse, İzmir'e yerleşir; muhtemelen Bornova'ya... Çünkü, rahatsız edilmeden hayatını sürdürebileceği belki de tek şehirdir... Demem o ki, gavur lafınızı geri alın, çarpılırsınız valla!

Seçilme hakkını ilk kullanan Türk kadını, ilk kadın milletvekillerimizden Benal Nevzat İstar Arıman. Bize de derler Çakıcı, yar fidan boylum, yakarız konakları, Çakırcalı Mehmet Efe. Bedia Akartürk. Moskova panteri Ali Artuner. Asfalt Osman. Asfalt Osman'ın torunu Mahmut Özgener. Lucien Arkas. "İzmir'in memlekete ne katkısı oldu ki?" diye soruyordu bir arkadaş geçenlerde, o soruyu sorduğu gazetenin başyazarı Güngör Mengi. Anlamazdın, Ayla Dikmen. Emel Müftüoğlu. Kenan Onuk. Enrico Aliberti. 2 metre 28 santimlik rahmetli Bambam... Bolulu Hasan Usta. Of, çok yedik, Ender Saraç. Banu Sağnak. Marika Corsini. Mayk Yılmaz. Yalçın Pekşen. Saba Tümer. Hüsnü Şenlendirici. Maria Rita Epik. Aysun Kocatepe. Hanife Çetiner. Hakkı Gürüz. Baskın Oran. Cansel Elçin. Atilla Dorsay. Kasımpaşalı hikayedir, Eşrefpaşalı eli maşalı... Ayfer Feray. Çağan Irmak. Karel Dutilh. Hüsamettin Cindoruk. Çolpan İlhan. Ece Temelkuran. Halil Berktay. Hüsnü Özyeğin. Hale Caneroğlu. Mehmet Coral. Şenay Gürler. Vahide Gördüm. Yalçın Menteş. Pınar Süt. Çok uzattık, özetlersek, bence BMC.

"Herkes biraz İzmirlidir" derken, bunu kastediyoruz aslında... Bir İzmirli olmadı mı, eksiktir biraz hayatınız.

Yalıçapkını

Afrika'dan Avustralya'ya tüm dünyada görülürler, Türkiye'de İzmir coğrafyasında, Bakırçay deltasında, Gediz deltasında yoğunlukla yaşarlar. Genellikle ağaç kovuklarını yuva edinirler. Su kenarlarında ürerler. Gagaları uzun ve kuvvetlidir, çok süratlidir, balık ve sürüngenlerle beslenirler. Avlanma esnasında uçuş tekniği itibariyle havada asılı kalırlar, dimdik dalarlar.

Yerel ağızdaki "Yalıçapkını" ismi buradan gelir. Rivayete göre, yalıların teraslarında güneşlenen kadınların üzerinde uçarmış, havada asılı kalıp, kadınlara bakarmış, bu nedenle "çapkın" adı verilmiş... 2005'te İzmir'de düzenlenen Dünya Üniversite Yaz Oyunları'nın resmi sembolü ilan edildi.

Yusuf

Söğüt dalından odun olmazzz
Her ananın doğurduğundan pehlivan olmazzz
Allah Allahhh illallahhh!
Hayırlara gele inşallahhh
Pirimiz Hamza pehlivannn
Aslımız neslimiz pehlivannn
Bismillahhh, maşşşallahhhh!
İki yiğit çıkmış meydaneee
Birbirinden merdaanee...

Ben size anlatayım merdaneyi.

Çanakkale'de düzenlenen Yağlı Pehlivan Güreşleri'nin ağası kim oldu biliyor musunuz? Yunanlı oldu.
Evet... Yunanlı işadamı Anestis Milonays, bastırdı 70 bin lirayı, ata sporumuz güreşin "er meydanı ağası" oldu... Davul zurna eşliğinde omuzlara alınarak, çayırda "şeref" turu attı. Elde tespih poz verdi.

Rakıyı raki yaptılar.
Cacığı caciki.
Lokum?
Lokumi...
Döner, gyros...
Dürüm, souvlaki.
Kahve oldu, Greek Coffee.
Baklavanın patentini zor kurtardık.
Hacivat Karagöz'ün peşindeler.
Bankalar zaten gitti.

Bizim cazgır hâlâ bağırıyor:
İki yiğit çıkmış meydaneee...
İnşallah maşallah filan.

Öylesine sahipsiz bir dönem yaşıyoruz ki, sadece Atatürk dönmüyor mezarında... Kurtdereli, Adalı Halil, Yaşar Doğu, Celal Atik, Gazanfer Bilge de salto atıyordur mutlaka... Özelleştirme ihalesiyle Koca Yusuf'u Yusufaki yaparlarsa, şaşma!

Koca Yusuf

1857'de, bugün Bulgaristan sınırları içinde yeralan Karalar köyünde doğdu, 1885'te 26 senedir Kırkpınar başpehlivanı olan Kel Aliço'yu yendi, Sultan Abdülaziz, Sultan 5'nci Murad, Sultan Abdülhamid döneminde sırtı yere gelmedi, şöhreti sınırları aştı, organizatörler tarafından Fransa'ya ABD'ye götürüldü, profesyonel maçlara çıkarıldı, hiç yenilmedi, "korkunç Türk" adıyla tanındı, Fransız kayıtlarına göre, 1 metre 88 santim boyunda, 138 kilo ağırlığındaydı. 1898'de ABD dönüşü bindiği yolcu gemisi, Atlantik Okyanusu'nda bir başka gemiyle çarpıştı, boğularak vefat etti.

Erol

Sene 1979...
Sakarya Üniversitesi davet etti.
Haftada bir ders vermem istendi.
Kabul ettim.
Bir asistan tahsis edildi bana...
İlk, o gün tanıştım.
Bana refakat ediyordu.
İşlerime yardımcı oluyordu.
Üç sene sonra...
Doktora sınavına girdi.
Jürideydim.
Pekiyi dereceyle geçti.
1996'da, hükümette bakan oldu.
Benim görüşlerimi savunuyordu.
Özellikle Gümrük Birliği'nde...
Kıbrıs meselesinde...
Antiemperyalist çizgideydi.
Denktaş'a hayrandı.

Kim bunu anlatan profesör?
Erol Manisalı.

Asistan kim?
Abdullah Gül.

Profesör hapse tıkıldı.
Denktaş zanlı.
Asistan Çankaya'da!

Kim kimdir, tanımak lazım bazen.

Bakın... TÜBİTAK, lise öğrencileri arasında araştırma yapmış, yüzde 97'si Mona Lisa'yı tanıyor, yüzde 98'i Müşfik Kenter'i tanımıyor. Yüzde 98'i Amerikalı rap şarkıcısı 50 Cent'i tanıyor, yüzde 100'ü Fahir Atakoğlu'nu tanımıyor. Roma'daki Pisa Kulesi'nin nerede olduğunu biliyorlar, Antalya'daki Apollon Tapınağı'nın nerede olduğunu bilmiyorlar. Yüzde 81'i Brad Pitt'i tanıyor, yüzde 51'i Mehmet Akif Ersoy'u tanımıyor.

Bu araştırmayı yapan TÜBİTAK da...
Darwin'i tanımıyor zaten!
14 yaşındaki kıza musallat olan 76 yaşındaki herifi kurtarmak için Adli Tıp'ta katakulli çevrilen memlekette... Kız çocuklarının çağdaş eğitim alması için hasta yatağında çırpınan Profesör Türkan Saylan'ın evi basılıyorsa... Şaşılacak fazla bi şey yoktur yukarıdaki örneklere.

Neyse boşverin canım...
Galatasaraylı Arda'ya üç maç ceza verilirken, Fenerbahçeli Lugano'ya beş maç ceza verilmesi haksızlık oldu hakikaten... Adaletsizlik oldu!

Erol Manisalı

1940'da İstanbul'da doğdu, mezun olduğu İstanbul Üniversitesi iktisat fakültesinde profesör oldu, 1979-2007 arasında Avrupa ve Ortadoğu Araştırmaları Merkezi'nin başkanlığını yürüttü, İstanbul Üniversitesi'nin yanısıra Hacettepe, Uludağ, Kocaeli ve Okan üniversitelerinde ders verdi, 2007'de emekli oldu, Türk halkının "AB'ye giriyoruz" yalanlarıyla, "küreselleşme" palavralarıyla nasıl kandırıldığını açıkça ortaya koyan kitaplar yazdı, 1996'dan beri *Cumhuriyet* gazetesinde Bıçak Sırtı başlığıyla köşe yazıyordu, 2009'da Ergenekon iftirasıyla tutuklandı, cezaevinde rahatsızlandı, tahliye edildi, tutuksuz yargılandı, dokuz sene hapse mahkum edildi, Yargıtay bu kararı bozdu, 2016 itibariyle mahkeme devam ediyordu.

Nuri

Deniz Baykal, Tayyip Erdoğan'ın kendisine yönelik ithamlarına karşılık "bu maganda üslubudur" dedi.

Günün en popüler kelimesi oldu.

Peki hiç düşündünüz mü...
Nedir bu maganda?

Mucidi, Nuri Kurtcebe.
Efsane *Gırgır*'ın keskin zekası.
O icat etti.

Açtım telefonu, sordum...
Nedir bu maganda?

"1972'de askere gittim, Sivas Temeltepe... Herkes eğitimden kaçıyor, ben asker çocuğuyum, eğitime çıkayım dedim, ölürsün dediler, dışarsı eksi 45 derece... Ne yapacağız? Tesadüfen arkadaşıma rastladım, şarkıcı Neco... Tiyatrocu İsmail İncekara da orada, Erkin Koray'ın bas gitaristi Aydın Buray Şencan da orada... 30'uncu Piyade Alayı Şov Grubu diye bir grup yaptık. Nöbetçi subayların gece canı sıkılıyor, bizi çağırıyorlar, biz de eğlendiriyoruz filan."

"O yıllarda sinemaya giderdin, filmden önce Walt Disney'in Miki'leri oynardı. Film bahane, herkes o beş dakkalık Miki'leri izlemeye giderdi aslında... Anadolu'da gördüm ki, 'i' diyeceklerine 'ı' diyorlar, 'miki' diyeceklerine, 'mıkı' diyorlar... Baktık ki, komedyen diyemiyor, karikatürist diyemiyor, şov grubu diyemiyor, bize 'mıkı' demeye başladılar. Bizim grup oldu mu sana, mıkı... Canı sıkılan nöbetçi subayı haber gönderiyor, mıkılar gelsin... E dışarsı buz, içerde hem yemek var, hem sıcak... Mıkı olalım anasını satayım, kurtulalım dedik..."

"Mıkı aşağı, mıkı yukarı, ben bu mıkıları kafamda çoğaltmaya başladım... Önce mıkık çıktı! Cahilin küçüğü... Çarşı izninde görüyorum ki, adam pijamayla geziyor... Mıkık'ın büyüğü... O oldu makak! Tedavisi mümkün olmayanlar da, mokok!"

"Adam sokağa tükürüyor, vay hayvan vay desen, seni ikiye böler... Vay mokok vay dediğinde, çıt yok, herhalde bana paye verdi diye düşünüyor... Yürürken omuzuna çarpıyor, dönüp bakmıyor bile, vay ayı vay desen, kafanı kırar, vay makak vay dediğinde, sesini çıkarmıyor!"

"Yani bu işin kökeni, asker ocağıdır...
Askerden getirdim ben onları!"

"İstanbul'a döndüm, *Gırgır*'da Gaddar Davut'ta kullanmaya başladım. Makaktı, mokoktu derken, baktım ki, İstanbul'da onlardan çok var... Büyük şehirde yaşayanı, oldu sana, maganda!"

"Bir de mağara versiyonu var!"

"İşin özü, 75 milyon sayfa filan yazdık, çizdik, uç uca eklesen kutuba yol olur, hiçbiri üzerinde durulmadı, maganda kalıcı oldu... Şehir magandası, trafik magandası, futbol magandası... Ben maganda kelimesini İngiltere'de icat etmiş olsaydım, şu anda telif milyarderiydim... Herkes kullanıyor, bana su yok! Deniz Baykal'dan telif mi istesem acaba?"

İşte böyle...

Yani 40 yıl düşünsem, hakaret kabul edilen magandanın, Walt Disney'in sevimli Miki'sinden türediği aklıma gelmezdi.

Nuri Kurtcebe

1949'da Muğla'da doğdu, Devlet Güzel Sanatlar Akademisi'nin resim bölümünü bitirdi, reklam şirketlerinde karikatürist olarak çalışırken Oğuz Aral'la tanıştı, efsane *Gırgır*'ın kurucu çekirdek kadrosunda yeraldı, başta Gaddar Davut olmak üzere, unutulmaz karakterler yarattı, 1996'da Uğur Mumcu Ödülü'ne layık görüldü, *Cumhuriyet* gazetesindeki çizgileriyle

1997-99 arasında üç sene üst üste Hasan Tahsin Ödülü aldı, Çağdaş Eğitim Vakfı Ödülü aldı, 2002'de Almanya Atatürkçü Düşünce Derneği tarafından Yılın Atatürkçüsü seçildi.

Ceza

Ceza.
Rap'çi.
Gençler bayılıyor.

"Fark var" diye bi şarkısı var.
Bütün partiler peşinde.

AKP istemiş.
CHP istemiş.
Saadet istemiş.
Mitinglerde çalmak istiyorlar.

E bütün partiler isteyince...
Acaba nedir bu "fark var" diye merak ettim.
Sözlerine baktım.

"Seninle iyi arasında fark var!"
"Yalancı şahitler çoğalmış..."
"Sanki herkes zan altında" diyor.

"Maymunlar cehennemindeyim..."
"Ayrılmış birbirinden millet..."
"Umudum kalmadı" diyor!

"İnsanlar yabancılaştı..."
"Ortamlar yabanileşti..."
"Kelamlar acayipleşti" diyor.

Memleketin geldiği noktayı bundan daha iyi özetleyen bir şarkı olamaz... Sanırım o yüzden hepsi peşinde!
Ama gel gör ki...
Ceza, kabul etmemiş.
"Siyasetle işim olmaz" demiş.

Bu nedenle... Siyasi partilerimize İsmail YK'nın "Allah Belanı Versin" isimli şarkısını öneriyorum!

Ceza

1976'da İstanbul'da doğdu, meslek lisesi mezunuydu, elektrik teknisyeniydi, Tedaş'ta işçi olarak çalıştı, asıl adı Bilgin Özçalkan'dı, "Ceza" takma ismini kullanıyordu, astronomik tekliflere rağmen müziğini siyasete kiralamadı, sanatçı sıfatını taşıyan pekçok şarkıcı Akp'li belediyelerin konserlerine çıkabilmek için Tayyip Erdoğan'a yalakalık yaparken, Ceza daima uzak durmayı başardı.

Gazanfer

Sene 2002...
AKP iktidar oldu.

Eşi hastalandı o sene...
Acayip masraf çıktı.
Üstüne kendi hastalandı.
By-pass oldu.
İki defa.
Doktora para...
Hastaneye para...
İlaca para...
Vergisini ödeyemedi.
30 bin lira.
Faiz, faiz, faiz...
Oldu, 300 bin lira!
Başbakan'a gitti, anlattı.
Başbakan dinledi, notlar aldı.
Hikaye...
Sene geldi 2009'a.
Borç oldu, 500 bin lira!
"Ne olacak bu işin sonu?" dediler...
Şunu dedi:
"78 yaşındayım, devletimize milletimize hep hürmet ettik, mahcup oluyorum. 78 yaşında hâlâ çalışıyorum, mecburum, kazandığım parayı komple vergi borcuna yatırıyorum, mesela geçen yıl 110 bin lira yatırdım, sadece faize gitti, anaparadan bile düşmedi. Eşime, dostuma, çocuklarıma karşı hep rol yapıyorum, neşeli görünmeye gayret ediyorum. Hayatım boyunca

Anadolu'yu karış karış gezdim, yurtdışında devletimi milletimi temsil ettim, borcum nedeniyle seyahat yasağı kondu, oğlumuz İngiltere'de, gidip göremiyoruz. Çok ağır geliyor... Büyük üzüntü içindeyim, yaşımız da kemale erdi, vaktimiz yaklaşıyor, bu gidişle öbür tarafta rahat edeceğiz... Aslında, öbür tarafa gidenlere gıpta ediyorum."

Ve, gitti Gazanfer Özcan.
Kurtuldu.

Gidiyor beyefendiler birer birer.
Hanımefendiler gidiyor.
Dangozlaşıyor Türkiye.
Hırtlaşıyor...

Recep İvedikleşiyor.

Hadi şimdi takın maskeleri...
Hep beraber üzülüyormuş rolü yapalım.

Gazanfer Özcan

1931'de İstanbul'da doğdu, Vefa Lisesi'nde okurken tiyatroyla tanıştı, Şehir Tiyatroları'nın çocuk bölümüne katıldı, 1962'de Gönül Ülkü'yle evlendi, Gönül Ülkü-Gazanfer Özcan Tiyatrosu'nu kurdular, 1952-2007 arasında çok sayıda sinema filminde rol aldı, 1985-2009 arasında *Kuruntu Ailesi*, *Avrupa Yakası* gibi, izlenme rekoru kıran televizyon dizilerinde oynadı, 1998'de Devlet Sanatçısı unvanı aldı, 2009'da vefat etti, Karacaahmet'te toprağa verildi.

Abdülkerim

"Yüzlerce faili meçhul cinayetin sorumlusuydu, infazları bizzat kendi elleriyle gerçekleştiriyordu, madalyasını da Ahmet Necdet Sezer'in elinden aldı..."

Böyle yazdılar.

Okuyunca ne anlıyorsun?
Albay, Ergenekoncu katil.

Atatürkçü cumhurbaşkanı Ahmet Necdet Sezer de, katil Ergenekoncu'ya madalya takan kişi.

Bakıyoruz yönetmeliğe...
Devlet övünç madalyası.
Şekli elips.
Çapı 45 milimetre.
Kalınlığı 2.5 milimetre.
Rölyef.
Altın kaplama.
Ay-yıldız motifi bulunur.
TC yazar.
Yurtiçinde veya dışında gösterdiği sorumluluk, feragat, fedakarlık, başarı ve yararlılık dolu çalışmaları nedeniyle Türkiye Cumhuriyeti ve Türk Milleti adına haklı gurur kaynağı teşkil ederek, malul olanlara veya şehit mirasçılarına verilir.

(Burasına dikkat isterim...)

Devlet övünç madalyası, ilgili bakanın teklifi, Bakanlar Kurulu'nun onayı ve Cumhurbaşkanı'nın tevcihi ile verilir.

Kim verirmiş?
Hükümet.
Ne zaman verildi?
2004'te.

Madalya AKP'nin!

AKP borazanı tetikçi medyanın "katil" dediği kahramana "Devlet Övünç Madalyası verelim" deyip, sonra da kahramana atılan iftiralara çıtını çıkarmayanların listesi şöyle... Tayyip Erdoğan, Abdullah Gül, Abdüllatif Şener, Mehmet Ali Şahin, Beşir Atalay, Güldal Akşit, Mehmet Aydın, Ali Babacan, Kürşad Tüzmen, Cemil Çiçek, Vecdi Gönül, Abdülkadir Aksu, Kemal Unakıtan, Hüseyin Çelik, Zeki Ergezen, Recep Akdağ, Binali Yıldırım, Sami Güçlü, Murat Başesgioğlu, Ali Coşkun, Hilmi Güler, Erkan Mumcu, Osman Pepe.

Hani vatandaş diyor ya...
Şerefsiz basın, bunu da yazın!

Abdülkerim
Kırca

1956'da Sivas Suşehri'nde doğdu, 1978'de kara harp okulundan mezun oldu, 1998'de albaydı, Antalya Serik'te Pkk'yla çıkan çatışmada omuriliğine kurşun isabet etti, belden aşağısı felç oldu, malulen emekliye ayrıldı, 2004'te Devlet Övünç Madalyası aldı, 2005 senesinde hakkında dava açıldı, 1992-94 arasında Diyarbakır'da işlenen faili meçhul cinayetlerle suçlandı, üç kez ağırlaştırılmış müebbet hapis talebiyle yargılanmaya başlandı. 2009'da, yani Ergenekon kumpası tezgahlandığında, İsveç'te yaşayan Abdülkadir Aygan isimli Pkk itirafçısı, Akp yandaşı gazetelere röportaj verdi, Abdülkerim Kırca'nın çete lideri olduğunu, faili meçhul cinayetlerin Abdülkerim Kırca'nın emriyle gerçekleştirildiğini iddia etti. Yandaş basın, yurtdışına kaçmış Pkk itirafçısına itibarlı kişi muamelesi yaptı, hayatını Pkk'yla mücadeleye adamış, bu uğurda tekerlekli sandalyeye mahkum olmuş Abdülkerim Kırca linç edildi. Ve, madalyalı kahraman dayanamadı, bu iftira röportajından üç gün sonra canına kıydı.

Sabih

Canlı yayına geldi.
Uğur Dündar soracak.
O cevaplayacak.
Oturdular haber masasına...
Yaka mikrofonları takılıyor.
Ceketinin içinden mikrofon kablosu geçiriliyor.
Pat diye bi şey düştü yere...
Muska.

Din tüccarlarının, Atatürk düşmanlarının yamyamlar gibi vahşi çığlıklar atarak, kazana ittirmek istedikleri adam.
Sabih Kanadoğlu'ydu o.

50 yıllık hukukçu.
Yarım asır.
Onurlu bir geçmişi var.
Onursal sıfatı da.

Hani sanki kaçacakmış gibi, üç minibüs dolusu 15 polis, 25 jandarmayla evini basıp, didik didik aradılar ya... Hani sonra da, "maddi zarar vermedik di mi?" diye kağıt imzalatmak istemişler de, o da, "maddi zarar vermediniz ama, manevi zarar verdiniz" demiş ya...

İşte o ev, kira.

Evet, kira.

Hayatını hukuka, Cumhuriyet'e, Atatürk'e, yurttaşlara adayan Sabih Kanadoğlu'nun evi yok. Olmamış hiç... Olamamış. Savcı maaşı belli çünkü. Emekli maaşı zaten belli... Evlatları okutayım filan derken, bi toki moki ayarlayamamış yani.

Tek güvencemiz olan "hukuk"un kimleri içeri tıkmaya çalışıp, kimleri kolladığına bakıyorum da... Artık hepimizin, hiç olmazsa can sağlığı için, birer muskaya ihtiyacı var sanırım!

Sabih Kanadoğlu

1938'de İzmir'de doğdu, İstanbul Üniversitesi hukuk fakültesinden mezun oldu, Burhaniye hakim adayı olarak mesleğe başladı, Orhaneli ve Erzurum Cumhuriyet savcılığı, Bingöl sulh hukuk hakimliği, Tokat ve Kırşehir ağır ceza mahkemesi başkanlığı, İzmir ceza hakimliği, Bakırköy ağır ceza mahkemesi başkanlığı yaptı. 1984'te Yargıtay üyeliğine seçildi, 1994'te Yargıtay onbirinci ceza dairesi başkanı oldu, 2001'de Cumhurbaşkanı Ahmet Necdet Sezer tarafından Yargıtay Cumhuriyet Başsavcılığı'na getirildi, 2003'te emekliye ayrıldı. Akp döneminin hukuksuzluklarını deşifre ettiği için, mücadele ettiği için, Akp'nin en nefret ettiği hukukçuların başında geliyordu. 2006'da YARSAV kurucuları arasında yeraldı, 2009'da, hakkında herhangi bir suçlama olmamasına rağmen, iddianamede bulunmamasına rağmen, Ergenekon iftirasıyla evi basıldı, polis tarafından arandı, 2012'de Türk Hukuk Kurumu Başkanlığı'na seçildi.

Onur

Kemal Kılıçdaroğlu diyor ki:
"Onur Öymen istifa etsin."

Onur Öymen yetmez.

Mustafa Kemal istifa etsin.
İsmet İnönü istifa etsin.

Celal Bayar istifa etsin.
Şükrü Saracoğlu istifa etsin.
Refik Saydam istifa etsin.
Sabiha Gökçen istifa etsin.
Adnan Menderes istifa etsin.

Çünkü...
İsyancıyla müzakere yerine mücadele eden Cumhurbaşkanı, Mustafa Kemal... İsyanı bastıran Başbakan, İsmet İnönü. İsyanı bastırmak için düzenlenen harekatın parasını veren, Ekonomiden Sorumlu Bakan, Celal Bayar. İsyancıları asan Başbakan kim? Milli mücadelenin efsane "Galip Hoca"sı, Celal Bayar. Babası müftüdür. İsyancıları asan Adalet Bakanı, Şükrü Saracoğlu. İsyancıların vurduğu gazileri tedavi eden, Sağlık Bakanı, Refik Saydam. Sabiha Gökçen, Türkiye'nin ilk kadın pilotudur ama, "dünyanın ilk kadın savaş pilotu"dur... Kore'de mi savaştı Sabiha Gökçen? İsyancıları bastırırken savaştığı için aldı, o "dünyanın ilk" unvanını... Adnan Menderes desen, "isyanı bastıralım" diyen CHP milletvekili o sırada.

Onur Öymen?
Henüz doğmamış.

DTP ve PKK, o gün oralarda yaşananlar için "soykırım" diyor. Bunun için Brüksel'de, Avrupa Parlamentosu'nda konferans düzenlediler. Eğer, Onur Öymen'in söylediklerinden ötürü istifa etmesi gerekiyorsa... Türkiye Cumhuriyeti "Dersim soykırımı"nı niye tanımıyor?

Soykırımsa o...
Yapsana gereğini.

Onur Öymen, büyükelçilik görevlerinin yanısıra Dışişleri Müsteşarlığı yaptı, Türkiye Cumhuriyeti Devleti'ni ve tezlerini temsil etti... Onur Öymen soykırım avukatıysa eğer, Türkiye Cumhuriyeti bundan böyle Ermeni meselesinde hangi yüzle savunma yapacak?

Onur Öymen'in istifa etmesi gerekiyorsa, neden seçim meydanlarına Adnan Menderes'le fotomontajlı fotoğraflarını yerleştirip, "biz O'nun devamıyız" diye oy istiyor, dini bütün siyasetçilerimiz?

Onur Öymen'i yerden yere vuran, tarih otoritesi kılıklı gazeteci arkadaşlar, isterlerse tarihi baştan kaleme alsınlar... O kalemi kıran kişinin, Celal Bayar olduğu gerçeği değişir mi?

Onur Öymen'in istifa etmesi gerekiyorsa, neden, isyancıları asan Adalet Bakanı Şükrü Saracaoğlu'nun adını taşıyan stadyumda maç izlemeye gidiyor devlet büyüklerimiz? Neden domuz gribi mi olduk acaba diye tahlile gidiyoruz Refik Saydam'a? Neden Sabiha Gökçen'in adını havalimanına verip, açılış törenine bizzat kendileri gidiyor hükümet üyelerimiz?

Bu isimler fani, emir kuluysa... Asıl soykırımcı CHP zihniyetiyse eğer, Kemal Kılıçdaroğlu AKP'li mi?

Doğruları konuşmak için, en az iki kişi gerekir.
Biri doğru söyleyen.
Biri doğru anlayan.
Lafı kıçından anlamamak lazım.

Eğer Onur Öymen kadar hümanist, beyefendi, kibar, karıncayı incitmez bir diplomatın, eli kanlı katil, ırkçı ve Alevi soykırımcısı olduğuna inanılıyorsa, konuşacak laf kalmamıştır bu ülkede.

Onur Öymen

1940'ta İstanbul'da doğdu, Ankara Üniversitesi siyasal bilgiler fakültesini bitirdi, 1964'te dışişlerine girdi, Kopenhag ve Bonn büyükelçiliği yaptı, dışişleri bakanlığı müsteşarı oldu, NATO daimi temsilcisi oldu, Yılın Hariciyecisi seçildi, Abdi İpekçi Barış Ödülü aldı, 2002'de CHP İstanbul milletvekili, 2007'de CHP Bursa milletvekili seçildi, 2009'da CHP genel başkan yardımcısıyken, Akp'nin açılım sürecini eleştirdi, "Kurtuluş savaşında analar ağlamadı mı, kimse çıkıp Yunanlılarla anlaşalım, analar ağlamasın dedi mi, Şeyh Said isyanında analar ağlamadı mı, Dersim isyanında analar ağlamadı mı, Kıbrıs'ta analar ağlamadı mı?" dedi. Bu lafı eğip büktüler, Onur Öymen'i Dersim üzerinden "ırkçı" ilan ettiler. Akp'ye Hdp'ye hiç gerek kalmadı, Kemal Kılıçdaroğlu linç etti, istifaya çağırdı. Aradan bir sene geçti... Kemal Kılıçdaroğlu CHP genel başkanı olur olmaz, ilk iş Onur Öymen'in üstünü çizdi, onun yerine "Dersim soykırımdır, sorumlusu CHP'dir" diyen Hüseyin Aygün'ü CHP milletvekili yaptı. Onur Öymen'in tasfiye edilmesi, CHP'nin yeni CHP'ye dönüştürülmesinin ilk işaret fişeğiydi.

Musa

15 yaşında...
Çok başarılı öğrenciydi Musa.
Öğretmen olmak istiyordu.
Sabah okuluna gidiyor...
Sonra çobanlık yapıyordu.
Babası garibandı çünkü.

Tam bir sene önce, gene böyle bir sabah... Çıktı tek göz oda, ağıldan bozma evinden kör karanlıkta, yürüye yürüye, iki kilometre, sırtında çantası, şehirlerarası asfalta geldi... İzmir Aliağa'ya bağlı Kapıkaya Köyü'nde yaşıyordu, köyde okul yok, okul Yenişakran'da... Türkiye'nin en batı ucunda, bütün yatırımlar oraya yapılıyor denilen coğrafyada, Türkiye'nin en doğusundaki yaşıtlarıyla aynı kaderi paylaşıyordu; taşımalı eğitim... Servis bekliyordu.

Yakaladı yakaladı...
Kaçırdığında okuluna gitmesi imkansız.
O nedenle, gün doğmadan kalkıyor, en az iki saat yolu hesap ederek, saat altı civarında asfaltta oluyordu.
Asfalt rampa.

Göründü yarım saat sonra servis minibüsü... Manisa'nın Karaahmetli Köyü'nden başlıyor, çocukları toplaya toplaya, en son Musa'yı alıyor, Yenişakran'a varıyordu. İçerde, biri şoför, biri engelli çocuğuna refakat eden anne, toplam 27 çocuk... Musa 30'uncu.

Durdu önünde her sabahki gibi, bindi Musa, hareket ettiler. Ama bir acayiplik vardı... Şoför döndü Musa'ya öfkeyle, "bak seni almak için durduk, fren patladı, niye rampada duruyorsun, 100 metre yürüyüp düzlükte dursana!" diye bağırdı... Yer kalmadığı için ayakta dikilen Musa, büktü boynunu, ne desin, zaten bütün çocuklar ona suçlu gibi bakarken ne diyebilirdi ki? Bir ara göz göze geldi en sevdiği sınıf arkadaşı Hidayet'le... Hidayet gülümsedi, çaktırmadan şöyle bir salladı elini havada "boşver" manasında, "boşver, üzülme..."

Dandik asfaltta haldır haldır gitmeye başladılar, bir kilometre, iki kilometre, üç kilometre... Yenişakran'a dört kilometre kala, olanlar oldu, trafolar bölgesinde dik yokuşun sonundaki sert viraja daldı minibüs, "fren boşaldı" diye bağırdı şoför, savruldular, korkuluk morkuluk yok tabii, uçtular Tütünlü Deresi'ne... Önce çığlıklar, üç takla, beş takla, darmadağın oldu, zaten darmadağın haldeki minibüs, sonra trajik sessizlik.

İsmail oracıkta öldü. Dokuz yaşındaydı. Recep öldü, Murat öldü. 15'indeydiler. Ve, gülümseyerek kan kardeşine moral vermeye gayret eden Hidayet... Ambulanslar geldiğinde nefes alıp veriyordu hâlâ... Hastane, doktor, ameliyat, olmadı... Hidayet de gitti.
Ya Musa?

Kafası yarılmıştı, sağ el bileği ezik...
Hatta, o feci kazanın haberini yapan gazeteler, Musa'nın bandajlı fotoğrafını koymuşlardı, "açılan kapıdan fırladı, kurtuldu" diye.

Kurtulmuştu hakikaten Musa... Sağ çıkmıştı o tabut minibüsten... Ama kabuslardan kurtulamadı... Hidayet her gece rüyasına giriyor, gene gülümseyerek "boşver, üzülme" diyor ama, şoförün "bak seni almak için durduk!" diye bağırması kulaklarından gitmiyordu, çın çın... Bıraktı okulu. Gitmedi bi daha.

Bir sene sonra...

Bilirkişi, en fazla 12 yaşında olması gereken servis minibüsünün, daha eski, 15 yaşında olduğunu, frenlerin kazadan çok önce patlak olduğunu tespit etti, balatalar erimişti. Aslında servis minibüsü bile değildi, öyle olsaydı, "S" plaka taşımalıydı, taşımıyordu. Buna rağmen, hiç kimse şikayetçi olmadı. Savcı hariç... Kamu adına dava açtı, bilirkişi raporunu koydu hakimin önüne, hakim de hiç tereddüt etmeden 10 sene hapis verdi şoföre... Giden gitmişti ama, hiç olmazsa suç cezasız kalmamıştı.

Ve, önceki gün...
Yıldönümüydü.

Kapıkaya Köyü'nün kabristanında anma töreni yapıldı. İsmail, Recep, Murat ve Hidayet'in ardından dualar edildi. Musa da oradaydı... Gene kenarda, gene boynu bükük. Ve gene, bir senedir her gördüğüne söylediği gibi, "benim yüzümden, keşke düzlükte dursaydım, benim yüzümden" diye ağlıyordu. Ne büyükleri teselli edebiliyordu onu, ne mahkemenin verdiği adil karar rahatlatabilmişti vicdanını, ne de rüyasında "boşver" diye gülümseyen Hidayet.

Bitti tören.
Gitti evine.
Astı kendini Musa.

Bir sene dayanabilmişti buna.

Evet, Japonya değil burası...
Kimseden harakiri yapmasını beklemiyoruz.
Alışığız, istiflerini bozmayacaklarını, istifa etmeyeceklerini de biliyoruz. Ama kendi ihmalleri yüzünden facialar meydana geldiğinde, Musa'nın yüreğinden utanmalarını, yetkililerimizin hiç olmazsa özür dilemelerini bekliyoruz.

Musa Arslan

1994'te doğdu, 2009'da canına kıydı. Sorumsuzlar, pişkinler, yüzsüzler ülkesinde, onurlu bir çocuktu. Musa'nın yukarda anlattığım hikayesi, büyük usta Levent Kırca'nın oğlu Oğulcan tarafından kısa film haline getirildi, 2017 başı itibariyle gösterime girecekti.

Murat

Musa'yı hatırlarsınız...
Hiç günahı olmadığı halde, arkadaşının ölümünden kendisini sorumlu tutan ve canına kıyan yürekli çocuk.

Dört sene evvel yazmıştım, 2009'da.

Dört sene sonra, bir mektup geldi.

"Sayın Yılmaz Özdil, bu yazıyı yazmak benim için çok zor ama size bilgi vermem gerektiğini düşündüm. Musa'nın davasına bakan Karşıyaka 1. Ağır Ceza Mahkemesi'nin heyetinde hakim olarak bulunmuştum.
Yargılama boyunca titiz çalışma yürüttük. Suçu ve suçluyu ortaya çıkardık. Sanığın, kullandığı servis aracının bakımlarını yaptırmadığını, fren sistemlerinin tamamen bitmiş olmasına ve bu durumu bilmesine rağmen, aracı kullanmaya devam ettiğini ortaya koyduk. Aracın sürücüsüne 'bilinçli taksirle ölüme neden olmak' suçundan emsal davalarda çok rastlanmayan miktarda (10 yıl) hapis cezası verdik. Verilen ceza Yargıtay incelemesinden de

geçerek onaylandı ve kesinleşti.
Gayet iyi iş çıkardığımızı düşünmüştüm. Ancak, Musa'yı fark edemedik. Onun, bu suçtan duyduğu pişmanlığı, acıyı göremedik ve onun için yapılması gerekenleri yapmadık. Sonunda Musa, kendi mesajını ve kendisi gibi suç mağduru olanların görülmesi gerektiği mesajını canını önümüze atarak verdi.
2005 yılından beri çocuk adalet sistemine ilişkin çalışıyorum. Bir dönem Adana Çocuk Mahkemesi hakimliği yaptım. Yargı sisteminin, suç işleyen veya suçun mağduru olan çocuklar bakımından iyileştirilmesi için pek çok çaba gösterdim. Bunları şunun için söylüyorum: Benim gibi, adalet sistemi içindeki çocuklara duyarlılığı yüksek olan, onları fark ettiğini düşünen, çocukların korunması için çaba sarf eden bir hakim bile Musa'yı göremedi. Korunması gerektiğini, psikolojik yardım için önlem alınmasını akıl edemedi.
Meslek hayatımın en acı deneyimini hiçbir zaman unutmayacağım. Musa'nın sorumluluğunu sırtımda hep taşıyacağım.
Size bildirmek istediğim şeye gelince; Musa'yı geri getirmeyecek ama, onun gibi başka çocukların da olmaması, fark edilmesi için, çocuk adalet sisteminin iyileştirilmesine ilişkin çalışmalara katılmaya devam ediyorum.
Bu kapsamda; Adalet Bakanlığı, Aile ve Sosyal Politikalar Bakanlığı, Hakimler ve Savcılar Yüksek Kurulu, Adalet Akademisi ve UNICEF tarafından bir eğitim çalışması yapılıyor. Çocuk adalet sisteminde çalışan 850 hakim, cumhuriyet savcısı ve sosyal çalışmacı eğitime tabi tutulacak. Bu eğitim, 70 hakim, cumhuriyet savcısı ve sosyal çalışmacı tarafından verilecek. Bu 70 kişinin yetiştirilmesine ilişkin eğitim çalışmalarını, içlerinde bulunmaktan gurur duyduğum bir ekip yürütüyor. Yetiştirilen eğiticiler tüm Türkiye'de eğitimler verecek ve yargı sistemine giren çocukların ihtiyaçlarının fark edilmesi için duyarlılık yaratacaklar. Eğitimcilerin eğitimi için yapılan çalışmanın birinci aşaması 26 Haziran-4 Temmuz arasında Eskişehir'de yapıldı. Eğitimin bir oturumunu Musa'ya ayırdık. Bu oturumda 'Musa' başlıklı yazınızı okuyup, çocukların korunmasında çocuğun fark edilmesinin temel ihtiyaç olduğunu ortaya koyuyoruz. Görevimizi gereği gibi yapmadığımız takdirde ortaya çıkan acı sonucu görüp, her defasında tekrar sarsılıyoruz.
Böylesi bir okuma ve tartışma benim için çok ağır olsa da, adalet sistemine giren çocukların fark edilmesini sağlamak bakımından

son derece öğretici bir örnek olduğu için çalışmanın içinde tutmaya devam ediyoruz.
Vicdani sorumluluğumu kaldırmaya yetmeyecek ama, Musa için hiç olmazsa bunu yapabildiğim için bir parça rahatlıyorum.
Sizinle paylaşmak istedim.
Murat Aydın
Hakim, İzmir, Karşıyaka Adliyesi"

İşte böyle.

Çocuklarımızın, Ethem'lerin Abdocan'ların Ali İsmail'lerin, canlarını önümüze atarak mesajlarını verdikleri şu günlerde... Vicdan sahibi hukukçuların var olduğunu bilmenizi istedim.

Murat Aydın

1971'de Diyarbakır'da doğdu, Dokuz Eylül Üniversitesi hukuk fakültesinden mezun oldu, YARSAV başkan yardımcısıydı. Musa örneğinde görüldüğü üzere, toplumsal sorumluluk sahibi, vicdan sahibi bir hukukçuydu. Hukukun guguk haline getirilmesine direndi... Mesela, Tayyip Erdoğan'ın herkesi mahkemeye verdiği dönemde, cumhurbaşkanına hakaret suçunu düzenleyen Türk ceza kanunu maddesini Anayasa'ya aykırı olduğu gerekçesiyle Anayasa Mahkemesi'ne taşıdı. Hapiste bulundukları dönemde gazeteciler Can Dündar ve Erdem Gül'e mektup yazdı, tutuklanmalarını eleştirdi, "yalnız değilsiniz" dedi. Netice... Hsyk kararnamesiyle İzmir'deki görevinden zart diye alındı, Trabzon'a gönderildi.

Behçet

İncecik iplikle bileğinize bağlanmış kırmızı balonu, sanki dünya avucunuzdan kayıp gidiyormuş gibi, elinizden kaçırdığınız yeri hatırlıyor musunuz?

İzmirliler hatırlar.
Fuar'dır mutlaka.

Siz, kısaca "İzmir Fuarı" diyorsunuz... Size öyle geliyor!

Mustafa Kemal'in şerden hayır yaratan vizyonuyla, İzmir yangınının cayır cayır alevlerinde yeşeren zümrüt... Anka kuşu misali, küllerinden yeniden doğan ulusun yuvasıdır orası.

Kapıları; Lozan, Montrö, 26 Ağustos, 9 Eylül, Cumhuriyet. Milli mücadele müzesidir.

Televizyonu bile olmayan içine kapalı Türkiye'nin "coğrafya laboratuvarı" gibiydi; dünyaya açılan penceresi... Ve, bu pencereden kafasını ilk uzatan, İzmirlilerdi... Turizm yoktu henüz, hayatımda ilk Japon'u orada gördüm ben mesela... İlk Afrikalıyı da... Kenya pavyonunda.

Laylaylom kültürünün hakim olduğu ülkemde, pavyon'un bar'dan saz'dan ibaret olmadığını öğrendiğimiz kültürpark'tır orası çünkü.

Bi tarafta SSCB pavyonu, bi tarafta ABD pavyonu... Henüz liboşlaşmadığımız "Soğuk Savaş" yıllarında, sosyalizmle kapitalizmin kapışma alanıydı. Memleketimde gomunist avı yapılan dönemde, orak-çekiç'in altında hatıra fotoğrafı çekilebilen "tek özgürlük alanı" aynı zamanda.

Küba, Uganda, Malezya...
Gidemiyorduk.
Onlar geliyordu.
Tanışıyorduk; yaratılanı Yaradan'dan ötürü sevmeyi illa din dersinde öğrenmiyorduk.

Sadece dünyayla değil, uzayla da orada tanışmıştı Türkiye... İnsan için küçük, insanlık için büyük adım'ı atan Neil Armstong'u Ay'a indiren kapsülü getirmişti ABD pavyonu... Yanına da Ay'dan getirilen kaya parçasını koymuşlardı. Sakal-ı Şerif'in etrafında döner gibi kuyruğa giriyordu ahali... Altta kalır mı; kozmonot kıyafeti görmüştük ilk SSCB pavyonunda... Gagarin'in fotoğrafı altında... Dedemin Gagarin'e fatiha okurken fotoğrafı var bende hâlâ.

(Gaza gelip, paraşüt kulesinden atlıyorduk...
Bungee'nin icat edilmesine yıllar vardı daha.)

Van minüt'e de yıllar vardı. Filistin pavyonunda dağıtılan Arafat kefiyesiyle biniyorduk lunapark'taki dönme dolaba... Ege Üniversitesi Ziraat Fakültesi'nde okuyan Filistinli bir genç, İsrail pavyonuna bomba koymaya çalışırken havaya uçunca, öğrenmiştik bu kavganın dönme dolap gibi kısırdöngüden ibaret olduğunu... Lunapark kadar eğlenceli olmadığını.

Kimisi Cem Karaca'ya eşlik ederken, işçisin sen işçi kal diye, kimisi kendini jiletlerdi Ferdi Tayfur'u dinlerken... Parkalı, purolu, şalvarlı yan yana otururdu, Emel Sayın söylerken... Kimisi de Seyyal Taner'i görücem diye gazinonun kapısında arabanın altında kalırdı benim gibi... Müzeyyen Senar, Gönül Yazar, Ahmet Özhan, Barış Manço, ipod'un atasıydı Fuar.

Zeki Müren'in mini eteği ilk giydiği yer... Dumanlar arasında roket maketi gelmişti sahneye, bi açıldı, içinden mini etekli Zeki Müren çıktı, ayağında 20 santim topuklu çizme, üstünde gladyatör kıyafeti, ensesinde tavus kuşu tüyleri... Cesaretin, hoşgörünün kalesidir orası.

Cinsel tercihini yürekli şekilde ortaya koyduğu için, Kenan Evren tarafından sahneden aldırılıp, Buca Cezaevi'ne gönderilen Bülent Ersoy... İnsan hakları mücadelesi'dir.

Yeni Asır'da şoför olarak çalışıyordu babam... Bi gün, elinde bi tomar biletle geldi. Basına dağıtılan hediye biletlerden... Seçtik arasından, Nejat Uygur Tiyatrosu'na gidelim dedik... Baktım bilete, "ön koltuklar için ayrılan avanta bilettir" gibi bi cümle var... Yani? Büyük usta yapmıştı yapacağını, sanatçı emeğinin bedava olmadığını anlatan o şahane cümleyi koydurmuştu hediye biletlerin üzerine... Gazetecinin asla avanta almaması gerektiğini öğrenmiştim o gün... Öğretmişti... Okul gibiydi Fuar.

Aslan, zürafa, maymun.
Ve, arkadaşım Bahadır.
Gibisi fazla... Okuldu.

Türkiye'nin dünya mutfaklarıyla tanıştığı ilk evrensel restorandır orası... Düdük'ten başkası yoktu, hayatımın ilk spagettisi'ni orada yemiştim; ilk ketçapla... Sanayicilerin sanayi görmek için koştuğu yerdi. İthalat yasaktı, Fuar'da serbestti, satın alıyordun, Fuar bitene kadar bekliyordun, Fuar bitince evine götürüyordun. 30 gün her akşam gidip bakmış İtalya pavyonundaki Zoppas buzdolabımıza anamla babam, 1961 senesinde... Zoppas marka hayatta mı bugün bilmiyorum ama, bizim Zoppas çalışıyor hâlâ!

Telefon edin sorun, İstanbul'un nüfusunu kesin olarak söyleyemezler size... Sekiz bin ağaç ve binlerce çeşit bitkisinin adıyla sanıyla künyesi var İzmir Belediyesi'nde, hepsi sigortalı... Doğasına sahip çıkmayanın, insanına sahip çıkamayacağının kanıtıdır Fuar.

Süresi kısaltıldı, "AKP'nin zaferi" olarak lanse edilen Expo saçmalığıyla tarihe gömülmek istendi... Fuar'ına sahip çıkacağına, Fuar icat etmeye kalkışanların madara olmasına vesile oldu... Hep bizi eğlendirirdi, bu komiklik sayesinde bu sefer kendisi eğlendi Fuar!

Ve, önceki akşam geleneksel törenle tekrar açtı kapılarını... Kemal Kılıçdaroğlu açtı. Daha önce İsmet İnönü açmıştı, Celal Bayar açtı, Menderes, Demirel, Ecevit, Özal, Erdal İnönü açtı, Tansu Çiller, Mesut Yılmaz, Deniz Baykal açtı defalarca.

Tayyip Erdoğan açamadı.
Hiç.

İzmirli zihniyeti'nin "genetik kodu"dur çünkü Fuar.

Behçet Uz

1893'te Denizli'de doğdu, bugünkü adı İstanbul Üniversitesi tıp fakültesi olan, Mekteb-i Tıbbiye-i Şahane'yi bitirdi, İzmir'de çocuk hekimliği yaptı, 1931'de İzmir belediye başkanı oldu, 10 senede İzmir'i ihya etti, şehrin borçlarını temizledi, gelir gider dengesini kurdu, Kültürpark, Uluslararası İzmir Fuarı, Cumhuriyet meydanı, Atatürk heykeli, çocuk hastanesi, Atatürk ormanı, santral garaj, bulvarlar, parklar, hep onun döneminde hizmete girdi. 1941'de Denizli milletvekili oldu, Ticaret bakanlığı yaptı, iki dönem Sağlık bakanlığı yaptı, 1986'da vefat etti, Kokluca'da toprağa verildi.

Erkan

Gonngg!
Duydunuz zilin sesini...
Kuralları biliyorsunuz, o iki kelimeyi katiyen kullanmayacaksınız, sorularıma makul ve mantıklı cevaplar vereceksiniz, başınızı emme basma tulumba gibi sallamayacaksınız, Mehter marşıyla geleceksiniz, İzmir marşıyla gideceksiniz!
Yanıma alayım sizi şöyle...
– Adınız?
– Hıdır.
– Elinizden gelen bu mudur?

– Evet.
– Eyooo!

Efsanedir bu, hatırlarsınız.
Büyük usta Erkan Yolaç sunardı.
Yarışmaya katılıp madara olanlara "pirinç, bulgur" filan hediye edilirdi!

Erkan Yolaç bıraktı...
Tayyip Erdoğan var şimdi onun yerine!

İlla istiyor ki, sandığı filan beklemeyelim, çıkalım televizyona, o iki kelimeden birini söyleyelim.

Ya söylemezsen?
"Bertaraf olursun" diyor.

Halbuki...
Bitaraf olan bertaraf olmaz.
Bakınız, İsviçre.

Üstelik, benim bildiğim demokrasi, "gizli oy" açık tasniftir...
"Anayasa"nın 67'nci maddesine göre, seçimler ve "referandum"lar, "gizli oy" açık tasnifle yapılır.

Hal böyleyken, ne isteniyor?
"Açık oy" açık tasnif.

Anayasa'ya aykırıdır!

Evet-hayır'a dönersek...
Aradım ustayı, Erkan Yolaç'ı.

Sıkı durun...
Meğer, AKP'ye yakın bi hukukçu derneği benden önce aramış, "evet" kampanyasına katılması için teklifte bulunmuş iyi mi...
Sokak reklamlarında kullanacaklarmış, akıllarınca slogan da hazırlamışlar, "Erkan Yolaç, evet'e yol aç" yazacaklarmış...
"Maddi tarafının çok cazip olduğunu" söylemişler, "bu para fırsatı kaçmaz" diye tembihte bulunmuşlar.

Tek kelimeyle cevap vermiş büyük usta...
"Hayır" demiş!
"Bugüne kadar şahsiyetimi satmadım, bundan sonra da satmaya niyetim yok."

Üstelik, katmerli "hayır" demiş...
Çünkü, hem para karşılığında "evet" kampanyasına katılmaya "hayır" demiş, hem de referandumda "hayır" oyu vereceğini söylemiş.

"Peki, hayır kampanyası için teklif gelseydi?" diye sordum...

Avanta için kendini satan abidik kubidik sanatçı bozuntularına ders gibi cevap verdi: "Gene kabul etmezdim. Bir tane oyum var, kullanırım, o kadar... Halka malolmuş, halkın sevgisiyle programına 48 yıl devam etmiş biri olarak, para karşılığında halkın siyasi tercihini yönlendirmek kişiliğime, karakterime yakışmaz!"

Bunca pespayeliğin arasında, omurgalı kalan ustalarıyla onur duyuyor insan.

Netice itibariyle...
Duydunuz zilin sesini.
Başka kapıya...
İzmir marşıyla!

Erkan Yolaç

Bulgaristan göçmeni bir ailenin oğlu olarak, 1935'te Kırklareli Babaeski'de doğdu, İstanbul Devlet Güzel Sanatlar Akademisi'nden iç mimar olarak mezun oldu, Ankara Radyosu'na sunucu olarak girdi, BBC'de yayınlanan evet-hayır yarışmasını 1962'de hayatımıza soktu, ekranlarda gazinolarda 40 seneden fazla bu yarışmayı sundu, 1970 Türkiye güzeli Asuman Tuğberk'le evlendi, konfeksiyon işine girdi, Yolaç markasıyla gömlek üretti, 1962-73 arasında beş filmde rol aldı.

Derviş

İşlerine geldiği zaman "Hepimiz Ermeniyiz" der bunlar, işlerine geldiği zaman "afedersin Ermeni" der.

Halbuki, ne hepimiz Ermeniyiz...
Ne de birinin Ermeni olmasıdır önemli.

Bakın, hazır "soy önemli soyyy" diye bağırılırken, yaşanmış öykü anlatayım size.

Derviş Özer, tıp doktoru.
Aynı zamanda, heykeltıraş.
90'lı yılların başı... Tatile giderken Afyon'da mola verir. Çay bahçesine kalabalık bir grup insan gelir o sırada, üstleri başları perişan, alayı gariban, ağlamaktan gözleri şişmiş... "Hayrola?" der. Şehit cenazesi taşıyan köylülerdir.

O gün üç yaşında olan ve ortalıkta neşeyle hoplayıp zıplayan kızına bakar, bir de köylülere... Bir yanda saçının telini dünyaya değişmeyeceği evladı, bir yanda evladını vatan için toprağa vermiş baba... Utanır.

"Bi şey yapmalıyım" der.
"Bu çocukları ölümsüzleştirmeliyim."

"Şehit Ağacı" projesi hazırlar.

Terör şehitlerini künyelere yazacak, künyeleri ağaca takacak, çocukların birer yaprak gibi ebediyen salınmasını sağlayacaktır o ağacın dallarında...

Hayata geçirmek için aradığı fırsatı, anca 2003'te bulur. Resim Heykel Müzesi'nin açtığı yarışmaya katılmaya karar verir. İstanbul'a gelir, künyeleri almak için Tahtakale'ye gider. Sorar soruşturur. Herkes aynı adresi verir. Ermeni bi usta... Dükkana girer, anlatır. O güne kadar hiç düşünmediği detaya dikkat çeker Ermeni usta, "paslanmaması lazım" der, "evlatlarımız ebediyete kadar ışıl ışıl olmalı."

Olmalı ama, en pahalısıdır o bahsettiği künyeler, tanesi 1 lira 25 kuruş... "Ticari iş değil bu, takma kafana" der Ermeni usta, "vatan işi" der... Beşte bir fiyatına, kâr falan almadan, hatta zarar ederek, 25 kuruştan verir. Üç bin künye... "Haftaya gönderirim" der. Tam gününde gönderir.

Sonra, kısmet olmaz, araya başka işler karışır, hazırlandığı yarışmaya katılamaz heykeltıraş... Künyeleri paket halinde evinin deposuna kaldırır. Taa ki, amacına ulaşacağı 2009'a kadar.

Ankara Kızılcahamam Belediyesi, Şehit Fatih Duru Parkı yapmaktadır. Başvurur... Belediye "başımızın üstünde yerin var" der... Kurumuş bir sedir ağacı, gövde olur.

Ancak, bi sorun vardır.
Şehit sayısı altı bini geçmiştir.
Eldeki künye sayısı ise sadece üç bindir.

Parkın açılışına yetişme kaygısıyla, İstanbul'a gelmez, Ermeni ustanın ismini telefonunu da kaydetmemiştir, internete girer, eksik künyeleri tamamlamak için askeri malzeme satan tüccarlarla temasa geçer. "Paslanmaz istiyorum" der. "Abi merak etme, künyenin kralı bu" garantisi verirler. Zaman dar... Ermeni ustanın 25 kuruştan sattığı künyeleri, 1'er liradan alır.

Tek tek isimleri yazar, takar sedir ağacının dallarına, Cumhuriyet Bayramı'nda açılışı yapılır. Medya ilk gün hücum eder, Türkiye ağlayarak seyreder, sonra unutulur gider.

Ve, kış gelir...

Sadece tebrik yağmaz tabii.
Yağmur da yağar.

Şehit Ağacı'nın üç bin yaprağı ışıl ışıl parlıyor hâlâ; gerisi paslandı...

"Vatan işi bu, evlatlarımız ebediyete kadar ışıl ışıl olmalı" sözü kulağında çın çın çınlayan heykeltıraş, ağlayarak, tek tek değiştirmek zorunda kaldı, Türk tüccardan aldığı künyeleri.

Bize de, bu satırları yazmak kaldı.
Yüreğimizdeki isyanla...

Soy sop filan değildir önemli.
Milleti kimin soy'duğudur.

Derviş Özer

1964'te Kıbrıs Lefkoşa'da doğdu, Hacettepe Üniversitesi tıp fakültesinden mezun oldu, 2000 yılında hekimliğinin yanısıra heykel ve resimle uğraşmaya başladı, dört sergi açtı, 2011'de tekrar üniversite sınavına girdi, Ankara Üniversitesi iletişim fakültesi'ni bitirdi, kısa filmler çekti, Kıbrıs gazetelerinde köşe yazıyor.

Orhan Veli

Asrın liderimiz...
"Milli içkimiz ayrandır" demiş.

Asrın liderimizin rakı'dan anlamadığı... 2 milyar 100 milyon dolara satılan rakı'yı, sadece 292 milyon dolara vermesinden belliydi!

Ayranla bu kadar oluyor tabii.

Milli içkimiz, rakıdır.
Üstelik, rakıyı resmen milli içki ilan eden AKP hükümetidir. Rakıyı milli içki olarak tescilleyen Türk Patent Enstitüsü Başkanı'nı o makama AKP atadı. Türk Patent Enstitüsü Başkanı'nın eşi de AKP milletvekiliydi. Dolayısıyla... "Rakı balık Ayvalık" gibi, zincirleme reaksiyonla AKP'nin millisidir rakı.

Resmi Gazete'de bile yayımlandı.
"Karakteristik özelliğini Türkiye Cumhuriyeti sınırları içinde yer alan doğal unsurlardan, özellikle Türkiye'de yetişen üzüm, anason ve Türkiye'de uygulanan geleneksel üretim yöntemlerinden alan, kendine has, renksiz alkollü içki" olarak tanımlandı. "Geleneksel tat" olduğu belirtildi.

Özbeöz Türk'tür rakı.

Ne malum derseniz?
Nerede, ne zaman ve kim tarafından icat edildiği bilinmiyor, meçhul, oradan malum... Eğer biz Türklerden başka bir milletin icadı olsaydı, cilt cilt yazılı tarihi olurdu, şeceresini bilirdik. Şampanyanın mucidi Fransız keşiş Dom Perignon mesela, anca 1638'de dünyaya gelmiş. Evliya Çelebi'nin 1635 tarihli seyahatnamesinde ise, rakıdan bahsediliyor. Demek oluyor ki... Şampanyayı icat eden adam kundakta ana sütü içerken, biz aslan sütü içiyorduk. Daha ne diim?

Ve, bizatihi Türkiye'dir.
Senelerce İstanbul'da yaşayan *New York Times* yazarı Stephen Kinzer, *Hilal ve Yıldız* isimli kitabında "rakı gibi ülke" olduğumuzu anlatır... "İlk gördüğünde şişedeki gibi berraktır, su ilave ettiğinde sisli-puslu hale gelir, dışarıdan bakınca içini göremezsin, anlayabilmek için hissetmen, içine girmen lazım" der.

Asildir rakı...
Bakın, 1900'lü yıllardan bir davetiye aktarayım size: "Muhterem efendim, teşrin'i saninin 21'inci gününe müsadif Cuma akşamı, Hristo'nun meyhanesinde taam eylemek ve hususi eğlence tertip ederek vakit geçirmek istiyoruz. Sizi pek seven cümle dostlarımız teşrif edeceklerdir. Binaenaleyh, icabetiniz bizim içün mücib-i şeref olacaktır. Bu lütfu bizden esirgemeyeceğiniz ümidi ile takdim-i ihtiram eyleriz efendim... Pera sahaflarından Şener Efendi."

Nezakettir, zarafettir.
Adabımuaşerettir.

Rakı içeceğinize üzüm yiyin, kavunun yanına 35'lik salkım açın falan gibi gayriciddi yaklaşılamaz ona... Ciddiyet ister. Fava, pilaki, şakşuka, memleket "meze"lesidir.

Yurtseverdir. İki tek attın mı, n'oolacak bu memleketin hali diye endişelenmezsin aksi olsa.

Evrim Teorisi'nin kanıtıdır.
Fazla kaçırırsan, özüne dönersin, maymun olursun...
Bilimdir.

Bilim deyince, aklıma geldi. Elektriğin icadından sonra "ampul" icat edildi sanıyorsan, yanılıyorsun... Çünkü, elektriğin icadıyla birlikte, buz üretildi. Buz üretilince "rakıya niye buz koymuyoruz azizim?" icadı yapıldı. Bu tarihi icat neticesinde, rakının üstüne buz koymak için daha uzunca bardağa ihtiyaç oldu. Zahmet edip özel bardak icat etmek karakterimize zor geldiği için, pratik Türk zekası devreye girdi. "Limonata bardağı ne güne duruyor muhterem, ona koyalım" icadı yapıldı.

Bardak limonata bardağı ama... Ne anlamı var rakısız radika'nın cibez'in deniz börülcesi'nin turpotu'nun, inek miyiz biz? Niye avlayıp günahına giriyorsun boşu boşuna; şerbetle mi yiyeceksin lüferi?

Fevkalade'dir.
Aliyülala'dır.
1926'da üretime başladığında, bu caanım isimleri koymuştu, boş şişe fiyatına sattığımız Tekel.

Kadındır.
Cumhuriyet'in ilk yıllarında "Sevim, Elif, Hanım, Denizkızı, Üzümkızı, Jale" isimlerini taşırlardı. O nedenle botoks'tur aynı zamanda... Çirkin kadın yoktur, az rakı vardır. En kaknemi bile bi başka görünür gözüne, içilir "güzel"leşilir.

Hayatın anahtarıdır. Büst gibi oturan adamın bile çenesinin kilidini açar, "çilingir" sofrasıdır.

Kontörsüz muhabbettir. Kahkahadır.

Çocuktur, ağlarsın.

İçki denip geçilemez... İçki içen neler yaptığını hatırlamaz, rakı içen unutulanları hatırlar. Acısıyla tatlısıyla hatıraları kaydeden harddisk'tir.

Tıp bazen çaresizdir. O ilaçtır.
Gurbete bile iyi gelir.

Herkesin gençlik hatası olabilir, bira içersin, sonradan para kazanınca şarap içmeyi matah zannedersin, Amerikalı kamyon şoförlerinin içtiği viskiye kamyon parası ödersin, ayrı... Kürkçü dükkanıdır. Döner dolaşır, gelirsin.

Akil'dir bi nevi rakı!
Orhan Gencebay'dır.
Entel dantel barlarda dinlemeye, eşlik etmeye utanırsın ama, hepimiz biliriz ki, ezbere bilirsin.

Tatlıses'tir. Kürt Realitesi'dir.
Örgüttür! Peynir, rakı, kavun, PRK... Bölücü değildir, birleştirici örgüttür. Türk'ü de içer, Kürt'ü de, Laz'ı da, Çerkez'i de, Ermeni'si de, Yahudi'si de... Rumlar öyle meze yapar ki kardeşim, helali hoş olsun, Kıbrıs'ı veresin gelir.

Orhan Veli'dir...
"Şiir yazıyorum, şiir yazıp eskiler alıyorum, eskiler verip musikiler alıyorum, bir de rakı şişesinde balık olsam"dır. Şiirdir.

Şarkıdır.
Dönülmez akşamın ufkudur.

Mustafa Kemal'dir...
Rakı içiyordu diye "ayyaş" demeye getirirler ama, kurup

yücelttiği memleketi "ayık kafayla" niye yönetemiyorsun diye sorarlar adama!

Ooof of.
Vakit tamam.
Güneş usuuul usul batmak üzere.
Bana müsaade, cümleten şerefe.

Orhan Veli Kanık

1914'te İstanbul'da doğdu, asıl ismi Ahmet Orhan'dı, babasının ismi Veli olduğu için, soyadı kanunundan önce Orhan Veli olarak tanındı, İstanbul Üniversitesi edebiyat fakültesine kaydoldu, yarım bıraktı, eski olan her şeyden uzak durdu, hece'yi aruz'u reddetti, kafiye'yi ilkel buluyordu, sokaktaki adamın Türkçe'sini şiir diline taşıdı, yalın anlatımı tercih etti, doğaldı, argo'yu bile kullandı, Melih Cevdet ve Oktay Rifat'la birlikte, Türk şiirinde mihenk taşı kabul edilen, yenilikçi Garip akımının kurucularından oldu, Garip akımını sadece şiirleriyle değil, özgür yaşamıyla, gönül ilişkileriyle, yeni bir şair tipi yaratarak şekillendirdi, geleneklerin dışına çıktığı için yadırgandı, eleştirildi, küçümsendi, umurunda bile olmadı, 1950'de, henüz 36 yaşındayken beyin kanamasından vefat etti, Aşiyan'a defnedildi. Peki o rakı şişesindeki balık neydi? Sait Faik Abasıyanık 1947'de *Yedigün* dergisi için yaptığı röportajda Orhan Veli'ye bunu sordu, şu cevabı aldı: "O şiir, yoksulluklar içinde yaşayan bir adamı anlatır, insan o haldeyken çok şey ister, esvap ister, yemek ister, rakı içmek ister."

Abdurrahman

Adı üstünde...
Allah'ın kulu demek.
Rahmet sahibi demek.

"Dinsiz" deseler...
Dedesi, hacı, Nakşi şeyhiydi.
Büyük dedesi, medrese müderrisi.

"Başörtüsüne karşı" deseler...
Sekreteri bile türbanlı.

"Elit" deseler...

Şanlıurfa'nın gariban köyünden.

"Asker" deseler...
Sivil.

"DTP'yi kapattı, ırkçı" deseler...
Ana tarafından Kürt.

"Hukuk bilmiyor" deseler...
Ankara Hukuk mezunu.

"Savcı ama hakim değil" deseler...
Acıpayam Hakimliği yaptı, Bulanık Hakimliği yaptı, Gürün Ağır Ceza Mahkemesi Başkanlığı, Adli Yargı Adalet Komisyonu Başkanlığı, Silifke Hakimliği, Yargıtay Tetkik Hakimliği yaptı.

"Tecrübesiz" deseler...
12 sene önce Yargıtay üyeliğine seçildi, Yargıtay Ceza Dairesi Üyeliği yaptı, Yargıtay Cumhuriyet Başsavcıvekilliği yaptı, Yargıtay Cumhuriyet Başsavcısı.

"Koltuk sevdalısı" deseler...
Seneye emekli.

"Paragöz" deseler...
Milletvekilinden az maaş alıyor.

"Anayasa'ya aykırı" deseler...
Madde 148, anayasal görevi.

"Uyarıyorum" dedi...
Bakalım ne diyecekler?

Abdurrahman Yalçınkaya

1950'de Şanlıurfa Suruç'ta doğdu, Ankara Üniversitesi hukuk fakültesinden mezun oldu, 2007'de Cumhurbaşkanı Ahmet Necdet Sezer tarafından Yargıtay Cumhuriyet Başsavcılığı'na getirildi, görevinin ilk senesinde "laiklik karşıtı eylemlerin odağı" olduğu gerekçesiyle Akp'ye kapatma davası açtı, dönemin başbakanı Tayyip Erdoğan ve dönemin cumhurbaşkanı Abdullah Gül dahil, 71 Akp yöneticisine siyaset yasağı getirilmesini talep etti, Akp yandaşı medya tarafından adeta linç edildi, hakaret edildi, manşetlerden hedef gösterildi, 2015'te yaş haddinden emekliye ayrıldı.

İlhan

Bi gazeteci arkadaş, "Ergenekon öyle bir örgüt ki, ona üye olduğunu bilmeyenler bile var" demiş.

Haklı aslında.

Garfield mesela...
Tembel kedi.
İçeri tıkılan Erzincan Başsavcısı İlhan Cihaner'in iddianamesinde yeralıyor, haberi yok.

Cinderella...
O da kedi, külkedisi.
(Detay verilmiyor ama, kabak arabasıyla kaçarken ayakkabısının tekini Çukurambar civarında düşürdüğü söyleniyor.)

Bugs Bunny...
Fırlama tavşan.
O da iddianamede.

"Kırmızı Başlıklı Kız..."
(Ben Erzincanlıların yalancısıyım; aslında kurt olan ve anneanne kılığına giren Saldıray Berk, kendisine çörek getiren gizli tanığı yemiş filan...)

Temel Reis var aynı iddianamede...
Emekli denizci.
SAT'larla alakası olabilir.

Nedir bunlar derseniz... Erzincan Başsavcısı'nın evi basıldığında, kızı Sıla'ya ait olan çizgi filmlere de el konuldu ve iddianameye "delil" olarak monte edildi. Dolayısıyla, yukarıda adı geçen şahıslar, gazeteci arkadaşın söylediği gibi "darbe çetesi"ne girdi, haberleri yok!

Mozart da var.
(Türk Marşı bestelemesinden belliydi.
Muhtemelen ulusalcı.)

Zeki Müren var.
(Malını mülkünü Mehmetçik Vakfı'na bağışlayan rahmetli, "şüpheli" değil de nedir?)

Ayşe Tüter var abi!
(Zeytinyağlı darbe tarifleri... Kozmik patates, suikastçi aşçı falan derken, olacağı buydu.)

Çünkü, sadece Sıla'ya ait çizgi filmler delil olmadı... Başsavcı'nın değerli eşine ait müzik sidileri ve yemek kitapları da iddianamede yerini aldı.

Alaattin'in Sihirli Lambası da delil...
(Henüz ampul icat edilmediği için, Alaattin lambayı sıvazlıyor, cin çıkıyor, "dile benden ne dilersen, üç hakkın var" diyor, küçük Alaattin de "Allah bu millete akıl, fikir, sabır versin" diyor.)

İlhan Cihaner

1968'de Kars Kağızman'da doğdu, Ankara Üniversitesi hukuk fakültesinden mezun oldu, Reyhanlı, İdil, Çamlıdere, Vezirköprü ve Alaşehir'den sonra Erzincan Cumhuriyet Başsavcısı oldu, 2010 senesinde, İsmailağa cemaati'yle ilgili olarak başlattığı soruşturma sırasında, Ergenekon kumpasıyla tutuklandı, Ergenekon üyesi olduğu iddiasıyla 4 ay hapis yatırıldı, Yargıtay kararıyla tahliye edildi, tutuksuz yargılandı, Adana'ya düz savcı olarak atandı, 2011'de CHP Denizli milletvekili seçildi, 2015'te CHP İstanbul milletvekilli oldu, 2015'te yargılandığı davadan beraat etti.

Namık Kemal

Sene 1854.
Kale bizim, 10 bin kişiyiz. Rus ordusu kapıya dayanmış, 80 bin kişi... Boğaz boğaza, fena kapışma oluyor. İslam bey, yiğit adam, ecdadında 42 şehit var, uzaktan seyretmeyi kendine yediremiyor, gönüllü olarak kaleye gitmeye karar veriyor. Âşık aynı zamanda... Sevdiğine uğruyor, vedalaşıyor, duygusal durumlar yaşanıyor. Sevgilisi Zekiye... O da bir yiğit kız... Güya uğurluyor İslam beyi, sonra giyiyor erkek kıyafetlerini, "benim adım Adem" diyerek, gönüllüler arasına karışıyor... Savaş mavaş, kan gövdeyi götürüyor, gözünü budaktan sakınmayan İslam bey yaralanıyor, Adem kılığındaki Zekiye ona bakıyor, yaralarını sarıyor. Neticede, Rus ordusu pes ediyor, çekiliyor.

Kale kumandanının, aslında Zekiye'nin babası olduğu ortaya çıkıyor iyi mi... Hiç görmemiş, öldü bilmiş, meğer o da ismini değiştirmiş... Velhasılkelam, baba kız kucaklaşıyor, İslam beyle Zekiye muradına eriyor, evleniyor.

Vatan yahut Silistre bu.

Namık Kemal'in eseri.

O kale, Silistre.

Gel zaman git zaman, biz de Rus ordusu gibi tutunamıyoruz oralarda... Birinci dünya savaşı kaybediliyor, Balkanlar kaybediliyor, imparatorluk yıkılıyor, Anadolu "Silistre" gibi savunuluyor ve eşsiz kahramanlık destanıyla, enkazın altından sağsalim Türkiye Cumhuriyeti çıkıyor.

Sene 1934, Silistre'de bir kahve... Türkler pılısını pırtısını toplamış, komşularıyla helalleşerek, asırlardır "vatan" bildikleri toprakları terk ediyor peyder pey, Anadolu'nun bağrına, "anavatan"a gidiyor. Balkan Türkleri, yeni bir hayat kurmak ve ilelebet terk etmemek üzere, Türkiye'ye akıyor... Vapurla İstanbul, ardından katır sırtında Elazığ, çoluk çocuk 400 kişiler... Önce Palu'da geçiçi olarak barındırıyorlar onları, sonra bomboş, çorak bir araziyi göstererek, "aha işte şurası sizin" diyorlar, "kurun köyünüzü..."

Kuruyorlar köylerini.
Ve, ismini koyuyorlar:
Kovancılar.

Terk ettikleri dönemde Romanya'ya bağlı olan, sonradan Bulgaristan sınırlarına dahil edilen Silistre'nin Kovancılar Köyü yani... Kendileriyle beraber, köylerinin ismini de taşıyorlar.

Sonra?
Bi Allah.
Bi de onlar.
Ne arayan oluyor bir daha...
Ne de hallerini soran.

Gel zaman git zaman, sene 2010, deprem oldu, alt tarafı 6 şiddetinde... 400 kişiyle başlayan, çoğalan, ilçe haline gelen Kovancılar'a bağlı köyler, yerle bir oldu... Deprem olana kadar kimse onların farkında bile olmadığı için, ne yerler ne içerler nerde otururlar kimse merak etmediği için, 2010 senesinde hâlâ 1934'ün şartlarını yaşadıkları için... 51 canımız gitti.

Romanya, AB üyesi oldu bu arada...
Bulgaristan, AB üyesi oldu.
"Silistre"nin eski adresi de, yeni adresi de AB'ye girdi.

"Vatan" enkaz altında.

Namık Kemal

1840'ta Tekirdağ'da doğdu, asıl adı Mehmet Kemal'di, dedesinin bir arkadaşı yazıcı-katip anlamında Namık deyince, şiirlerini Namık Kemal adıyla yazmaya başladı, gizli faaliyet gösteren Yeni Osmanlılar Cemiyeti'nin kurucuları arasında yeraldı, *Tasvir-i Efkar* gazetesinde "vatan, hürriyet, millet, yurtseverlik" gibi sakıncalı bulunan kavramlar üzerine kalem oynatıyordu, gazete kapatılınca Paris'e kaçtı, *Muhbir* gazetesinde yazdı, Londra'ya geçti, *Hürriyet* gazetesini çıkardı, İstanbul'a döndü, *Vatan Yahut Silistre*'yi yazdı, 1873'te Gedikpaşa tiyatrosunda sahnelenince, tutuklandı, Kıbrıs'a sürgüne gönderildi, Birinci Meşrutiyet'in ilanıyla İstanbul'a döndü, Kanun-i Esasi'yi, yani anayasayı hazırlayan kurulda yeraldı, meclis-i mebusan kapatılınca gene tutuklandı, Sakız adasına sürüldü, 1888'de vefat etti, Gelibolu Bolayır'da toprağa verildi. Tanzimat devri aydınıydı, fikirleri ve eserleriyle Mustafa Kemal Atatürk'ü etkileyenler arasındaydı.

İbrahim

Sene, 1999...
Abdullah Öcalan, Kenya'da, Yunanistan Büyükelçiliği'nde enselendi, ağzı burnu bantlanarak, paketlendi, özel bir uçağa bindirilerek, Türkiye'ye getirildi. Memlekete kan kusturan teröristbaşının uçaktaki o görüntüsü, Türk milletinin hafızasına mıh gibi çakıldı.

Bir sene sonra, 2000...
Ankara, Atina'yla kan davası gütmedi, iyi niyetini göstermek için tarihi bir hamle yaptı, Yunanistan'la ortak tatbikata katıldı.

"Zıpkın" filomuza ve "Atmaca" filomuza ait 12 adet F16'mız Akhisar'dan havalandı, Yunanistan'ın Nea Aghialos Askeri Üssü'ne indi. Yunan topraklarına tekerlek koyan ilk F16'mızın kokpitinde, bir korgeneral oturuyordu. 1'inci Taktik Hava Kuvveti Komutanı, İbrahim Fırtına.

İbrahim Fırtına komutasındaki "elçi" filomuz, çiçeklerle karşılanmış; "ha savaştı ha savaşacak" denilen Türkiye ile Yunanistan'ın arasında adeta "barış güvercini" olmuştu.

10 sene sonra, 2010...
Bir gazete manşet attı.
İbrahim Fırtına yönetimindeki Hava Kuvvetlerimizin, Ege'de Yunan F16'sı düşüreceğini, olmadı, kendi kendine Türk F16'sı düşüreceğini, böylece Türkiye ile Yunanistan arasında savaş çıkaracağını, fırsat bu fırsat, darbe yapacağını iddia ediyordu.

İbrahim Fırtına'nın Ankara'da evi basıldı, gözaltına alındı, terörle mücadele polislerinin nezaretinde Türk Hava Yolları uçağına bindirildi, İstanbul'a getirildi.

Ömrünün 45 senesini vatana millete "barış"a adayan, jetlerimizin çelik kanatlarıyla memlekete kol kanat geren, şeref madalyası sahibi İbrahim Fırtına'nın "sanki teröristbaşıymış gibi" bindirildiği uçaktaki o görüntüsü, Türk milletinin hafızasına mıh gibi çakıldı.

Türk milleti unutmamalı.

İbrahim Fırtına

1943'te Ordu'da doğdu, 1962'de hava harp okulundan mezun oldu, 2003'te hava kuvvetleri komutanı oldu, 2005'te emekli oldu. 2006'da kendisine verilen Fransa'nın en yüksek liyakat nişanını, Fransa'nın sözde Ermeni soykırımını tanımasını protesto için, teslim almadan iade etti. 2009'da Ergenekon iftirasıyla, darbe iddiasıyla gözaltına alındı, bırakıldı, 2010'da bu defa Balyoz iftirasıyla tutuklandı, 3.5 sene hapis yatırıldı, 20 sene hapis cezasına çarptırıldı, Anayasa Mahkemesi'nin yeniden yargılama kararıyla tahliye edildi, beraat etti.

Berk

Türkiye'de her şeyin karaborsası olur.
Hainin olmaz.
Haini en bol ülke Türkiye'dir.

Bakın taze örnekler vereyim.

"Ne malum intihar ettiği?"
"Foyası meydana çıkınca tabii..."
"Amiral gözündeki kara gözlükleri çıkarsın da, öyle konuşsun, asıl kendi niye intihar etmiyor?"
"Pisliğini örtmeye çalışmış..."
"İddia doğru mu, sen onu söyle!"
"Albay sütten çıkmış ak kaşık!"
"Vah vah, Ergenekon'dan çıkmak için intihar etmekten başka çıkar yol bulamamış demek ki!"

Bunun Türkçesi'ne hiç dokunmadım:
"serefle ne alkası var, herhalde birşey yaptı sonra foyalari ortaya çıkınca intar eddi ondan sonrada ittahar edti."

"Müslüman olsa, intihar eder mi?"
"Tek tek olmaz, hepsi gidecek!"
"İktidara fitne sokanların haline bak."
"Komutan katilleri savunuyor."
"Deniz Feneri'ne iftira atmışlardı."
"Darbeci ordu bunalıma girdi."
"Öldü diye mağdur mu oldu yani?"
"TSK'da maneviyat eksik."
"Ölüm, gerçekleri örtemez."
"Yayınlanan klipte, kocamı Ergenekon ilişkileriyle tehdit ederim diyordu, şimdi tabut başında Berkçiğim diye ağlıyor. Gözyaşları sahte. Silahların yerini söyle."

Ne bunlar biliyor musunuz?

Hürriyet, Milliyet, Vatan gazetelerinin internet sitelerinde "eşine iftira atılan albay canına kıydı" haberi yayınlandı... Yukarıdaki satırlar, o haberin altına yapılan yorumlardan bazıları.

Gizli saklı değil, alenen.

Asimetrik psikolojik harekatı filan geçmiştir iş...
TSK, düşman ordusudur.

Berk Erden

1960 doğumluydu, deniz kurmay albaydı, hassas önemdeki Güney Deniz Saha Komutanlığı Radar Gözetleme Birimi komutanıydı, amiral olmasına kesin gözüyle bakılıyordu, 2010'da, internete iftira haberleri düşmeye başladı, önce Ergenekoncu olduğu iddia edildi, sonra Poyrazköy silahlarını saklayan kişi olduğu öne sürüldü, sonra bir kadın memurla gönül ilişkisi olduğu yazıldı, hakkında peşpeşe yalan haberler yapılıyordu, Yüksek Askeri Şura'ya günler kala, eşi hedef alındı, eşinin bir albayla yasak aşk yaşadığı yazıldı, internetten yayılan bu iftiralar aynı gün Akp yandaşı medyada manşet yapılıyor, Akp yandaşı televizyonlardan bangır bangır duyuruluyor, linç kampanyası haline getiriliyordu, dayanamadı, İzmir'deki lojmanında, beylik tabancasıyla canına kıydı, Zincirlikuyu'da toprağa verildi.

Bedrettin

Bazılarının vicdanı tertemiz.
Hiç kullanmıyorlar çünkü.

Bedrettin...
Beş yaşında.
Üç yıldır mendil satıyor.
İki yaşından beri yani.
Anası-babası dilenci organizatörü... Her sabah bırakıyorlar bi yere, aç bilaç, akşama alıyorlar "kumbara" Bedrettin'i... O sabah diktikleri yer, metrobüs durağı... Akşam geliyorlar ki, yok.

Defolup gidiyorlar...
Geberdi herhalde, boşver.
Dört tane daha var.

Ertesi sabah, gün ışırken, Haliç kıyısında temizlik yapıyor çöpçüler, günahlarını süpürüyorlar kahpe İstanbul'un... Köpek leşi midir nedir o öyle? Yakından bakıyorlar ki, insan evladı... Kan revan. Surat ezilmiş, mosmor. Boynunda urgan... Nefes alıyor iyi mi. İnadına sanki.
Polis molis, hastane filan, ölmüyor Bedrettin; anlatıyor...
Metrobüs durağına öbür mendilci çocuklar gelmiş, onlar 7-8

yaşında, burası bizim bölgemiz ulan diyorlar, ekmeğimize ortak olma... Önce köpekle korkutuyorlar Bedrettin'i, ısırtıyorlar, sonra tekme tokat. Direniyor. Boynuna urgan geçirip, sıkıyorlar. Bayılıyor. Yol kenarına fırlatıp atıyorlar.

İstanbul'un her durağında, her kırmızı ışığında birkaç tane var Bedrettin.

Bir ellerinde kağıt mendil, bir ellerinde gazete olur hep... Kış gelince katlayıp camları silerler gazeteyle... Yaz gelince, hem cam silerler, hem külah yapıp, kafalarına takarlar gazeteyi.

Mendil onlar için çok değerlidir; "boş kağıt parçası"nın parayla satıldığını bilirler... Kerli ferli yazarların ahkam kestiği "dolu kağıt parçası" gazete ise, değer ifade etmez onlar için.

Herkes üzülüyormuş gibi yapar Bedrettinlere... Kimi "toplumun suçu" gibi köfte fikirler fışkırtır; kimi "para vermeyin, teşvik etmeyin" falan der... "Bunları toplayıp, Yassıada'da barındıralım" diyen öküz bile çıktı. Sanırsın, Adnan Menderes'tir Bedrettin.

Önerim şu:
Devlet eliyle ailelerinden alıp, izbe yurtlarda unutup, işsiz güçsüz tekrar sokağa salmanın bir manası yok. Biz istesek de, istemesek de, okula gitmesi gereken bu çocukları, para toplamaları için sokağa bırakacak ana-baba müsveddeleri... Gazete satsınlar.

Ona buna kınama göndermeyi maharet bilen gazeteci cemiyetleri, organize etsin, işe yarasın... Eminim, gazete patronları seve seve katılır. Seyyar bayi olsunlar.

Gazeteyi satsınlar.
Mendille alın terlerini silsinler.

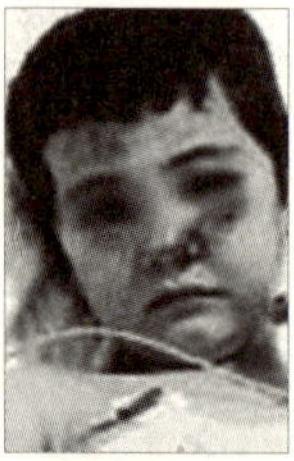
Bedrettin

Aile Bakanlığı, Bedrettin'e sahip çıktı, dilencilik yaptırılan diğer dört kardeşiyle birlikte ebeveynlerinden alındı, tedavi ettirildi, İstanbul Bahçelievler'de çocuk yuvasına yerleştirildi. Bu hadise 2010'da yaşanmıştı... Sonrasını ve Bedrettin'in soyadını yazmıyorum. Çünkü, sosyal hizmetler müdürlüğü uzmanlarının şefkatli desteğiyle yepyeni bir hayata başladı, sağlıklı, mutlu, geleceğe umutla bakıyor, yaşıtları gibi okuluna gidiyor.

Bedri

"Sanatçı" ve "asistanı"nı vurdular, tarihinde türkü çalmayan tivi kanalları, 128 saat kesintisiz canlı yayın yaptı... "Sanatçı" ve "asistanı"nı bıçakladılar, entel görünmek için bütün gün bienal yayınlayan tivi kanalları, zahmet edip canlı yayın bile yapmadı, zırt diye geçiştiriverdi.

"Sanatçı"yı vurdular, polis dört tane özel ekip oluşturdu, İstanbul'dan Irak'a, Diyarbakır'dan Suriye'ye fellik fellik vuranı aradı, helikopterler, hatta dalgıçlar bile devreye sokuldu, milli istihbaratla koordineli gece baskınları yapıldı, pijamayla enselendi... "Sanatçı"yı bıçakladılar, bıçaklayanın arkadaşı gazeteye telefon edip kimliğini ihbar etti, buna rağmen baktılar ki, kimsenin aramaya maramaya niyeti yok, bıçaklayan adam gitti kendi kendine teslim oldu.

Vurulan "sanatçı" AKP'den mebus adayı olmak istediği için, başbakana "delikanlının hasosusun" diye cepten mesaj attığı için, vuran'ın arkasındaki güçlerin kim olduğu aranıyor, Ergenekon'dan PKK'ya kadar, alayı zanlı ilan edildi... Bıçaklanan "sanatçı" CHP'li olduğu için, başbakanı eleştirdiği için, bıçaklayan'ın arkasındaki güçleri kimse merak bile etmedi. Vurulan "sanatçı"nın odasına polis diktiler, hastane kordona alındı, özel timler tarafından korundu... Bıçaklanan "sanatçı" hastabakıcıların vicdanına terkedilmiş vaziyette.

Vurulan "sanatçı"nın çiğ köfte istediğini bile manşet yapan yandaş medya, bıçaklanan "sanatçı"nın bıçaklandığını bile lütfedip tek satır haber yapmadı.

Vurulan "sanatçı"yla bıçaklanan "sanatçı"yı aynı hastanede ameliyat ettiler. Doktorlar, vurulan "sanatçı"yla ilgili günde üç defa basın toplantısı yapıp, bilgi verdi. Aynı doktorlar, bıçaklanan "sanatçı"yla ilgili basın toplantısı bile yapamadı; çünkü, merak eden basın yok.

Vurulan "sanatçı" için Profesör Mehmet Öz'ün Amerikalı kayınbiraderi Doktor Michael Lemole'u getirmeye kalktılar, Amerikalı fizyoteparist getirdiler, Allah'tan sanatçının ailesi "biz doktorlarımızdan memnunuz" diyerek, engelledi... Bıçaklanan "sanatçı"ya doktor moktor aranmadığı gibi, şu anda ilgilenen doktorları kim, onu bile öğrenemedik.

Vurulan "sanatçı"yı Başbakan, Sağlık Bakanı, Kültür Bakanı, Ankara Büyükşehir Belediye Başkanı, Kamu Düzeni Müsteşarı, İstanbul Valisi hastanede ziyaret etti; Başbakan Yardımcısı komadaki sanatçının siesta için gözlerini dinlendirdiğini zannedip, "Uyuyordu, uyandırılmamasını rica ettim" dedi... Bıçaklanan "sanatçı"ya gelen giden yok, telefon yok.

Vurulan "sanatçı" Sağlık Bakanlığı'nın özel uçağıyla Almanya'ya gönderildi, ki, sırtımızda taşısak yeridir, borçluyuz bize güzellikler yaşatan her "sanatçı"ya... Bıçaklanan "sanatçı" ise, bırak ambulansı mambulansı, sokak ortasında çaresizce yardım istediği halde, yoldan geçen araçlar kapılarını kilitleyip kaçtığı için, kendi cebinden tuttuğu taksiyle gidebildi hastaneye.

Hülasa...

New York'tan Paris'e, Roma'dan Londra'ya, Cenevre'den Münih'e sayısız sergi açıp, Türkiye'nin çağdaş yüzünü göstermeye gayret etti ama... Memleketi en iyi anlatan tabloyu, kendi "kan"ıyla çizeceğini sanırım hiç düşünmemişti Bedri Baykam.

Bedri Baykam

1957'de Ankara'da doğdu, Sorbonne Üniversitesi'nde ekonomi tahsili yaptı, ABD'ye gitti, 1980-84 arasında California College of Arts and Craft's'da resim eğitimi aldı, 1987'de atölyesini İstanbul'a taşıdı, iki yaşında resim yapmaya başladı, Bern, Cenevre, New York, Washington, Paris, Londra, Roma, Münih, Stockholm, San Fransisco, Berlin, 100'den fazla kişisel sergi açtı, 25 kitap yazdı. 2011 senesinde Tayyip Erdoğan, Kars'taki İnsanlık Anıtı'na ucube demiş, yıkılmasını emretmişti, Bedri Baykam bu heykelin yıkılmasını protesto eden bir toplantıya katıldı, çıkışta "fikirlerine uyuz oluyorum" diyen biri tarafından bıçaklandı, ölümden kılpayı kurtuldu. Türkücü İbrahim Tatlıses hasmı tarafından vuruldu, 10 gün sonra Bedri Baykam bıçaklandı, iki hadise arasındaki "tablo" yukarda anlattığım gibiydi.

Muammer

1952...
Nato'ya girdik, Coniler İzmir'e girdi. Kavaklıdere Köyü'nde dağı oydular, dağın içine (dışardan göremezsin) nükleer saldırıya dayanıklı savaş karargahı döşediler. Tesadüfe bakın ki, ABD Büyükelçiliği de, Ankara Kavaklıdere'ydi. Hep Kavaklıdere'den döşediler yani.

1961...
İzmir'e Amerikalı yağdı, bu sefer Çiğli'de inşaat başladı. Betondan iskele tarzı dalga motorlar dikmeye başladılar. E kabak gibi ortada tabii, ahali merak etti. "Bu ne?" dediler. "Salça fabrikası kurucaz, domates kurutucaz" cevabı aldılar. Ahali sevindi. İskeleler bitti, 18'er metre boyunda boru gibi bi şeyler yerleştirdiler. Ahali gene merak etti. "Bu ne?" dediler. "Minare" cevabı aldılar. Evet, "minare" dediler ahaliye... Ahali gene sevindi. Sonra baktılar ki, minarelerden ezan mezan okunmuyor, tel örgüyle çevrili, kapısında kurt köpekli Amerikan askerleri nöbet tutuyor. "E hani minareydi?" dediler. "Bunlar İbrahim" cevabını aldılar.

IRBM yazıyordu kenarında, intermediate range ballistic missile kelimelerinin başharfleri, orta menzilli balistik füze... Jüpiter füzesiydi. Sovyetler'i vurmak için... Üstüne, Türk Bayrağı monte ettiler, IRBM'yi İbrahim'in kısaltılmış hali diye kakaladılar. Ahali gene sevindi.

1962...
Ahaliye "minare" dedikleri sırada, asker-sivil iki bin TC vatandaşını ABD'ye götürdüler, eğittiler. NASA'nın Cape Canaveral uzay üssünde, tamamen Türklerin komutasında bir Jüpiter'in deneme atışı başarıyla gerçekleştirildi. Baktılar ki, bizimkiler güzel fırlatıyor, "aferin" dediler, Türk Silahlı Kuvvetleri'nin emrine verdiler. Ama küçücük bi şart vardı, füzenin anahtarı Amerikalı subayda duracaktı. Minareyi döşeyen, kılıfına da uydurmuştu.

1962...
ABD Senato heyeti İzmir'e geldi, yalaka basınımız "ticari yardım için geldiler, zengin olucaz" diye yazdı. Ahali sevindi. Halbuki, füzeleri denetlemeye gelmişlerdi. Raporlar incelendi, ki, skandal

ortaya çıktı. Bizim ahalinin trafik levhası, çöp bidonu, elektrik direğindeki fincan gibi hedeflere zırt pırt ateş etme alışkanlığı olduğunu bilmiyorlardı. Hıyarın biri, Hiroşima'ya atılanın 100 katı tahrip gücüne sahip füzelerden birine mermi sıkmıştı iyi mi... Motora isabet etmiş, güç bataryası patlamış, kontrol paneli devre dışı kalmıştı. Tel örgülerin çapını genişlettiler, Amerikalı askerleri geri çekip, Türk askerlerini nöbete diktiler. Bizim ahali baktı ki, minare füzeleri Mehmetçik koruyor, gene sevindi.

1963...
Küba krizi bitti. "İzmir'e diktiğimiz İbrahim'leri söküp götürdük" dediler. Ahali sevindi.

1974...
Kıbrıs'a çıktık. İzmir Çiğli'ye "minare füze" diken ABD, utanmadan ambargo uyguladı. Kolumuzu büküyorlardı. Kaddafi yetişti. Benzin, uçak lastiği, mühimmat verdi. Ahali sevindi.

1977...
Gergin günlerdi. Birleşmiş Milletler "işgalcisiniz, Kıbrıs'tan derhal çıkın" deyince, Dışişleri Bakanlığımızın Kıbrıs özel sorumlusu Onur Öymen, Kanada'da katıldığı toplantıda, "bizi zorlamayın, gerekirse duvarın öte tarafına geçeriz" dedi. Yani? "Canımızı sıkmayın, Kıbrıs'ı komple alırız" demek istedi.
O hafta... Kıbrıs'a çıkan Ecevit, İzmir'e geldi. O zamanlar sivil uçaklara hizmet veren Çiğli Havaalanı'na indi. Bir Türk polis memuru, Ecevit'e ateş etti. Mermi, Ecevit'i ıskaladı, Robert Kolej'den beri kankası olan Mehmet İsvan'ın bacağına saplandı. Yara hafifti. Komaya girdi! Çünkü mermi, o güne kadar Türkiye'de kullanılmayan, içinde kimyasal barındıran görülmemiş bir mermiydi. Doktorlar çaresizdi. Tabanca Amerikan malıydı. Türk Emniyeti'ne üç adet hibe edildiği açıklandı. Özel Harp Dairesi'ne kayıtlı olduğu iddia edildi. Amerikan tabanca firması, pek mahcup oldu, Mehmet İsvan'ı İsviçre'ye götürdü, tedavi masraflarını üstlendi, iyileştirdi. Ahali sevindi. Ateş eden polis serbest bırakıldı. Menemen savcısı soruşturma açtı ama, tıkandı, üstü örtüldü. Ahali unuttu.

1987...
İzmir'e yeni havalimanı yapıldı, Türkiye'yi ABD'nin kucağına oturtan rahmetli Adnan Menderes'in adı verildi, böylece, Çiğli havaalanı sivil uçuşlara kapatıldı, komple askeri oldu.

2004...
Nato'ya girdiğimiz andan itibaren, Amerikan savaş uçakları Çiğli'ye konuşlanmıştı zaten... Ama, AKP iktidar olunca, Nato'nun Napoli'deki hava unsurları karargahı İzmir'e taşındı.

2006...
ABD'nin 16'ncı filosu, Almanya'nın Rammstein Üssü'nden tası tarağı topladı, İzmir'e yerleşti.

2010...
Kasım ayında "füzeyle kalkan, zararla oturur" başlıklı yazı yazdım... "İzmir'deki Amerikan konsolosluğu kapatıldı ama, son iki senedir, İzmir'e habire Amerikalı subay taşınıyor. Öyle hale geldi ki, Şirinyer'deki Nato lojmanlarına sığmıyorlar artık, 2 bin 200 dolar kira yardımı alıyorlar, Bornova'da Urla'da villa kiralıyorlar. Sizce niye?" diye sordum. "Goygoycu manşetlerle uyutuluyor Türk halkı, İzmir üzerinden bi iş çeviriyorlar" diye ilave ettim.

2010...
Hep sevinen ahali, bu yazıma çok kızdı. "Şerefsizsin sen, haysiyetsizsin" dediler. "Sanki Amerika'nın emrindeymişiz gibi yalanlar yazıyorsun, hükümetimize iftira atıyorsun" dediler. İsrail ajanı, Rum dönmesi olduğumu, annemin Ermeni, babamın Kürt, benim ters manyel veren gizli Amerikancı olduğumu öne sürdüler. Ağabeyim sitem etti, bana bi şey yok mu?

2011...
"Nato'nun Libya'da ne işi var?" dediler. Savaş gemisi gönderdiler. Henüz söylemediler ama, F16 da gönderiyorlar. Üstüne, Nato'nun Libya'yı vurma karargahı yaptılar İzmir'i.

"Minare füze" dikilen İzmir Çiğli'den, Amerikan ambargosu uygulandığında yardımımıza koşan Kaddafi'yi, İzmir Çiğli'den vuracak minareci arkadaşlar...

"Minareler süngü, kubbeler miğfer, camiler kışlamız" diye bi şiir hatırlıyorum sanki.

Netice...

Libya'yı vuruş "haçlı seferi" olduğuna göre, haçlı seferinin karargahı, bu arkadaşların "gavur" dediği İzmir olmayacaktı da, neresi olacaktı birader? Yarın öbür gün, biz vurmadık, "gavur İzmirliler vurdu" diye yemin etse, başı ağrımaz yani!

Muammer Kaddafi

1942'de Sirte'de doğdu, tam adı Muammer Muhammed Abu Minyar el-Kaddafi'ydi, Libya Üniversitesi tarih bölümünü bitirdi, askeri akademi'ye girdi, Özgür Subaylar Hareketi adı altında gizli bir örgüt kurdu, 1969'da yüzbaşı rütbesindeyken, o sırada kaplıca tedavisi için Türkiye'de bulunan Kral İdris'e karşı darbe yaptı, kendisini albaylığa terfi ettirip, ülkenin yönetimini ele geçirdi, Beyaz Saray darbeden yedi gün sonra Kaddafi yönetimini tanıdı, İngiliz üslerini ülkeden çıkardı, petrol şirketlerini ulusallaştırdı, Afrika ve Arap ülkelerindeki sol hareketlere destek oldu, Rusya'yla yakın ilişkiler kurdu, Kıbrıs Barış Harekatı sırasında tüm gücüyle yanımızdaydı, Libya'yı 42 sene yönetti, 2011'de Arap Baharı ayaklarıyla içsavaş çıkarıldı, rejimi yıkıldı, doğduğu Sirte'de yakalandı, linç edilerek öldürüldü, Sahra çölü'nde henüz dünyaya açıklanmayan bir yerde toprağa verildi.

Musa, Altuğ

Three members of the security forces have been killed during clashes with members of the outlawed Kurdistan Workers' Party (PKK) in the Sur district of Turkey's southeastern province of Diyarbakır, which has been under a military curfew for the past month.
Militants detonated an explosive placed on a street as security forces were conducting an operation in the district, heavily wounding one soldier, who succumbed to his injuries in hospital.
The body of the soldier, identified as special gendarmerie sergeant Kemal Karabacaklı by the state-run Anadolu Agency, was sent to his hometown Aydın for a funeral.
"One of our brave fellow soldiers was heavily wounded during the operation in the Sur district of Diyarbakır province on Jan. 3 at 10:25 p.m. He succumbed to his injurieş in hospital despite all efforts," said a statement issued by the Turkish Chief of General Staff. Another soldier, whones name was not disclosed while the Daily News went into print, died from his wounds in a hospital

after he was injured in clashes in Sur on Jan. 4.
Meanwhile, a police officer was killed during an operation in Sur early on Jan. 4 after being shot by a PKK sniper.
The special operations police officer, identified as Musa Yüce, was taken to a military hospital where he succumbed to his wounds.

Türkçe yazıyoruz, anlatamıyoruz.
Bir de böyle deneyelim bari.

İki uzman çavuş arkadaşıyla birlikte Diyarbakır'da şehit düşen polis memuru Musa Yüce, aslında İngilizce öğretmeniydi. Dört defa KPSS'ye girip yeterli puan almasına rağmen, ataması yapılmamıştı. Başka çare bulamadığı için polis olmuştu.

Geçen ay gene Diyarbakır'da şehit düşen teğmen Altuğ Pek de, aslında matematik öğretmeniydi. KPSS'ye girip yeterli puan almasına rağmen ataması yapılmayınca, başka çare bulamamış, beş ay önce, sözleşmeli jandarma teğmen olarak orduya katılmıştı.

Terör kurbanı olmasınlar diye öğretmenleri geri çekip, atamasını yapmadıkları öğretmenleri asker olarak, polis olarak bölgeye gönderen süper zeka yöneticilerimizi tebrik ediyorum.

Congratulations bi nevi.

Musa Yüce

Altuğ Pek

2002 itibariyle terör örgütü yenilmişti, Akp'nin iktidarı devraldığı 2002'de sadece iki şehidimiz vardı, olağanüstü hal kaldırılmıştı. Analar ağlamasın sloganıyla başlatılan açılım politikasıyla, Pkk'yla müzakere masasına oturuldu, terör hortladı. Sırf 2015 senesinde 423 şehit vardı. Güneydoğu'da içsavaş manzaraları yaşanıyordu, şehir merkezlerinde apartmanlara tanklarla ateş edilir hale gelmişti. 2015 senesinde, Türkiye'de bombalarla hayatını kaybeden sivillerin sayısı, bir önceki seneye oranla yüzde 7 bin 682 artmıştı! Bu arada... Ataması yapılmayan 350 bin öğretmen, atama bekliyordu!

Hasan Tahsin

15 Mayıs 1919.
Sabah saat 10.
Zırhlılar körfeze demirlemiş, Yunanca "vatan" anlamına gelen yolcu gemisi *Patris*, adeta turist getirircesine pasaport iskelesine yanaşmış, işgal ordusu "vatan toprağı"mıza ayak basmıştı.

İzmir metropoliti Hrisostomos etekleri uçuşa uçuşa geldi, diz çöktü, işgal komutanının çizmesini öptü, Yunan bayrağını öptü, haçını havaya kaldırdı, askerleri takdis ederek, o meşhur vaazını verdi.

"Evlatlarım, bugün İsa'nın en büyük mucizesini göstermiş oluyorsunuz, bu uğurda ne kadar Türk kanı içerseniz, o kadar sevaba girmiş olacaksınız, ben de bir bardak Türk kanı içmekle, onlara olan kin ve nefretimi teskin etmiş olacağım, azizler arkanızda" dedi.

O sırada... İnce, uzun, siyah takım elbiseli bir delikanlı fırladı ortaya... Elinde revolver tabir edilen toplu tabanca vardı. "Olamaz, böyle güle oynaya giremezler" diye bağırdı. Bastı tetiğe, peş peşe... Efsun alayının sancaktarı atının sırtından karpuz gibi düştü. Adeta zaman durmuştu. Önce sessizlik, sonra panik yaşandı. Baktılar ki, tek kişi, sarıverdiler çevresini, ilk süngüyü iman tahtasına sapladılar, sonra neresine gelirse, orasına... Şehit oldu Hasan Tahsin, henüz 30'unda.

Böyle başladı macera.

Kanımızı içecek kadar bizden nefret eden Hrisostomos'un asıl ismi Kalafatis'ti. Bursa Tirilye'de doğmuş, Atina'ya gidip din eğitimi almış, kademe kademe yükselerek, İzmir metropoliti olmuştu.

Konstantinopolis başpiskoposu Hrisostomos'un ismini kendisine lakap olarak almıştı. Onu yaşatıyordu. "Megalo idea" fanatiğiydi.

İşgalden önce Aya Fotini Kilisesi'ni istihbarat karargahına, kilisenin bodrumunu cephaneliğe çevirmişti. Silah ve mühimmat, insani yardım adı altında geliyor, Aya Fotini'de depolanıyordu. İşgal başlar başlamaz, İzmirli Rumlar aniden Yunan üniforması giymişti. İşte o üniformalar da gizli gizli Aya Fotini'de dikilmiş, stoklanmış, işgalden bir gece önce silahlarla birlikte dağıtılmıştı.

İzmir'in işgal edileceği, işgalden iki gün önce, Yunan albay Mavrudis tarafından Aya Fotini Kilisesi'nde İzmirli Rumlara duyurulmuştu.

Üç sene böyle geçti.
Her gecenin sabahı var.
İzmir'in dağlarında çiçekler açtı.
9 Eylül'e ulaşıldı.

Hrisostomos, bu topraklara ve komşularına ihanetinin bedelini ağır ödedi. Linç edilerek öldürüldü. Konak'tan Mezarlıkbaşı'na kadar sürüklendi. Batarya kuruldu. Aya Fotini top ateşiyle yok edildi.

Sonra... Yunan kilisesi, Türk kanı içmeyi sevap kabul eden Hrisostomos'u 1993 senesinde "aziz" ilan etti.

Sonra... Atina'da Nea Smyrna diye, Yeni İzmir diye bi semt var. Bu semte, İzmir'de yok edilen Aya Fotini'nin birebir kopyası yapıldı.

Sonra... Nea Smyrna'daki Aya Fotini Kilisesi'nin bahçesine Hrisostomos'un heykeli dikildi. Altına "İzmir şehidi" yazıldı.

Sonra... Kıbrıs Rum Kesimi başpiskoposunun ismi, Dimitriou İrodotos'tu. Kendisine "2'nci Hrisostomos" lakabını aldı.

Sonra... İzmir'de aniden Hrisostomos kitapları yayımlanmaya başlandı. Bu kitaplarda, Hrisostomos'un aslında ne kadar iyi yürekli bir insan olduğu, kendisinin kasten yanlış tanıtıldığı anlatılıyordu. İşin ekstra hazin tarafı, bu kitaplar bizzat İzmirli işadamları tarafından yayımlanıyordu.

Sonra... Alsancak'ta Hollanda Kilisesi vardı. Türkiye Cumhuriyeti devleti armut gibi seyretti, bu Hollanda kilisesi, Yunan Konsolosluğu tarafından 99 yıllığına kiralandı. Sivri ve üçgen yapısıyla, adeta "ben protestan kilisesiyim" diye bağırır ama, ortodoks kilisesi haline getirildi. İsmi ne oldu biliyor musunuz? Aya Fotini Kilisesi oldu!

Başka isim yoktu çünkü.
İlla Hrisostomos olacaktı.
İlla Aya Fotini olacaktı.

Ve, önceki gün...

Tam 94 sene sonra, İzmir Kordon'da haç atma töreni yapıldı. Bu tören en son, 1922'de işgalin son senesinde yapılmıştı. Bizim sayın medyamızın haberi yoktu ama... Yunanistan milletvekillerinin de katıldığı tören, Yunan televizyon kanallarından canlı yayınlandı.

Bu tarihi ayini kim yönetti?
Evet.
Aya Fotini'nin başrahibi yönetti.

(Şunun altını önemle çizeyim... Üç beş tane Rum vatandaşımız kaldı. Bu memleketi en az benim kadar severler. Pekçok Türk ve Müslüman'dan daha hayırlı yurttaşlardır. Bu vatan ne kadar benim ise, onların da o kadardır. Amacım asla onları rencide etmek değil.)

(Aksine, hayranlığımı dile getirmek istiyorum... İster Karamanlis gibi sağcı başbakan yönetsin, ister Papandreu gibi solcu başbakan yönetsin, ister Çipras gibi komünist başbakan yönetsin, temel hedefleri asla değişmeyen Yunanistan'a takdirlerimi ifade ediyorum.)

(Yunan kilisesi, teee Konstantinopolis'i unutmazken, teee Hrisostomos'u yaşatmaya çalışırken, teee Aya Fotini'yi diriltirken... Bizim diyanetin, Atatürk'ün ismini bile hutbelerden çıkardığını hatırlatmak istiyorum.)
(Yunan dincileri megalo idea'yı hayata geçirmek için nesilden nesile çaba harcarken... Bizim dincilerin, kendi cumhuriyetlerini yıkmak için nasıl çırpındığına dikkat çekmek istiyorum.)

"Hasan Tahsin Cumhuriyeti"nin hangi aymazlıklar neticesinde "Hasan Karakaya Cumhuriyeti"ne dönüştüğünü görelim diye yazıyorum.

Yurtsever gazeteci Hasan'dan akitçi Hasan'a nasıl savrulduğumuzu idrak edelim diye yazıyorum.

Demem o ki...
"Zulüm 1938'de son buldu" diyen şeriatçı *Akit* gazetesine taziyede bulunan genelkurmay'ın, Aya Fotini'ye de tebrik mesajı göndermesinde fayda var gari!

Hasan Tahsin

1888'de Selanik'te doğdu, asıl adı Osman Nevres'ti, Sorbonne Üniversitesi'nde siyasal bilimler tahsili yaptı, Milli İstihbarat Teşkilatı'nın kökeni kabul edilen teşkilat-ı mahsusa'ya katıldı, 1915'te Bükreş'te İngilizlere karşı faaliyet yürütürken tutuklandı, 1916'da serbest kaldı, tanınmamak için Hasan Tahsin adını kullanmaya başladı, 1918'de İzmir'e yerleşti, *Hukuk-u Beşer* gazetesini yayımladı, "Yurtsever" isimli köşesinde başyazarlık yaparken, 15 Mayıs 1919'da ilk kurşunu sıktı, şehit oldu, İzmir Harmandalı'da toprağa verildiği rivayet edilir.

Ceyhun

Meclis'in çoğunluğu saçma sapan tiplerden oluşuyor ama, varlığıyla onur duyduğumuz milletvekilleri de var. Ceyhun İrgil mesela... Bursa milletvekili. Hekim. Çıktı meclis kürsüsüne "yeni anayasa" tartışmalarıyla resmen uyutulan, gerçekleri görmemesi için adeta uyuşturulan milletimize hitaben, tek tek anlattı.

"Devlet hastanelerindeki ölüm oranı yüzde 40 arttı. Devlet hastanelerinde 2010 yılında 83 bin kişi hayatını kaybederken, 2014 yılında 114 bin kişi hayatını kaybetti. Çünkü... Durumu kritik hastaların çoğuna özel hastanelerde bakılmıyor, zordaki hastalar özel'den devlete sevkediliyor, devlet hastanelerinde yeterli bakım sağlanamıyor, bu ağır istatistikler oluşuyor."
"Hekime başvuru rakamlarına bakalım... Akp iktidara geldiğinde 2002 yılında 209 milyon insan hastaneye gitti. 2014 yılında bu rakam ne oldu? 644 milyon oldu! Ülke nüfusunun neredeyse dokuz misli."

"2002 yılında 769 milyon kutu ilaç satıldı. 2014 yılında 1 milyar 970 milyon kutu ilaç satıldı."

"Acil servise başvuran vatandaş sayısı kaç biliyor musunuz? 100 milyon! Ülkenin nüfusu 70 milyon... Dünya rekorudur bu. Dünyada nüfusundan daha fazla acile başvuran tek ülke, biziz."

"Çünkü... Acil servise gidince fark ödemiyorsun. İnsanlarımız iki lira üç lira farkı bile ödeyemeyecek durumda olduğu için, acil servislere yığılıyor. Kadının çocuğu ateşleniyor, farkı ödeyebilecek durumda olmadığı için mecburen akşamı bekliyor, acil servise götürüyor."

"2002 yılında bu ülkede 2 milyon kişi ameliyat olmuştu. 2014 yılında kaç kişi ameliyat olmuş? 14 milyon kişi! Bunun nedeni ne? Halka hizmet mi? Hayır. Bunun adı, performans... Hükümet, performans adı altında, doktorlara hastanelere ameliyat karşılığı para ödüyor, bu yüzden habire ameliyata yükleniliyor."

"Bıçak parası kaldırıldı deniyor. Halbuki, bıçak parası resmileştirildi. Özel hastanelere giden vatandaşlar yüzde 200 fark ödüyor. Bu farkın adı ne Allah aşkına? Bıçak parası işte o... Açıktan alınan bıçak parası, resmi bıçak parası haline geldi."

"Bu performans sistemi nedeniyle, bu gidişle, memlekette neşter değmeyen insan kalmayacak!"

"Milleti kandırmayalım. Madem sağlık sisteminde her şey yolunda... O halde neden insanlarımız hastanede yer bulabilmek için, ameliyat olabilmek için habire bizi, milletvekillerini arıyor?"

"Akp sadece parası olanların sağlıklı hizmet alabildiği bir sistem yarattı. Katkı payı, katılım payı, reçete parası gibi çeşitli yollarla fark ücreti alarak, hasta vatandaşları müşteri konumuna getirdi."

"Piyasacı sağlık hizmetiyle anne ve bebek ölüm hızları arttı. Anne ve bebek ölümlerini bile küçük göstermeye çalışıyorlar, TÜİK rakamlarını bile küçük göstermeye çalışıyorlar."

"Şimdi ne yapıyorlar? Şehir hastaneleri yapıyorlar. Şehir hastaneleri, özelleştirmenin Truva atıdır. Adama arsayı buluyorlar, adam o arsaya bina yapıyor, o binayı o adama 49 yıllığına kiralıyorlar, yüzde 70 doluluk garantisi veriyorlar, doktoru hemşireyi devlet veriyor, doktorun hemşirenin maaşını devlet veriyor, hastanenin gelirini o adam alıyor, binadaki kafeterya, kuaför gibi işletmeler bile o adama ait oluyor. Böyle bir şey dünyada nerede var?"

"Şehir hastaneleri, kamu-özel ortaklığı kisvesi altında, kamu adını kullanarak, küresel sermayeye kaynak yaratıyor. Halkın sağlığı, yandaş işadamlarına pazarlanıyor."

"Sağlık çalışanlarının özlük hakları verilmiyor. Fazla mesaiye zorlanıyor. İtiraz edenler sürülüyor, taciz ediliyor."

"Altı bin doktor istifa etti. Şu anda devlet hastanelerinde kritik ameliyatları yapacak adam yok. Bursa devlet hastanesinde mesela, neredeyse beyin ameliyatı yapılmıyor, tümör ameliyatı yapılmıyor."

"Sağlık personeli mutsuz, bıkkın...
Nasıl sağlık hizmeti verecekler?"

"Her dört sağlık çalışanından biri taşeron...
Taşeron kafayla sağlık hizmeti olur mu?"

"Eğer sağlığı bu taşeron kafayla yürütmeye devam ederseniz, bunun acı sonuçlarını gün gelir, herkes sevdikleriyle öder. Sağlık denilen kavram, ne ekonomiye benzer, ne siyasete benzer. Unutulmasın... Dünyada sağlıktan, hastalıktan daha demokratik bir şey yoktur. Bu meclis bile hastalıktan daha demokratik değildir."

(Nedir bu hastalık-demokrasi ilişkisi diye merak ettim. Biraz daha açması için değerli vekil Ceyhun İrgil'i aradım. İzah etti.)

"Dünyada en demokratik kavram, hastalıktır. Etnik köken, mezhep, cinsiyet, zengin-fakir ayırmaz, herkese eşit davranır, kimseye ayrıcalık tanımaz. Akp'linin prostatı da aynıdır, Chp'linin prostatı da... Mhp'linin diabeti de aynıdır, Hdp'linin diabeti de... Bu nedenle, sağlığın siyaseti olmaz. Asla olmamalı. İngiltere kraliçesine hangi ilacı veriyorsan, aynı hastalıktan mustarip Fatma teyzeye de aynı ilacı verirsin. Sağlık hizmetinde lüks olmaz. İnsanlarımız parası olsa da olmasa da ilacını alabilmeli, hekimine ulaşabilmeli. İnsan için daima en iyisi olmalı. Eğer sağlığı bu kafayla yürütmeye devam edersek, bunun acı sonuçlarını gün gelir, herkes sevdikleriyle öder."

Benim anladığım şu...

Asrın liderimizi başbakan seçtik, cumhurbaşkanı seçtik, neticede turp gibiyiz maşallah... Senede 644 milyon defa doktora gidip, 100 milyon defa acil servise yatıp, 14 milyon defa ameliyat olup, 2 milyar kutu ilaç içiyoruz, sağlık sıhhat afiyetteyiz.

Üstüne başkan seçelim.
Yanaklarımıza renk gelsin.
Ay parçası olalım!

Ceyhun İrgil

1965'te İzmir'de doğdu, Uludağ Üniversitesi tıp fakültesinden mezun oldu, Bursa onkoloji hastanesinde başhekim yardımcısı oldu, 2007'de Dünya Cerrahi Derneği seçilmiş üyeliğine kabul edildi, Bursa sivil toplum derneği'nde, Bursa fotoğraf sanatı derneği'nde kurucu başkanlık yaptı, CHP'nin önseçiminde Bursa genelinde en yüksek oyu aldı, Haziran 2015 ve Kasım 2015'te Bursa milletvekili seçildi.

Ferhan, Genco, Edip, Tarık, Rutkay, İlhan, Timur, Levent

Beyaz...
Suya sabuna dokunmaz.
Etliye sütlüye karışmaz.
Akp hakkında asla konuşmaz.
Neler neler yaşandı bu ülkede...
Ne kokar ne bulaşır.
Gıkını çıkarmaz.
Senelerdir böyle idare ediyordu.

Canlı yayında bi tufaya geldi.
Vay sen misin...
Anında linç edildi.

Yandaş medya tarafından "Pkk yardakçısı" ilan edildi.
"Teröristi alkışlattı" denildi.
"Örgüt reklamı yaptı" denildi.
"Pkk ağzıyla konuştu" denildi.
"Pkk show" denildi.

Ana haberde ekrana çıktı.
Özür diledi.
Nafile.
"Terör propagandası yapmak"tan soruşturma açıldı.

Çünkü...

Gene böyle canlı yayınlanan bir Beyaz Show'da... Konuklardan biri, tiyatromuzun duayenlerinden rahmetli Erol Günaydın'dı. Gene böyle suya sabuna dokunmadan havadan sudan sohbet edilirken, Erol Günaydın kendini tutamadı, "Müjdat olsun, Levent olsun, Ferhan olsun, politik söylemlerde bulunuyorlar, siz niye hiç politik şakalar yapmıyorsunuz" diye sordu. Beyaz her şeyi özetleyen, gayet net bi cevap verdi, "korkuyoruz ağabey" dedi.

"Korkunun ecele faydası yok" atasözü, kelimenin tam manasıyla budur.

Ulusal marşın "korkma" diye başlıyorsa ve sen korkuyorsan, sonuç kaçınılmazdır.

Beyaz'ın başına gelenler, Beyaz gibi kenardan kenardan yaşamaya çalışan şöhretlerimiz için ibret vesikasıdır. Küpünü doldurmak için etliye sütlüye karışmazsın, ne kokar ne bulaşırsın, mümkün değil yaranamazsın, gün gelir kendi çıkarları için seni harcarlar.

Suya sabuna dokunmazsın...
Gün gelir, illa ki sana dokunurlar.

Ve işte bu nedenle, yandaşlar bazen çaresiz kalır.
İstedikleri kadar linç kampanyası yürütsünler... Müjdat Gezen, Levent Kırca, Ferhan Şensoy, Fazıl Say, Genco Erkal, Fikret Otyam, Edip Akbayram, Bedri Baykam, Tarık Akan, Rutkay Aziz, İlhan İrem, Timur Selçuk, Levent Üzümcü gibi davranan gerçek sanatçılarımız, tarih huzurunda dokunulmazdır.

Ferhan Şensoy

Genco Erkal

İlhan İrem

Timur Selçuk

İsmail Dümbüllü'nün kavuğunu Münir Özkul'dan devralan Ferhan Şensoy... Türk tiyatrosunun temel taşı Genco Erkal... Yedi defa Altın Portakal kazanan, Yeşilçam'ın yüzakı Tarık Akan... Lafı hiç eğip bükmeden "tam bağımsız Türkiye Cumhuriyeti'ne inanan Kemalist yurtseverim" diyen, çağdaş ozan İlhan İrem... Türk sanat müziği efsanesi Münir Nurettin'in oğlu, namazında orucunda solcu, Türk pop müziğinin onuru Timur Selçuk... Akp döneminde bir taraftan utanç duyarak, bir taraftan gurur duyarak anladık ki, sembolik isimlerini sıraladığım, hepi topu bir avuç "gerçek sanatçımız" vardı. Ortak özellikleri, biat etmemeleri, Cumhuriyet'e ihanet etmemeleriydi.

Ertuğrul

Bazı insanlar 30 yaşında bile yaşlıdır.
Bazıları 80'inde genç kalır.
Yaşım 75...

İnanın, 25 yaşımda bile, beyin, adale, cinsel açıdan böylesine güçlü değildim. Kulaklarım gençken nasıl duyuyorsa, şimdi de öyle duyuyor. Gözlük takmadan gazete okuyabiliyorum.

Size aktaracağım bilgileri daha erken yaşlarda öğrenseydim, bugün daha genç, daha güçlü olurdum. Ticari bir amacım yok. Ortaya canlı bir örnek... Kendimi koyuyorum. Ne doktorum, ne diyetisyenim, ne spor hocasıyım. Başkalarının tecrübelerinden faydalanan, öğrendiklerini kendine uygulayan, kendi kendimin kobay'ıyım.
İnsan 70 yaşına gelince, 10-12 santim civarında boydan kaybediyor. Ben buna mani oldum. 24 yaşımdayken boyum 1.86'ydı, bugün 1.88... Kısalmadım, aksine, 50 yaşından sonra uzattım. Anlatacağım spor ve beslenme yöntemiyle, sadece gençken değil, boyumuzu her yaşta uzatmamız mümkün.

Cinsel güç, yaşla doğru orantılı bir denklem değildir. Öyle olsaydı, 35-40 yaşındaki insanlar ereksiyon sorunu yaşamazdı. Erkek, 100 yaşında çocuk sahibi olabilir. İşin sırrı, Kafkas halklarının beslenme alışkanlığında... Bütün yiyecekleri afrodizyak özellikler taşıyor. Örneğin, acılı sos bulunmayan sofra göremezsiniz.

Çömelin... Fırsat bulduğunuzda, evinizde, işyerinizde, günde 3'er 5'er dakikadan en az 5-6 kez çömelin. Çömelerek oturduğunuzda cinsel gücünüzle ilgili tüm kaslarınız çalışır, güçlenir. Deneyin... Bir süre sonra, vayy be diyeceksiniz!

Saçlarım dökülmedi. Beyaz yok. Çünkü, haftanın iki günü... İçinde birer tatlı kaşığı taze zencefil suyu, susam yağı ve çörekotu yağı bulunan sızma zeytinyağını saçımın diplerine sürerim. Ovalarım, böylece 2-3 saat bırakırım, sonra yıkarım. Bu formüle borçluyum.

Kaç yaşında olduğunu bilmeseydin, kaç yaşında olurdun? Kansere karşı neler yemeli? Yemek nasıl pişirilmeli? Cinsel sağlık gıdaları... Evinizde, kendi kendinize nasıl detoks yapabilirsiniz? Gürültü, sağlığımıza alkol ve sigaradan bile zararlı... Kaçıncı çocuk uzun ömürlü olur? Uyku için sekiz altın öğüt... Beş duyu eğitimi nedir? Doğru şekilde nefes alıp verdiğinizden emin misiniz? Eklem sorunları için ne yapmalı? Boyun ve bel fıtığı nasıl önlenir?

Hani, bir kitap okudum hayatım değişti derler ya... İşte öyle bir kitap bu: *Yaş 75 Yolun Yarısı...*

Yazan... Duayen gazeteci Ertuğrul Akbay.

İddia ediyorum, okuduğunuz andan itibaren tüm yaşam biçiminizi değiştireceksiniz. Ertuğrul ağabeyin, ayaklarından barfikse asılarak çekilmiş fotoğrafını yayımlayayım, varın gerisini siz düşünün!

1938'de İstanbul'da doğdu, gazeteciliğe 1965'te *Hürriyet*'te başladı, *Günaydın*'ın yurtdışı muhabiri olarak ünlendi, röportaj kavramını Türk basınına getirdi, dünya liderlerinden Hollywood starlarına, atlatma tabir edilen özel haberlere imza attı, Gölge Adam olarak tanındı, *Gölge Adam* ismiyle gazete çıkardı, efsane mizah dergileri *Gırgır* ve *Fırt*'ı satın aldı, oğlu Burak Akbay da gazete patronu oldu, *Sözcü* gazetesini kurdu.

Hulusi

Haftalardır tartışılıyor.
İmralı'ya kim gitsin?
Seçenek seçenek sunuluyor.
Hükümetimiz isim beğenmiyor.

E bi öneride bulunayım bari.

Anadolu'nun küçücük kasabasından elinde bavuluyla yola çıktığında kendisi de küçücüktü, henüz 14 yaşındaydı. Askeri liseye yazıldı. Harp okulundayken, boks'a başladı, 1979 senesinde, kilosunda Türkiye şampiyonu oldu, defalarca milli takıma girdi. Özel kuvvetler'e seçildi, bordo bereyi taktı. Paraşütçü, kurbağaadam, kar kayakçısı, sualtı savunma-taarruz uzmanı, yakın dövüş ve atış hocası oldu.

15 Ağustos 1984, bölücü terör tarihimizde ilk kez vurdu... Bir saat sonra helikopterle Eruh'a indirilen tim'in komutanıydı. Lübnan, Somali, Bosna, Arnavutluk, Kosova, Gürcistan, Irak'ta özel görevlerde; 28 ülkede bulundu. Somali'deyken, bizzat ABD Genelkurmay Başkanı tarafından "best of the best" sıfatıyla onurlandırıldı, delta force'lara örnek gösterildi. Beyrut'ta askeri ataşelik yaptı; oradayken Beyrut Büyükelçiliğimiz roketle vuruldu, odası isabet aldı, kıl payı kurtuldu. Hayatı boyunca bir kere bile olsun, batı'daki şehirlerimizde görev yapmadı. Yüzlerce operasyona, bütün sınır ötesi harekatlara katıldı, Hakurk, Haftanin, Zeli, Metina, Zap, Avaşin... Kampların hepsine girdi, Kuzey Irak'ta aylarca kaldı.

Gazi...
Bir keresinde, çatışma bölgesine, gece karanlığında paraşütle atladı, kayalıklara inerken son anda ters rüzgâr yedi, çakıldı, boynundan ağır şekilde yaralandı, günlerce hastanede yattı, haber vermedi, ailesinin anca iyileştikten sonra haberi oldu. İngilizce, Yunanca, Kürtçe biliyor. Zodyak'tan tank'a kadar, operasyonel anlamda kullanabiliyor. Gazi Üniversitesi'nde, silah ve mühimmat kazaları üzerine yüksek lisans yaptı.

Üstün Cesaret ve Feragat Madalyası var. Sayısız takdir beratı var. İnanılmaz kahramanlıkları ve fedakarlıkları sebebiyle, çok az insana nasip olacak şekilde, Genelkurmay'dan iki defa para ödülüne layık görüldü. Almadı, iyi mi... Kabul etmedi. Devlet zaten bize maaş veriyor, üstüne niye ekstra para alayım ki, dedi.

Nerelerde bulunduğunu, kimbilir hangi dağlarda olduğunu, eşi bile bilmiyordu. Ama hangi şartlarda olduğunu biliyordu. "70 kilo gönderirdim, 60 kilo dönerdi" diyor. En uzun ayrılık... Sekiz ay görüşemedikleri oldu, sadece telefonlaşabildiler. Oğlu mesela, ilkokul birinci sınıf karnesini aldığı gün, velilerin arasında alkışlayan babasını tanımadı. Kızı doğdu, gelemedi, kucağına aldığında dört aylıktı. Babasını kaybetti, gene gelemedi.

Peki ya, onu doğuran ana?

Hakkında "terörist" diye yakalama kararı çıktı. Annesi duydu. "O gece" kalp krizi geçirdi. Vefat etti... Ömrünü terörle mücadeleye adayan oğlunun terörist ilan edilmesine dayanamadı ana yüreği.

Evet...
Terörün başladığı gün, Türkiye Cumhuriyeti'nin terörle mücadele etsin diye "ilk gönderdiği subay" hapiste.

Dolayısıyla...
Hâlâ İmralı'ya kim gitsin filan diye kafa yormanın alemi yok. Çıkarın İmralı'dakini kardeşim. Bunları koyun İmralı'ya.

Hulusi Gülbahar

1959'da Malatya Hekimhan'da doğdu. Ömrünü vatana, millete adadı. Hayatı boyunca arazide, sahada, namlunun ucunda yaşadı. "İnternet andıcına imza atmış" gibi uyduruk bir masabaşı iftirasıyla, Ergenekon kapsamında hapse tıkıldı. Silivri mahkemesinde "benim herhangi bir illegal yapının, herhangi bir terör örgütünün içinde bulunduğumu düşünmek, akıl tutulmasıdır" dedi. Tam iki sene yatırıldı.

Süheyl

Varlığıyla onur duyduğumuz Profesör Süheyl Batum, emrindeki subaylar hapislere tıkılırken gıkını bile çıkarmayan omzu kalabalık komutanları eleştirdi, "meğer bunlar kağıttan kaplanmış" dedi. Vay sen misin diyen... Yandaş medyada anında linç kampanyası başlatıldı. Anayasa profesörü Süheyl Batum'a anayasa öğretmeye filan kalktılar.

E, laf öğrenmeden açıldığına göre, kağıttan kaplan konusunu bilip bilmediğimizi test edelim bari.

Harp Okulu'nu birincilikle bitiren teğmenin cep telefonuna, bizzat polis tarafından teröristin telefon fihristi yüklenirken... Polisler askere gitmesin diye özel kanun çıkartıp "yırttınız" diyen kimdir?
a, Behzat Ç.
b, Komser Kolombo
c, Bekçi Murtaza
d, Süheyl Batum
e, Hiçbiri

Gariban çocukları şakır şakır şehit olurken, politikacı, general, kodaman çocuklarının vatani görevlerini Boğaz'da, orduevlerinde yaptığı... Ha bire göbeğe çizik attırma, dalağı aldırmış gibi yaptırma çetesinin ortaya çıktığı, Bakan'ın bile sahte evrakla asker kaçağı olduğu ülke hangisidir?
a, Burkina Faso
b, Aşağı Saksonya
c, Yukarı Volta
d, Doğu Timor
e, Hiçbiri

Kandil'i BBG evi gibi izliyoruz derken, Murat Karayılan'ın Kandil'de basın toplantısı yapmasını armut gibi seyredene... Hayatını terörle mücadeleye adayan subayları içeri tıkıp, teröriste kırmızı halı üzerinde halay çektirene, ne denir?
a, bravo
b, yasu vre
c, congratulations
d, viva
e, yuh
Bir yandan "benim oyumla dağdaki çobanın oyu bir mi" diyene küfür ederken, beri yandan "okuyanla okumayan bir mi" deyip, cukkası olana bedelli askerlik çıkarmak isteyen kimdir?
a, Quaresma
b, Dizi filmdeki minik Osman'ın fingirdek üvey anası Caroline
c, Muhammed el Baradey
d, Lady Gaga
e, İbiş

Sanırsın kukuletadır, kapişondur, Armani türbandır...
Yıllardır hiç rahatsızlık hissetmeden kafasında Amerikan bezi "çuval"la gezen millet hangisidir?
a, Tutsiler
b, Aborijinler
c, Aztekler
d, Hobbitler
e, Hiçbiri

İnternetten höt söz yapıp, oyları patlatan, sarayda baş başa helalleştikten sonra zırhlı Audi'ye binip giden kimdir?
a, Michael Schumacher
b, Lance Armstrong
c, Kenan Sofuoğlu
d, Şoför Nebahat
e, Hiçbiri

Emri altında çalışan herkes darbeci diye içeri tıkılırken, kendisi sanki o sırada Satürn'deymiş gibi, kozmik imalarla, "kasaptaki ete soğan doğramam, sağılmamış süte şeker koymam, denizdeki balığa limon sıkmam, marketteki sucuğa yumurta kırmam" diyen zat-ı muhterem kimdir?
a, Sahrab Soysal
b, Emine Beder
c, Ayşe Tüter
d, Vedat Milor
e, Hiçbiri

12 Eylül 1980'de "Evren memleketimizin son şansıdır, darbe değildir bu, meşru müdafaadır, haklıdır, paşanın sözleri sadece hukuki değil, aynı zamanda başucunda tutulması gereken mukaddes kitap gibidir" diye methiyeler düzüp, evlerinde parti vererek ağırlayıp, 12 Eylül 2010'da utanmadan, "Evren yargılanmalı" diye köşeler döşenen yüzsüz arkadaşların mesleği nedir?
a, dönerci
b, hamal
c, overlokçu
d, pezo
e, gazeteci

Gelene ağam gidene paşam demediği için, güce boyun eğmediği için, 12 Eylül darbesinde hapse tıkılan onur abidesi sanatçımız Müjdat Gezen, bugün, haysiyet celladı tetikçi medya tarafından darbecilikle suçlanırken... 12 Eylül 1980'de "Türk Silahlı Kuvvetleri yerinde ve zamanında karar aldı, halkımıza hayırlı ve uğurlu olmasını diliyorum" deyip, 12 Eylül 2010'da "Bunlar iki cihanda lekeli, ben evet diycem" diyen sanatçımız kimdir?
a, Paris Hilton
b, Romalı Perihan
c, Haydarpaşa'nın gelini
d, Kaldırım Serçesi
e, Hiçbiri

Adı Ramazan olan Antalyalı erin, ramazan ayında şehit düştüğü gün, Antalya'daki golf turnuvasına katılan, üstelik, 10 kişinin katıldığı turnuvada anca 9'uncu olabilen kuvvet komutanı için Mustafa Kemal ne demiştir?
a, İstikbal golflerdedir
b, Yurtta golf, cihanda golf
c, Ne mutlu golfçüyüm diyene
d, Golfçü milletin efendisidir
e, Ben sana general olamazsın demedim, Tiger Woods olamazsın dedim.

İnsanların eşinin, kızının namusuna iftira atıp, şeref madalyalı subayların kafasına sıkmasına sebep olan... Sahte olduğu kanıtlanan imzaları, sahte olduğu kanıtlanan belgeleri, sahte olduğu kanıtlanan planları, gerçekmiş gibi manşet yapan dinciler, hangi dine mensuptur?
a, Gavur
b, Budizm
c, Mormon
d, Patates dini
e, Hiçbiri

Şehide "kelle", şehit yakınlarına "askerlik yan gelip yatma yeri değildir canım kardeşim" diyen devlet adamı, askerliğini nerede yapmıştır?
a, Pentagon
b, Estergon kalesi
c, Vietnam

d, Kuznetsov uçak gemisi
e, Kantin

"Ordu tasfiye edilsin, Apo paşa olsun" diyen yandaşlar, hangi partinin yandaşıdır?
a, Pijama partisi
b, Doğum günü partisi
c, Bekarlığa veda partisi
d, Seks partisi
e, Hiçbiri

Kendisi Manisa'dayken, kendisine Ankara'da suikast yapılacağını öne süren, aşçıyı suikastçı diye yakalatan, fuhuş yuvası bastırtır gibi bastırttığı kozmik odaya kozmetik oda benzetmesi yapan, "iyi ki bu komutanlarla savaşa girmemişiz" diyen, meşir macunu uzmanı siyasetçi kimdir?
a, Haydar Dümen
b, İdi Amin
c, Manisa Tarzanı
d, Asterix
e, Hiçbiri

Süheyl Batum

1955'te İstanbul'da doğdu, Sorbonne Üniversitesi'nde hukuk okudu, İstanbul Üniversitesi'nde doçent, Galatasaray Üniversitesi'nde profesör oldu, Galatasaray Üniversitesi iletişim fakültesi dekanlığı, Bahçeşehir Üniversitesi hukuk fakültesi dekanlığı, Bahçeşehir Üniversitesi rektörlüğü yaptı, CHP genel sekreteri oldu, genel başkan yardımcısı oldu, 2011'de Eskişehir milletvekili oldu.

Kemal

19 Kasım 1938... Türk donanması, tarihinin en hüzünlü görevini yerine getiriyordu, bu toprakların yetiştirdiği en değerli insan, Anıtkabir'e götürülmek üzere İstanbul'dan İzmit'e taşınıyordu.

Atatürk'ün naaşı 12 generalin omuzunda Dolmabahçe'den çıkarıldı, top arabasına yerleştirildi, mahşeri kalabalık eşliğinde, gözyaşı seliyle, tam dört saatte Sarayburnu'na getirildi, bu yürüyüş sırasında *Yavuz* zırhlısından her beş dakikada bir selam topu atılıyordu, *Zafer* muhribi 15 Mayıs 1919'da Samsun'a gitmek üzere yola çıktığı Sarayburnu rıhtımına yanaşmıştı, yine 12 generalin omuzlarında, rıhtımdaki duba üzerinden *Zafer* muhribine aktarıldı, *Zafer* muhribi aracılığıyla da, Haydarpaşa önünde demirli bulunan *Yavuz* zırhlısına nakledildi, güverteye yerleştirildi. Seyir esnasında birer dakika arayla matem topu atacak olan *Yavuz*'a, *Hamidiye* kruvazörü, *Zafer* ve *Tınaztepe* muhripleri, *Dumlupınar* ve *Gür* denizaltıları, *Doğan* ve *Martı* hücumbotları eşlik ediyordu. Türk donanmasının sancak gemisi, Türkiye Cumhuriyeti'nin denizlerdeki gücünün simgesi olan *Yavuz*, tarihinin en zor görevini yerine getirmek üzere yola çıktı.

Ve...
Bu *Yavuz* jilet yapıldı.

Kahraman muharebe kruvazörü *Hamidiye*'yi hurdacıya verdiler. *Zafer* muhribi tencere oldu. *Tınaztepe* muhribi tava oldu.

Bandırma vapuru çatal kaşık yapıldı. *Nusrat*'ın sadece maketi var. *Savarona*'dan önceki makam yatı *Ertuğrul*'u kilosu 13 kuruştan hurdacıya sattılar. *Ertuğrul*'dan önceki makam yatı Söğütlü, çürüdü, söküldü. Gazi unvanlı *Alemdar*'ı duba yaptılar. Kırım kahramanı kalyon tekne, *Mahmudiye*, tersane işçilerinin ödenemeyen maaşları yerine, kışlık odun olarak dağıtıldı. Çanakkale'de efsane *Goliath*'ı batıran *Muavenet-i Milliye*, dökümcüye gitti. Atatürk'ün en sevdiği gezinti motoru *Sakarya* söküldü, teneke kutu oldu. *Savarona*'yı önce kerhane yaptılar, sonra güya sahip çıktılar, güvertesine kaçak kat çıktılar! İlk ve son transatlantiğimiz, Amerika'ya giden Türk bayraklı ilk gemi *Gülcemal*, Haliç'te çürüdü, neyi var neyi yok çalındı, İtalyan hurdacıya satıldı, römorkörle sürükleye sürükleye götürüp, söktüler. Çanakkale savaşında hastane yapılan *Reşitpaşa* vapuru, *Ankara* vapuru, *Ege* vapuru, *İzmir* vapuru, *Karadeniz* vapuru, hepsi yok edildi. 70'li yılların başında ulusal imkanlarla Gölcük'te inşa edilen ilk milli gemi *Berk*, denizkurdu tatbikatında hedef gemisi yapıldı, torpidoyla batırıldı. Birinci dünya savaşında *Yavuz, Midilli* ve *Hamidiye*'yle birlikte Karadeniz'de vuruşan *Peyk*, hurdacıya gitti.

Bu hoyrat tablo, sadece şuursuz ahalinin eseri değildi. Mustafa Kemal'in ölümünden itibaren, tarihimizi yok edip, alternatif tarih yazmaya çalışan karşıdevrimcilerin sinsi çabalarıydı.

Üç tarafımız denizlerle çevrili, kendimize ait "Türk havuzu" denilen bir denizimiz vardı ama... Çaka Bey'den bu yana, bin senelik donanma tarihimizden elimizde kala kala, sadece *Yavuz*'un direği kalmıştı.

Çünkü... *Yavuz* 1950'de hizmet dışı bırakıldı, müze yapılabilirdi, elbette yapılmadı, çürümeye terkedildi, 21 sene öylece bekletildi, 1971'de hurdacıya satıldı, tam sökümü başlarken, dönemin deniz kuvvetleri komutanı Kemal Kayacan dayanamadı, bari hatıra kalsın dedi, başdireğini söktürdü, 1973'te Heybeliada Deniz Lisesi'nin iskelesine diktirdi.

O direk... Türk denizcilik tarihinin en önemli gemisinden, Atatürk'ün naaşını taşıyan gemiden geriye kalan tek hatıradır.

Heybeliada Deniz Lisesi'nin kapatılması, Türk donanmasının "evinin direğinin yıkılması"dır.

Kemal Kayacan

1915'te Sinop'ta doğdu, 1972'de deniz kuvvetleri komutanı oldu, Kıbrıs Barış Harekatı'nın kuvvet komutanıydı, 1977-80 arasında CHP Ankara milletvekili olarak TBMM'deydi, 1992'de İstanbul Göztepe'de evinin kapısında Dev-Sol militanları tarafından kurşunlanarak öldürüldü, suikast sonucu katledilen en yüksek rütbeli silahlı kuvvetler mensubu oldu, Edirnekapı Şehitliği'ne defnedildi.

Attila, Bilal

Bugün bir sınav yapılsa Türkiye'de...
"An Gelir şiirini oku" denilse...
Eminim, hemen herkes 100 üzerinden en az 60 falan alır.
Çünkü bilmeyen bile ezberledi.
Çünkü medyanın "ruhsuz" onlarca yazarı, aslında ne kadar "ince ruhlu" olduğunu kanıtlamak için Attila İlhan'ın internetten en kolay bulunan şiiri "An Gelir"i yazıyor günlerdir.

Halbuki, sadece Attila İlhan vefat etmedi.
Bilal İnci de vefat etti.

Kimse yazmıyor.

Amacım tabii ki, Attila İlhan'ın ustalığını sorgulamak değil.
Merakım şudur:
Entel barlarda eşin dostun yoksa eğer, "sanatçı" olarak hiç mi değerin yoktur bu ülkede?

Engerek yılanıydı o.
Gelmiş geçmiş en karaktersiz karakterlerden biri.
Şerefsizin önde gideni.
Kötü adam.
Hain kahkahalı zalim.
"Ben onu değil, onun ciğerini istiyorum."
Bak, lafa bak.
"Öyle bir ateş düşürün ki yüreğine...
Kabir azabı yaşasın ölmeden!"
Yediği küfürün haddi hesabı yoktu.

Çünkü çok başarılı sanatçıydı.

O kadar başarılıydı ki, rol'le gerçek birbirine karışıyor, bazen sokakta saldırıya uğruyordu. Röportajlarında "hiç tanımadığı insanlardan sokakta defalarca dayak yediğini" anlatırdı.

Hadi bir sınav daha yapalım...
Çıkarın Bilal İnci'yi, Erol Taş'ı, Hayati Hamzaoğlu'nu, Önder Somer'i filmlerden, ne kadarı kalır ki Yeşilçam'dan geriye?

Ben iddia ediyorum, Yeşilçam Hollywood olsaydı, "Yardımcı Erkek Oyuncu Oscarı" alırdı Bilal İnci.

Diyelim ki, abarttık...
Dolar milyoneri olurdu en azından.
Ama, Beyoğlu'nda salaş bir otel odasında ölü bulundu.
Yapayalnız, beş parasız.

Dedim ya, merak ediyorum:
Entel barlarda eşin dostun yoksa eğer...
"Sanatçı" olarak salaş bir otel odasında son nefesini vermek kader midir bu ülkede?

Attila İlhan

Bilal İnci

Attila İlhan, 1925'te İzmir'de doğdu. Lisedeyken bir kıza yazdığı Nazım Hikmet şiiri yakalandı, 16 yaşında tutuklandı, iki ay hapis yattı, okuldan atıldı, bir başka liseye kaydolması yasaklandı, üç sene sonra Danıştay kararıyla okuma hakkını tekrar kazandı, İstanbul Üniversitesi hukuk fakültesine kaydoldu, gazeteciliğe başladı, okulu yarım bıraktı, şiirler yazdı, romanlar yazdı, televizyon dizilerine senaryolar yazdı. Ulusalcı kültür savaşçısıydı. 2005'te vefat etti, İstanbul Aşiyan'da toprağa verildi.

Bilal İnci, 1936'da Adana'da doğdu. 1966'yla 1998 arasında 100'den fazla filmde rol aldı, Yeşilçam'ın efsane karakterlerinden biri oldu, Altın Koza Film Festivali'nde en iyi yardımcı erkek oyuncu ödülü aldı. 2005'te Attila İlhan'dan üç gün sonra, Beyoğlu'nda bir otel odasında vefat etti, Zincirlikuyu'ya defnedildi.

Bingür

En derin acılarımızdan birinin adresidir Sarıkamış.
Bu milletin 90 bin evladı mermi sıkmadan, donarak can verdi Allahuekber Dağları'nda.

Dün, televizyon haberlerinde seyrettik...
Sarıkamış Şehitleri Anısı'na bir tören düzenlendi.
Davul zurna eşliğinde halay çekildi.
Evet, halay çekildi.
Yağlı güreşler tertiplendi.
Uçurtma yarışması yapıldı.
Koca koca adamlar, avanta dağıtılan uçurtmaları kapabilmek için çocukları ezdi. Cirit oynandı... Belediye başkanı at üzerinde gösteri yaptı. Yemek dağıtıldı, izdiham çıktı, jandarma dipçikle dağıttı kalabalığı.

Bu rezaletin adı ne biliyor musunuz?
"Sarıkamış Şehitleri Anma Şenliği..."

Siz hiç dünyanın herhangi bir ülkesinde 90 bin insanı şehit oldu diye, şenlik düzenlendiğini duydunuz mu?
Duyun...

Sarıkamış'ta Şehitleri Anma Şenliği yapıldı.

Peki kim bunun sorumlusu?
Kars Valisi'ymiş.
Kars belediye başkanı öyle dedi.

Kars Valisi'ne bir vatandaş olarak soruyorum.
"Şehitlere saygınızı öğrenmiş olduk.
Bizim merakımız başka.
Babanız yaşıyorsa, Allah uzun ömür versin.
Öldüyse eğer...
Ölüm yıldönümünde halay çekiyor musunuz?"

Bingür Sönmez

Yukarıdaki yazıyı 2005'te kaleme almıştım. Sarıkamış'taki anmalar, maalesef bu şekilde yapılıyordu. Bugün eğer Sarıkamış trajedisini hakettiği hüznüyle, hakettiği onuruyla anıyorsak, bunu, Türkiye'nin en ünlü kalp cerrahlarından Profesör Bingür Sönmez'e borçluyuz. Çünkü... Sarıkamış doğumlu olan Bingür Sönmez, Sarıkamış'ı hakettiği şekilde kavrayabilmemiz için adeta hayatını vakfetti, devletin yapmadığını, hükümetlerin yapmadığını yaptı, Sarıkamış Dayanışma Grubu kurdu, her sene Sarıkamış Şehitleri Anma Yürüyüşü düzenledi, Sarıkamış'la ilgili kitaplar yazdı, medyanın dikkatini Sarıkamış'a çekti. Netice... Sarıkamış'ı dünyaya tanıtan Profesör Birgür Sönmez, Sarıkamış'ta, Sarıkamış'ın AKP'li eski belediye başkanı tarafından silahla vuruldu, ölümden kılpayı kurtuldu! Türkiye'de hiçbir iyilik cezasız kalmaz derler... Tam olarak böyleydi. Vefasızlıkta doruk noktaydı. Peki neden vurulmuştu? Bingür Sönmez 2014 yerel seçiminden kısa süre önce bir toplantıda tesadüfen Tayyip Erdoğan'la karşılaşmıştı. Birgür Sönmez'in Sarıkamış'a katkısını bilen Tayyip Erdoğan, mevcut belediye başkanı İlhan İşbilen'i nasıl bulduğunu, yerine kimi önerebileceğini sormuştu. Bingür Sönmez, Göksal Toksoy'un ismini vermiş, Tayyip Erdoğan da Göksal Toksoy'u aday göstermişti. Eski başkanın Bingür Sönmez'e husumeti buradan kaynaklanıyordu. Bu saçma politik hırs yüzünden, Sarıkamış şehitleri'ni dünyaya tanıtan adam, Sarıkamış'a şehit oluyordu!

Mustafa Yücel

Halk, Anıtkabir'e ATA'ya koştu.
Tayyip Erdoğan ATA uçağıyla Antalya'ya uçtu.
Danıştay üyesi morgda kaldı.
Başbakan Tayyip Erdoğan 7 yıldızlı Rixos'ta kaldı.
Cumhurbaşkanı, Genelkurmay Başkanı'yla buluştu.
Tayyip Erdoğan, Kazakistan cumhurbaşkanı'yla buluştu.
Ay yıldızlı bayraklarla yüründü.
Ampullü bayraklarla yüründü.
Kuvvet komutanları Danıştay'a gitti.
Tayyip Erdoğan şehir turu yaptı.
"Türkiye laiktir, laik kalacak" sloganları atıldı.
"Türkiye seninle gurur duyuyor" sloganları atıldı.
Halk, başbakan yardımcısı Abdullah Gül'ü yuhaladı.
Partililer, başbakan Tayyip Erdoğan'ı alkışladı.
Cumhurbaşkanı Ahmet Necdet Sezer, "bu saldırıya neden olanlar, tutum ve davranışlarını yeniden gözden geçirmeli" dedi.
Tayyip Erdoğan "bizim burada yaptıklarımız yeni Türkiye'nin vizyonudur" dedi.
Cenaze töreni için Kocatepe Camisi'ne geçildi.
Açılış töreni için Falez'e geçildi.
Adalet Bakanı ve İçişleri Bakanı tartaklandı.
Başbakan folklor seyretti.
Cenaze törenine katılan vatandaşlar "hükümet istifa, katiller dışarı" sloganları attı.
Açılış töreninde "beraber yürüdük biz bu yollarda" şarkısı çalındı, Tayyip Erdoğan şarkıya eşlik etti.
Mezar kazıldı.
Kavşak açıldı.
Cenaze namazını kıldıran diyanet işleri başkanı "merhuma hakkınızı helal edin" dedi.
Açılış törenini organize eden Akp'liler Tayyip Erdoğan'a hitaben "helal olsun, helal olsun" diye bağırdı.
Şehit yargıç toprağa verildi.
Tayyip Erdoğan'a plaket verildi.
Mevlit okundu.
Şölen yapıldı.

Türkiye'nin siyah-beyaz fotoğrafıdır bu.

Üç gün sonra unutmamak için...
Daima bakıp hatırlamak için, albüme koymak lazım.

Mustafa Yücel Özbilgin

1942'de Trabzon'da doğdu. Ankara Üniversitesi hukuk fakültesinden mezun oldu, Havsa, Ardahan, Kahta, Bozova kaymakamlığı, Adıyaman valiliği yaptı, 1999'da Danıştay üyeliğine seçildi, 2006'da şehit edildi, Ankara Karşıyaka Mezarlığı'nda toprağa verildi. Peki, Türkiye'yi temellerinden sarsan bu cinayetin sebebi neydi? Türbanlı öğretmen Aytaç Kılınç Çaman, anaokuluna "müdür" olarak atanmıştı, ancak bu görevinden hemen alınmış, bir başka okula "öğretmen" olarak gönderilmişti. Türbanlı öğretmen mahkemeye başvurmuş, müdürlük görevine iadesini istemişti. Dava döndü dolaştı, Danıştay 2'nci Dairesi'ne geldi. "Okulda türban takmadığını söyleyen öğretmenin, kimliğinde türbanlı fotoğraf olduğu, okula gidip gelirken türban taktığı, dolayısıyla, kamu görevlisinin türbanla yöneticilik yapamayacağına, müdür olamayacağına" hükmedildi. Dinci-yandaş basın bu kararı çarpıttı, "sokakta bile başörtüsü takmamızı yasakladılar" diye duyurdu. *Vakit* gazetesi "işte o üyeler" manşeti attı, kararda imzası bulunan Danıştay üyelerinin fotoğraflarını yayımladı, açık hedef haline getirdi. Tayyip Erdoğan çıktı, "Danıştay efendi, bu iş senin işin değil, Diyanet'in işi" dedi. Danıştay basıldı... Alparslan Aslan isimli saldırgan, Danıştay 2'nci Dairesi'nin toplantı halindeki üyelerine 11 el kurşun sıktı. Başkan Yücel Özbilgin hayatını kaybetti, Mustafa Birden, Ayla Günenç, Ayfer Özdemir ve tetkik hakimi Ahmet Çobanoğlu yaralandı. *Vakit* gazetesinin "işte o üyeler" manşetiyle açık hedef haline getirdiği heyetin tamamı vurulmuştu. Kaçmaya çalışırken yakalanan saldırgan, Marmara Üniversitesi hukuk fakültesi mezunu, avukattı, İstanbul Barosu'na kayıtlıydı. Daha önce Marmara Üniversitesi'nde oruç tutmayan öğrencilere satırla saldırmış, Diyarbakır'da şeriat gösterisine, Kadıköy Göztepe Parkı'nda cami eylemine katılmıştı. İlk ifadesinde "türbanlı öğretmen kararının cezasını verdim" dedi. Alparslan Aslan'ın babası ilköğretim müfettişiydi, "milletin değerlerine hakaret edenlere bu millet dersini verir, bu memlekette İslam düşmanları var, Kur'an düşmanları var, adı Mehmet, Mustafa olan bir çok Ermeni ve Rum var, bunlar laiklik adı altında bu milletin değerlerine ihanet ediyor" diye bağırıyordu. Görünmez el tarafından basına servis yapıldı, ilk kez "Ergenekon" başlıkları atıldı, yandaş basında muhabir imzası bulunmayan haberler yayımlanıyor, Danıştay saldırısının arkasında "Ergenekon yapılanması" olduğu iddia ediliyor, kaynak belirtilmiyordu, kumpas'ın miladıydı. Mustafa Yücel Özbilgin'in cenaze töreninde "katil Akp" sloganları atıldı. Tayyip Erdoğan cenazeye katılacağına, Antalya'ya kavşak açılışına gitti.

Halil Lütfi, Fethi

Cumhuriyet'in ilk yılları...
Halil Lütfi, Tan Matbaası'nın sahibiydi.
Bab-ı Ali'nin gördüğü "en cimri" patrondu.

Bir gün Cemal Kutay'ı köfteciye götürür Halil Lütfi... Kutay'ın ağzı kulaklarında... Kolay değil, cimri patron yemeğe götürüyor. Yerler, içerler. Sonradan gerçeği öğrenir Cemal Kutay... Meğer köfteci, Lütfi'nin kiracısıymış iyi mi... Özel anlaşma yapmış, "hesabın yarısını öderim" diye!

Vala Nureddin anlatıyor...
"Sirkeci'deki Hüdadan Lokantası'ndayım. Baktım, Halil Lütfi bir masada yemek yiyor. Şaştım tabii... Garsonu çağırdım sordum, nasıl kıyıyor paraya? Garson gülümsedi... Meğer, lokanta sahibi Halil Lütfi'nin arkadaşıymış. Yemeğini sefertasıyla getirir, orada ısıttırırmış. Sadece su ve ekmek parası ödermiş."

Tahir Kutsi Makal da, Halil Lütfi'nin yanında çalışan gazetecilerden... Hokkaya batırmış kalemini, düşünüyor, ne yazayım diye... O sırada Halil Lütfi geliyor, "niçin yazmıyorsun?" diye soruyor. Makal "düşünüyorum efendim" cevabını veriyor. Bu cevabı duyan Halil Lütfi basıyor fırçayı, "önce düşün, sonra kalemi hokkaya batır, bak mürekkep boşuna kuruyor, masrafa yazık!"

Türkiye'nin gelmiş geçmiş en önemli polis muhabirlerinden Doğan Katırcıoğlu anlatıyor...
Bir yaz günü. Halil Lütfi evinin çatısında tamirat yaptıracak. Usta gelir, anlaşırlar. 5 lira... Usta çalışır, bitirir, parasını almaya gelir. Halil Lütfi "bak evladım" der ustaya... "Bu zarfın içindeki 5 lira senin, ama şimdi değil, kış gelsin, çatı akmazsa, paranı alırsın."

Cebinde akrep vardı.

Ama mangal yürekliydi.
Başı "hükümet"le derde girenlere bile kapısını açardı korkmadan, biri mesela Aziz Nesin'di, hapisten çıkınca ona iş vermişti.

Pinti adamdı.
Ama harbi adamdı.
Kimseye borçlu gitmedi bu dünyadan göçerken.
Ve, müthiş bir iş yaptı gitmeden...
Malı mülkü çoktu.
Çocuğu yoktu.
Kiracısı bir ailenin oğlunu evlat edindi.
Her şeyini ona bıraktı.

En önemli mirası...
Atatürk sevgisiydi.

Katıksız Atatürkçü'ydü.
O da Selanikli'ydi.

Bir gün gar'da karşılaştı Gazi'yle.
Dedi ki Gazi...
"Yahu Lütficiğim, bak matbaan var, paran var,
zenginsin, neden hâlâ üçüncü mevkide seyahat ediyorsun?"
Lütfi cimriliğine yakışır şekilde cevapladı:
"Dördüncü mevki yok ki efendim, ne yapayım..."
Gazi kahkahayı patlattı.
"Senin soyadın Dördüncü olsun" dedi.

Hani şimdi, Selanik'teki Atatürk Evi'nin anı defterine Akp'yi şikayet eden cümleler yazdığı için, Tayyip Erdoğan ve Akp'liler tarafından mahkemeye verilen 82 yaşındaki Fethi dede var ya...
İşte o Fethi dede, bu Halil Lütfi'nin evlatlığı, Fethi Dördüncü.
Yaşlı diye Necmettin Erbakan'ı özel afla hapisten kurtaranlar, aynı yaştaki adamı içeri tıkmaya çalışıyorlar.

Çağrım bütün Bab-ı Ali'ye...
Fethi Dördüncü, soyadı Mustafa Kemal tarafından konulmuş, onlarca yurtsever gazeteciye iş vermiş, bu kadar cimriyken gariban bir ailenin çocuğunu evlat edinip, tüm servetini ona bırakacak kadar gönlü bonkör, Atatürkçü bir basın patronunun "emaneti"dir bize... Sahip çıkın kardeşim.

Halil Lütfi Dördüncü

Fethi Dördüncü

Halil Lütfi, 1893'te Selanik'te doğdu, 1912'de gazeteciliğe başladı, 1972'de vefat etti. Fethi Dördüncü, 1924'te İstanbul'da doğdu, Balkan göçmeni bir ailenin çocuğuydu, babası memurdu, kirada oturdukları ev Halil Lütfi'nin mülküydü, bu şekilde tanıştılar, Halil Lütfi'nin çocuğu yoktu, Fethi'yi nüfusuna geçirdi. Fethi Dördüncü, orman mühendisi oldu, 1978'de İstanbul orman bölge müdürlüğünden emekli oldu. 2006 senesinde, Selanik'teki Atatürk evinin anı defterine "Atam, sen bu ülkeyi kurduğun zaman hiçbir ülke liderinin ayağına gitmedin ama, bu ülkenin başbakanı herkesin ayağına gidiyor, bu ülke bunu haketmiyor, laikliğin kaldırılması için çaba sarfediliyor, şeriat kanunlarıyla idare edilen bir hilafet devleti kurulmak isteniyor" diye yazdı. AB Zirvesi için Selanik'e gelen Tayyip Erdoğan, anı defterindeki bu yazıyı gördü, sinirlendi, o sayfayı kopardı, yırttı. 82 yaşındaki Fethi Dördüncü hakkında "hükümeti aşağılama" suçundan dava açıldı, bir sene hapis cezasına çarptırıldı, üç bin lira para cezasına çevrildi. Tayyip Erdoğan'a hakaret ettiği gerekçesiyle dava açıldı, 10 bin lira tazminat ödemesine karar verildi. Dönemin başbakan yardımcısı Cemil Çiçek de dava açtı, Cemil Çiçek'e de 7 bin 500 lira tazminat ödemesine karar verildi. Sayın basınımız, Akp yalakalığından, gıkını bile çıkarmadı. 2013'te Selanik'teki Atatürk evinde restorasyon yapıldı, anı defteri komple ortadan kaldırıldı.

Mikasa

"Mikasa" denince aklınıza ne gelir?
Voleybol topu.

Adidas, futbol topu.
Mikasa, voleybol topu.

Oysa, bir Mikasa daha var.
Japon Prensi.

Biz ona voleybol topu muamelesi yapıyoruz ama, o bize öyle bakmıyor. Adam Türkiye sevdalısı. Özellikle Kırşehir Kaman'ın hastası... Oraya bir arkeoloji müzesi yaptırmak istiyor. Bunun için

2.5 milyon dolar hibe ediyor.

Küçücük bir şartı var.
"Lütfen bu hibeyi çalmayın" diyor!
"Lütfen ekstra rüşvet istemeyin" diyor!

Ortalık ayağa kalktı tabii.
Vay efendim bu bize hakaretmiş...
Batsınmış Japon'un parası falan.

Milletvekillerimiz böyle diyor.

Milletvekillerimiz böyle diyor ama, standart zekaya sahip her Türk vatandaşı bilir ki, Türkiye'de hırsızlık vardır, şakır şakır rüşvet alınır. Zeytinyağı gibi üste çıkıp, "şerefsiz Japon" demenin manası yoktur.

Peki neden yazıyoruz bu yazıyı?
Şu sorunun cevabını bulmak için:
Japon bize bu parayı neden veriyor?

Anlatıyor Mikasa...
"Japon arkeologlarımızla tam 21 yıldır kazıyoruz Kaman'ı... Beş bin eser çıkardık. Neden dokuz bin kilometre öteden gelip, bu kazıları yapıyoruz? Kaman'da beş bin yıllık geçmiş var. Hitit, Firig, Asur, Pers, Roma, Bizans, Osmanlı yaşamış burada... Örneğin İtalya'da Mısır'da kazı yapsanız, sadece o ülkenin mirasını bulursunuz. Kaman'da kazı yaptığınızda ise, insanlık tarihinin mirasını bulursunuz. Burası, dünyanın tam ortası."

Böyle diyor Japon.
Ve, bu insanlık mirasının hiç ama hiç farkında olmayan ülkemize para yardımında bulunuyor. Bunun karşılığında "insaniyet namına" şu küçücük ricada bulunuyor, bari çalmayın!

Tomohito Mikasa

1946 doğumluydu, Japon İmparatoru Akihito'nun kuzeniydi, 1926'da babası tarafından kurulan Türkiye-Japonya Dostluk Cemiyeti onun himayesinde faaliyet gösteriyordu, yukarıdaki yazıya konu olan Kırşehir Kaman'daki Kalehöyük Arkeoloji Müzesi, 2010 senesinde onun sağladığı kültürel mirası koruma hibesiyle tamamlandı, açılışını bizzat yaptı, Türkiye ziyaretlerinde Türk bayraklı tişörtler giyerdi, Japon turistlerin Türkiye'ye daha fazla sayıda gelmesi için gönüllü turizm elçiliğimizi yapardı, 2012'de kanserden vefat etti.

Abdi

Ağca ile röportaj yapmak 5 milyon dolar.
Film çevirmek 8 milyon dolar.
İtalyanlar böyle diyor.

Makarnacılarda para bol demek ki...
Halbuki ver bana 500 bin dolar, ben sana Beyoğlu'ndan 50 tane adam bulayım Papa'yı vurmak için!

Hatta üstüne 50 bin dolar daha ver.
Vatikan'ı da kökünden yaksınlar.

Hayır, amacım "Türkiye'de katil ucuzdur" demek değil...
Amacım, parayı sorgulamak.

Yani, Ağca ile röportaj yapmak için para verilir mi?

Sayın basınımız sözbirliği etmişçesine "ben vermem" diyor. "Ben veririm" diyen yok. Neden yok? Çünkü katile para ödemek, hayatını rahat sürdürebilmesi için onu desteklemek anlamına geliyor. Mesela... Ağca'ya röportaj için para verirsek, "Ağca'nın bindiği Mercedes'i kim tahsis etti" gibi soruları sormaya hakkımız olmaz. Herife parayı verirsen, Mercedes'e de biner, Ferrari'ye de.
Peki "Ağca'ya Mercedes'i kim tahsis etti" gibi soruları en çok kim soruyor? *Milliyet* soruyor.

Haklıdır.
Çünkü o kurşunlar hepimize sıkıldı ama, katledilen kişi *Milliyet*'in Genel Yayın Müdürü ve Başyazarıydı.

İşin doğası gereği, olayı en yakından takip etmek ve Abdi İpekçi'yi vuran Mehmet Ali Ağca'yı afişe etmek, en çok *Milliyet*'in görevi.

Abdi Bey'e yetişemedim, yaş olarak... Ama *Milliyet*'te yazı işleri müdürlüğü yaptığım için, bilirim o sorumluluk duygusunu.

Ve şu anda masamda bir belge var.
Bir banka dekontunun faksı...
Üzerinde ne yazıyor?
"Şu şu isimli gazetecinin, Mehmet Ali Ağca'yla şu cezaevinde şu şu tarihinde yapacağı röportajın gerçekleşmesi halinde, şu şu kişiye ödenmesi için 20 bin dolar bloke edilmesi işlemi" yazıyor.

Yani diyor ki banka dekontu...
Gazeteci 20 bin doları yatırdı.
Röportaj olursa, parayı alabilirsiniz.

Hadi şunu da yazalım...
Parayı alacak kişi, Ağca'nın ailesinden biri.

Peki gazeteci kim?
Şu anda *Milliyet*'te köşe yazarı.
Abdi İpekçi'nin *Milliyet*'inde.

Ekstra hazin tarafı şu...
O gazeteci habire "Abdi'yi öldüreni kimler destekliyor" falan diye atıp tutuyor *Milliyet*'teki köşesinde!

Abdi İpekçi

1929'da İstanbul'da doğdu, Galatasaray Lisesi'ni bitirdi, İstanbul Üniversitesi hukuk fakültesindeki öğrenimini yarım bıraktı, *Yeni Sabah*, *Yeni İstanbul*, *İstanbul Ekspres* gazetelerinde çalıştı, 1954'te *Milliyet*'e yazı işleri müdürü oldu, kısa süre sonra genel yayın müdürü oldu, 1961'den ölümüne kadar başyazardı, döneminin en etkili gazetecisiydi, siyasi çalkantıya son verebilmek için Demirel'le Ecevit arasında arabuluculuk yapıyordu, 1979'da kendisinin kullandığı otomobiliyle Teşvikiye'deki evine gelirken, şimdiki adı Abdi İpekçi Caddesi olan Emlak Caddesi'nde Mehmet Ali Ağca tarafından tabancayla öldürüldü. Ağca'ya kimlerin yardım ettiği, suikast emrini kimin verdiği, muamma olarak kaldı.

Mehmet

Mübarek diyet ayları geldi.
Havada peeling kokusu var.
Hanımlarda bir tatlı telaş.
Keyifle soyuluyorlar...
Hem ciltten, hem cepten.

Halbuki, ne güzel mevsimdi eskiden...
Kiraz çıkardı.
Karpuz çıkardı.
Ya şimdi?
Mehmet Öz çıkıyor!

Profesör Mehmet Öz'den anlıyoruz artık, yazın geldiğini... Her yaz başı Mehmet Öz geliyor, elinde tuğla gibi bir kitap...

Gelsin tabii.
Memleketidir.
Ama ne zaman Mehmet Öz gelse Amerika'dan, bizim evin huzuru kaçıyor birader.

Geçen akşam gittim eve, mesela...
Değerli eşim kapıda bekliyor.
Elinde mezura...

– Bu ne?
– Belini ölçeceğim...
– Niye?
– Mehmet Öz söyledi.
– İllallah be kardeşim, gene ne dedi?
– Çok konuşma, dur şöyle!

Durduk mecburen.
Eşim terzi gibi belimi ölçtü.
Zannedersin pantolon diktireceğiz.
Meğer, bu seneki yeni kitabın bombası buymuş...

Belinin çevresini ölçüyorsun, belinin çevresi, boyunun yarısından az edecek. Eğer belinin çevresi, boyunun yarısından fazlaysa, kalpten ölüyorsun. Benim anladığım bu.

Ölçtük.
Benim belim, boyumdan uzun çıktı!

E haliyle, hır çıktı.
O yasak, bu yasak.
Onu yeme, bunu yeme.
Çünkü, Mehmet Öz'ün hesabına göre, bugüne kadar yaşıyor olmam, doğanın mucizesi!

Geçen sene de yaşamıştık, aynı krizi.
Geldi Mehmet Öz.
Bir elinde kitap, bir elinde fındık.
Bunu oku, bunu ye.
İtiraf edeyim, okumadım...
Ama yedim.
Hem de, ne yemek.

Ayıptır söylemesi, ben fındığı kuru kuruya yiyemem, prensip olarak... Rakıyla fındık, viskiyle fındık, birayla fındık... Zayıflamak için fındık yedik, 20 kilo aldık!

Eşim isyan...
– İki üç tane yiyeceksin, iki üç kilo değil.
– Ben anlamam.
– Nasıl anlamazsın?
– Ye dedi, yedim, Mehmet Öz'e sinirlen.
– Yarın doooğru doktora gidiyoruz...
– Mehmet Öz'ün gelişini bekleseydik...
– Cıvıtma, yarın gidiyoruz!

Sert erkek olduğumuz için, bizim evde emirleri hanım verir. Gittik, tıpış tıpış... Cihaza mihaza girdik. Damarlar olmuş, kablo! Allah sizi inandırsın, 220 volt elektrik geçer ama, kan geçer mi, orası şüpheli... Kolesterol desen, çift sarılı yumurta bile, benim kolesterolün yanında "light" kalıyor.

Netice?
O yasak, bu yasak.
Fındığa dokunmam bile yasak.
Fındık dediğin de öyle ha deyince, bırakılmıyor ki...
Bağımlılık yapıyor.

Neyse...
Ağız tadıyla ölmemize izin verilmediği için bir senedir "ot"luyorduk. Tam geviş getirmeyi öğrenmiştik ki... Başımıza "mezura" çıktı.

Bugünlerde, her akşam aynı terane.
Annesi talimat vermiş, sevgili kızım, düzenli olarak belimi ölçüyor, halime kıkırdayarak.

Tek iyi tarafı var...
Her şey yasak.
Göbeğini içine çekebiliyorsun ölçerken...
O serbest.

Şimdiden kara kara düşünüyorum, gelecek yazı... Ve dua ediyorum, Allahım lütfen, Mehmet Öz seneye Türkiye'ye gelmesin, tatile Japonya'ya filan gitsin.

Mehmet Öz

1960'da kendisi gibi tıp profesörü olan babasının görev yaptığı Cleveland'ta doğdu, Harvard Üniversitesi'nden mezun oldu, Columbia Üniversitesi'nde profesör oldu, klinik uzmanlığı kalp cerrahisiydi, 1996'da Yılın Türk Amerikalısı seçildi, Amerikalı efsane programcı Oprah Winfrey tarafından ekrana çıkarıldı, 2009'da Dr. Oz Show'a başladı, 80 ülkede yayınlandı, hergün 40 milyondan fazla insan tarafından seyredildi, 2010'da Emmy Ödülü kazandı, 2016 itibariyle Columbia Üniversitesi'nde Tıp Merkezi Kardiyoloji Direktörü'ydü, New York Presbyterian Hastanesi'nde Kalp Damar Enstitüsü Tamamlayıcı İlaç Programı'nı yürütüyordu.

Abdüllatif

Cumhurbaşkanı bana dedi ki...
Başbakan beni arayarak şöyle dedi...

Hiç sevmem böyle afilli cümleleri.
Ego rüzgarı estirmek, bana göre değil.
Gazeteci kimliğinin verdiği bu tür diyalog imkanını, matah bir özellikmiş gibi sunmayı doğru bulmam.

Ama bugün istisna...
İstisnai bir durum var çünkü.

Dün bir telefon geldi.
Abdüllatif Şener'den.

İktidardakiler beni genellikle "seni mahkemeye verdim, süründüreceğim" diye arar. Abdüllatif Şener ise, teşekkür etmek için aradığını söylüyor.

"İstisnai durum" dediğim bu.

"Abdüllatif Şener aysbergin görünen yüzü, vicdan muhasebesi yaptı ve partide böylesine güçlü bir konumda olmasına rağmen, yeniden milletvekili adayı olmadı" diye yazmıştım. "Hakkımda yazdığınız ve söylediğiniz sözler için teşekkür ederim" diyor. "Sayın Şener, asıl ben size teşekkür ederim, hem teşekkürünüz, hem de aday olmadığınız için" diyorum. Gülüyor...

"Allahaısmarladık demek istedim, aktif siyasete şimdilik ara verdiğim için basınla ilişkilerim ister istemez sona erecek" diyor. Bu sefer ben gülüyorum. Bizim basın malum... Koltuk varsa, ararlar, koltuk yoksa, ne arayan olur, ne de soran.

"Ben aksini düşünüyorum sayın bakan" diyorum, "basınla ilişkiniz sona ermiyor, asıl şimdi başlıyor, asıl şimdi konuşmanız gerekiyor."

Küt diye cevap veriyor:
"Basın kontrol altında değil mi!"

Bir gazetecinin bir başbakan yardımcısından duyabileceği en ağır tespitlerden biri... Maalesef gerçek... Yardım istiyorum, "Vatandaş bir ay sonra oy kullanacak, bazı durumların şimdiden öğrenilmesinde fayda yok mu, şimdiden anlatmanızda fayda yok mu" diyorum.
Biraz susuyor.
Sonra "aday olmayarak yeteri kadar konuşmuş oluyorum sanırım, doğruları söylemek hayli zor, bir anda tukaka olabiliyorsunuz" diyor.

Daha ne desin?
Anlayana sivrisinek saz...
Anlamayana davul zurna az.

Abdüllatif Şener

1954'te Sivas'ta doğdu, Ankara Üniversitesi siyasal bilgiler fakültesini bitirdi, Gazi Üniversitesi ve Hacettepe Üniversitesi'nde öğretim üyeliği yaptı, Maliye Bakanlığı'nda çalıştı, 1991'de Refah Partisi'nden Sivas milletvekili seçildi, Refahyol Hükümeti'nde maliye bakanlığı yaptı, Refah kapatılınca Fazilet Partisi'ne geçti, 2001'de Akp'nin kurucuları arasında yeraldı, 2002'de Akp Sivas milletvekili seçildi, 2002-2007 arasında Abdullah Gül ve birinci Tayyip Erdoğan hükümetlerinde ekonomiden sorumlu başbakan yardımcısı oldu, 2007'de kendi isteğiyle aday olmadı, Akp'den istifa etti, 2008'de TOBB Ekonomi Teknoloji Üniversitesi'nde profesör oldu, 2009'da Türkiye Partisi'ni kurdu, 2011'de Sivas'tan bağımsız milletvekili adayı oldu, seçilemedi, 2012'de Türkiye Partisi lağvedildi. 2016 itibariyle... Doğruları söylediği için, Akp'yi eleştirdiği için, yolsuzluklara isyan ettiği için, sadece Halk Tv'ye çıkabiliyordu, üniversitelerde görev yapması bile engelleniyordu.

Vahap

Colin Kazım Richards...
İsminde "Kazım" olan, İngiliz vatandaşı "siyahi" futbolcu, Türk Milli Takımı'na alındı.

Geleceğim Colin Kazım'a...
Ama önce şunu düzeltelim...
Deniyor ki gazetelerimizde:
"Aurelio'dan sonra milli takımımıza alınan 2'nci siyahi futbolcu Colin Kazım oldu."

Bu yanlış.
Çünkü Türk Milli Takımı'na alınan "ilk siyahi" futbolcu, Aurelio değildi... Vahap'tı.

İstanbul'da doğdu Vahap...
Annesi de babası da, kendisi gibi çikolata renkliydi.
İzmir'e taşındılar. Yunan işgali sırasında henüz çocuktu.
Kastamonu'ya göçtüler. Babası hariç... Babacığı, ailesini akrabalarının yanına yerleştirdi, İstiklal Harbi'ne katıldı.
Memleket kurtuldu, Cumhuriyet kuruldu. Aile yeniden İzmir'e döndü. Vahap büyümüştü. İki sevdası vardı; biri

futbol, biri Altay... Hatta o yüzden, soyadı kanunu çıkınca, "Özaltay" soyadını aldı.

İnanılmaz golcüydü.
Boşu yoktu neredeyse.
"Kara İnci"ydi İzmir'deki lakabı.

Yabancılar keşfetti bu müthiş yıldızı... Fransa'nın Racing takımına transfer oldu. Yurtdışına transfer olan ilk Türk futbolcusudur Vahap.

Türk takımlarına karşı forma giyen ilk Türk futbolcu da, Vahap oldu. Fenerbahçe ve Galatasaray'a karşı Racing forması giydi. Gol atamadı... Ama rivayet edilir ki, "kıyamadı..."

Böylesine efsaneydi Vahap.
Futbolu bırakınca Türkiye'ye döndü.
Teknik direktör oldu.
1954'te Ordu Milli Takımı'nı dünya şampiyonu yaptı.
Dünya şampiyonu!

Futbol Nasıl Oynanır? isimli bir kitap yazdı. Sonuçta...
Altay sevgisiyle atan kalbi, 1965'te Altay Kongresi'nde konuşma yaparken, durdu. Altay binasında, Altay'ın kalbinde vefat etti.

Gelelim millilik meselesine... 1927'de İstanbul'da Türkiye-Bulgaristan maçı oynandı. O takımın ilk 11'inde Vahap da vardı. Yani, milli takımda forma giyen "ilk siyahi futbolcu" Vahap'tır... Aurelio değil.

Unutmadan ekleyelim. Bugün İzmir Alsancak'ta Vahap Özaltay Meydanı var ya... İşte o Vahap, bu Vahap'tır.
İstanbul'da dünyaya gelen, İzmir'de koskoca meydana adı verilen "milli futbolcu" Vahap'ı unutup, "Aurelio ilkti" diyen İstanbullu ve İzmirli gazetecileri görünce, "yuh" diyor insan... Yuh!

Dönelim Colin Kazım'a...
İngiliz vatandaşı.
Kazım ismi, annesinden.
Derisinin rengi, babasından.
Annesi Kıbrıs Türk'ü, Emine.
Babası Antiguali, Rodney.

Kazım, dedesinin ismi.
Türkçe bilmiyor.
Sadece "gel, git, evet, hayır" falan diyebiliyor.
1986 doğumlu.
Londra yakınlarındaki Leytonstone'da dünyaya geldi.
Leytonstone, bir başka ünlü futbolcunun doğum yeri, David Beckham'ın... Bizim Kazım, Beckham'a özenerek büyümüş... Amatörden başladı, Sheffield United'a geldi. Santrafor... 1.85 boyunda. Genelde yedek kalıyor; bu sene 1 golü var. Ama normal. Premier Lig'de ilk senesi... Henüz yolun başında.

Ve, Colin Kazım Richards, Türkiye Ümit Milli Takımı'na alındı. 24 Mart'ta Antalya'da oynanacak olan Türkiye-İsviçre maçında forma giyecek. Ve, milli takıma alınan ikinci değil, üçüncü siyahi olacak.

Ama "üçüncü" olmasından çok daha önemli bir hadisedir, siyahi Colin Kazım'ın milli takıma alınması... Başta Fatih Terim ve Ünal Karaman olmak üzere, Colin Kazım'ı bulup, milli takıma alan tüm yetkilileri kutluyorum.

Çünkü, gururumuz (!) Emre Belözoğlu'nun İngiltere'de siyahi futbolcuya küfür ettiği iddiasıyla "ırkçılıkla" suçlandığı bu dönemde... İngiltere'den Türk kökenli bir "siyahi" futbolcunun milli takıma alınması, çok çok önemli bir hadisedir.

"Dün"ü hatırlamayan, "bugün"ün farkında olmayan Türk Basını'nın, horul horul uyumayı bırakıp, bu asisti gole çevirmesi lazım.

Vahap Özaltay

1907'de İstanbul'da doğdu, 1965'te rahmetli oldu, İzmir Kokluca mezarlığına defnedildi. Sadece milli futbolcu değil, aynı zamanda milli atletti. 1931'de 200 ve 400 metrede İzmir şampiyonu oldu, atletizm milli takımına alındı, 1932'de Atina'da düzenlenen Balkan Şampiyonası'nda 4x400 metre bayrak takımında yeraldı. Vahap'ın kardeşi Saim Özaltay da, ağabeyiyle birlikte Altay'da forma giydi. 2016'da İzmir Körfezi'ne indirilen yeni nesil vapurlardan birine, İzmirlilerin oylarıyla, Vahap Özaltay ismi verildi.

Cemal, Behçet, Faruk

Eurovision şarkımız belli oldu.
Shake it up şekerim.

Ne şiş yandı, ne kebap yani.

Türkçe mi olsun, İngilizce mi, derken...
Türkilizce oldu.

Ama küçük bir pürüz var...
Sabah gazetesi "salla şekerim" diye tercüme etti.
Hürriyet "çalkala şekerim" demiş.
Milliyet "yukarı salla şekerim."
Posta "çalkala salla şekerim."
Akşam "salla çalkala şekerim."

Bizim şarkının adı ne şekerim?

Bi şekerim'i denk getirmişiz...
Zaten şarkıda Türkçe tek kelime, o.

Ve, hep aynı terane maalesef.
Geçen sene Türkçe katıldık güya...
Suppırstaa neydi Allah aşkına?

Ya da şöyle soralım:
Rimi rimi ley Türkçe midir?
Bu ne biçim şey midir?

"Operaaaaa" ile mi onurlandı Türkçe? Yoksa "Every Way That I Can" ile mi gururlandı Türkiye?
Yazıldığı gibi okunuyorsa dilimiz...
Neden Örövizyon yazmıyoruz?
Veya, Türk Dil Kurumu'na göre Euro'ya Avro dememiz gerekiyorsa illa... Niye Avrovizyon demiyoruz?

10'uncu Yıl Marşı'nın bestecisi Cemal Reşit Rey'in "cumhuriyet" kelimesinde majörden minöre geçtiği için, "Cumhuriyet'i küçük düşürmek" gibi saçma bir hakarete uğradığını bilmiyorsa, gençlerimiz... 10'uncu Yıl Marşı'nın iki söz yazarından biri olan Behçet Kemal Çağlar'ın, Atatürk devrimlerinden ödün verilmesine isyan ederek, milletvekilliğinden istifa ettiğini bilmiyorsa, gençlerimiz...

10'uncu Yıl Marşı'nın iki söz yazarından biri olan Faruk Nafiz Çamlıbel'i, hapse tıktığımızı bilmiyorsa, gençlerimiz...

10'uncu Yıl Marşı denilince...
Kenan Doğulu geliyorsa gençlerimizin aklına.
Euro desen ne olur.
Avro desen ne olur.

Hatta, madem mevzu müzik... Zarif notaların üstadı Selahattin Pınar'ın şubat ayındaki ölüm yıldönümü tek satır bile haber olmuyorsa... Ve "Allah belanı versin" şarkısıyla göbek atıyorsak hâlâ.

Eeeeh! Bana ne be.
Şey kitap şekerim, evri badi.

Cemal Reşit Rey

Behçet Kemal Çağlar

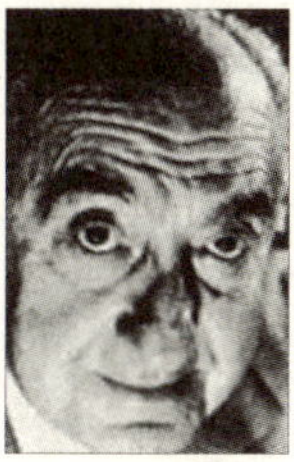
Faruk Nafiz Çamlıbel

Cemal Reşit Rey, 1904'te Kudüs'te doğdu, Paris'te ve Cenevre'de konservatuar eğitimi aldı, operet efsanesi *Lüküs Hayat*'a imza attı, 1985'te vefat etti, Edirnekapı'da toprağa verildi.
Behçet Kemal Çağlar, 1908'de Erzincan'da doğdu, Zonguldak maden mühendis mektebi'ni bitirdi, Halkevleri müfettişi oldu, Anadolu'yu dolaştı, şiirleri "halk edebiyatı" ve "Kemalizm"den beslendi, 1944 ve 1946'da Erzincan milletvekili oldu, 1949'da Atatürk devrimlerinden ödün verildiği gerekçesiyle hem milletvekilliğinden, hem CHP'den istifa etti, 1969'da vefat etti, Zincirlikuyu'ya defnedildi.
Faruk Nafiz Çamlıbel, 1898'de İstanbul'da doğdu, tıp eğitimini yarıda bıraktı, gazeteciliğe başladı, edebiyat öğretmeni oldu, şiirleriyle Türk edebiyat tarihine "Hecenin Beş Şairi"nden biri olarak geçti, 1946-60 arasında Demokrat Parti'den İstanbul milletvekili oldu, 1960 darbesiyle tutuklandı, Yassıada'da ve Kayseri Cezaevi'nde 16 ay yattı, 1973'te vefat etti, Zincirlikuyu'da toprağa verildi.

İsmail Cem

24 Ocak, Uğur Mumcu.
31 Ocak, Muammer Aksoy.
24 Ocak, Gaffar Okkan.
11 Ocak, Onat Kutlar.
8 Ocak, Metin Göktepe.
19 Ocak, Hrant Dink.
Ne aymış be kardeşim.
Ocağımıza ateş düştü denir ya... Öyle.

İşte bir 24 Ocak daha, İsmail Cem.

Eminim "İsmail Cem'in ne alakası var öbürleriyle" diyenler çıkacaktır... Şu alakası var:
Moda deyimle, hepimiz İsmail Cem'iz.
Çünkü kanserden gitti.

Al bir ocak daha...
22 Ocak, Aydın Güven Gürkan.
O da kanserden gitti.

Sadece silahlar patlamıyor bu ülkede.
Kanser de patladı.

Mesela Trabzon.
Bugünlerde Hrant Dink cinayeti nedeniyle herkesin gözü orada, her şey konuşuluyor, şu hiç konuşulmuyor... Ülkenin en temiz havasına sahipken, köyleri tamamen doğal gıdalarla beslenirken, yılda üç bin kişi kanserden gidiyor.
Çünkü Çernobil'e bile "önemli değil" muamelesi yaptı bu memleketin yetkilileri... Hükümetin bakanı çıktı, radyasyonlu çayı yudumladı, milletin gözünün içine baka baka.

Ordu'da 15 yıl önce kanser vakası, sadece 50'ydi.
Bugün, 2 bin 500.

Giresun?
2 bin 168.

Hopa'da son 3 yılda 96 kişi vefat etti, 46'sı kanserden.
Kazım Koyuncu da Hopalı'ydı.
33 yaşında gitti.
Babası da kanser.

Ardeşen'de 700 kişiyi sağlık kontrolünden geçirdiler.
200'ünün kanser olduğu anlaşıldı.

Çayeli'nde doğan bebelerin 30'u kanser.

Kandırdılar bu milleti, kıydılar.
Hepimiz İsmail Cem'iz.

Muğla Yatağan...
Marmaris'e üç adım.
Üç kuruşluk filtreyi takmadılar.
Netice?
Termik santral kurulduğunda iki eczane vardı.
Nüfus aynı, şu anda 18 eczane var.
Ciro rekorları kıran ilaçları tahmin edin?

İzmir Aliağa...
Rafineri, demir çelik falan.
Foça'nın dibinde, karşı kıyısı Karaburun.
Bozköy muhtarı anlatıyor...
"Tarım bitti, hayvancılık bitti" diyor.
"Beş yılda 10 kişi kanserden öldü" diyor.
Horozgediği muhtarı anlatıyor...
"10 yılda 45 kişi öldü, 32'si kanserden" diyor.

İlave et bunlara, kiremit tozundan yapılan kırmızı biberi, çamaşır tozuyla beyazlatılan tavuk etini, hormon basılan salatalığı...
Hepimiz İsmail Cem'iz.
Ailesinden teröre ve kansere kurban vermeyen neredeyse kalmadı bu ülkede... Yetkili koltuklarda oturanlar kendi milletine yalan söylerse, sorunların üstünü örtmeye kalkarsa, felaketler de böyle tsunami dalgaları gibi üst üste gelir maalesef... Hepimiz İsmail Cem'iz.

İsmail Cem İpekçi

1940'da İstanbul'da doğdu, Lozan Üniversitesi hukuk fakültesinden mezun oldu, 1963'te gazeteciliğe başladı, *Milliyet*'te, *Cumhuriyet*'te çalıştı, CHP-MSP koalisyon hükümeti döneminde, 1974-75'te TRT genel müdürlüğü yaptı, 1987 ve 1991'de SHP İstanbul milletvekili oldu, 1992'de SHP'den istifa etti, CHP'nin yeniden oluşumunda yeraldı, 1993 cumhurbaşkanlığı seçiminde CHP'nin adayı oldu, 1995'te CHP'den istifa etti, DSP

Kayseri milletvekili oldu, DSP-ANAP koalisyon hükümetlerinde dışişleri bakanı oldu, Türkiye-Yunanistan ilişkilerinin normalleşmesine büyük katkı sağladı, 2002'de DSP'den istifa etti, Yeni Türkiye Partisi'ni kurdu, genel başkanı oldu, beklenen ilgiyi görmeyen Yeni Türkiye Partisi 2004'te CHP'ye katıldı, 2006'da vefat etti, Zincirlikuyu'da toprağa verildi.

Rıfat

Ne ekipti be kardeşim...
Hafize Ana.
Kel Mahmut.
İnek Şaban.
Güdük Necmi.
Tulum Hayri.
Domdom.
Hayta İsmail.
Damat Ferit.
Külyutmaz.
Badi Ekrem.
Hele o delirttikleri müfettiş...

"Türkiye fotoğrafı"ydı.

Adile Naşit gelmiyor bi daha ama, her tarafımız, hatamızla-günahımızla bizi kucaklayan anaç Hafizelerle dolu aslında... Yok mu çevrenizde fırlama Güdük Necmi? Paragöz müdürler de var hâlâ; sert görünen ama, yufka yürekli Kel Mahmutlar da... Bak etrafına, bir sürü İnek Şaban... Fast foodçular Domdom kaynıyor. Çık Bağdat Caddesi'ne, kıçının kılları ağardığı halde göbeğini içine çeke çeke motora binmeye çalışan Badi Ekremler dolaşıyor.

O kadar muhteşem harmanlamış ki büyük usta... İstanbul'u merkez alıp, Anadolu'yu öylesine gerçekçi gözlemlemiş, öylesine monte etmiş ki tipleri, içinde hepimizin olduğu kusursuz bir "Türkiye özeti" yaratmış.

O nedenle hepimizin lise yılları Hababam'a benzer.
O nedenle repliklerini bile ezbere biliriz.
O nedenle asla eskimez.
Biziz o çünkü...
Tulum da biziz, Hayta da biziz, Külyutmaz da biziz.

Hafize Analarımız var.
Kel Mahmutlarımız...
İnek Şabanlarımız...
Güdük Necmilerimiz var.
Var oğlu var.

İyi de...

Hepimizi anlatan o "Türkiye özeti"nde, din-iman tüccarları niye yok? Güzel ülkemin güzel insanlarını "senden-benden" diye bölen, aramıza nifak sokan tipler niye yok?

Koca çınar Rıfat Ilgaz unuttu mu onları özete koymayı?
Türk insanını bu kadar iyi tanıyan, ciğerini bilen birinin bu hatayı yapması mümkün mü? Bence değil...

Peki nedir?

Yoktu bunlar!
Aramızda yoklardı.

Soru şudur o halde...
Kim ekti bunları aramıza?

Rıfat Ilgaz

1911'de Kastamonu Cide'de doğdu, Kastamonu muallim mektebi'ni bitirdi, ilkokul öğretmeni oldu, 1936'da Ankara Gazi Eğitim Enstitüsü edebiyat bölümünü bitirdi, 1944'te yazdığı *Sınıf* isimli şiir kitabı yüzünden altı ay hapse mahkum oldu, öğretmenlik yapması yasaklandı, yazarak geçinmeye çalıştı, şiirden mizah öykülerine, romandan çocuk kitaplarına, 100'den fazla unutulmaz eser bıraktı. 1993'te Sivas Madımak'ta en başta yakın dostu Asım Bezirci olmak üzere, aydınlarımızın yakılarak katledilmesini kaldıramadı, beş gün sonra vefat etti, Zincirlikuyu'da, Asım Bezirci'nin yanına defnedildi.

Osman Ertuğrul

atv haber'i yönettiğim dönemde Osmanlı soyundan değerli arkadaşım Nelişah Evliyazade'den rica ettim, kırmadı, aracı oldu, Osman Ertuğrul'u canlı yayına çıkardım.

Kimdi o?
Abdülhamid'in torunuydu.
Saltanat devam etseydi, Dördüncü Osman veya Birinci Ertuğrul adıyla "padişah" olacaktı.

Hem cumhuriyet tarihimizde, hem televizyon tarihimizde ilk'ti. Türkiye ekrana kilitlenmiş, yayının başlamasını bekliyordu.

Çıktı geldi Osman Ertuğrul.
Yanında zarif eşi, Zeynep Osman.
Son derece mütevazıydılar, öyle şaşaalı özel salonlar falan hazırlamadık, çalışma odama buyur ettik, oturdular. Hoşgeldiniz beşgittiniz filan, ne içerseniz dedik, çay lütfen dedi. Ayıptır söylemesi, bu kardeşinizin padişaha çay ısmarlamışlığı vardır yani... Hatta sohbet uzayınca pek keyiflendi, bir çay daha istedi, kusura bakmayın, burası Dolmabahçe Sarayı değil diyemedik, padişaha demli bi çay daha getirin dedik.

Neyse...
Sohbet bitti, haber saati geldi.

Türkiye tarihinde ilk kez canlı yayına çıkardığımız kişi, Abdülhamid'in torunuydu, şehzade Burhanettin Efendi'nin oğluydu. Annesi, şehzadeden ayrıldıktan sonra Atatürk'ün ilk kabinesinde yer alan maliyeci Cavit bey'le evlenmişti. Cavit bey kim? İzmir suikastına adı karıştığı için idam edilen Cavit beydi. Yani, ekrana çıkardığımız kişinin üvey babası, Atatürk'ü ortadan kaldırayım derken asılmıştı. Üstelik, az önce belirttiğim gibi, saltanat devam etseydi, kendisi resmen padişahımız olacaktı.

Oturdu stüdyoya.
Geçti kameranın karşısına.
Ne dedi biliyor musunuz?

"Ailemiz için çok kötü oldu ama, Türkiye kazandı. Ben Türk olarak doğdum, Türk olarak öleceğim. Atatürk, Türk halkı için çok iyi bir liderdi, muhteşem bir liderdi. Mustafa Kemal olmasaydı, İstanbul olmazdı. Memleketi kurtarmanın şekli, Cumhuriyet'i kurmaktı."

Kelimesi kelimesine böyle... Saltanat devam etseydi, Fatih Sultan Mehmet'in tahtında oturacak olan kişi dedi ki, "Türk doğdum, Türk öleceğim, Mustafa Kemal Atatürk olmasaydı, İstanbul olmazdı, memleketi kurtarmanın şekli, Cumhuriyet'i kurmaktı."

Ne öfke, ne kin.
Sadece minnet duygusu vardı.

Sarayda dünyaya gelen son şehzadeydi. Son Osmanlı'ydı. Hanedan protokolünde kendisine "devletli necabetli Osman Ertuğrul efendi hazretleri" diye hitap ediliyordu. 1933'te babasıyla birlikte ABD'ye yerleşmişti. Türkçesi kusursuzdu, akıcı şekilde İngilizce, Almanca, Fransızca, İtalyanca, İspanyolca konuşuyordu. 1974'te çıkan af kapsamında ilk kez 1992'de Türkiye'ye gelmiş, 2004'te Türkiye Cumhuriyeti vatandaşı olmuştu.

atv haber'deki canlı yayından üç sene sonra, 2007'de, cnntürk'e röportaj verdi. O röportajında da hiç eğip bükmeden, gayet açık konuştu. "Ben dahil bütün Türkler Atatürk'e borçluyuz, vatanı o kurtardı, Cumhuriyeti kurmakla çok iyi etti, o olmasaydı Allah bilir ne olurdu, padişahlık, monarşi, hilafet, şeriat, hepsi geride kalmıştır, gençler laikliğe ve vatanın bütünlüğüne sahip çıksınlar" dedi.

Dikkat isterim...
Osmanlı hanedanının reisi "laikliğe sahip çıkın" dedi.
Hürriyet'e *Milliyet*'e *Habertürk*'e konuştu, hep aynı konunun altını çizdi. "Unutmayın, eğer Mustafa Kemal Paşa olmasaydı, hiçbirimiz olmazdık, yaptığı devrim hanedan için kötü oldu ama, Türkiye onun sayesinde var, siz, ben, hepimiz varlığımızı o'na borçluyuz" dedi.

Atatürk düşmanlığı yapmak için Osmanlı'yı alet eden siyasi din tüccarları, Osmanlı döneminde yaşasalardı, sarayda faytoncu bile olamazlardı... Bunun kanıtı, bizatihi Osman Ertuğrul'du.

Ve, şimdi asrın liderimiz ne diyor?
"1919'dan başlatılan tarih anlayışını reddediyorum" diyor.

Osmanlı'dan bile daha iyi biliyor demek ki!

Osman Ertuğrul Osmanoğlu

1912'de doğdu, 1924'de Viyana'da tahsilini sürdürürken, hanedanın tüm fertleriyle birlikte Türkiye'den sürgün edildi, 1933'te ABD'ye yerleşti, Manhattan'da yaşadı, Kanada merkezli madencilik şirketi kurdu, 1991'de Afgan Kraliyet Ailesi'nden Zeynep Tarzi'yle evlendi, 1994'te Mehmed Orhan Osmanoğlu'nun vefatı üzerine Osmanlı hanedanının reisi oldu, başladığı yerde bitirdi, 2009'da İstanbul'da vefat etti, cenaze namazı Sultanahmet Camisi'nde kılındı, bakanlar kurulu kararıyla 2'nci Mahmud Türbesi'ne defnedildi.

Nuri Bilge

Altın Portakal harikaydı...
Kevin sipeysi geldi.
Edriyın bırodi geldi.
Jaklin bisse geldi.
Boderek geldi.
Deni gılovır geldi.
Miki ruk bile geldi.

Ödüller dağıtıldı...

Cannes Film Festivali'nde "en iyi yönetmen" seçilen ve sahneye çıkıp, "bu ödülü tutkuyla sevdiğim yalnız ve güzel ülkeme ithaf ediyorum" diyen Nuri Bilge Ceylan, havasını aldı!
Müstahak tabii.

En son, geçen ay Ankara'da, sessiz sessiz Anadolu Medeniyetleri Müzesi'ni gezerken görmüştüm Nuri Bilge Ceylan'ı...

Entel barlarında kulis yapıp, millete küfredeceğine, gitmiş Anadolu'yu inceliyor!

Sana ne birader Anadolu'dan Manadolu'dan?
Allah bilir, Anıtkabir'e falan da gitmiştir bu!

Halbuki...
Nobelli Orhan Pamuk abisinden öğrenip, "nassı diyoo siz Turklaer" diye konuşan Fatih Akın gibi "ben askere maskere gitmem" deseydi, Altın Portakal'da omuzlara alınmakla kalmaz, Oscar'a bile aday gösterilirdi.

Dememe kalmadı ki...
"Başbakan tiyatro yapıyor ama, rolünü iyi oynayamıyor" diyen Ahmet Türk, Kürtlere soykırım yapıldığını açıkladı.

Böylece memleketin başkentinde hangi "senaryo"ların yazıldığı, Anayasa'ya bağlılık yemini edenlerin nasıl "rol kestiği" bir kez daha ortaya çıktı.

Bak da, öğren Nuri Bilge Ceylan!
Senin neyine ülke sevgisi filan.

Nuri Bilge Ceylan

1959'da İstanbul'da doğdu, çocukluğu Çanakkale Yenice'de geçti, Boğaziçi Üniversitesi elektrik mühendisliği bölümünü bitirdi, askerlik görevinden sonra Mimar Sinan Üniversitesi sinema bölümüne girdi, yarım bıraktı, *Koza* isimli kısa filmiyle sinemaya adım attı, 1997'de ilk uzun metrajlı filmi *Kasaba*'yı çekti, 2008'de *Üç Maymun*'la Cannes Film Festivali'nde en iyi yönetmen ödülünü aldı, 2014'te *Kış Uykusu*'yla Cannes Film Festivali'nde Altın Palmiye kazandı. Ayrıca... Berlin, Köln, Buenos Aires, İskenderiye, Chicago, Montpellier, Beyrut, Trieste, Mexico City, Haifa, Antalya Altın Portakal, İstanbul ve Ankara film festivallerinden ödülleri bulunuyor.

Fazıl Hüsnü, Faruk Nafiz

Ankara'da Türk Dil Kurultayı vardı.
Tayyip Erdoğan kürsüye çıktı, Türkçe'nin "ana sütü"ne benzediğini belirterek, "katışıksız ana sütüyle şiirler söylediğimizi, fermanlar yazdığımızı, devletler kurduğumuzu" anlattı.

Ve sözü, beş gün önce kaybettiğimiz Fazıl Hüsnü Dağlarca'ya getirdi... "Türkçemizin abideleşmiş şairi, sadece şiir solumuş, Türkçe'nin zengin imkanlarıyla bu topraklarda nehir gibi akıp gitmiştir" dedi.

Sonra da, "Türk Dil Kurultayı'nın manasına uygun olarak, Fazıl Hüsnü Dağlarca'nın Sanat isimli şiirini okumak istiyorum" diyerek, okudu:

"Yalnız senin gezdiğin bahçede açmaz çiçek...

Bizim diyarımızda da binbir baharı saklar...
Kolumuzdan tutarak sen istersen bizi çek...
İncinir düz caddede dağda gezen ayaklar."

Salon yıkıldı adeta...
Aralarında Cumhurbaşkanı Abdullah Gül ve Türk Dil Kurumu Başkanı'nın da bulunduğu davetliler dakikalarca ayakta alkışladı.

Gözler yaşardı...

Tek pürüz vardı.
İkisi de üç isimli ama...
O şiir, Fazıl Hüsnü Dağlarca'nın değil.
Faruk Nafiz Çamlıbel'indi!

Sokrates

Cervantes

Daha önceki yazılarımda Fazıl Hüsnü Dağlarca ve Faruk Nafiz Çamlıbel'i anlattığım için, bu defa Sokrates ve Cervantes'i tanıtayım istedim. Çünkü... Tayyip Erdoğan TBMM'deki bir konuşmasında ulusal değil, uluslararası karışıklık yaptı, "Almanların Goethe Enstitüsü, İspanyolların Sokrates Enstitüsü var, biz de Yunus Emre Enstitüsü kurmaya karar verdik" dedi. Yunan'ı İspanyol yaptı! Üstelik, Sokrates'le Cervantes arasında iki bin sene vardı!

Ömer

Cumhurbaşkanı Gül:
"Türkiye'yi kimse geri götüremez!"
Başbakan Erdoğan:
"Türkiye'yi kimse geri götüremez!"
Meclis Başkanı Toptan:
"Türkiye'yi kimse geri götüremez!"
Ekonomi Bakanı Şimşek:
"Türkiye'yi kimse geri götüremez!"

Ve, haber şöyle:
"Türk sporcu Ömer Aslan, İtalya'da düzenlenen Dünya Geri Geri Koşma Şampiyonası'nda dünya rekoru kırarak, altın madalya kazandı."

Belki gözünüzden kaçmıştır... Çinlilerin uzayda yürüyüş yaptığı güne denk geldi, bu büyük başarımız!

Ülkemiz fevkalade ileri gittiği için, üniversite mezunu olduğu halde iş bulamayıp, pastanede part-time garsonluk yapan şampiyonumuz Ömer Aslan, "Türkiye'de maalesef geri geri koşulacağını kabullenmeyen bir zihniyet var. Sponsor arıyorum, 'herkes ileri koşarken, biz geri geri koşana mı destek olacağız' diyorlar, üzülüyorum bu duruma" dedi.

Gel de kahrolma...

"Geriden" iyi bir nesil geliyor diyoruz.
Hükümeti bi türlü inandıramıyoruz!

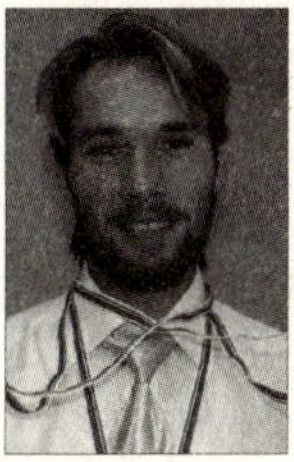

Ömer Aslan

1983'te Konya'da doğdu, Akdeniz Üniversitesi beden eğitimi spor yüksek okulunu bitirdi, 2008'de retro running branşında, 200 metrede dünya şampiyonu oldu. Retro running, 1990'lardan itibaren, özellikle Avrupa'da yaygınlaşmaya başlayan bir spor dalı, meraklıları tarafından olimpik spor kabul edilmesi için uğraşılıyor. Türkiye'de Ömer'den başka retro running sporcusu yoktu, o da 2010'da bıraktı.

Halil İbrahim

2007...
Isparta'da bir öğretmen, Cumhuriyet mitingine katıldığı için ve öğrencilerine "Atatürk portreli" tişörtler giydirdiği için, suçlu bulundu, maaşı kesildi.

2008...
İzmir Atatürk Lisesi'ne yapılan baskında, üç Atatürk büstü, iki "Gençliğe Hitabe", sekiz *Nutuk* ele geçirildi. Öğrencilerin beynini yıkamaya çalışan dokuz "Atatürkçü yobaz" öğretmen derhal açığa alındı.

2009...
Kadıköy Anadolu Lisesi'nde gizli gizli "Atatürk'ü anma töreni" yapıldığı duyumlarını alan Milli Eğitim müfettişleri, operasyon

düzenledi. 200 öğrenci ve 11 öğretmen, İstiklal Marşı söylerken suçüstü yakalandı. Pencereden kaçmayı başaran "elebaşı" fizik öğretmeni aranıyor.

2010...
Milli Eğitim Şurası'na yakasında Atatürk rozetiyle katılıp, "burası şeyhler, dervişler, müritler memleketi olamaz" diye slogan atan üç "meczup" öğretmen, dövülerek salondan atıldı.

2011...
Galatasaray Lisesi'nin yatakhanesinde yapılan aramada, yastıkların arasına gizlenmiş halde 71 Türk bayrağı, 28 Atatürk posteri bulundu. Yatakhane mühürlenip, ilaçlandı... Vefa ve Haydarpaşa liselerinde, iPod'larına "10'uncu Yıl Marşı" yükleten 129 öğrenci, ibret-i alem için falakaya yatırıldı. Bahariye İlköğretim Okulu'nda "Andımız"ı okuduğu saptanan 7 ila 11 yaş arasındaki 90 öğrenci ise psikolojik tedavi altına alındı.

2012...
Gece saat 04.00 sularında ellerinde çiçeklerle duvardan atlayarak Anıtkabir'e girmeye çalışan üç öğretmen ve 14 öğrenci, belediye zabıtaları tarafından coplandı. Zabıtaları protesto için toplanan Gazi Üniversitesi öğrencileri, tazyikli su ve göz yaşartıcı bombayla dağıtıldı.

2013...
"Şerefli gazeteci Ali Kemal'e iade-i itibar gecesi"nde olay çıktı. Hasan Tahsin posteri açan Dokuz Eylül ve Ege Üniversitesi'nin "gerici" doçentleri, linç edildi.

2014...
Kemalistler, Makedonya'dan televizyon yayınına başladı. Programlara katılan sekizi rektör 17 profesör, meslekten tart edildi. Makedonya'ya nota verildi. Milli Eğitim Bakanlığı, Makedonya'nın Ankara Büyükelçiliği'ne siyah çelenk bıraktı.

2015...
Florya sahilinde "Atatürk yuvası" ortaya çıkarıldı. İzinsiz kamp kuran ve çadırlarında "Atatürk ilkeleri" eğitimi vermeye çalışan beş öğretmen ve 78 öğrenci, "kıyı kanununa muhalefet" ve "fuhuş"tan savcılığa çıkarıldı. Çadırlar yıkıldı.

2016...

Dolmabahçe'de İngiliz firkateyninde kutlanan "19 Mayıs Vahdettin Efendimize Saygı ve Gençlik Bayramı" törenlerine gölge düştü... Samsun'da korsan gösteri yapmaya kalkışan 19 Mayıs, 18 Mart, Karaelmas ve Karadeniz Teknik öğrencilerine ateş açıldı.

2017...
Avrupa Birliği, Atatürkçü Düşünce Derneği'ni terör örgütleri listesine aldı. ODTÜ ve İTÜ'de derneğe bağış toplayan örgüt mensubu 38 genç, tutuklandı. Gençlerin ana-babalarının da, 10 yıl önce Tandoğan mitingine katıldıkları, hatta 12'sinin Çağlayan mitingine de gittiği tespit edildi.

2018...
ABD, Fransa'dan Malta'ya geçmeye çalışan Erdoğan Teziç'i paketledi. Yıkıcı faaliyetlerde bulunan eski YÖK Başkanı, Paris'teki Bosna Büyükelçiliği'ne sığınmıştı. Bosna'ya nota verildi. Boliç dövüldü.

2019...
Birleşmiş Milletler, Atatürkçülerin "mülteci" kapsamına alınamayacağını açıkladı. Bu arada Türkiye, Almanya'da tutuklu bulunan eski Başsavcı Vural Savaş'ın yargılanmak üzere iadesini istedi.

2020...
Atatürkçüler, Toroslar'da kıskaca alındı. Stratejik ortağımız ABD, Atatürkçülerin imhası için, insansız uçaklarla anında istihbarat vereceğini açıkladı.

Halil İbrahim Özçimen

Atatürkçü öğretmenin başına gelenlerden yola çıkarak, 2007'de bu yazıyı kaleme aldığımda "mizah" zannedilmişti. Hepsi gerçek oldu! Yazının girişindeki öğretmenimiz, Isparta Selçuklu ilköğretim okulunda görev yapan 27 senelik beden eğitimi öğretmeni Halil İbrahim Özçimen'di. İzmir'deki cumhuriyet mitingine katıldığı ve öğrencilerine Atatürk portresi bulunan tişörtler giydirdiği için hakkında soruşturma açılmış, maaş kesme cezası verilmişti. Halil İbrahim öğretmen geri adım atmadı, hukuk mücadelesi başlattı, maaş kesme cezasının iptali için dava açtı, kazandı. Sonra... Dönemin milli eğitim bakanı Hüseyin Çelik, Isparta milli eğitim müdürü, milli eğitim müdür yardımcısı ve okul müdürü hakkında manevi tazminat davası açtı, her birinden 500 ile bin 500 lira arasında tazminat kazandı, yanlarına bırakmadı.

Halil İbrahim Özçimen, örnek öğretmen, örnek yurttaştı. Herkes bu kadar cesur olabilseydi, herkes haklarına bu kadar sahip çıkabilseydi, karşıdevrim çok kolay altedilirdi.

Edgar

Bugün milli maç var.
Ermenistan-Türkiye milli maçı.

Vatanımız özgür ve bağımsız,
yüzyıllardır ayakta...
Şimdi evlatlarını çağırıyor,
özgür bağımsız Ermenistan'a

Milli marşları bu...
Alkışlayacaklar.

Korkma, sönmez...
Bu şafaklarda yüzen al sancak

Eminim ıslıklayacaklar.
Yuhlayacaklar.

Halbuki, bugün o statta enstrümantal şekilde seslendirilecek olan İstiklal Marşımızın orkestrasyonunu yapan kişi, Ermeni... "Ne mutlu Türküm diyene" diyebilen vatandaşlarımızdan biri o... Edgar Manas.

1875'te İstanbul'da doğdu.
1964'te İstanbul'da vefat etti.
1922'de İstiklal Marşımızın orkestrasyonunu yaptı.

Var mı haberi, cumhurbaşkanı Abdullah Gül'ün?

Ne kadar da şahane Ermeni açılımı yaptığını göstermek için yanına Fransız gazetecileri filan alacağına, Edgar'ın torunlarından birini alsaydı, daha iyi olmaz mıydı?

Madem 1915'te kese kese sülaleleri kuruttuk... "Hani soykırım?" diye sormanın en büyük kanıtı değil midir, Mustafa Kemal'in İstiklal Marşımızı emanet ettiği Edgar Manas?

Edgar Manas

13 yaşındayken İtalya'ya gitti, Venedik'te Murad Rafaelyan Koleji'nde okudu, Padova konservatuarından mezun oldu, 20 yaşında İstanbul'a döndü, 1912-33 arasında İstanbul konservatuarında hocalık yaptı, 1937'de Meryemana Kilisesi'ndeki Koğtan korosu şefliğine tayin edildi, 20 sene bu koroyu yönetti, Ermeni okullarında solfej dersi verdi, Pangaltı'daki Ermeni Katolik mezarlığına defnedildi.

Aziz

Doğma büyüme Göztepeliyim.
Fenerbahçeli olsam...
Başkan adayım Aziz Yıldırım olur.
Oy'umu tereddütsüz ona veririm.

Üç sebebi var.

Şike davası, müstakil bir dava değil aslında... Zamanlama itibariyle, paralel davalar zincirinin, Balyoz, Ergenekon, Odatv, askeri casusluk davalarının bir parçası... Hatta, savcıları bile ortak.

Bir...
Balyoz, Ergenekon gibi davaların hukuki değil, siyasi olduğunu düşünüyorsanız... Yani, sahte delillere, sahte tanıklara dayandığını, somut belge olmadığını düşünüyorsanız... Savunma makamının dikkate alınmadığını düşünüyorsanız... Medyanın kendini mahkeme yerine koyduğunu, henüz karar verilmeden, kararı yönlendirmek için asılsız, kasıtlı manşetler atıldığını düşünüyorsanız... Şike davası da birebir böyle oldu. Balyoz, Ergenekon gibi davalara inanmıyorsanız, şike davasına da inanmıyor olmanız gerekir. Şike davasında da adaletli karar verilmediğini, siyasi karar verildiğini düşünüyor olmanız gerekir. Bu durumda, Aziz Yıldırım'ın sonuna kadar desteklenmesi gerekir.

İki...
Balyoz, Ergenekon gibi davaların siyasi değil, hukuki olduğunu düşünüyorsanız... Bazı oluşumların hükümeti hedef aldığını... Dışardan etkilerle hükümetin düşürülmeye çalışıldığını

düşünüyorsanız... Hükümete karşı olan bazı unsurların, hükümete karşı güçbirliği yaptığını düşünüyorsanız... Şike davası da birebir böyle oldu. Hedef, Aziz Yıldırım'dı. Gelmiş geçmiş onca yönetim varken, onca kulüp varken, onca federasyon varken, sadece Aziz Yıldırım hedef alındı. 80 senelik futbol tarihimizde, şike iddiasına maruz kalan sanki bi tek Aziz Yıldırım'mış gibi bir hava estirildi. Aziz Yıldırım'a karşı bazı unsurlar, fırsat bu fırsat Aziz Yıldırım'ı devirmek için güçbirliği yaptı. Yani... Balyoz, Ergenekon gibi davalara inanıyorsanız, hükümetin arkasında durduğunuz gibi, Aziz Yıldırım'ın da arkasında durmanız gerekir. Çünkü, hükümet mağdursa, aynı gerekçelerle Aziz Yıldırım da mağdur.

Üç...
Şike davasında Yargıtay kararı belirleyici olacak ama... Fenerbahçe kongresi de "manevi Yargıtay"dır. Aziz Yıldırım'ın aleyhinde oy kullanmak, bir anlamda, şike davasındaki iddiaların teyididir. Aleyhinde oy kullanmak, Aziz Yıldırım'ın mahkumiyeti anlamına gelir. Hem Aziz Yıldırım suçlu, hem Fenerbahçe temiz diyemezsin. Aziz Yıldırım hakkında vereceğin oy, kulübünü bağlar.

Fenerbahçeli olsam...
Kişisel olarak sevip sevmememin önemi yok.
Bu iş bitmeden, Aziz Yıldırım'dan vazgeçmem.

Aziz Yıldırım

Bu yazıyı, 2013'te, şike davası devam ederken, Fenerbahçe kongresinden hemen önce kaleme almıştım. *Fanatik* gazetesinde yayımlanan bu yazım, Aziz Yıldırım'ın ekibi tarafından fotokopiyle çoğaltıldı, kongre salonundaki koltuklara dağıtıldı. Aziz Yıldırım rekor oyla kazandı. Rakibi Mehmet Ali Aydınlar'dı, basın toplantısı düzenledi, beni eleştirdi, "Yılmaz Özdil'e ne oluyor, Fenerbahçeli değil ki" dedi. Fenerbahçeli olmadığım için Fenerbahçe hakkında görüş bildiremeyeceğimi söyledi. Halbuki, yazdıklarımın aslında Aziz Yıldırım'ın şahsıyla, Fenerbahçe kulübüyle filan alakası yoktu, sadece "paralel davalara" dikkat çekmek istemiştim, hepsi buydu. Mecburen karşı yazı yazmak zorunda kaldım, "meslekle kurumsal aidiyet gerekiyorsa,

Mehmet Ali Aydınlar doktor mudur ki, hastanesi var" dedim! Netice... Yazdıklarımızın hepsi doğru çıktı. Şike davasının kumpas davası olduğu kanıtlandı. Ayrıca, 17/25 tapelerinde bu kongrenin Mehmet Ali Aydınlar lehine bitmesi için nasıl manüple edilmeye çalışıldığı da ortaya çıktı. Aziz Yıldırım, 1952'de Diyarbakır'da doğdu, Ankara Devlet Mühendislik Mimarlık Akademisi'nde inşaat mühendisi oldu, 1998'de Fenerbahçe başkanı seçildi, 2016 itibariyle hâlâ başkandı, şike davası kapsamında 2011'de tutuklandı, bir sene hapis yatırıldı. Bu dava, Fenerbahçe camiasını başkan etrafında kenetledi, Aziz Yıldırım tarihin en uzun süreyle görev yapan Fenerbahçe başkanı oldu. Şike davası olmasaydı, bu rekoru kırabilmesi muhtemelen imkansızdı.

Harry

Güzel bir kış akşamı, İzmir'den misafirlerim var, Nevizade'yi özlemişler, Yakup'ta kadehin dibine vuruyoruz... Yan masada altı beyefendi oturuyor, takım elbise, kravat, hani artık ender rastlanan "İstanbul beyefendisi" derler ya, kibar, görgülü, işte onlardan, en genci 80 yaşında, ufak ufak demleniyorlar. Kulak misafiri oluyoruz, kıkır kıkır sohbet ediyorlar. Şahane bir ekip yani. Dayanamadık sorduk... Meğer delikanlılıktan beri arkadaşlarmış, haftada bir filan düzenli olarak buluşup, adabıyla parlatıyorlarmış... Allah herkese sizin gibi arkadaşlık, hepimize bu yaşta fava-rakı ihsan eylesin dedik.

Gülümsedi her zamanki gibi, aldı kadehini, kalktı yerinden, bizim masamızı şereflendirdi, bir duble de sizinle arkadaşlık edelim dedi.
Bay Harry'di.

Babası 1919'da Arnavutluk'tan İstanbul'a göçetmiş, bu topraklardaki ilk çikolata imalathanesini kuran Fransız Moulatier'nin yanında çıraklık yapmış, 1923'te, İstiklal Caddesi'nde ilk pastanesini açmıştı. Cumhuriyet'le yaşıt olan bu pastanenin ismi, Loryan'dı... Fransızca "şark" anlamına gelen l'Orient kelimesinin okunuşuydu.

1934'te yasa çıktı, yabancı isimlerin Türkçeleştirilmesi gerekiyordu. Mareşal Fevzi Çakmak'ın damadı, sanat tarihi profesörü Burhan Toprak, Loryan'ın müdavimlerindendi. Ona danıştılar. "Baylan ismini koyun" dedi. Çağatay Türkçesi'nde "kusursuzluk, mükemmellik" anlamına geliyordu. Şark, mükemmel oldu, Loryan, Baylan oldu.

Bay Harry, babasının pastanesinde çıraklık yaptı, liseden sonra Viyana'ya, pastacılık okulu Zuckerbaecker Schule'ye gitti, oradan diplomayı aldı, İsviçre'ye geçti, uluslararası Richmont Fachshule'de çikolata eğitimi aldı, Mövenpick'te çalıştı, Almanya'ya geçti, Solingen Grafrath'ta gıda sanayi okulunda şekerleme eğitimi aldı.

1953'te yurda döndü.
Türkiye'nin "ilk mektepli pastacısı"ydı.

İlk'lerine başladı...
Türkiye'yi espresso'yla tanıştırdı.
İlk cappuccino'yu o tattırdı.
İlk milkshake'i o çalkaladı.
İlk tiramisu'yu o yaptı.
İlk İtalyan dondurmasını...
İlk İskandinav kanepelerini...
İlk krokanlı çikolatayı o servis etti.
İlk madlenleri o üretti.
Pandispanyayı ilk o kullandı.
İstanbul efsanesi "kup griye"yi icat etti.
Vitrinini kalplerle süsleyip, Sevgililer Günü'nü ilk tanıtan o oldu.

Çikolata üzerine yazıyı, ilk o yazdı.

Yazı'nın merkezi oldu...
Attila İlhan, Fazıl Hüsnü Dağlarca, Cemal Süreya, Orhan Kemal, Haldun Taner, Peyami Safa, Asım Bezirci, Behçet Necatigil, Ferit Edgü, Ahmet Oktay, Güner Sümer, Fethi Naci, Tomris Uyar, Leyla Erbil, Oktay Akbal, Salah Birsel... Baylan'ı mesken tutanlardandı.

Varlık vergisi.
6/7 Eylül olayları.
Kıbrıs harekatı...
Yurdundan ayrılmadı.
Kızılcık şerbeti içtim dedi, hayatımıza lezzet katmaya devam etti.

Ve maalesef, namaz kılmayan hayvandır diyenlerin insan sınıfından sayıldığı ülke... Çok kıymetli bu evladını kaybetti.

Yaş kemale erince, Cumhuriyet'le yaşıt Baylan'ını, kakao-çikolata-kahve sektörünün devlerinden Altınmarka'ya devretmişti. Neden diye sorduklarında ne cevap vermişti biliyor musunuz? "Çocuğum olmadı, Baylan'ı bırakacağım varisim yoktu, bu yüzden güvenilir ellere emanet ettim, Baylan'ı sizin çocuklarınızın da görmesini istedim, çünkü Baylan benim değil, Türkiye'nin" demişti.

Benim değil...
Türkiye'nin.

Bana göre yurtseverliğin kup griyesi'ydi.

Harry Lenas

1931'de İstanbul'da doğdu, Baylan pastanelerinin kurucusu Filip Lenas'ın oğluydu, tam adı Haralambos'tu, kısaca Harry diye tanınıyordu, 2016'da vefat etti, Taksim Aya Triada Rum Ortodoks Kilisesi'nde düzenlenen cenaze töreninden sonra Şişli Rum Mezarlığı'nda toprağa verildi.

Haluk

Ve, Maltepe'deki arkadaşlarımın kitabı çıktı...
Er Mektubu Görülmüştür!

Yurtsever okurların, asrın iftirasına uğrayan Balyoz esiri subaylarımıza gönderdiği mektuplardan derlendi. Maltepe aracılığıyla, Silivri, Hasdal, Hadımköy, Mamak, Sincan, Şirinyer'e ulaşan 1 milyon 300 bin mektup arasından seçildi. Dolayısıyla, bu kitabın yazarı, bizzat Türk milletidir. İmecedir. Dünyada ilktir. Tarihte örneği yoktur.

Adı niye böyle derseniz?

Esir subaylarımızın yurttaşlara gönderdiği cevap mektuplarına "er mektubu görülmüştür" damgası vuruldu. Mahkeme sona ermeden, yargısız infaz yapıldı, generaller, amiraller, kurmay albaylar, posta evrakı üzerinde "er" seviyesine indirildi. Akılları sıra, manen yaralayacak, gururlarını inciteceklerdi.
Halbuki, bu damga, aslında, bu dönemin basiretsiz

yöneticilerinin alnına vurulmuştu. Çünkü, esir subaylarımız "er mektubu görülmüştür" ibaresini, onur vesikası olarak kabul etti.

Şöyle diyorlar mesela, kitabın sunuş bölümünde: "Bu mektuplar karşısında, bütün madalya ve rütbeler kifayetsiz kaldı, kıvanç duyuyoruz, artık hem Mustafa Kemal'in askeri, hem yüce Türk milletinin erleriyiz."

Tüm esirler adına, hava kurmay albay İsmet Çınkı, deniz kurmay albaylar Ender Kahya, Cem Okyay, Yavuz Uras ve Erdinç Altıner tarafından derlenen kitapta... Değerli ağabeyim Uğur Dündar'ın Ataol Behramoğlu'nun Doğu Perinçek'in Tuncay Özkan'ın ve Ümit Zileli'nin de mektuplara dair yazıları var.

Bu kitap... Balyoz adı verilen davanın, millet vicdanında beraat ettiğinin kanıtıdır. New York'tan Ardahan'a, Sydney'den Edirne'ye, Berlin'den Erzurum'a, Moskova'dan İzmir'e, Cape Town'dan Ankara'ya, Rio'dan İstanbul'a... Zihniyet akrabalarının, dünyanın en büyük ailesinin, albümüdür. Şartlar her ne olursa olsun, namuslu, cesur kalmayı başarabilen, boyun eğmeyen, ruhen teslim olmayan insanlarımızın, nüfus cüzdanıdır. Aynı zamanda... Geleceğimize sahip çıkmaktır.

Ayakkabı kutuları yüzsüzlüğünde... Bu kitabın bütün geliri, fırsat eşitliğinden faydalanamayan çocuklarımızın eğitimine harcanmak üzere, Çağdaş Yaşamı Destekleme Derneği'ne bağışlanmıştır.

Haluk Hepkon

1969'da İstanbul'da doğdu, İstanbul Üniversitesi iletişim fakültesinden mezun oldu, 12 sene aikido sporuyla uğraştı, Marmara Üniversitesi spor akademisinde yüksek lisans yaptı, 2008'de Kırmızı Kedi Yayınevi'ni kurdu, tutuklanma tehdidine rağmen elini taşın altına koydu, Ergenekon-Balyoz kumpas süreçlerinde, okunmasından bile korkulan kitapları bastı, *Er Mektubu Görülmüştür* bu kitaplardan biriydi, bu kitaptan para kazanmayı boşverin, daha geniş kitleler tarafından okunabilmesi için, kendi cebinden üste para harcadı, 2016 itibariyle, altı sene gibi çok kısa sürede 650'den fazla kitabın yayıncısı olmayı başarmıştı.

Korcan

Sene 2004.
Londra'daki Madame Tussaud Müzesi'nde Mustafa Kemal'in balmumu heykeli vardı. Ancak, Mustafa Kemal olduğuna bin şahit isterdi. Raşitik bir vücut, alakasız bir surat, ne saçı benziyordu, ne göz rengi tutuyordu. Üstelik, müzede sergilendiği yer adeta kıyıda köşedeydi, büyük devlet adamlarına ayrılan bölümde değildi.

Müzeyi her sene bir milyon kişi ziyaret ediyordu, Türk vatandaşları gördükçe kahroluyor, yabancılar ise Atatürk'ü böyle tanıyordu.

Londra'ya her giden aynı şikayetle dönüyordu ama, sayın devletimiz, sayın hükümetimiz kılını kıpırdatmıyordu... Mustafa Koç el koydu!

(Madame Tussaud müzesindeki tuhaf heykelden rahatsızlık hissedenlerin başında, varlığıyla onur duyduğumuz Profesör Yılmaz Büyükerşen geliyordu. Kendimiz yapmazsak, elaleme bırakırsak, olacağı bu diye düşünmüş ve sırf bu nedenle balmumu heykel çalışmaya başlamıştı. Büyükerşen'in çabalarından önce Türkiye'de balmumu heykel yapmak için malzeme bile üretilmiyordu. Dönemin hava kuvvetleri komutanı İbrahim Fırtına, Eskişehir'de görev yaptığı sırada, Profesör Büyükerşen'in çabalarına şahit olmuştu. Bir vesileyle biraraya geldiklerinde Mustafa Koç'a anlattı. Fikri ateşledi. Mustafa Koç, balmumu heykelde en yetkin ismimiz Profesör Büyükerşen'i aradı, projenin başına geçer misiniz diye sordu. Cevap, elbette evetti.)

Koç grubu, Madame Tussaud müzesiyle temas kurdu, resmi teklifini iletti: "Atatürk heykelini değiştirmek istiyoruz, Profesör Yılmaz Büyükerşen'in kontrolünde olacak, gereken neyse yapmaya hazırız."

Müze tarihinde böyle bir değişikliğin örneği yoktu. Mırın kırın ettiler, olmaz öyle şey filan dediler. Koç grubu bastırdı.

Müze yönetimi iki şartla kabul etti. Müzenin başheykeltıraşı, Profesör Büyükerşen'le birlikte çalışacaktı, Koç grubu tüm masrafları karşılayacak, üstüne 70 bin pound ödeyecekti.

Derhal kabul edildi. İki şarta, iki karşı şartla cevap verildi.

Müzenin heykeltıraşı öncelikle Lord Kinross'un Atatürk biyografisini okuyacak, ardından Anıtkabir'i görecek, sonra heykele başlayacaktı. Çünkü Atatürk, sadece vücut ölçülerinden, fotoğraflarından ibaret değildi. Atatürk'ün dehasını, ışıltısını tanımadan, Türk milletinin Atatürk'e sevgisini, saygısını tanımadan, Atatürk'ü Atatürk'e benzetebilmesi mümkün değildi.

Atatürk'ün 50 yaşındaki hali yansıtılacaktı. 10 Kasım 1938'de vefatından hemen sonra alınan ve Anıtkabir'de korunan birebir yüz maskı kopyalandı. Vücut ölçülerini ve karizmasını ortaya koyan fotoğraflarını Profesör Büyükerşen verdi.

(Parantez açalım... Bu projeye vesile olan İbrahim Fırtına, asrın iftirasıyla Silivri'ye tıkıldı. Bu projenin, Atatürk'e dair tüm askeri organizasyonunu üstlenen, değerli arkadaşım kurmay albay İsmet Çınkı, asrın iftirasıyla Maltepe'de yatırıldı. Bu memlekette Atatürk'ü sevmenin maalesef ciddi bedeli var... Parantezi kapatalım.)

Bir sene çalışıldı.
Gerçeğe yakışır, muhteşem bir heykel ortaya çıktı.

Ayrıca... Koç Grubu'nun sözleşmesi gereğince, heykelin yeri değiştirildi. Ana salon tabir edilen, büyük liderlerin sergilendiği bölüme taşındı.

Törenle açılışı yapılacaktı.
Gününü Mustafa Koç belirledi.

10 Kasım 2005.
Ölüm yıldönümünde, doğacaktı.

O zamanlar atv haber'in başındaydım. Atv de henüz havuz medyası değildi. Madame Tussaud müzesinden özel izinle canlı yayın yaptık. Koç Grubu tarafından yenilenen Atatürk'ün balmumu heykelini, açılışından bir saat önce Türkiye'ye gösterme onurunu yaşadık.

(30 dakika yayın yaptık. İzlenme rekoru kırıldı. Telefonlarımız kilitlendi. Yurttaşlar ağlayarak arıyor, tekrarını istiyordu. Ana haber bülteni, o gün ve ertesi gün, üç defa tekrar yayınlandı.)

Mustafa Koç canlı yayınımıza katıldı. Yandaş medyaya biat

etmediği için işten çıkarılacak olan değerli arkadaşım Korcan Karar'ın sorularını yanıtladı. Neden bu işe el koyduğunu anlattı.

"Atamızı aklımızda ve kalbimizde taşıdığımız biçimde, yani gerçek hatlarıyla tanıtmak istedik. Gururluyum, heyecanlıyım. Türkiye Cumhuriyeti'nin kurucusu ulu önder Mustafa Kemal Atatürk, fiziken aramızda olmasa da, 20'nci yüzyılın liderleri arasında, peşinden kitleleri sürükleyebilecek karizmaya ve öngörüye sahip... İdealleri halen yaşayan, fikirleri ölümsüz bir başka lider yok. Atatürk Türkiyesi'ni çağdaş uygarlığın ilerisine taşımak, ülkemizi ve tarihimizi uluslararası platforma doğru tanıtmak için, üzerimize düşenleri yapmayı bir borç biliyoruz."

2003'te Koç Holding Yönetim Kurulu Başkanı olan Mustafa Koç'un, bu koltukta bizzat gerçekleştirdiği ilk sosyal sorumluluk projesi buydu. İlk imzasını Mustafa Kemal'le atmıştı.

Ailesi ona mübarek bir isim verdi.
O da isminin hakkını verdi.

Ve önceki gün, sosyal medyadan hayatının son paylaşımlarını yaptı. Bu defa Havana'da adaşı'nın yanındaydı.

Güle güle Mustafa Koç.
Nur içinde yat.
Seni hep güzel hatırlayacağız.
Hep Mustafa'yla hatırlayacağız.

Korcan Karar

1962'de İzmir'de doğdu, Roma Santa Cecilia Konservatuarı'ndan mezun oldu, gazeteciliğe *Yeni Asır*'ın İtalya muhabiri olarak başladı, *Sabah*'ta çalıştı, atv'de çalıştı, atv ana haber bültenini sundu, Mustafa Koç röportajı gibi, tarihi canlı yayınlara imza attı, 2006'da İtalya Cumhurbaşkanı Ciampi tarafından onur nişanıyla ödüllendirildi, Show tv'ye geçti, Skytürk 360 kanalında çalıştı, savaş belgeselleri hazırladı, fotoğraf sergileri açtı. Türkiye'nin en başarılı habercilerinden, en yüksek reytingli televizyoncularından biriydi, yakın arkadaş olduğumuzu bildikleri için, 2014'te, özellikle Yılmaz Özdil aleyhinde haber yaptırmak istediler, reddetti, istifa etti.

Bobby

Chicago'nun kenar mahallesinde metruk binada yaşıyorlardı. Annesinin karnı burnundaydı, bodrum kattaki çamaşırhanedeyken sancılandı, babası çığlığı duyup yardıma koştu ama, ne hastaneye yetişmek için otomobilleri vardı, ne de taksiye verecek paraları... Oracıkta, yere serilen kirli bi havlunun üstüne, merdiven altında doğdu.

Annesi uyuşturucu bağımlısıydı. Babası torbacı'ydı. Beş kardeşin en küçüğüydü, beşi de crack kullanıyordu. Henüz 10 yaşındayken, kendisinden üç yaş büyük ağabeyi sırtından vurularak öldürüldü. Cenaze töreni bugün bile gözünün önünden gitmiyor. Ağabeyi tabutun içinde Chicago Cubs takımının beyzbol formasıyla yatıyor, tabutun başındaki annesi ise, bileklerinden kelepçeli vaziyette, polislerin arasında ağlıyordu. Çünkü... Annesi o sırada hapisteydi. Oğlunun cenazesine katılması için, polis nezaretinde getirilmişti. Çocukluk döneminde annesi-babası, hatta ağabeyleri habire içeri giriyor, ortada kalıyor, akrabalarının yanına sığınıyordu. Neticede kendisi de "aile mesleği"nden ıslahevine düştü, üç sene yattı.

Yaşamın kıyısındaydı... Ya uçurumdan atlayacak, ya da hayata tutunacaktı. "Pes etmeyeceğim" dedi. Her şeye yeniden başlamaya karar verdi. Tedavi gördü. Islahevindeyken liseyi bitirdi. Özgürlüğüne kavuşunca, kargo şirketinde işe girdi. Mesaiden sonra sabahlara kadar basketbol idmanı yapıyordu. Üniversitelere başvurdu. Alabama'daki Troy Üniversitesi'ne kabul edildi, sporcu bursu aldı.

Doğuştan yeteneği, oyun kurucu zekası vardı. Kolej ligindeki istatistikleri harikaydı ama, 1.77'lik boyuyla NBA'de hiç şansı olmadığını biliyordu. Ne yapmalı? Antrenörleri yönlendirdi. Avrupa'yı deneyecekti. Bindi uçağa, ver elini Polonya... Fransa'da İtalya'da forma giydi. Beş sene boğuştu, çalıştı didindi, aradığını bulamadı, mutlu olamadı. 2012'de İzmir'e geldi.

Ve, mucizevi hayat hikayesinin, mucizevi sonuçları oldu.

Basketbol ekolümüz Karşıyaka'ya 28 sene sonra şampiyonluk kazandıran isimlerden biri oldu.

Annesini tedavi ettirdi, uyuşturucu batağından kurtardı, ev aldı.

İlkokul sıralarından beri Tangela'ya âşıktı, iki kızları oldu, birine Heaven-Cennet, diğerine Angel-Melek ismini koydular. Basketboldan kazandığı parayla kızlarına huzurlu bir yuva, iyi bir eğitim sağladı.

Geldiği yeri asla unutmadı. Chicago'da umutsuz gençlere fırsat yaratmaya çalışan Lionheart vakfına maddi-manevi destek oluyor. Uyuşturucuyla mücadele için sosyal sorumluluk projelerine katılıyor. "Hangi dikenli yollardan geçtiğimi biliyorum, benim gibi sahipsiz çocukların o yollara sapmalarını engellemek istiyorum" diyor.

Fenerbahçe'ye transfer oldu. Bugüne kadar ortalama paralar kazanıyordu, seneliği altı sıfırlı dolara imza attı.

Adeta yeniden doğmasını sağlayan ülkenin bayrağı altına girdi. Türk vatandaşı oldu!

Ve dün, milli takım kadromuz açıklandı.
Dünyanın en zengin ülkesinde, metruk binanın bodrum katında, merdiven altında, kirli bi havlunun üzerine doğan talihsiz çocuk... Zirveye çıkması için kendisine merdiven olan bu mübarek ülkenin, ay-yıldızlı formasını giymeye hak kazandı.

Ve, milli takım kadrosunun açıklandığı saatlerde, meclisteki tören başlamak üzereydi... Atatürk Türkiyesi'nin imkanlarıyla, fırsat eşitliği sayesinde milletvekili olmuş bazı tipler, hâlâ, "yemin ederken Türk milleti demek zorunda mıyız, demesek olmaz mı" tartışması yapıyordu.

Bobby Dixon

Futbolda Mehmet Aurelio, atletizmde Elvan Abeylegesse, voleybolda Natalia Hanikoğlu, masa tenisinde Melek Hu, basketbolda Bobby Dixon... "Devşirme sporcular"ın yararlı olup olmadığı daima tartışılır. "Kendi çocuklarımız dururken, yabancıların Türk vatandaşı yapılması doğru mu?" filan denilir. Halbuki, aslında sorulması gereken soru şudur: Onlar üç beş kişi, bizler 80 milyonuz. Bu 80 milyon kişi arasından basketbolda bir oyuncu kurucu çıkaramıyorsak, takkeyi önümüze koyup düşünmemiz gerekmiyor mu?

Süleyman

Modern gazeteciliğin kurucularından olan İngiliz yazara "gazetecilik nedir?" diye sormuşlar... "Genel itibariyle Lord Jones'un yaşadığından haberi olmayan insanlara 'Lord Jones öldü' demekten ibarettir" demiş.

Demirel, rahmetli Lord Jones'tur.

Çünkü, Türkiye'nin ortanca yaşı 28'dir. Nüfusun yarısı 28 yaşından küçüktür. 12 Eylül darbesi mesela... Bugünkü nüfusun üçte ikisi o tarihte henüz doğmamıştı. Demirel'le Ecevit'in Hacivat-Karagöz oldukları dönemde, şimdiki çocukların anne-babaları bile çocuktu.

Dolayısıyla, gençlerimiz açısından, Süleyman Demirel'in ölmesiyle Kazım Karabekir'in ölmesi arasında pek bi fark yoktur. İsmini duymuşlardır, hepsi odur.

Halbuki...
Hayati derecede önemlidir.

CHP, Ecevit'in mirasçısı.
MHP, Türkeş'in mirasçısı.
Saadet, Erbakan'ın mirasçısı.
AKP desen, Özal'ı sahipleniyor.
Bi tek kimi alan yok?
Baba'yı!

Kasket'i giyen var.
Takke'yi giyen var.
Börk'ü giyen var.
Hatta, fes giyen var, poşu giyen var.
Şapka boşta...
Temel sorun budur.

("İki koyun güdemeyenlere oy vermeyin" diyenlerin alkışlandığı ülkede... Büyük karizmaydı Çoban Sülü.)

Kenara çekildiğinde yarattığı boşluk, kara delik gibi, Türkiye'yi yuttu.
Takke-kasket, börk-poşu tahterevallisiyle, istersen 100 kere seçim yap. Şapka'yı giyen bulunmazsa, sıklet merkezleri değişmeyecektir.

Süleyman Demirel

Tam adı, Sami Süleyman Gündoğdu Demirel'di. 1924'te doğdu. İTÜ'de inşaat yüksek mühendisi oldu. Akrabası Nazmiye Şener'le evlendi, çocukları olmadı. 1965-93 arasında yedi defa hükümet kurdu, 10 sene 5 ay başbakanlık yaptı. 12 Eylül 1980 darbesinde gözaltına alındı, Gelibolu Hamzakoy'da ve Çanakkale Zincirbozan'da tutuldu, siyasetten yasaklandı, yedi sene sonra halkoylamasıyla yasağı kaldırıldı. 41 yaşında başbakan olmuştu, 69 yaşında cumhurbaşkanı oldu. "Baba" lakabıyla tanınıyordu, alamet-i farikası fötr şapkasıydı. 2015'te vefat etti, doğduğu yerde, Isparta İslamköy'de anıt mezarda toprağa verildi.

Fatih

Rönesans insanıydı. Entelektüeldi. Arapça, Farsça, Latince, İtalyanca, Rumca, Sırpça, henüz 19 yaşındayken altı lisan konuşurdu. Felsefeye meraklıydı. Milattan önceye ait Yunanca elyazmaları okurdu. Filozofları etrafına toplar, Peripatosçuların, Stoacıların ilkelerini, Platon'u Aristoteles'i tartışırdı. Coğrafyaya düşkündü. Batlamyus olarak tanınan Cladios Ptolemaios'un *Geographia*'sını incelerdi. Matematiksel coğrafya kavramının miladı kabul edilen *Geographia*'da bölük pörçük yeralan haritaları, bütün haline getirtip yayımlattı. Akdeniz, Ege ve Adriyatik'in girintilerini çıkıntılarını, derinliklerini, adalarını avucunun içi gibi bilirdi. Mesela, Limni adasını vergi toplamak için almadı, stratejik önemi olduğu için almadı. Peki neden aldı? Tin-i mahtum, yani "mühürlü toprak" adı verilen kırmızı renkli bir toprak türü var, sadece Limni'de bulunuyor, zehirlenmeye, yılan sokmasına karşı deva olduğuna inanılıyor, bezlere sarılıp yıkanıyor, süzme yoğurt gibi ağaçlara asılıyor, toz halinde kurutuluyor, tekrar çamur haline getirilip, bardak yapılıyor, bu bardağa konulan içecekte zehir varsa, bardak çatlıyor iyi mi... Limni'yi işte bu yüzden aldı. Dünyanın henüz dünyadan haberi yokken, doğal kaynakları kullanırdı. Astronomiyle ilgiliydi. Özellikle, matematiksel sentez anlamına gelen ve 13 kitaptan oluşan *Almagest*'in Latince çevirisine bayılırdı. Matematiğe trigonometri seviyesinde hakimdi. Çünkü, güneş'in ay'ın hareketlerini, yörüngeleri, yıldızları, ekinoksları izah eden *Almagest*'i kavrayabilmen için, trigonometri bilmen gerekirdi. Efsane astronom Ali Kuşçu'nun tee 1438'de hazırladığı yıldız kataloglarını, matematik teorilerini tekrar tekrar okur, adeta yutardı. Bizans'a ait kitapların koleksiyonunu yapardı. Ayasofya'ya dair neredeyse yazılmış tüm orijinal eserleri biriktirmişti. Topkapı Sarayı'nda kurduğu kütüphanesinde ilk ciddi araştırma, 1929'da Mustafa Kemal Atatürk'ün emriyle gerçekleştirildi. Latince, Yunanca, İtalyanca, Farsça 587 eser tespit edildi. Bunların dördü elyazması *İlyada Destanı*'ydı. Bugün tüm dünyadaki kütüphanelerde en iyi korunabilmiş Bizans dönemi *İlyada Destanı*, onun kütüphanesinden çıkan elyazmalarından biri... İstanbul'un Konstantinopolis dönemine ait en eski şehir haritası, ondaydı. Büyük İskender'in biyografisi olan *Anabasis*'in kopyası, kütüphanesindeydi. Homeros'un *İlyada*'sından o kadar etkilendi ki, kalkıp Truva'ya gitti. Yanından ayırmadığı vakanivüs Kritovulos'un notlarından biliyoruz, kalıntıları gezdi. Akhileus'un, Hektor'un mezarları hakkında bilgi aldı, kahramanlıklarını saygıyla andı. Truva'nın konumunu, denizle-karayla ilişkisinin stratejik yararını irdeledi. Papa II. Pius'a yazdığı mektuptan anlıyoruz ki, İstanbul'un fethini Truva'nın rövanşı gibi görürdü. Hobileri vardı. Denizi çok severdi. Oppianos tarafından kaleme alınan ve balıkçılık üzerine yazılmış en eski kitap olan *Halieutika*'yı okurdu. Balıkçılık gelişsin diye, Pontus'u aldıktan sonra, 60 kadar Rum balıkçıyı aileleriyle birlikte getirdi, Sarıyer'e yerleştirdi. Ezop'un fabllarını okurdu. Merak yelpazesi genişti, Hipokrat'ı, lir sanatını, hayvanların özelliklerini, değerli taşları okurdu. Kültür adamıydı, sanatçılara kol kanat gerer, ödüllendirirdi. Şairdi. "Avni" mahlasıyla şiirler yazardı. *Bağda gülden bahseden, yanağını kasdeder / serviden söz açanlar, endamını kasdeder / dilbere vasıl olmak dar-ı dünyadan murad / âşık, aşkın derdi ile dermanını kasdeder...* Mimariyi çok önemserdi. Yaşadığı mekanları Alla Turchesca, İran, Karaman, Alla Greca tarzında inşa ettirirdi. Sofu değildi. Hatta dindar olduğu bile pek söylenemez. Galata'daki San Pietro kilisesine gidip, ayin izlerdi. Seremoni sevmezdi, kalabalıklarla dolaşmazdı, inanması güç gelecek ama, seyyahların notlarından okuyoruz, kiliseye giderken yanında sadece iki koruma olurdu. Yahudi, Rum farketmez, ustalarıyla dostluk kurardı. İtalyan ekolünü beğenirdi. Portresini İtalyan ressam Bellini'ye yaptırdı. (Ecdadın torunları olduğunu iddia eden palavracı politikacılarımız sahip çıkmadığı için... En ünlü tablosu, National Gallery koleksiyonuna dahildir, Londra'da Victoria Albert Müzesi'nde sergilenir.) Aslında kendisinde de ressamlık yeteneği vardı. Topkapı Sarayı'nda bulunan ve Ordinaryüs profesör Süheyl Ünver tarafından günışığına çıkarılan defterinden biliyoruz. Roma büstlerini andıran insan figürleri, at, leylek, kartal gibi hayvan figürleri, çiçek motifleri çizmişti. İlk altın sikke onun için bastırıldı. Üzerinde "darib'ün nadri sabih-ül-izzi vennasri, filberri velbahri" unvanı bulunuyordu. Yani "izzet sahibi, karaların ve denizlerin hakimi"ydi. Aslına bakarsanız, bu sikkenin öyküsü de, sanat merakından kaynaklanıyordu. Bizans ganimetlerini incelerken, İmparator 8. Palaeologos'un portresinin madalyon üzerine işlenmiş olduğunu gördü. Kendisi için bunun bir benzerini yaptırmak istedi, araştırdı, Constanzo di Moysis isimli sanatçıyı Napoli'de buldurdu, İstanbul'a getirtti. Böylece, madalyona işlenen ilk Müslüman hükümdar oldu. Eğitimine beş yaşında başlandı, çocukluğundan itibaren harp tarihiyle, harp sanatıyla yetiştirildi. Ateşli silahları tasarım yapabilecek seviyede tanırdı. Tarihte ilk havan topunun çizimlerini, bizzat o yaptı, tarihte ilk havan topu İstanbul'un fethinde kullanıldı. Gerçek manada dünya lideriydi.

E bugün bakıyoruz... Fetih yapıyorum filan diye, İstanbul caddelerini fotoğraflarınla doldurmuşsun, tahtadan surlar yaptırmışsın, zabıtalara yeniçeri kıyafeti giydirmişsin, sahnede maket kadırga çektirip, kendi figüranlarına kendini alkışlatacaksın.

Yani hakikaten gazan mübarek olsun, fetih müsamerene limon sıkmak istemem ama... Fatih kim, sen kim be birader!

II. Mehmet

1432'de Edirne'de doğdu, Osmanlı'nın yedinci padişahı oldu, 32 sene hüküm sürdü. 21 yaşındayken İstanbul'u fethetti, bin senelik Bizans İmparatorluğu'na son verdi. Bu fetih, pekçok tarihçi tarafından Orta Çağ'ın sonu, Yeni Çağ'ın başlangıcı kabul edildi. 1481'de vefat etti.

Hasan

Yine de şahlanıyor aman
kolbaşının yandım da kır atı
görünüyor yandım aman
bize sefer yolları

TRT Ankara Radyosu'nun etrafı tanklarla sarılmış, darbe bildirisi okunmuş, kahramanlık türküleri çalınıyordu.

Radyoyu ele geçirmekle görevli tümgeneral hışımla yayın odasına daldı. "Ruhi Su denilen adamın türkülerini yayına kim koydu" diye bağırdı. Eli tabancasının üstündeydi, gık diyeni çekip vuracaktı. Nasıl olur da ihtilal sabahı o gomünistin türküleri yayınlanırdı?

Kurşuna dizilecek gibi duvarın dibine dizilen TRT'ciler "aman efendim, bi yanlış anlaşılma var herhalde" dediler, bandı çıkarıp gösterdiler, "Ruhi Su değil, Hasan Mutlucan yayınlıyoruz."

Tümgeneral bandı inceledi, ikna oldu, "peki, çalmaya devam edin" dedi. Meğer... Genelkurmay karargahında radyo dinleyen Kenan Evren ve arkadaşları, Hasan Mutlucan'ı Ruhi Su zannetmiş, telefonu kaldırıp, radyoyu kontrol altında tutan tümgenerale fırça kaymıştı.

Darbeyi yapanlar Hasan Mutlucan'ı tanımamıştı ama... Hasan Mutlucan darbe yüzünden Türkiye'nin en meşhur insanı olmuştu.

Yılların halk müziği sanatçısı, sayın ahalimiz tarafından "memleketi kurtaran general" muamelesi görüyordu. Adeta, Kenan Evren'den sonra Milli Güvenlik Konseyi'nin en tanınmış üyesiydi! Her görüldüğü yerde "bizi anarşistlerden kurtardın" diye elini öpüyorlardı.

Aynı zamanda... "Hedef" olmuştu. Mizah dergilerine kapak konusu yapılıyor, Kenan Evren'e edilemeyen hakaretler Hasan Mutlucan'a ediliyor, o davudi sesiyle türkü söylemesin diye karikatürlerde ağzı bantlanıyordu. Parodilerin malzeme'siydi, darbe yapmaya niyetlenen Afrika ülkeleri TRT'den Hasan Mutlucan'ı ödünç istiyordu filan!

Halbuki...

Hasan Mutlucan darbeye karşıydı. "Cuntanın sesi" haline getirilmişti ama, solcu'ydu. Kendisine her mikrofon uzatıldığında "rızam olmadan türkülerimi yayınladılar, küskünüm" diyordu. Kenan Evren'in adını bile telaffuz etmek istemiyor, "o adamı hiç sevmedim, memlekete zararı oldu, başımıza dincileri getirdi" diyordu. Nafile... Ne derse desin, anlatamadı. "Darbe türkücüsü" sıfatı, yapıştı kaldı.

Üstelik... Hiç günahı olmadığı halde darbeyle özdeşleştiği için, 12 Eylül rüzgarı geçince "yasaklı sanatçı" haline getirildi. Askeri yönetimi çağrıştırıyor diye, resmen ambargo uygulandı. Ne radyolarda çalınıyordu, ne de ekrana çıkarılıyordu. Hayranları sokakta gördüğünde "abi senin türkülerini dinlemek için darbe olmasını mı bekleyeceğiz" diye şaka yapıyordu. Kahroluyordu.

12 Eylül 2010'daki yetmez ama evet referandumu sırasında, yeniden gündeme getirildi. Yeniden "infaz" edildi. Kenan Evren'le alakalı her habere, Hasan Mutlucan türküsü monte edildi. Yetmez ama evet'e karşı çıkan herkese "Hasan Mutlucan gibiler" benzetmesi yapıldı.

30 sene acı çekti.
2011'de vefat etti.

Açık açık "darbeye karşı olduğunu" söylemesine rağmen, açık açık Kenan Evren'i eleştirmesine rağmen, açık açık "türkülerimi cuntaya alet ettiler" demesine rağmen... Koca koca gazeteler, hiç utanmadan "darbelerin simgesi öldü, darbe türkücüsü öldü" başlıklarını attılar.

Yaşarken, sanatını linç etmişlerdi.
Rahmetli olunca, naaşını katlettiler.

Ve bugün...
12 Eylül dönemi ebediyen kapanırken, bir hakkın teslim günüdür.

Mert dayanır
namert kaçar
meydan gümbür gümbürlenir

Menderes'i alkışlayan, sonra askeri alkışlayan, sonra Demirel'i alkışlayan, sonra askeri alkışlayan, sonra Özal'ı alkışlayan, sonra askeri alkışlayan, sonra takunyalıları alkışlayan, gelene ağam gidene paşamcı sayın basınımız... Tarihinde bir kez olsun"mert" davranıp, Hasan Mutlucan'ın hatırasından özür dilemelidir.

Hasan Mutlucan

1926'da İzmir'de doğdu. İstanbul Belediyesi Konservatuarı'na girdi, Münir Nurettin Selçuk tarafından opera sanatçısı olması konusunda teşvik edildi, ancak, türkü âşığıydı. 1973'te TRT Radyosu'nda söylemeye başladı, efsane ses karakteriyle tüm Türkiye'de tanındı. 2011'de vefat etti, İstanbul Çekmeköy'de toprağa verildi.

Zeki

Sene 1953.
10 yaşındaydı.
Babasının işi için Beyrut'taydılar.
İşte ilk o gün gördü.
Bir oyuncakçı dükkanının vitrininde...
Çuf çuf dolaşıyordu.
Büyülenmişti.
Seyretti, seyretti, seyretti.
Alamadı maalesef.

Gel zaman git zaman...
Bir alışveriş merkezinde gezerken, çocukluğundaki oyuncak trenin benzerini gördü. Heyecanla almak istedi. Maalesef satılmıyordu. Alışveriş merkezinin dekoruydu.

Zamanında maddi imkansızlık nedeniyle babasının yapamadığını, bu defa kızı yaptı... Alışveriş merkezindeki devasa oyuncak trenin nerede satıldığını araştırdı, buldu, doğum gününde hediye etti.

Baba evlada değil...
Evlat babaya oyuncak almıştı.

Sevinçten havalara uçtu. Rayları kurdu, vagonları yerleştirdi, yol kenarlarına istasyonlar, ağaçlar kondurdu. Büyüttü... İlave lokomotifler aldı, ilave hatlar döşedi. Bir odayı komple boşalttı, insanlar, evler, otomobiller, tarlalar, hayvanlar, elektrik direkleri, hemzemin geçitler monte etti. Sinyalizasyon sistemi bilgisayara bağlı, uzaktan kumandalıydı. Saatlerce oynuyor, kendini kaybediyordu. Odaya sığamaz hale gelmişti, aradaki duvarı yıktırıp, köprülerle, viyadüklerle öbür odaya doğru genişletmeyi planlıyordu.

72 yaşında çocuktu.

Dön dolaş aynı yere çıkan, hiçbir yere giden oyuncak trenin yolcusuydu. Hepimiz gibi... Bindi, gitti.

Zeki Alasya

1943'te İstanbul'da doğdu. Robert Kolej'den mezun oldu. Metin Akpınar, Haldun Taner ve Ahmet Gülhan'la birlikte Devekuşu Kabare Tiyatrosu'nun kurucuları arasında yeraldı. Metin Akpınar'la ayrılmaz ikili oldular, 53 sene boyunca aynı sahneyi, aynı film setlerini paylaştılar. *Aslan Bacanak*, *Köyden İndim Şehire*, *Nereye Bakıyor Bu Adamlar* gibi, replikleri ezbere bilinen filmlerde ve çok seyredilen televizyon dizilerinde rol aldı. Yönetmenlik yaptı. 1988'de Devlet Sanatçısı unvanı aldı. 2015'te vefat etti, Zincirlikuyu'ya defnedildi.

Okutan

44 yaşındasınız.
Evlisiniz.
3 çocuğunuz var.
Maaşınız 2 bin 500 lira.
Piyango vurdu.
100 bin dolar çıktı.
Ne yaparsınız?

2 bin 500 lira maaştan ayda bin lira biriktirseniz, bu paraya anca 20 sene sonra sahip olabilirsiniz. 20 sene... Ama dedim ya, piyango vurdu, 100 bin dolar çıktı. Ne yaparsınız?

Nuri Okutan.

Sakarya Valisi.
Türkiye'deki valiler "ne yaparım da bir tane daha mercedes makam otomobili alırım" diye kafa yorarken... Bu vali "ne yaparım da bir çocuğun daha okumasını sağlayabilirim" diye kafa yoruyor.

Soyadı üstünde "Okutan..."

Sakarya'dan önce Siirt valisiydi. Kalıpları kırdı, ilginç yöntemlere başvurdu. Kız çocuklarının okumasını teşvik eden muhtarları protokole aldı, onore etti. Yöresel gerçekleri kullandı, kızını okula gönderen babalara altın dağıttı. Görülmemiş sayıda kız çocuğunun okula başlamasını sağladı. Siirt'ten Sakarya'ya geldi. Okul öncesi eğitim oranı yüzde 7'ydi, yüzde 90'a çıkardı! Gelişme hızında Türkiye şampiyonu yaptı. Valiliğin tüm imkanlarını, dar gelirli ailelerin çocukları için kullandı.

Bu müthiş kişisel çaba ve kişisel başarı, Vehbi Koç Vakfı'nın dikkatini çekti. 100 bin dolarlık Vehbi Koç Vakfı ödülü, kız çocuklarının eğitimine katkılarından ötürü, Nuri Okutan'a verildi.

Anasının ak sütü gibi helal paraydı. Son kuruşuna kadar güle güle harcasın diye verildi.

Ne yaptı Nuri Okutan?
Kendisine verilen bu parayı, kendi ailesi için harcamadı, tek kuruşuna bile dokunmadı, okul yaptırmak için bağışladı!

Sakarya Camili Mahallesi'ndeki inşaatı derhal başlattı. Pekçok firma, benim de tuzum bulunsun dedi, ücretsiz mal verdi. Vehbi Koç Vakfı, bu onurlu tavrı daha da desteklemek için 50 bin dolar daha gönderdi. 100 öğrenci kapasiteli okula, Fatmana Anaokulu adı verildi.

Isparta Eğirdir'de yaşayan Fatmana, Nuri Okutan'ın anacığıydı. Oğlunun ödül aldığını duyunca "bilirim, benim oğlan o parayı çocuklara harcar" demişti. Haklıydı.

İnşaat bir sene sürdü. Maalesef, Fatmana'nın ömrü vefa etmedi. Tamamlanmasına bir ay kala rahmetli oldu. Ama eminiz ki, bu evladı yetiştiren ana... Cennetten gülümseyerek seyretti okulunun açılışını.

Tee 10 sene evvel...
2006'da yazmıştım bu yazıyı.

Sakarya'dan sonra Trabzon ve Şanlıurfa valiliği yapan Nuri Okutan, akp valilerine yer açılması için, 2011'de kızağa çekildi. Kariyerinin zirvesinde, gelmiş geçmiş en başarılı valilerden biriydi ama, adeta sihirli bir el tarafından defterden silindi.

Vatandaşa "gavat" diyeni vali yaptılar, 25 şehit morgda yatarken poz vererek sucuk hediye edeni vali yaptılar, TC'yi kaldırtanları vali yaptılar, 10'uncu Yıl Marşı yerine akp'nin seçim şarkısını çaldırtanı vali yaptılar, ilkokulları denetlerken tahtaya Arapça yazı yazanları vali yaptılar... Nuri Okutan'ı bir daha asla vali yapmadılar.

Çünkü suçu büyüktü!

"Kadın erkek eşitliği fıtrata ters"ken, kız çocuklarının okutulması ve "eşit birey" olmaları için çaba harcıyordu.

Profesör Türkan Saylan, Profesör Filiz Ali, Profesör Mehmet Özdoğan, Profesör Aziz Sancar, Profesör Turgay Dalkara, Profesör Nermin Abadan Unat, Profesör Gökhan Hotamışlıgil, Profesör Zeynep Çelik ve Profesör Ali Nesin'i ödüllendiren Vehbi Koç Vakfı'ndan, Türkiye'nin en prestijli ödülünü alarak... Topluma örnek insan olma gafletinde bulunmuştu!

Ve şimdi... Fatmana'nın oğlu Nuri Okutan, doğup büyüdüğü Isparta'da, MHP'nin birinci sıra milletvekili adayı oldu.

Sağcı solcu, ülkücü devrimci meselesi değildir bu... Kız çocukları "eşit birey" mi olacak, "ikinci sınıf insan" mı olacak? Bunun seçimidir.

Ayakkabı kutusu'ndaki dolarlara, üstüne faiz alanlar mı kazanacak? Yoksa, kendi dolarlarını kendine ayakkabı bile almadan eğitime bağışlayanlar mı? Bunun tercihidir.

Nuri Okutan

1962'de Isparta'da doğdu. Ankara Üniversitesi Siyasal Bilgiler Fakültesi işletme bölümünden mezun oldu. AKP hükümeti defterden silmişti ama, vatandaş sahip çıktı. Haziran 2015 genel seçiminde milletvekili seçilerek TBMM'ye girdi, Kasım 2015 erken genel seçiminde tekrar seçildi.

Özcan

İzmir Kahramanlar'da doğdum. Alsancak'ın kıyısıydı. Önümüz fuar, arkamız "tenekeli mahalle"ydi. Bildiğin tenekeden yaparlardı evlerini... Bilahare, artık tenekede oturmasınlar diye, belediye tarafından apartmanlar inşa edildi oraya... Hadi bakalım, bu sefer de tenekeli-naylonlu mahalle oldular. Çünkü, veletler habire camı çerçeveyi indiriyordu. Gereksiz gördükleri pencereleri tenekeyle kapattılar, gerekli gördükleri pencereleri naylonla kapladılar.

Herhangi bir akşamüstü uğrayın... Dördüncü kat balkonunda beygir görebilirsiniz! Faytoncu beygiridir. Kapının önünden araklamasınlar diye, merdivenden çıkarıp, sağlam sağlam balkona bağlarlar.

"Roman" demeleri boşuna değildir. Marquez romanlarından fırlamış gibidir tenekeli mahalle... Bienal'dir. Evini mesela, öyle bi yeşile boyar, yeşilin o tonunu renk skalasında bulamazsın. Kapıyı da gider mor'a boyar. Hayal güçleri, sürrealist ressamları bile kıskandırır.

Kadınları özgürdür.
Hayatı, kırmızı karanfil gibi takarlar saçlarına.

Tantanlar sınırdır, Kahramanlar'la tenekeli mahalle arasında... Tantanlar nedir derseniz? Bariyer inip kalkarken, tan tan tan diye kampana sesiyle uyarır, ki, trenin altında kalmayasın... İşte buna, sizler hemzemin geçit dersiniz, biz İzmirliler tantan deriz. Ve, o zamanki çocuk parkı yoksulluğunda, salıncak gibi binerdik, tenekeli mahalleyle bizi ayıran tantanlara... Ölümle oynamaktan korkmazdık ama, çocuk aklı, ölümüne korkardık, geçmezdik öbür tarafa.

Sonra büyüdük azıcık...
Gördük ki, sınır mınır yok aslında hayat coğrafyasında.

Döviz yasaktı o yıllarda... Döviz büfesi gibi hizmet verirlerdi. Atatürk Lisesi'nin arkasına park eden faytonculardan çeyrek dolar alır, Amerikalılara ait hastanenin çikolata makinelerine dalardık.

Babamın durağı Kısmet Taksi'de araba yıkayıcısı "Ceksın" vardı. Pek meşhurdu. Asıl ismi, Tahir'di. İlkokula bile gitmemişti ama, şakır şakır İngilizce konuşurdu. Nato'da görevli Amerikalılar, onu

"Jackson" diye çağırırdı. "Niye?" diye sormuştum. "Bilmom" demişti. Bu ismi kimin, neden taktığını bilmiyorduk ama, Tahir dedin mi, kimse tanımıyordu, Ceksın dedin mi, bütün Alsancak tanıyordu.

Türkiye'de henüz spor ayakkabı kavramı bile yokken, hayatımın ilk Converse'ini almıştım Ceksın'dan... Amerikalıları kafalar, üstlerinde başlarında ne varsa alır, dışarda satar, yolunu bulurdu. Taksiciler arasındaki beyzbol kültürünün gelişmesinde büyük katkıları olmuştu. Rahmetli babamdan bana miras kalan beyzbol sopasını da, Ceksın temin etmişti.

Yabancı sigara yasaktı. Samsun'dan da odun çıkıyordu. N'aaparsın? Kuruçay'a Hilal'e giderdik geceleri, Marlboro almaya... Memleket Sovyetler Birliği gibi yaşarken, İzmir'in ithalatçılarıydı romanlar.

Baktılar ki, müşteri kerizin önde gideni, Johnnie Walker diye, demlenmiş çay satarlardı. Şişeyi öyle güzel boşaltıp, öyle güzel doldururlardı ki, ilk yudumu alıncaya kadar anlaşılamazdı.

Az biraz daha büyüdük, orijinal darbukatör baryam'larla tanıştık. İkiçeşmelik'te sanatçı kahvesi'nde takılırlardı. Düğün mü yapacaksın, sünnet mi var, davul, zurna, klarnet, hatta hamamda bayılma numarası yapan ayı, ne ararsan bulunurdu... Urla civarından dansözler gelirdi, sanırsın Ukrayna'dan geldiler, bembeyaz ten, gözler mavi... Romanım diye yemin etseler, bin şahit istenirdi.

Lise bitti, gazeteciliğe başladım, gündüz üniversitedeyim, gece çalışıyorum. İstisnasız, her akşam Boğaziçi karakoluna giderdim. Çünkü, Allah sizi inandırsın, her Allah'ın günü Roman vatandaş vukuatı yaşanırdı. Komedi filmlerini andıran, birbirinden renkli haberler çıkardı. Kavga, gürültü, yaygara, gırla... Kullandıkları jargon desen, zaten tam şenlik... İncir çekirdeğini doldurmayacak mevzulardan saç saça baş başa girerlerdi. En güzel tarafı neydi biliyor musunuz? İki saniyede kapışırlar, bir saniyede barışırlar. Dünyanın en önemli meselesiymiş gibi, hakaretlerle bağıra çağıra gelirler karakola, güle oynaya çıkarlar, kol kola... 50 bin Roman yaşıyor İzmir'de, senede 50 bin olay olur, tatlıya bağlanmayanı yoktur.

Kedere neşe, öfkeye kahkaha, çileye eğlence katan, hayata gülümseyerek bakan, güzel insanlardır romanlar... Buna rağmen, kelimenin tam manasıyla "öteki"dirler. Dışlanırlar, hor görülürler.

Özcan Purçu da öyleydi. Tenekeden çatısı bile olmadı. Naylon çadırda doğdu. Ailece sepet örüp, satarlardı. Annesi bohçacıydı. Elektrikleri, suları yoktu. Tuvalet sokaktaydı. Suyu camiden taşırlardı. Bidonla su taşırken sırtı yara olurdu, dere kenarında yıkanırlardı. Ayakkabısı yoktu. Okula annesinin terliğiyle gitti. Kitap alamazdı. Gazeteleri, yerde bulduğunda okurdu. İlkokula başladığında nüfus cüzdanı bile yoktu. Liseyi bitirene kadar çadırda yaşadı, mum ışığında, sokak lambasının altında ders çalıştı. Birincilikle bitirdi. Romanların milat'ı olmaya kararlıydı. Okudu, okudu, okudu... Uludağ Üniversitesi kamu yönetimini bitirdi. Kaymakam olmak istiyordu. Bırak kaymakamı, roman olduğu için, devlette işe bile alınmadı. Yazılı sınavları şakır şakır geçiyordu ama, sözlü mülakatlarda eliyorlardı. Baktı olacak gibi değil, Roman hakları mücadelesine başladı. Egeli Romanlar Yardımlaşma Derneği'ni kurdu. Avrupa Konseyi'ne bağlı Avrupa Romanlar ve Göçebeler Forumu'nun Türkiye temsilcisi oldu. Mersin'de 400 Roman çocuğun eğitim aldığı etüt merkezini kurdu. Geçen sene bu etüt merkezinden 16 çocuk anadolu lisesini kazandı, 6 çocuk güzel sanatlar fakültesini kazandı.

Ve, bu mucize adam, CHP'den İzmir milletvekili adayı.

Tenekeli mahallenin sınırında büyümüş bir İzmir çocuğu olarak bütün kalbimle diyorum ki... Demokrasi tarihimiz boyunca hiç kimse Özcan kadar milletvekili olmayı hak etmemiştir. Sadece Romanlar için değil... "Umutsuz vaka" haline gelen demokrasimiz için de umuttur.

Özcan Purçu

1977'de Aydın Söke'de doğdu. 2015'te CHP'den İzmir milletvekili seçildi. Türkiye'nin ilk, Avrupa'nın üçüncü Roman kökenli milletvekili oldu. "Kırmızı plakayla Roman çadırlarına gideceğim, Roman çocuklarının okuması için uğraşacağım" dedi. Dediğini yaptı. TBMM Başkanlık Divanı katip üyesi seçildi, TBMM 011 kırmızı plakayı taktı, ilk iş, Roman çadırlarına gitti. Özcan Purçu'nun mücadelesi, Türkiye'deki Romanlar açısından milat oldu.

Çetin, Necip, Eşref, Selim

İstanbul'un göbeğindeki İstanbul Adliyesi'nde katledilen şehit savcı Mehmet Selim Kiraz'ın ismi adliyeye verildi.

Yakışır bu ülkeye... İhmaller, sorumsuzluklar, aymazlıklar, basiretsizlikler kabristanıdır Türkiye.
Çetin Emeç bulvarı
Abdi İpekçi spor salonu
Uğur Mumcu mahallesi
Ahmet Taner Kışlalı ilkokulu
Bahriye Üçok çocuk yuvası
Muammer Aksoy dersliği
Necip Hablemitoğlu caddesi
Kemal Türkler mahallesi
Nesimi Çimen sokağı
Metin Altıok sokağı
Asım Bezirci kütüphanesi
Onat Kutlar sinema salonu
Metin Göktepe caddesi
Türkan Saylan kültür merkezi
Hrant Dink sokağı
Muhsin Yazıcıoğlu parkı
Eşref Bitlis kışlası

Göz göre göre kaybet...
Sonra ismini yaşatmaya çalış.

Hakim Yücel Özbilgin öldürüldü.
Kütüphane oldu.
Savcı Hakan Kılıç öldürüldü.
Konferans salonu oldu.
Savcı Murat Uzun öldürüldü.
Hatıra ormanı oldu.

13 Mayıs Madencileri İlkokulu var mesela... Soma'da taşerona mahkum edilip, pisi pisine can veren 301 insanımız için açıldı.

Suriye'ye ölüme gönderilen Fantom pilotlarından yüzbaşı Gökhan Ertan'ın ismini meslek lisesine verdiler, teğmen Hasan Hüseyin Aksoy'un ismini anadolu lisesine verdiler. Konya'da düşen Fantom pilotu yüzbaşı Mustafa Delikanlı'nın ismini parka verdiler. Süleyman Şah türbesi operasyonunda hayatını kaybeden astsubay başçavuş Halit Avcı'nın ismini konferans salonuna verdiler.

Hâlâ neden öldükleri belli değil...
Ver ismini bi yere, geç.

Doktor Ersin Arslan katledildi.
Hastane oldu.

Özgecan katledildi.
Gençlik merkezi oldu.

Devlet yönetimini ele geçiren tiplerin, aymazlığı, beceriksizliği, basiretsizliği, başarısızlığıdır aslında o levhalarda yazanlar.

Spor salonu, kültür merkezi, okul, park, cadde filan deniyor ama... Dünyanın en büyük "ihmaller kabristanı"nın mezar taşlarıdır onlar!

Çetin Emeç

Necip Hablemitoğlu

Eşref Bitlis

Çetin Emeç, 1935 İstanbul doğumluydu, bana göre Türkiye'nin gelmiş geçmiş en büyük gazetecisiydi, haber-tiraj dehasıydı, 1990'da *Hürriyet*'in genel yayın yönetmeniyken, Suadiye'deki evinden çıktığı sırada silahlı saldırıya uğradı, şoförü Sinan Ercan'la birlikte öldürüldü, suikast karanlıkta kaldı.
Necip Hablemitoğlu, 1954 Ankara doğumluydu, Ankara Üniversitesi'nde devrim tarihi dersleri veriyordu, 2002'de evinden çıktığı sırada başına kurşun sıkılarak öldürüldü, Alman vakıflarının Türkiye'deki altın madenleriyle ilişkisini ortaya koyan kitaplar yazmıştı, Fethullah Gülen cemaatinin istihbarat dünyasındaki örgütlenmesiyle ilgili kitap hazırlığındaydı, suikast karanlıkta kaldı.
Eşref Bitlis, 1933 Malatya doğumluydu, jandarma genel komutanıydı, ABD'nin Kürdistan planını ilk teşhis edenlerden biriydi, İncirlik'teki ABD güçlerinin PKK'ya yardım ettiğini açıklamıştı, 1993'te kendisini taşıyan

askeri uçak, Ankara Güvercinlik'ten havalandı, dokuz dakika sonra, Ankara Yenimahalle'ye düştü, üç subay bir astsubayla birlikte şehit oldu, buzlanma denildi, komplo teorileri havada uçuştu, karanlıkta kaldı.

Müjdat

İstanbul Üniversitesi'nde ders verdiği dönemde, koridorda, başı öne eğik, sıkıntılı halde dolaşan bir öğrencisini görür.
– Hayrola?
– Galiba ayrılıyoruz hocam.
– Nasıl yani?
– Sınava giremiyorum.
– Niye giremiyorsun?
– Harç yatıramadım.
– Kaç para lazım?
– Şu kadar lira.
Çıkarır, verir...
O an, bi de karar verir.
– Bedava okul açmam lazım.

Müjdat Gezen Sanat Merkezi, bugün, 25'inci kuruluş yıldönümünü kutluyor.

Dolunay Soysert, Şevket Çoruh, Gökçe Bahadır, Şebnem Bozoklu, Ezgi Mola, Yasemin Allen, Zuhal Topal, İlker Ayrık, Çağlar Çorumlu, Sevinç Erbulak, Ahu Türkpençe, Ahmet Saraçoğlu, Zeynep Kaçar, Merve Boluğur, Ömür Arpacı, Derya Karadaş, Mustafa Üstündağ, Arzu Yanardağ, Umut Kurt, Şeyla Halis, Berat Yenilmez, Betül Şahin, Bilâl Çatalçekiç, Gonca Vuslateri, Ümit Çırak, Özlem Yılmaz, mezunlarından bazıları... Çalakalem yazdım, tam liste vermeye kalksam, buraya sığmaz. Çünkü, 25 senede 5 bin öğrenci yetiştirdi, 5 bin... Şu anda özel tiyatrolarda, izlenme rekoru kıran dizilerde aktif rol alan sanatçıların, yönetmenlerin, metin yazarlarının yüzde 70'i bu okuldan mezun.

Haldun Dormen, Türkan Şoray, Göksel Kortay, Engin Cezzar, Savaş Dinçel, Erol Keskin, Oğuz Aral, Kemal Sunal, daima örnek aldığım Kandemir Konduk, Umur Bugay, Emre Kongar, Sunay Akın, Alaattin Yavaşça, Melahat Pars, Mustafa Sağyaşar, Şakir Öner Günhan, Melih Kibar, Fatih Erkoç, Esin Engin, Erdal

Atabek, Güngör Dilmen, Aliye Uzunatağan, Sadun Aksüt, Süheyla Altmışdört, Mustafa Alabora, Adnan Ataman, Seha Okuş, Fuat Güner, Hüsrev İsfendiyaroğlu, Gülgün Feyman, Tuncer Cücenoğlu, Cevat Çapan, Haşmet Zeybek, Çiçek Dilligil, Sevinç Erbulak, gelmiş geçmiş hocalarından bazıları...

Tiyatro, hafif batı müziği, klasik gitar ve yazarlık bölümleri var. Özel bir jürinin önünde, yetenek sınavıyla giriliyor. Üç sene eğitim veriliyor. Mezun olanlar, milli eğitim tasdikli diploma alıyor.

Tamamen ücretsiz.

Peki ya okulun geliri nereden? Öğrencilere nasıl oluyor da yüzde yüz burs verilebiliyor? Ücretli kurslar sayesinde verilebiliyor... Konservatuar hazırlık, aktör stüdyo, diksiyon, Türkan Şoray Sinema Akademisi, Uğur Dündar Televizyon Okulu, Yılmaz Özdil Yazı Okulu gibi ücretli bölümler var. Buralardan elde edilen gelir, yüzde yüz olarak, ücretsiz bölümlere aktarılıyor. Ayrıca, Müjdat Gezen Tiyatrosu'nun tüm gişe geliri de, olduğu gibi, okula veriliyor.

Maddi bağış kabul edilmiyor. Kuruluş prensibi... İsterseniz çantayla para getirin, asla alınmıyor. Ama, piyano bağışlamak istediniz, gitar bağışlamak istediniz, o mümkün, teşekkür plaketiyle kabul ediliyor.

Okul, aynı zamanda "müze" gibi... Tiyatro tarihimize dair, eşsiz eşyayı barındırıyor. Mesela, İsmail Dümbüllü'nün fesi orada... İsmail Dümbüllü orta oyununda kavuk giyerdi, tuluatta fes giyerdi. Kavuk, Ferhan Şensoy'daydı Rasim Öztekin'e devretti. Fes, Müjdat Gezen'de... Söz konusu fes, Kel Hasan Efendi'ye aitti, İsmail Dümbüllü'ye verdi, İsmail Dümbüllü Münir Özkul'a verdi, Münir Özkul Müjdat Gezen'e verdi, Müjdat Gezen de bu muhteşem emaneti, kendisinin el verdiği birine devredecek.

Müjdat Gezen Sanat Merkezi, 25 sene evvel, hem Cumhuriyetimizin hem Müjdat Gezen'in doğumgününde, 29 Ekim'de kuruldu. Ancak, kuruluş yıldönümü 1 Nisan'da kutlanıyor. Çünkü... 1 Nisan, rahmetli Savaş Dinçel'in doğumgünü... 55 senelik arkadaştılar, kardeşten ileriydiler. Kenan Evren döneminde, ellerine ayaklarına zincir bağlandı, ikisi birlikte 21 sene hapisle yargılandılar. Suçları, kitap yazmak, karikatür çizmekti. Maalesef çok erken kaybettik ama, bu okul vesilesiyle Savaş Dinçel de anılmış oluyor, yaşatılmış oluyor.

Müjdat Gezen Sanat Merkezi, sadece genç sanatçıları yetiştirmiyor. İhtiyacı olan, duayen sanatçılara da sahip çıkıyor. "Sanatçı evi" var. Aktör, figüran, yönetmen, set işçisi, farketmiyor... Hayatının son demlerinde dara düşmüş, evi barkı olmayan emektarlar, bu "sanatçı evi"nde kalıyor. Kira yok. Aidat yok. Hergün üç öğün yemekleri geliyor, tatlıları, meyveleri, içecekleri, çerezleri geliyor. Haftada bir gün doktorları geliyor, altı ayda bir hastanede genel kontrolden geçiriliyorlar. Ameliyat gerekiyorsa, ameliyat ettiriliyorlar. 7 gün 24 saat, otel gibi, temizlikleri yapılıyor. Çarşafları yastıkları değiştiriliyor, çamaşırları yıkanıyor. Hiç para ödemiyorlar. Sıfır lira. Ömürlerinin sonuna kadar burada kalıyorlar. Huzurla. Mutlulukla. Tüm masrafları, Müjdat Gezen Sanat Merkezi tarafından karşılanıyor. Son görev'e, cenaze namazına, okulun yöneticileri, öğrencileri katılıyor, cenaze masrafları dahi kimseye bırakılmıyor. Özellikle Yeşilçam'dan, aileleri-dostları tarafından terkedilen ve buraya sığınan öyle isimler var ki, kulaklarınıza inanamazsınız.

(Sanatçı evi'ni yazdığım için, Müjdat ağabey bana çok kızacak, eminim... Çünkü, haber yapılmasına izin vermiyor. Hiçbirinin rencide edilmemesi için, evin adresini bile parmakla sayılayacak kadar az kişi biliyor.)

Okulun gayrimenkulleri, Müjdat Gezen'in 55 senelik sanat hayatının birikimi. Servet değerinde. Sırf Kadıköy'deki köşkünü yıksan, 20 katlı apartman dikilir. Ama, parayla işi yok, gönül kumbarası var, insan biriktirmeyi tercih ediyor. O nedenle... Kendisine ait tapulu mallarını, resmen, 10 öğrencisine devretti. Ne eşine, ne çocuğuna... Öğrencilerine verdi. Müjdat Gezen Sanat Merkezi, Allah uzuuun ömür versin, Müjdat Gezen'den sonra, bu öğrencileri tarafından devam ettirilecek.

Gönül kumbarasının mevduat hesabı, bu akşam, Park Bosphorus Hotel'de toplanacak. Öğretmenler, öğrenciler, Türkiye'nin en renkli kadrosu, 25'inci kuruluş yıldönümü balosunda bir araya gelecek.

Nice 25 senelere.

Ve, bana hep sorarlar, Müjdat Gezen'in en çok hangi yönünü seviyorsun diye... Atatürkçüdür, kemik gibi cumhuriyetçidir, ağabeydir, dosttur, delikanlıdır, altı okka'dır, orası ayrı ama... Hepsinden önemlisi, Müjdat Gezen'i sevmek, yurttaşlık görevidir.

Müjdat Gezen

29 Ekim'de cumhuriyet bayramında... 29 Ekim 1943'te İstanbul'da dünyaya geldi, Muammer Karaca Tiyatrosu'yla başladı, 1967'de arkadaşlarıyla birlikte Halk Oyuncuları'nı kurdu, 1968'de kendi özel tiyatrosunu açtı. 100'den fazla sinema filminde, binden fazla radyo skecinde-televizyon dizisinde rol aldı. 32 kitap yazdı, şiir albümü çıkardı. Akp'nin en çok mahkemeye verdiği sanatçı oldu!

Yılmaz

"Yüzbaşı" Yılmaz Tankül, Erzincan'daki mayınlı saldırıda ağır yaralandı, yoğun bakıma alındı.

O komadayken...

Deniz Feneri davası başladı. Teğmen Mehmet Ali Çelebi tutuklandı. Tuncay Özkan tutuklandı. Bedrettin Dalan yurtdışına kaçtı. Atatürk'ü sarhoş ve dinsiz gösteren *Mustafa* belgeseli vizyona girdi. CIA ajanı Graham Fuller'in *Yeni Türkiye* isimli kitabı piyasaya çıktı. Tayyip Erdoğan, savcı Zekeriya Öz'e makam mercedesini verdi. Kemal Unakıtan ameliyata gitti, eşi Ahsen hanım "rabbime sordum, içime Cleveland doğdu" dedi. Cem Garipoğlu, Münevver'in kafasını kesti. TRT Şeş yayına başladı. Mustafa Balbay tutuklandı. Tayyip Erdoğan, Davos'ta "van münüts" dedi. Muhsin Yazıcıoğlu'nun helikopteri düştü. Profesör Mehmet Haberal, Profesör Fatih Hilmioğlu tutuklandı. Profesör Türkan Saylan'ın evi basıldı. Tayyip Erdoğan "Kürt açılımı başlatıyoruz" dedi. Behlül, yengesi Bihter'i öptü, *Aşk-ı Memnu* izlenme rekoru kırdı. Mardin'de "töreriz" patladı, 44 kişi öldü. Yağmur yağdı, dere taştı, İstanbul'da 21 kişi boğularak can verdi. *Taraf* gazetesi "Genelkurmay'ın AKP ve Fethullah Gülen'i bitirme planı hazırladığını" yazdı. Tayyip Erdoğan "rejimin güvencesi polistir" dedi. Bursa'da grizu patladı, 19 işçi rahmetli oldu. Kandil'den üniformalarıyla Habur'a gelen 34 PKK'lı törenle karşılandı. DTP kapatıldı, BDP açıldı. Osman Baydemir "hükümete, devlete mesajımız var, hastirin" dedi. İsrail, büyükelçimizi tabureye oturttu. Mehmet Ali Ağca serbest bırakıldı. Yarbay Ali Tatar canına kıydı. "Bülent Arınç'a suikast" manşetleri atıldı. Kozmik oda'ya girildi. *Taraf* gazetesi "Fatih Camii bombalanacaktı" manşetini attı. Mehmet Baransu, savcıya bavul'u getirdi. Kurmay albay Berk Erden canına kıydı. Erzincan başsavcısı İlhan Cihaner tutuklandı. Tayyip Erdoğan, şarkıcı, artist, futbolcu ve roman açılımı yaptı, Kürt açılımına destek istedi. Elazığ'da alt tarafı 6 şiddetinde deprem oldu, 51 insanımızı kaybettik. TSK'ya balyoz indi, İbrahim Fırtına, Özden Örnek, Çetin Doğan, Engin Alan, 70 subay tutuklandı. Hakan Fidan MİT müsteşarı yapıldı. Manevi suikast işlendi, Deniz Baykal kasedi çıktı. Kılıçdaroğlu genel başkan oldu, Yeni CHP oldu. Zonguldak'ta grizu patladı, 30 can gitti, çalışma bakanı "güzel öldüler" dedi. İsrail, Mavi Marmara'yı bastı, 10 vatandaşımızı öldürdü. Tayyip Erdoğan Irak sınırına gitti, hedef olmamak için kum çuvallarının arkasında çömeldi. İnek ithal edildi. *Haliç'te Yaşayan Simonlar* piyasaya çıktı. PKK ateşkes ilan etti, Tayyip Erdoğan "terör örgütüyle masaya oturduğumuzu iddia edenler şerefsizdir" dedi. "Yetmez ama evet" referandumu yapıldı. Kılıçdaroğlu'nun oy kullanamadığı ortaya çıktı. Hanefi Avcı tutuklandı. Üniversitede türban yasağı kaldırıldı. Wikileaks patladı, Tayyip Erdoğan'ın İsviçre'de 8 banka hesabı olduğu yazıldı, "İsviçre'de tek Allah kuruşum yok" dedi. İstanbul'da askeri fuhuş ve casusluk operasyonu yapıldı, subaylar casus ilan edildi. Hapisteki Hizbullahçılar bırakıldı. Tayyip Erdoğan, İnsanlık Anıtı'na "ucube" dedi, yıktırdı. Tunus'ta ayaklanma çıktı, 23 senedir yöneten Zeynel Abidin kaçtı. Mısır patladı, Mübarek'i kafese tıktılar. Mısır'da ordu yönetime el koyarken, Türkiye'de orduya el koydular, 163 subay tutuklandı. Libya'da içsavaş çıktı, 25 bin vatandaşımız mahsur kaldı, canlarını zor kurtardılar, Kaddafi linç edildi. Soner Yalçın, Nedim Şener, Ahmet Şık, Profesör Yalçın Küçük, Kaşif Kozinoğlu tutuklandı. Japonya'da deprem ve tsunami oldu, 16 bin kişi öldü, nükleer santral patladı, Tayyip Erdoğan "riskten korkuyorsanız, evinize aygaz tüpü de koymamanız gerekir" dedi. İbrahim Tatlıses vuruldu. Bedri Baykam'ı görüşleri nedeniyle bıçakladılar. Üniversite sınavına şifre yerleştirildi. MHP'nin belaltı kasetleri çıktı. Aziz Yıldırım tutuklandı. Genelkurmay başkanı, kara, hava, deniz kuvvetleri komutanı istifa etti. Jandarma komutanı Necdet bey istifini bozmadı, genelkurmay başkanı yapıldı. MİT'ileaks patladı, Oslo görüşmeleri internete düştü. Van'da deprem oldu, 604 insanımız gitti, şehircilik bakanı Erdoğan Bayraktar "fay kırıldı, artık en güvenli yer Van'dır, deprem olan yerde bir daha deprem olmaz, örneği görülmemiştir" dedi, Van'da 17 gün sonra gene deprem oldu, gene insanlarımız öldü. Bedelli askerlik çıktı, temel eğitim bile kaldırıldı, ensen kalınsa canın sağolsun, garibansan vatan sağolsun'du. Kaşif Kozinoğlu şaibeli şekilde vefat etti. Uludere'de Pkk konvoyu diye kaçakçı konvoyu vuruldu, çoğu çocuk 34 vatandaşımız F16'lar tarafından öldürüldü. Tayyip Erdoğan "her kürtaj Uludere'dir" dedi. Türkiye Cumhuriyeti'nin 26'ncı genelkurmay başkanı, terör örgütü kurmak ve yönetmekten tutuklandı. 19 Mayıs törenleri yasaklandı. Deniz Feneri savcıları, sanık oldu. Chp'li İzmir belediye başkanına 400 sene hapis istendi. Akp'den Mhp'ye geçen Adana belediye başkanı tutuklandı. Hakan Fidan, savcı tarafından ifadeye çağırıldı. Yasa değiştirildi, Hakan Fidan kurtarıldı, savcı görevden alındı. Tayyip Erdoğan "kininin davacısı, dindar nesil yetiştireceğiz" dedi. Esad, Esed oluverdi. Nedim Şener, Ahmet Şık bir sene yatırıldı, bırakıldı. Madımak zamanaşımından düştü, Tayyip Erdoğan "hayırlı olsun" dedi. 28 Şubat defteri açıldı, Çevik Bir tutuklandı, Sincan'a tıkıldı. Mehmet Ağar, Susurluk'tan tutuklandı. 4 artı 4 yasası çıkarıldı, imam hatip ilkokula indirildi. Atatürk anıtlarına çelenk koymak yasaklandı. Suriye, fantomumuzu vurdu, şehit pilotlarımızı 1270 metre derinden Amerikalılar çıkardı. Aziz Yıldırım serbest bırakıldı. İzmir'de askeri fuhuş ve casusluk davası açıldı, dışarda kalan subaylar tutuklandı. Obama, Tayyip Erdoğan'a beyzbol sopası gösterdi, kızılcık sopasının İngilizcesiydi. Pkk yol kesti, Chp milletvekili Hüseyin Aygün'ü kaçırdı, bıraktı. Afyon'da cephanelik patladı, 25 şehit vardı, Akp'nin bakanı "Hindistan'da Pakistan'da böyle şeyler olur" dedi. Tunceli Ovacık savcısı lojman kapısında şehit edildi. Balyoz'da 325 subaya 20 sene, 16 sene yapıştırıldı. Barzani, Akp kongresine onur konuğu olarak katıldı, Türkiye seninle gurur duyuyor sloganları atıldı. Saman ithal edildi. Şemdin Sakık'ın gizli tanık olduğu ortaya çıktı, Pkk tanık, TSK sanıktı. Özal'ın 19 sene sonra mezarı açıldı, zehir arandı. Soner Yalçın bırakıldı, 682 gün yatırılmıştı. Apo'yla müzakereler başladı. Paris'te üç Pkk'lı kadın öldürüldü. ABD Ankara Büyükelçiliği'nde canlı bomba patladı. İmralı tutanakları *Milliyet*'te yayımlandı. Apo "Tayyip Erdoğan'ın başkanlığını destekleyip, Anayasa'yı değiştireceğini" söylüyordu. İlker Başbuğ, Doğu Perinçek, Profesör Mehmet Haberal, Tuncay Özkan, Profesör Fatih Hilmioğlu, 64 kişiye müebbet istendi, idam olsa, idam istenecekti. Apo, Nevruz'da ulusa sesleniş konuşması yaptı. Akp, akil insanlar heyeti kurdu. TC silindi. Reyhanlı havaya uçtu, 53 insanımız can verdi. Tayyip Erdoğan "milli içkimiz ayrandır" dedi. "İki ayyaş" dedi. Gezi direnişi patladı, çocuklarımızı polislere öldürttüler. Mısır'da darbe oldu, cumhurbaşkanı seçilen şeriatçı Mursi'yi kafese koydular. Dört kadın Akp milletvekili meclise türbanla geldi. Dersaneler kapatıldı. Hakan Şükür, Akp'den istifa etti. 17/25 patladı. Ayakkabı kutusunda para, yatak odasında kasalar, bakan çocukları enselendi. Bilal, şüpheli sıfatıyla ifadeye çağırıldı. Savcılar görevden alındı, 80 bin polis sürüldü. Akp'nin en sevdiği savcı Zekeriya Öz, Akp'nin en sevmediği savcı oldu. Tayyip Erdoğan "paralel, haşhaşi" dedi. Fethullah Gülen beddua etti. Çevik Bir tahliye edildi. Zafer Çağlayan, Muammer Güler, Erdoğan Bayraktar istifa etti, Egemen Bağış istifa etmedi ama, bakanlıktan alındı. Erdoğan Bayraktar "ne yaptıysam, Tayyip Erdoğan'ın talimatıyla yaptım, onun da istifa etmesi lazım" dedi. Yalçın Akdoğan "milli orduya kumpas" dedi. MİT tırları yakalandı. Kızılay, Türk ibaresini sildi. Devlet Nişanı'ndan Atatürk silueti çıkarıldı. Akp milletvekili "Allahu tealanın bütün vasıflarını üzerinde toplamış bir lider Tayyip Erdoğan" dedi. Tayyip Erdoğan, Tüsiad başkanını vatan haini ilan etti, tarihte ilk kez Tüsiad başkanı istifa etti. Recepi ve Eminea sazanları keşfedildi. Türkiye'ye giren Suriyeli sayısı 2 milyonu aştı. 5 nolu harddisk gerçek diyen Tübitak, 5 nolu harddisk sahte dedi. Tape'ler yağdı. Paraların sıfırlandığı, milletin orasına koyulduğu anlaşıldı. Tayyip Erdoğan'ın dili sürçtü, "evlatlarıma helal lokma yedirmediğim halde, evlatlarıma haramdan bahsedecek kalitede değilsiniz" dedi. Fuat Avni fenomen oldu. 8 ay sonra kamera kayıtları yayınlandı, başörtülü bacıma saldırdılar iddiası, yalan çıktı. Özel yetkili mahkemeler lağvedildi. Özel okullarda Kürtçe eğitim serbest bırakıldı. Kürtçe seçim propagandası serbest bırakıldı. Akp milletvekili, 17/25'le "günah işleme özgürlüğüne darbe vurulduğunu" söyledi. Silivri kapıları açıldı,

Ergenekon'dan yatan herkes çıktı. Berkin'i kaybettik. Tayyip Erdoğan, Berkin'in annesini yuhalattı. Twitter, Youtube kapatıldı. Türkçe olimpiyatı yasaklandı. Kılıçdaroğlu'na mecliste yumruk atıldı. Kuru fasulye ithal edildi. Dicle üniversitesi rektörü, türban taktı. BDP'nin yerine HDP kuruldu. Kurmay albay Murat Özenalp şehit oldu. Anayasa Mahkemesi'nin önünde adalet nöbeti başladı. Soma'da 301 madencimiz hayatını kaybetti. Tayyip Erdoğan "fıtratında var" dedi, Soma'ya taziyeye gitti, vatandaşa yumruk attı. Danışmanı tekme attı. Yandaş medyadaki liboş gazeteciler işten atıldı, son kullanma tarihleri dolmuştu. Askeri üssün bayrağı, Pkk'lı gösterici tarafından indirildi. Işid, Musul konsolosluğumuzu bastı, konsolos dahil, 49 insanımızı kaçırdı. Ekmeleddin İhsanoğlu çatı aday oldu. Balyoz çöktü, bütün subayları bıraktılar. Hanefi Avcı'yı bıraktılar. Tuvalete gitmeye mecali olmayan Kenan Evren'le Tahsin Şahinkaya'ya müebbet verdiler. Şehit babasına, Tayyip Erdoğan'a hakaretten 1 sene hapis verildi. Casuslarımız (!) serbest bırakıldı. 17/25 soruşturmasını yöneten polisler, tutuklandı, Silivri'ye konuldu. Tayyip Erdoğan cumhurbaşkanı oldu. Mahsum Korkmaz heykeli dikildi. Atatürk heykelleri yakıldı. TEOG rezaleti yaşandı, Musevi çocukları bile imam hatipe kaydettiler. Çankaya'yı sildiler, 1150 küsur odalı Ak Saray'ı diktiler. Tayyip Erdoğan'a 185 milyon dolara yeni uçak alındı. Vahdettin Köşkü tahsis edildi. Davutoğlu başbakan oldu. 25 Aralık'a takipsizlik verildi, Bilal sıfırlandı. Asansör faciası yaşandı, 10 işçi çakıldı. Kılık kıyafet yönetmeliği değiştirildi, türban ilkokula girdi. Beyaz Saray, soykırım halısını serdi. Pkk-Hizbullah birbirine girdi, 50 kişi öldü. Makul şüphe yasası çıktı, Akp'ye karşıysan makul şüpheliydin. Peşmergeye koridor açıldı, topuyla tüfeğiyle, başka gün yokmuş gibi tam 29 Ekim'de Türkiye topraklarına girdi, Kobani'ye geçti. Cem Garipoğlu intihar etti. Ermenek'te 18 madencimiz can verdi. 17 Aralık'a takipsizlik verildi, ayakkabı kutusu faiziyle iade edildi. Cemaat medyası basıldı. Hidayet Karaca tutuklandı. Fethullah Gülen terörist ilan edildi, yakalama kararı çıkarıldı. Bavulcu tutuklandı. Tayyip Erdoğan'ı eleştiren 16 yaşındaki lise öğrencisi tutuklandı. 17/25 bakanları, Mecliste aklandı. Profesör Rennan Pekünlü hapse atıldı. 16 Türk devleti, Ak Saray'a muhafız oldu. Kolomb meğer palavraymış, Amerika'yı kimin keşfettiğini Tayyip Erdoğan açıkladı. Özgecan'ı yaktılar. Akp hükümeti toprağımızı terketti, Süleyman Şah türbesindeki sandukayı alıp, kaçtı. Üç fantom düştü, aileleri sesini çıkarmayınca ilk dört pilot şehit ilan edildi, son iki pilottan birinin babası Tayyip Erdoğan'ı suçlayınca, "son uçak pilot hatasından düştü" dediler. Tayyip Erdoğan ucube'den tazminata mahkum oldu. Arınç suikastı palavra çıktı. Kozmik oda'daki kozmik sırların pırrr diye uçtuğu anlaşıldı. Tayyip Erdoğan harp akademilerine gitti, "aldatıldık" dedi, Necdet bey alkışladı. Sonra çıktı, "İmralı'yla alakalı gelişmeleri gazetelerden okuyorum, hiç haberim yok, sıcak bakmıyorum" dedi. Apo'nun ikinci ulusa sesleniş konuşması Nevruz'da Türkçe ve Kürtçe okundu.

"Binbaşı" Yılmaz Tankül, şehit oldu.

Yılmaz Tankül

Pusuya düştüklerinde yüzbaşıydı, yedi sene komada kaldı, yedi sene sonra vefat ettiğinde rütbesi binbaşı olmuştu. Yüzbaşıyken vuruldu, binbaşıyken şehit oldu. Dünya askerlik tarihinde Yılmaz'ın örneği yok... Yılmaz'ın komada olduğu 2008-2015 arasında, yukarıda özetlediğim hadiseler yaşandı, bir anlamda, Türkiye de komadaydı.

Yaşar Nuri

Kur'an'da aldatışlar ve aldanışlar arasında dikkat çekilenler, küçükten büyüğe doğru şöyle sıralanabilir...
Yaldızlı-süslü laflarla aldatma, aldanma. (En'am, 112)
Beldelerde egemenlik kurmak, gezip dolaşmakla aldatma, aldanma. (Ali İmran, 196; Gafir, 4)
Dine sokulan uydurma ve iftiralarla aldatma, aldanma. (Ali İmran, 24; Enfal, 49)
Hurafeler, uydurmalar, anlamını bilmeden okuyuşlarla aldatma, aldanma. (Hadid, 14)
Sefil-rezil yaşayışla aldatma, aldanma. (Ali İmran, 185; En'am, 70, 130; A'raf, 51; Lukman, 33; Fatır, 5; Hadid, 20)
Allah ile aldatma, aldanma. (Lukman, 33; Fatır, 5; Hadid, 14)

Aldatış ve aldanışın en yıkıcısı, Allah ile aldatma'dır. Kur'an'da şöyle buyuruyor: Sakın, aldatıcı sizi Allah ile aldatmasın!

İnsanoğlunun en kahırlı bunalımları, Allah'ın araç yapıldığı aldatıştan kaynaklanan bunalımlardır. En zehirli zulümler de, bu aldatıştan doğar. En kalıcı, en yıkıcı bozgunlar, bu aldatışın vücut verdiği bozgunlardır. Tarih buna tanıktır.

Kur'an'daki "Allah ile aldatılmayın" ihtarına rağmen, Türk halkı dinine olan derin saygısı yüzünden Allah ile aldatılıyor.

Allah ile aldatmak; dinimizi, çıkar, koltuk, baskı, egemenlik aracı yapan bir sanayi koludur. İşin esası bakımından, ne dini vardır, ne de imanı... Onun dini imanı, Tanrısı, ibadeti, hep çıkarıdır, hesabıdır. Allah ile aldatanlar dokunulmaz, eleştirilmez bir "tahakküm teolojisi" oluşturmuşlardır. Türkiye'de bu teolojiyi egemen kılmak istiyorlar.

Bu bir Haçlı-İngiliz siyasetidir. Atatürk bu şeytani siyaseti, taa 1920'de dünyaya tanıtıyor. İngilizlerin siyasetinin "İslam'ı İslam'la yok etme siyaseti" olduğunu ilan ediyor.

Türkiye'de bugün dayatılan tez, Allah ile aldatma veya "siyasal İslam" tezidir. Atatürk'ün mirası, bütün ihtişamına rağmen, bir tez olmaktan çıkarılmış bulunuyor. İç ve dış hıyanetler, Türkiye'ye oynanan bu oyunda, ne yazık ki, başarılı olmuştur. Türk siyasetinin, imansızlıkları, gafletleri, dalaletleri, nefsaniyetleri, ciddiyetsizlikleri, tutarsızlıkları, kirlilikleri, işi bu noktaya getirdi. Atatürk'ün mirasını yeniden tez yapabilmenin ilk şartı, işi buraya getiren "Allah ile aldatma" siyasetine son vermektir.

Allah ile aldatma zulmünün en ağırları, kadın ve kadın hakları konusunda işlenmektedir. Türkiye'de bugün kadın, özellikle örtünme meselesinin istismarı aracılığıyla, Allah ile aldatan zümrelerin temel sömürü aracı olarak öne çıkarılmaktadır.

Türkiye'de sosyal devleti çöküşün eşiğine getiren sebeplerin başında, Allah ile aldatanların yarattığı "sadaka kültürü" ve bu kültürün yarattığı "sömürü merhametçiliği" gelmektedir. AKP iktidarı, bu yıkıcı sebebin saltanat dönemini temsil etmektedir. Allah ile aldatanlar, iane çadırlarıyla yetinecek bir toplum özlemektedir.

BOP'un temel hedefi, Ortadoğu'da İsrail'den daha büyük devlet bırakmamaktır. Yaşadığımız günlerin ABD ve AB'sinde,

Türkiye'yle ilgili ilk hedef, Türk Ordusu'nu etkisizleştirmek olarak dikkat çekiyor. Laikliğe saldırıyı emperyalizmin Haçlı kurmayları kotarıyor. Müslümanlar, burada sadece taşeronluk yapıyor. Türkiye'yi Allah ile aldatma zehrinin panzehiri, ancak, İslam'ın gerçeği içinden çıkarılabilir.

Nedir bu derseniz... Profesör Yaşar Nuri Öztürk'ün *Allah ile Aldatmak* isimli kitabından alıntılardır.

Cumhurbaşkanımız Ahmet Necdet Sezer, bu kitabı okuduktan sonra Profesör Yaşar Nuri Öztürk'e telefon etmiş ve "bu kitap Cumhuriyet'in manevi manifestosudur" demişti. Aynen katılıyorum... Cumhuriyet'e dair, *Nutuk*'tan sonra yazılmış en değerli kitaptır.

Ve, hani şimdilerde Tayyip Erdoğan hepimize "şapşal" muamelesi yaparak "aldatıldım" filan diyor ya... Bu kitabı okumasını tavsiye ediyorum!

Okusun ki... Yaldızlı-süslü laflarla yalan söylemenin, iftira atmanın, milletin parasıyla gezip tozmanın, gösteriş yapmanın, şatafatın, hırsızlığın, yolsuzluğun, koltuk şehvetinin, şahsi çıkar hesaplarının, fakir fukara istismarının, baskı düzeni kurmanın, dini-imanı siyasete alet etmenin, Allah ile aldatma'nın Kuran'a aykırı olduğunu görsün.

Okusun ki, aldatılmasın!

Yaşar Nuri Öztürk

1951'de Trabzon'da doğdu, dokuz yaşında hafız oldu, ilkokulu dışardan bitirdi, imam hatip lisesinden sonra, İstanbul Üniversitesi hukuk fakültesinden mezun oldu, İslam felsefesi üzerine doktora yaptı, profesör oldu, 1992'de İstanbul Üniversitesi ilahiyat fakültesinin kurucu dekanı oldu. 3 Kasım 2002'de CHP'den İstanbul milletvekili seçildi, CHP'den istifa etti, Halkın Yükselişi Partisi'ni kurdu, 2009'da aktif siyaseti bıraktı. 50'den fazla kitap yazdı. 2016'da 22 Haziran'da, doğduğu gün, vefat etti, doğduğu gün ramazan'dı, gene ramazan ayında rahmetli oldu, Kanlıca'da toprağa verildi.

Seyit

Seyit onbaşı 215 kiloluk top mermisini sırtında taşırken, ordu komutanımız Liman von Sanders paşaydı.

İstihkam komutanımız...
Erich Paul Weber paşaydı.
İstihbarat komutanımız...
Perrinet von Thauvenay paşaydı.
Donanma komutanımız...
Wilhelm Anton Souchon paşaydı.
Genelkurmay ikinci başkanımız...
Bronsart von Schellendorf paşaydı.
Boğazlar komutanımız...
Guido von Usedom paşaydı.
Tahkimat komutanımız...
Johannes Merten paşaydı.
Ordu başmüfettişimiz Bischof, lojistik komutanımız Schlee, tümen komutanlarımız Heuck, Nicolai, Sodenstern, Kannengiesser'di.

E bütün unvanları taşıma onuru yabancı subaylara verilince, 215 kiloluk top mermisini sırtında taşıma unvanı kime kaldı?

Seyit'e.

Aslında sadece bir top mermisi değildi... Akıla, bilime, gerçeğe saygısız, ilkel, yeteneksiz, korkak, milletine gaddar, yabancıdan medet uman, basiretsiz kafanın yüküydü o Seyit'in sırtındaki.

Kendi koltuğu için dini-imanı alet eden, adeta nefes alırcasına rahat yalan söyleyebilen, elalem istedi diye elalemin savaşına giren, kendisi saraylarda otururken milletin evlatlarını hoyratça ateşe süren, hastalıklı zihniyetin yüküydü, o Seyit'in sırtındaki.

Ve, yarın 18 Mart.

100 sene önce milletin kaderini elalemin subaylarına teslim eden padişahçılar... 100 sene sonra utanmadan... Mustafa Kemal sayesinde yazılan destanı, Mustafa Kemal'siz kutlamaya çalışıyorlar.

Türkiye Gençlik Birliği, bu utanmazlığa geçit vermemek için...

Bugün yurdun dört bir yanından otobüslerle yola çıkıyor. Yarın sabah, Bigalı köyünde buluşacaklar. Conkbayırı'na, 57'nci Alay şehitliğine, Namazgah tabyasına ve Çanakkale Abidesi'ne yürüyecekler. Sekiz kilometrelik zafer yürüyüşüne, Türkiye Liseliler Birliği de katılacak. Kelimenin tam manasıyla "onbeşliler gidiyor" yani... Çanakkale'de vuruşan Galatasaray lisesi, Sivas lisesi, İstanbul lisesi, Vefa lisesi, Edirne lisesi, Konya lisesi gibi kahraman liselileri sembolize edecekler. Hepinizi, Çanakkale siperlerine çağırıyorlar.

Değerli gençler...
Davranın.

Yoksa gün gelir, imkanlar içinde imkansız kalan Seyit gibi, sırtınızda o top mermisini taşırken bulursunuz kendinizi.

Seyit Ali Çabuk

1889'da Balıkesir Havran'ın Çamlık köyünde doğdu. Balkan savaşında çarpıştı, Çanakkale'de Rumeli Mecidiye tabyasındaydı. Savaştan sonra köyüne döndü, ormancılık-kömürcülük yaptı, soyadı kanunuyla Çabuk soyadını aldı, 1939'da veremden rahmetli oldu.

Yaşar Kemal

Dönemin başbakanı Süleyman Demirel, Yaşar Kemal'in bütün kitaplarını okuduğunu söyleyince, Yaşar Kemal ne demiş biliyor musunuz... Nah okumuştur!

Özeti budur.

İnce Memed
Yer Demir Gök Bakır
Ölmez Otu
Karıncanın Su İçtiği
Binboğalar Efsanesi
Nah okunmuştur.

Çünkü okusaydık eğer...
Memleket böyle mi olurdu?

Aşkı yazdı mesela.
Sevdayı anlattı.
O halde nedir bu kadın infazları?

Fukaralığı haykırdı, insan insanı sömürmesin artık diye çırpındı.
Anlamış gibi mi görünüyoruz?

Yoksa, 29 dile çevrilmişken...
Anladığımız dilden mi konuşmadı?

Edebiyatın ırgatıydı.
Mazlumların yanındaydı.
Ağalık düzenini tasvir etti.
E boşuna mıydı hepsi...
Haksızlıkları alkışlamamızı, hırsızlarla gurur duymamızı, zalimleri baştacı etmemizi mi istedi?

"İstedim ki, beni okuyanlar sevgi dolu olsunlar, insana, kurda kuşa, börtü böceğe, tekmil doğaya, bu görkemli kültür toprağına, saygı dolu olsunlar" dedi. Hangi romanından öğrendiniz kindar nesil yetiştirmeyi, nefreti?

Yozlaşmayı anlattı bize.
Kokuşmuşluğu tarif etti.

Dönemin başbakanıyla başladık, dönemin cumhurbaşkanıyla bitirelim bari... Var mı, Tayyip Erdoğan'ın Yaşar Kemal'i okumuş, kavramış gibi bi hali?

Yaşar Kemal

Asıl adı, Kemal Sadık Gökçeli'ydi. 1923'te, bugün Osmaniye sınırları içinde yeralan Gökçedam'da doğdu. Dört yaşındayken kazayla bir gözünü kaybetti, beş yaşındayken babasının camide bıçaklanarak öldürülüşüne şahit oldu, kekeme oldu, 12 yaşına kadar konuşmakta zorlandı, ortaokuldan ayrıldı, pamuk tarlalarında ırgatlık yaparken folklor derlemelerine başladı, ilk kitabı *Ağıtlar*, 1943'te yayımlandı. Yaşar Kemal adını 1951'de *Cumhuriyet* gazetesinde kullanmaya başladı.

2015'te vefat etti, cenazesinde Akp'li Abdullah Gül, CHP'li Kemal Kılıçdaroğlu, Hdp'li Selahattin Demirtaş yan yana saf tuttu, Türkçe-Kürtçe dua edildi, Zincirlikuyu'da toprağa verildi.

Salih

Profesör Salih Neftçi...
Türkiye'nin uluslararası alanda yetiştirdiği en önemli ekonomistlerden biriydi. "Finans dehası" olarak tanınırdı. Dünya Bankası'na, Çin Merkez Bankası'na, Uluslararası Kalkınma Ajansı'na, ABD Dışişleri Bakanlığı'na danışmanlık yapardı. Öngörüleri paha biçilmezdi. ABD, Çin, İsviçre üniversitelerinde ders verirdi.

Tanıdığım en zeki insanlardan biriydi. Teori'yle pratik'in kesiştiği noktaydı. Maalesef çok erken kaybettik. Hakikaten çok arıyorum rahmetliyi... Çünkü, ekonomiye dair tüm bildiklerimi ondan öğrendim. Hayata bambaşka bir perspektifle bakmamı sağlamıştı. Saatlerce sorardım, bıkmadan usanmadan anlatırdı. Gene böyle bir sohbet sırasında, "şu piyasa tabir edilen kavramı, ekonomi tahsili yapmayanların anlayacağı şekilde izah eder misin" dedim. İzah etti.

"Türkiye'nin köklü bankalarından birinin patronu beni aradı, atılım yapmak istediklerini söyledi, yöneticilerine eğitim vermemi istedi. Doğrusu hiç vaktim yoktu ama, neticede memlekettir, geldim. Bir hafta sürecekti. İstanbul'da küçük bir oteli kampa çevirmişlerdi. Bankanın yöneticileri, Anadolu'daki şube müdürleri, hepsi orada kalıyordu. Otelin restoranı, konferans salonu olarak kullanılıyordu. Kürsüye çıktım. Hani bir zamanlar kösele ayakkabının içine beyaz çorap giyme hastalığımız vardı ya... İlk dikkatimi çeken bu oldu. Hemen hepsi beyaz çoraplıydı. İngilizce bilen var mı diye sordum. Bir iki üst düzey yönetici haricinde, yoktu. Ama, istisnasız hepsinin önünde not defterleri vardı. Can kulağıyla dinliyorlardı.
Gece çalışıyor, ertesi sabah yeni yeni sorularla geliyorlardı. Merak ediyorlardı. Her saniyeyi değerlendirmek için, çaba harcıyorlardı."

"Bu banka, Türkiye'nin en büyük bankalarından biri oldu. Elbette çok küçük bir parçasıydım ama, kendime gurur payı çıkarıyordum."

"Seneler sonra, aynı bankanın patronu beni tekrar aradı, dünyaya açılmak istediklerini söyledi, yöneticilerine eğitim vermemi istedi. Tekrar geldim. Bu defa İstanbul'un en büyük otellerinden birinde kamp kurmuşlardı. Kürsüye çıktım. İlk dikkatimi çeken, İtalyan ayakkabılar oldu. Karşımda oturanların, eğitime gelmekten ziyade, kokteyle gider gibi bi halleri vardı. İngilizce bilen var mı diye sordum. Gülümsediler. İstisnasız hepsi biliyordu. Ama, istisnasız, hiçbirinin önünde not defteri yoktu. Gözlerinden 'biz zaten senin anlatacağın her şeyi biliyoruz' ifadesi okunuyordu. Nezaketen dinlediler ama, tek soru bile sormadılar. Öğrenmek isteyen, bilgiye aç kadro gitmiş, onların yerine, her şeyi bildiğini düşünen kadro gelmişti."

"Hayatın sürekli kendini yenilediğini... Bilmekten çok, öğrenmeye devam etmenin daha önemli olduğunu unutmuşlardı."

"İlk günün sonunda, akşam yemeğinde banka patronuyla buluştum. Bir hafta kalmama gerek yok, ben yarın döneyim dedim. Şaşırdı. Niye diye sordu. Batıyorsunuz dedim! İyice afalladı. Anlamadım dedi. Anlamadığınızı görüyorum, fazla dayanamazsınız, batıyorsunuz dedim. Tatsız bir yemek oldu. Ertesi gün New York'a döndüm."

Seneye...
Bu banka battı.

Kıssadan hisse...
2.5 lirayı geçti, n'ooluyor bu dolara diye merak ediyorsunuz ya?

Siyasete beyaz çorapla girip, artık hiç kimseyi dinlemeye ihtiyacı olmayan, her şeyi bilen biri tarafından yönetiliyoruz... Kendinizi güvende hissedebilirsiniz!

Salih Neftçi

Kerkük'ün en köklü ailelerinden Neftçizadelere mensuptu, 1947'de Kerkük'te doğdu, 1958'de Irak darbesinde Türkiye'ye göçettiler, Galatasaray Lisesi'ni ve ODTÜ Ekonomi'yi bitirdi, doktorasını Minnesota üniversitesinde yaptı, profesör oldu, Washington ve Columbia üniversitelerinde ders verdi, finans üzerine yazdığı kitap Amerikan üniversitelerinde zorunlu ders kitabı oldu, 2009'da Cenevre'de vefat etti, Lozan'da toprağa verildi. Annesi Nermin Çiftçi, 1965 ve 1969'da CHP Muş milletvekiliydi, Sadi Irmak hükümetinde kültür bakanlığı yaptı, TBMM'nin ilk kadın başkanvekiliydi.

Selahattin Reşit

Mustafa Kemal "sizleri birer kıvılcım olarak gönderiyorum, alevler halinde geri dönmelisiniz" dedi... Selahattin Reşit Alan, 1925 senesinde, henüz 22 yaşındayken, bir grup seçilmiş arkadaşıyla birlikte Fransa'ya eğitime gönderildi. "Tayyare mühendisi" oldu.

Pilot brövesini de aldı, 1931'de yurda döndü. Eskişehir Tayyare Tamirhanesi'nde işbaşı yaptı. Gece gündüz çalıştı. 1932 senesinde "ilk milli uçağımız" olarak ilan edilen "MMV-1"i üretti. Milli Müdafaa Vekaleti, yani Milli Savunma Bakanlığı adını taşıyan uçağımız, saatte 200 kilometre sürat yapıyor, havada 2.5 saat kalabiliyordu.

Genç uçak mühendisi Selahattin Reşit Alan, genç Türkiye Cumhuriyeti'nin gururu olan uçağına "kağnı" figürü çizmişti.

Bu tarihi fotoğrafa iyi bakın lütfen... Selahattin Reşit Alan, milli uçağının gövdesine işlediği kağnı'yı işte böyle ölümsüzleştirmişti.

Çünkü...
O kağnı olmasaydı, Türkiye Cumhuriyeti varolamazdı.

Dönemin en ileri teknolojisiyle, son model savaş makineleriyle gelen işgal devletleri... Anadolu insanının kağnı'sına yenilmişti.

Milli şuura sahip olan Selahattin Reşit Alan... O kağnı sayesinde eğitim alabildiğini, o kağnı sayesinde teknoloji üretebildiğini, o kağnı sayesinde gelişmiş ülkeler seviyesine yükselebileceğimizi biliyordu.

"İthalat"a değil "imalat"a inanıyordu. Bunu asla unutmayalım diye... Zenginliğin sembolü uçağa, yoksulluğun sembolünü kazımıştı.

Ve, bakıyoruz bugün...

TC-DAP, devletimizin VIP uçağı...

60 milyon dolarcık.
TC-ATA, devletimizin VIP uçağı...
38 milyon dolarcık.
TC-ANA, devletimizin VIP uçağı...
77 milyon dolarcık.
TC-GAP, devletimizin VIP uçağı...
42 milyon dolarcık.
TC-KOP, devletimizin VIP uçağı...
52 milyon dolarcık.
TC-LAA, devletimizin VIP uçağı...
20 milyon dolarcık.
TC-LAB, devletimizin VIP uçağı...
20 milyon dolarcık.
Yetmedi...
TC-TUR satın alındı.
200 milyon dolarcık!

Peki ya, tedavülden kaldırıldıktan sonra bize kakalanan, güya savaş uçağı Fantomlar kaç para... Alt tarafı 2 milyon dolar.

Satmaya kalk, alan yok.
Yedek parça olarak bile kullanılmıyor.

Devlet büyüklerimizin kıçı'nın kıymeti, sıfır kilometre 200 milyon dolar... Savaş pilotlarımızın canı'nın kıymeti, ikinci el 2 milyon dolar.

Ekstra hazin tarafı... "Kendine yeni uçak aldı" dediklerinde, Tayyip Erdoğan ne dedi biliyor musunuz... "Neyle gidecektik, kağnıyla mı?"

Selahattin Reşit Alan

1903'te Makedonya Pirlepe'de doğdu. Türkiye'nin ilk uçak fabrikasını kuran Nuri Demirağ'a ortak-mühendis oldu. Tek motorlu ND36'yı ve çift motorlu ND38'i tasarladı. Kendi elleriyle ürettiği uçakların test uçuşlarını da kendisi yapıyordu, 1938 senesinde ND36'yla Eskişehir İnönü meydanı'na inerken çakıldı, şehit oldu.

Musa

1953'te İzmir'de dünyaya geldi, okuma yazma bilmeyen, limanda hamal olarak çalışan bir babanın evladıydı.

Gürçeşme'de büyüdü. Çınarlı endüstri meslek lisesinin elektrik bölümüne girdi. 1971'de henüz 17 yaşındayken, on arkadaşıyla birlikte protesto eylemi yaptı. Meslek liselerinden mezun olanların üniversiteye giriş şartları güçleştirilmişti, buna isyan etmek için sokağa çıktı, hükümet aleyhine sloganlar attı. Türkiye tarihinin ilk "liseli" eylemiydi. O zamanlar Tayyip Erdoğan rejimi yoktu, protesto gösterisi yapan liselileri tutuklamıyorlardı! Okuldan basit bi disiplin cezası aldı.

Liseden sonra Buca eğitim enstitüsü beden eğitimi bölümünü kazandı. Aile bütçesine katkı için, okurken çalışması gerekiyordu. Efsane belediye başkanı İhsan Alyanak döneminde, fuar kapılarında biletçi olarak işe başladı. Aynı zamanda İzmir'in en köklü amatör kulüplerinden Kayaspor'da forma giyiyordu, stoperdi, karakteri futboluna yansıyordu, top geçer adam geçmez cinsindendi.

Üniversiteyi bitirince Tariş'te işçi olarak çalışmaya başladı. Mücadeleci ruhu, sendikacılığa yöneldi. Disk'e bağlı genel iş sendikasının yönetimine girdi. Şırrak, darbe oldu. Tutuklandı. Buca cezaevine konuldu. Aynı koğuşu paylaştığı üç kişi asıldı. Tahliye edilince, İsviçre'ye gitti, orada işçi olarak çalışan ablasının yanına yerleşti. Cebinde, rahmetli Ahmet Taner Kışlalı ve değerli büyüğümüz Altan Öymen'in yazdığı referans mektupları vardı. Bu mektubu, İsviçre'deki sosyalist parti milletvekillerine götürdü, o sayede oturma izni aldı.

Garsonluk marsonluk artık ne bulursa, üçe beşe bakmadan, hayatını sürdürebilmek için çalışmaya başladı. Arada, kaçak işçi olarak Fransa'ya geçiyordu. Gene böyle bi Fransa gününde, ailece göçetmiş bir Türk ailesinin kızıyla, Sevim'le tanıştı. Âşık oldu. Evlendiler. 1987'de büyük oğulları Emre dünyaya geldi. Yıllar yılları kovaladı, 12 Eylül yönetiminin tehditleri ortadan kalktı, 1991'de Türkiye'ye döndüler. 1992'de küçük oğulları Erdal doğdu.

Memlekete geri gelince, bıraktığı yerden mücadeleye başladı. Disk'in Ege bölge temsilcisi oldu. Disk yönetim kuruluna girdi,

İstanbul'a taşındı. Disk genel sekreteri oldu. Genel sekreterken, hakkı olduğu halde, kıdemli işçi maaşının üstündeki maaşı kabul etmedi. Oysa, hakikaten paraya çok ihtiyacı vardı.

Çünkü, çocuklarla beraber ihtiyaçlar da büyümüştü. Emre, İngiltere'de ekonomi tahsili yapıyordu, üstüne ikinci diploma için Strasbourg Üniversitesi'nde hukuk fakültesine gitmek istiyordu. Erdal ise, Fransa'da biyoloji tahsilini hedeflemişti.

E sendikacı maaşı hangi birine nasıl yetsin? Oturdular ailece, düşündüler taşındılar. Tek çare görünüyordu. Sevim hanım eşinin elini tuttu, "ben Fransa'ya geri döneyim, fabrikaya gireyim, çocukları okutayım, sen burada mücadeleye devam et, çocuklar mezun olana kadar böyle idare edelim" dedi.

Bir ailenin verebileceği en zor kararlardan biriydi. Baba boynunu büktü. Hep birlikte gitmeleri mümkün değildi. Ya çocuklarının eğitimini, hayallerini engelleyecek, ya da çaresiz kabul edecekti. Paraya hayatı boyunca tamah etmemişti ama, parasızlığın da böyle açmazları vardı.

Sevim hanım gitti Fransa'ya... Şu anda bir çikolata fabrikasında işçi olarak çalışıyor. Büyük oğlan, ekonomi diplomasını aldı, hukuk fakültesinde ikinci sınıfta okuyor. Küçük oğlan, çok iyi dereceyle biyoloji mezunu oldu, havada kaptılar, önümüzdeki ay Fransa'da işe başlıyor.

Ya baba?
O ne yaptı bu arada?
Çocukluğundan beri içinde bulunduğu, taa 1977'de gençlik kolu başkanı olduğu CHP'de siyasi mücadelesini sürdürdü. 2011'de İzmir milletvekili seçildi.

Hani, mecliste akp saldırısıyla kaburga kemiği kırılan milletvekili var ya... İşte o.

Musa Çam.
İşçi milletvekilidir.
Vekil olmadan önce neyse, vekil olduktan sonra da odur. İhale takip edip, malı götürmek varken... Milletvekili ayrıcalıklarını bile asla kullanmaz, VIP'e filan girmez, makam aracına binmez. Güzelbahçe'de bi mütevazı evi vardır, hepsi odur. Adam gibi adam kavramının, bizatihi kendisidir.

1971'den beri sokakta...
O gün bugündür, direniyor.
Google'a girin "Musa Çam eylem" yazın, sonuçlara şaşarsınız. Gezi'de o var, Soma'da o var, Ermenek'te o var, hes'lerde o var. Taşeronla mücadele eder, deniz kirliliğiyle mücadele eder, emekliler için mücadele eder, biber gazı yiyen o, tazyikli su yiyen o... En son dört gün önce laik eğitim yürüyüşünde gözaltına almaya çalıştılar. Nerede emek mücadelesi varsa, insanlarımız nerede eziliyorsa, oradadır. Reklam sevmez, haberini yapsınlar, kendini cilalasınlar diye gazetecilerle suni arkadaşlıklar kurmaz, samimiyetle işini yapar.

Çocuklarını okutabilmek için, eşi şu anda hâlâ fabrikada işçi olarak çalışıyor. Kendisi bizim çocuklarımız için savaşıyor, vücudunu bizim çocuklarımız için siper ediyor.

Yatak odasından para kasaları fışkırırken, bakan çocuklarını savunan akp milletvekilleri, işçi milletvekili Musa Çam'a saldırıyor, kaburgasını kırıyor.

Evet, kaburgasını kırmayı başardılar belki ama... Bu ülkeye dair hayallerimiz, umutlarımız, Musa Çam gibiler sayesinde her zamankinden sapasağlam duruyor.

Musa Çam

2011'de ve 2015'te İzmir'den seçildi. Kelimenin tam manasıyla "milletin vekili"ydi. TBMM'ye girebilmek için genel merkezden icazet almayı reddetti, CHP'de önseçime girme cesaretini ilk gösterenlerden biriydi. İzmir birinci bölgeden aday oldu, en yüksek oyu aldı. Akp'nin en nefret ettiği, en çok saldırdığı vekillerin başında geliyordu.

Cemalettin

Tayyip Erdoğan kafasına hareket memuru şapkası taktı, düdüğü çaldı, Ankara-İstanbul arasındaki hızlı tren seferlerini bizzat başlattı. İkinci dünya savaşından kalma dandik lokomotiflerle şov yapıyorlardı. Tren sigortalı, yolcular sigortasızdı. Sakarya'da... 80 kilometre hız limiti olan viraja, 132 kilometreyle daldı. İkinci vagonun sol tekerleği raydan çıktı, bağlı vagonlar peşpeşe yaprak gibi savruldu, tren uçtu. 41 kişi hayatını kaybetti, 80 kişi yaralandı.

Üç sene sonra aynı Sakarya'da... Bir otomobil sollama yaptı, asfaltın kenarında yürüyen ineğe çarptı, direksiyonu kırdı, sollamaya çalıştığı otomobile patlattı, arkadan kamyonet geliyordu, kazadan kaçayım derken şarampole yuvarlandı, bir kişi hayatını kaybetti, üç kişi yaralandı, 95602 küpe numaralı inek telef oldu.

TCDD genel müdürü Süleyman Karaman "belediye otobüsüymüş gibi düşünün, yol belediyenin, otobüs belediyenin, şoför belediyenin... Otobüs kaza yapınca hangi belediye başkanının istifasını istediniz de, benim istifamı istiyorsunuz" dedi. TCDD genel müdür yardımcısı "her şey Allah'tan" dedi. Akp milletvekili "kem gözlerin nazarı" olduğunu söyledi. Ulaştırma bakanı Binali Yıldırım "istifa edecek bir şey görmüyorum, her sene karayollarında beş bin kişi ölüyor" dedi. Tayyip Erdoğan'a ne düşündüğünü sordular, sinirlendi, "soru sorarken haddinizi aşmayın, bu bölgede 1950'den beri kaza oluyor, hükümetler istifa mı etmiş" dedi.

95602 küpe numaralı inek, gebeydi. Ha bugün ha yarın doğum yapması bekleniyordu. Bilen bilir, inek bağlıyken doğum yapamaz, çırpınırken ipe dolanır yanlışlıkla kendini boğar, ya da buzağıya zarar verir. Bu nedenle bağlanmamıştı, ipi çözülmüştü. Nasıl becerdiyse ahırın kapısını açmış, akşam karanlığında herkes uyurken iki kilometre uzağa yürümüş, asfalt kenarına çıkmıştı.

Tren faciasında hayatını kaybedenlerin yakınları, sorumlular hakkında dava açtı. Suç vardı, kusur vardı, ihmal vardı, cezalandırılmaları isteniyordu.

Trafik kazasında hayatını kaybeden vatandaşın ailesi, dava açmadı. Hız vardı, sollama vardı, var oğlu vardı, inek n'aapsın, dava açmadılar. Kamu davası açıldı.

TCDD genel müdürü hakkında soruşturma bile açılamadı, ulaştırma bakanı izin vermedi. Ulaştırma bakanı hakkında gensoru verildi, akp oylarıyla reddedildi. Siyasiler-bürokratlar tereyağı gibi sıyrıldı, makinistler yargılanıyormuş gibi yapıldı. Tren hızlıydı ama, yargı yavaştı, dava sekiz sene oyalandı, 2012'de zamanaşımından düşürüldü. Akp tarafından sicil affı çıkarıldı, makinistler de yırttı, görevlerine iade edildi. Hiç kimse suçlu olmadığı için, ölenler suçlu oldu!

Trafik kazasıyla alakalı olarak duruşma üstüne duruşma yapıldı, bilirkişi üstüne bilirkişi istendi, kimi adam öldürmekten, kimi yaralamadan, kimi maddi hasara yolaçmaktan hakim önüne çıktı, kasko şirketleri devreye girdi, tazminat üstüne tazminat talep edildi, dava yedi sene sürdü kardeşim, işin içinden çıkılamadı, neticede Adli Tıp'a başvuruldu, rapor istendi, Adli Tıp uzuuun uzun inceledi, davanın sekizinci senesinde raporunu verdi, "inek suçlu" dedi!

TCDD genel müdürü Süleyman Karaman, akp'den milletvekili adayı oldu, TBMM'ye gidiyor.

95602 küpe numaralı ineğin sahibi, 75 yaşındaki gariban Cemalettin Doğancan'a 2.5 sene hapis cezası verdiler, Geyve cezaevine koydular, bir aydır orda yatıyor.

Cemalettin Doğancan

Gariban çiftçinin mahkeme kabusu 10 sene sürdü, duruşmalara git gel, maddi-manevi perişan oldu, neticede 2.5 sene hapis verdiler, sekiz ay yatırdılar, sekiz ay sonra lütfettiler, denetimli serbestlik kararıyla bıraktılar. Tescilli hırsızlar, tescilli suçlular elini kolunu sallayarak dolaşırken, Cemalettin Doğancan iki sene boyunca haftada iki gün karakola gidip "kaçmadım" diye imza vermek zorunda kaldı.

İsmail Hakkı

Tahminim o ki, sizler de "paylaşılamayan adam Hakan Fidan"ın kim olduğunu merak ediyorsunuzdur.

Ankaralı olduğu söylenir ama, Bursa İznik doğumludur. Dağ komando okulunda ve hava indirme tugayında görev yaptı. Kıbrıs barış harekatına paraşüt taburu takım komutanı olarak katıldı. Beşparmak dağlarına ilk atlayanlardandı. Yere iner inmez, stratejik Kralkızı tepesini ele geçiren birliktendi. Türk sınırlarının çizildiği ikinci harekatta vuruldu. Gazi oldu. Kıbrıs Bronz Liyakat

Madalyası aldı.

Silahlı Kuvvetler Akademisi'nden mezun oldu. Brüksel'e gönderildi, NATO ana karargahında TMR başkanlığında görev yaptı. Kara kuvvetleri plan prensipler savunma araştırma şube müdürlüğü yaptı. Plan harekat ve teşkilat başkanlığı yaptı. Terörle mücadele bölgesinde, sınırötesinde kritik görevler üstlendi.

İstihbarat'ın başına getirildi.

Silivri'ye tıkıldı.

Tee seneler evvel, zorlu bi gece tatbikatından sonra sabah içtimasına iki dakika geç kaldığı için, iki gün hapis cezası almıştı. Tek hapis tecrübesi buydu. Oysa şimdi 7.5 sene vermişlerdi. Üstelik, terör örgütüne üye olmaktan vermişlerdi. O an hissettiği onur kırıklığını asla unutamıyor... 40 senedir gururla taşıdığı silahını teslim etti, beton tabut, Silivri'ye girdi.

B-11 numaralı koğuşa atıldı. Demir kapının üzerinde 30 santime 10 santim ebatlarında sürgülü delik vardı, dünyayla irtibatı bu delikti. Yemeği, mektupları, ilaçları bu delikten veriliyordu. İnsanlarla temas etmesi, insan yüzü görmesi adeta yasaklanmıştı, yere eğilse bile, delikten yemeği uzatan görevlinin yüzünü göremiyordu, sadece elini görebiliyordu. Tuvalet tıkandığında bile kapı açılmıyor, tuvaleti açmak için kullanılan hortum bu delikten sokuluyordu.

Hepi topu 32 adımlık havalandırma alanı vardı, etrafı 9 metrelik duvarlarla çevriliydi, kuyu'yu andırıyordu. Zemin betondu. Anca burada yürümesine izin veriliyordu. Bir avuç gökyüzünü, bu kuyunun dibinden seyrediyordu.

Silivri'ye tıkıldığında, annesi ağır hastaydı, kahraman oğlunun uğradığı iftiraya daha fazla dayanamadı, rahmetli oldu. İstersen bir gün izin verelim, cenazeye katıl dediler. Lütfetmişlerdi. Cenazeye giderse nasıl bir muameleye maruz kalacağını biliyordu.
Acı örnekleri vardı. Refakat eden askerler, cenazeye giden tutuklulara sanki teröristmiş gibi davranıyordu, taziyeye bile izin vermiyorlardı. Gözyaşlarını içine akıttı, son görevini yapamadı, annesinin cenazesine katılmadı.

Neticede, herşeyin kumpas olduğu ortaya çıktı. Silahsız işgal'le hem silahlı kuvvetleri imha etmişler, hem de "istihbaratın bir numarası"nı tasfiye etmişlerdi.

Üniformayı çıkardı, devlete-millete yönelik iftiralarla boğuşmaya devam etti, Ermeni soykırım yalanına karşı mücadele veren Talat Paşa Komitesi'nin başkanlığına seçildi. Ve, milletvekili adayı oldu.

Şimdi diyeceksiniz ki, ne kumpası, ne Silivri'si...
Hakan Fidan'la Talat Paşa'nın ne alakası var?

Ne Hakan Fidan'ı kardeşim!

Bu anlattığım madalyalı istihbaratçı, genelkurmay istihbarat başkanı korgeneral İsmail Hakkı Pekin... Karşıdevrim'le mücadele etmek için İşçi Partisi'ne katıldı.

Ha illa Hakan Fidan kim diye merak ediyorsanız... Akp yandaşı başçavuş olduğunu biliyoruz, başka da bir kabiliyetini duymadık.

İsmail Hakkı Pekin

İsmail Hakkı Pekin'i anlattığım bu yazı, meslek hayatımın en unutulmaz hatıralarından biridir. Çünkü bu yazı yüzünden "bazı" astsubaylar tarafından hakkımda suç duyurusunda bulunuldu. "Başçavuş" diyerek hakaret ettiğim öne sürüldü. Savcı ifademi almak için çağırdı, "hakaret mi ettin" diye sordu, "Hakan Fidan başçavuştu, kendisine amiral mi deseydim" dedim, savcı takipsizlik kararı verdi. Aynı yazıyla alakalı olarak bir başka suç duyurusu daha yapıldı. MİT müsteşarına "Akp yandaşı" diyerek MİT'e hakaret ettiğim öne sürüldü. Aradan kısa süre geçti, Hakan Fidan AKP'den milletvekili adayı olmak için MİT müsteşarlığından istifa etti iyi mi!

Necdet

Sene 1961, temmuz ayı, sıcak, boğucu bi yaz günüydü.
Darbe atmosferi hakimdi, İstanbul'da hâlâ sıkıyönetim vardı. Çemberlitaş'taki Buğday Bankası'nın önünde 59 model şevrole impala durdu, geniş kanatlı, yeşil renkliydi.

Direksiyonda oturan siyah gözlüklü adam, motoru çalışır halde tutarken, esmer, uzun boylu, duglas bıyıklı, siyah gözlüklü, takım elbiseli adam indi, bankaya girdi, ceketinin altına sakladığı sten'i çıkardı, davudi sesiyle "kıpırdamayın" diye bağırdı!

Necdet Elmas'tı.
Türkiye'nin ilk gangsteri...
Siyah beyaz Amerikan filmlerinden fırlamış gibiydi. Memleket, tarihinde ilk kez silahlı banka soygununa şahit oluyordu.

Cebinden çıkardığı torbayı veznedarın suratına fırlattı, doldur dedi. Veznedar tir tir titreyerek, çekmecesini açtı, 2 bin 900 lirayı torbaya koydu, uzattı. Müşteriler, memurlar donup kalmıştı, adeta nefes bile almıyorlardı ama, kapıya yakın oturan banka müdürünü gözden kaçırmıştı. Müdür dışarı fırladı, yetişiiiin diye haykırdı. Gangster torbayı kaptı, bankadan çıkar çıkmaz havaya ateş etti, yaklaşmayın yakarım diye bağırdı, şevrole'ye atladı, vınn... Kaçmayı başarmıştı.

Ertesi sabah, tüm gazetelerin manşetlerindeydi. Türkiye, görülmemiş olayı, banka soygununu konuşuyordu. Sıkıyönetim komutanlığı madara olmuştu.

Bir ay sonra, 18 Ağustos günü, öğle saatleri... Kazlıçeşme'deki İş Bankası'nın önünde 59 model şevrole impala durdu, geniş kanatlı, bu defa siyah renkliydi. Direksiyonda oturan siyah gözlüklü adam, motoru çalışır halde tutarken, uzun boylu adam indi, gene takım elbiseliydi, bu defa kafasına kadın çorabı geçirmişti, bankaya girdi, sten'i çıkardı, davudi sesiyle "kıpırdamayın" diye bağırdı!

Cebinden çıkardığı torbayı veznedarın suratına fırlattı, doldur dedi. Bu defa hasılat müthişti. 186 bin 850 lira... Kaptı torbayı, atladı şevrole'ye, vınn.

Ertesi sabah, manşetlere sığmamıştı, gazetelerde tam sayfa halinde yeralmıştı. Devlet otoritesiyle kedinin fareyle oynadığı gibi oynayan bu gangsterin kim olduğu merak ediliyordu, memleketin bir numaralı mevzusuydu.

Neticede, 15 gün sonra, Darıca'da kıstırıldı. Saklandığı evin etrafı, bir binbaşının komuta ettiği askeri birlik tarafından sarıldı. Teslim ol çağrısı yapıldı. Necdet Elmas, janti adamdı, müsaade edin tıraş olayım bu şekilde çıkmayayım dedi, müsaade ettiler, tıraş oldu, takım elbisesini giydi, teslim oldu.

Hayatı hem komik, hem trajikti. İstanbul Üniversitesi hukuk fakültesini ikinci sınıfta terketmişti. Yedi yaşındaki oğlu hastalanmış, yoksulluk yüzünden bakımı yapılamamış, vefat etmişti. O gün yoldan çıkmış, para için gayrimeşru işlere dalmıştı. Sabıkalı otomobil hırsızıydı, şevrole hastasıydı. Yakalanmış, 11 sene hapis cezası almış, kalbim sıkıştı ayağıyla hastaneye sevkedilmiş, refakat eden askerleri Emirgan'a içki içmeye götürmüş, tuvalet penceresinden tüymüştü.

Kendisinden 20 yaş küçük, 19 yaşındaki Sabahat'la nişanlıydı. Kızın ailesi damat adayını müteahhit zannediyordu, kendini öyle tanıtmıştı. 770 liralık nişan yüzüğü takmıştı. O günkü parayla, servetti. Kimliği ortaya çıkınca, gazeteciler Sabahat'a koştu, ne düşündüğünü sordular. "Gerekirse onu ömrümün sonuna kadar beklerim" dedi. Sayın basınımızın o zamanlar da magazin merakı vardı, tarihin ilk banka soygunundan aşk hikayesi çıkarılmıştı.

Otomatik tabancayı azılı yankesici İsmet'ten almıştı. Nişanlısı Sabahat'la İsmet'in nişanlısı Melda, mahalleden arkadaştı. Melda da sağlam pabuç değildi. Darıca'dan önce, bir kaç gün Melda'nın Kadıköy'deki evinde saklanmışlardı.

Direksiyondaki ortağı ise, adaşıydı, Necdet Sinkil'di. Barbuta takıldığı bitirimhaneden tanıyordu. Darıca'daki evi de ortağı ayarlamıştı, Necdet Sinkil'in akrabasına aitti. Yakalanmasalardı, balıkçı teknesi kiralayıp, Çanakkale'ye kaçacaklardı.

Gel gör ki, yakalanmaları için 100 bin lira ödül konmuştu. Necdet Elmas'ın akrabası Muzaffer, paraya tamah etmiş, ispiyonlamıştı. Türkiye'nin ilk gangsteri, akrabasının ihbarı üzerine enselenmişti.

Tıraşını oldu, takım elbisesini giydi, hakim önüne çıktı, gayet kibardı. "Mahkemenizi incitecek bir söz söyledimse, bunu haleti ruhiyeme atfetmenizi rica ederim, suç kirdir, ceza banyodur, banyonun dozu kaçırılırsa, fayda değil zarar verir, esas müdafaanın vicdanlarınızda yapılmasını arzediyorum" dedi.

20 sene yedi. 1974'te genel aftan çıktı. Bir daha vukuatı olmadı. Beşiktaş'ta büfecilik yaptı, bilahare, baba ocağı Konya Ereğli'ye yerleşti.

E şimdi bakıyoruz...

Bank Asya'ya girdiler.
"Kıpırdamayın" dediler.
Hikaye iki cümlede bitiverdi.

Ne kapıda homur homur bekleyen altı silindirli şevrole var, ne artistik siyah gözlükler, ne kafada kadın çorabı, ne de aşk macerası... "İleri demokrasi"de banka vurgunlarının da, banka soygunlarının da tadı tuzu kalmadı!

Necdet Elmas

Burası ABD olsaydı, Hollywood bu gizemli adamın en az yirmi tane filmini yapardı. Türkiye'de maalesef gazetelerin tozlu arşivlerinde kaldı. Türkiye'de silahsız soygunlar (!) sıradanlaştığı için, Necdet Elmas'ın üzerinde kimse durmadı. Hapishanede dine yöneldiği, namaza başladığı iddia edildi, çıktıktan sonra akrabalarına bile izini kaybettirdi, evlendiği, kızı olduğu öne sürüldü, daima esrarengiz, daima muamma olarak yaşadı. Mesela, şarkıcı Nadide Sultan'ın büyük dayısıydı ama, akıbetini Nadide Sultan bile bilmiyordu.

Rennan

Foça'dayım.
Cezaevinde.
Profesör Mehmet Haberal'ı Silivri'de ziyaret ettiğimde, Profesör Tayfun Uzbay'ı Şirinyer askeri cezaevinde ziyaret ettiğimde, yurttaş olarak ne hissettiysem, Profesör Rennan Pekünlü'yü ziyaret ederken de onu hissediyorum... Utanç.

Profesörlerini hapse tıkan kafasız bi ülke burası.

Düşünenlerine pranga vuran, düşünmeyenlerin ülkesi.

(Profesör Rennan Pekünlü, Ege Üniversitesi Fen Fakültesi Astronomi ve Uzay Bilimleri Bölümü'nde öğretim üyesiydi. Türbanlı öğrencilerin eğitim özgürlüğünü engellediği iddiasıyla hapse atıldı. Aslında "kumpas davası"ydı. Akp'yle cemaat'in henüz kapışmadığı dönemde, cemaat medyasıyla, yandaş medyanın ortaklaşa organize ettiği "algı operasyonu"ydu. Medyanın geriye kalan bölümü, türbancılarla karşı karşıya gelmemek için, sustu. Halbuki, iddialar yalandı, iftiraydı. Rennan Pekünlü üzerinden tüm akademik camiaya gözdağı verilmek isteniyordu. Türbana karşı çıkan herkesin başına işte bunlar gelir deniyordu. Akademisyenler korktu, sindi. Profesör Rennan Pekünlü linç edildi.)

Sekiz kişiyle aynı koğuşta kalıyor. Koğuş arkadaşlarının hangi suçlardan yattığını bilmiyor. Hiç sormamış. Umursamadığı için değil, kederlerini deşmemek için... Toplam 600 civarında mahkum var, istisnasız, büyük saygı görüyor. Herkes "hocam" diye hitap ediyor. Arşivde çalışıyor, boşa saat tüketmiyor, madem buradayız bari işe yarayalım diyor.

Eşiyle her sabah kahvaltıdan sonra yaptıkları yürüyüşleri çok özlüyor. Kızının burnunda tüttüğünü görüyorum, kızından bahsederken sesi kırılıyor.

Nükleer karşıtı aktivist-hekim Helen Caldicott'un kitaplarını okuyor. Nükleer endüstrinin insan sağlığına zararlarına kafa yoruyor. Hapisten çıktıktan sonra, Mersin ve Sinop'a kurulması planlanan nükleer santrallere karşı faaliyet göstereceğini anlatıyor. Vatandaşları bilgilendirmek gerektiğini söylüyor.

"Başınıza dert açmak için yeni bir alan bulmuşsunuz" diyorum. Gülüyor. "ABD'de benim gibilere maverick deniyor" diyor.

Bu İngilizce kelimenin sözlük anlamı "damgalanmamış, sahipsiz dana" demek... Ama aslında "başınabuyruk" manasında kullanılıyor.

Hakikaten Profesör Pekünlü'yü en güzel tarif eden kelime, başınabuyruk... Sürü'ye katılmadığı için 12 Eylül'de Kenan Evren rejimi tarafından iki defa üniversiteden atılıyor. Sürü'ye katılmadığı için, Akp rejimi tarafından hapse atılıyor. Darbeci Kenan Evren'le ileri demokrasici Tayyip Erdoğan'ın ortak noktalarından biri, Profesör Pekünlü'ye eziyet etmek oluyor.

İleri demokrasiden sohbet ederken, laf dönüyor dolaşıyor, Yalta Konferansı'na geliyor. Profesör Rennan Pekünlü, Stalin'le Churchill arasında geçtiği rivayet edilen bir anekdotu anlatıyor. Churchill, Stalin'e "duyduğumuz kadarıyla Sovyetler

Birliği'nde konuşma özgürlüğü yokmuş" diyor. Stalin "yanlış duymuşsunuz" diye cevap veriyor, "isteyenin istediği kadar konuşma özgürlüğü var, sadece, konuştuktan sonra özgürlük garantisi yok!"

(İyi ki cezaevindeyiz de, böyle alengirli mevzulardan rahat rahat bahsedebiliyoruz. Maazallah bunları dışarda konuşmaya kalksak, içeri atarlar!)

O sırada görevli sesleniyor.
Vakit tamam.
Hapiste geçmek bilmeyen zaman, açık görüşte su gibi akıp gidiyor.
Sarılıyoruz.
Ayrılıyoruz.

"Cezaevi"nden çıkıp, sahte diplomalı bakan yeğenlerinin Tübitak'a yönetici yapıldığı, bilimadamı unvanı taşıyan dekanların el etek öptüğü, Tayyip Erdoğan'a fahri profesör unvanlarının verildiği "özgür Türkiye"ye geri dönüyorum.

Girişte bıraktığım cep telefonumu teslim alıyorum. Mesaj gelmiş: Çağdaşlık öncülerini, saygın profesörlerini hapse tıkarak geleceğini gömen Türkiye, yobazlık finansörü vahabi kralı için kahrolmuş, üzüntüden yas ilan etmiş.

Yas'ıklar olsun bu ülkeye.
Yas'ıklar olsun.

Esat Rennan Pekünlü

1950'de İzmir'de doğdu. Ege Üniversitesi fen fakültesinden mezun oldu, İngiltere Leicester Üniversitesi'nde doktora yaptı, 1980 darbesinde atıldığı Ege Üniversitesi'ne 1990'da geri döndü, profesör oldu, TÜBİTAK Ulusal Gözlemevi'nde akademik kurul üyesi olarak yeraldı. Türkiye'nin uluslararası platformdaki en değerli biliminsanlarından biri olarak, 4.5 ay hapis yatırıldı, bu kitabın piyasaya çıktığı 2016 itibariyle, tekrar hapse atılması için tekrar yargılanıyordu!

Abdullah

Dokuz kişiydiler. Biri ekip lideriydi. Biri askeri tabip. İkisi pilot, biri uçak teknisyeni. Diğer dördü silahlı-silahsız saldırı uzmanıydı. Etimesgut askeri havaalanında buluştular. Ekip lideri "arkadaşlar" dedi, "ailelerinize telefon edin, bir süre görüşemeyeceğinizi söyleyin, Tanrı yardımcımız olsun."

Özel uçağa bindiler. Antalya'ya gittiler. Karpuzkaldıran askeri tesislerine yerleştiler. Uçağın kuyruğundaki Türk Bayrağı ve kimliğini gösteren işaretler kapatıldı. Üç gün sonra, vakit tamam... Tekrar havalandılar.

Ekip lideri pasaportları dağıttı. Fotoğraflar gerçek, geriye kalan tüm bilgiler sahteydi. İşadamı kimliğinde görünüyorlardı. İyi de, hangi ülkeye gidiyorlar, neyin ticaretini yapıyorlar? Ekip lideri hariç, hiçbiri bilmiyordu. Sadece "Afrika'ya gittikleri" söylenmişti. Kendi aralarında şakalaşıyorlardı, "muz cumhuriyetinden geldiğimize göre, herhalde muz tüccarıyız" diyorlardı!

Altı saat uçtular, piste tekerlek koydular. Terminal binasında "welcome to Entebbe international airport" yazısını gördüler. Uganda'daydılar. Tee 23 sene evvel Filistinli korsanlar tarafından kaçırılan ve İsrail komandoları tarafından basılan Air France uçağının enkazı hâlâ oradaydı.

Başkent Kampala'da The Windsor Lake Victoria Hotel'e yerleştiler. Beklediler. Dört gün sonra... Ekip lideri odaları tek tek aradı, lobide buluştular. O ana kadar gizlenen görevi açıkladı: "Kenya'ya gidiyoruz, bebek katilini alacağız!"

Entebbe'ye geldiler, tam pasaport kontrolüne girerken, bi telefon... Görev ertelendi. Otele geri döndüler. Sabrın sınırlarını zorlayan bekleyiş başladı. Artık ne yapacaklarını biliyorlardı ama, bu sefer de saatler geçmek bilmiyordu. Ya görev iptal edilirse? Ya bu kadar yakınken elleri boş dönerlerse?

Üç gün, üç sene gibi geçti. Nihayet beklenen an geldi. Bindiler, Nairobi Jomo Kenyatta Havalimanı'na indiler. Uçakta bekleyeceklerdi. Paket, kendi ayağıyla gelecekti. Pilot kuleye bilgi verdi: "İki saat sonra havalanacağız, rota Hollanda."

Ekibin Hollandalıya benzeyen sarışın mavi gözlü elemanı merdiven başına çıktı. Pilot, sağ motoru çalıştırdı. Üç otomobillik konvoy, aprona hışımla daldı, uçağın yanında zınk diye durdu. Hollanda'ya gidiyorum zanneden paket, indi. Hollandalı (!) gülümseyerek başıyla selamladı. Paket koşar adım merdivenleri tırmanırken, sol ve kuyruk motorları çalıştırıldı, kapı kapandı.

"Abdullah Öcalan, memlekete hoşgeldin!"

Paket'i Bandırma'da teslim ettiler, tekrar havalandılar, başladıkları yere, Etimesgut'a indiler. MİT müsteşarı hangarda bekliyordu, tek tek kucakladı, duygusal bir konuşma yaptı. Çankaya Köşkü'ne götürdü. Cumhurbaşkanı Demirel, kahramanları Pembe Köşk'te, Atatürk'ün makam odasında karşıladı.

"Sizlerle hatıra fotoğrafı çektiremiyorum. Çok gizli bir görevi başarıyla ifa ettiniz. Şartlar, bundan sonra da gizliliğin korunmasını gerektiriyor. Sizleri bir fotoğraf karesinde buluşturmanın sakıncalı olduğunu düşünüyorum" dedi.

Birer kol saati hediye etti.

Saatlerin arkasında "TC Cumhurbaşkanı, 18.2.1999" yazıyordu.

Bu zorunlu gizlilik, tırışkadan efsaneler, köfteden kahramanlar yarattı. Sadece dokuz kişiydiler ama, neredeyse dokuz bin kişi o uçakta bulunduğunu ima etti.

Halbuki kanıt belliydi.
O saatler kimdeyse, uçakta onlar vardı.

Ve, o saatlerden birinin sahibi rahmetli oldu.
Gazetelerde haber yapıldığı için, artık yazabiliriz...
"Abdullah Öcalan, memlekete hoşgeldin" diyen ekip lideri, bordo bereli albay Abdullah Soyluoğlu'ydu.

TSK'dan MİT'e geçmişti. Kıbrıs'tan güneydoğu'ya sayısız kozmik görevde bulunmuş, hiçbirini şahsi ikbali için kullanmamış, sıradışı hayatına rağmen sıradan kalmayı başarmış bir vatan evladıydı. İki tane mantar tabancası patlatanlar bile 22 tane kitap yazarken... Gerçek "efsane albay"ın adını, rahmetli oluncaya kadar duyan olmadı.

Karakterini özetleyebilmek için tek örnek vereyim... Hastalandı. Öğretmen eşi ve iki kızı, tembihliydi. Asla kimseden iltimas istemeyeceklerdi. Herhangi bir emekli vatandaş gibi, devlet hastanesine gittiler. Vaziyet kötüydü, akciğerde, beyinde tümör... İlerlemişti, derhal ameliyat gerekiyordu, yoğun bakımda yer yoktu. Madem subaysınız, Haydarpaşa Gata'ya gidin dediler, gönderdiler.

Gata'ya geldiler, yoğun bakımda yer yoktu!

Cumhuriyet tarihinin en önemli görevlerinden birini gerçekleştirmiş olan efsane albay, acil serviste, bir sedyede yatıyordu. Eşi, kızı çaresizce başında bekliyordu.

Hani hep sallarız ya, "vatan sana minnettar" filan...
İşte buydu.

Neyse ki, Gata komutanı tesadüfen acil servise geldi, tesadüfen gördü, yoğun bakımda yer yaratıldı. Ama maalesef, ameliyat edilemeden vefat etti. Çünkü, ailesine bile yük olmak istememişti, hastalığının nereye varacağını biliyordu, üzülmesinler diye son dakikaya kadar ailesine bile söylememişti. Kasım ayında, baba ocağında, Konya Seydişehir'in Gökhüyük köyünde toprağa verildi.

Ondan geriye bir büyük onur mirası, bir de madalya gibi kol saati kaldı.

Ve bugün, Öcalan'la pazarlığa oturan MİT'in haline bakınca, bakanların koluna takılan saatlere bakınca... Diyorum ki, hakikaten "kahin" gibi adamlarmış.

"Muz cumhuriyetinden geliyoruz" derken, aslında ne kadar da haklılarmış!

Abdullah Soyluoğlu

Ömrü boyunca mütevazı yaşayan 65 yaşındaki kahraman, baba ocağında gayet mütevazı bir törenle toprağa verildi. Devleti temsilen sadece ve sadece, Seydişehir kaymakamıyla garnizon komutanı yüzbaşı vardı, hepsi buydu. Ne demişti büyük şair Orhan Veli... Neler yapmadık şu vatan için, kimimiz öldük, kimimiz nutuk söyledik!

Celal

Sene 1917.
Mustafa Kemal, ikinci ordu komutanıyken Diyarbakır'da gazi köşkünde kalıyordu. Terasta otururken, yanık bir ses duydu. Baktı o tarafa... Bir grup genç, köşkün yakınında piknik yapıyor, biri gazel okuyordu. Yaverine seslendi, gidip çağırın dedi. Getirdiler. İsmi, Mehmet Celalettin'di. Henüz 18 yaşındaydı. Ulu Cami'de müezzindi.

Oturttu masasına, leblebiyle rakı içiyordu, bana da türkü okur musun çocuk dedi. Dinledi, dinledi, dinledi. Sonra elini omzuna koydu, "bak Celal" dedi, "memleketimiz bir gün huzura kavuşacak, sen bu güzel sesinle İstanbul'da plaklara okuyacaksın, o zaman o plakların üstüne Şark Bülbülü yazdır, sen gerçek bir bülbülsün."

Mustafa Kemal'in teşviki ve öngörüsü, genç müezzini yüreklendirdi. Yerel türküleri derlemeye, söylemeye başladı. Gel zaman git zaman, İstanbul'un yolunu tuttu. 1931'de plak yaptı. Tee 14 sene evvel Mustafa Kemal'in kendisine verdiği unvanı, "Şark Bülbülü Celal" diye, plağın üstüne yazdırdı. Patladı... Kapış kapış gitti. Soyadı Kanunu çıkınca, adını soyadını değiştirdi, "Celal Güzelses" oldu.

Esmerim Biçim Biçim'i ona borçluyuz. Hele Yar Zalım Yar'ı efsane yapan da, oydu. Diyarbakır Halk Musiki Cemiyeti'ni kurdu. Hayatının son yıllarında, başladığı yerde, Ulu Cami'de gönüllü müezzinlik yaptı.

Sene 1943.
Nuri Kaçtaş doğdu. Şanlıurfalıydı. Adeta türküyle nefes alıyordu. Celal Güzelses hayranıydı, onu dinleyerek büyümüştü. 13'ünde söylemeye, 14'ünde saz çalmaya başladı. Henüz 16 yaşındayken Adana, Gaziantep pavyonlarının aranan ismi olmuştu. Rakıya meze olarak kalmaya niyeti yoktu. İstanbul'a geldi, Balat'ta oturan ablasının yanına yerleşti, Ayvansaray kayıkhanelerinde, Aksaray kahvelerinde söyledi. Yaşı 18'e gelince, İstanbul Radyosu'nun sınavına girdi, anında kazandı. 1964'te yolu İskenderun'a düştüğünde, Yılmaz Tatlıses'le tanıştı. Nuri'den iki yaş küçük olan Yılmaz, İskenderun Halk Evi'ndeki kurslarda saz çalmayı öğrenen, söz yazan, beste yapan bir ozandı. "Al bunları sen söyle" dedi Yılmaz... Bazı eserlerini Nuri'ye verdi. Nuri stüdyoya

girdi, Yılmaz'ın beş eserini plak yaptı. Patladı... Bu plakla gerçek manada profesyonelliğe adım attı, Celal Güzelses'ten esinlenerek, soyadını değiştirdi, "Nuri Sesigüzel" oldu.

Yılmaz ise, soyadını değiştirmemişti.
Orijinal tatlı ve ses'ti.

1945'te Malatya'da dünyaya gelmişti. Ozandı, amatördü. Nuri'ye verdiği eserleri peynir ekmek gibi gidince, cesaretlendi, askerden döner dönmez, İstanbul'un yolunu tuttu. Celal Güzelses ve Nuri Sesigüzel halk tarafından kucaklanmış, Türk halk müziğine karşı çıkan ukala dümbelekleri susmak zorunda kalmış, türküye kapalı olan yollar açılmıştı. Yılmaz işte bu atmosferde fırsat buldu, plak yaptı. Patladı... Çok değişik bir tarzı vardı. "Arabesk" dediler.

Sayın medyamızın angutluğu yüzünden gençlerimizin çoğu tanımıyordur ama, 100'den fazla sözü, 300'den fazla derlemesi olan, kilometre taşlarımızdan biridir Yılmaz Tatlıses... Slogan misali ezbere bilinen Seni Sevmeyen Ölsün, onundur. Mavi Mavi de.

Bugün hâlâ genç sanatçıların elinden tutan, eserlerini veren Yılmaz Tatlıses, 1968'de İstanbul'a yeni gelmiş Urfalı bir genci gördü, dinledi. Abovv dedi. Biraz Celal Güzelses, biraz Nuri Sesigüzel, biraz Yılmaz Tatlıses olan bu gencin ismi, İbrahim Tatlı'ydı. Öyle bir Allah vergisiydi ki, hepsini aşmaya adaydı. Bu gence hem eserlerini, hem de kendi soyadını verdi. İbrahim Tatlı, İbrahim Tatlıses oldu.

Kan ve gözyaşı coğrafyasının farklı jenerasyonlarına ait çocuklar... Müziğin ortak paydasında, güzel, tatlı ve ses'te kesişmişti.

Ve, her şeyin başladığı yerde... Celal Güzelses'in Diyarbakır Ulu Cami'de üç gün önce mevlit kandili yapılacaktı. Yapılamadı. Anadolu'nun en eski camisi kabul edilen Ulu Cami'de tarihte ilk kez, cuma namazı kılınamadı. 1377 sene sonra ilk kez, ezan okunamadı.

Haçlı seferleri bile susturamamıştı.
Akp'nin açılım saçmalığı başardı!

İbrettir aslında... Mustafa Kemal olmazsa, türkü de okunamaz bu topraklarda, ezan da.

Celal Güzelses

1899'da Diyarbakır'da doğdu, 1959'da Diyarbakır'da rahmetli oldu, unutulmaz iz bıraktı, başladığı yerde sonlandırdı, müezzinlik yaptığı Ulu Cami'den Mardinkapı mezarlığına insan seliyle taşındı.

Haydar

Hiç unutmam, gene bi gün üniversitenin bahçesinde kızlı erkekli sevişiyoruz, kimimiz bankta sevişiyor, kimimiz merdivenlerde, hava mis, şööyle vapura binip kızlı erkekli sevişe sevişe dolaşsak mı acaba dedik, değişiklik olur püfür püfür sevişiriz, kimimiz faytona binelim sevişelim diyor, kimimiz boşverin gezmeyi, kızlar kahvesine gidip king oynayarak sevişelim diyor, neticede derse girmeye karar verdik, hoca geldi amfiye, saç baş dağınık, belli ki öğle tatilinde sevişmiş, çıkarın sutyenleri kızlı erkekli sınav yapıcam demez mi, buyrun burdan yakın, başladık ağlamaya, etme eyleme hocam dün akşam elektrikler kesikti sevişemedik filan, nafile, fırçaladı hepimizi hoca, biz sizin yaşınızda öğrenciyken yokluk içindeydik, gaz lambasının ışığında sevişirdik, ayakkabımız bile yoktu, yırtık terliklerle sevişirdik, şimdi her türlü imkan var hâlâ sevişmeye üşeniyorsunuz ayıptır dedi, şımarıklığımızdan utandık haliyle, boynumuzu büktük, ufak ufak aklımızda kaldığı kadarıyla seviştik gari... E olacağı buydu, maalesef anca 30 alıp bütünlemeye kaldım, rahmetli babam çok sinirlendi, zaten top peşinde koşmaktan sevişmeye vakit ayıramayan abime öfkeli, bana patladı, biz dişimizden tırnağımızdan artırıp seni okutmaya çalışıyoruz, senin aklın havada, sevişmeye niyetin yoksa bırak okulu, defol askere git diye bağırdı, rahmetli anam, ana yüreği tabii, bu kadar gitme çocuğun üstüne, sen onun yaşındayken daha mı iyi sevişiyordun sanki dedi, n'apsak falan derken, elektrik-elektronikte bizden üç sınıf büyük bi abla vardı, öğrenci seçme sevişme sınavında Türkiye beşincisiydi, kulakları çınlasın, hakkını ödeyemem, bütün yaz ondan ek sevişme dersleri aldım ve zor kurtardım paçayı finallerde.

Gençliğini yaşayamayanlar...
Gençliği böyle zannediyor herhalde.

İddia ediyorum, Haydar Dümen bile bizim başbakan kadar kafa yormuyordur bu işlere.

Haydar Dümen

1931'de Uşak'ta doğdu, İstanbul Üniversitesi tıp fakültesini bitirdi, nöropsikiyatri uzmanı oldu. "Cinsel" kelimesinin bile "tabu" kabul edildiği ülkemizde, "cinsel sağlık" denilince ilk akla gelen isim oldu. Hekimliği, kitapları ve gazete makaleleriyle, sayısını kendisinin bile hatırlamadığı kadar çiftin evliliğini kurtardı. Akp döneminde kadın-erkek ilişkisine yapılan baskıcı müdahaleler, Türkiye'nin Haydar Dümen'lere ne kadar ihtiyacının olduğunun kanıtıydı.

Teodor, Oğuz

Bu topraklardaki ilk Türkçe mizah dergisi *Diyojen*'di. Teodor Kasap tarafından yayımlanıyordu. Saray'ın emriyle yasaklandı, 1873'te kapatıldı. Teodor pes etmedi, *Diyojen* kapatılınca *Çıngıraklı*'yı çıkardı. O da kapatılınca *Hayal*'i çıkardı. O da kapatılınca *İstikbal*'i çıkardı. Baktılar ki, adam olmaya niyeti yok. Teodor'u kapattılar! Tutuklayıp, hapse attılar. Yurtdışına kaçmak zorunda kaldı.

(İlk karikatüristimiz... Hapse girmesine sebep olan imzasız karikatüründe, Karagöz'le Hacivat'ı çizmişti. Karagöz'ün eli ayağı prangalıydı. Hacivat "nedir bu halin?" diye soruyor, Karagöz de "kanun çerçevesinde özgürlük" diyordu. Bunu çizdiği için üç sene yattı.)

Mizah bayrağını Jön Türkler devraldı. *Dolap, Beberuhi, Pinti, Tokmak* gibi dergileri çıkardılar. Ama, Londra'da, Cenevre'de çıkardılar. Çünkü, sürgündeydiler. Memlekete adım atmaları bile yasaktı. Bademlerin yere göğe sığdıramadığı zat-ı şahane Abdülhamid efendimiz döneminde, karikatür büyük suçtu. *Tokmak*'ın ilk sayısındaki başyazısı, bu acıklı durumu şöyle izah ediyordu: "Dergimizden mizah beklemek, boşunadır, dergimizi ancak 'hüngür hüngür gülmek' deyimi açıklayabilir."

Cumhuriyet döneminin mizahı, *Markopaşa* dergisiyle başladı. Aziz Nesin, Sabahattin Ali, Rıfat Ilgaz, Mim Uykusuz tarafından çıkarılıyordu. Habire dava açılıyor, habire toplatılıyor, habire kapatılıyordu. Bu nedenle logonun altına "toplatılmadığı zaman çıkar, yazarları hapishanede olmadığı zamanlar çıkar" ibaresini koyuyorlardı. Dağıtımları yasaklanıyordu, elden dağıtıyorlardı. O günün şartlarında 70 bin gibi inanılması güç bir tiraja ulaşmışlardı. *Markopaşa* kapatılınca, *Merhumpaşa* adıyla çıktılar, o kapatılınca *Malumpaşa* adıyla çıktılar, o kapatılınca *Yedisekizhasanpaşa* adıyla çıktılar. Neticede... Aziz Nesin'i diri diri yakarak öldürmeye çalıştılar bu memlekette... Sabahattin Ali'yi katlettiler. Rıfat Ilgaz'ı ellerini ayaklarını zincirleyerek, gözlerini bağlayarak sokaklarda dolaştırdılar, hapislerde çürüttüler. Mim Uykusuz'u defalarca tutukladılar, ismini bile yasakladılar, karikatürlerini takma isimlerle çizmek zorunda kaldı.

Demokrat Parti döneminde "karikatürlerin çok partili demokratik nizamı zedelediğine" karar verildi iyi mi... Bu gerekçeyle davalar açıldı, karikatüristler demokrasiye zarar verdikleri gerekçesiyle hapse atıldı. Mizah dergileri hakkında henüz piyasaya çıkmadan toplatılma kararı veriliyor, henüz çizilmemiş karikatürlerde suç işlendiğine hükmediliyordu! En çok yargılanan isim, Turhan Selçuk'tu. Efsane "Abdülcanbaz" karakteri, Demokrat Parti'nin toplumun üstüne karabasan gibi çöktüğü dönemde doğmuştu.

Kenan Evren, Karikatürcüler Derneği'ni kapattı.
Mizah Müzesi'ni yıktırdı.

Gırgır...
Özetle, dünya çapındaydı.
Oğuz Aral'ın heykeline 2006'da molotof kokteyli atıldı. 2007'de tekrar saldırıya uğradı, demir çubuklarla vura vura parçalandı. 2008'de tekrar saldırıya uğradı, balyozla yıkıldı. Dünya çapındaki zeka'ya teşekkürümüz bu oldu.

Asrın liderimiz "kedi" karikatürüne dava açtı. "Zürafa, fil, maymun, deve, kurbağa, yılan, inek, ördek" karikatürüne dava açtı. "Kene" karikatürüne dava açtı. "Aslanım benim, kaplanım benim, koçum benim" denilince kasım kasım kasılıyor, "fil" denilince kızıyor. En son... 17/25 Aralık'ın karikatürünü çizen

Musa Kart'a dava açtı. Ayakkabı kutuları, yatak odasında para kasaları, kol saatleri aklandı, karikatüriste 10 sene hapis istendi. Karikatüristi içeri tıkalım derken, aslında "AKP adaleti"nin karikatürünü çizmişlerdi.

Ve, Paris'te mizah dergisi basıldı.
Karikatüristler katledildi.

Dünyanın şoke olması normal ama... Kahkaha atanların iffetsiz sayıldığı memlekette, pek yadırganacağını sanmıyorum.

Teodor Kasap

Oğuz Aral

Teodor Kasap, 1835'te Kayseri'de dünyaya geldi, Rum kökenliydi, kumaşçılıkla ünlü olan Kasapoğulları ailesine mensuptu, İstanbul'da matbaacılık yaptı, Alexander Dumas ve Moliere'in eserlerini Türkçe'ye çevirdi, *Pinti Hamit*, *Sarı Yusuf*, *İşkilli Memo* gibi uyarlama romanlar yazdı, hayatının son döneminde saray kütüphanecisi oldu, 1897'de vefat etti. Oğuz Aral, 1936'da İstanbul'da doğdu, İstanbul Devlet Güzel Sanatlar Akademisi'ni üçüncü sınıfta terketti, 14 yaşından itibaren çeşitli gazete ve dergilerde çizmeye başladı, *Gırgır*'ı 500 bin tiraja ulaştırdı, dünyanın en çok satan üçüncü mizah dergisi yaptı, Avanak Avni, Utanmaz Adam gibi efsane karakterler yarattı, 2004'te vefat etti, Zincirlikuyu'da toprağa verildi.

Tevfik

Türk aydınlanma tarihinin sembol isimlerinden Tevfik Fikret, Galatasaray lisesinde okumuş, birincilikle bitirmiş, öğrencisi olduğu Galatasaray lisesinde öğretmen olmuş, müdür olmuştu. Galatasaray Spor Kulübü'nün koruyucu başkanlığını yapmıştı. Okul-kulüp dayanışması, onun müdürlüğünde başlamıştı.

Edebiyatımızın yapıtaşlarından olan Tevfik Fikret'in yaşadığı dönem, memleketin ona buna peşkeş çekildiği, rüşvetin, yolsuzluğun, sansürün, yasakların, istibdat'ın had safhaya ulaştığı dönemdi.

Kimileri saray soytarısı olmayı tercih ederken, Tevfik Fikret aklı, bilimi rehber edinmiş, bağnazlıkla mücadele etmişti. Dürüst, namuslu, onurlu yaşamı, elbette eserlerine yansıyordu. Mesela, zat-ı şahaneleri padişahımız efendimiz aleyhine şiirler yazdığı için evi basılmış, gözaltına alınmış, korkutulmaya çalışılmıştı.

Mustafa Kemal'e ışık tutan şairdi, düşünce yapısının oluşumunda etkin rolü vardı. En kanlı vuruşmaların siperlerinde bile Tevfik Fikret'i okuyor, notlar alıyor, ilham alıyordu. Öyle ki... "Fikri hür, vicdanı hür, irfanı hür nesiller" lafının kaynağı, Fikret'in dizeleriydi. "Hayatta en hakiki mürşit ilimdir" lafı, Fikret'indi.

O nedenle, Mustafa Kemal "ben devrim ruhunu ondan aldım, Tevfik Fikret'i tanıyanlar, benim ne yapmak istediğimi kavrayacak kimselerdir" demişti.

Tevfik Fikret'e hürmeten Galatasaray lisesiyle daima yakından ilgilenmişti. Hatta, Galatasaray Üniversitesi'nin bulunduğu Ortaköy'deki binayı, Atatürk vermişti.

Sadece fikri manada değil, bugünkü moda tabirle "yaşam gustosu"nda da Tevfik Fikret'ten etkilenmişti. Giyim kuşam zevkini örnek alıyordu. Fikret'in ölümünden sonra evini, yani Aşiyan'ı ziyaret edip, kullandığı eşyayı incelemiş, Aşiyan'da gördüğü bir masanın benzerini yıllar sonra Çankaya Köşkü'ne yaptırmıştı.

E, bugün bakıyoruz...

Tevfik Fikret çıtası, servisçi Abdürrahim Albayrak seviyesine getirilmiş... Padişahlara direnen yaşam tarzıyla Çankaya Köşkü'ne ilham veren Galatasaray, gecekondu statüsündeki kaç'ak saraya süs eşyası yapılmış... Galatasaray'ın Tayyip Erdoğan'ın huzuruna çıkarıldığı gün "mübarek gün" ilan edilmiş.

Üzülüyor tabii insan...
Çünkü ne demişti Tevfik Fikret?

Verir zavallı memleket,
verir ne varsa malını
varlığını, hayatını,

umudunu, hayalini
hemen yutun düşünmeyin,
haramını helalini...
Yiyin efendiler yiyin
bu doyumsuz sofra sizin
doyuncaya, tıksırıncaya
çatlayıncaya kadar yiyin.

Tevfik Fikret

1867'de İstanbul'da doğdu. Asıl adı, Mehmet Tevfik'ti. Annesini 12 yaşındayken kaybetti, babası padişah tarafından sürgüne gönderildi, anneannesi tarafından büyütüldü. Galatasaray Lisesi'nde Recaizade Ekrem, Muallim Naci, Muallim Fevzi gibi, döneminin seçkin öğretmenleri tarafından eğitildi. Şiirlerini 1895'ten itibaren Tevfik Fikret adıyla yazdı. 1915'te vefat etti, Eyüp'te aile mezarlığına defnedildi, 1961'de, müze haline getirilen Aşiyan'daki evinin bahçesine nakledildi.

Çağdaş

Milas'ta dünyaya geldi. Sakarya ilkokulunu bitirdi, Anadolu lisesini kazandı. İlk okuduğu roman, babasının 13'üncü doğumgününde hediye ettiği Gorki'nin eseri *Ana*'ydı. Steinbeck'ten *Fareler ve İnsanlar*'ı, *Gazap Üzümleri*'ni okudu. Harıl harıl kütüphane kurcalarken, istiklal harbi'ne, cumhuriyet devrimleri'ne yöneldi. Atatürk'ün Bursa Nutku'nu okuduğu an, hayatının dönüm noktası oldu, çok etkilenmişti.

Gitti okula, koridordaki panoda ne varsa indirdi, Bursa Nutku'nu yapıştırdı. Okul karıştı tabii... Müdür panoyu söktü, Bursa Nutku yoktur, Atatürk'e ait değildir, uydurmadır dedi. Öyle mi? Bu sefer, Bursa Nutku'nun tarihçesini kağıtlara yazdı, sınıfları tek tek dolaştı, sıraların üstüne bıraktı.

Müzik grubunda solistti, okul tiyatrosunda rol alıyordu, edebiyat kolundaydı, yılsonu etkinliği için şiir dinletisi hazırlamışlardı. Öğretmenlerden oluşan denetim kurulu, çocukların seçtiği şiirleri "siyasi" buldu, şairleri değiştirtti, Melih Cevdet Anday, Attila İlhan, reddedilmişti. 2005 senesi, bizimki henüz 17 yaşındaydı...

Sunucuydu. Çıktı kürsüye... Öğretmenler tarafından onaylanan sunum metninin son cümlesi "bu güzel mayıs akşamında şiirlerimizle gönlünüzü açmak istedik" diye bitiyordu. Bizimki orada bitirmedi... "Gönlünüzü açmak istedik ama, tam olarak açtırmadılar gönlümüzü, şiirlerimizi engellediler" dedi... Ve, Nazım Hikmet'in "Vatan Haini" şiirini okumaya başladı.

"Amerikan emperyalizminin yarı sömürgesiyiz dedi, Hikmet / Nazım Hikmet vatan hainliğine devam ediyor hâlâ / bir Ankara gazetesinde çıktı bunlar, üç sütun üstüne, kapkara haykıran puntolarla / bir Ankara gazetesinde, fotoğrafı yanında Amiral Vilyamson'un, 66 santimetrekarede gülüyor, ağzı kulaklarında / Amerikan amirali Amerika, bütçemize 120 milyon lira hibe etti, 120 milyon lira / Amerikan emperyalizminin yarı sömürgesiyiz dedi, Hikmet / Nazım Hikmet vatan hainliğine devam ediyor hâlâ..."

"Evet, vatan hainiyim, siz vatanperverseniz, siz yurtseverseniz, ben yurt hainiyim, ben vatan hainiyim / vatan çiftliklerinizse, kasalarınızın ve çek defterlerinizin içindekilerse vatan / vatan, şose boylarında gebermekse açlıktan / vatan, soğukta it gibi titremek ve sıtmadan kıvranmaksa / yazın, fabrikalarınızda al kanımızı içmekse vatan / vatan, tırnaklarıysa ağalarınızın / vatan, mızraklı ilmühalse / vatan, polis copuysa / ödeneklerinizse, maaşlarınızsa vatan / vatan, Amerikan üsleri, Amerikan bombası, Amerikan donanması topuysa / vatan, kurtulmamaksa kokmuş karanlığımızdan / ben vatan hainiyim / yazın üç sütun üstüne, kapkara haykıran puntolarla / Nazım Hikmet vatan hainliğine devam ediyor hâlâ!"

Bitti şiir...
Salonda çıt çıkmıyordu.
Önce bir anne, sonra bir baba, sonra bir başka öğrenci velisi derken, bütün salon ayağa kalktı, gözyaşlarıyla alkışladılar 17 yaşındaki yürekli öğrenciyi.

Protokol ise, buz kesmişti.
Emrivaki şiirle, ters yumruk almış kroke vaziyetteki boksör gibi olmuşlardı. En ön sırada oturan kaymakam, öfkeyle ayağa kalktı, "alın bu terbiyesizi" dedi, yürüdü, gitti. Aldılar hemen, gözaltına... 17 yaşındaki lise son öğrencisini, karakola götürdüler. Anneciği salondaydı, fenalaştı, hastaneye kaldırdılar, babası hastaneye mi koşşun, polis arabasına bindirilen oğluna mı yetişşin, şaşırmıştı.

Haber, manşetlerde patladı.
Hürriyet'ten *Sabah*'a *Milliyet*'ten *Zaman*'a *Cumhuriyet*'ten *Yeni Şafak*'a, bütün gazeteler, Milas Anadolu Lisesi'ndeki yürekli öğrenciyi yazdı.

AKP'nin iktidardaki ilk dönemiydi, henüz gerçek yüzünü göstermemişti, AB kriterlerini savunan "özgürlükler partisi" ayağına yatıyordu. Bu nedenle... Tayyip Erdoğan, Milas'taki öğrenciyi "fırsat" olarak değerlendirdi, sahiplendi, hatta o öğrenciyi kendisine benzetti. "Ben de aynen o genç gibi şiir okumuştum, benim başıma da benzer şeyler gelmişti, benim şiirime nasıl baktıysanız, ona da öyle bakın" dedi. Yani, bi tek AKP gençlik kollarına davet etmediği kalmıştı!

Seneler akıp geçti.
Dün...
O yürekli öğrenci, 11 arkadaşıyla birlikte Amerikan askerlerinin kafasına çuval geçirdi!

Çağdaş Cengiz...
Pentagon'un "eşkıyalar" dediği, AKP dışişleri sözcüsünün "kınıyoruz" dediği, yalaka medyanın "teröristler" dediği TGB'nin başkanı.

Bizim oralı, tipik Ege çocuğudur.
En çetrefil durumlarda bile, hayata gülümseyerek bakar.
Gazetelerde yayımlanan gözaltı fotoğraflarına baktım mesela...
Gülümseyerek selfie yapmış iyi mi!

Çocukken de böyleydi bu... Kocaman delikanlı oldu, kahkahalarla vatan hainliğine devam ediyor hâlâ.

Çağdaş Cengiz

1987'de dünyaya geldi. Uludağ Üniversitesi halkla ilişkiler bölümünü bitirdi, Arel Üniversitesi'nde medya üzerine yüksek lisans yaptı. 19 Mayıs 2006'da Türkiye Gençlik Birliği'nin kurucuları arasında yeraldı, 2013'te başkanlığına seçildi. TGB'nin 10 senelik tarihinin anlatıldığı *Şu Çılgın Gençler* kitabını derledi. Bu kitabın piyasaya çıktığı 2016 itibariyle aynı görevde, Türkiye'nin çağdaşlık mücadelesine katkı sağlamaya devam ediyordu.

Salih

Saat 9'u 25 geçe...
Matem halindeki Dolmabahçe Sarayı tek el silah sesiyle irkildi. Sedef kabzalı Smith Wesson'ın namlusundan çıkan mermi, adeta çığlık gibi koridorları dolaştı. Koştular hemen alt kata... Kanlar içinde yerde yatıyordu. Kalbine dayamış, tetiğe basmıştı.

Salih Bozok...
Mustafa Kemal'in yaveriydi.

Selanik'ten mahalleden arkadaştılar, ikisi de 1881'liydi, akrandılar, tee en başından beri, *Bandırma* vapurundan beri yaveriydi, ateşten gömleği gönüllü giymişti. Neler yaşamışlardı birlikte, ne maceralar, ne vuruşmalar, birbirlerine öylesine yakındılar ki, Mustafa Kemal evlendiğinde, Latife hanım'ın şahidi Salih'ti, Zübeyde hanım rahmetli olduğunda, oğlu yetişemedi, cenazesini Salih kaldırdı, Salih toprağa verdi.

Salih'in eşi Düriye hanım, Nuri Conker'in kızkardeşiydi, Nuri Conker ise Atatürk'e "Kemal" diye hitap edebilen dünyadaki tek insandı. Üçü birlikte büyümüştü, çocukluk arkadaşı, kardeşten öteydiler. Yaver deniyor ama, Mustafa Kemal'in canını emanet ettiği adamdı Salih.

Saat 9'u 5 geçe de yanındaydı... Başucunda dua ediyordu. Ruhunu teslim ettiğinde, gözlerinden iki damla süzüldü, eğildi, elini öptü, çıktı dışarı, alt kata indi, odasına girdi, çekti her daim belinde taşıdığı beylik tabancasını, soğuk namluyu iman tahtasına dayadı, tetiğe bastı.

Ölmedi Salih... Mermi kalbini sıyırmış, iki üç milim yanına saplanmıştı. Apar topar Şişli Sıhhat Yurdu'na kaldırıldı, ameliyat edildi, kurtarıldı. Canlı cenaze gibi yaşamaya devam etti. Canından çok sevdiği Mustafa Kemal'iyle birlikte gidememişti, hayata küsmüştü, neredeyse hiç kimseyle konuşamaz olmuştu, evinden, odasından çıkmadan yaşadı, anca iki sene devam edebildi, mermiyle delemediği kalbi, sıkıntısından kendi kendine durdu.

Sonra siz geldiniz...
Bu mübarek insanların kurduğu ülkede ne yaptınız?

Atatürk'ün ismini, camilerde okutulan hutbelerden çıkardınız.

19 Mayıs törenlerini yasakladınız. 23 Nisan, 29 Ekim törenlerine hastalandım bahanesiyle katılmadınız. Takvimde başka gün yokmuş gibi, tam 10 Kasım'da vahabi kralına madalya taktınız. Atatürk'ün kurduğu TBMM'de Vahdettin'i anma töreni düzenlediniz. Çankaya Köşkü'nü aklınızca tarihten sildiniz. Padişah Abdülhamid'e üniversitede onursal doktora verdiniz. Atatürk anıtlarına çelenk koymayı yasakladınız. Atatürkçüleri "terörist holigan" ilan ettiniz. Atatürk'ün kalpaklı fotoğrafını yasadışı ilan ettiniz. Atatürk ilkelerini ders kitaplarından çıkardınız. Atatürk stadyumlarını yıktınız, başka isimler verdiniz. Sırf devrim alfabesine karşı çıkmak için, Türkçe'ye bile savaş açtınız. *Nutuk*'u suç delili yaptınız. TC'yi sildiniz. "İki ayyaş" dediniz. "Atatürk döneminde Atatürk Orman Çiftliğinde çocuklara bira içirdiler" dediniz. "Atatürk döneminde camileri ahır yaptılar" dediniz. "600 yıllık imparatorluğun 90 yıllık reklam arası sona erdi" dediniz. "90 yıllık enkazı kaldırdık" dediniz. Atatürkçülüğün kalesi İzmir'e "gavur" dediniz. Sabiha Gökçen'i ırkçı-soykırımcı ilan ettiniz. "Yüce Atatürk" pankartı açan futbol takımına bile tahammül edemediniz. Atatürk'ü çağrıştırıyor diye Vardar Ovası türküsüne bile katlanamadınız. Andımızı yasakladınız. "Türk bayrağı demeyelim, Türkiyeli bayrağı diyelim" diyeni, akil adam yaptınız. "Türk yok" diyeni, milletvekili yaptınız. Fıkra anlatıyorum ayağıyla, Atatürk'e "ibne" dediniz. Kemalizm'i yerden yere vuran CIA ajanı Graham Fuller'ın *Yeni Türkiye Cumhuriyeti* kitabını, yandaş medyada ballandıra ballandıra reklam yaptınız. Onuncu Yıl Marşı çalanları fırçaladınız. Kızılay'ın Türk'ünü sildiniz. Camide seçim propagandası yaptınız. Miting kürsülerinden Kuran-ı Kerim'le oy istediniz. Belediyenin önüne Kabe maketi kurdunuz, hicret parkuru kurdunuz. Atatürk heykellerinin yakılmasına göz yumdunuz. "Ulusçulukla hesaplaşma zamanı geldi" dediniz. "Anıtkabir'i de yıkarız elhamdülillah" dediniz. Antropoloji kitabını kameralara uzatıp "bakın raflarda kafatasları var, işte vesika burada, Mustafa Kemal'in imzası var, insani midir?" dediniz. Atatürk canlı ağaç müzesi'ni rezidans yapılsın diye sattınız. Devlet Nişanı'ndaki Atatürk siluetini sildiniz.

Atatürk alerjiniz yüzünden, bağımsızlık savaşıyla, özgürlük mücadelesiyle kurulmuş bu devleti, emperyalistlerin maşası takkelilere peşkeş çektiniz.

Vardığınız nokta ne?

Hepinizin yaveri vatan haini çıktı birader...
Birininiz yaveri, kafanıza silah dayayıp, kemerle boğazınızı sıkmış... Öbürünüzün yaveri, suikast düzenlensin diye saklandığınız yeri ispiyonlamış.

Mustafa Kemal'in yaveri, onun için ölüyordu.
Sizin yaverleriniz, sizi öldürmek için yaşamış.

"Efendiler... Biliniz ki, Türkiye Cumhuriyeti şeyhler, dervişler, müritler memleketi olamaz, en doğru, en hakiki tarikat, medeniyet tarikatıdır" derken, işte tam olarak bunu kastediyordu.

Size önerim...
Atatürk fobiniz yüzünden tarumar ettiğiniz ülkeyi düzeltmek, yeniden rayına sokmak istiyorsanız... Atatürk Cumhuriyeti'ne sığının. Yeniden inşa sürecinde kriteriniz, pusulanız, Atatürk olsun.

Aksi taktirde... Belediyenin mehter takımından bi tane çakma yeniçeri ayarlayın. Yaveriniz o olsun!

Salih Bozok

Yarbay rütbesinde emekliye ayrıldı, 1923-31 arasında, o dönemki adı Bozok olan Yozgat'tan milletvekili oldu, 1931-41 arasında Bilecik milletvekili oldu. Atatürk'le arkadaşlığı beyazperdeye aktarıldı, Zülfü Livaneli tarafından yazılan-yönetilen *Veda* filmine konu oldu. 1941'de vefat etti, Ankara Cebeci Şehitliği'nde toprağa verildi.

Koray

Haziran 2007, Şırnak...
"Üs bölgesini aldık, terörist grupla teması bekliyorduk ki, bulunduğumuz bölge havaya uçtu, önceden patlayıcıyla tuzaklamışlar, 21 kişiydik, 21'imiz de serilmişti, vücuduma elektrik verilmiş gibi hissettim, sol koluma baktım, sol kolum yok, bacağıma sanki kaynar su dökülmüştü, baktım, bacağım

yok, doğrulmaya çalıştım, ayakucumda çukur var, baktım, bacağımın parçaları duruyor çukurda, kelime-i şehadet getirdim, çatışma devam ediyordu, tüfeğim dedim, tüfeğim nerde, baktım, sağ kolum erimiş plastik gibi damlıyordu yere..."

O an farketmemişti.
Sol gözü de gitmişti.

Yılmaz Yiğit'ti o.
Adı gibi yılmaz, soyadı gibi yiğitti.

Kahraman ruhu teslim olmadı, ameliyat üstüne ameliyat oldu, hayata tutundu, dönemin jandarma genel komutanı Işık Koşaner'in girişimiyle kol protezi takıldı, genelkurmay başkanı İlker Başbuğ'un desteğiyle ABD'ye gönderildi, Philadelphia'da aylarca tedavi gördü, protez bacak takıldı, artık hiç olmazsa ayakta durabiliyordu, yurda döndü, evlendi, kızı oldu.

Üç yaşındaki kızıyla birlikte belediye otobüsüne bindi, şoför "kartını bas" dedi, kollarını gösterdi, "gaziyim, ellerim yok, kartım arka cebimde, siz alır mısınız" dedi, şoför "ne demek elim yok, hayret bi şey yav, çıkartıp kartını göstereceksin" dedi, tartışma çıktı, şoför efendi, gaziye "hayvan oğlu hayvan, şerefsiz" dedi!

Bu utanç verici hadise basına yansıyınca, yandaş medya devreye girdi, şoförün hiç günahı olmadığını, gazinin "provokatör" olduğunu, gazinin şoföre "şerefsiz" diye bağırdığını, gazinin "paralelci" olduğunu söylediler, otobüs kamerasından 12 saniyelik görüntü yayınladılar, "işte görüyorsunuz, şoför susuyor, gazi şerefsiz diye bağırıyor" dediler, gazinin şoförü yumrukladığını (!), şoförün darp raporu aldığını, yolcuların da şoför lehine şahitlik yaptığını anlattılar.

Gel gör ki...
Belediyede çalışan ve vicdanı kanayan bir yurtsever personel, telefonu tuşladı, arkadaşını, gazi Koray Gürbüz'ü aradı, "otobüsün kamera görüntülerini silecekler, hemen gel, silinmeden al" dedi, görüntülerin tamamını Koray'a verdi. Yandaş medya sadece 12 saniyelik görüntü yayınlarken, aslında 35 dakikalık görüntü olduğu anlaşıldı. Kısaltılmamış görüntülerde ne mi vardı?

Aynen aktarıyorum...
Gazi Yılmaz Yiğit, kızıyla birlikte, Bilkent'ten biniyor, pantolon nedeniyle elbette bacağının olmadığı anlaşılmıyor ama, bir kolu yok, öbür kolunda protez var. Şoföre, protez kolunu gösteriyor, geçiyor, şoför hiç sesini çıkarmıyor. Otobüs hareket ediyor, gidiyor, gidiyor, neticede TSK Rehabilitasyon Merkezi'ne geliyor, gaziyle kızı inmek için ön kapıya yanaşıyor, kolları yok, TSK Rehabilitasyon Merkezi'nde iniyor, belli ki gazi... Binerken sesini çıkarmayan şoför, bu sefer "sizin kartınız var mıydı" diye soruyor, gazi protez kolunu uzatıyor "bakar mısınız" diyor, şoför "uğraştırma hemşerim, hadi in" diyor, gazi "ne uğraştırması, ne demek istiyorsunuz" diyor, şoför "ben söylemeden kartını göstereceksin, hayret bi şey yav" diyor, gazi "ben nasıl göstereyim, elimin protez olduğunu gösteriyorum ya" diyor, şoför "ne demek elim yok, ben senin cebine elimi mi sokayım" diyor, gazi "kartımı soracaksan tabii elini de cebime sokacaksın, ben gaziyim" diyor, şoför ayağa kalkıyor, gaziyi itiyor, gazi "çek lan elini" diyor, şoför "hayvan oğlu hayvan" diyor, gazi "şerefsiz, sen nasıl konuşuyorsun" diyor, şoför "şerefsiz sensin, hayvan oğlu hayvan, enayi, terbiyesiz" diyor, yolcular şoföre tepki gösteriyor, gazi iniyor, şoför peşinden bağırıyor, "şerefsizsin, Allah görmüş de iki elini almış işte" diyor... Sonra şoför de iniyor, "benim için mi gazi oldun" diye bağırıyor ama, dışarda olduğu için bu son sözlerin görüntüsü yok, şahitleri var.

Yandaş medyacılar, yolcuların şoför lehine şahitlik yaptığını söylemişti, halbuki, otobüsten yedi yolcu karakola gidiyor, gazi'nin lehine şahitlik ediyor.

Bu 35 dakikalık görüntü ortaya çıkınca, rezalet de kabak gibi ortaya çıkmış oluyor, bu sefer, gazi Koray Gürbüz "provokatör" ve "paralelci" ilan ediliyor.

Koray Gürbüz kim?
Bir değil, iki kere gazi...
1991'de Şırnak Gabar Dağı'nda vuruldu, sol kolundan ve sol bacağından yemişti, henüz 18 yaşındaydı, dört ameliyat oldu, geri döndü, beş sene sonra 1996'da, Siirt Karadağlar'da pusuya düştüler, 18 şehit verdik, Koray'ı öldü diye çatışma bölgesinde bıraktılar, ölmedi... Sıkı durun, bir böbreği yok, dalağı yok, safrakesesi yok, bağırsakların bir bölümü yok, karaciğerin yarısı

alındı, bacaklarında ve kollarında parçalı kırıklar vardı, altı ay komada kaldı, 23 ameliyat oldu, sol bacağı iki santim kısa kaldı, sol tarafı boydan boya hissetmiyor, sol kolunu kullanamıyor. Çünkü... 14 kurşun girip, çıkmıştı!

(Türkiye rekoru, gazi Hacı Altıner'e aitti, 1951 senesinde Kore'de, vücuduna 12 kurşun yemiş, ölmemişti. Koray bu rekoru kırdı, 14 kurşun yedi, yaşıyor.)

(Doktorlar moral vermek için "iyi bari sol tarafın tutmuyor, hiç olmazsa yazı yazarken filan sağ'ını rahat kullabilirsin" derler, Koraycığım doktorların canını daha fazla sıkmamak için, gülümser, hiç sesini çıkarmaz, çünkü Koray solak!)

(Koray, Anayasa Mahkemesi önündeki Adalet Nöbeti'nden arkadaşım... Anıt kadın avukat Şule Nazlıoğlu Erol'un Balyoz esirleri için başlattığı tarihi nöbete katılmıştı, komutanları dışarı çıkana kadar, gece-gündüz oradaydı.)

"Provokatör, paralelci" denilen gazi Koray, işte bu... Üstün Cesaret ve Feragat Madalyası var. Devlet Üstün Hizmet Madalyası var. 122 takdirnamesi var.

Yandaşlar tarafından neredeyse "vatan haini" ilan edilen Koray, köy enstitüsü mezunu bi öğretmen babanın evladı... Babası oradan oraya sürüldüğü için, liseyi bitirene kadar altı şehir dolaştı, astsubay oldu, ikinci defa gazi olunca, emekliye ayrıldı, 1998'de açık öğretimden işletme diploması almıştı, Bilkent Üniversitesi'nde işletme mastırı yaptı, derece yaptı, üstüne, gene Bilkent'te uluslararası ilişkiler mastırı yaptı, şu anda doktora yapıyor. Evli, kızı var.

Dün aradım Koray'ı...
Ne diyorsun dedim.

"Ateşi köz öldürür, sürmeyi göz öldürür, bıçak kesmez yiğidi, kötü bir söz öldürür... Bizi kurşunla öldüremediler, bu sözlerle öldürüyorlar" dedi.

"Hayvan oğlu hayvan" gazi Yılmaz Yiğit'e dönersek... 65 yaşındaki babası, Edirne Selimiye Camisi'nin avlusunda kuş yemi satarak, geçinmeye çalışıyor.

Çünkü, kolları bacakları ağaç gibi budanan "hayvan oğlu hayvan" oğlu... Bu gariban babanın tek evladıydı, tutunacak dalı kalmadı.

Koray Gürbüz

1973'te Malatya'da dünyaya geldi. Türkiye Gaziler Vakfı ikinci başkanlığını yaptı. *Şehit Mektupları* adıyla kitap yazdı. 2016 itibariyle *Aydınlık* gazetesinde köşe yazıyordu. 34 senedir bu ülkede gazetecilik yapan biri olarak yürekten söyleyebilirim ki, gazilerin sorunlarını çözebilmek için, gazilerin sesini topluma duyurabilmek için, Koray Gürbüz kadar çaba harcayan birini görmedim.

Nazım

Bismillah, *Sözcü'*deki ilk yazımda "alavere dalavere Türk Memet nöbete"yi yazdım... Suriye topraklarını savunmak için Suriyelilerin gitmesi gerektiğini, askerlik çağındaki 500 bin Suriyeli erkek Türkiye'de gezerken, Mehmetçik'in Suriye'ye gitmesinin saçmalık olduğunu, illa gönderilecekse Bilal'in gönderilmesi gerektiğini anlattım.

Suriyelilere hakaret ettiğim gerekçesiyle hakkımda suç duyurusunda bulundular!

Halbuki, nasıl olsa elalemin kerizi biziz, Suriyeliler burda otursun, onların yerine bizim Memetler gitsin savaşsın deseydim, alkışlarlardı.

Çünkü...

ABD Savunma Bakanı John Dulles, Kore savaşı sırasında, "müttefik güçler, en ucuz askeri Türkiye'den temin ediyor, bir Türk askerinin maliyeti 23 cent'e denk geliyor" demişti. Avrupa'dan Asya'ya kadar bütün dünyadaki "insan pazarları"na bakmışlardı, tezgahtaki en ucuz fiyat bizim alnımızda yazıyordu.

Hatta, Nazım Hikmet bu fiyat etiketi üzerine "23 sentlik asker" şiirini yazmıştı: "Mister Dallas, sizden saklamak olmaz, hayat pahalı biraz bizim memlekette, mesela iki yüz gram et alabilirsiniz, koyun eti, Ankara'da 23 sente... Yahut iki kilo kuru soğan, yahut bir kilodan biraz fazla mercimek, elli santim kefen bezi yahut, yahut da bir aylığına yirmi yaşlarında bir tane insan!"

Bilahare... Renkli devrim sponsoru George Soros, 2002'de, Sabancı Üniversitesi'ndeki konferansında "Türkiye'nin en iyi ihracat ürünü, ordusudur" dedi. E hemen ihracata başladık tabii... Amerikan, Alman, İngiliz, Fransız, Hollanda askerleri peyderpey çekildi, onların yerine biz Afganistan'a gittik!

Hiç unutmam, meşhur "1 Mart tezkeresi" döneminde, *Hürriyet*'te şu haber çıkmıştı: "Amerikan ordusu Afganistan'daki bin askeri için ayda 28 milyon dolar harcıyor, bin Türk askeri için 4.5 milyon dolar harcanıyor. Türkiye aynı görevi altı kat ucuza yapıyor. Türkiye'nin Irak'a 10 bin asker göndermesi, ABD için her ay 240 milyon dolar tasarruf demek."

Bilahare... 2009 senesinde, ABD eski Başkanı Reagan'ın, hatıralarını anlattığı *Reagan Günceleri* isimli kitabı piyasaya çıktı. Kitabın bizimle alakalı bölümünde, Turgut Özal'la şahane şekilde anlaştıklarını belirtiyor, "Türkiye, güvenliğimizin bir parçası, bir Türk askeri yılda 6 bin dolara mal oluyor, eğer onu bir Amerikan askeriyle değiştirmeye mecbur kalırsak, maliyet 90 bin dolara çıkıyor" diyordu. Coni'nin günlüğü 246 dolarken, Memet'in günlüğü 16 dolardı.

Canımızın fiyatı 23 cent'ten 16 dolar'a çıkmıştı ama... 6 kat ucuza öldüğümüzü zannederken, meğer 15 kat ucuza ölüyorduk. Fiyatımız artıyor, değerimiz ucuzluyordu. Sürümden kazanıyorlardı!

Ve Obama, IŞİD'e karşı "asla" kara birliği göndermeyeceğini, Amerikalı askerlerin Suriye'ye ayak basmayacağını açıklarken... Dün, El Cezire televizyonuna konuşan Ahmet Davutoğlu, Memetlerin nerelere sürüleceğini açık açık izah etti: "Halep'le Türkiye sınırları arasında, İdlib'in, Lazkiye'nin kuzeyinde, Haseke'de, Cerablus bölgesinde, Ayn el Arab'da, bütün bu kuşakta, derinliği değişebilir."

Dolayısıyla...
Hakkımdaki suç duyurusuna dair, savcılığa vereceğim savunmayı şimdiden buraya yazayım: "Mister Dallas, sizden

saklamak olmaz, hayat pahalı biraz bizim memlekette, mesela iki yüz gram et alabilirsiniz, koyun eti, Ankara'da 23 sente... Yahut iki kilo kuru soğan, yahut bir kilodan biraz fazla mercimek, elli santim kefen bezi yahut, yahut da bir aylığına yirmi yaşlarında bir tane insan!"

Nazım Hikmet Ran

1902'de Selanik'te doğdu. Moskova'da Doğu Emekçileri Komünist Üniversitesi'nde iktisat okudu. İlk şiiri "Feryad-ı Vatan"ı 12 yaşında yazdı, şiirleri 50'den fazla dile çevrildi. Yaşamı boyunca yazdıkları nedeniyle 11 ayrı davada yargılandı, 12 sene hapis yattı. Sovyetler Birliği'ne yerleşti, 1951'de Türk vatandaşlığından çıkarıldı, büyük dedesi Mustafa Celalleddin Paşa'nın (Konstantin Borzecki) memleketi Polonya'nın vatandaşlığına geçti, Borzecki soyadını aldı. 1963'te öldü, Moskova'da toprağa verildi. 2009'da, ölümünden 46 sene sonra, yeniden Türk vatandaşlığına kabul edildi.

Emin

Demokrasinin iki çeşidi vardır.
Biri, zor ve gerçek olanı.
Öbürü kolayı, oyun olanı.
Topraksızı topraklandırmadan...
İşçiyi sağlama almadan...
Halkı esaslı eğitmeden...
Olmaz.
Birincisi, köklü değişim ister.
Zordur ama, gerçek demokrasidir.
İkincisi, sandık demokrasisidir.
Okuma yazma bilsin bilmesin...
Toprağı, işi olsun olmasın...
Demagojiyle serseme çevrilen halk, elindeki kağıdı sandığa atar.
Böylece...
Kendi kendini yönetmiş sayılır.
Bu, oyundur, kolaydır.
Amerika bu demokrasiyi yayıyor.
Biz de demokrasinin kolayını seçtik.

Çok şeyler göreceğiz daha...

Kime ait bu sözler?
"Altı ok" amblemini 1933'te grafik olarak çizen, eğitimbilimci, köy enstitülerinin mimarı, uygulayıcısı İsmail Hakkı Tonguç'a ait.

Ne zaman söyledi bu sözleri?
Köy enstitüleri, karşıdevrimciler tarafından kapatıldığında söyledi.

Peki, şu sözler kime ait?
"Müslümanlar, 10 Kasım kurtuluş bayramınız kutlu olsun."

Ankara Balgat SGK Camisi'nin imamına ait... Facebook sayfasına Atatürk'ün fotoğrafını koymuş, "müslümanlar, 10 Kasım kurtuluş bayramınız kutlu olsun" yazmış.

Ayrıca... Emin Çölaşan'ın fotoğrafını koymuş, onun altına da "Bizans artığı orospu çocuğu" yazmış.

Diyanetten maaş alan bu imam'ın görüşlerini okuyunca, İsmail Hakkı Tonguç'un ne kadar ileri görüşlü olduğu bir kez daha ortaya çıkıyor.

Çünkü... Atatürk'ün vefat ettiği günü "bayram" olarak kutlayabilmek için, Emin Çölaşan gibi yurtsevere "bizans artığı orospu çocuğu" diyebilmek için, sadece yobaz olmak yetmez... Özel eğitim gerekir.

Köy enstitülerini kapatıp, onların yerine imam hatipleri monte etmenin, kaçınılmaz neticesidir bu.

Atatürkçü, yurtsever, aydın din adamlarımızı elbette tenzih ediyorum, eminim onlar da bana katılacaktır... Emperyalizmin maşası, karşıdevrimin uşağı, silahsız işgalin borazanı, siyasal dinciliğin arka bahçesi haline getirilmeye çalışılan imam hatiplerin, mutlaka ve mutlaka yeniden ele alınması gerekiyor.

(Yürek yarası bir örnek vereyim size... İzmir Şirinyer'de, Kızılçullu'da Amerikan koleji vardı. Tee 1891'de kurulmuştu. Tam adı, American Collegiate Institute For Boys'du. Adnan Menderes bu okuldan mezun olmuştu. Cumhuriyet ilan edilince, bu okul ve arazisi, bizzat Mustafa Kemal'in emriyle, Amerikalılardan alındı, el konulmadı, 52 bin lira ödendi, tapusu satın alındı. Köy enstitüsü haline getirildi. Adnan Menderes iktidara gelince, ilk iş, köy enstitülerini kapattı, imam hatipleri açtı. Kızılçullu köy enstitüsü binasını ne yaptı biliyor musunuz? Amerikalılara geri verdi, NATO karargahı yaptı!)

Hani CHP ne yapmalı filan diye soruyorsunuz ya...
Açıkça, mertçe, kıvırmadan, burdan başlamalı.
Demokrasinin kolay olanını değil...
Zor olanını seçmeli.

Emin Çölaşan

1942'de Ankara'da doğdu. ODTÜ idari bilimler fakültesinden mezun oldu. Gazeteciliğe 1977'de *Milliyet*'te başladı, köşe yazarlığına 1989'da *Hürriyet*'te başladı. *Önce İnsanım Sonra Gazeteci, Turgut Nereden Koşuyor, Kovulduk Ey Halkım Unutma Bizi* gibi çok satan kitaplar yazdı. Akp döneminde işini kaybeden, en çok mahkemeye verilen gazeteciler arasındaydı. 2016 itibariyle *Sözcü*'de yazıyordu.

Jose

Uruguay eski cumhurbaşkanı Jose Mujica, bir haftadır Türkiye'de, İzmir'i Eskişehir'i İstanbul'u geziyor.

Okumuşsunuzdur mutlaka... Cunta dönemlerinde 14 sene hapis yattı, altı defa vuruldu, iki defa hapisten kaçtı. Cumhurbaşkanlığı sarayında oturmuyordu. Evi yok. Eşine ait köy evinde oturuyordu. Suyu kuyudan çekiyordu. Maaşının yüzde 90'ını yoksullara bağışlıyordu. Makam uçağı kullanmıyordu. 87 model vosvos'u var, ona biniyordu. Şoförünü milletvekili yapmadı, zaten şoförü yoktu. Koruması yoktu. Banka hesabı yok. Kredi kartı yok. Emekli oldu, gezmeye geldi.

Gazetelerimiz şu başlıkları attı:
Saraysız başkan...
En yoksul cumhurbaşkanı...
Çağdaş Robin Hood...
Uçaklı değil, vosvoslu lider...

Bizim gibi tırışkadan ülkelerde "zenginlik" denilen kavram "kişisel servet"ten ibaret sanıldığı için... "Sosyal demokrasi" denilen kavram "yoksullara bağış yapmak"tan ibaret sanıldığı için... Hep bu tür vurgular yapıldı, saraysız, parasız, vosvoslu filan.

İşin şu tarafıyla kimse ilgilenmedi...
Jose Mujica, hapis yattığı için, sarayı olmadığı için, vosvosa bindiği için mi cumhurbaşkanı seçildi?

Gazetecilerle buluştu.
Üniversitelilerle buluştu.
Siyasetçilerle buluştu.
Hiç kimse merak edip şu soruyu sormadı...
Sizi neden seçtiler?

Banka hesabı olmadığı için mi?
Suyu kuyudan çektiği için mi?
Gerilla olduğu için mi?
Neden?

Çünkü kardeşim... Cumhurbaşkanı seçilmeden önce "tarım ve hayvancılık bakanı"ydı!

Akılcı politikalarıyla, beş sene gibi kısa bir sürede, Uruguay topraklarının yüzde 90'ını tarım yapılabilir hale getirdi. Ülkesini buğday, pirinç, mısır, arpa, yulaf deposu haline getirdi. Canlı hayvan varlığını, sığır, koyun, domuz, kümes, toplam 45 milyona çıkardı. Ülkesindeki canlı hayvan nüfusunu, ülkesindeki insan nüfusunun 13 katına çıkardı. Süt ürünleri sektörünü, beş katına büyüttü. Topraktan elde edilen kazancı, denize döktü, balıkçılık patladı, üç katına çıkardı.

Tarım ve hayvancılık sayesinde, işsizliği azalttı, kişi başına düşen geliri artırdı, maaşları yükseltti, köyden kente göçü durdurdu.

Hırsızlık yapmaması, paraya tamah etmemesi, sarayda oturmaması, vosvosa binmesi, hayat felsefesi, elbette örnek alınması gereken, darısı başımıza dedirten bir davranış biçimidir. Ama, ülkenin başına getirilmesinin sebebi bu değildi. Tarım'dı.

Kendi kendine yeten yedi ülkeden biriyken, AKP sayesinde saman ithal eden Türkiye iyi okusun diye yazıyorum...

Nüfusumuz 80 milyon.
14 milyon ineğimiz var.
Uruguay'ın nüfusu 3.5 milyon.
16 milyon ineği var.

Bu yüzden...
Uruguay'dan inek ithal ediyoruz.

Bu yüzden...
Dünya siyaset tarihinde tarım bakanlığından cumhurbaşkanlığına yükselen ilk ve tek kişidir, Jose Mujica.

Ve, işte bu yüzden...

Üç çocuk değildir marifet.
Üç inek yapmaktır maharet.

Jose Mujica

CHP'nin davetlisi olarak Türkiye'ye gelen Jose Mujica, "köylü milletin efendisidir" vizyonunun vücut bulmuş haliydi. Atatürk'ün başlattığı tarım hamlesi karşıdevrimciler tarafından sekteye uğratılmasaydı, Anadolu'nun bereketli topraklarında neler yapılabilirdi... Bunun kanıtıydı.

Kuddusi

Zart diye tutukladılar, ciğerlerinden hastaydı, Tekirdağ devlet hastanesine sevkedildi, gayet iyisin denildi, cezaevine geri gönderildi, durumu kötüleşti, bunun psikolojisi bozuk denildi, Bakırköy Ruh ve Sinir Hastalıkları Hastanesi'ne sevkedildi iyi mi... Psikiyatrik muayene neticesinde, böbrek yetmezliği teşhisi konuldu! Cezaevine geri gönderildi, komaya girdi, Yedikule araştırma hastanesine sevkedildi, turp gibisin denildi, cezaevine geri gönderildi, Bayrampaşa devlet hastanesine sevkedildi, oradan Haseki hastanesine havale edildi, maşallahın var denildi, cezaevine geri gönderildi, şuuru kapandı, tekrar Bayrampaşa devlet hastanesine sevkedildi, aslanlar gibisin denildi, cezaevine geri gönderildi, bitkisel hayata girdi, o haldeyken

Tekirdağ cezaevine sevkedildi, canlı cenazeydi, Tekirdağ devlet hastanesine sevkedildi, oradan Trakya üniversitesi tıp fakültesi hastanesine sevkedildi, nihayet lütfedip teşhis konuldu, tüh be kansermiş denildi, ne akciğer kalmıştı, ne kemik, ne beyin... Ölüm döşeğinde tahliye ettiler, dört gün geçmedi, son nefesini verdi.

Kuddusi Okkır'dı.

"Ergenekon terör örgütünün kasası" diye tutukladılar, yandaş medyada "zengin işadamı" diye tanıttılar, tedavi imkanı vermediler, hastane hastane süründürdüler, alay eder gibi "sağlıklı" raporları verdiler, ailesi çırpındı, yalvardı, yok kardeşim, ölene kadar bırakmadılar, cenazesini kapının önüne koydular.

Musalla taşındayken hâlâ sanık'tı. Henüz iddianame yazılmadığı için hangi delillerle suçlandığını bilmiyordu. "Kasa" diye tutuklanmıştı, beş kuruşu yoktu, cenaze aracının parasını bile haberi takip eden gazeteciler ödedi, eşine tarifsiz acı ve 19 bin lira vergi borcu bıraktı.

Gel zaman git zaman...

Kuddusi Okkır için kılını kıpırdatmayan asrın liderimiz, makam yetkisini kullanarak, "tedavi olsun" diye "hasta" bir mahkumu affetti. Dolandırıcılıktan 20 sene hüküm giyen hasta mahkum, tahliye edildi. "Hapisteyken tedavi olamıyordum, ilaçlarımı alamıyordum, Allah cumhurbaşkanımızın tuttuğunu altın etsin, ölümcül hastayım, durumum fena, dolandırdığım insanlar haklarını helal etsin" dedi.

Bu haberi okuyan herkesin gözleri buğulandı, yüreği insan sevgisiyle dolu, vicdan sahibi asrın liderimize duacı olundu.

Ve dün... Asrın liderimiz tarafından affedilen, helallik isteyen dolandırıcı, jandarmanın fuhuş operasyonunda yakalandı! Fuhuşa aracılık etmek, yer temin etmek suçundan enselenen bu arkadaşla birlikte, iki kadın, bir travesti, dokuz müşteri gözaltına alındı.

İnsanın böylesine merhametli, şefkatli, yaratılanı yaradandan ötürü seven, adaletli bi asrın liderinin olması hakikaten çok şahane bi duygu...

Allah memlekete nice hayırlı aflar nasip etsin inşallah, amin!

Kuddusi Okkır

1948'de Yalova'da doğdu, 2008'de göz göre göre öldürüldü, Yalova'da toprağa verildi. Hayatını kaybedene kadar, bir avuç yurtsever haricinde hiç kimse sesini bile çıkarmadı. Bu kitabın yayımlandığı 2016 itibariyle, tazminat talep eden eşinin hukuk mücadelesi sürüyordu. İnsan hayatını harcarken gayet bonkör olanlar, insan hayatına karşılık bedel ödeme konusunda pek cimriydiler!

Abdülaziz

Asrın liderimiz, sultan Abdülaziz'in altın varaklı padişah koltuğuna oturdu, "ecdadımızın eserlerine, tarihimize sahip çıkıyoruz" denildi.

Sultan Abdülaziz, o altın varaklı koltuğa oturulan Mabeyn Köşkü'nü Agop ve Sarkis Balyan kardeşlere yaptırdı. Asrın liderimiz "afedersin çok daha çirkin şeyler, Ermeni diyen bile oldu" dedi.

Sultan Abdülaziz, piyano çalardı, vals besteledi, operaya meraklıydı, Londra'da Viyana'da Paris'te kraliyet galalarında ağırlandı, izlesinler öğrensinler diye şehzadelerini de götürürdü, Wagner'in opera binasına maddi yardımda bulundu, Beyoğlu'ndaki Naum Tiyatrosu'na giderdi, sanatçılara ihsanlarda bulunurdu. Asrın liderimizin kendi adına Cumhurbaşkanlığı Senfoni Orkestrası var, ona bile gitmiyor.

Sultan Abdülaziz, ressamdı, kendi heykelini yaptıran ilk ve tek padişahtı. Asrın liderimize göre, heykel dediğin ucube'dir.

Sultan Abdülaziz döneminde donanma, dünyanın en büyük dördüncü donanması haline geldi. Asrın liderimiz döneminde donanma, iftirayla hapse atıldı, savaş gemilerimizi kullanacak komutan kalmadı.

Sultan Abdülaziz tersaneler yaptırdı.
Asrın liderimiz limanları sattı.

Sultan Abdülaziz döneminde sahillerimize deniz fenerleri inşa edildi. Asrın liderimiz döneminde Keriz Feneri inşa edildi.

Sultan Abdülaziz, Mısır valilerine hıdiv unvanı verdi. Asrın liderimiz Mısır'da istenmeyen adam ilan edildi, Kahire elçimiz kovuldu.

Sultan Abdülaziz döneminde, sultan Abdülaziz'in himayesinde, Süveyş Kanalı açıldı, görkemli törene Fransa imparatoriçesi, Avusturya imparatoru, Prusya veliahtı, Galler prensi, Hollanda prensesi katıldı. Asrın liderimiz döneminde yeni Süveyş Kanalı açıldı, Fransa cumhurbaşkanından Yunanistan başbakanına, Ürdün kralından Dubai emirine kadar herkes davet edildi, dünyada bi tek asrın liderimiz çağrılmadı.

Sultan Abdülaziz döneminde eyaletler ortadan kaldırıldı, vilayet nizamnamesiyle il özel idareleri kuruldu. Asrın liderimiz döneminde il özel idareleri lağvedildi, eyaletlere kapı aralayan bütünşehir yasası çıkarıldı.

Sultan Abdülaziz döneminde kadılık sisteminin denetim altına alınması için Yargıtay'ın temeli atıldı, Divan-ı Ahkam-ı Adliye kuruldu, Danıştay'ın temeli atıldı, Şuray-ı Devlet kuruldu. Asrın liderimiz ise "mahkemenin söz söyleme hakkı yoktur, söz söyleme hakkı din ulemasınındır" diyor.

Sultan Abdülaziz döneminde, batılı tarzda eğitimin benimsenmesi için, Galatasaray Lisesi'nin kökeni Mekteb-i Sultani açıldı. Asrın liderimiz döneminde, liseler imamlaştırılıyor, Araplaştırılıyor.

Sultan Abdülaziz, maden mektebi açtı. Asrın liderimize göre, mektebe filan gerek yok, fıtrat yeterli.

Sultan Abdülaziz döneminde, yetim çocuklar için Darüşşafaka açıldı.
Asrın liderimiz döneminde, tüyü bitmemiş yetim hakkı yeniyor.

Sultan Abdülaziz döneminde, Bank-ı Osmani-i Şahane açıldı. Asrın liderimiz döneminde bu banka İspanyollara satıldı.

Sultan Abdülaziz döneminde, çiftçiyi desteklemek için emniyet sandığı kuruldu. Asrın liderimiz döneminde, çiftçi anasını da alıp gidiyor, saman ithal ediyoruz.

Sultan Abdülaziz her ne yaptıysa, asrın liderimiz hepsini bozdu kardeşim... Sadece altın varaklı padişah koltuğuna sahip çıktı.

Ecdada saygı diye buna derim ben!

Abdülaziz

1830'da doğdu, 31 yaşında tahta geçti, Osmanlı'nın 32'nci padişahıydı, 15 sene hüküm sürdü, 1876'da iki bileği kesilmiş halde bulundu, intihar mı etti, öldürüldü mü, tartışmalıdır. Babasının yanına, Sultan Mahmud türbesine defnedildi.

Yılmaz

Hafta sonu Avrupa'daydım.

Bizim asrın lideri altın varaklı tahtında otururken, nehirde tekne turu yapıyordum. Güzergah boyunca, çimlere yayılmış kızlı-erkekli gençler, kitap okuyor, gitar çalıyor, sıcacık gülümsemeleri her şeyi anlatıyor, mutlular... Ayaklarını suya sarkıtmışlar, önlerinden gondollar geçiyor. Senfoni orkestrası konserine gittim, yer bulabilmek için torpil yaptırdım, çünkü bu şehirdeki opera, bale, klasik müzik, tiyatro biletleri, yok satıyor, gişeye çıktığı an tükeniyor. Balmumu Heykel Müzesi gezdim, Çağdaş Cam Sanatları Müzesi, Canlı Tarih Müzesi, Kent Belleği Müzesi gezdim, ayaklarım yoruldu, ruhum dinlendi. Trafiğe kapalı, kaldırımsız sokaklarında yürüyorum, başımı nereye çevirsem, heykel... Etraf yemyeşil, elinde fotoğraf makinesiyle dolaş, ağaçsız tek kare çekemezsin. Milyon metrekareye ulaşmış büyüklükte parklar var. Masal şatosuna girdim, çocukluğuma gittim, Planetaryum'a girdim, uzay aracıyla samanyolunda seyahat ettim. Buradaki mimari restorasyonlara, estetik dönüşümlere bakınca, üzülerek görüyorsun ki, bizim şehirlerde yapılan kentsel dönüşüm, vazoya çiçek yerine takunya koymak gibi bi şey... Hemşehrileri uygar. Yere tükürmüyorlar. Öküz gibi omzuna çarpmıyorlar. Bana göre gelişmişliğin en önemli kriteridir, geceyarısı saat 2'de kadınlar tek başına dolaşabiliyor. İrlanda barında Türk şarabı içtim, Covent Garden'da su muhallebisi yedim.

Pasaportsuz gidilebiliyor.

Çünkü, insan'a insan olduğunu hatırlatan şehir, Eskişehir'deydim.

Mustafa Kemal aydınlanmasının, *Nutuk*'un vücut bulmuş hali,

Profesör Yılmaz Büyükerşen mucizesi.

Aslına bakarsanız "nefes almak için" senede iki üç kere geliyorum, bu defa 20 kişilik arkadaş grubumla geldim. Biz oradayken, İstanbul, Ankara, İzmir, Adana, Tekirdağ'dan gelen gruplarla karşılaştık. Yerli turist yağıyor. Denizi yok ama, plajı, adaları var bu şehrin... Yelken kursu veriliyor, kano şampiyonası düzenleniyor, belediye atölyesinde üretiliyor, nehir teknesi ihraç ediliyor. Engelli yurttaşlar, hiç kimseden yardım almadan tek başına dolaşabiliyor, sosyal hayata katılabiliyor. Kent Konseyi'nde, gönüllü demokrasinin, sivil toplumun mükemmel örnekleri sergileniyor. Siz hiç bilim kuyruğu gördünüz mü? Bu şehirde var. Planetaryum'a girmek için, bilim deney merkezi'ne girmek için, kapısında kuyruk oluyor. Balmumu Heykel Müzesi'ni, Çağdaş Cam Sanatları Müzesi'ni, Eti Arkeoloji Müzesi'ni her sene ziyaret eden insan sayısı, Eskişehir'in nüfusundan fazla... Masal Şatosu'nu sadece 18 ayda 1 milyon 250 bin kişi gezdi. Efes Antik Kenti'ni senede 1.5 milyon kişinin, Kapadokya'yı 1 milyon kişinin, Ankara Anadolu Medeniyetleri Müzesi'ni sadece 250 bin kişinin gezdiğini düşünürseniz... Eskişehir mucizesi'nin nasıl bir çekim alanı yarattığını daha iyi hesap edebilirsiniz. Büyükşehir Belediyesi Senfoni Orkestrası, 62 kişilik kadrosuyla, 15 senedir, haftada iki gün konser veriyor. Bu sezon açılışı İdil Biret'le yapıldı. Merdiven boşluklarında bile yer yoktu. Suna Kan, Gülsin Onay, Fazıl Say geliyor, şefler Rengim Gökmen, Gürer Aykal geliyor, ben mesela Arda Aktar'a denk gelme şansını yakaladım, varlığından onur duyduğumuz solistler geliyor, Genco Erkal, Haldun Dormen, Rutkay Aziz, Arsen Gürzap oyun sahneliyor, yer darlığından sayamadıklarım affetsin, devlet opera ve balesi'nin en iyi performansları geliyor. Tıpkı, medeni Avrupa şehirlerinde olduğu gibi, tramvayın "opera hattı" var, toplu taşıma aracı operaya gidiyor. Şehirde yedi salon var, toplam dört bin kişilik seyirci kapasitesi var. Bir gecede üç-dört etkinlik oluyor, bir salonda opera varken, bir başka salonda tiyatro oluyor, hepsi hınca hınç dolu oluyor. Heykel çalıştayı, seramik çalıştayı, cam sempozyumu, uluslararası tiyatro festivali düzenleniyor.

İşim güya yazarlık ama, Anadolu bozkırında yaşanan devrimi tam olarak ifade edemediğimi, kelimelerin yeterli olmadığını hissediyorum.

Bu şehrin çocukları, 15 senedir Beethoven'la Bach'la Mahler'le büyüyor, opera seyrediyor, bale seyrediyor. Bu şehrin çocukları, henüz sekiz yaşındayken, Fazıl Say dinliyor, Genco Erkal'la tanışıyor. Resim, heykel, bu şehrin çocuklarının doğal hayatının parçası... Tarih şuuruyla büyüyorlar. Ağaçla büyüyorlar. Hayvan sevgisiyle büyüyorlar. Akıl'la bilim'le kültür'le sanat'la, zihinlerine duvar örmeden, çocukluklarını-gençliklerini yaşayarak, özgürce büyüyorlar.

Bu şehrin çocukları... Atatürk aydınlanmasının ne anlama geldiğini, uygulamalı olarak, yaşayarak görüyor. Profesör Yılmaz Büyükerşen gibi vizyoner-yurtsever yönetirse, toplumun nereden nereye sıçrayabileceğini, yaşayarak görüyor. Aynı zamanda... Örgütlü cehalet yönetirse, toplumun başına neler gelebildiğini de, yaşayarak görüyor!

Mesleki kariyerimi ortaya koyarak, iddia ediyorum.

Eskişehir'de bugüne değil...
Yarına şahit oluyoruz.

En geç önümüzdeki 10-15 sene içinde, Türkiye'nin geleceğine damga vuracak insanlar, bu donanımlı çocukların arasından, Eskişehir'den çıkacak. Yazın bi kenara... Sanat'ta bilim'de sanayi'de siyaset'te, hayatımıza yön verecek insanlar, bu çocukların arasından yetişecek.

Yılmaz Büyükerşen

1937'de Eskişehir'de doğdu, Eskişehir iktisadi ticari ilimler akademisi'ni bitirdi, profesör oldu, Anadolu Üniversitesi rektörü oldu, 1999'da DSP'den Eskişehir büyükşehir belediye başkanı seçildi, 2004, 2009, 2014'te tekrar seçildi, 2011'de CHP'ye geçti. Çağdaş "halkevleri ve köy enstitüleri modeli"ni Eskişehir'de hayata geçirdi. CHP kulislerini yakından takip eden bir gazeteci olarak şunu açıkça söyleyebilirim ki... 2014'te cumhurbaşkanlığı seçiminde CHP'nin adayı Yılmaz Büyükerşen olacaktı. CHP milletvekillerine, il başkanlarına, belediye başkanlarına "adayımız kim olsun" diye soruldu, en çok "Yılmaz Büyükerşen" ismi çıktı. Hatta, genel başkan yardımcılarından ikisi, bizzat Yılmaz Büyükerşen'i telefonla arayarak, adaylığının kesinleştiğini söyledi. Seçime günler kala CHP'nin tüm belediye başkanları Eskişehir'de buluştu, bütün medya davet edildi, kulaklara fısıldandı, Eskişehir'de canlı yayında, bizzat Kılıçdaroğlu tarafından Büyükerşen'in cumhurbaşkanlığı adaylığı açıklanacaktı. Herkes buluştu, canlı yayın başladı, nefesler tutuldu... Ve, bitti! Aday maday açıklanmadı. En başta CHP'liler, medya şaşkındı. Ne oluyor demeye kalmadı, ertesi gün Kılıçdaroğlu çıktı "adayımız Ekmeleddin İhsanoğlu" dedi. Ne oldu da Ekmeleddin İhsanoğlu oldu? Bu sorunun cevabı, bu kitabın piyasaya çıktığı 2016 itibariyle hâlâ muammaydı. Tek gerçek vardı: Büyükerşen cumhurbaşkanı adayı olacaktı, kazanma ihtimali vardı, en azından Tayyip Erdoğan'ın birinci turda kazanması imkansızdı, Türk siyaseti başka türlü akacaktı.

Doğu

Avrupa İnsan Hakları Mahkemesi, 100 senelik iftiranın davasında, Doğu Perinçek lehine karar verdi. Böylece, evrensel hukuk resmen tescil etti: Ermeni soykırımı iddiası emperyalist bir yalandır.

12 Mart muhtırasında tutuklandı.
20 seneye mahkum edildi.
Üç sene yatırıldı.
12 Eylül darbesinde tutuklandı.
Sekiz seneye mahkum edildi.
Beş sene yatırıldı.
1990'da tutuklandı.
Üç ay yatırıldı.
1998'de tutuklandı.
10 ay yatırıldı.
2008'de tutuklandı.
Müebbete mahkum edildi.
Altı sene yatırıldı.

İki saniye boş bıraktılar kardeşim...
"Soykırım" iddiasını mahkum ettirdi.
Türkiye Cumhuriyeti devletini beraat ettirdi.

Hal böyleyken...

"1915 soykırımdır" diyen Ermeni kökenli milletvekilini meclise taşıyan AKP, 19 milyon oy aldı.

"1915 soykırımdır" diyen Ermeni kökenli milletvekilini meclise taşıyan Yeni CHP, 12 milyon oy aldı.
"1915 soykırımdır" diyen Ermeni kökenli milletvekilini meclise taşıyan HDP, altı milyon oy aldı.
"Ermeni soykırımı iddiası emperyalist bir yalandır" diyen Doğu Perinçek, sadece 161 bin oy aldı.

E bu durumda, Avrupa İnsan Hakları Mahkemesi sayın ahalimizden daha iyi bilecek değil herhalde!

Bence gene içeri atılsın Doğu Perinçek...
Dışarda kalınca başımıza iş çıkarıyor, sayın partilerimizi "yalancı" durumuna düşürüyor, "emperyalistlerin şahidi" durumuna düşürüyor.

Doğu Perinçek

1942'de Gaziantep'te doğdu. Babası Sadık Perinçek, Süleyman Demirel'in Adalet Partisi'nden dört dönem Erzincan milletvekilliği yapmıştı. Ankara Üniversitesi hukuk fakültesini bitirdi, hukuk doktoru oldu. Fikir Kulüpleri Federasyonu başkanı seçildi, 1968 gençlik hareketinin önderlerinden oldu. *Aydınlık* dergisini, gazetesini kurdu. Türkiye İşçi Köylü Partisi'ni kurdu. Sosyalist Parti genel başkanı seçildi, o kapatılınca, İşçi Partisi'ne genel başkan oldu, bu partinin ismi 2015'te Vatan Partisi olarak değiştirildi. Ömrü boyunca "vatan hainliği türevi" suçlamalarla hapis yatırıldı ama, 2016 itibariyle, Türkiye'nin milli çıkarlarını uluslararası hukuk platformunda savunan tek siyasetçiydi.

Levent

Ölümün üstüne cesaretle yürüyenleri görmüştüm ama, ölümün üstüne kahkahayla yürüyeni, ilk defa Levent ağabeyde gördüm.

Biliyordu öleceğini.
Hatta gününü bile biliyordu.
İnanmakta güçlük çekeceksiniz...
Son nefesine kadar matraktı.
Vedalaşırken bile espri yaptı.
Güle oynaya, neşeyle gitti.

Şahane serseriydi.
Son delikanlılardan.

Hiç müdanası yoktu.
Kimseye eyvallahı olmadı.
Gözünü budaktan sakınmadı.
Zirveyi de gördü, dibi de...
Villayı da gördü, kirayı da...
Nabza göre şerbet vermedi.
Her daim aynı kaldı.
Kardeşliği de gördü, kalleşliği de...
E, olacak o kadar dedi.
Kin gütmedi.
Güldü, geçti.
Ekmeğiyle oynandı.
Ambargo uygulandı.
Yasaklandı.
Devlet sanatçısı unvanı geri alındı.
Yüzünde kıl oynamadı.
Sahnede selam verirken hariç...
Asla eğilmedi.
Yalakaya, yalaka dedi.
Döneğe, dönek dedi.
Diktatöre, diktatör dedi.
Sahiciydi.

Neyine güveniyordu derseniz?
"Mizaha" diyordu.

"Zayıfın, güçlüye karşı silahıdır mizah... X-ray cihazından geçerken ötmez. Üzerinizdedir ama, nerenizde olduğunu kimse bilmez. Bütün ölçüm aletlerini atlatır. Şarkı olur, şiir olur, duvar yazısı olur, fıkra olur, illa ki hedefini bulur. Fısıltı olur, anahtar deliğinden geçer. Su olur, kapı altından geçer. Taş olur, hapishane duvarından geçer. Gidip, vuracağı başı bulur. Yasaklarlar, yasaklanmaz. Tutuklarlar, tutuklanmaz. İnadına, baskı altında gelişir. Ezildikçe büyür. Unutmamak lazım ki... Bizler, Nasreddin'in torunlarıyız. Türk mizahı diye, bir mizah vardır. Dünyada tektir. Halk varoldukça, onun olan mizahı öldürmeye kimsenin gücü yetmez."

Ve, ilave ediyordu:
"Sadece hayvanlar gülmez."

Halk varoldukça...
Yaşayacak Levent Kırca.
İlelebet, kahkahayla.

Levent Kırca

1948'de Samsun'da doğdu. İlk kez 1964'te Ankara Devlet Tiyatrosu'nda sahneye çıktı. 1978'de *Altınşehir* isimli filmle, sinemaya başladı. Türk televizyonculuğu tarihine damga vurdu, 1988'de başlayıp 22 sene sürdürdüğü "Olacak O Kadar" efsanesini yarattı. 2009'da DSP'den Üsküdar belediye başkan adayı oldu, 2014'te İşçi Partisi'nden İstanbul büyükşehir belediye başkan adayı oldu. Akp iktidarında, sanatının her platformunda ambargoyla, sansürle karşılaştı. 1998'de kendisine verilen Devlet Sanatçısı unvanı, 2015'te geri alındı. 2015'te vefat etti, Zincirlikuyu'ya defnedildi.

Aydın

Sene 94...
İzmir'den İstanbul'a gelmişim.
Milliyet'e.
Patron, Aydın Doğan.

Doğrusu, *Milliyet* olmuş, *Hürriyet* olmuş, farketmezdi. Çalıştığım yerlere tutkuyla bağlı olduğum söylenemez. Kurumlara aidiyetim sıfırdır. Namusumuzla çalışacağız, neticede kazık çakacak halimiz yok, ya kovulacağız, ya başka yere transfer olacağız, hep böyledir, en azından benim açımdan hep böyledir. Dolayısıyla, piyasadaki tüm medya patronlarıyla çalıştım, Aydın Doğan'ın da benim nazarımda diğerlerinden farkı yoktu, patron patrondu, nikah kıyacak değiliz, çalışırız, ayrılırız, hepsi buydu.

Neyse, yazı işleri müdürüyüm, o zamanlar köşe yazmıyorum, birinci sayfanın spotlarını yazıyorum. Bismillah, üç gün geçti geçmedi, binayı taradılar iyi mi... O günkü *Milliyet* binası, bugünkü *Hürriyet*'in binası, kavanoz gibi, komple cam, güya kurşun geçirmez diye efsane var ama, hikaye, tül perdeyi geçer gibi geçti mermiler, yanlış hatırlamıyorsam, dört veya beş el sıkılmıştı, uzun namlulu silahtı, tem'den geçerken otomobili durdurup ateş etmişler, topuklamışlardı. Alt tarafı camlar delinmişti, kimseye zarar gelmemişti ama, panik yaşanmıştı, herkes bahçeye fırladı, televizyonların kameraları geldi, röportajlar falan, iki üç saat sonra hayat normale döndü, içeri girdik, klavyenin başına geçtik, çalıştık, yıldıramazsınız korkutamazsınız filan, klasik cümlelerle attık tuttuk, sayfayı bağladık, baskıya gönderdik.

Gece saat 22 civarıydı, işim bitti, yorgunum, evime gideceğim, çıktım ön kapıdan, bahçede cıgara tüttürerek otoparka yürüyorum. Hava karanlık. O da ne? Biri var orada... Yüzünü binaya dönmüş, ellerini dua eder gibi açmış, öylece dikiliyor. Yaklaştım. İnsan kaynaklarında çalışan bir ağabeyimizdi. Yanılmamışım, hakikaten mırıl mırıl dua ediyordu. Bekledim yanında, okumayı bitirdi, üfledi. "Hayırdır?" dedim. Onca gazetede, onca televizyonda çalıştım, hayatımda ilk defa duyduğum bir şeyi söyledi bana...

"Buradan ekmek yiyoruz, kendi evimin penceresine kurşun sıkılmış gibi hissettim, Allah patronu ve gazeteyi korusun diye dua ettim."

Evet... Babıali'de arkasından küfür edilen patronları çok gördük ama, arkasından dua edilen patronu, ilk defa Aydın Doğan'ın gazetesinde gördüm.

Vay efendim, eskiden şu konuda yanlış yapmış da, bu konuda hatalı davranmış filan, geçiniz kardeşim... Nasıl bir cendere içinde bulunulduğuna, nasıl yalnız bırakıldığına, nasıl zorlu bir mücadele verildiğine, bizzat şahidim.

Gazete denilen kavram, sizin gazeteci sandığınız egosu patlak üç beş köşe yazarından ibaret değildir. Muhabirinden matbaa işçisine, santralinden arşivine, ulaştırmasından dağıtımına, binlerce isimsiz kahramandan, binlerce aileden oluşur. Üç bin kişiyi kurtarmak için, bazen mecburen üç kişiden vazgeçilebilir. Kişisel sıkıntıları abartmamak gerekir. Gidersin, başka yerde yazarsın, olur biter.

Ayrıca, gazete denilen kavram, sadece ticari bir ürün değildir. Sosyal ihtiyaçtır. Arz-talep dengesini, parayla kuramazsın, anca haberle-bilgiyle kurabilirsin. "Bidon kafalı" siyasiler anlamamakta ısrar eder ama... Halk isterse alır. Zorla okutamazsın. İstediğin kadar havuz kur, istediğin kadar yandaş gazete dağıt, *Pravda* bile başaramadı.

Hal böyleyken, haksız vergi cezaları kesiliyor, mitinglerde hedef gösteriliyor, yandaş manşetlerde iftira atılıyor, gazete binası baskına uğruyor, taşlanıyor, yazarları tehdit ediliyor, evinin önünde dövülüyor. Çünkü... Senelerdir anlatmaya çalıştığımız, orman yangınıdır bu... Ne kaplumbağa kaçabilir, ne ceylan kurtulabilir. Nasıl olsa kanatlarım var zanneder ama, alevler kontrolden çıktıktan sonra, kuşların akıbeti de aynıdır.

Bu satırları fikri hür, vicdanı hür, irfanı hür bir gazetede, *Sözcü*'de yazmaktan onur duyuyorum... Aydın Doğan'ın yanında durmak, yurttaşlık görevidir. Ya hep birlikte söndüreceğiz, ya hep birlikte yanacağız. Üçüncü seçenek yoktur.

Aydın Doğan

1936'da Gümüşhane Kelkit'te doğdu. İstanbul iktisadi ticari ilimler akademisi'ni bitirdi. 1979'da *Milliyet*'i satın alarak medya sektörüne girdi, Türkiye Gazete Sahipleri Sendikası Başkanı oldu. 1994'te *Hürriyet*'i satın aldı, *Posta*, *Radikal*, *Fanatik* gazeteleriyle, Kanal D ve CnnTürk'ün aralarında bulunduğu 21 televizyon kanalını bünyesine kattı. Eğitim, kültür hizmetleri için Aydın Doğan Vakfı'nı kurdu, özellikle kız çocuklarının okutulması için çaba harcadı. 1999'da Cumhurbaşkanı Demirel'in elinden Türkiye Cumhuriyeti Devlet Üstün Hizmet Madalyası aldı. 2016 itibariyle, son 20 senede üç defa Türkiye vergi rekortmeni, 12 defa İstanbul vergi rekortmeni oldu.

Mehmet

Tayyip Erdoğan: Suriyeli kardeşlerimize "kucak" açtık, Suriyeli kardeşlerimize "kucak" açmazsak, milletimizin yüzüne nasıl bakarız? "Kucak" açmamızın şanı şerefi, torunlarımıza miras olarak kalacaktır.
Abdullah Gül: Ne mutlu bize ki, Suriyeli kardeşlerimize "kucak" açabilen bir milletiz, "kucak" açmamız, insanlık tarihinde unutulmayacaktır, tarihe Türklerin asaleti olarak geçecektir.
Ahmet Kiziroğlu: Suriyeli kardeşlerimize "kucak" açarak, destan yazıyoruz, insanlık tarihimize altın bir sayfa olarak yazılacaktır.
Bülent Arınç: Suriyeliler bizim din kardeşimiz, onlar "kucak" açılacak insanlar... Bizi eleştirenlere, Allah akıl fikir versin.
Beşir Atalay: Suriye halkına "kucak" açmamız, takdire şayan.
Angelina Jolie: Suriyeli çocuklara "kucak" açan Türkiye'ye cömertliğinden ötürü teşekkür ederim.
Tbmm başkanı İsmet Yılmaz: "Kucak" açmazsak, bize yakışmaz.
Sağlık bakanı Mehmet Müezzinoğlu: Kalbinizi açın... Bizim inancımız "kucak" açmanın insanlık görevi olduğunu öğütlüyor.
Kalkınma bakanı Cevdet Yılmaz: "Kucak" açıyoruz, iftihar ediyoruz.
Toki bakanı İdris Güllüce: Türkiye güçleniyor, güçlendikçe daha çok Suriyeli'ye "kucak" açabiliyor.
Enerji bakanı Taner Yıldız: Suriyeli kardeşlerimize "kucak" açtık, hepsine kömür dağıttık.
Kültür bakanı Ömer Çelik: Hepsine "kucak" açarız.
Çalışma bakanı Faruk Çelik: Suriye'den gelenlere "kucak" açmamızı hazmedemeyenler var, biz "kucak" açarken bizi eleştirenleri, insani değerlerle bağdaştıramıyorum.
Milli eğitim bakanı Nabi Avcı: Suriye'den gelenlere "kucak" açabiliyoruz, çünkü, Türkiye insanların sığındığı güvenli bir liman.
Başbakan yardımcısı Numan Kurtulmuş: Suriye'den gelenlere "kucak" açabiliyoruz, çünkü, Türkiye bir huzur adası.
Başbakan yardımcısı Yalçın Akdoğan: İnsana "kucak" açmazsanız, kendi insanlığınızı kaybedersiniz, insan olduğumuz için "kucak" açıyoruz, bunu görmezden gelmek nankörlük olur.
Tarım bakanı Mehdi Eker: Suriyeli kardeşlerimize "kucak" açıyoruz, en iyi şartlarda, en güzel şekilde ağırlıyoruz, bütün dünya görüyor.
Orman bakanı Veysel Eroğlu: Suriyelilere "kucak" açtık, rahatları

gayet yerinde, problemleri yok.
Adalet bakanı Bekir Bozdağ: Birleşmiş Milletler Suriye'de sadece ölü sayıyor, ölü sayıcılığı yapıyor, biz ise "kucak" açıyoruz.
Ekonomi bakanı Nihat Zeybekçi: Tarih, Suriyelilere "kucak" açmamızı, insanlık dersi olarak, insanlığa çok güzel bir örnek olarak yazacaktır.

Türkiye'nin vebalini tek başına taşımak zorunda kalan jandarma astsubay kıdemli üstçavuş Mehmet Çıplak'ın kucağı... İşte o "kucak"tır!

Mehmet Çıplak

Bodrum'dan İstanköy adasına geçmeye çalışan Suriyeli mültecilerin botu alabora olmuş, iki yaşındaki Aylan bebenin cesedi sahilimize vurmuştu. 18 senelik asker olan 39 yaşındaki astsubay kıdemli üstçavuş Mehmet Çıplak, o anı şöyle anlatmıştı: "Altı yaşında oğlu olan bir babayım, Aylan bebeği ilk gördüğümde aklıma oğlum geldi, yanına gittim, Allahım inşallah yaşıyordur dedim, maalesef nefes almıyordu, hayat belirtisi yoktu, yavrusuna sarılan bir babanın hissedebileceği duygularla Aylan'ı kucakladım, o fotoğrafı gören herkes 'bu kadar ağır bir yükü nasıl taşıdın' diye sordu."

Ali, Ahmet

Ali Tatar, kumpas şehidi.
Ali Alkan, açılım şehidi.

Ali Tatar'ın ağabeyi Ahmet.
Ali Alkan'ın ağabeyi Mehmet.

Ali, babasından Ahmet'e emanetti.
Tıpkı Ali'nin babasından Mehmet'e emanet edildiği gibi.

Kardeşinin kanı yerde kalmasın diye beş senedir hukuk mücadelesi veren, Ergenekon, Balyoz gibi kumpas davalarında neredeyse her duruşmaya katılan, Silivri zindanının kapılarına dayanan, Sessiz Çığlık'larda Adalet Nöbeti'nde daima en önde yeralan, Ahmet.

Kardeşinin tabutuna vura vura "bu vatan evladının katili kim?" diye haykıran, Mehmet.

Mehmet'in ne hissettiğini Ahmet'den daha iyi kimse bilemez diye düşündüm. Aradım.

"Ali Ali" deyip... Anlattı.

"Dedem Pir Sultan'ın deyişidir.
Gerçek olmuştur.
Ali Ali deyip ne inilersin
İnilersin dolap, derdin ne senin
Sen de benim gibi yaralı mısın
İnilersin dolap, derdin ne senin
Kim söktü getirdi seni yerinden
Dağlar taşlar ah eyleyi zarından
Sen de mi ayrıldın nazlı yarinden
İnilersin dolap, derdin ne senin
Pir Sultan'ım ahım arşa dayandı
Hasret nârı ile yüreğim yandı
Yoksa Hüseyin'den haber mi geldi
İnilersin dolap, derdin ne senin
Tanımadan yol kardeşi olduk, dert kardeşi olduk Mehmet yarbayla.
Beş yıl önce benim 'Ali' çığlığımı bugün Mehmet yarbay atıyor.
Yüreğimin derinliklerine işledi 'Alim' haykırışı.
Kerme tutmaz yaram bir kez daha kanadı.
Feryadını ilk duyduğum günden beri, her aklıma geldiğinde gözyaşlarıma engel olamıyorum.
Ali'yi bir kez daha kaybetmiş gibi oldum.
Bu ses, bu ah ediş, tanıdık.
Ali'ye ulaşmayan ana sıcağı kömbe, tanıdık.
Kaderin cilvesine bak, Alimiz aynı, acımız aynı, toprağımız aynı.
İkimiz artık aynı figan havalarıyla aynı dağlara göndereceğiz sitemimizi.
Abilik, baba gidince emanet devralmaktır aynı zamanda.
Baba yerini doldurmak mecburiyettir.
Küçük kardeş, babadan sonra evlattır artık abiye.
Acısı evlat acısıdır Mehmet yarbayın, bilirim.
Hiçbir şey dindiremez acısını, engelleyemez isyanını Mehmet yarbayın.

Bütün saldırılara karşı bağrı açıktır.
Ama, hazırdır artık Mehmet yarbay.
Korkunun, acının sınırı aşılmıştır onun için.
Ne rütbe için, ne gelecek için, onu bundan böyle durduğu yerinden geriletmek imkanı yoktur.
Aynı saldırılara uğradığını, aynı hakaretlerle karşılaştığını izliyorum.
Hiç değişmiyorlar.
Efendilerinin emriyle saldırıya geçiyorlar.
Mezhebinden başladılar, DHKP-C'liğinden çıktılar, PKK'lı yaptılar, paralel dediler.
Didik didik ediyorlar bütün hayatını.
Ama boşuna uğraşıyorlar.
Bundan böyle çaldığınız kara tutmaz, salladığınız kılıç, sapladığınız hançer acıtamaz Mehmet yarbayı.
O zaten gömmüştür yüreğinin yarısını toprağa.
Dökmektedir kanlı yaşlarını içine.
Ama dimdik haykırmaktadır zalimin yüzüne.
Aliler bu vatan için vermeye hazırdır canını.
Mertçe, yiğitçe, onurla savaşmaya hazırdır ülkesi için.
Hiçbir hesabı olmaz vatan dara düşmüşse.
Hiç kimseye oyuncak ettirmez kendini.
Alıp eline canını, Hakka yürümeye hazırdır.
Biz de kardeşlerimizle biriz.
Vatan dardaysa, düşman kapıdaysa, nasıl dedemiz can vermişse Çanakkale'de Sakarya'da Dumlupınar'da, biz de canımızı vermeye hazırız.
Şehitlerimizi 'vatan sağolsun' deyip, verebiliriz toprağa.
Ama birilerinin siyasi hesaplarına verecek canımız yok.
Siz sırça saraylarda dem süreceksiniz diye, bizim Alilerimizi Mehmetlerimizi ateşe atamazsınız.
İsyanımız bunadır.
Bütün Alileri, bütün Mehmetleri yaşatmak, mutlu etmek için vardır devlet.
Sorumluluğunuza sahip çıkmak zorundasınız."

İliklerine kadar hissetmek...
İşte böyle bir duygu.

Telefonu kapattım.

Tekrar tekrar tekrar okudum.
Sizden ricam, tekrar okuyun.

Şehit Ali'nin ağabeyi, şehit Ali'nin ağabeyini anlatıyor...

"Vatan dardaysa, mertçe savaşmaya, onurla canımızı vermeye hazırız. Ama, birilerinin siyasi hesaplarına verecek canımız yok. Siz sırça saraylarda dem süreceksiniz diye, Alilerimizi, Mehmetlerimizi ateşe atamazsınız."

Ali Tatar

Ahmet Tatar

Ali Alkan

Mehmet Alkan

Osmaniyeli, 32 yaşındaki yüzbaşı Ali Alkan, 2015'te Şırnak'ta şehit olmuş, yarbay ağabeyi Mehmet Alkan, kardeşinin cenaze töreninde tabuta vura vura "bu vatan evladının katili kim" diye feryat etmişti, "düne kadar çözüm diyenler, şimdi ne oldu da savaş diyor, saraylarda 30 tane korumayla geziyor, zırhlı arabalara biniyor, şehit olmak istiyorum diyor, sen git o zaman oraya" diye bağırmıştı. Akp hükümetinin Pkk'yla masaya oturup, çözüm süreci dediği sürecin neticesi buydu. Bu yazı vesilesiyle yarbay Ali Tatar'ın ağabeyi Ahmet Tatar'la konuşmuş ve yukarıdaki yazıyı kaleme almıştım. İki ağabeyin duyguları fotokopi gibi, birebir aynıydı. Ankaralı, 42 yaşındaki deniz yarbay Ali Tatar, 2009'da Ergenekon-Poyrazköy kumpasında "amirallere suikast yapacak" iftirasıyla tutuklandı, serbest bırakıldı, tekrar tutuklama kararı çıkarılınca "hukuksuzluk sürecine hukuk adına saygı gösterilemez" diyerek, canına kıydı, Ankara Karşıyaka mezarlığında toprağa verildi. Ali Tatar'ı ölüme götüren kumpas süreci, aynı zamanda, Akp'nin çözüm süreci dediği süreçti.

Vedat

Tayyip Erdoğan'ın "hukuk kahramanı" ilan ederek, altına makam mercedesini verdiği Ergenekon savcısının en geç 2015'te yurtdışına kaçacağını, Türkiye'de sadece bir gazeteci söylemişti.

Vedat Yenerer.

(30 yıllık gazeteci, *Cumhuriyet*'te, Show Tv'de, Star'da, Kanal D'de, Habertürk'te çalıştı, *Yeniçağ* gazetesinde köşe yazdı, belgeseller çekti, Türkiye'nin en deneyimli savaş muhabiriydi, 75 ülkede haber takip etti, fotoğraf sergileri açtı, 10 tane kitap yazdı, İstanbul Üniversitesi iletişim fakültesinde uluslararası habercilik dersi verdi, şu anda 21. Yüzyıl Türkiye Enstitüsü'nde terör ve Ortadoğu uzmanı olarak çalışıyor, savunma-güvenlik portalı mehmetciktv.com.tr'nin sahibi... Tanıdığım en yurtsever, en namuslu, en iyi yürekli gazetecilerden biri.)

Ergenekon baskınları yapılırken, Vedat'ın evini de bastılar. Avusturya-Macaristan imparatorluğu döneminde yapılmış 135 yıllık antika tüfek buldular, "Ergenekon cephaneliği bulduk" dediler, "silahlı terör örgütü üyesi" olmaktan tutukladılar.

Halbuki, 1873 yapımı o tüfeği, yıllar evvel haber için gittiği Erbil'de bir antikacıdan 75 dolara satın almıştı. Savaş fotoğrafları sergisinde dekor olarak kullanmak için almıştı, 2002'de açtığı sergide kullanmıştı. Üstten doldurmalı, tek hazneli tüfeği denemek bile mümkün değildi, çünkü o model fişekler artık üretilmiyordu. Tüfek "Werdnl" markaydı. Tutanağa "Mauser" diye yazıldı. Çünkü, Werdnl'ı pek bilen olmazdı ama, mavzer'i herkes bilirdi. Çalışmayan antika tüfeğe mavzer denilerek, vahim nitelikli silah sınıfına sokuldu.

Vedat'ı attılar Silivri'ye.
Bir sene yatırdılar.

2010... Vedat "sanık" sıfatıyla ayağa kalktı, mahkeme başkanına hitaben şu tarihi konuşmayı yaptı.

"Sayın başkan, bu savcılar bu kirli tezgahın hesabını yüce Türk mahkemelerinde er geç vereceklerdir. Bağımsız, tarafsız, dürüst ve liyakat sahibi bir savcının asla suça konu etmeyeceği saçma iddialarla, terör örgütüyle irtibat yakıştırmasında bulunuyorlar. Hükümet ve irtica muhaliflerinin susturulması için iftira atmak, tertip düzmek, yargımız adına utanç vericidir. Benim bir gazeteci olarak öngörüm... Bu savcılar kaçacaklar! Beş yıl sonra kaçacaklar demiştim ama, bir düzeltmede bulunmak istiyorum efendim, bu savcıların kaçmaları beş yıl bile sürmeyecek! Daha kısa zamanda kaçacaklar! Yargılamanın başından beri gömüldükleri koltuklarında her geçen gün biraz daha kaybolmaları, iddianamede ortaya çıkan hukuka aykırı, ahlaka aykırı gerçekler karşısında işi pişkinliğe vurmaya çalışmaları, sırıtmaları, benim bu öngörüde bulunmamı sağlıyor."

2010'da söyledi.
Beş yıla kalmaz dedi.
2015'te kaçtılar!

Yüzde yüz gazeteci, yüzde yüz isabet diye buna derim ben.

Ve şimdi sıkı durun...

"Bu savcılar kaçacak" dediği için, o tarihte, bizzat Zekeriya Öz tarafından ayrıca dava açıldı Vedat hakkında.

Zekeriya Öz kaçtı.
Vedat hâlâ o davadan yargılanıyor!

"Savcılar en geç beş yıla kadar yurtdışına kaçar" dediği için, 26 ay ekstra hapis cezası verdiler. Yargıtay'a gitti. Yargıtay bu kararı bozdu. Silivri mahkemesine geri gönderdi. Üç celse geçti, hâlâ karara bağlanmadı, ekim ayında duruşması var.

Savcı Gürcistan'a tüydü.
Ermenistan'a geçti.
Vedat hâlâ ekim ayını bekliyor.
Ki, karar verecekler...
Asrın lideri'nin hukuk kahramanı beş yıla kalmadan kaçar mı kaçmaz mı?

Vedat Yenerer

Yukarıdaki yazıyı Ağustos 2015'te yazmıştım. Bu kitabın yayımlandığı Eylül 2016 itibariyle... Vedat Yenerer'e Ergenekon iftirasından verilen 7.5 sene hapis cezası, Yargıtay tarafından bozulmuştu ama, mahkeme hâlâ devam ediyordu. "Savcılar en geç beş yıla kadar yurtdışına kaçar" dediği için verilen 26 ay hapis cezası, Yargıtay tarafından bozulmuştu ama, mahkeme hâlâ devam ediyordu. İşin ekstra hazin tarafı... En başta Zekeriya Öz, kumpas savcıları yurtdışına kaçmıştı ama, Vedat Yenerer hakkında "yurtdışı çıkış yasağı" vardı iyi mi!

Fikret

Milletvekillerini aklımda boyarım.
Koyu yeşil, yobazın teki.
Açık yeşil, tutucu.
Kızılın teki mi?
Hiç karşılaşmadım.
Tatlı kırmızı bir zamanlar olduydu.

Fikret Otyam yazmıştı bunu.

Gazeteci-ressam deniyor.
Bence şairdi.

Çünkü... Edebiyat ikinci defa okunacak, gazetecilik ise, bir defada anlaşılacak şekilde yazma sanatıdır. Bir defada anlamamıza rağmen, adeta ezberlercesine, tekrar tekrar okurduk onun yazılarını... Edebiyatçı mertebesine ulaşmış ender gazetecilerdendi.

Şiir gibi yazar.
Roman gibi çizerdi.
Fotoğraf kareleri, tablo gibiydi.

Diyeceksiniz ki, kıymeti bilindi mi?
Otyamların kıymeti bilinseydi, memleketi bunlar mı yönetirdi?

Daima emeği savundu ama, darbe döneminde mesela, bizzat Kenan Evren tarafından emeği çalındı! Kendini Picasso zanneden Kenan Evren'in "sigara içen ihtiyar" isimli tablosu, Fikret Otyam'ın çektiği "sigara içen ihtiyar" fotoğrafından araklanmıştı. Bir liralık dava açtı. Kazandı. Kenan Evren utanıp, özür dileyeceğine, "tedavülden kalkmış gümüş bir liram var, onu vereceğim" dedi. Halbuki, kendisinden para mara istenmiyordu, bir liralık tazminat davası elbette sembolikti. Peki neydi? Mübaşir, her duruşma öncesinde "sanık Kenan Evren, sanık Kenan Evren" diye bağırıyordu, bu keyfin bedeli yoktu!

Dünyanın en güzel keçilerini o resmederdi. Oğlakken alıp, 12 senedir evladı gibi büyüttüğü keçisine "Nimetçik" adını vermişti. Nimetçik, kelimenin tam manasıyla nimetiydi. "Nimetçik'in tablolarını yaparak para kazandım, evimi bile onun sayesinde aldım" diyordu. İlham kaynağıydı. Bir sabah baktılar ki... Nimetçik ve yavruları yok.

Darbe döneminde emeği...
Akp döneminde nimeti çalınmıştı.

Ve, bunca hırsızlığa rağmen...
Bize servet miras bıraktı.
Anadolu'yu tuvallerine ekti.
Kitaplarına harmanladı.

Adam gibi adam değil, adamdı... Köylerimizin kara kaşlı, koca gözlü, güzel yüzlü kadınları maalesef farkında değil ama, hepsi öksüz kaldı.

Baba ocağım Aksaray'da dünyaya gelmişti.
İçimde uktedir...
Hasan dağına karşı çilingir sofrası kurup, cigara tüttürerek, Tayyip Erdoğan'ın Ak Saray'ını konuşmak isterdim onunla!

Sizin içinizde ukte kalmasın...

Gidin sahaflara.
Ha Bu Diyar'ı bulun.
Kitapçılarda bulamazsınız.
Mayınlar Çiçek Açmaz'ı arayın.
Ceylanlar Suya İndi'yi okuyun.

Okursanız...
Türkiye'nin kurucusu CHP'nin, kendisini yeni'liyorum zannederken, bağrından çıktığı topraklardan nasıl uzaklaştığını anlarsınız.
Özüne dönmek tek çareyken, kendine ne kadar yabancılaştığını, bunca yalana, bunca talana, bunca acıya rağmen, Anadolu'nun gönlünü neden kazanamadığını anlarsınız.

Çarığın makus talihine ayakkabı olmak varken, beraber yürünen yollara nasıl bu kadar kolayca takunya olduğumuzu kavrarsınız.

Hatta, bu mübarek memlekette neden terör olduğunu, bazılarının neden terörist olduğunu, kin tohumlarının hangi başıboş tarlalara kimler tarafından, hangi müsait iklimlerde ekildiğini görürsünüz.

Yok eğer kitaplarını bulamazsınız, tablolarındaki güzel yüzlü, kara kaşlı kadınların, koca gözlerine bakın... Her şeyi nasıl anlattıklarına, inanamayacaksınız.

Fikret Otyam

1926'da Aksaray'da doğdu. İstanbul Devlet Güzel Sanatlar Akademisi'nin resim bölümünü bitirdi. Fotoğraf çekmeye ortaokulda, gazeteciliğe üniversitede başladı. Altın Portakal Kültür Sanat Vakfı'nın kurucu üyelerinden oldu. Pir Sultan Abdal Onur Belgesi, UNESCO Uluslararası Plastik Sanatlar Derneği Onur Belgesi aldı. 2015'te vefat etti, Nevşehir Hacıbektaş'ta "İz Bırakan Aydınlar Gömütlüğü"ne defnedildi.

Sefa

Doğma büyüme İzmirli, Kınıklı, çiftçi bir ailenin çocuğuydu. Bir yandan okudu, bir yandan domates-mısır tarlalarında çalıştı, meslek lisesi muhasebe bölümünden mezun oldu. İş yok. Çiftçilik ölmüş. Ne yapsın? Soma'ya gitti, madene girdi. Yedi sene çalıştı. Haftasonu tatili yok, bayram tatili yok, yılbaşı tatili yok, bana mısın demedi, çalıştı.

Günlerden bir gün göçük oldu, bir işçi altında kaldı. Herkes kaçtı. Ölümden değil... Şahit yazılmaktan kaçtılar. O kaçmadı. Elleriyle kazdı kömür yığınını, kazdı kazdı, dört saat sonra mesai arkadaşını çıkardı ama, iş işten geçmişti tabii, çoktan vefat etmişti. Sırtladı cenazeyi, dışarı taşıdı.

Yarım saat geçti geçmedi, müdür çağırdı. "Dışarı çıkardığımda yaşıyordu, sonrasını bilmiyorum diyeceksin" dedi. İşçinin göçük altında can vermesiyle, ambulansta can vermesi arasında hukuki açıdan dağlar kadar fark vardı. Madenin müdürü yalancı şahitlik yapmasını istiyordu, suçu patronun üzerinden atmaya çalışıyordu.

Bizimki, okulunu okuduğu muhasebeciliği hiç yapmamıştı ama, vicdan muhasebesini hakkıyla yaptı. Çıktı savcının önüne, takır takır yaşadıklarını anlattı, "göçük oldu, emniyetçi bacada çay içiyordu, tahkimat yoktu, arkadaşımız göz göre göre gitti" dedi.

Şak, işten atıldı.
Tazminatsız atıldı.
Kazanılmış hakları verilmedi.

Hayatını kaybeden işçinin eşine 100 bin lira sus parası verdiler, kadın sustu, davacı olmadı, ölen işçi öldüğüyle kaldı.

Yazıklar olsun böyle insanlığa dedi, Aliağa'ya gitti, ekmek parası için gemi sökümde çalışmaya başladı. İki sene çalıştı. Gene ne tatil, ne bayram, iki sene boyunca bir gün olsun Kınık'a gidemedi. Annesi başının etini yiyordu, yaşın geldi, evlen artık diyordu. Neticede peki dedi. Evlenecekti. Ama... Aliağa'da çalışırken 20 işçiyle beraber koğuştan bozma barakada kalıyorlardı, kazandığı parayla ev kiralaması imkansızdı, evlenip yuva kurmak için Kınık'a geri dönmek zorundaydı. Mecburen Kınık'a döndü. İş yok. Çiftçilik öleli zaten seneler olmuş. Tek çare var, madene girmek... Mecburen gene Soma'ya gitti, mecburen gene madene girdi. Kınık-Soma arasında servisle gidip geliyordu. İki sene çalıştı. Tatil yok, bayram yok, yılbaşı yok, bana mısın demedi, çalıştı.

Eşi hamileydi. Doğum 10 gün gecikmişti, sezaryen gerekiyordu. Müdürün kapısını çaldı, hayatında ilk defa, bir gün izin aldı.

Bergama devlet hastanesine gittiler. Eşi doğuma alınırken, cep telefonu çaldı. Madende yangın çıkmıştı.

Eşini orada bıraktı, apar topar Soma'ya döndü, gözünü karartıp ocağa ilk dalanlardandı. 200 kadar arkadaşının cenazesini çıkardı. Arama çalışmaları bitene kadar eşinin yanına dönemedi. Tekrar Bergama devlet hastanesine geldiğinde, kızı Cemre dört günlük olmuştu.

Hayatında ilk defa bir günlüğüne izin almış, 301 arkadaşını kaybettiği katliamdan, kızı sayesinde kurtulmuştu. Kader adı verilen tesadüfler silsilesi, hem bir evlat bağışlamıştı, hem de kendi canını bağışlamıştı.

Ve o kader... Omuzlarına gene aynı vicdani sorumluluğu yüklemişti. Çıkıp doğruları anlatmalıydı. Ölenler öldüğüyle kalmamalıydı. Herkes kaçarken, herkes susarken, sadece o çıktı televizyonlara... Halk tv'den ntv'ye ulusal'dan kanal d'ye, hepsine konuştu, olan biteni duyurabildiği kadar çok insana duyurmaya gayret etti. İşverenin ihmallerini, teftişlerin rezaletini, sendikanın kepazeliğini, madencilerin çaresizliğini haykırdı, tane tane anlattı.

Şak, işten atıldı.
Tazminatsız atıldı.
Kazanılmış hakları verilmedi.

Üstelik... Haklarını alabilmek için protesto gösterisine katıldı diye, altı sene hapis istemiyle dava açıldı.

Taziyeye gelip cenaze sahiplerini yumruklayan, yerlerde tekmeleten Tayyip Erdoğan zihniyeti... Sesini kesmeyip, gerçekleri anlatan madencinin hapse tıkılmasını istiyordu.

Bu namuslu madenci... Sefa Köken.

"Patronun adamı" olabilirdi.
"Sendika ağası" olabilirdi.
"Dayıbaşı" olabilirdi.
Elinin tersiyle itti...
"İnsan" olmayı tercih etti.

Halbuki... Bir işçi hayatını kaybettiğinde ona kulak verilseydi, 301 işçi hayatını kaybetmeyecekti.

Katliamdan beri, iki senedir işsiz Sefa... Herkesi işe geri çağırdılar, onu almadılar. Hatta, onunla birlikte Kınıklıları da cezalandırıyorlar. Kınık'tan iş başvurusu yapanlara açık açık "sizi Sefa Köken yüzünden işe alamıyoruz" diyorlar. Doğup büyüdüğü yerde hedef haline getiriyorlar. Kınık'ta hiç kimse ona selam vermesin, taşınsın gitsin diye ahaliye baskı yapıyorlar. Sefa'nın ailesinden olan, Köken soyadını taşıyanları bile işe almıyorlar. Kardeşlerini "sen Sefa'nın kardeşisin" diyerek, reddediyorlar. Kendi ailesinden bile dışlansın istiyorlar. İki senedir yargılanıyor. Mahkemeye gelip, Sefa'yı suçlayan tanıklar kimler biliyor musunuz? Polisler... Ortada suç olmadığı için, tanık bulamadılar, polisleri tanık diye duruşmaya getiriyorlar. Polisler Sefa'yı tanımıyor, Sefa polisleri tanımıyor ama, Sefa sanık, polisler tanık... Protesto gösterisine katılıp, haklarımızı vermiyorlar dediği için "halkı kışkırtma" suçundan (!) altı sene hapsi isteniyor.

Ne yapsın Sefa?

Önceki gün gene duruşması vardı, verdi ifadesini, çıktı adliyeden, üç cümlelik pankart hazırladı. "Sadece iş ve ekmek istiyoruz, ekmeğimize ve geleceğimize dokunmayın, iş yoksa yaşam da yok" yazdı o pankarta... Sonra giydi madenci kıyafetlerini, kazmasını eline aldı, Soma mezarlığına gitti. Katliamda hayatını kaybeden arkadaşlarının yanına, kendisi için

"302'nci mezar"ı kazacaktı. Gerçekleri söylediği için "yaşayan ölü" haline getirilmişti. Sesini duyurabilmek için bu sembolik cenaze töreninden başka çare bulamamıştı.

Bir de ne görsün... Soma jandarmasının neredeyse tamamı oradaydı. Subaylar, astsubaylar, erler, hepsi Sefa'yı bekliyordu.

Çünkü, canlı bombaları bile takip etmeyen sayın devletimiz, Sefa'yı ruh gibi takip ediyordu, jandarma marifetiyle önlem almıştı.

Kovdular ordan Sefa'yı.
İttir kaktır, dışarı çıkardılar.

Ve, bu cuma 13 mayıs.
Katliamın yıldönümü.
İki sene geçti.
Kafa hâlâ aynı kafa.

Eğer doğruları söylüyorsan...
Yerüstünde de.
Yeraltında da.
Mezarda da.
Sembolik olarak bile yatacak yerin yok bu topraklarda.

Sefa Köken

Bu yazıyı kaleme aldığımda, özellikle CHP'li okurlardan mesaj yağmıştı. Hep aynı soruyu sormuşlardı: CHP'nin en güçlü olduğu bölge Ege bölgesi, en başta İzmir büyükşehir olmak üzere, en fazla belediyeye sahip olduğu bölge Ege Bölgesi, hal böyleyken, CHP neden Sefa'ya sahip çıkmadı, en azından bir CHP'li belediyede iş verilemez miydi? Vermediler kardeşim... CHP Sefa'yı yok saydı. Çünkü Sefa, Vatan partisi üyesiydi, 2015 genel seçiminde Vatan partisinden İzmir milletvekili adayı oldu. İşte bu nedenle, CHP Sefa'ya vebalı muamelesi yaptı. Yeni CHP denilen partinin Akp'den hiçbir farkı yoktu. Doğruları söylemen yetmiyordu, yeni CHP'nin sana sahip çıkması için illa yeni CHP'li olman gerekiyordu. Eylül 2016 itibariyle, Sefa hâlâ işsizdi.

Atilla

Kasvetli bi İstanbul günüydü, aylardan ekim, tükürür gibi yağıyordu, Maltepe askeri cezaevinin kapısından girdim. Yargıtay, asrın iftirasını onamıştı, arkadaşlarıma 16'şar sene giydirmişlerdi. İlk defa moralsiz görmüştüm onları, duyguları darmadağındı, konuşurken cam kırıkları çiğner gibiydiler. Ve, biraz sohbet edince anladım ki, aslında morallerini bozan 16'şar sene değildi. 16'şar sene yedikleri gün... Tuzla Deniz Harp Okulu'ndaki subay eşleri çay partisi düzenlemişti. Görenler anlatmıştı, şen kahkahalar atılmıştı. Arkadaşlarım işte bunu öğrenince, yıkılmışlardı. Maalesef... Var olduğuna inandığımız tüm değerlerimiz gibi, silah arkadaşlığı kavramı da tuzla buz olmuştu.

Çıktım cezaevinden, otomobilime bindim, radyoyu açtım, haberleri dinliyorum... "Koramiral Atilla Kezek istifa etti" diyordu spiker.

Normalde deniz bisikleti bile kullanamayacak tiplerin, amiral diye koltuklara kurulduğu dönemde... Koca koca generallerin, aman benim başıma da gelmesin diye, odalarına saklandığı dönemde... Tutuklu subayların, silah arkadaşları tarafından satıldığı dönemde... "Bizim yerimiz onları yanıydı" demişti. Hukuksuzluğu protesto etmek için, bu adaletsizliğe halkın dikkatini çekmek için, basmıştı istifayı.

(1956'da Kasımpaşa'da dünyaya gelmişti. Haliç tersanesinde işçi bir babanın oğluydu. 14 yaşındayken, annesi babası elinden tuttu, Heybeliada Deniz Lisesi'ne emanet etti. Evinden ilk defa ayrılıyordu, anne hüngür hüngür ağlıyor, baba erkekliğe toz kondurmuyor ama, hasreti daha şimdiden gözlerinden okunuyordu. Henüz okyanus dalgalarıyla tanışmamıştı ama, çocuk yüreğinde fırtınalar kopuyordu. Macera böyle başladı... Asla ihanet etmediği askerlik yeminini etti, Atatürkçü, yurtsever, idealist bir deniz teğmeni olarak, 1976'da Cumhuriyet Donanması'na katıldı. *Kılıçalipaşa* muhribinde, *Yavuz* ve *Gemlik* firkateynlerinde komutanlık yaptı. Adriyatik'teki SFOR dahil, pekçok uluslararası harekata katıldı. Paris ataşeliği yaptı. Donanmanın gözbebeği harp filosu komutanlığında, en uzun süre komutanlık yapan subay oldu. Sahil güvenlik, mayın filosu, deniz eğitim komutanlığı yaptı.

Güney deniz saha komutanlığı yaptı. Özetle, deniz kuvvetlerinde her görevden, her filodan, her bölgeden geçti. Deniz kuvvetleri kurmay başkanıyken... Asrın iftirasının Yargıtay tarafından onanmasına tahammül edemedi, istifa etti.)

Silahlı kuvvetler tek kurşun atılmadan esir alınmıştı. Akp hükümeti pek memnundu. Ahali tırsmış, basın susmuş, genelkurmay karargahı desen, adeta Tayyip Erdoğan'ın belediye zabıta teşkilatına dönmüştü.

Koramiral Atilla Kezek, bu korku atmosferinde elinden geleni yapıyordu. İstifa etmeden önce, mahkeme mahkeme dolaşıyor, Balyoz duruşmalarını takip ediyor, hapishane hapishane ziyaret ediyor, destek olmaya çalışıyordu. Uyardılar... "Bu işe fazla burnunu sokma, duruşmalara gitme" dediler. "Bizi sadece onursuzluk korkutur" dedi, gitti. İki defa randevu aldı, Tayyip Erdoğan'a bile gitti, kumpası anlattı, nafile tabii, dinletemedi. "Emrimizdeki subaylar hapisteyken, oturmaya devam edemeyiz" dedi, bıraktı.

Üniformasını çıkardı ama, mücadelesini bırakmadı. Meydan meydan dolaştı, Sessiz Çığlık protestolarına katıldı, tüm vaktini hapishane ziyaretlerine ayırdı, içerdeki subayların çocuklarına sahip çıktı, her dertlerine koştu. Avukat Şule Nazlıoğlu Erol'la birlikte Anayasa Mahkemesi önündeki Adalet Nöbeti'nin kahramanlarından biri oldu. Gece-gündüz, yağmur-ayaz, netice alınıncaya kadar nöbet tuttu.

İlk defa, kumpas şehidi Murat Özenalp'in cenaze töreninde, Kocatepe Camisi'nin avlusunda tanışmıştım onunla... Sözleri aklıma mıh gibi çakılmıştı. "Devlet, kendisine bağlılık yemini eden pırıl pırıl subaylarının etini, canlı canlı, yamyam gibi yiyor" demişti.

"Komutan" tabir edilen sıfatın, apoletlerdeki yıldızlarla alakası olmadığını, ilk defa o gün anlamıştım. Koltuklarında lök gibi oturanlar değil... Emrindekileri evladı gibi görenlerdi, komutan.

Tutuklu subayların yardımına koşan, Murat'ın cenazesinde saf tutan, Ali Tatar'ın kabrini çiçeksiz bırakmayan, son nefesine kadar Cem Aziz Çakmak'ın başucundan ayrılmayandı, komutan.

Ve...

Emrindeki subayları umursamasaydı, bana ne deseydi, kendini feda etmeseydi... Birinci adaydı, bu Yüksek Askeri Şura'da "or" rütbesine yükselecek, banko Donanma Komutanı olacaktı. Önümüzdeki sene de, donanmadaki tek oramiral olarak, Deniz Kuvvetleri Komutanı'ydı.

(Asrın iftirasıyla Türkiye'nin kaderinin nasıl değiştiğini görün diye parantez açıyorum. Şu anda deniz kuvvetlerinde 43 tane muharip amiral var. Makarayı beş sene geriye sarın, kumpas davalarının başladığı tarihe, 2009'a gidin, isimleri tek tek inceleyin... Sonra, kumpas davalarını hiç yaşanmamış gibi farzedin, kimsenin tutuklanmamış olduğunu farzedin, tekrar bugüne gelin, listeyi kıyaslayın... Şu anki 43 amiralin, yüzde 90'ının amiral olmadığını görürsünüz! Eğer kumpas davaları olmasaydı, şu anki 43 muharip amiralin tamamı, içeri atılan subaylardan olacaktı!)

(Kimseyi zan altında bırakmak için yazmıyorum. Çıplak gerçek olarak yazıyorum. Asrın iftirası atılmasaydı, iftiraya uğrayanlar tasfiye edilmeseydi, şu anki amirallerin yüzde 90'ı amiral olamayacaktı.)

(Ben bu davaların savcıyım diyen Tayyipgiller, Türkiye bağırsaklarını temizliyor diyen Arınçgiller... Asla unutulmasın diye yazıyorum.)

Dolayısıyla... Yüksek Askeri Şura kararları açıklanmış, kuvvet komutanı şu olmuş, donanma komutanı bu olmuş, hikayedir.

Türkiye Cumhuriyeti yurttaşları bilsin diye yazıyorum... Günümüzün Çaka Bey'i, varlığıyla onur duyduğumuz Atilla Kezek'tir.

Atilla Kezek

Deniz kuvvetleri komutanlığını elinin tersiyle iten Atilla Kezek'in 2014'te Gölcük'teki Sessiz Çığlık eyleminde yaptığı konuşmayı unutamıyorum. "Dünü, bugünü, yarını" özetleyen bu konuşmayı, *Adam* kitabı vesilesiyle bir kez daha kayda geçiriyorum: "Amirallere suikast adı altında ik kancayı teğmenlerimize attılar, baktılar ki fazla ses çıkmıyor, Poyrazköy davasıyla binbaşılara yarbaylara bulaştılar, baktılar ki hiç tepki yok, Balyoz'u indirip general amiral kuvvet komutanı demeden herkesi un ufak ettiler, jübile ise, sürece yakışır şekilde genelkurmay başkanının tutuklanmasıyla oldu, peki bu süreçte biz ne yaptık, maalesef kurum olarak arkadaşlarımızı bu kumpaslardan koruyamadık, bugün silah arkadaşları için mücadele etmeyenler, yarın Cumhuriyet'in değerleri ve ilkeleri için nasıl mücadele edecek, bilemiyorum."

Cevdet, Fazıl Hüsnü

Sene 1937...
Erzurum'dan yola çıkan, 15 subay ve 50 erden oluşan iki seçkin birlik, Iğdır üzerinden yaklaşarak, Serdarbulak Yaylası'nda buluşur. Hava bıçak gibidir. Mıhtepe rotasını takip edip, düz duvar buzullarıyla insanı ürperten Ahora göçüğünden geçerek, tarihi tırmanışa başlarlar. Neden tarihi derseniz? O güne kadar hiçbir Türk vatandaşı çıkmamıştır oraya... İlk defa, tee 108 sene önce Alman profesör Friedrich von Parrot çıkmış, sonra Rus çıkmış, İngiliz çıkmış, Belçikalı çıkmış ama, kendi topraklarımızda olmasına rağmen, hiç Türk çıkmamıştır. Başlarlar tırmanmaya... Dedim ya, 15 subay, başlarında topçu kurmay binbaşı var. Subayların arasında bir şair var, piyade teğmen... Ve, bir de sırt çantası var. Ağır... Subaylar sırayla, değişe değişe taşırlar o sırt çantasını... Kan ter içinde ama, özenle, yere bile koymadan taşırlar. Kilosundan ziyade, manevi yükü ağır olan o sırt çantasında, Mustafa Kemal Atatürk büstü vardır.

Çıkarlar.
Doruğa yerleştirirler.
Yanına da bayrak dikerler.

Etekleri hep bizimdi.
O gün, doruğu da bizim olur.

Ağrı dağıdır orası.
Anadolu'nun çatı katı.

Topçu kurmay binbaşı... Sonradan, Çankaya Köşkü'ne de tırmanır, cumhurbaşkanımız olur. Cevdet Sunay'dır.

Şair teğmen desen...
Oturur oraya, bakar memlekete, memleketin çatı katından, çıkarır

kağıdını kalemini, topçu kurmay binbaşı söyler, o yazar.
Bir metal şişenin içine konularak, Ağrı'nın zirvesinde buzların içine gömülen o tarihi tutanakta, şu tarihi cümle yatar.

"Türkiye'nin en büyük adamının büstünü, Türkiye'nin en yüksek dağına armağan ediyoruz!"

O teğmen...
Fazıl Hüsnü Dağlarca'dır.

Hatta, seneler sonra o günkü duygularını şiire de döker.

Aşağı yer uçurum, yukarı yer uçurum / Tanrı'ya mı varıyorduk, özgürlüğe mi, bilinmez / yaşamımızı bir ululuğa döktük mü, dökmedik mi? / Biz üç piyade teğmeni, solumuzda Türkiyece bir mavi / nöbetleşe aldık sac kutudaki Atatürk büstünü sırtımıza / oralardan evrene baktık mı, bakmadık mı? / Ne demiştik, hâlâ yüreğimdedir, tutanakta / Türkiye'nin en büyük adamının büstünü, Türkiye'nin en yüksek dağına armağan ediyoruz / hey hey Türk olarak yücelere aktık mı, akmadık mı / Ağrı dağına çıktık mı, çıkmadık mı?

Ve dün açıklandı:
Ağrı dağı geçici askeri güvenlik bölgesi ilan edildi.

Türkçe meali:
Ağrı dağı kapatıldı.

Çünkü...
"Türkiye'nin en büyük adamı"nın döneminde, zirvesindeki noktaya kadar Türkiye Cumhuriyeti'nin toprağı olan Ağrı dağı, kendisini "asrın adamı" ilan eden arkadaşın döneminde, bizim olmaktan çıktı!

Yüreğimiz Ağrı'yor.
Yüreğimiz.

Cevdet
Sunay

Fazıl Hüsnü
Dağlarca

Cevdet Sunay, 1899'da Erzurum'da doğdu, Kurtuluş Savaşı'na katıldı, 1960'da genelkurmay başkanı oldu, 1966'da emekli oldu, aynı sene TBMM tarafından beşinci cumhurbaşkanı seçildi, 12 Mart Muhtırası onun cumhurbaşkanlığı döneminde yaşandı, 1982'de vefat etti, Ankara Cebeci mezarlığında toprağa verildi, 1988'de Devlet Mezarlığı'na nakledildi.
Fazıl Hüsnü Dağlarca, 1914'te İstanbul'da doğdu, Kuleli'yi bitirdi, 1950'de yüzbaşıyken ordudan ayrıldı, *İstanbul* dergisinde 1933'te yayımlanan "Yavaşlayan Ömür" şiiriyle adını duyurdu. 1967'de ABD'deki Milletlerarası Şiir Forumu tarafından "en iyi Türk şairi" seçildi. Türk Dil Kurumu yönetim kurulu üyeliği yaptı. 2008'de vefat etti, Karacaahmet'e defnedildi.

Nail

Rus uçağını vurduk. Paraşütle atlayan pilot yarbay havadayken kurşuna dizildi, cesedinin kafasına basıldı, poz verildi. Rusya, onurlu bir devlet olarak, siyasi, askeri, ekonomik, hatta sportif ilişkilerini kesti, gayet soğukkanlı bir şekilde kolumuzu bükmeye başladı.

Pilot yarbay Oleg Peskov'a, Kremlin tarafından, Rusya'nın en yüksek dereceli onur madalyası olan "Rusya'nın Kahramanı" nişanı verildi. Bu madalyayı alanlar arasında Yuri Gagarin'in olduğunu söylersek, Rus halkı için ne manaya geldiği daha iyi anlaşılır sanırım!

Haliyle, kıvırmaya başladık...
Papaz getirdik, dini tören yaptık, şeref kıtasını sıraya dizdik, tabuta selam durduk, Türk Silahlı Kuvvetleri çelengi taşıdık, utanmasak şehit ilan edeceğiz... Bu yalakalıklara rağmen, Rusya yumuşamadı. Adım gibi eminim, ilk fırsatta bir askeri unsurumuzu vuracak.

Şimdi gelin, makarayı az geri saralım.

Sene 1996...
F16'larımız Ege üzerinde Yunan Mirage'larıyla it dalaşı

yapıyordu. Hedefe kilitleyen "seni vurdum" diyerek, savaş oyunundaki üstünlüğünü kanıtlıyordu. Sakız adası civarındayken, o da ne... Yunan pilot tetiğe bastı, Magic füzesini fırlattı, F16'mızı harbi harbi vurdu.

Kurmay yarbay Osman Çiçekli fırlatma koltuğunu çekebildi, yüzbaşı Nail Erdoğan atlayamadı, uçağımızla birlikte sulara gömüldü.

Füze isabet edince uçağımız alev topuna dönmüş, paraşütle atlayan yarbayımız ağır yanıklar almıştı, bayılmadı, bir saatten fazla denizde kaldı, Yunan helikopteriyle kurtarıldı, Sakız hastanesine götürüldü.

Füzeyi fırlatan pilot yüzbaşı Thanos Grivas, yarbayımızı ziyarete geldi. Alay etti. "Pardon" dedi, "emniyeti açık unutmuşum!"

Türkiye Cumhuriyeti devleti, bu saldırıyı sineye çekti, kendi halkından gizledi. Hatta utanmadan "pilotaj hatası" denildi. Şehit yüzbaşımız ve ağır yaralı yarbayımız "kusurlu" ilan edildi. Yarbay Osman Çiçekli kahrından istifa etti, hava kuvvetlerinden ayrıldı.

Türkiye Cumhuriyeti devletinin kendi halkından gizlediği gerçek... Kendi ülkesinde "hain" damgası yemeyi göze alan Yunan gazeteci Panos Kolipanos tarafından ortaya çıkarıldı. "Kanıt fotoğraf" yayınlandı. Türk F16'sını düşüren Yunan Mirage'ının burnuna "Türk Bayrağı" çizilmişti. İkinci dünya savaşında Amerikan pilotlarının başlattığı bir gelenekti bu... Vuran pilot, vurduğunun bayrağını "madalya" gibi kendi uçağının burnuna takıyordu. Pardon mardon hikayeydi yani... Yunan pilot, bilerek isteyerek, kasten vurmuştu.

Türkiye Cumhuriyeti devleti, sekiz sene sonra itiraf etti. "Kaza değildi, uluslararası hava sahasında füzeyle vurdular" denildi.

Bunun üzerine... Şehit yüzbaşı Nail Erdoğan'ın ailesi, Avrupa İnsan Hakları Mahkemesi'nde Yunanistan devleti aleyhine dava açtı. Ne Türkiye Cumhuriyeti devleti destek verdi, ne de Türk basını... Aile yalnız bırakıldı. Üç yargıç vardı, oybirliği gerekiyordu, yargıçlardan biri Rum asıllı Kıbrıs vatandaşıydı, elbette Yunanistan lehine oy kullandı. Böylece, şehit yüzbaşımızın davası reddedildi. Unutuldu.

Sene 2012...
Suriye, Fantomumuzu vurdu, iki pilotumuzla birlikte Akdeniz'e gömdü. Türkiye Cumhuriyeti devleti, şehitlerimizin anca postallarını buldu. Amerikan Deniz Araştırma Vakfı'na ait *Nautilus* gemisinden yardım istendi, Amerikalılar dalgıç robotlarını kullandı, şehit pilotlarımızın cenazelerini 1260 metreden çıkardı.

Bunun üzerine... Şehit yüzbaşı Nail Erdoğan'ın çocukları, gazetelere röportaj verdi, "bizim babamızı da çıkarın" diye yardım istedi. Nail Erdoğan 400 metre derinlikteydi. 1260 metreden çıkaran, 400 metreden haydi haydi çıkarırdı. Şehidimizin çocukları, babalarına çiçek bırakabilecek bir mezar taşı istiyordu, hepsi buydu.

Vicdanlar devreye girdi. İmza toplanmaya başlandı. Şak... Yandaş medya devreye girdi. "Asrın lideri talimat verdi, şehit Nail Erdoğan'ın naaşı da çıkarılacak" manşetleri atıldı. "Üç gemiyle arama başladı, *TCG Amasra, TCG Akçakoca, TCG Martı* gemileri, düşen uçağımızın yerini tespit ediyor" haberleri yapıldı. Hatta... "Dalgıç robotlar denize indirildi, kamera görüntüsü alınmaya başlandı" haberleri bile yapıldı. Milli savunma bakanı İsmet Yılmaz, "sayın başbakanımız talimat verdi, ben de arkadaşlarımıza söyledim, hem uçağın hurdasını, hem şehidimizin naaşını çıkaracağız, bunun kararını verdik, belli bir süre içinde çıkaracağız, inşallah çok yakın zamanda çıkarılacak" dedi.

Netice?
Fıss.

Hepsi dümendi. Köfteden demeçler, uydurmasyon arama görüntüleriyle, ahalinin gazı alındı. Ahali unutunca, bitti gitti. 2015'e geldik, ne arama var, ne çıkarma çalışması... Şehit hâlâ orada yatıyor.

Zurnanın zırt dediği yere gelirsek...

AKP yönetimi, 2010'dan itibaren, Türk Hava Yolları'na Yunan pilotlar almaya başladı. Şu anda THY'de 71 Yunan pilot var.

Yunan pilotların bilgisi, tecrübesi konusunda hiç şüphem yok. Can güvenliğimiz açısından asla endişem yok. Çeşitli milletlere mensup 600 küsur yabancı pilotumuz var, hepsinin pilotluğundan eminim. Alman olur, Fransız olur, Japon olur, Mısırlı olur, hiç farketmez.

Gel gör ki kardeşim... AKP tarafından THY'de işe alınan Yunan pilotların çoğu subay kökenli, yaşları itibariyle, uçağımızı düşüren, yüzbaşımızı şehit eden Thanos Grivas'ın devre arkadaşları.

Rusya'ya haysiyet dersi vermeye kalkıyoruz ama... Haysiyeti önemseyen bir devlet, kendi uçağını vuran, kendi subayını şehit eden, Yunan hava kuvvetleri pilotlarını, bayrak taşıyıcı Türk Hava Yolları'na pilot yapar mı?

Nail Erdoğan

1961'de Kayseri'de doğdu, 1984'te hava harp okulundan mezun oldu, 8 Ekim 1996'da Balıkesir'den havalandı, şehit düştü. Doğum yeri olan Kayseri Sarıoğlan'a bağlı Karaözü beldesinde bir liseye adı verildi, bahçesine büstü dikildi. Çocukları Evrim ve Evrimsel, 2016 itibariyle babalarının dosyasını yeniden açtırmıştı, hukuk mücadelesini sürdürüyordu.

Cevat Eyüp, İlhan

Altın Kelebek ödülleri dağıtıldı, ekranların sahnelerin en başarılı isimleri onurlandırıldı... *Hürriyet* gazetesi, henüz televizyon yokken, Altın Kelebek yerine Altın Mikrofon ödülleri dağıtıyordu.

Türkiye'nin en prestijli müzik ödülüydü. Cem Karaca, Erkin Koray, Edip Akbayram, Erol Evgin, Fikret Kızılok, Ferdi Özbeğen, İlham Gencer, Selçuk-Rana Alagöz, Yıldırım Gürses, Moğollar gibi efsaneler, hep Altın Mikrofon'dan geçmişti.

Türküleri jazz ve rock tarzında yorumlayan, adı sanı duyulmamış bir grup da, 1966'da Altın Mikrofon'a katıldı. Aralarında Zeki Müren'in de bulunduğu jüri tarafından seçildi, finale kaldı, ancak kazanamadı.

Finale kalanlar, *Hürriyet*'in kiraladığı özel uçaklarla Türkiye'yi dolaşıyor, çeşitli şehirlerde ücretsiz halk konserleri veriyor, konsere gelenlere oy pusulası dağıtılıyor, çıkışta herkes oyunu kullanıyordu.

Bahsettiğim grup, 1967'de tekrar katıldı, gene finale kaldı, 10 şehirde konserler verildi, Cem Karaca ve Apaşlar kazandı.

1968'de tekrar katıldılar, gene finale kaldılar. 14 şehirde konser verildi, sunuculuğu Orhan Boran yaptı. Rakipler arasında Erkin Koray vardı, Moğollar vardı. Ve, o adı sanı hiç duyulmamış grup kazandı.

O grubun adı...
TPAO Batman Orkestrası'ydı!

Çünkü...

Genç cumhuriyetin 10'uncu yılında, teee 1933'te Petrol Arama İşletme Dairesi kurulmuştu. Eşsiz vizyoner Mustafa Kemal masasına oturdu, bizzat mektup yazdı, hepi topu dört kelimeydi, "vatanın size ihtiyacı var" dedi.

Atatürk'ün çağırdığı kişi, Cevat Eyüp Taşman'dı. Robert Kolej mezunuydu, Columbia Üniversitesi'nde bursla okumuş, petrol jeoloğu olmuştu, Amerikan petrol şirketlerinde çalışıyordu. Bir eli yağda, bir eli baldaydı, maaş değil, adeta servet kazanıyordu. Mektubu açtı, okudu, saniye tereddüt etmedi, şak diye bıraktı, memlekete döndü. Petrol Arama İşletme Dairesi'nin başına geçti.

Aramaya başladık. Bir sene sonra, 1934'te, Raman dağında tespit ettik. Kuyular kazmaya başladık. Şartlar ilkel, teknik imkanlar yetersiz, ekonomik imkanlar yetersiz... Atatürk'ün maalesef ömrü vefa etmedi, göremedi.

1940 senesine gelindi, kaza kaza 1048 metreye inilmişti, petrol bulundu. Ümit fışkırmıştı.

Atatürk'ten bayrağı devralan İsmet İnönü, Raman'a geldi. O zamanlar Batman diye bir şehir yoktu, yerleşim yeri bile yoktu. Sadece 10 haneli İluh mezrası vardı. Başka yatacak yer olmadığı için, geceyi tren istasyonunda geçiren İsmet İnönü, hazinenin elinde avucunda ne varsa harcamayı göze aldı, burası memleketin istikbali olabilir dedi, rafineri kurdurdu.

Böylece... Yörenin kaderi değişti. İluh mezrası büyüdü, adı zamanla Batı Raman oldu. Batı'nın bat'ı Raman'ın man'ı, Batman oldu.

Demiryolu hattı, geçmişle geleceği tam ortadan ikiye bölüyordu. Rayların bir tarafı mezra halinde kalırken, rayların öbür tarafında, TPAO'nun çalışanları için yarattığı çağdaş yerleşim birimi kuruldu.

Üç katlı işçi apartmanları, tek katlı mühendis villaları inşa edildi. Hastanesi, okulu vardı, çocuklar için özel hoca getiriliyor, bale kursu veriliyordu. Sinema salonu, tenis kortları, yüzme havuzu vardı. Havuz yaz akşamları ışıklandırılıyor, etrafı dans pisti olarak kullanılıyordu.

Bölgedeki zor çalışma şartlarını daha katlanılır hale getirmek, sosyal hayatı zenginleştirmek için, orkestra kurulmasına karar verildi. Turne şeklinde sanatçı getirmekle olmuyordu. Orkestra üyeleri aileleriyle birlikte Batman'a taşınmalı, Batman'a yerleşmeliydi.

Orkestranın kurucusu Ahmet Akman oldu. Çeşitli şehirlerde yaşayan sanatçılara teklif götürüldü. "Batman efsanesi" oluşturuldu. Klavye ve vokalde İlhan Telli, bateride Semih Özmert, gitarda Ünal Üstol ve Atilla Akman, basgitarda Çetin Oral, saksofonda Ünal Yiğitbaş.

İlhan Telli mesela... Hayatının macerasını seneler sonra şöyle anlatıyordu: "Beyoğlu'nda piyanomla İngilizce ve İtalyanca şarkılar söylerken, eşimi de yanıma alıp, hiç tanımadığım yerlerin yolunu tuttum, Batman anlatılır gibi değildi, çok şaşırmıştım, çok modern bir yerdi, tenis oynuyorduk, yüzüyorduk, eşlerimizle dans ediyorduk."

Tek işleri müzik olan orkestra üyeleri, kısa sürede Batman'ın sevgilisi haline geldi. TPAO'ya hizmet vermekle yetinmediler, ücretsiz halk konserleri verdiler, milli bayramlarda balolar tertiplediler. Köy düğünlerine bile gittiler. Ömründe radyo bile görmemiş yurttaşlarımızı, pop müzikle tanıştırdılar.

Türküleri jazz ve rock tarzında yorumladılar. Dedim ya, Altın Mikrofon'a katıldılar, kazandılar. *Hürriyet* gazetesine dokuz sütuna manşet oldular. 1979'da dağılıncaya kadar, Batman'a hayat verdiler.

Belgesel filme konu oldular... Babası TPAO'da işçi olarak çalışan, Batman doğumlu yönetmen Metin Avdaç, çocukken adeta büyülenerek seyrettiği orkestrayı *Kara Altından Altın Mikrofona* adıyla belgesel film yaptı.

Ve seneler sonra, Altın Kelebek ödüllerinin dağıtıldığı gün... Bu defa sadece Türkiye'de değil, tüm dünyada Batman konuşuluyor.

IŞİD'in Suriye'den Irak'tan çaldığı petrolü, Türkiye'ye sokup Batman'a getirdiği... Köktendinci teröristlerin, petrol kaçakçılarının, silah tüccarlarının Batman'da cirit attığı öne sürülüyor.

Atatürk Cumhuriyeti'nin 10 haneli ilkel mezradan yarattığı, tenis oynayan, yüzen, orkestrasıyla şarkılar söyleyen, danseden, geleceğe umutla bakan, rol model olan modern Batman'ın... Badem cumhuriyeti sayesinde ortaçağ karanlığına sürüklendiği anlatılıyor.

"İleri demokrasi"de gide gide...
İşte böyle "ileri" gidiliyor!

Cevat Eyüp Taşman

İlhan Telli

Cevat Eyüp Taşman, 1893'te Bolu'da doğdu, Türkiye Jeoloji Kurumu Başkanı oldu, Türkiye'nin ilk kadın petrol jeoloğu Mehlika Taşman Ribnikar'la evlendi, 1956'da vefat etti, Ankara Cebeci'de toprağa verildi. İlhan Telli, 1939'da İstanbul'da doğdu, Anadolu Pop'un öncülerindendi, 1984'te İzmir Seferihisar'a yerleşti, Altın Mikrofon'dan sonra Dario Moreno Ödülü, Tanju Okan Ses Yarışması Ödülü kazandı, ömrünün sonuna kadar sahneye çıktı, 2016'da vefat etti, Seferihisar Ürkmez mezarlığına defnedildi. Yukarıdaki yazıyı 2015'te yazmıştım, İlhan Telli okumuş, telefonla aramış ve üzerinde çalıştığı yeni besteleri bana göndermişti, 77 yaşındayken bile müzikten kopmamıştı, 17 yaşındaki heyecana sahipti.

Aziz

Hacettepe Üniversitesi Tıp Fakültesi embriyoloji bölümü öğretim üyesi profesör, trenlere mescit yapılmasını istedi, devlet demiryolları inceledi, virajlarda kıble denk getirilemeyeceği için yapılamadı.

İstanbul Teknik Üniversitesi ve Karadeniz Teknik Üniversitesi'nin mühendislik fakültelerinde öğretim üyeliği yapan profesör, rüyasında tarikat şeyhi gördü, tarikat şeyhi "YÖK yanlış yapıyor" dedi, şeyhin rüyadaki sözlerini dilekçeye döktü, "kader dostum" diye hitap ettiği Tayyip Erdoğan'a gönderdi, Başbakanlık dilekçeyi inceledi, gereğinin yapılması için milli eğitim bakanlığı'na havale etti, milli eğitim bakanlığı dilekçeyi inceledi, gereğinin yapılması için yök'e havale etti.

Dumlupınar Üniversitesi Fen Fakültesi botanik bölümü öğretim üyesi doçent, evini dergaha çevirdi, eşi kendisini peygamber ilan etti.

Selçuk Üniversitesi İlahiyat Fakültesi İslam Hukuku Başkanı profesör, dekolte giyen kadınların tecavüzü göze alması gerektiğini söyledi, "kadının evden çıkması caiz değildir, parfüm haramdır, kadının topuklu ayakkabı giymesi ayete aykırıdır, saç boyama caiz değildir, kadının fazla laf etmeden konuşmasında sakınca yoktur" dedi.

Yıldız Teknik Üniversitesi sosyal bilimler enstitüsü müdürü profesör, teknoloji panelinde konuştu, İslami bisiklet üretilebileceğini izah etti.

Lise mezunu dolandırıcı, sahte üniversite diplomasıyla, Kastamonu Üniversitesi'nde bilgisayar teknolojileri bölüm başkanı oldu, kimse uyanmadı, mis gibi dekan olmak varken, profesör olarak Mustafa Kemal Üniversitesi'ne transfer olmaya kalktı, tesadüfen enselendi.

Yıldız Teknik Üniversitesi Tasarım Fakültesi sanat bölümü başkanı profesör, "Yahudi, Ermeni veya Rum'sanız Gezi eylemlerinde aktif rol almanızı anlayışla karşılıyorum, soyunuzu araştırın" dedi.

Asrın lideri "ha nükleer santral kurmuşsun, ha evine mutfak tüpü bağlatmışsın, riski aynı" dedi... Türkiye Atom Enerjisi Kurumu, genetik laboratuvarlarında nükleer mutasyon tekniklerini kullanarak, akşamdan ıslatılmadan 37 dakikada pişen nohut icat etti.

TBMM'de dağıtılan imam hatip mezunlarının dergisinde... Plajlarımızdaki boğulma vakalarını önlemek için "bilimsel" öneri getirildi, "herhangi bir kişi denizde boğulmak üzereyken, samimi şekilde dua ederse, kurtulur" denildi.

TRT'de "bilimsel" bir program yayınlandı, CIA ve Mossad'ın cinlerle istihbarat topladığı, KGB'nin cinler sayesinde düşman denizaltılarını takip ettiği anlatıldı... NASA yetkililerinin, uzayda bozulan uyduların cinler tarafından tamir edilmesi için Türkiye'ye geldiği, Turgut Özal aracılığıyla, Sakarya'daki bir hoca'dan yardım istediği anlatıldı.

GATA Yüksek Bilim Komisyonu üyesi profesör, şizofreninin cin çarpması neticesinde meydana geldiğini, insan beynine yerleşen cinlerin şizofreniye yolaçtığını, tedavi için dini şifacılarla üfürükçülerin faydalı olabileceğini söyledi.

TÜBİTAK başkan yardımcılığı da yapan YÖK başkanı profesör, akademik yıl açılış konuşmasında, "domatesin içine öyle bir mekanizma yerleştirirler ki, milletimiz yok olabilir" dedi.

Selçuk Üniversitesi Meram Tıp Fakültesi ortopedi bölümü öğretim üyesi profesör, kalçaya takılan platinleri, sanayi sitesinde tornacıya yaptırdı.

Profesör sağlık bakanımız, Türkiye'deki sağlık sisteminin ABD'den daha iyi olduğunu söyledi, keneden korunmak için pantolon paçalarını çoraba sokmamızı önerdi.

Ve...

Fahri profesör unvanı bulunan Tayyip Erdoğan, neden zorunlu matematik dersi, zorunlu fizik dersi, zorunlu "kimya" dersi tartışılmıyor da, din dersi tartışılıyor derken... Araştırmalarını ABD'de sürdüren Türk profesör "kimya" dalında Nobel kazandı.

Netice itibariyle...
1 Kasım, seçim değildir.

"Hayatta en hakiki mürşit ilimdir" vizyonuyla, "ulemaya soralım" arasındaki tercihin, referandumudur.

Aziz Sancar

1946'da Mardin Savur'da doğdu. İstanbul Üniversitesi tıp fakültesini bitirdi, Dallas Texas Üniversitesi'nde moleküler biyoloji doktorası yaptı, Yale Üniversitesi'nde profesör oldu, 33 kitap yayınladı. Biyokimya profesörü Gwen Boles'la evlendi, ABD'de okuyan Türk öğrencilerine yardımcı olabilmek amacıyla Aziz-Gwen Sancar Vakfı'nı kurdu, öğrenciler için misafirhanesi bulunan Kuzey Carolina Türk Evi'ni açtı. 1977'de TÜBİTAK Bilim Ödülü, 2007'de Vehbi Koç Ödülü aldı. 2015'te, DNA'nın onarılması üzerine yaptığı çalışmalarıyla Nobel Kimya Ödülü'nü kazandı. "Bu ödülü, bu onuru Atatürk'e borçluyuz" dedi, Genelkurmay Başkanlığı'na teslim etti, Aziz Sancar'ın Nobel Ödülü 19 Mayıs 2016'dan itibaren Anıtkabir'de sergileniyor. Kuzey Carolina Üniversitesi'nde öğretim üyeliği görevini sürdürüyor.

İsmail Hakkı

Varlığıyla onur duyduğumuz Profesör Aziz Sancar'ın yakasında Atatürk rozeti vardı, kravatı ise Osmanlı tuğrası motifliydi.

Bu sentezi Atatürkçülere laf sokma fırsatı olarak gören bazı dangozlar, "Cehape zihniyeti karşı çıkıyor ama, bak gördünüz mü, insan hem Atatürk'le hem Osmanlı'yla gurur duyabiliyor" dediler.

E yazalım da...
Ok'usunlar bari.

Sene 1933.
Cumhuriyet 10 yaşına basmıştı. CHP'nin o güne kadar herhangi bir amblemi yoktu. Atatürk, 10'uncu yıl kutlamaları kapsamında, vatandaşların yakasına takacağı bir amblem tasarlanmasını istedi.

Bu tarihi görev, Gazi Terbiye Enstitüsü'ne verildi. Enstitü yönetimi de resim-iş bölümünü kuran İsmail Hakkı Tonguç'u görevlendirdi.
Almanya'da grafik eğitimi alan İsmail Hakkı Tonguç, eğitimbilimciydi, köy enstitülerinin mimarı ve uygulayıcısıydı. Kolları sıvadı.

Herkes merak içindeydi.

Acaba ne çizecekti?
Atatürk beğenecek miydi?

Atladı trene, İstanbul'a geldi, iner inmez Topkapı Sarayı'na koştu. Amblemde yeralacak olan eserleri tek tek seçti. Özel izinle paketledi, Ankara'ya getirdi. Oturdu masasına... O eserlerden esinlenerek, CHP'nin ilkelerini ve amblemini oluşturan "altı ok"u çizdi.

Evet...
CHP'nin altı oku, Topkapı Sarayı'nda sergilenen Osmanlı oklarıdır.

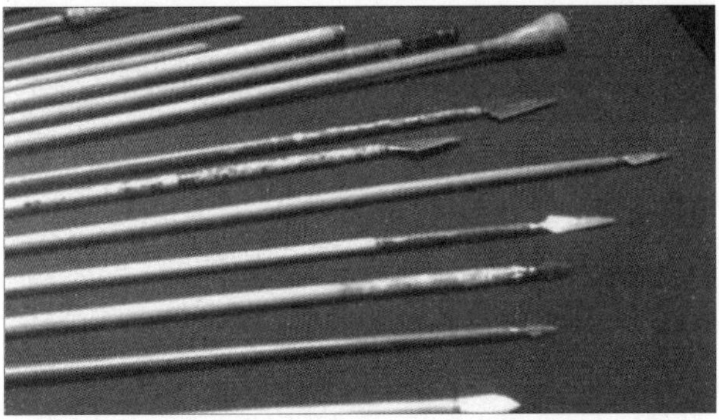

(Kıyaslama yapabilmeniz için, Topkapı Sarayı'nın silah bölümünden bir fotoğraf veriyorum. İsmail Hakkı Tonguç'un hangi okları esas aldığı net olarak bilinmiyor ancak, benim gözlemlerime göre, CHP ambleminde yeralan oklardan biri, 2'nci Bayezid'e ait.)

(Kiriş endam, tarz-ı has, şem endam... Osmanlı okları gövde biçimlerine göre, yani endamına göre isim alırdı. Okun gövdesi, insanla özdeşleştirilirdi. Baş, boğaz, göğüs, göbek, baldır, ayak bölümlerine ayrılırdı. Gez'in bulunduğu dip noktaya, baş denirdi. Okun ucuna ise, ayak denirdi. Baldıra kadar aynı kalınlıkta gelip, ayağa doğru incelen oklar, kiriş endam oklarıydı. İsmail Hakkı Tonguç'un amblemde kullandığı ok tipi, kiriş endam'dı.)

(Osmanlı oklarında üç tip gez vardı. Kemik, fildişi veya boynuzdan yapılan gezlere, başpare denirdi. Bakkam ağacından yapılan gezlere, bakkam gez denirdi. Okun başına yuva açılır, tutkalla yapıştırıldı. Bir de adi gez vardı. Okların arkası yontularak, kirişin, yani gergin ipin takılacağı yere çentik açılırdı.

Bu tip gez, fazla sayıda yapıldığı için daha az özen gösterilen tirkeş oklarında, yani savaş oklarında kullanılırdı. İşte bu nedenle... CHP amblemindeki oklardan biri çentiklidir. En uzun ok, savaş okudur.)

İsmail Hakkı Tonguç ilerlemeyi, sürati, hedefe ulaşmayı simgeledikleri için, geçmişten geleceğe gittikleri için "ok"ları tercih etmişti... Okların aynı kaynaktan çıkıp, yelpaze gibi açılan uçları, Cumhuriyet'in kapsayıcılığını, güneş ışınları gibi yayılma şeklini sembolize ediyordu.

Atatürk gördü.
Tebrik ederim dedi.
Tam isabet dedi.
Böylece, amblem kesinleşti.

Fatih'in fethettiği İstanbul'umuzu 6 Ekim 1923'te Mustafa Kemal'in kurtardığını unutturmaya çalışan zırcahil karşıdevrimciler... Bu somut gerçekleri okuyunca morarmış olabilir.

Osmanlı'nın sadece sarayına ve altın varaklı koltuklarına özenen Yeni Osmanlıcılarla, günümüzün Ali Kemalleri inanmakta güçlük çekebilir.

Cehape zihniyeti dedikleri partinin amblemi, 40 wattlık ampul değildir. Osmanlı oklarıdır!

İsmail Hakkı Tonguç

1893'te Bulgaristan Silistre'de doğdu. Kastamonu ve İstanbul muallim mekteplerinde okudu. 1936'da köy enstitülerinin öncülü sayılan eğitmen kursu'nu Eskişehir Mahmudiye'de açtı. İlköğretim genel müdürlüğü yaptı, 21 köy enstitüsünü hayata geçirdi, onun döneminde 1500'ü kadın, 17 binden fazla köy enstitülü öğretmen yetiştirildi. 1960'da vefat etti, Ankara Cebeci'de toprağa verildi.

Mustafa Fehmi

Ocağına incir ağacı dikilen bir kadının, doğup büyüdüğü yuvasını mecburen terkedip, Girit'ten İzmir'e göçeden Zeynep'in oğluydu. İsmi, Mustafa Fehmi'ydi. Dokuz Eylül Üniversitesi eğitim fakültesinin nüvesini oluşturan İzmir Erkek Öğretmen Okulu'na gitmiş, Cumhuriyet'in ilk öğretmenlerinden olmuştu. Nasıl bir devrimci ruh taşıdığını göstermesi açısından yazıyorum... Soyadı Kanunu çıkmadan tee altı sene evvel, henüz öğrenciyken, Kubilay soyadını almıştı.

İzmir Menemen'de asteğmen olarak vatani görevini yapıyordu. 23 yaşındaydı. Tam bugün, 23 Aralık'ta... "Şeriat isteriz" diye ayaklanan yobazlar tarafından, göğsünden kurşunlandı, yaralı haldeyken testere ağızlı bağ bıçağıyla kafası kesildi, bir sırığın ucuna takıldı, dolaştırıldı. Müdahale etmeye çalışan bekçilerimiz Hasan ve Şevki de şehit edildi.

Menemen olayı, Şeyh Said'den sonra Cumhuriyet'in karşılaştığı ikinci irtica kalkışmasıydı. Bölgede sıkıyönetim ilan edildi, divan-ı harp kuruldu. 105 sanık yargılandı, 28 sanık idama mahkum edildi, TBMM onadı, Kubilay'ın kafasının kesildiği yerde sehpa kuruldu, asıldılar.

Aradan 13 sene geçti, 1943... İkinci dünya savaşı devam ederken, İran sınırımız, bugünkü Suriye sınırımız gibi folofoş durumdaydı. Giren çıkan belli değildi. Gene böyle bir giriş çıkış sırasında, Van Özalp'te 33 kaçakçı öldürüldü. Çatışmada vurulduklari yolunda rapor tutuldu.

Aradan beş sene daha geçti, 1948... Çiçeği burnundaki Demokrat Parti, ilk yaptığı işlerden biri olarak, bu meseleyi meclise taşıdı. Van Özalp'te çatışma olmadığını, 33 kaçakçının 3'üncü Ordu Komutanı'nın emriyle kurşuna dizildiğini öne sürdü. Soruşturma açtırdı.

Aradan bir sene daha geçti, 1949... Demokrat Parti'nin suçladığı ordu komutanı tutuklandı. Ancak, kısa süre sonra serbest bırakıldı.

Aradan bir sene daha geçti, 1950... Demokrat Parti iktidara geldi. 1947'de emekli olan 69 yaşındaki ordu komutanının dosyasını gene açtırdı. Şırrak... İdama mahkum ettirdi.

Aradan bir sene daha geçti, 1951... Askeri Yargıtay kararı bozdu. Yeniden yargılama kararı verildi. Ancak, 70 yaşına gelen ordu komutanının ömrü yetmedi, tutukluyken, askeri hastanede vefat etti. Edirnekapı Şehitliği'nde toprağa verildi. Dava düştü.

Karşıdevrimci Demokrat Parti'nin "katliamcı" ilan edip, idama mahkum ettirip, demir parmaklıklar ardında kahrından ölene kadar yakasını bırakmadığı ordu komutanı kimdi biliyor musunuz?

Menemen'de Kubilay'ın kafasını kesenleri idama mahkum eden, divan-ı harp başkanı Orgeneral Mustafa Muğlalı'ydı. Milli mücadele kahramanıydı. Menemen olayı yüzünden, yobazların en nefret ettiği kişiydi. Şeyh Said'in bastırılması ve Dersim harekatında da görev yaptığı için, Demokrat Parti bünyesinde filizlenen bölücü unsurların da hedefindeydi. Yobaz-bölücü koalisyonu, intikam için fırsat kolluyordu. Neticede başarmışlardı.

Aradan 36 sene daha geçti, 1997... Orgeneral Mustafa Muğlalı'nın itibarı iade edildi. Naaşı, törenle Devlet Mezarlığı'na taşındı. Harp Akademileri Komutanlığı'nın bahçesine büstü dikildi.

Aradan yedi sene daha geçti, 2004... Van Özalp'te, hudut tabur komutanlığının bulunduğu kışlaya, Mustafa Muğlalı ismi verildi.

Aradan altı sene daha geçti, 2010... Bir taraftan Ergenekon-Balyoz-Casusluk iftiraları süreci başlatılmış, bir taraftan "açılım süreci" başlatılmıştı. TSK imha edilirken, PKK'yla masaya oturulmuştu. BDP milletvekili Fatma Kurtulan, fırsat bu fırsat, Mustafa Muğlalı Kışlası'nı meclis gündemine taşıdı. İsminin derhal değiştirilmesi istendi.

İşte tam bu sırada ne oldu biliyor musunuz?

CHP genel başkanı Kemal Kılıçdaroğlu, Van'da miting yaptı. Aynen şunları söyledi: "Başbakandan rica ediyorum, hükümetsin, başbakansın, 33 köylünün kurşuna dizildiği yerde, bunun ismini kışlaya verme, bu ismi değiştirin, istirham ediyoruz, buradan çağrı yapıyorum, bakalım Recep bey çağrımıza nasıl cevap verecek."

E, Recep beyin canına minnetti... Muhalefet partisi muhalefet etmiyor, tam tersine, istirham ediyor, gollük pas veriyordu. Kışlanın ismi değiştirildi. Orgeneral Mustafa Muğlalı tabelası indirildi. Şehit Astsubay Erkan Durukan Kışlası yapıldı.

Aradan dört sene daha geçti, 2014... Suriye'de emperyalist güçlerin paylaşım kavgası başladı. Kimisi köktendincileri kullanıyordu, kimisi Kürt milliyetçilerini... Kobani'de IŞİD tarafından öldürülen YPG'li Mahmut Zengin'in cenazesi, Van Özalp'e getirildi. Cenazeyi taşıyan yüzleri maskeli PKK'lılar, Apo posterleri ve PKK bayraklarıyla, Şehit Astsubay Erkan Durukan Kışlası'nın önünde resmi geçit yaptı.

Cumhuriyet tarihinde bir ilk'ti. Asker-polis seyretti. Bu resmi geçidin neden orada yapıldığını elbette herkes biliyordu... Mustafa Muğlalı tabelasını indirtenler, açılım sayesinde siyasi zaferlerini taçlandırmıştı.

Ve, sene 2015... Devrim şehidi Kubilay'ın 85 sene evvel çekilmiş siyah beyaz vesikalık fotoğrafındaki gözlerine iyi bakın lütfen.

IŞİD zihniyetinin taa o zamanlarda bu topraklara ekilen tohumlarına, demokrasiyi yoketmek için demokratik yolları kullanan kravatlı yobazlara, Şeyh Said'in manevi torunlarına, Demokrat Parti çizgisiyle HDP çizgisinin nasıl kesiştiğine, devrimin yuvasına yerleşen guguk kuşlarının sinsi marifetlerine... Acı acı gülümsediğini göreceksiniz.

Kubilay

1906'da Adana Kozan'da doğdu, 23 Aralık 1930'da İzmir Menemen'de katledildi, devrim şehidi oldu. Her sene 23 Aralık'ta Yıldıztepe'deki kabri başında anılır. Ve, bu anma törenlerindeki tablo, aslında her şeyi anlatır... En başta CHP, her partiden katılım olur, karşıdevrimci, din tüccarı partilerden "asla" katılım olmaz!

YILMAZ ÖZDİL
BERABER
YÜRÜTTÜK
BİZ
BU YOLLARDA
KIRMIZIKEDİ

YILMAZ ÖZDİL
KADIN